人民的选择

| 上 |

雷献和／著

SPM 南方传媒 | 广东人民出版社
·广州·

图书在版编目（CIP）数据

人民的选择 / 雷献和著 . —广州：广东人民
出版社，2023.7
ISBN 978-7-218-15873-0

Ⅰ . ①人… Ⅱ.①雷… Ⅲ.①长篇小说—中国—当代
Ⅳ . ① I247.5

中国版本图书馆 CIP 数据核字（2022）第 114595 号

RENMIN DE XUANZE
人民的选择
雷献和　著

出 版 人：肖风华

责任编辑：李力夫
责任技编：吴彦斌　周星奎
装帧设计：八牛设计

出版发行：广东人民出版社
地　　址：广东省广州市越秀区大沙头四马路 10 号（邮政编码：510199）
电　　话：（020）85716809（总编室）
传　　真：（020）83289585
网　　址：http://www.gdpph.com
印　　刷：广东鹏腾宇文化创新有限公司
开　　本：710mm×1000mm　1/16
印　　张：45.5　字　数：568 千
版　　次：2023 年 7 月第 1 版
印　　次：2023 年 7 月第 1 次印刷
定　　价：128.00 元（上下册）

如发现印装质量问题，影响阅读，请与出版社（020-85716849）联系调换。
售书热线：（020）87716172

"履不必同，期于适足；治不必同，期于利民。"中国共产党领导的多党合作和政治协商制度，是中国共产党、中国人民和各民主党派、无党派人士的伟大政治创造，是从中国土壤中生长出来的新型政党制度。几十年的实践充分证明，这一重要制度不仅符合当代中国实际，而且符合中华民族一贯倡导的天下为公、兼容并蓄、求同存异等优秀传统文化，是对人类政治文明的重大贡献。

　　"名非天造，必从其实。"中国共产党领导的多党合作和政治协商制度，既强调中国共产党的领导，也强调发扬社会主义民主。政治协商、民主监督、参政议政，就是这种民主最基本的体现。历史和实践告诉我们，在中国共产党的领导下，发挥好各民主党派和无党派人士的积极作用，最大限度调动一切积极因素、凝聚一切积极力量，能够形成更广泛、更有效的民主。进入新时代，不忘多党合作建立之初心，坚定不移走中国特色社会主义政治发展道路，把我国社会主义政党制度坚持好、发展好、完善好，才能不断为事业发展凝聚人心、增添力量。

　　——引自新华社评论员：《不忘合作初心　凝聚奋斗力量》

目录
Contents

1 《论联合政府》/001

2 难忘延安行 /027

3 亲赴"鸿门宴" /052

4 团结民主人士 /073

5 刺杀计划 /097

6 校场口血案 /121

7 为民请愿 /144

8 闻一多惨案 /166

9 伪国大的阴谋 /181

10 破裂的民盟 /203

11 染血的电台 /221

12 民革选举风波 /236

13　副总统之争 / 253

14　新政协的期待 / 273

15　惊险的空袭 / 290

16　如意算盘 / 310

17　罪恶的金圆券 / 331

18　冯玉祥遇难 / 343

19　乔装北上 / 361

20　失道寡助 / 381

21　毛泽东的空城计 / 399

22　宋美龄赴美谈判 / 416

23　节节败退 / 434

24　不眠之夜 / 454

25　美蒋之争 / 469

26 北上解放区 / 489

27 欢聚大连 / 505

28 解放天津 / 525

29 蒋介石下野 / 543

30 解放北平 / 560

31 齐聚北平 / 580

32 斗智斗勇 / 599

33 《国内和平协定》/ 619

34 渡江战役 / 637

35 攻占总统府 / 652

36 黎明的曙光 / 669

37 肝胆相照 / 685

38 迎接光明 / 703

1

《论联合政府》

"几回回梦里回延安，双手搂定宝塔山。"耸立的宝塔山俯瞰着身边淙淙流淌的延河，西北方清幽的枣园、杨家岭一派春的气息。

1945年4月末，一个春暖花开的时节，中国共产党第七次全国代表大会在风景秀丽的延安杨家岭开幕了。重庆、上海、北平、香港等全国各地许许多多的人怀着各不相同的心情关注着此次会议。

杨家岭中央大礼堂主席台上，端坐着朱德、刘少奇、周恩来、任弼时等中共中央领导人，台下是几百位参会的党员代表。主席台后面及两侧的墙上，挂着"同心同德""坚持真理""修正错误"等标语，靠墙还插着二十四面红旗，象征着中国共产党二十四年来艰苦奋斗的历程。

主席台正中央，毛泽东正在作报告："中国人民在其对于日本侵略者作了将近八年的坚决的英勇的不屈不挠的奋斗，经历了无数的艰难困苦和自我牺牲之后，出现了这样的新局面——整个世界上反对法西斯侵略者的神圣的正义的战争，已经取得了有决定意义的胜利，中国人民配合同盟国打败日本侵略者的时机，已经迫近了。但是中国现在仍然不团结，中国仍然存在着严重的危机。在这种情况下，我们应该怎样做呢？毫无疑义，中国急需把各党各派和无党无派的代表人物团结在一起，成立民主的临时的联合政府，以便实行民主的改革，克服目前的危机，动员和统一全中国的抗日力量，有力地和同盟国配合作战，打败日本侵略者，使中国人民从日本侵略者手中解放出来。然后，需要在广泛的民主基础之上，召开国民代表大会，成立包括更广大范围的各党各派和无党无派代表人物在内的同样是联合性质的民主的正式的政府，领导解放后的全国人民，将中国建设成为一个独立、自由、民主、统一和富强的新国家。一句话，走团结和民主的路线，打败侵略者，建设新中国。"

扬声器里毛泽东慷慨激昂的声音感染着每一位与会代表，众人心潮澎湃，无比激动。不过，略显遗憾的是，由于延安广播电台还没有恢复广播，其他地区不能同时收听这篇重要的政治报告。这篇报告是此后相当长的一段时间内中国共产党领导中国革命的指导思想，因此中共中央宣传部紧急通过电报的形式，迅速将这篇《论联合政府》的要点传播出去，让大后方的广大工人、农民、知识分子，特别是那些民主人士尽快听到中国共产党的声音。

此时，重庆中央大学的但世平等十几名爱国青年学生正坐在教室里，专心致志地聆听着宋晓军朗读毛泽东主席所作的报告："国民党政府所采取的对日消极作战的政策和对内积极摧残人民的反动政策，招致了战争的挫折，大部国土的沦陷，财政经济的危机，人民的被压迫，人民生活的痛苦，民族团结的破坏。这种反动政策妨碍了动员和统一一切中国人民的抗日力量进行有效的战争，妨碍了中国人民的觉醒和团结。但是，中国人民的觉醒和团结的运动并没有停止，它是在日本侵略者和国民党政府的双重压迫之下曲折地发展着。两条路线：国民党政府压迫中国人民实行消极抗战的路线和中国人民觉醒起来团结起来实行人民战争的路线，很久以来，就明显地在中国存在着。这就是一切中国问题的关键所在。"

同学们学习完报告，顿时热情高涨，众人兴奋地你一言我一语展开了热烈的讨论。突然，外面放哨的同学猛地冲进来："晓军，有特务过来了！快走！"

宋晓军连忙站起来，嘱咐大家："你们快把东西都收起来，马上转移，我和但世平出去把特务引开！"说完便拉着但世平向门口跑去，其余的人七手八脚一阵忙乱。

两个特务鬼鬼祟祟地走了过来，正准备进屋，宋晓军突然一脸惊慌地从里面冲出来，见了两个特务，故意装出十分害怕的样子，转身撒腿就跑。

"站住！不准跑！快点站住！"两个特务见了，二话不说，急忙追了上去。紧接着，但世平也从里面跑了出来，跟在特务后面边跑边喊："你这个骗子！回来！别跑！"

果然，宋晓军没跑多远就被两个特务抓住了，被摁倒在地上。两个特务还没来得及审问，但世平紧跟着追上来抓住了宋晓军，劈头盖脸地骂起来："骗子！你这个骗子！让你跑！今天我饶不了你……"

"不是这样的，你听我解释，你听我解释啊……"宋晓军一边躲闪一边极力申辩。

特务们被眼前的一幕弄得丈二和尚摸不着头脑，一时没了主意。这时，一个特务不耐烦地一把拉开但世平，大声地吼起来："干什么？走开！快走开！"

但世平瞪了那个特务一眼，双手仍旧死死地抓住宋晓军，一边哭一边骂道："他是个骗子！今天我要打死他……"

"天地良心，我真的没骗你啊，那个女人是父母偷偷给我定下的，我一点儿都不知道！"宋晓军可怜兮兮地一边求饶一边向身旁的两个特务求救，"你们二位给我评评理，我放着一个将军的女婿不做，为什么要跑回去娶一个乡下的黄脸婆，我有神经病啊？！"

"将军？"两人顿时一愣，随后满脸诧异地对视一眼，一个特务接着说道："你们这都什么乱七八糟的，我们可管不了，走！"二人一脸丧气，说完转身就走。

但世平不依不饶，仍旧揪着宋晓军的衣服虚张声势："都写信让你回去拜堂成亲了，还敢说不知道？你就是骗子！你以为我不知道，你就是想脚踩两只船，城里一个，乡下一个，一个夫人，一个老婆，想搞一妻一妾……"直到两个特务的背影消失不见了，但世平这才放开手，坐在地上忍不住小声笑起来。

"看你，别笑了，快走！"宋晓军赶紧拉着但世平匆匆离去。

屋子里，军服笔挺的蒋介石紧皱着眉头看着手里的文稿，宋美龄进来看了蒋介石一眼，问道："达令，你在看毛泽东的那篇报告？"

蒋介石挥挥手示意宋美龄坐在他旁边，然后轻描淡写地说道："他们呈上来了，我就看看。"

"达令，苏联人已经攻入德国本土，整个世界反法西斯战争已经取得决定性的胜利。现在，只要斯大林能够出兵东北，日本人很快就会宣布投降，我们将会取得这场战争的伟大胜利。这个时候，毛润之作这么一篇报告，到底是什么意思呢？"宋美龄提出疑问。

"去年9月的国民参政会上，中共就提出了什么'立即废止国民党一党专政、成立民主的联合政府'这样的无理要求，现在又打算老调重弹。他是想跟我分享胜利的果实。"蒋介石一脸冷笑。

"分享？他能分得到多少？"宋美龄问道。

"他当然知道，就凭他那点人，那点枪，还远远不能够跟中央分庭抗礼，所以他们才提出成立联合政府，想网罗那些所谓的民主党派、社会贤达一起来跟我们抢位置。"蒋介石自认为对毛泽东的策略了如指掌。

宋美龄思索道："美国友人也多次跟我谈起，美国政府和西方民主阵营，都希望中国在抗战胜利后能够实行民主。"

蒋介石摇了摇头："要实行民主，除非共产党交出军队，否则谈何民主。"

宋美龄轻蹙眉头："有了民国十六年'清党'的教训，我想共产党是不会轻易交出军队的。"

"所以，中国的问题最终还得依靠武力来解决。只有彻底消灭了共产党，武力统一了全国，才能谈什么民主和自由。"蒋介石以中国的决策者自居，早已准备将抗战胜利的果实统统据为己有。

《论联合政府》的发表，迅速引起了中外各界的强烈反响。抗日战争胜利在望，未来的中国将何去何从，是否要成立一个民主的联合政府，是走向和平统一，还是重新陷入内战，已经成了中国人民乃至国际社会都十分关心的重大问题，成为时下国内各个阶层谈论的焦点。

广西桂林的漓江边，李济深和但靖邦两人正骑着马边走边聊。"任公，毛泽东和中共七大在这个时候提出建立联合政府的建议，确实有着非同寻常的意味啊。报告中提出要彻底消灭日本侵略者，废除国民党一党专政，建立民主的联合政府，并且把政治、经济、军事、文化、教育各个方面都包括了进去，明显有一种要否定现政权，另起炉灶的意思。"但靖邦说出了自己的看法。

"这次，中共公开提出要建立民主的联合政府，看样子有抢占舆论制高点的意味，也是要对国民党一党专政提出挑战啊。"深有同感的李济深轻轻点了点头。

落日的余晖里，两人两骑在江边拖出长长的影子。过了良久，二人双双下马，并肩站在江边。望着波澜不惊的水面，但靖邦缓缓地说道："当下老蒋的声望，无论是在国内还是在国际上，都如日中天，他手里又有几百万的美械部队，而毛泽东手里的军队装备差，并且极其缺乏正规军事训练。老蒋如果真要消灭共产党，那不过是一年半载的事情，他自然不肯轻易放手。"

李济深叹息一声："如果共产党被消灭了，就该轮到民主党派，轮到我们这些一贯反蒋的人士了。不过，我最近听说美国还有苏联都明确表示，不愿意看到中国在抗战胜利后再次发生内战，他们都强烈要求实现民主和平。毛润之应该正是看到了这一点，才提出'民主的联合政府'的口号，这样共产党既争取了民心，也有利于争取西方民主国家的同情和支持。我们这些民主人士、反蒋人士，也必须尽快行动起来，把中国的民主阵营做大做强，这样才能对付老蒋。当今的中国必须出现一个三足鼎立的局面，才能阻止内战，争取和平。"

但靖邦听了一脸诧异："三足鼎立？又演一出'三国演义'？"

李济深进一步解释："这就叫三角形的稳定性。不过，一千多年前的那个三国是'武三国'，我们现在演的是'文三国'，我们以后的战场应该是在谈判桌上，在议会大厅里。"

但靖邦顿时豁然开朗："你的意思我懂了，就是孙刘联盟共同对付曹操！民主人士是刘备，共产党是孙权，老蒋就是曹操。但问题是，刘备、孙权想演文戏，如果曹操不干，非要演武戏该怎么办？"

李济深摇了摇头："美国对蒋介石有着巨大的影响力。只要我们能尽快地把中国的民主阵营发展壮大起来，取得美国的支持，到时候他们就会阻止曹操演武戏的。"

"是啊，蒋介石有强大的武装力量，中共也有近百万的部队，就算真的打起来他们还可以钻山沟打游击。我们这些民主人士如果无法得到美国的有效保护，就只有引颈就戮的份了。"但靖邦显得颇无奈。

"伯肃，抗战胜利后，你有何打算？"李济深忽然问道。

但靖邦想了想，笑着说道："最理想的是解甲归田，回老家去当个教书先生。如果国内实在容不下我了，我就去美国。不管是国民党掌权还是共产党执政，可能都容不下我，我不能坐地等死啊。"

"你借世忠、世孝在美国念书的机会，把夫人送到美国，就是为了留下一条退路吧？"李济深苦口婆心地劝道，"不到万不得已的时候先不要说这样的话。古人云，天下兴亡，匹夫有责。你留下来，大家努力争取一下，也许能给中国创造出一个和平的环境呢。"

　　但靖邦面露疑虑："我留下来能做些什么呢？"

　　李济深似乎早有了打算："抗战胜利后首先就会裁军，整编部队，你那支杂牌军肯定保不住了。不如这样吧，你现在就把兵权交出去，然后到重庆安顿下来，先观察一下形势，多了解一些情况，为我们下一步行动做好准备。"

　　但靖邦点头赞同："这样也好，我们兄弟几十年反蒋，早已成为老蒋的眼中钉、肉中刺。只不过日本人打到广西后，自己拉队伍抗日，老蒋给了个顺水人情，封了我一个桂北游击纵队的中将司令，以后这帽子肯定是保不住了。我看你这个行营主任估计也快干不下去了，真是应该未雨绸缪，早作打算。"

　　见但靖邦同意自己的安排，李济深接着嘱咐道："你到了重庆后，先去找张澜和冯玉祥，首先以个人的名义参加民盟，跟他们多接触接触。另外，共产党方面也要接触一下。当年周恩来准备在两广筹建华南民主联军时举荐我当司令，可见周公对我们还是不错的。"

　　"跟共产党接触？"但靖邦顿时感觉有些为难，"国难时期，外敌当头，可以'相逢一笑泯恩仇'。现在国难消除了，他们的心头难免重新泛起旧仇啊。"

　　李济深沉默起来。过了半晌，又开口说道："老蒋、中共，跟咱们都不是一条船上的人，所以你到重庆后要尽快和张澜、冯玉祥取得联系，建立良好关系。共产党那儿就见机行事吧。不过无论张澜、冯玉祥，还是周恩来，都要多听、多看、少说。"

　　但靖邦听了，轻轻地点点头。深沉的暮色中，两人上马踏上了归途。

毛泽东的《论联合政府》发表后产生的后续效应，像石子入水激起的波纹，一圈一圈，越来越大。对此，忧心忡忡的蒋介石连忙召陈布雷到自己的办公室，共同商议对策。

"愚下认为，这篇鸿篇大论颇符合毛润之的一贯文风，应是亲笔所写。他是担心抗战胜利之后，政府会重新剿灭他们，因此抢先提出建立联合政府的想法，把那些反对我们的社会贤达、天天叫嚣要民主自由的小党小派都拉到他的那条船上去。"陈布雷认真地分析。

蒋介石阴沉的脸上露出一丝冷笑："是啊，未雨绸缪，这是毛泽东的一贯手法！不过，他有千条计，我有老主意。布雷先生，'六大'的政治总报告起草得怎么样了？"

陈布雷神情恭敬："又改了一稿，找了几个人正在传阅，等改好后立即呈委员长过目。"

蒋介石满意地点点头，又特意叮嘱道："你们把毛泽东的这篇文章再好好研究一下，要针对他的这篇文章进行反驳，必须彻底否定他提出的什么联合政府的谬论。要让我们所有的同志都明白，日本人是我们外部的敌人，而共产党则是我们内部的敌人！外疥好除，内患难治。而内患不除，则国家永无宁日。"

陈布雷领命回到自己的办公室，向潘公展、陶希圣传达了蒋介石的最新指示。

陶希圣点头称赞："内患不除，国家永无宁日。委座真是太英明了！"

"当然当然。"陈布雷顿了一下，又迟疑着说道，"但是……如果我们在报告里把话说得太露骨，会不会让那些社会贤达和民主人士说我们要准备打内战了？"

潘公展听了，顿时气愤不已："什么民主人士！什么社会贤达！中国几千年来从来就没有民主人士，只有反政府人士！委座曾多次提醒过我们，不准有民主人士这个提法。"

陈布雷仍旧有些犹豫："是，委座是说过。不过，称反政府人士……"

陶希圣立刻打断了陈布雷的话："国外不是称这些人是反对党吗？反对党就是反对政府的党！那就是反政府人士啊！"

"自然自然。"陈布雷没有再辩驳，想了想又接着说道，"不过，在措辞上，最好还是要含蓄隐讳一些，政治报告总得要在政治性上下下功夫的。当下，对于那些社会贤达，我们还是要尽力争取的。"

潘公展有些不情愿地点点头："那也要让他们明白，跟着共产党走，是绝对没有出路的；只有跟着我们走，才是最有前途的。"

陈布雷听了频频颔首："那是当然，那是当然。"

而日军方面，虽然大家心里都很清楚这场战争胜算不大，但是冈村宁次依旧野心勃勃。此时，蒋介石的代表正在莫斯科跟斯大林谈判，随后将签署《中苏友好同盟条约》，其主要目的是要求苏联出兵东北。而一旦苏联出兵，日本则必败无疑。所以，冈村宁次与黑田西寺商议必须要想办法阻止条约的签订。

两人坐在冈村宁次的办公室里商议了许久，详细分析了中苏谈判中斯大林要价太高，引起了重庆政府中许多高官，包括准备去莫斯科参与谈判的宋子文的强烈不满，但蒋介石固执己见，不断催促尽快签署条约。因此，只有除掉蒋介石，才能阻止这个条约的签订。冈村宁次最后决定立即派遣特高课的特工人员秘密前往重庆刺杀蒋介石。黑田则作为总指挥全权负责此次行动。

凌晨，八路军重庆办事处的侦察电台截获了驻南京日军大本营发给重庆日本特高课部署刺杀蒋介石的电报。情况紧急，情报人员不敢耽搁，立即向中共中央进行了汇报。周恩来接到报告，他明白这是日本法西斯灭亡前的垂死挣扎，其目的是制造一场大规模的混乱，以延缓他们的灭亡。中共中央对此事非常重视，立即指示八路军重庆办事处一定要配合重庆政府，尽快粉碎日本法西斯的阴谋。周恩来马上找来车孟凡，说明情况后，派他立刻赶往军统局总部。

车孟凡马不停蹄地来到军统局总部。办公室里，戴笠听说八路军重庆办事处派人来求见，心中有些奇怪："八办的？他们跑来干什么？我们军统局跟八办可是素无来往啊。"

兰胜也一脸疑惑："我也很纳闷，可那个人说一定要见您，他还说是来救局长您的脑袋的。局长，您见还是不见？"

"什么人如此大胆？"戴笠顿时满脸怒气，转念想了想，觉得有点不对劲，只好说道，"让他进来吧。"

不一会儿车孟凡走了进来，冲着戴笠立正敬礼："报告局长，八路军重庆办事处少校参谋车孟凡向您报到！"

戴笠冷着脸上下打量着车孟凡："听说你是来救我的脑袋的？谁想要我的脑袋？是你们共产党还是日本人？"

车孟凡表情严肃："当然是日本人。"

戴笠满不在乎地笑笑："日本人想要我的脑袋已经不是一天两天了，具体的行动也不下十几次，可我的脑袋现在都还完好无损地长在我的头上。"

车孟凡连忙说明情况："这次不同了，他们的枪口不是直接对准了您，而是……"

"要我的脑袋，不是对准我，那又是对准谁？"没等车孟凡说完，戴笠就不耐烦地打断了他的话。

"委员长。"车孟凡盯着戴笠，轻轻地吐出三个字。

戴笠听了顿时一惊："委员长？！"

车孟凡点点头："是的，委员长如果出了事，您这军统局局长还能保住脑袋吗？"

戴笠自信满满地说道："哼！危言耸听！委座安保措施严密，日特根本无法下手！"

车孟凡冷笑一声："这话出自别人之口倒还情有可原，可是如今出自堂堂行刺专家之口，就太贻笑大方了！"

戴笠想了想，瞪着车孟凡问道："我怎么相信你的情报是真的？"

车孟凡反问道："戴局长每天都要收到多少情报？难道每一份都必须是真实的才能向您报告？还有，一般情报和重要情报、特别重要情报的处理方式，戴局长一定比我们更加清楚吧？"

戴笠心里没了底，盘算了一下，接着问道："你们还知道些什么？"

"没了。"车孟凡刚说完忽然又想起一件事，"哦，还有，他们把这次行动的代号称为'钟声'。"

戴笠皱起了眉头："钟声……"

车孟凡思索道："这'钟声'，跟他们这次的行动，有没有什么内在的联系？"

戴笠站起来，在屋子里慢慢地踱着步思索着。

车孟凡也边思索边努力进行各种设想："钟声……学校？寺庙？暮鼓晨钟……"

戴笠突然大声说道："教堂！今天正是礼拜天，快走！"

明确了方向，戴笠马上带领一队人马直奔教堂而去。车孟凡开着一辆汽车在前面狂奔，满载着士兵的大卡车被远远地甩在了后面。

坐在副驾驶位置上的戴笠还在不停地催促："快！快！再快些！"

车孟凡紧盯着前方："这是山路，坡陡弯急，再快就要翻到山沟里去了！"

戴笠急得大吼："怕死？我告诉你，委座的安全比什么都重要，我们就是死一百次也必须保证委座的安全！"

车孟凡没好气地瞪了他一眼，反问道："我们翻下去了，谁去保护委员长？"

"你……"戴笠一时语顿。

"不是说委员长去教堂做礼拜是十点钟吗？我们这速度还来得及。"车孟凡补充道。

"好好，我们必须赶在十点钟之前把刺客处理掉。这件事最好不要惊动委座。"戴笠的脸色总算缓和了一些。

车孟凡不再说话，专心致志地驾驶着汽车。

黄山蒋介石官邸内，蒋介石和宋美龄见时间差不多了，便手挽着手走出了家门，沿着石板小路向远处的小教堂走去。几名侍从远远地跟在后面。

教堂四周早已派了卫兵把守。守在前面路边的几名卫兵忽然看见一辆汽车飞驰而来，正准备上前拦截，这时戴笠从车窗里探出头来，大声喊着："闪开！"

卫兵们自然认得戴笠，连忙闪开。汽车呼啸而过，直奔教堂后门而去。两人下车后径直奔向神父的卧室。撞开卧室的门，却不见神父的影子。两人神色凝重，匆忙分头去寻找。

教堂的面积并不大，很快二人各自回来，眼神中满是失落，彼此摇了摇头。

"这教堂就屁股大一块地方，他能藏到哪儿去？"戴笠皱着眉头思索。

车孟凡想了想说道："要不再去卧室看看？"

二人再次走进卧室，仔细地四下搜索。忽然，车孟凡的目光停在墙边的座钟上。观察了片刻，车孟凡轻轻地走过去，果然很快就找到了机关。座钟慢慢移开，后面出现了一道小门。两人闪身躲在小门两侧，随后车孟凡猛地拉开门，只见地板上赫然躺着一具尸体。

戴笠一惊:"是约瑟夫神父!"

车孟凡连忙查看了一下,轻声说道:"刚刚被人扭断了脖子,尸体还没有僵硬。"

此时,教堂的钟楼响起了钟声。蒋介石和宋美龄手挽着手走进教堂,侍从们留在门外等候。

教堂内,蒋介石和宋美龄坐在椅子上,双手合十,开始祷告。假扮成神父的杀手则捧着一本《圣经》从旁边的小门里缓缓地走出来。

蒋介石无意间抬起头,看了神父一眼,恰巧看见那个假神父突然从《圣经》里掏出一把手枪。蒋介石顿时大惊失色。

一声枪响。蒋介石汗如雨下,觉得这次自己是必死无疑了。可枪声响过之后,他并没有感觉到任何痛苦。这时,外面的侍从们听到枪声,立刻慌了神,闹哄哄地冲了进来。侍从们往地上一看,只见那名神父倒在地上,而旁边的小门里闪出了拿着枪的戴笠和车孟凡。

宋美龄惊慌失措地抓着蒋介石的胳膊,吓得脸色苍白,蒋介石则沉着脸站在那里,一动不动。戴笠赶忙上前敬礼:"校长,夫人,学生来迟一步,让校长和夫人受惊了!"蒋介石没有说话,而是把目光投向了车孟凡。

车孟凡上前敬礼:"报告,八路军重庆办事处少校参谋车孟凡奉周副主席之命,前来保护委员长和夫人!"

蒋介石满意地点点头,脸上艰难地露出一丝笑容:"很好,你回去告诉恩来,就说我谢谢他了!"

可是,虚惊一场的蒋介石嘴上说着谢谢,但针对共产党的行动却丝毫没有停止的迹象。

这天,宋美龄特意去拜访赫尔利大使,得知美国政府不希望抗战胜利后的中国发生大规模内战的消息。回到总统府，宋美龄一边与蒋介石在官邸花园的池塘旁散步一边说道："达令，中共的问题，最好还是政治解决。我看，这不仅是赫尔利个人的意见，应该也代表了白宫的态度。"

听到这个消息，蒋介石皱了皱眉头："白宫应该管好他们美利坚合众国的事情，而不是把手伸得太长。在中国，我想做什么，不需要他们来指手画脚。"

宋美龄劝解道："虽然如此，但从外交礼节上来说，我们还得给美国人一点面子。"

"我给他们面子，他们为什么不给我面子？苏联大使彼得罗夫都已经明确了态度，只要我们的《中苏友好同盟条约》一签字，苏联马上就发表声明承认我们的政府是中国唯一的合法政府，我是中国人民不可动摇的领袖，并重申他们绝不干涉中国的内政。"蒋介石对美国人模棱两可的态度很是不满。

"中共还是承认你的领袖地位的，前几天在教堂要不是他们，就出大事了。"宋美龄说道。

蒋介石哼了一声，语气有所缓和："嗯，他们的特工确实很能干。"

宋美龄迟疑了一下，又说道："这些天，莫斯科不停地传回消息，说这个《中苏友好同盟条约》的代价太高了，虽然你决定派大哥和经国前往交涉，让他们在谈判桌上据理力争，最大限度地保护我们的利益，但斯大林是著名的铁腕人物，他能在谈判桌上对我们做出让步吗？"

蒋介石仍旧信心十足："苏联大使馆有一位二等秘书不久前曾经放出过这样的话，现在中共的力量太弱了，苏联要跟中国打交道，只能跟我蒋某人交涉。所以，我们还有讨价还价的余地。"

"那我们应该抓住这个机会多争取一些利益。"宋美龄听了，顿时精神一振。

蒋介石点点头，微笑着说道："中共一旦失去了苏联的支持，就是没了娘的孩子，我三个月就可以把他们剿灭干净。"

"达令，政治斗争，策略还是要讲的。"宋美龄连忙说道。

蒋介石想了想，再次点点头："那好吧，我让布雷先生在报告里加上一句，尽量争取政治解决。但抗战胜利后我们立即解决中共问题的立场绝不能变。"说完，蒋介石一脚将路边的一颗小石子踢入了池塘里。

重庆朝天门码头，一艘小客轮刚刚靠岸。身穿便衣的但靖邦和提着箱子的副官周士河随着客流下了船，顺着长长的石阶慢慢地向上走去。

来接父亲的但世平正逆着人流，沿着石阶往下跑，边跑边四处张望着。

"老爷，是小姐！"周副官首先发现了但世平，随后但靖邦也看到了自己的宝贝女儿，他高兴地马上摘下礼帽冲着女儿挥舞着。

"爸，周大哥！"但世平兴奋地喊着跑到近前，小鸟依人一般张开双臂扑到父亲身上，"爸！我可想您了！"

但靖邦宠溺地拍拍女儿的脑袋："好了好了，成什么样子！"

但世平才没空理会别人的看法，又亲昵地挽起父亲的胳膊："爸，咱们快回家吧！"三人说说笑笑，渐渐融入人群中。

"看报看报，《中央日报》，国民党召开第六次全国代表大会，蒋总裁致开幕词。看报看报，《中央日报》……"熙熙攘攘的重庆街头，一群报童一边奔跑一边大声吆喝着。国民党六大已经开幕，但靖邦没有时间休息，立刻开始按计划去四处拜访，以尽快了解形势变化、掌握最新情况。

特园里，但靖邦与张澜分宾主落座。听闻但靖邦有意加入民盟，张澜热情地说道："但将军的英名，在下久仰了。今日相见，真乃三生有幸。欢迎你参加我们民盟，我们会尽快召开中常会讨论你的入盟申请。"

但靖邦十分高兴："谢谢表老。临行前任公特意叮嘱，这次让我来渝后首先要拜会表老与冯玉祥将军。要向你们多请教，多了解你们对目前时局的看法。"

张澜客气地说道："请教说不上。我这里经常有人来聚会，你若是没有什么事，也可以常来坐坐。"

但靖邦连忙点点头，然后转过头望着客厅中堂上挂着的匾额："这就是冯玉祥将军题写的那块著名的'民主之家'的匾额？"

张澜笑着颔首："正是。这特园是鲜特生先生的公馆，抗战期间经常有社会贤达和民主人士在此聚会，共产党的周恩来也是这里的常客，所以被董必武先生称为'民主之家'。这块匾，就是鲜特生六十大寿时，冯玉祥亲自送来的。不过，老朽寒舍，也随时欢迎肃公光临。"

但靖邦点点头："一定一定。"

此后，但靖邦便成了特园的常客。

国民党六大不断传出各种论调，蒋介石甚至公然叫嚣：今日的中心，在于消灭共产党。这让许多民主人士气愤不已。这天，张澜等十多名民主人士齐聚特园，讨论此事，商议对策。

郭沫若望着大家怒气冲冲地说道："真是岂有此理！蒋介石竟然说日本人是我们国外的敌人，中共是我们国内的敌人。只有消灭了中共，才能达成他们的任务。"

马叙伦接着说道："潘公展在'特别报告'中称'与中共的斗争无法妥协'，说'当前对中共之争论，应集中于反驳联合政府，反驳抗战中有两条路线的论调，反驳中共具体纲领与反对解放区人民代表大会'。"

张澜总结陈词："这已充分表明，蒋介石就是要推行一党独裁，反对民主。"

"诸公，敝人在广西的时候就听说，美国政府一直在促成老蒋在抗战胜利后实行民主。现在老蒋这样公开叫嚣独裁，美国政府为什么就不干预呢？"但靖邦提出疑问。

郭沫若看着众人说道："我奉劝大家千万不要对美国抱什么幻想。中国的事情，还是应该由我们中国人做主。把国家的命运和前途，牢牢地掌握在我们自己手里。全中国所有热爱和平，追求民主的党派、团体和个人，都应该跟中共紧密团结在一起，迅速壮大民主力量，与独裁者进行斗争。"

但靖邦仍旧疑虑重重："请问先生，一旦开战，中共自身都难保，他们还有能力保护我们这些人吗？我们团结在他们身边，岂不是危巢之卵？"

郭沫若微微一笑，直言相告："但将军你太小看人民的力量了，组织起来的人民会有无穷的力量。"

但靖邦反问道："手无寸铁的老百姓有什么力量？再者说，谁去组织？怎样组织？像中共那样，拉一伙人钻山沟打游击？老百姓需要的是保护，中国的民主党派更需要保护。"

梁漱溟连忙说道："我认为但将军的话有道理。如果我们完全依靠共产党，到时候共产党也不会带着我们这一大帮子人去钻山沟的。再说，我们有家有业，也钻不了山沟。所以，我们这些民主人士，必须有一把保护伞。"

但靖邦点点头："我认为，这把保护伞就是美国。"

梁漱溟想了想，接着说道："但这件事必须未雨绸缪。我建议，我们先去几个人，见见赫尔利大使，争取让他支持我们民盟。"

经过商议，沈钧儒、黄炎培、施复亮等人一起来到美国大使馆。

了解了大家的想法后，赫尔利承诺："请大家放心，我们美国政府，绝不会允许在抗战胜利后，中国再发生内战。我们的政府希望中国在抗战胜利后，政坛出现一个多党共生的局面，能诞生一个反对党以牵制执政党，不能一党独裁。而在这方面，我们最看好的就是民盟。"

罗隆基恳切地说道："这也是我们民盟和中国民主力量为之奋斗的目标。"

赫尔利高兴地点点头："很好。我们的情报部门告诉我，贵国政府即将派宋子文和蒋经国去苏联谈判签署《中苏友好同盟条约》。据我们了解的情况，斯大林的要价非常高，这个条约一旦签订，对贵国来说，无异于一次巨大的掠夺。"

黄炎培皱紧了眉头："这件事我们也略有耳闻，但对条约的内容却是一无所知。不过蒋介石会同意签订一个不平等的条约吗？"

赫尔利的表情十分严肃："我想他会同意的。他需要用这个条约换取斯大林对他以后剿灭中共的支持。所以，我们必须联合起来，阻止内战。我已多次向蒋夫人明确表示，中共的问题不能以武力解决，必须以政治手段来解决。"

想到有可能出现的严重后果，众人一时面面相觑。

从特园出来，郭沫若独自来到曾家岩八路军办事处。见到周恩来后，两人在院子里边散步边谈论当前的局势。周恩来分析道："现在，中国的民主力量还十分弱小，美国政府想利用我们中共来牵制蒋介石，希望战后的中国能倾向于美国，以从东南方面牵制苏联。所以他也要阻止内战。"

郭沫若若有所思："根据您的分析，战后的中国，不仅是国共两党博弈的战场，也将是苏美两大国博弈的战场？"

周恩来语气凝重："中国问题不是孤立的。现在的国际形势基本上已经明朗。苏军占领东欧后，会建立起一批由共产党执政的国家。而欧美等国，一定会死守西欧，两种完全不同的意识形态必然会形成激烈的对峙。而东方呢？日本是战败国，朝鲜又太小，唯一可以左右局势的力量就是中国。"

郭沫若了然，接着说道："所以苏美两国都要争夺中国，希望把中国纳入他们的势力范围。"

周恩来点点头，眼神里透着自信的光芒："合纵连横，决胜之道。中央早已未雨绸缪。"

每天四处拜访的但靖邦并不看好共产党。这天他刚刚从外面回来，见女儿但世平正坐在客厅里，不禁奇怪地问道："今天不是礼拜天，你怎么跑回来了？"

"我给您看样东西。"但世平见父亲回来了，神神秘秘地从身上摸出一个小本子，递了过去。

但靖邦接过来一看，是一本油印的小册子——《论联合政府》。他马上皱着眉头说道："你从哪里搞来的？这可是中共的绝密文件！"

"这是毛泽东在中共七大上的公开报告，有什么可保密的。它非但不保密，而且巴不得让全国人民都知道共产党提出的联合政府的主张呢。现在重庆的各所大学内到处都在传阅这本书，谁也不知道是从哪里来的，拿着就看，看了就传，也不知道最后会传到谁的手里。"但世平没有注意父亲的表情，自顾自地说着。

"你们还是学生，念书是第一要务，政治上的事少掺和。"但靖邦的脸色阴沉下来。

但世平见父亲不高兴了，争辩道："爸，您别忘了，我可是政治系的学生，政治是我的专业。"

但靖邦语气严肃起来："你也别忘了，蒋介石是你们的校长，你也算得上是天子门生，还敢公然传阅毛泽东的报告，就不怕训育主任打你的手板！"

但世平一脸不屑："校长？蒋介石这个人有兼职癖，当时他已经是国民党总裁、国民政府主席、陆海空三军统帅，还兼着行政院长、国民参政会议长、航空委员会委员长甚至三民主义青年团团长，后来他又对大学校长感兴趣了。他兼职生涯的最高纪录是同时兼任二十七个职务。"

但靖邦没好气地说道："1940年，中央大学闹学潮，影响很大。陈立夫向蒋介石求救，当时正值抗战时期，蒋介石才提出要亲自兼任校长，要像军校一样管制大学。"

但世平仍旧不服气："去年 8 月，蒋介石正式辞去了中央大学校长的职务，由教育部政务次长顾毓琇继任。"

"但他还是你们的名誉校长。"但靖邦气呼呼地强调。

"爸，您追随表叔半辈子反蒋，但你们并不知道这蒋该怎么反，更不知道反蒋后该怎么办！毛泽东的这本小册子，就解答了许多你们还不清楚的问题。您别认为这只是中共与毛泽东一厢情愿的幻想，它代表了全中国绝大多数人的愿望。暂且不管它是幻想还是梦想，但有想法总比什么想法都没有要强！"但世平转而讲起了大道理，试图说服父亲。

但靖邦瞪了女儿一眼，接着说道："再好的想法，不能实现又有什么用？老蒋这个人我非常了解，他是个笃信实力的人。如果你没有足够强大的力量，他是不会坐下来跟你谈什么联合政府的！这次国民党六大已经说得很清楚了，共产党是内部的敌人。对待敌人该怎么办？——打垮之，消灭之！老蒋已经开始磨刀霍霍了。"

以前那个乖巧的小姑娘如今已经长大成人了，面对父亲，但世平依然固执己见："那又怎样？十多年前，共产党还非常弱小时，他都没能把共产党怎么样，现在共产党已经不比十年前了。"

"蒋介石更不比十年前了！十年前军阀混战，各自为政，蒋介石'剿共'遇到了许多阻碍。现在蒋介石在国际和国内的威望，已如日中天，手里有几百万美式装备的军队，要消灭共产党，只是小菜一碟！"但靖邦提高了嗓门。

"所以您就被蒋介石的气势吓倒了。"但世平一针见血。

但靖邦脸色一沉，气得一拍桌子："我吓没吓倒那是另外一回事。我只是警告你，给我离共产党远一些，不要受他们的蛊惑，更不要跟他们打得火热。我们跟他们，不是一条道上的人！"

但世平迟疑了一下，脸色沉重地说道："爸……毛泽东、蒋介石……您选择谁？"

但靖邦并不想隐瞒，亮出了底牌："我来之前就和你表叔商量好了，无论是国民党、共产党还是其他党派，我们谁也不靠，我们就是一个字：看。"

"看？"但世平嘴里重复着这个字，顿时愣住了。

蒋介石的不断挑衅，引发了各界民主人士的愤怒和焦虑。这天，褚辅成、黄炎培等几人聚集在一起，褚辅成气愤地说道："5月17日，国民党大肆指责中共仍坚持其武装割据之局，不奉中央之军令、政令。"

王云五接着说道："现在双方针锋相对，已到了剑拔弩张的地步。"

黄炎培连连叹息："经过十多年的苦苦鏖战，好不容易才看到胜利的曙光，民众需要休养生息，国家需要河山重振，抗战胜利后中国绝不能再发生大规模内战了。"

褚辅成沉吟片刻，接着说道："不管怎样，和平与民主还是当下的主流舆情，蒋公对此尚怀犹豫，不好公开反共，还是打出了'政治解决'的旗帜，指出中央自应秉此一贯方针，继续努力寻求政治解决之道。还说'在不妨碍抗战，危害国家之范围内，一切问题都可以商谈解决'。所以老朽以为，要彻底避免内战，唯一的办法就是政治解决，就是对话，就是商谈。老朽有个建议，我等联络一些参政员，给中共的毛泽东、周恩来写信，希望国共继续商谈，尽快实现团结。"

黄炎培提醒道："商谈是双方的事情，不能只给中共写信。"

褚辅成一笑："先远后近，先易后难。总得有一方先做出一点姿态。"

冷遹、王云五、傅斯年、左舜生、章伯钧等人都表示赞同。

黄炎培看看大家，又说道："听说周恩来过两天就要回延安一趟，我们就把这封信交给他带到延安去吧。"众人点头同意。

看了周恩来带回来的信，毛泽东正与刘少奇、朱德、任弼时等人进行商议。

毛泽东晃了一下手里的信，看着大家笑道："七大、六大，国共两党剑拔弩张，可把那些中间人士吓坏了，他们担心抗战胜利后中国又会发生大规模的内战。我们今天收到以褚辅成为首的七名参政员给我和恩来的信，希望国共继续商谈，尽快实现团结。大家对这件事怎么看？"

朱德说道："谁都不愿意打仗，谁都想过和平的日子。既然蒋介石举起了'政治解决'的幌子，那就谈吧。"

刘少奇附和道："不能让一些人认为是我们共产党不愿意坐下来谈。"

周恩来想得更加周到："谈是肯定要谈的。这件事再次提醒我们，我们应该继续加大宣传的力度，让更多的中间人士了解我们的方针、政策，了解我们共产党人。"

毛泽东点点头，接着说道："是啊，目前，还有很多人不了解中国抗日战争的具体情况。由于国民党政府的封锁政策，国内外还有很多人被蒙住了眼睛。在去年中外新闻记者参观团来到解放区以前，外界对于解放区几乎是什么也不知道。"

任弼时对此很是气愤："蒋介石非常害怕解放区的真实情况被披露出去，所以在去年那次新闻记者参观团回去之后，立即将大门堵死了，不许一个新闻记者再来解放区。"

朱德感叹道："对于国民党统治区的真实情况，国民党政府也同样加以封锁。我们是见得人、想人见，他们搞封锁，不准人见。他们是见不得人、不敢见人，当然更要封锁，更不想别人看见了。"

周恩来思索道："所以我们有责任将'两个区域'的真实情况尽可能让人们搞清楚。只有在弄清中国的全部情况之后，才有可能了解中国两个最大的政党——中国共产党和中国国民党的政策何以有这样大的不同，何以有这样的两条路线之争。"

毛泽东非常赞同："恩来说得好！只有这样，才能使人们了解两党的争论，不是如有些人所说，不过是意气用事的争论，而是关系着几万万人民生死存亡的争论。"大家纷纷点头，随即给褚辅成等人写了回信。

收到回信的褚辅成把黄炎培请到了家里。两人坐在桌前，褚辅成把电文放在黄炎培面前："润之、恩来等中共诸公，十分体谅我等的良苦用心，于18日复函，恳切表示出和平的意愿。"

黄炎培拿起电文认真细看："说得好啊！'倘因人民渴望团结，诸公热心呼吁，促使当局醒悟，放弃一党专政，召开党派会议，并立即实行最迫切的民主改革，则敝党无不乐于商谈。'"

褚辅成着重指出："中共提出同意商谈还是有条件的。就是要求国民党放弃一党专政，召开党派会议，实行民主改革。"

黄炎培点点头，表示赞同："这是最基本的要求，如果这点条件都没有，哪还能坐下来商谈？！"

"对了，毛润之他们还邀请我等前往延安参观。"褚辅成又说道。

黄炎培听了，顿时精神一振："去延安看看，正是我多年的夙愿！"

这个消息就像一颗重磅炸弹，在蒋介石的官邸炸响了。听了陈立夫带回来的消息，蒋介石猛地站了起来，气冲冲地在屋里踱着步。

"他们说自己是参政员，有权参观考察任何地方。"陈立夫小心翼翼地观察着蒋介石的脸色，又试探着问道，"要不，我再找人跟他们几个分别谈谈？"

"不必了！几只小鱼小虾，翻不起大风浪的。"蒋介石气恼地挥了挥手。

迟疑了一下，陈立夫又接着汇报："还有一件事，李济深那个表弟但靖邦，把兵权交给副司令后，一个人跑到重庆来了。"

这下蒋介石倒有些奇怪了："这个草寇大王，不占山为王，跑到重庆来干什么？"

"但靖邦一直追随李济深。李济深反共，他就跟着反共；李济深反对总裁，他就跟着造反。李济深在福建闹事，他就跟到福建闹，就是李济深的跟屁虫。这次回来，肯定也和李济深有关。"陈立夫说道。

蒋介石想了想，接着说道："这个人不可小觑，还是会带兵打仗的。你去找他谈谈，告诉他，不要跟着一些人闹什么民主。军人的职责是保卫国家，不要过多地过问政治。以后党国还需要他这样的将才。他既然不想当什么游击司令，以后还是回到正规军来，继续当个师长，或者军长也是可以的。"

陈立夫领命，很快安排好了时间约但靖邦到云鹤茶楼喝茶。

云鹤茶楼里，侍者引领着但靖邦来到一个豪华包厢，陈立夫正站在窗前俯瞰着嘉陵江。见但靖邦如约到来，陈立夫连忙热情地拱手相迎："肃公，别来无恙啊？"

但靖邦赶忙拱手还礼："托先生洪福，尚能苟且。先生气色俱佳，比几年前还要光鲜耀人啊！"

陈立夫笑道："眼看抗战就要胜利了，凡我国人，无不欢欣鼓舞啊。肃公快快请坐！"

"那是那是，人逢喜事精神爽啊！"但靖邦寒暄着。

陈立夫拿起茶壶斟了杯茶递给但靖邦："这是今年刚刚产下的蒙山雀舌，尝尝。"

但靖邦端起杯子呷了一口，称赞道："好茶，好茶！"

"再来一杯。"陈立夫满面笑容，再次执壶斟茶。

但靖邦望着茶杯感慨："这两年，靖邦在十万大山里跟日寇周旋，饿了几口干粮，渴了一掬冷泉，几乎忘记茶的味道了。"

陈立夫似乎无意间想起："对了，立夫听说，肃公把军权交给了副司令，自己跑到重庆来当寓公了？"

但靖邦谈笑风生："日军已经撤退，我那支杂牌军又不能越境追击，就等着委员长下令解散了。所以靖邦还是早跑为妙，不然被部下抓住讨要饭碗，靖邦将无言以对啊！"

陈立夫当即承诺："肃公言重了。政府对于抗日有功将士，是不会亏待的。"

但靖邦趁机提出要求："如果在解散前每人能够发上两块回家的路费，靖邦及手下几千将士，将感恩不尽。"

陈立夫满口答应，然后问道："肃公以后有何打算？"

但靖邦眺望着远方，淡然地说道："等到抗日胜利了，就回老家，当个教书先生。"

陈立夫一语双关："委员长对肃公非常关心，前几天还对我说，肃公是一员难得的猛将，广州'四一五'清党时，曾为党国立下了大功。几天之内抓捕共党两万多人，几年后还将匪首蔡和森处以极刑。此后在江西'围剿'朱毛时，也打过不少硬仗，堪称是党国的栋梁之材啊。"

但靖邦笑笑："委员长也应该记得，靖邦曾多次跟随任公跟他作对，还参加过'福建事变'。"

陈立夫连忙摆摆手："那都是过去的事情了。委员长不是个记仇的人。两年前你在广西拉队伍抗日，委员长不是就立即授了你中将军衔？"

但靖邦拱了拱手："那是委员长错爱，靖邦受之有愧啊！我自己明白，我那点人马，最多够一个旅，少将都勉强。"

陈立夫笑着转移了话题："那是委员长对你主动抗日的奖赏。这次委员长还说，如果你愿意到正规军来，可以考虑给个师让你带，甚至，一个军都是可以的。"

但靖邦立刻问道："委员长如此厚爱，不知在下应该为委员长如何效劳？"

陈立夫终于道出此行的目的："肃公，你乃行伍出身，是个职业军人，委员长希望你能保持一个军人的本色，只忠于国家，忠于政府，不要跟一些不三不四的人混在一起，更不要参与什么党派之争。肃公当年可是一员反共的猛将，所以委员长对你是非常放心的，相信你不会受人蛊惑，跟着共产党一起闹事。"

听完这番话，但靖邦脸色沉了下来："在下明白委员长的意思了，我自然不会参与党派之争，但也不会跟着人打内战。"

陈立夫不疾不徐地说道："我们已经跟日本人打了整整十四年了，谁也不愿意再打仗了。谁都希望和平。可肃公应该知道，和平是有条件的。首要条件就是政令、军令的统一。只要共产党能交出军队，取消所谓的边区政府，老老实实服从政府的领导，和平自然就实现了。"

但靖邦一时语塞，沉默不语。

2

难忘延安行

几位参政员的延安之旅很快成行。这天，一架美式运输机降落在延安机场上，褚辅成、黄炎培、冷遹、傅斯年、左舜生、章伯钧等人走下了飞机。

早就在机场等候的毛泽东、周恩来、朱德等人热情地迎上去与客人一一握手寒暄，表示欢迎。随后周恩来与众人上了两辆敞篷吉普车，前往延安招待所。

来到招待所，周恩来对大家说道："诸位参政员先生，延安条件有限，不周之处，还请见谅。大家先进房休息，晚上毛泽东主席、朱德总司令设宴招待大家，明天大家就可以参观了。为了让诸位参政员能够客观、全面地了解延安，我们除了派几个人领路外，不派讲解员，诸位想去什么地方、想看什么都行。在延安，你们的行动不受任何限制。"

众人对视一眼，脸上写满了惊讶。

第二天，一行人开始参观延安。八路军总部、抗大、鲁艺、合作社等地方都留下了他们的身影。正如周恩来所说，他们行动自由，没人阻拦。

在他们的要求下，周恩来派了讲解员给他们讲解边区参议会的作用与组织形式。当听说"陕甘宁边区参议会是陕甘宁边区最高的权力机关，参议员由人民直接选举"时，大家都很震惊，黄炎培立刻追问："参议员真的是由老百姓直接选举的？"

讲解员肯定地说道："是啊，我们的参议员都是由群众直接选举的。"

黄炎培再次追问："那……你们边区老百姓参加选举吗？"

讲解员自豪地说道："选自己的领导人，大家当然都很积极啦。参议会专门做过统计，在1939年时，参选人员占边区符合选举条件人口的70%，1941年时占到了80%。"

众人惊异地对视一眼，褚辅成想了想问道："你们的政府组成成分如何？"

讲解员仔细说明："边区政府实行'三三制'，即三分之一是共产党员，三分之一是进步分子，三分之一是中间分子。"

褚辅成还是不太敢相信这个事实："党外人士的比例能够保证？"

讲解员点点头："当然。有一届政府选举，党员高出了比例，毛主席的老师徐特立就主动退出了。"

黄炎培又问道："党外人士参政，他们说话算数吗？"

讲解员严肃地说道："当然算啊！边区副主席李鼎铭先生提出的'精兵简政'，不但被党中央采纳，还在各根据地广泛推广，毛主席多次提出了表扬呢！"

听着这些闻所未闻的政策和制度，众人惊叹不已。

傍晚，几位参政员受邀观看露天剧场的演出。简单搭建起来的舞台上挂着两盏煤气灯，剧场里已经坐了不少观众，有军人也有老百姓，大家坐在一起有说有笑，并没有明显的分界。

演出即将开始，李维汉带着众人来到专门为他们留出来的中间靠前的三条长凳前，招呼大家坐下。众人好奇地四下打量着，黄炎培见不远处坐着一位五十多岁的老大爷，便起身过去攀谈："老哥，看演出？"

老大爷连忙站起来："看演出。同志，有事？"

黄炎培指了指他们的座位："老哥，我们那边有空位，过去坐，咱哥俩唠唠。"

老大爷看了看，点了点头，笑着说道："好，等会俺孙子还要来，这位子留给他。"说着起身跟着黄炎培走过去，大方地坐在了黄炎培和傅斯年中间。

傅斯年笑着打招呼："老哥，这里经常有各种演出啊？"

老大爷点点头："经常演，隔十天八天就演。"

黄炎培问道："谁都可以来看，没有任何限制？"

老大爷很是纳闷："限什么制？都是敞着的。谁想看就来，自己带凳子，先来的占中间，后来的就只能靠边坐了。"

黄炎培和傅斯年听了老大爷的话，都惊讶不已。

这时，舞台大幕拉开，几排身穿八路军军装的男女演员站在了台上。

报幕员走出来，开始报幕："周末文艺演出现在开始。请欣赏男女声大合唱。第一支歌，《太行山上》。"

随着动听的音乐，洪亮的歌声响起："红日照遍了东方……自由之神在纵情歌唱……"

没唱几句，台下的人也开始跟着合唱。旁边的老大爷甚至边唱边挥动起拳头来："气焰，千万丈！"台上台下所有的人组成了一场空前的大合唱："听吧，母亲叫儿打东洋，妻子送郎上战场，上战场，我们在太行山上，我们在太行山上。山高林又密，兵强马又壮……"

看着眼前军民同乐的场面，褚辅成摇着头啧啧称奇："前所未闻，前所未见啊！"几人皆感触良多。

临别前，毛泽东、周恩来等人特意邀请客人到枣园小礼堂小坐，以交流看法、提出意见。没想到六人齐齐感叹此次行程简直让人大开眼界，闻所未闻、见所未见，才知道毛泽东之中国抗战存在两条不同路线之说大不谬也。将延安跟重庆、陕甘宁边区与国统区一比，简直是天壤之别，不可相提并论。

几人感慨万千，最后纷纷表示回去后一定要把在延安的所见所闻、所思所感全部告诉重庆诸公，让更多的人了解中共，了解延安。

《论联合政府》自发表以来，在社会各界传播甚广。一批思想进步的年轻学生准备通过工人夜校逐步将报告的中心思想简单明了地传达给工人们，进一步揭露蒋介石企图独吞抗战成果、打压民主、实行独裁的阴谋，以进一步激发民众的民主意识与抗争意识，坚决与国民党的独裁统治斗争到底。

但世平、宋晓军在街上边走边商量着此事。一脸喜悦的但世平问道："放心，这事儿就交给我吧。哎，晓军，你觉得我最近讲课水平怎么样？有没有提高？"

宋晓军一本正经地回答："嗯，进步比较明显，再接再厉，不许骄傲啊！"

但世平嗔笑着拍了宋晓军一下，眼珠一转："你知道顺着这条路走，我们会走到哪里吗？"

"你不是说去书店吗……"宋晓军不明所以。

"回我家，我爸回来了。"但世平一脸认真。

宋晓军顿时一惊："回你家……什么？你爸！"

但世平使劲绷着脸："对啊，就是想让你见见你那个未来的将军老丈人啊。"

宋晓军的脸一下子涨红了，语无伦次地说道："啊？现在就去？！你怎么不早告诉我啊，我穿这身……不行不行，我得赶紧回去换一身衣服。

对了，礼物，礼物买点什么好呢？你父亲喜欢什么啊？"

但世平见宋晓军一副惊慌无措的样子，扑哧一声笑了。

"你笑什么啊？"宋晓军一脸懵懂。

"我就觉得吧，你这副样子和刚才简直判若两人。"但世平仍旧笑个不停。

"我，我就是有点紧张。都说丑媳妇怕见公婆……"宋晓军的话还没说完，但世平更是笑得直不起腰来："你丑？你是媳妇？"

宋晓军满脸窘迫："别笑了！"

"逗你呢，没让你今天就去，我怎么也得先探探敌情啊。"但世平渐渐收敛了笑容，握住宋晓军的手，深情地看着他的眼睛，"有我护着你，你紧张什么啊。"

"世平……"宋晓军动情地反手紧紧握住但世平的双手，四目相对，有绚烂的火花在闪耀。

回到家，但世平兴致很高，拉着周副官做她的听众。客厅里，周士河端坐在椅子上，仿佛小学生听老师讲课一般仰头听着但世平充满激情的朗读："刀枪弹药杀得死一人，却杀不死前赴后继冲向前方的人民。残酷暴虐压得垮一人，却压不垮千千万万脊梁挺直的人民！啊，人民！你们比海水更汹涌，比太阳更光辉……周大哥，我这首诗写得怎么样？"

周士河憨厚地笑着："挺好，听着挺带劲。不过小姐，你给我念这个，那不相当于是对着老黄牛弹琴——听不懂啊！"

但世平听了直皱眉："你怎么会听不懂呢？周大哥，你是人民啊，你就是这首诗歌颂的主体。"

周士河有些发蒙："人民？你说的这个人民也包括我这种人？"

但世平笑盈盈地说道："那当然啦，周大哥。你说说看你的出身是什么？"

周士河老老实实地回答："东北种地的。"

但世平接着问道："你再说说看，我爸在桂北拉起的那支抗日队伍，队伍里都是些什么人？"

周士河挠挠头，扳着手指头说道："三教九流，干啥的都有，反正大伙都差不多，穷的，吃不上饭的，叫小鬼子欺负得家破人亡的，跟小鬼子有血仇的！"

但世平听了十分兴奋，挥动着手臂说道："对啦，我爸率领着你们把日本人打跑了，依靠的就是人民的力量。一个人是人，一帮人是人民，人民团结起来的力量是无穷无尽的，足以把凶残暴虐、武器装备比我们好上多少倍的日本侵略者打败。但是打跑日本人还不是我们的最终目的，因为日本人跑了，人民的处境还是没有得到改变……"

这时，但靖邦走进客厅，见周副官一副懵懵懂懂的样子，不禁笑着问道："丫头，跟你周大哥说什么呢？"

见父亲回来，但世平开心地扑到跟前："爸，您回来了！"

但靖邦疼爱地搂住女儿："今天不是礼拜天，你怎么又跑回来了？"

但世平调皮地一笑："想我爸做的河粉了呗。"

"你呀，为了顿吃喝还专门跑回来一趟。"但靖邦宠溺地点着女儿的脑门。

"谁说的！非得让我承认我是借着河粉的名义回来看我爸的，那多不好意思啊。"但世平亲昵地挽住父亲的胳膊轻轻摇晃着。

"小机灵鬼。"但靖邦哈哈大笑着向厨房走去。

旁边的周士河也忍不住笑着出去买菜了。

饭桌上，父女俩一人一碗汤粉。但靖邦才刚吃了一半，但世平就已经吃完了，然后心满意足地捧起碗来喝完最后一口汤，发出幸福的感叹："真香啊！可怜大哥远在美国，享不了口福喽！"

但靖邦看了一眼自己和夫人、大儿子但世忠、二儿子但世孝以及还是小女孩的但世平一起拍的全家福，微笑着说道："当年你和你大哥就喜欢争一碗粉吃。"

"谁叫他去美国追求什么空中楼阁般的自由平等，这一锅都是我的咯！"但世平说着，起身又去锅里盛了一碗。

"不说这个了。"但靖邦起身，顺手拿起但世平放在茶桌上的课本，"你课上得怎么样了？"说着视线落在手中的物理课本上，奇怪地问道，"物理书？你什么时候对物理感兴趣了……宋晓军……"他轻轻读出了封面上的名字。

"那是我同学的。"但世平装作若无其事的样子继续埋头吃饭。

但靖邦看了女儿一眼，心思转了转，有心再问下去，想了想还是摇头作罢。

天高云淡的延安，毛泽东、周恩来、朱德三人沿着潺潺流淌的延河边走边聊着目前的形势。

东北的战略地位非常重要，不仅工业基础好，又是著名的粮仓，可以提供丰富的战略物资，为后勤提供有力的保障。即使所有根据地都丧失了，只要能控制东北，就能够立于不败之地，就能够发展壮大。所以，毛泽东提出一方面要命各抗日部队加紧向日伪军进攻、受降；另一方面要准备调动兵力，应对可能爆发的内战。

朱德表示山东那边已经决定派遣一批干练的干部先渡海前往东北。到达之后，可以背靠苏联，解除腹背受敌之忧。如果让蒋介石抢先占领了东北，我军将面临三面受敌之势，形势将大为不利。

三人正说着，抬头见李维汉向这边走过来。

"维汉一来，定有好消息。"毛泽东哈哈笑着，一扫先前的严肃气氛。

果然，李维汉走到跟前报告："国民党的六位参政员回去后，面对记者的提问发表谈话：要求国民党立即结束一党治，实行民主，给人民以民主权利，并承认现有一切抗日民主党派的平等地位。"

三人微笑着对视一眼，周恩来说道："我听说黄炎培在《延安归来》一书中记录了他参观延安的感想，说是他们梦想多年的世界大同，孙中山先生提倡的三民主义，没想到竟在'圣人布道偏遗漏'的延安实现了。"

李维汉笑着说道："美国记者斯蒂尔在访问延安后也表示，他真正地体会到了共产党所说的'为人民服务'。他说，要是在延安接着住下去，他一定会成为一个'毛主义者'。"

毛泽东哈哈大笑："不是'毛主义者'，是'共产主义者'。我早说过，所谓政治，就是把敌人的人搞得少少的，把自己的人搞得多多的。我们随时欢迎各行各业、不同阶层的人前来谈心，提出建议，贡献智慧。"

"近日，中国民主同盟提出'民主统一，和平建国'的口号。他们认为，抗战胜利后，是'中国建立民主国家千载难逢的机会'。"李维汉补充道。

毛泽东满面春风："哦，看来这些民主人士，对于民主建国这件事，比我们还急啊。"

周恩来点点头："民盟从1941年由三党三派成立松散团体结盟到现在，短短几年，就发展成为继国民党、共产党之外的中国第三大党了。而且在去年改团体会员制为个体会员制后，组织纯洁了不少，革命性也大大提高了。"

"是啊，去年他们就已经明确表示响应我们在参政会上提出的建立民主联合政府的号召，并已明确提出，民盟的任务就是研讨怎样把握住这个千载难逢的机会，实现中国的民主，把中国建设成一个真正的民主国家。这不仅是民盟的任务，更是我们中国共产党人的任务。如果蒋先生真的能放下屠刀、立地成佛，我们当然也会皈依佛门。"毛泽东收起了脸上的笑容。

朱德说道："现阶段的工人，特别是农民，受教育的程度还不高，他们现在的主要任务还不是参政议政，而是要摆脱贫困，摆脱压迫，提高文化水平。选国大代表，可不能像我们解放区搞民主选举那样，往被选人的碗里投豆子就成，还必须是有一定参政议政能力的人才行。"

几人笑了起来。最后毛泽东强调："现阶段必须跟民主党派和民主人士加强团结。要成立民主的联合政府，离开他们是不行的，这是由中国的国情决定的。所以一定要切实做好这方面的工作。"

周恩来点点头："我回到重庆后，立即抓紧推进这方面的工作。"

会后，周恩来匆匆返回重庆的曾家岩八路军办事处，并约了郭沫若一同商议。

"眼下，蒋介石的威望非常高，我们的斗争必须讲究策略。中国的民主人士，许多都是从国民党阵营中分化出来的，他们因为不满蒋介石的独裁统治才走上了与蒋决裂的道路。"周恩来开门见山，继续说道，"主席认为，我们共产党是代表人民利益的，必须要倾听人民的呼声，人民饱受战乱之苦，渴望和平安宁。中国共产党必须顺应和平建国这股潮流，必须大提特提联合政府。所以我们要高举民主和平这面大旗，尽力支持那些民主人士，把民主阵营做大做强，成为一支牵制蒋介石的生力军。避免内战，实现和平建国。"

郭沫若认真听完周恩来的具体意见，心中十分感慨，随即去找黄炎培商议。

民盟虽然人员不少，但成分太复杂，不利于统一思想，会在许多问题上产生分歧，造成内耗。周恩来的设想是再成立一些社会团体，比如，以民族资产阶级为主体成立一个社团，以教育科学技术为主体成立一个社团，以文化艺术为主体再成立一个社团，等等。这样有利于在内部统一思想，又不会成为各自为政的一盘散沙。

仔细听完郭沫若的意见，黄炎培点了点头："对！不过怎样才能把这么多的党派、团体凝聚在一起呢？"

郭沫若目光热切，语气坚定："还是那句话，民主！用民主的大旗，把大家团结在一起！然后大家一道组建民主的联合政府。在联合政府的主持下，举行全国大选。"

黄炎培对这个建议非常赞同，迫不及待地去特园拜访了张澜。

张澜听完也表示同意："这样最好，以后成立联合政府，可以根据各政党团体的规模来分配名额，就用不着在民盟内部为名额的多少争论了。"

黄炎培忽然想到一个问题，随即脱口而出："那到时候，你和郭先生有何打算呢？"

"我一生致力于追求民主，民主若在中国成功，我个人绝无任何要求。"张澜胸怀宽广，不以为意。

"我也是这样想的。联合政府成立后，我绝不会在政府里面担任任何职务。我是个实业救国论者，我一生的追求，就是振兴中国的实体经济！"黄炎培说完，惺惺相惜的二人相视而笑。

紧接着，黄炎培联系了更多的人讨论、组织此事。他向大家阐述了中国必须结束国民党一党专政，建立民主的联合政府的迫切性，说明了筹建中国民主建国会的初衷。胡厥文、章乃器、施复亮、李烛尘等实业界人士立刻响应了黄炎培的呼吁。

为切实体现组织的团体意志、团体利益，胡厥文提议一定要把这个组织的性质、地位、作用、行动纲领、奋斗目标，包括组织章程都事先讨论清楚，保证这个组织是以纯洁平民的协力，不右倾、不左袒，为中国建立起一个政治上和平奋斗的典型。这样也能充分保持这个组织的独立性，保持其与国民党和共产党的区别。

众人一致赞同，最后还提出应该对美苏采取平衡政策，对国共采取调和态度，要求政治民主、经济和思想自由，以促进民主联合政府的建立。

社会各界都在讨论民主，赫尔利也对中共提出的"建立民主的联合政府"和民盟提出的"民主统一，和平建国"的倡议很感兴趣，希望蒋介石能坐下来跟中共好好谈谈。

林园池塘边，蒋介石听完宋美龄的话，不禁面露不快："什么民主统一、和平建国，就是跟毛泽东的联合政府一个腔调。统一就是中共交出地盘、交出枪，只要他们把这两样东西交出来，中国自然就统一了。"

宋美龄耐心地说道："二战胜利在即，美国和西方的一些政治家已开始未雨绸缪，把以后一段时间的重点放在阻止共产主义在全球的蔓延方面。"

蒋介石不解："既然要遏制共产主义，那美国人为什么还要和中共眉来眼去？"

宋美龄进一步解释："阻止共产主义的蔓延和消灭共产党是两码事。现在西方特别是美国的一些政治家开始有了一种新的设想。"

蒋介石连忙问道："什么新设想？不消灭还能怎么阻止？"

"和平演变。"宋美龄轻声说道。

"和平演变？！"蒋介石一愣。

"就是首先承认共产党的平等地位，然后经过全民公选，选出一个新的合法的民主政府，共产党把军队交给民主政府。共产党没了军队，他们以后的一切行动，就只能在法律允许的范围内活动了。这看起来与毛泽东提出的联合政府不谋而合，美国人也很感兴趣，但终归可以让毛泽东交出地盘和武器。"宋美龄详细说道。

蒋介石低头思索了片刻，突然站起来："不行！中国绝不能搞这一套！"

宋美龄也站起来，诧异地问道："为什么？"

"中国的国情跟西方不同。中共已占据了很大一块地盘，还有西南那些地方实力派，广西广东、湖南湖北的实力派，还有山西的阎老西，哪个跟中央都不是一条心，再加上民盟这些唯恐天下不乱的社会贤达。现在在中国如果要进行全民普选，即使我能当选总统，在议会中也会只占少数。到时候这些人联合起来跟我作对，我很快就会被他们搞下台。"蒋介石愤愤地说道。

宋美龄皱了皱眉头："他们这些人，虽然跟你都有矛盾，但也不至于跟中共联合起来反对你。"

蒋介石仍旧语气强硬："现在不管是中共还是这些地方实力派，任何一方都比我们弱小，到时候他们自然就会联合起来对付我们。而这些派别中，中共又是最强大的。所以，只有先搞掉中共，才能彻底稳定局势。"

宋美龄试探着问道："你还是认定，要解决中共问题，只能使用武力？"

蒋介石点了点头。

转天宋美龄去孔祥熙公馆见宋霭龄，正好遇到美国记者佩奇，几人坐在桌旁喝着咖啡聊起了中国的未来。

宋美龄说道："佩奇先生，中国不比西方，根本没有一点民主基础，现在就全民普选只能把国家搞乱。中国一直是个崇尚武力的国家，有枪、有实力就能生存；没枪、没实力，就会灭亡。在这一点上，我们跟毛泽东是英雄所见略同。他们是枪杆子里面出政权。我们是枪杆子里面保政权。"

佩奇耸了耸肩："赫尔利大使的意思是，要中共交出这两样东西，也只能靠谈判，不能靠武力。"

"光靠谈判能让他们把这两样东西交出来？！我看只能靠打！只有把他们彻底消灭了，才能把这两样东西收回来。"宋霭龄在一旁说道。

佩奇摇着头再次申明美国的立场。

傍晚回到家里，宋美龄对蒋介石说道："今天下午，有位美国记者在大姐家做客，谈到了美国政府现在的对华政策，他说政府如果进攻中共，美国政府会反对的。但如果中共不愿意坐下来谈判，那时政府再进攻，美国政府就不会干涉了。"

蒋介石颇为不屑："现在是我们强，中共弱，他们巴不得谈判。像周恩来、董必武、王若飞这些人，都是谈判的老手。我可没有那份耐心跟他们没完没了地在谈判桌上纠缠。"

宋美龄思索了一会儿，接着问道："如果中共不肯跟我们谈判呢？"

蒋介石有些不耐烦："我说过，他们现在巴不得跟我们谈。为什么毛泽东现在不说要打倒我们、要推翻我们？说穿了，就是不敢跟我们打，只能乞求什么民主、和平来换取苟延残喘的机会。"

宋美龄想了想，笑着说道："达令，他们需要通过谈判来苟延残喘，我们也需要通过谈判来限制他们再抢地盘，争取让美国人帮我们迅速往东北、华北运兵。"

蒋介石仍旧固执己见："不跟中共谈判，美国人按照协议也会帮我们运兵。中共秉承的是共产主义，美国人不会让共产主义在中国恣意蔓延的。"

"可毛泽东提出的成立民主的联合政府的主张，使美国人看到了中共有放弃共产主义，走民主和平道路的倾向。所以，美国人才这样感兴趣。他们很希望中共能像西欧国家的一些共产党一样，交出军队，跟政府合作。"宋美龄说道。

蒋介石摇了摇头："毛泽东的条件是先成立联合政府，再交出军队。这是绝对不行的，必须先交出军队，再谈他们参加政府的事。"

"不管是先交军队还是先成立政府，美国人都希望我们能先坐下来好好谈谈。"宋美龄顿了顿，眉头轻蹙，接着说道，"达令，现在是美国人希望谈，中共愿意谈，如果我们不肯谈，会让人家在背后戳我们的背脊骨的。"

蒋介石踱着步，沉思半晌，这才缓缓地说道："如果想出一个办法，让中共不愿意跟我们谈……"

宋美龄听了，面露诧异："你不是说现在中共巴不得坐下来谈吗？现在是我们强大他们弱小，就像当年刘邦与项羽一样。项羽就是摆个鸿门宴，刘邦也不得不去。"

"鸿门宴……"蒋介石愣了一下，随即嘴角泛起一丝笑意。

这天，民主人士成立新党派的消息传到陈立夫耳朵里，他立刻来到林园向蒋介石汇报。

林园竹林中，陈立夫的语气略显急躁："三叔，这些人受到毛泽东的联合政府的蛊惑，都在蠢蠢欲动，今天成立一个党，明天又拉出一个派，再不采取强制手段阻止，任其泛滥，以后怎么得了？"

蒋介石有些气恼地看着陈立夫："当今中国，是谁的天下？毛泽东说要成立联合政府就能成立联合政府？他说了就算？"

陈立夫仍旧愤愤不平："但共产党这一招十分厉害。成立这么多社团组织，如果以后不能进入政府，他们肯定会闹，会跑到中共那一边去的。"

蒋介石停住脚步，冷冷地说道："要是共产党不存在了，被消灭了，他们还能往哪儿跑？"

"侄儿也是这样认为，我们必须尽快消灭共产党，才能彻底肃清当前政坛上的这种种妖风。"陈立夫面露喜色，连连点头。

蒋介石看了一眼陈立夫，继续边走边谈："祖燕，你知不知道，毛泽东已经把眼睛盯住东北了？这一次东北绝不能落入毛泽东之手。"

陈立夫想了想，面露难色："眼下，我们的军队都在大西南，要把部队运送到华东、华北、东北还需时日。而中共进军东北，只需从山东半岛到辽东半岛，仅仅隔了一个海峡而已。"

　　"我已经催促外交部，让他们尽快把《中苏友好同盟条约》签下来。只要我们跟苏联签订了友好条约，东北就是我们的了。不过苏联人也有他们的考量，要求中国不要再出现内战。美国大使赫尔利也表明态度反对中国再次发生内战。"蒋介石眉头微皱。

　　"又是内战。他们既然反对内战，为什么不对中共施压，让他们把军队交给政府？中共没有了军队，自然就没有内战了。"陈立夫满心愤恨。

　　"毛泽东的《论联合政府》你看过了？"见陈立夫摇头，蒋介石接着说道，"你应该好好看看，毛泽东在那篇报告里说得非常清楚，他们是不会交出军队的。"

　　"那样，反对内战不就成了一句空话？！"陈立夫愈加恼怒。

　　"内战还是要反的，我们要比谁都反得坚决。反内战的口号，我们要比谁都喊得响亮。"蒋介石的话听起来高深莫测，陈立夫顿时一愣："三叔的意思是……"

　　蒋介石微微一笑："等跟苏联人把条约签了以后，我准备邀请毛泽东到重庆来谈判。谈和平，谈反内战。"

　　陈立夫一下子愣住了，有些摸不清蒋介石的意图："抗战胜利在即，为什么要让毛泽东来分享我们的胜利果实？"

　　蒋介石耐心地分析："抗战虽然胜利在即，可我们的大军在大西南，离中原路途遥远。我们现在要以时间换空间。"

　　陈立夫想了想，恍然大悟："三叔，您这可是大手笔啊！想必他毛泽东绝对不敢来。到时候……"

　　蒋介石哈哈大笑："我主动邀请他来谈，说明我们是反对内战的。他拒绝前来，不愿意和谈，就是要发动内战。到时候政府在迫不得已的情况下，不得不采取军事手段，消灭他们。那些小党小派、社会贤达之所以跳得这么高，就是因为有中共在背后给他们撑腰。只要中共不存在了，他们也就没什么可跳的了。"

"我明白三叔的意思了。"陈立夫笑着频频点头。

"让他们闹，想成立什么党就成立什么党，想拉个什么派就拉个什么派，越多越好。党派越多，他们之间爆发矛盾的可能性就越大，到时候成了一盘散沙，更有利于我们各个击破，我们分别敲打起来也就更加游刃有余了。"蒋介石似乎已经成竹在胸，"我们现在必须先稳住苏联人和美国人。让苏联人和平地将整个东北交给我们，让美国人提供更多的飞机和军舰帮我们运兵。"

蒋介石还在静待时机，苏联的坦克则挺进了东北平原，美军也已经开始大规模轰炸日本本土……终于，日本天皇被迫宣读了投降诏书。

漫长的抗战终于迎来了最后的胜利，人们心中的喜悦之情溢于言表。在重庆，欢呼的人群涌上街头载歌载舞。蒋介石也站在敞篷车上，频频向游行的人群挥手致意。

在延安，喜庆的人们打着腰鼓，吹着唢呐，扭着秧歌，欢庆这来之不易的胜利。毛泽东抱着小女儿李讷也站在人群中观看盛况。周恩来、朱德、刘少奇、任弼时等人也与群众一起欢快地扭起了秧歌。

在举国上下欢庆胜利之时，国民党政府的外交部部长王世杰代表蒋介石来到美国大使赫尔利的办公室，转达了蒋介石有意邀请毛泽东进行和谈的建议。

赫尔利非常满意："蒋先生能主动邀请毛先生到重庆谈判，是件非常好的事情。现在西欧一些共产党，像法共、意共、希共等，都愿意交出武装，跟政府合作，走民主和平的发展道路。中共提出的联合政府的主张，也是跟西欧的共产党一样，愿意交出武装，参加政府的。我们美国政府迫切希望中国出现像西欧那种可喜的局面。我们美国政府一定会竭力促成这件事。"

王世杰十分高兴："如果美国政府能出面促成此事，那么我们有理由相信，以后中共也一定会像法共、意共一样，与政府合作，使中国走上民主和平的发展道路。"

随后，蒋介石命吴鼎昌致电延安，并强调此番是召见毛泽东，所以电文里丝毫不能有两人平起平坐的意思。

很快，吴鼎昌把记录稿送蒋介石过目。

万急，延安。

毛泽东先生勋鉴：

倭寇投降，世界永久和平局面，可期实现，举凡国际国内各种重要问题，亟待解决，特请先生克日惠临陪都，共同商讨，事关国家大计，幸勿吝驾，临电不胜迫切悬盼之至。

蒋中正未寒

一九四五年八月十四日

"这就对了，很好，马上发出去。"蒋介石看了看很是满意，签过字，又递了回去。

收到蒋介石的电报，毛泽东马上找来周恩来、朱德、刘少奇、任弼时等人共同商议。

院子里，大家围坐在一起。毛泽东一手夹着烟，一手摇着蒲扇，笑着说道："老蒋邀我去重庆和谈，大家说说看，这重庆我是去得，还是去不得？"

任弼时断然说道："当然去不得！这明显是蒋介石摆下的鸿门宴。"

毛泽东却有些不以为然："当年项羽也曾在攻占咸阳后在霸上摆下鸿门宴。刘邦明知此去凶多吉少，但他还是去了，最后也全身而退了。"

"项羽乃有勇无谋之匹夫也，见面后经不起刘邦的几句好话，就晕头转向不知所以然了。蒋介石可不同，他一辈子都在搞阴谋诡计，对于屠杀我们共产党人，从来都没心慈手软过。"刘少奇分析道。

朱德想了想，提出自己的意见："重庆是万不能去的。这样吧，以我的名义给他发个电报，就说眼下受降正紧，百事待理，润之暂时无法分身，可派代表赴渝会谈。"

"这个代表还是让我来当吧。国共合作，我常驻重庆，这些年来跟他们打交道，我也有了经验。"周恩来毛遂自荐。

毛泽东看看大家，接着问道："怎么？诸位都不同意我去重庆？"

几人都点点头。毛泽东见了无奈地一笑，只好同意先由朱德给蒋介石发一封电报，看其反应再做下一步考虑。

蒋介石对毛泽东的这一邀约，在民主人士中间引起了强烈反响，老蒋的真实面目大家都心知肚明，此中阴谋一眼便能看穿。大家都不建议毛泽东来重庆，张学良、杨虎城就是前车之鉴。

聚在特园的张澜、黄炎培、沈钧儒等人议论起此事，但靖邦担心地说道："可是，他不来，也正中蒋介石的下怀。这样，他打内战就有了口实。"

柳亚子哼了一声，冷笑道："要打还怕他？当年在江西，老蒋发动了五次大'围剿'，都没有把中共剿灭；在陕北，红军才三万来人，同样没有被剿灭，现在中共军队上百万，还怕他剿？"

黄炎培摇了摇头："兵者，凶器也。战争，特别是内战，能够避免还是应该尽量避免。仗打起来，不管谁胜谁负，到头来还是老百姓遭殃，国家受损。"

张澜叹了口气："问题是老蒋太奸猾，把这个难题扔给了润之。"

一直没说话的梁漱溟思虑再三，开口说道："我认为，这个时候，我们第三方面应该挺身而出，主动担负起调停人的角色。由我们出面，同时向蒋介石和毛泽东发出会谈的邀请。至于这地点，可以在苏军占领的沈阳，也可以在英国人管辖的香港，甚至可以在美国人的军舰上，就是不能在重庆！"

张澜想了想，点点头说道："这个办法倒是稳妥周全，只怕不管是润之还是老蒋，都不会同意。"众人听了，脸上都露出忧虑之色。

接到朱德的电报，蒋介石马上约见了赫尔利大使，商议后续计划。

这时，钱大钧又送来了毛泽东的电报：

重庆，蒋委员长勋鉴：

未寒电悉。朱德总司令本日午有一电给你，陈述敝方意见，待你表示意见后，我将考虑和你会见的问题。

毛泽东未铣

一九四五年八月十六日

看完电文，蒋介石不屑地说道："他们是想拖延时间，最后把这件事拖过去。"

正在这时，侍从进来报告赫尔利大使到了。蒋介石起身出去迎接，一番寒暄过后，蒋介石和赫尔利及翻译官在客厅落座。在翻译官的帮助下，两人开始交谈。

蒋介石直奔主题，极力显示自己的诚意："我已经给延安的毛泽东发了电报，邀请他来重庆会谈，共同商谈抗战胜利后和平建国的事情。这件事想必大使先生已经知道了。"

赫尔利点点头："知道了。蒋先生能主动邀请毛泽东，使中国能够避免内战，也是我们美国政府最希望看到的事情。"

"避免内战，和平建设，是政府及我本人努力追求的目标。不过，我的邀请电报发出后，并没有得到中共的积极响应，对方反而是百般推诿敷衍，先是朱德发来回电，措辞强硬地说了六条，还推说现在受降程序未尽明了，刚刚又接到毛泽东的来电，要我在认真考虑朱德的意见并表态后，再考虑是否跟我见面。"蒋介石为自己发动内战寻找借口。

赫尔利接着说道："我认为毛和中共主要还是在安全问题上考虑过多。这样吧，我跟他们联系一下，由我出面，以美国政府和我个人的名义担保，保证他们的安全不会受到任何威胁。只要毛泽东决定来，我就亲自去延安接他。"

"大使先生能出面斡旋，那自然是再好不过了！"蒋介石笑着说道。

虽然大家都认定毛泽东不敢来重庆，但是谨慎的陈立夫认为必须要做好两手准备，以防到时候措手不及。为此，他召集了几名心腹秘密谋划此事。

脾气急躁的郑蕴侠提出只要毛泽东敢来，就必须设法干掉他，以图一劳永逸。而王思诚听说赫尔利已经出面以美国政府和他个人名义担保毛泽东的安全，担心蒋介石会有所顾虑，不会同意这么做。

郑蕴侠马上反驳："就算委座不同意，咱们也可以私下干。只要干成了，就算委座大怒，打我们一顿，关我们几年，可是从长远看，我们还是为党国立了大功的。"

说到立功，叶秀峰不满地发起了牢骚："这些年，委座给我们和军统分工，我们以对付共产党为主，他们以对付日本人为主。他们的风头经常压过我们。"

"是啊，日本人虽然凶残，但没有共产党狡猾。所以戴笠还可以分出部分力量对付共产党，跟我们抢功劳。"同样不满的方治接着说道。

"所以只要我们这次能成功地干掉毛泽东，那我们至少可以压倒戴笠几年！"郑蕴侠一脸兴奋。

旁边的王思诚提醒道："我们可以想到要抢这份功劳，难道戴笠就没想到也要抢？"

众人还在议论纷纷，陈立夫已经有了决断："不说这么多了。只要他毛泽东敢来，我们就敢动手！"

除了美国，苏联方面同样也做了担保，由苏联大使彼得罗夫出面给延安发了电报，建议毛泽东到重庆和谈。

延安方面迟迟没有回应，彼得罗夫立即向斯大林汇报情况，请他再次跟延安沟通；同时，他向国民党政府的外交部部长王世杰建议能否考虑增加民盟作为第三个担保方，毕竟民盟是除国民党和中共之外的第三大党。

蒋介石听了王世杰的汇报十分震怒："民盟？他们有什么资格！"

"他们当然没有资格。不过中共自知力量弱小，没法跟我们比肩，所以一直都在拉拢民盟。如果这次民盟愿意出面担保，毛泽东又不给面子的话……"王世杰就此打住，小心翼翼地观察着蒋介石脸上的神色。

蒋介石想了想，脸上阴晴变幻，最终还是点头同意了王世杰的提议。

很快，张治中赴特园拜访了张澜，表明蒋介石邀请毛泽东的态度是真诚的，同时也非常重视民盟的立场，特别邀请民盟做第三方担保人。张澜听了很是惊讶，马上召集大家商议对策。

客厅里，大家或坐或站，时而小声交流，时而大声争辩。沈钧儒显得很是乐观："蒋介石主动请我们做担保人，充分证明了我们中间力量的强大。我认为，这个保我们必须担。这是宣传民盟、展现民盟作用的大好机会。"

施复亮却比较担心："如果毛泽东在重庆真的出了事，这个责任，我们担当得起？"

　　"是啊！这明显就是蒋介石摆的鸿门宴。"张澜也十分忧虑。

　　这时但靖邦清了清嗓子，大声说道："我认为这个保我们应该担，而且毛泽东也应该来。当年刘邦都敢到霸上赴宴，他毛泽东为什么没有这种胆量？！"

　　"你站着说话不腰疼。当年项羽就是个有勇无谋的武夫，蒋介石则是个心狠手辣的权谋高手。"柳亚子立刻出言反驳。

　　"我知道蒋介石心狠手辣，但这次，有美国、苏联和我们民盟三方担保，我敢保证老蒋不敢把毛泽东怎么样。"但靖邦理直气壮。

　　柳亚子气愤地说道："你算老几，你就敢保证他杀不了毛润之？"

　　见两人吵了起来，张澜连忙劝道："二位先别争了！你们俩见面就争！就不能坐下来心平气和地说几句话？"

　　沉默了片刻，梁漱溟抛出一个问题："有美国和苏联两家出面，已经是双保险了，我们能负多大的责任？"

　　沈钧儒看了看大家，冷静地说道："其实，我们并没有想象的那么重要。你们都不了解毛泽东，毛泽东如果不想来，我们担保他也不会来；他要是想来，我们不担保他也会来。"

　　郭沫若想了想，朗声说道："我提个建议。咱们还是等一等，等延安的消息。如果毛润之要来，这个保我们必须担。如果不来，我们也就用不着担什么保了。"

　　大家纷纷表示赞同。张澜没有说话，脸色依旧凝重。

　　计划在按部就班地推进，蒋介石心情不错，与宋美龄在花园里边走边聊。

　　"我们这次做出了很大的让步，才跟斯大林把友好条约签下来。这样，中共就成了没爹没娘的孤儿。达令，你以为斯大林会让毛泽东来重庆吗？"宋美龄轻声问道。

蒋介石望着池塘里的鱼儿："斯大林的态度不重要，关键是毛泽东自己来不来。中国的情况，无论是杜鲁门还是斯大林都不懂。就像杜鲁门不能指挥我一样，斯大林也不能指挥毛泽东。这一点，我跟毛润之是英雄所见略同。支援可以，但控制是绝对不可能的。"

"那你料定，毛泽东到底来还是不来？"宋美龄又问道。

蒋介石目光一沉："我已让吴鼎昌起草第二封电报。他要是不来，我还要发第三封。"

很多人都在关注着这件事情的发展。这天但靖邦正坐在沙发上看报纸，见但世平推门进来，便放下报纸说道："二十日，蒋介石又给毛泽东发了第二封邀请电报，两天后毛泽东回电，还是没答应来重庆，只说派周恩来作代表。"

但世平听后一反平时的乖巧模样，气愤地说道："周恩来是中共副主席，他来完全可以代表中共，为什么非要毛主席亲自来？这明明就是没安好心。"

但靖邦叹了口气："任何人都知道他没安好心，可如果毛泽东不来，会正中老蒋的下怀，给他发动内战、剿灭中共找到借口。"

但世平十分不屑："狼要吃羊，可以找出一百个理由。"

看着一反常态的女儿，但靖邦苦口婆心地劝道："丫头，你还年轻，没有经过世事，有些关键时刻，该挺身而出的就应该勇敢地挺身而出。如果这时毛泽东不来，老蒋就找到了发动内战的借口，从'九一八事变'算起，我们的抗日战争打了十四年，国家需要重建，民众需要休息，是万万不能再打仗了，我们已经耗到灯残油尽了。"

但世平不听父亲那一套理论，接着问道："如果他来了，遭了蒋介石的毒手怎么办？蒋介石如果杀了毛泽东，到时候还是会爆发内战。与其这样，何必要多死一个人？"

"如果蒋介石真的杀了毛泽东，那蒋介石就会成为中华民族的千古罪人。不过，蒋介石要是不杀毛泽东呢？"但靖邦反问道。

"哼，如果不是想杀他，为什么非要他亲自来谈？"但世平脱口而出。

但靖邦有些急躁："这是一种态度，表示出一种诚意。"

但世平嗤之以鼻："如果只要一种态度，蒋介石为什么不亲自到延安去。他如果敢去，我相信中共绝不会动他一根毫毛！这样的话，就会更加显示出他的伟大，别人的渺小。"

但靖邦绷起脸，沉声说道："你这是强词夺理！这是一种不负责任的态度，唯恐天下不乱！真的打起来，中共撑不到一年。"

"那可不见得。当初日本鬼子强不强大？把国民党军队打得丢盔卸甲，丢掉了大半个中国。可他们却奈何不了八路军、新四军。他们不但消灭不了八路军、新四军，反而让八路军、新四军从最开始的几万人，发展到了上百万人。现在，独裁者非要打，人民也没有办法，只能奉陪到底，打烂了再建设！"但世平说得不疾不徐，有理有据。

但靖邦气得指着女儿吼道："你，你这完全是共产党的腔调！"

见父亲生气了，但世平马上笑嘻嘻地拉着父亲的手臂说道："这是人民的腔调。爸，我说蒋介石不可能打败共产党，是有充分根据的。因为共产党有广大人民的支持，独裁者要冒天下之大不韪发动内战，千千万万的工人、农民、革命知识分子，都会拿起武器，跟着共产党打败独裁者。"

"小小年纪，就练就一副伶牙俐齿！"但靖邦的气瞬间消了大半，假装生气地甩开了女儿的手。

"爸，我是学政治的。能说会道是一个政治家的基本功啊。"

"丫头，我问你一句话，你一定要如实告诉我。"但靖邦一脸郑重，"你是共产党？"

但世平立刻摇了摇头："不是。"

但靖邦盯着女儿眼睛一眨不眨："那你说话怎么和共产党一个腔调？怎么，跟爸也不肯说真话？"

但世平一脸认真地说道："爸，我不骗你，我真的不是共产党，但我是人民的一员，共产党代表人民群众的根本利益，我们当然就有共同的语言了。"

但靖邦轻叹一声，然后指着但世平严肃地说道："我警告你！在中国，任何人都可以加入共产党，唯独你不行！因为你是我但靖邦的女儿，一个双手沾满共产党人鲜血的刽子手的女儿！"

听到这话，但世平顿时惊呆了。

回到学校，但世平立刻约了宋晓军见面。两人并肩走在嘉陵江岸边，往日欢快调皮的但世平说完父亲的事，就低下头，一声不吭了。

"你父亲的情况，组织上了解得非常清楚。还是那句话，一个人的出身是无法选择的，但人生的道路却是可以选择的。所以在这一点上，你千万不要有什么思想包袱。"宋晓军连忙安慰。

但世平深深叹了口气："不管怎么说，他曾与人民为敌！而且，手上还沾着革命者的鲜血。"

宋晓军看着但世平，轻声说道："但他跟李济深一样，同样也为国家、为民族做了许多好事。现在，他们反对蒋介石的独裁统治，要求建立民主国家的主张，跟我们党的方针是一致的。我们党的政策一贯是既往不咎、重在当下。眼下正是大浪淘沙的关键时刻，如何选择才是最重要的。"

"我问过我爸，他既不选择国民党，也不选择共产党，我爸正迷恋着走中间道路，想借美国人做他的保护伞。"但世平很是无奈。

宋晓军拍拍她的肩膀，安慰道："这种心态在当前许多民主人士中间非常流行。不要急，慢慢来，让事实来教育他们，比任何道理都更有说服力。"

但世平苦着脸看了一眼宋晓军，又低下了头。

3

亲赴"鸿门宴"

蒋介石听说斯大林已经两次发电报催促毛泽东来重庆参加和谈，心里暗暗得意，他断定毛泽东绝不敢来。他决定再加一把火，便吩咐钱大钧立刻让吴鼎昌起草第三封电报。

收到蒋介石的电报，毛泽东立刻在枣园小礼堂召开了政治局扩大会议进行讨论。

毛泽东晃着手里的电报，笑着说道："蒋介石又发来第三封电报，有一种不把我拉到重庆去决不罢休的架势。美国大使赫尔利也拍着胸膛说，以他的人格保证我的安全。看来，我这次的重庆之行是势在必行了。"

对蒋介石的咄咄逼人，众人都气愤不已。任弼时站起来说道："我还是那句话，重庆绝对不能去！管他斯大林还是赫尔利，他们管不着我们中共的事！"

毛泽东连忙摆摆手："弼时同志，话不能这样说。各方面的关系，该照顾的还得照顾一下，我们不能把自己搞成孤家寡人啊。"

任弼时一针见血："这中间没有友谊，只有利益。说穿了，美国人就是想在中国推行他的那套资产阶级的民主制度，苏联人则是抱着《中苏友好同盟条约》的瓷瓶子生怕摔碎了。可他们谁考虑过我们的感受、我们的利益！"

"不就是打仗嘛！别人怕打，我彭德怀不怕！我在这里向大家保证，只要蒋介石敢打，我彭德怀第一个带着队伍冲上去！"彭德怀愤怒地说道。

毛泽东面色严肃："我们谁怕打仗？可是，彭德怀同志你想过没有。这一仗打下来，又会有多少生命死亡？又会有多少百姓遭殃？我还是那个观点，能不打仗就最好不打。我相信，只要我们真理在手，只要我们真正代表了广大人民群众的根本利益，我们在议会中、在谈判桌上，就可以战胜蒋介石。"

众人对视一眼，微微点头。刘少奇想了想又说道："这次主席去重庆，美国、苏联和民盟三家出面担保，安全应该没有问题。"

毛泽东掷地有声："四万万同胞饱受战火摧残，亟盼和平，我毛泽东个人安危又何足惜？重庆就是龙潭虎穴，只要我们和人民站在一起，国民党又奈我何！"

会议室里一时安静下来，众人都默默地思考着。

过了半晌，周恩来打破了沉默："我们这次去，如果能争取达成某种妥协的协议，能够废除一党专政，成立联合政府，也可以给全国人民一个交代。如果连这一点要求都达不到，也可以揭穿蒋介石假和谈、真内战的阴谋。"

任弼时随后分析道："就算真的成立了一个联合政府，这个政府也是独裁加若干民主的形式。大权也是由国民党蒋介石独揽的，小权分一些给各民主党派。我们参加这样的政府，就是进去给蒋介石'洗脸'的，给他涂上一层民主的白粉，对他的独裁统治没有一点影响。"

"许多东西欲速则不达。民主也不是一晚上就能争得到的，必须一步一步地来。首先，只要蒋介石同意成立联合政府，我们和各民主党派能进入联合政府，以后的斗争，就要在议会里面了。"毛泽东提出自己的想法。

"对，这就是主席在七大时讲的长期迂回曲折的道路。走这个弯路将使我们党在各个方面更加成熟，中国人民更有觉悟，然后建立新民主主义的中国。"刘少奇表示赞同。

"这是与虎谋皮！蒋介石是不可能让你争到什么权利的。"任弼时强烈反对。

毛泽东淡然一笑："刚才恩来说了，即使争不到，也可以揭穿蒋介石假和谈、真内战的阴谋。"

"到时候你人都没了，或者像张学良一样被关起来了，你如何揭穿？你去向监狱的看守揭穿？"任弼时十分激动。

彭德怀也深有同感，接着说道："就是！张学良对老蒋的冒犯，不及你的万分之一吧？他都被老蒋关了八九年了。当时有多少人反对？这些年有多少人奔走呼吁，老蒋就是充耳不闻，视而不见，一意孤行，谁能把他怎么样？"

毛泽东想了想，坚定地说道："蒋介石这三封电报，的确是把一个大大的难题踢给了我们，但如果我们去了，就把这个难题又踢回去了。"

"不过，解放区军民最关心的还是主席的安全问题。深入虎穴与杀人如草不闻声的蒋介石谈判，能够安全返回吗？"刘少奇担心的还是安全问题。

毛泽东郑重地说道："这次到重庆，我是做了充分的思想准备的，我准备好了去坐班房。要是他杀了我，也没什么。没了我毛泽东，在座诸君照样会领导中国革命，照样会取得胜利，毕竟我一个人的力量是微不足道的。"

"但影响是巨大的。当年石达开在大渡河如果不离开部队，一个人过河去跟敌人谈判，他那几万人马至少还有突围的机会。可他这一走，导致军心涣散，几万人马竟然被人家如鸡鸭一样屠杀，没有一点还手之力。如果一个政党、一支军队的统帅都被敌方抓起来坐了大牢，其政治损失是不可估量的。这会大大地动摇全党、全军广大干部战士的革命信心，也会让全国盼翻身得解放的人民失去希望。"任弼时仍旧强烈反对。

"如果是牺牲在战场上，反而会使广大指战员更加同仇敌忾、奋勇杀敌。如果自投罗网，窝窝囊囊地被人抓起来，就会让下面的广大指战员认为我们真的不行了，自己的统帅都跑到敌人那里去谈判了。"彭德怀立刻表示支持任弼时的想法。

毛泽东听了笑道："彭德怀同志，我想提醒你一下，我们现在并没有跟国民党军队开战，我们现在还是友军，不是敌军。"

"只要把你一抓，友军立刻变成敌人，内战也随之爆发。你到重庆去求和平的梦想也就立刻破灭了！"任弼时抢着说道。

"万一蒋介石不抓我呢，最后不仅我回来了，而且还获得了一些成果呢？"毛泽东反问道。

两人一时僵持不下，会场内瞬间安静下来。忽然，彭德怀的声音响起来："从1927年到现在，我们这支队伍走过多少弯路，遭受过多少磨难，好不容易才找到一个能带领我们打胜仗的统帅，让我们有了根主心骨。可……我，我……"说到这里，彭德怀流下了热泪，"我彭德怀想不通……"

众人无不为之动容，许多人都低下了头。见大家的情绪有些激动，周恩来建议暂时休会。

毛泽东却坚定地摆摆手："不用，许多事情一时半会儿是扯不清楚的。然而时不我待，今天必须做出决定。还是举手表决吧。"说完首先举起了手。

周恩来想了想也举起了手，其他委员们也跟着慢慢举起了手。任弼时坐在那里一动不动，彭德怀则把脸转到了一旁。

毛泽东看了看大家，笑着说道："只有两票反对，少数服从多数，通过。不同意见可以保留，但必须执行通过的决议。我已经做好了最坏的打算，所以在临行前有两个建议：第一，我不在延安时由少奇同志代理我的职务；第二，建议书记处增补陈云同志和彭真同志为候补书记，以便在恩来和我都不在的情况下，书记处还能保持五个人开会。大家有什么意见？"

众人纷纷摇头。

"那就举手表决吧，同意的请举手。"毛泽东说道。

所有人都举起了手。任弼时和彭德怀也慢慢举起了手。

"请放下。我刚才说了，我是做好了被杀头和坐班房的准备的。如果是软禁，那也不用怕，我正是要在那里办点事。现在苏联红军不入关，美国军队不登陆，形式上是中国人自己解决问题，实际上是都在过问，都不愿意看到中国打内战，国际压力是不利于蒋介石独裁统治的。所以，重庆是可以去和必须去的。"毛泽东再次阐明他的观点。

周恩来点点头说道："在出发之前，我们必须抓紧时间做准备，把谈判的内容、条件、要求、底线和可能会发生的问题都想清楚。"

毛泽东想了想，满怀信心地说道："虽然是城下之盟，但签字之手在我。虽然必须做一些让步，但在不损害根本利益的前提下才能达成妥协。我考虑做出让步的地区首先是广东至河南，其次是江南，最后是江北。但陇海路以北至蒙古国一定要我们占优势。"

"蒋介石这个人就是个独裁者，他要是不满足于这些让步呢？"任弼时马上问道。

"那就城下不盟，准备坐班房。在我们党的历史上从来没有也不会有随便缴枪的事，所以绝不要怕！"毛泽东豪气干云。

周恩来一脸严肃地看着毛泽东："我马上赶往重庆做好准备工作，随后再回延安来接你们。"

散会后，毛泽东和刘少奇并肩走在路上。刘少奇提起斯大林的电报竟然不是以苏共中央，而是以俄共中央的名义发来的，上面明确要求毛泽东去重庆参加和谈，否则如若引发内战，整个中华民族都要被毁灭。

毛泽东皱了皱眉头："苏联刚刚跟蒋介石签了条约，可能是有点顾忌。不过中国人民拿起武器与反动派做斗争，争取人民的解放，怎么会毁灭民族？这是什么逻辑啊？！"

刘少奇无奈地说道："你这一去，着实让人担心啊！工作方面，我会随时向你汇报。"

"不要为我担心，也不要事事都汇报，要大胆地放手开展工作。我走后，这里就是中央，我也要服从中央领导。"毛泽东用轻松的语气缓解着刘少奇的焦虑。

蒋介石的信发出后，陈诚、何应钦、陈立夫等人在蒋介石办公室里讨论共产党随后可能做出的反应。大家一致认为毛泽东绝对不敢来重庆。

张群忽然说道："听说，重庆有不少人建议改变谈判的地点。"

蒋介石马上表示反对："这是绝对不行的。这样，毛泽东不就跟我平起平坐了？"

"只要他不来，我们就立即开战。"陈诚说道。

"可我们的大部队还都在大西南。"张群指出关键问题。

陈诚笃定地说道："我们在陕西的胡宗南部队，足以消灭陕北的共党，至少可以把毛泽东赶过黄河。"

蒋介石思索了一下，立即下令："你们马上叫胡宗南来重庆，制订一个作战计划。同时电令山西的阎锡山、绥远的傅作义做好战斗准备。另外，战火一开，你们中统、军统一定要立即行动，摧毁国统区共党所有的地下组织。"

众人点头，领命离去。

阎锡山接到命令，要求手下的部队一定要在一个月之内做好战斗准备，并争取在三个月内彻底肃清山西境内的八路军部队。

南京的冈村宁次也闻风而动，命令黑田马上带着他的亲笔信赶往太原，跟阎锡山面谈。承诺一旦开战，日军在山西的所有部队，都将服从阎锡山的指挥，为他收复山西充当马前卒。

当蒋介石得知阎锡山已经下达作战命令，即刻对晋东南的刘伯承部发起进攻时，再次致电阎锡山一定要狠狠地打，只要能在山西拖住共军一个月，国民党中央军就会赶到，跟他们一道肃清八路军。

与此同时，蒋介石收到了毛泽东的回电，表示即将赴渝参加和谈。蒋介石闻讯大为震惊，宋美龄也觉得有些不可思议。

花园里，宋美龄和蒋介石边走边聊。

蒋介石沉默半晌，终于开口说道："确实有些出乎意料，但没什么值得大惊小怪的。"

宋美龄停下脚步，轻声问道："他来了，你打算怎么办？是谈，是关，是杀？"

蒋介石沉默不语。

"达令，你请他来，是把一个难题踢给了他。现在他来了，又把这个难题踢给了你。不管你是杀了他还是关押他，你在政治上都输了，也会大大地得罪美苏两国。可是一旦放他回去，虽然对你的形象没什么损害，但让毛泽东中了个头彩，他的威望和名声会得到大大的提升。"宋美龄仔细分析。

蒋介石刚要说什么，这时钱大钧走过来报告陈立夫求见。

"他这个时候跑来干什么？"蒋介石满是疑问，随后吩咐让陈立夫到客厅等候。

"肯定是为了毛泽东的事。"宋美龄说着与蒋介石走出花园。

回到客厅，正在等候的陈立夫连忙迎上来，一开口，果然是关于毛泽东的事。蒋介石示意他先坐下，然后一脸平静地说道："急什么，他既然敢来，那就谈谈吧。"

蒋介石的淡定让陈立夫有些意外："三叔认为毛泽东会同意交出军队，取消他们那所谓的边区政府？"

"当然不会。"蒋介石答道。

"那还有什么可谈的呢？"陈立夫满是疑惑。

蒋介石看了陈立夫一眼，反问道："不谈，请他来做什么？"

"三叔，侄儿有些话……"陈立夫欲言又止。

"说吧，我们叔侄之间，有什么话不可以说的？"蒋介石语气温和地说道。

陈立夫顿了一下，接着说道："三叔，我认为我们这一次，绝对不能步项羽放虎归山的后尘，应该以通敌卖国的汉奸罪把他抓起来，进行审判。"

"汉奸罪？"蒋介石思索着。

陈立夫信心满满："您放心，我们很快就可以找到一大批证人和证据。"

蒋介石笑道："我知道，你搞这些有一整套的经验。"

陈立夫踌躇满志："在西方流传着这样一句话，世界上最不能相信的就是政治家说的话。但这么多年了，这些政治家还在继续说、继续做。因为他们知道，他们是在为党派和国家利益说假话，所以他们说得心安理得。古今中外任何一位成大事的君主，都必须靠杀人立威。不敢杀人，就当不成君主，即使当了君主，最后也会被别人所杀。当初项羽就是因一时的妇人之仁，结果自己落得个身败名裂的下场。"

"是啊，一个优秀的政治家，是不能存有一丝的妇人之仁的。"蒋介石点点头，很是赞同。

得到蒋介石的肯定，陈立夫扬扬得意："'西安事变'后，如果三叔没有当机立断，扣押了张学良，而是放虎归山的话，张学良的东北军即使不与中共合作，也是一支独立的力量，会让我们很难受。现在中共的情况跟当时的东北军差不多。如果我们大胆地扣押了毛泽东，中共就会为争夺权力内斗起来，内斗会消耗其大部分力量，然后政府以平定内乱的名义出兵，既有名，又有利。"

一番话说到了蒋介石的心坎里，他站起来，在屋里踱着步："说得对，所谓仁政，是对下面的老百姓的。至于对政敌，绝不能心慈手软！"

毛泽东将亲赴重庆的消息很快传播开来，举国震惊。为此，十几名民主人士齐聚特园，对此事展开讨论。

"这是弥天大勇啊！毛润之不顾个人安危，肩负天下之兴亡、民族之重任，毅然深入虎穴，其胆魄与勇气，惊天地，泣鬼神！"柳亚子难掩激动之情，感慨连连。

"诗人就会夸张。"旁边的但靖邦瞥了柳亚子一眼，小声嘀咕了一句，接着又由衷地赞叹道，"不过毛泽东的胆识的确令人钦佩。"

大家都很兴奋，你一言我一语，热闹非凡。过了一会儿，张澜提高嗓门，大声喊道："诸位，请静一静。毛润之这次能来重庆，的确出乎我们许多人的意料。不过，既然我们民盟这次是担保人，那我们就应该兢兢业业地把这个保人做好。我提议，我们要多组织一些人到机场去迎接，要让某些人看到我们民主力量的强大。"众人纷纷附和。

但靖邦回到家中，脑子里还在萦绕着这件事，这时但世平风风火火地走进客厅："爸，毛主席明天就要到重庆了！"

"我知道，明天我们民盟要组织许多人去机场迎接。"但靖邦说道。

"我们许多大学生也要去。有人说，我们要让毛泽东检阅一下重庆的民主力量！"但世平兴奋得脸色有些发红。

但靖邦心中一动："检阅？你们真把他当成领袖了？"

"在人民的心目中，他就是中国民主运动的领袖啊！"但世平没有注意到父亲表情的变化，仍旧激动地说道。但靖邦转过头来，脸色渐渐沉了下来。

1945 年 8 月 28 日，在国民政府军事委员会政治部部长张治中和美国驻华大使赫尔利的陪同下，毛泽东和周恩来、王若飞等人从延安飞抵重庆。一行人被安排到桂园张治中公馆休息。到了桂园，张治中引领毛泽东等人步入客厅，众人寒暄一番，先后落座。

毛泽东四下看看，朗声笑道："我已很多年没有坐过皮沙发了。大城市里的一切，对我来说很陌生啊。"

张治中立刻微笑着说道："毛先生应该还没有用午饭吧，我即刻让人去安排。"

话音刚落，电话铃声响起，张治中拿起电话。原来是蒋介石特意打来电话问候，并约定晚上八点半将在林园设宴，为毛泽东接风洗尘。

毛泽东与周恩来对视一眼，毛泽东笑道："也好，不过去林园之前，我们还得先去一趟红岩村。"

傍晚，毛泽东、周恩来从红岩村八路军办事处回来，应邀前往林园。蒋介石亲自站在官邸前迎接。

车队缓缓停在官邸门口，随从打开车门，一身中山装的毛泽东下了车，向同样身着中山装的蒋介石走去。蒋介石表现得十分热情，他上前两步，紧紧地握住毛泽东的手："润之好，久违了，久违了。屈指算来，我们快有二十年未见面了。三年前，我请你来，你没来，派林彪来了。"

毛泽东打过招呼后，从容地笑道："主雅客必勤，我这不是来了吗？"

"来了就好，来了就好。润之，你无论如何也要给我一个面子，就在这林园住下。"蒋介石边说边带着毛泽东向院子里走去，簇拥在旁边的众人也纷纷热情地附和。

"恭敬不如从命。"见推辞不过，毛泽东只能微笑着答应下来。

一场酒宴，表面上倒是宾主尽欢。

夜色渐深，周恩来和警卫人员仍在毛泽东的卧室里商议。

"这一次我们真是深入虎穴了，看能不能弄点'虎子'回去吧。"毛泽东的话幽默风趣，顿时把众人逗乐了。

周恩来笑道："我看只要努力，总有机会。"

毛泽东又看看众人："今晚要在'老虎'的眼皮子底下睡觉，你们怕不怕？我原来是有点怕，后来我觉得跟'老虎'挨得近了，反而有安全感了。"

众人又笑起来。

"主席，您今天又坐飞机，又坐汽车，还吃了宴席，早点休息。我再去趟桂园，与张治中和邵力子先生商谈一下明天的谈判安排。"周恩来想了想说道。

毛泽东点点头："让龙飞虎跟着你去吧，他在重庆就一直跟着你，有他在，我也放心。"

"老蒋的目标可不是我，您的安全才是最重要的。"说着周恩来转身交代警卫队队长龙飞虎，"龙飞虎，今晚主席就住在中间的玻璃房里，你们警卫员住在旁边的平房，一定要加强戒备，不能让任何人靠近这里。"

"是。"龙飞虎收起笑容，声音坚定有力。

同在林园，蒋介石和宋美龄换好睡衣却坐在床边难以成眠。

"毛泽东凭着陕北弹丸之地，养成羽翼，到了今天，可以跟你分庭抗礼，这已是不争的事实了。"宋美龄叹息道。

"日本人发动'卢沟桥事变'，打乱了我们的全部计划。"蒋介石心烦意乱，"现在想一口吃掉毛泽东，难啊！"

见蒋介石情绪低落，宋美龄试探着问道："明天的谈判，你是要跟毛泽东三分天下了？"

"他休想！我不过是借谈判争取时间而已。"蒋介石想了想，又起身看看屋外，"刚才在宴席上，有那么多官员和中外记者作陪，我也不好主动提起政治问题。现在毛泽东虽然来了，但是我并不清楚他的态度，为了防止他们明天在谈判桌上捣鬼，我还是得去给他提前打个预防针。"

翌日清晨，警卫员陪护着毛泽东漫步在楼旁的甬道上，正好与早起的蒋介石不期而遇。毛泽东主动打过招呼后，两人沿着长满青苔的石阶拾级而上，随后就座于林荫道旁的一张圆石桌旁。警卫员悄悄退到了一旁。

蒋介石摆出一副兄长的姿态，故作关切："润之，你起得很早啊，听说你有晚上办公的习惯。怎么，来这里不习惯？"

毛泽东微笑着说道："岁月如逝水，有道是前三十年睡不醒，后三十年睡不着啊！蒋委员长不知有没有这个体会？"

蒋介石感觉到了毛泽东话锋的锐利，连忙岔开话题："嗯。这里环境不错吧，歌乐山风景优美，空气新鲜，素有'渝西第一峰''山城绿宝石'之称，住在这种地方，对身体是很有好处的。"

毛泽东点点头："这地方比起陕北的黄土高坡的确要好上十倍，只可惜我毛泽东还没有长期住在这种地方的福气。"

蒋介石热情地说道："只要你愿意，可以长期住在这里啊，我把这里让给你。"

毛泽东哈哈一笑："那我可当不起啊！这么好的地方，只有委员长才有资格住，我毛泽东只是一个乡巴佬，有一孔窑洞住就心满意足了。"

蒋介石一边摆手一边笑道："这地方我也住不了多久了，很快就要回南京了，到时候我在南京给你找一个好地方。"

毛泽东似乎很是憧憬："等联合政府正式成立了，我也会去南京，在政府里面当个委员什么的。到那时，我这个乡巴佬也可以住在大城市里享享福了。"

蒋介石望着远山绿树，缓缓地说道："大城市有大城市的好处，但这风景绝佳的田园山水更令人心旷神怡啊。"

毛泽东大笑起来："委员长在繁华的大城市住久了，偶尔到山里来换换口味是可以理解的，可我毛泽东这二十多年一直被当成土匪追打，钻了二十多年的山沟，当然更想到大城市里过几天舒服日子了。"

蒋介石满脸堆笑："只要我们这次和谈成功了，你的愿望立刻就会实现。"

毛泽东点点头："借委员长的吉言。"

两人都笑起来。随后，蒋介石煞有介事地说道："欢迎宴会上说的都是些空话、套话。润之，找个时间，我们两个单独坐下来，好好谈谈。"

毛泽东慨然应允："随时听候吩咐。"

会谈即将正式开始，双方寒暄过后，张治中在前面引路，众人依次走进会议室，分宾主落座。

蒋介石环顾四周，笑道："今天我们能坐在一起，真是不容易啊！安危系一身，天下人的眼睛，此时此刻都在盯着我们哪！"

张治中接着说道："是啊，1945 年 8 月 29 日，对于饱受战乱的中国来说，是个应该载入史册的日子。"

"贵党是东道主，我们希望先听听你们的设想。"毛泽东首先说道。

蒋介石假装客气地说道："你们是客，当然应该先听听你们的意见。政府之所以不先提出意见，是表明政府愿意听取中共的一切意见，倘若我们先拿出那么几条来，很容易束缚大家的思维。希望中共方面坦诚相见，知无不言。"

毛泽东意味深长地说道："我们很感谢蒋委员长的良苦用心，中共方面希望通过这次谈判，使内战真正结束，使我中华民族实现永久和平。"

蒋介石断然否定："中国没有内战。"

毛泽东针锋相对："自从 1927 年之后，内战是没有断过的。'九一八事变'后，我们提出停止内战、共同对外，但没有实现。直到'西安事变''卢沟桥事变'，才实现了两党团结合作，可大大小小的摩擦从来就没有停止过，你们说没有内战，那是欺骗，是不符合实际的。"

蒋介石顿时有些尴尬，为了缓和气氛，他故作轻松地说道："润之不必动怒，过去的一页就让它过去吧，我们还是要向前看。这样吧，请你们准备一个和谈提案，然后政府根据你们的要求，再研究解决方案，你们看，意下如何？"

会议不欢而散。回到卧室里，蒋介石坐在沙发上，张群、张治中等人则站在一旁不敢吱声。

"你们都看到了吧，他们是绝不会服软的，这场谈判将会十分艰难。你们做好准备，政府绝不能妥协。"蒋介石怒气冲冲，一脸阴霾。

张群立刻附和："是，是。看来他们是有备而来，要来抢码头了，我们必须坚持我们的原则，不能让他们得逞。"

毛泽东的卧室里，毛泽东、周恩来、王若飞等人也在讨论刚才的谈判。蒋介石认为中国没有内战，言下之意就是中共是"匪"，国共开战，完全是政府在"剿匪"，算不上内战。江山易改，本性难移。这充分表明了蒋介石独裁灭共的本性是不可能改变的。但是共产党人背负着国家和民族和平的希望，因此，几人商量着一定要竭尽全力争取实现和平。

最后，毛泽东说道："对，宁可蒋负我们，我们绝不负蒋，这是对民族、对人民负责。人民不希望内战。这次和谈我们要拿出最大的诚意，做出最大的让步。第一，政治上我们承认国民党第一大党的地位，拥护蒋介石的领导；第二，关于解放区地方政府的问题，这是我们党领导人民武装力量同日本侵略者浴血奋战的结果，我们建立的民主政权，不同于国统区的独裁统治，我们不能放弃，军队更不能交出去，但可以缩编。另外，关于和平建国的方针，关于政治民主化，关于国民大会，还有特务机关、释放政治犯等问题，按我们在延安讨论的意见提出，你们看如何？"

周恩来、王若飞都表示赞同。

毛泽东看了看四周，接着说道："这里戒备森严，我们好像成了'笼中之鸟'了，必须离开这里，住到咱们自己的地方去。"

王若飞思索道："那就住到红岩村八路军办事处去，就是红岩村离市区太远，主席会客、开会都不方便。"

周恩来想了想，轻声说道："文白先生曾经说过，想邀请主席住到桂园去，那里倒是方便。"

"文白先生真是个好人啊。"毛泽东十分感慨，接着说道，"那我就白天在桂园办公，晚上还是回红岩村吧。"

在这虎穴龙潭里，众人小心翼翼，希望能够得到全国人民都在盼望的"虎子"。

次日，双方正式开始了谈判，毛泽东、蒋介石均未参加。

张治中首先请中共方面发言。周恩来态度明确："首先我要声明，我们衷心地希望谈判成功。我党认为，目前必须要求国民政府立即实施若干紧急措施，以奠定今后和平建设的基础。"

紧接着，周恩来起身将提案递给国民党代表："简单地说，就是防止内战，承认解放区和抗日部队，承认各政党的合法权益，取消特务机关，释放爱国政治犯，成立举国一致的民主联合政府……"

看完周恩来提交的提案，张治中头上有些冒汗："好商量，好商量。"

张群则是态度强硬："第一条似乎不妥。内战在哪里啊？委员长不是说过了，中国没有什么内战。"

王若飞面沉如水，冷笑道："是啊，委员长不承认这是内战，只承认是'剿匪'。在他眼中，共产党、人民军队，都是犯上作乱的'匪'。这是哪家的逻辑啊？我看委员长是'胜则王侯败成寇'的逻辑吧？从1927年以来，你们搞'清党'，'围剿'与你们共同北伐的共产党人，你们'围剿'中央苏区，在半个中国打了十年。这不是内战？那么'西安事变'后两党的合作，岂不成了委员长与'匪'的合作？现在又与'匪'坐在一条板凳上了。"

周恩来紧接着说道："如果不是为了避免内战，我们又何必坐在这里呢？甚至现在你们还在搞内战的准备。"

王世杰见谈判桌上要起冲突，马上打和道："这话从何而来？我党希望和平的诚意，天下人有目共睹啊。"

王若飞嗤笑一声："我方接到电报，阎锡山的部队已向我上党根据地发起进攻。这不是内战，难道又要解释为'剿匪'吗？"

张群故作震惊："有这种事？文白，你知道吗？"

张治中疑惑地摇了摇头："不会吧，我们可以查一下。"

"如果有这般违背蒋委员长意志的事情发生，政府不会视而不见。"王世杰也跟着假装不知。

王若飞一字一顿地说道："这的确是事实。"

"需要你们有个明确的答复。"周恩来面色严肃。

"嗯，我们有纷争不要紧，没有纷争就无须谈了。"张治中连忙缓和气氛。

会议没有什么进展，最后只能草草结束。

张群和张治中来到蒋介石的办公室汇报谈判情况。看了中共的提案，蒋介石怒气冲冲地把文稿摔在桌子上："不行！毛泽东的这些要求，一条都不能答应！"

"委座。中共已经拿出了具体条款，我们也应该有几条具体的办法，才好根据这些条件跟中共谈判。"张群提议。

蒋介石想了想，说道："你们几个先去商量个初步意见给我过目。"

"是。"张群答应一声，和张治中一起离开了办公室。

过了不久，陈布雷拿着一本《剿匪手本》和戴笠一起走进办公室。《剿匪手本》是十几年前国民党印刷的一本小册子，现在他们想再次印发，但是正值和谈之际，所以陈布雷特意请示蒋介石是不是把"剿匪"改成"剿共"。

蒋介石听完沉吟了一会儿，询问一旁的戴笠："雨农，你怎么看？"

戴笠冷笑一声："匪就是匪。我们现在跟共产党谈判只是权宜之计，这匪终究还是要剿的。"

蒋介石听了很满意，转身对陈布雷吩咐道："就这样印发下去，一字不改。不过，要严格保密，不能让人家抓住把柄。"

陈布雷领命退下。

蒋介石又把目光转向戴笠。戴笠立刻上前一步："请校长吩咐。"

"要抓紧对毛泽东等人的监视，他见过什么人，说过什么话，都要掌握，越详细越好。另外，受降接收的事也要抓紧安排好，特别是江浙沪等地的大城市，是经济命脉，一定要安排合适的人去办理。"顿了一下，蒋介石特意叮嘱道，"那件事，也要派人办好。"

戴笠恭敬地一一领命。

这时，钱大钧报告陈诚部长来访，蒋介石摆摆手，戴笠告辞退下。

不一会儿，陈诚走进办公室。

"辞修来了，有事？"蒋介石问道。

陈诚说道："委座，阎锡山已经下令对长治的共军发起攻击，并取得了辉煌战果。"

蒋介石顿时兴奋起来："好！百川这次立了大功。只有在战场上把毛泽东打痛了、打怕了，他才会老老实实地坐下来跟我们谈。"

红岩村八路军办事处，毛泽东正坐在办公室里看文件，周恩来拿着刚刚接到的电报走进来："主席，接到延安电报，连日来，阎锡山的部队连同收编的长治伪军共一万七千余人，向我解放区发起突然袭击，现已攻占了长治，我军的伤亡很大。"

毛泽东接过电报问道："伯承他们在干什么？"

周恩来说道："现在部队有一股情绪，想打，又怕打。下面的干部战士都有一种顾虑，怕把蒋介石打痛了，他会狗急跳墙伤害主席。"

毛泽东生气地站起来："乱弹琴！给伯承和小平发电，告诉他们，他们在战场上打得越好，我在重庆就越安全。他们要是打不好，打败了，我哪里还有脸坐在这里跟蒋介石谈判！"

而另一边，国民党谈判代表张治中、王世杰、张群和邵力子等人也来到蒋介石官邸请示和谈事宜。

蒋介石皱着眉头在屋里踱着步："看来你们很性急啊，打算什么时候在和谈协议上签字啊？"

张治中连忙说道："还得请委座定夺。"

蒋介石看了他们一眼，意味深长地说道："8 月过去了，天气就越来越凉爽了。这里有峨眉山、三苏祠、都江堰，都不算远。天府之中，岂能让毛泽东他们尽兴而返啊。"

王世杰马上明白了蒋介石的意思："学生清楚了，尽量拖着谈。"

蒋介石点点头，接着说道："我私下和毛泽东会晤过几次，不容乐观啊，他不是来俯首称臣的。不过，只要他们能交出地盘，交出枪杆子，我们就有十二分诚意。"

"那我们的方针是……"王世杰请示。

"第一条，不得于现有法统之外谈改组政府；第二条，不得分期或局部解决问题，必须现时整个解决一切问题；第三条，归结于军令、政令之统一，一切问题必须以此为中心！有了这三条，还怕他们不买账吗？"

张治中犹豫着："不过我在想……"

蒋介石立刻打断了他的话："文白，你这个政治部部长当久了，头脑都僵化了。我不拿出几条，你们愁眉苦脸，谈起来无法可依；拿出几条来，你们又看成是紧箍咒。"

王世杰立刻说道："有了这三条，我心里有底了。"

张治中听了直皱眉头，还是说出了自己的想法："叫中共全部交枪、交地盘是不现实的，我怕会陷入僵局。"

"不交枪是他们没有诚意！"过了一会儿，蒋介石又说道，"这次谈判是个马拉松，想快也快不了的，毛泽东用什么与我们抗衡？一是枪杆子，二是地盘，要他们交出这两样东西，等于与虎谋皮，不会那么容易。其实，你们一点都用不着犯难，把戏演得越真越好。但是，不能越雷池一步。"

关注着这场和谈的人很多，但家父女尤甚。这天，父女两人漫步在嘉陵江边的公路上，边走边聊。

但世平对国民党提出的条件颇有意见："统一政令，就是要取消边区政府，让解放区的军民服从独裁统治。统一军令就是让中共交出军队，然后伸出脖子让蒋介石屠杀，在联合政府没有成立之前，中共是不应该交出军队的。"

但靖邦不同意："保留军队，这和谈就谈不拢，中国就没有实现和平的机会。"

但世平立刻反驳："1927年以前，中共没有军队吧？可蒋介石并没有给人家和平，而是大肆屠杀，迫使中共不得不拿起武器，保护自己。"

但靖邦仍固执己见："既然后来中共承认国民党的领导，把军队改编为国民革命军了，就应该服从政令、军令。"

"可那是什么样的军令？从 1939 年到 1943 年，他们颁布了多项命令，什么《限制异党活动办法》，什么命令新四军退至旧黄河以北和解散新四军，什么解散中国共产党等荒谬无比的政令、军令，中共能执行吗？"但世平愤愤不平。

但靖邦叹了口气："这是老蒋排斥异己的一贯手法，当年蒋介石与冯玉祥、阎锡山的中原大战以及蒋桂之争，都是由于不满他的独裁引发的。"

但世平："蒋介石已经把大半个中国拱手送给了日本人，如果中共再执行他的政令、军令，那又得将大片国土再送给日本侵略者了。"

但靖邦摇了摇头："现在的情况不同了。日本人已经投降了，外战没有了，再打，就只有内战了。我认为，军队的问题解决不好，这次谈判是不会有什么结果的。"

但世平看着父亲，一针见血地说道："如果中共没有军队了，蒋介石还会坐下来跟他们谈吗？"但靖邦听了一时无语。

总是与父亲的观点存在分歧，但世平心中十分惆怅，觉得如果能有机会让父亲与毛主席当面谈谈，也许父亲的想法会有所改变。想到与郭沫若有一面之缘，但世平便立刻前往郭沫若的家里，请他帮忙引荐。

见但世平来访，郭沫若热情款待。但世平踌躇了一下，说出了自己的请求。郭沫若听完一愣，考虑了一会儿，还是表示愿意帮忙一试。

当天傍晚，郭沫若便来到了周恩来的办公室。

郭沫若开门见山地说道："但靖邦是李济深的表弟，此次到重庆来其实就是李济深派来观察风向的。由于历史的原因，他对共产党有一种畏惧和疏离感，迷恋上了第三条道路。所以他女儿希望通过拜访主席，帮他解开一些心结。"

周恩来点点头："李济深是中国民主运动中非常重要的人物，影响了一大批人。因此，但靖邦的态度，也变得十分重要了。好，我先跟主席汇报一下。"

郭沫若有些惊讶："我还以为这件事会让你为难，毕竟李济深当年……"

周恩来摆摆手："过去的事就不提了，这话我早在几年前就对他说过。当年在黄埔，他是副校长，我是政治部主任，我们有袍泽之谊。希望我们今后还会成为朋友，一道为建设一个民主富强的新中国携手共进。"

周恩来想了想，又说道："另外，我再通过地下党的同志了解一下这个但世平的情况。她如果能够帮助我们影响她的父亲，就可以对李济深产生一些影响。"

郭沫若轻轻点了点头。

4

团结民主人士

　　很快，在周恩来的安排下，毛泽东在桂园和郭沫若等几位民主人士见了面。大家围坐在石桌旁，气氛十分融洽。

　　"郭先生，你是文化界的先锋。在你五十大寿的时候，恩来发表了一篇《我要说的话》，就代表了我们全党对你的评价哟！"毛泽东面带微笑。

　　郭沫若听完连连摆手："惭愧，惭愧！实在不敢当！"

　　毛泽东郑重地说道："任重而道远，在你的大旗下还应当团结全国各种信仰、各种流派的文化人，当我们的参谋，为和平建国，为民主和繁荣的新中国尽一分力量。"

　　这时，王炳南走进来汇报："主席，但将军来了。"

　　毛泽东答应一声，伸手摸出怀表，打开看看时间。

　　"主席呀，你好歹也是堂堂一方首席代表，怎么连一块手表也没有？"郭沫若没想到毛泽东会这般简朴，连忙取下自己的手表递过去，"你在重庆这段时间，分分秒秒都有安排，没有一块手表掌握时间很不方便，我这块手表就送给你了。"

　　毛泽东欣然接过来，笑着说道："先生美意，却之不恭。那我就谢过郭先生了！"

郭沫若笑道："我这也不是白送的，改天还要请主席题幅墨宝。"

旁边一位民主人士跟着开玩笑："郭老也太小气了，送块表还要幅字。"

毛泽东笑起来："来而不往非礼也。不过，一幅字换一块表，这个买卖划得来哟。"

众人大笑起来。阵阵笑声中，但靖邦父女走了进来。

毛泽东连忙起身相迎："肃公的大名，我毛泽东早就听恩来说过了。几年前，你和李任公一道在广西拉起抗日武装，还积极参与华南抗日民主联军的筹建。若不是后来种种原因没能建立起来，你今天也可能跟我毛泽东一样，成了蒋委员长要'剿'的'匪'了。"

但靖邦听了十分惭愧："毛先生，说起来，我和任公对贵党是有愧的……"

毛泽东大手一挥："那都是过去的事了。事物总是向前发展的，我们要向前看。"

这时郭沫若向毛泽东介绍一旁站着的但世平："主席，这位是但将军的爱女。你别看她小小年纪，胆量可不小啊，她敢批评她们的蒋校长，说此公有校长癖，到处去当校长，说蒋校长还有拜把子癖，担心这一次会把你也拉去跟他拜把子啊。"

毛泽东顿时哈哈大笑："小姑娘，你年纪轻轻，胆量可不小啊，敢这样揶揄你们的校长，就不怕他一怒之下开除你的学籍？"

但世平毫不怯场："毛主席，您的那篇《论联合政府》我们学校好多同学都学习过了。您在那篇报告中，已经把目前的形势和以后的建国方针都阐述得非常清楚了，可还是有好多人在一些事情上犯糊涂。今天听说郭先生要介绍我爸来拜访您，我也就跟着来了，也想当面聆听一下主席的教诲。"

但靖邦接着说道："毛先生，我们都是军人，我最关心的也是军队方面的事。这次国共谈判，焦点肯定也是军队问题。我以为，抗战胜利了，国共两党都应该放弃对军政的掌控，让军队独立于政治之外，只忠于政府。而中共是绝不能交出军队的，一旦交出，1927年的悲剧可能会重现。请问毛先生，贵党和您如何来解这个结？"

毛泽东听完，点起一支烟，缓缓地说道："但将军应该还记得，1924年，中山先生就说过'今日以后，当划一国民革命之新时代'，还说'第一步使武力与国民相结合；第二步使武力为国民之武力'。"

但靖邦点点头，立刻说道："先总理的教导，句句在耳。"

毛泽东继续说道："我们八路军、新四军正是因为实行了这种方针，成了'国民之武力'，就是说成了人民的军队。国民党军队在北伐战争的前期，做到了中山先生所说的'第一步'。从北伐战争后期直至现在，连'第一步'也丢了，站在了反人民的立场上，所以一天天腐败堕落下去。当年，但将军跟随李任公几次站出来反蒋，提出的都是恢复中山先生的精神，改造军队的口号啊！"

"那是，那是。"但靖邦连连点头。

"但同学，你说说中国应该建立一个怎样的国家呢？"毛泽东忽然将问题抛给了但世平。

但世平愣了一下，接着说道："中国只应该建立新民主主义的国家，并在这个基础之上建立新民主主义的联合政府。"

毛泽东欣然赞同："说得好啊！什么时候中国有一个新民主主义的联合政府了，解放区的军队将立即交出来。但是，一切国民党的军队也必须同时交出来。到那时，我准备在南京附近的清江浦买一座房子住下，在国民政府中做个委员，也好享享清福。"

"要是蒋介石坚决不同意成立你们所要求的新民主主义的联合政府呢？"但靖邦皱着眉头提出自己一直以来的担忧。

毛泽东的语气严肃起来："我们是爱好和平的，如果蒋介石非要打，那我们只有团结广大爱好和平、民主的人民一道跟他们斗争，推翻他们，打倒他们。"

但靖邦面色沉重："如此看来，这场内战是不可避免了。"

"但将军有所不知，其实，内战从来都没停止过。抗战以来，蒋介石就多次制造反共高潮，从封锁陕甘宁边区到重兵围攻新四军，跟我们的摩擦从来都没有停止过。就在我来重庆后没几天，阎锡山就调集部队，大举向我解放区进攻。战争，现在还打得正激烈呢！"毛泽东用事实给心存幻想的但靖邦上了一课。

"啊，还有这样的事？！"但靖邦不敢相信。

随后，毛泽东与柳亚子、王昆仑在重庆南开中学会面。柳亚子一见到毛泽东就兴冲冲地说道："我和昆仑打赌，我说你敢来，他说中共诸公不会准你来冒险。现在我赢了！"

毛泽东笑着与两人打过招呼。刚一落座，柳亚子便迫不及待地问道："润之兄，我一得知你要来重庆就立即写了首诗。你听听看如何？阔别羊城十九秋，重逢握手喜渝州，弥天大勇诚能格，遍地劳民战尚休。"

毛泽东摆摆手笑道："你还是那么爱夸张啊！"

柳亚子满不在乎："江山易改，本性难移！"

"你对这次和谈，有何高见？"毛泽东问道。

"我是个乐天派，你来了，就能谈成。蒋先生在你的诚意感召下，会念及苍生的。看在你我诗友一场，也请润之兄赐诗一首。"柳亚子笑道。

王昆仑忍不住揶揄道："哪有你这样逼诗的？"

柳亚子一笑："润之的诗才我是领教过的。苏东坡的气势，曹子建的机敏。难得我们旧友重逢，当然要吟诗助兴！"

"过奖了，你这可真是不约之请哟！"毛泽东想了想，又说道，"这样吧，九年前我在陕北作了一首旧作，就赠予你吧。"

"好好好，快写下来！"柳亚子连连催促。

毛泽东转身坐在桌子前，开始奋笔疾书。写罢，双手捧给柳亚子："柳老，见笑了。"

柳亚子迫不及待地将诗稿捧在手里，大声念起来："北国风光，千里冰封，万里雪飘。望长城内外，惟余莽莽，大河上下，顿失滔滔。山舞银蛇，原驰蜡象，欲与天公试比高。须晴日，看红装素裹，分外妖娆。江山如此多娇，引无数英雄竞折腰。惜秦皇汉武，略输文采；唐宗宋祖，稍逊风骚。一代天骄，成吉思汗，只识弯弓射大雕。俱往矣！数风流人物，还看今朝。"

"好词，好词啊！高屋建瓴，大气磅礴。"柳亚子读完，不禁连连赞叹。

"确实可以冠盖古今！"王昆仑也竖起大拇指，由衷地赞赏。

这天，毛泽东特意嘱咐秘书王炳南去接老朋友许德珩、劳君展夫妻过来小坐。

二人步入客厅，毛泽东热情地迎上去："两位教授，欢迎，欢迎啊！"

许德珩笑着说道："润之，你涉身虎口，日理万机，还要请我们夫妻吃饭，真是担当不起啊！"

"当得起，当得起。我们是多年的老朋友了。当年，我们一道在北大参加'平民教育讲演团'的往事，我至今都记忆犹新啊！请坐请坐。"毛泽东边说边让座。

"至今我还记得你当年演讲的风采，一口湖南口音，深入浅出，妙趣横生，吸引了多少听众啊。"许德珩不由得回忆起当年的情景。

"润之的文章、口才，天下有几人能比？！这几天一首《沁园春·雪》传遍山城，传抄甚广，真的快成'山城纸贵'了。"劳君展接着说道。

毛泽东哈哈大笑："一首小词，有那么大影响吗？"

许德珩连连点头："我也看了，不得了，不得了啊！那文采，那气魄，不说当下，古往今来，又有几人能比。"

"过奖过奖了。快坐。"毛泽东谦虚地笑着为大家让座。

大家依次落座，劳君展关切地问道："润之第一次来重庆，还习惯吗？"

毛泽东笑道："住得惯，住得惯。我毛泽东这一生四海为家，走到哪里就在哪里歇。有房子住更好，没房子住山洞，没有山洞就露天啊。所以没有哪里不习惯。"

许德珩感叹道："是啊，当初你们刚到陕北时，由于反动派的封锁，物资供应非常困难，你们的日子，过得非常艰苦啊！"

"说起艰苦，有一件事令我终生难忘。当时我们吃的用的都极其匮乏，幸好得到北平的进步文化教育界朋友的关怀和支援，给我们送来了不少珍贵的物品，布鞋、怀表和火腿，让我们十分感动啊。"毛泽东不由得回想起当年的往事。

听了毛泽东的话，许德珩和劳君展相视而笑。

毛泽东继续说道："我记得当时这些东西经过多次转手，我们收到时，已不知为何人所赠，只说是北大的教授。后来我写了封致谢信，书信抬头只能写'北大的教授先生们'。"

劳君展笑着说道："这点东西，不足挂齿。"

毛泽东连忙摆摆手："不对哩！当时我们从江西一路走来，吃草根，啃树皮，肚子里早已没了一点油水，那些火腿对我们来说，比龙肝凤髓都珍贵啊。所以趁这次来重庆，找人打听打听，当年送东西的人，到底姓甚名谁，以后有机会得向人家当面道个谢啊！二位如果知道此公，请一定告之。"

许德珩笑着劝道："润之，区区小事，大可不必太认真了。"

毛泽东连忙说道："古人都知，滴水之恩当涌泉相报。吃了人家送的东西，连个道谢都没有，那怎么行呢？"

这时一名工作人员走进来，在王炳南的耳朵边嘀咕了几句。王炳南立即笑着上前汇报："主席，当年送东西的人已经打听到了。"

毛泽东顿时面露喜色："他们是谁，现在在哪里？"

"我们的同志刚刚从月亭教授那里得知，当年送东西的人……远在天边……"王炳南边说边笑着看看许德珩夫妇。

毛泽东恍然大悟："近在眼前？难道是二位……"

许德珩夫妻二人忍不住大笑起来。"当年我们在北平听说，你们到了陕北，连一块怀表都没有，也没有鞋穿，还都穿着草鞋，我们就商量着拿出三百块钱的积蓄，给你们买了些东西，托贵党的徐冰、张晓梅夫妻设法送到陕北去。"许德珩轻描淡写地说道。

"其实谁也不知道这些东西能不能送到，就当碰个运气吧。"劳君展回忆着往事。

"这说明我们运气很不错，居然都收到了。"毛泽东高兴得开怀大笑。

经过一段时间的走访，毛泽东跟各界民主人士把酒言欢，指点江山，激扬文字。谈笑间，做了大量的工作，但毛泽东仍觉得不够。

王炳南有些不解，用手比画着说道："我算算，这些天见面的有民主党派领导人张澜、沈钧儒、罗隆基、章伯钧、黄炎培、许德珩、左舜生、何鲁之、蒋均田，有工商界人士章乃器、刘鸿生、李烛尘、范旭东、胡西园，有知名人士郭沫若、章士钊、马寅初，您还亲自看望了抗日名将张自忠的母亲，该见的差不多都见了，主席还想见什么人？"

毛泽东微微一笑："国民党中各派大佬，像陈立夫、戴季陶、陈诚、白崇禧这些人，我都想见一见哩。"

王炳南听了十分意外："陈立夫、戴季陶这样的反共专家，主席有什么好见的呢？"

毛泽东笑着说道："这些人是反共的。但是我到重庆来，还不是为了跟反共头子蒋介石谈判吗？国民党现在是右派当权，要解决问题，光找左派不行。他们是赞成与我们合作的，但他们不掌权。解决问题还是要找右派，不能放弃和右派的接触。"

毛泽东一心致力于国共和谈，竭尽全力避免内战，而蒋介石的受降代表副参谋长冷欣却受总司令何应钦之命，跑到南京与战犯冈村宁次做起了不可告人的交易。

冈村宁次不相信国民党真的愿意与中共和谈。对付共产党，他们的目标是一致的。而现在他手下还有一百多万人的部队，他计划把这些日军都留给国民党政府充当反共的马前卒。

这样的大事，冷欣自然不敢做主，他要先回去报告何应钦，再请示蒋介石。临走前他要求冈村宁次迅速集结部队，在没有得到答复前，不得有任何军事对抗行为。但按照原来的协议，对付新四军的行动可以例外。

蒋经国听说父亲同意了此事，心中有些疑虑，特意过来询问："冈村宁次是仅次于东条英机的日军战犯，百姓恨不得食其肉、寝其皮。他提出这样的建议会不会有什么阴谋？"

"我相信自己的判断！况且，美国方面也同意在我军到达之前，暂时由日军维持地方秩序。"蒋介石说道。

"可这并不包括把日军变成国民党军队啊？"蒋经国很是不安。

蒋介石冷笑道："他山之石，可以攻玉。不过，这件事要绝对保密。"蒋经国点点头，紧走两步，跟上蒋介石的步伐。

冈村宁次得到蒋介石的答复，与黑田西寺进一步商议。对于蒋介石要求保密一事，黑田说道："这件事要是让美国人、苏联人和中共知道，肯定会掀起轩然大波。"

冈村宁次点点头："但我们的部队必须留在中国。"

黑田提出疑问："现在蒋的部队不论装备和数量都远远超过了中共。蒋介石根本用不着动用我们的部队，很快就可以战胜中共。"

冈村宁次摇了摇头："可我却认为，蒋介石是打不赢毛泽东的。八年前在上海，中国军队数倍于我们，装备也不差，好多师都是德式武器，最后，还是被我们打败了。"

黑田说道："那是因为我们的武士们训练有素，有为天皇陛下效忠的牺牲精神，所以才能攻无不克、战无不胜。听说毛泽东有句话，决定战争胜负的因素不是武器而是人。"

冈村宁次说道："他这话只说对了一半。决定战争成败的主要因素是人，但不是所有的人，更不是人越多越好。决定因素只是个人，是这支军队的统帅。第一次上海大战，我们训练有素的皇军为什么会被一支装备极其落后、兵员严重不足的部队打得四易主帅？"

黑田沉默了一会儿，接着说道："这个，我还真没有想过。"

冈村宁次说道："如果第二次上海大战，蒋介石把他的部队交给毛泽东指挥，我们早就被打败了。"

黑田有些疑惑："毛泽东和他的八路军，只会打游击战，指挥大兵团作战，他们能行吗？"

冈村宁次点点头："一个人能把几万人的部队发展到上百万人的规模，这个人就是军事天才。欧洲有句名言，一头狮子率领一群绵羊，这群绵羊就会变成一群狮子；一只绵羊率领一群狮子，这群狮子就会变成一群绵羊。"

"阁下认为，毛泽东是狮子，蒋介石是绵羊？"黑田似乎懂了。

"蒋介石弄权有术，领兵无方。不然，早在二十年前，他就把毛泽东给消灭了。毛泽东才是当代中国最伟大的军事家。我相信，如果中国内战爆发，蒋介石开始时会占一些便宜，但很快就会感到力不从心。"

黑田说道："那时他就会动用我们的部队，而苏联和美国都无法阻止。"

冈村宁次再次点点头："现在摆在我们面前最大的敌人不是苏联，也不是美国，而是时间。如果内战在三个月之内全面爆发，我们就有可能留在中国；如果拖上一年，我们将会被遣返回国，那时中国再爆发内战，就与我们无关了。"

"可是，怎样才能使中国尽快爆发全面内战呢？"黑田有些着急。

"只有刺杀毛泽东！而且必须是蒋下手，或者他手下的军统、中统特工下手。"

"可是，阁下刚才已经说过了，毛是军事天才，他能打败蒋。如果我们先把毛干掉了，蒋失去了最强大的对手，他还需要我们帮他'剿共'吗？"黑田提出疑问。

冈村宁次冷笑道："毛死后，他的继任者一定会不顾一切兴兵为他报仇。你想想，百万哀兵气势汹汹地从北方猛扑过来，而蒋的军队又全在西南边陲，他用什么去抵挡这百万虎狼之师？"

黑田听了顿时恍然大悟。

蒋介石一边在谈判桌上故意拖延时间，一边在解放区动作频频。一时间，解放区战火纷飞。这天，王炳南刚刚接到上党战役的战报，马上向毛泽东、周恩来汇报："9月14日起，我军开始在长子县挖掘通向西门的坑道，至18日完成了坑道作业及各项攻城准备。当晚发起总攻，经过激烈巷战，城内国民党军全部被歼灭，并缴获了大量武器弹药。"

"打得好！给伯承和小平发电，让他们再接再厉，一定要全歼敌人！"听完汇报，毛泽东很是兴奋。

周恩来建议："主席，关于军队的问题，赫尔利大使曾提出将国共军队按比例缩编，我认为这个建议可以接受。"

毛泽东点点头："赫尔利肩负着促成国共和谈的重任，他已收到回国述职的命令，表面上不着急，但实际上比谁都想迫切拿到一份书面协议。哪怕是纸上和平，也好回去向杜鲁门交差。我们可以按照这个建议跟他们谈，就怕蒋介石不肯让步啊。"

周恩来说道："对了，我听说主席去找了祖燕先生两次，他还是没有同意见你吗？"

毛泽东笑道："陈立夫这个人我还不想放弃，只要有一线可能，我们就要劝说他，争取和平。"

"要不，我陪主席再走一趟吧？"周恩来提议。

"好，昔日有刘备三顾茅庐，今天我毛泽东也要三访陈立夫了。"

对于毛泽东的再次登门，陈立夫知道一直避而不见终究不是一个好办法，只好来到客厅外迎接二人。

周恩来笑道："我们又见面了。当年在上海，你天天找我。有一次，只差五分钟我就成了你的座上客，真佩服你跟踪的本事。"

"不，我更佩服你捉迷藏的本事。"陈立夫说完，两人哈哈大笑。

宾主落座之后，毛泽东笑着对陈立夫说道："此前我来造访尊府，不遇而返，上一次先生又在病中，此次先生若还是不在，我就准备等在这儿不走了。"

陈立夫略显尴尬："抱歉，毛先生三次屈尊大驾光临寒舍，是立夫万万没有想到的。"

毛泽东笑笑："怎么会万万想不到呢？"

"你们中共诸公，对我们是恨入骨髓的。"陈立夫说道。

毛泽东笑着说道："度尽劫波兄弟在，相逢一笑泯恩仇！我们本是同胞兄弟，没有什么沟通不了的。"

陈立夫笑笑，伸手从旁边的书架上拿出一封信："恩来兄，这是你三年前为抗日的事写给小弟的一封信。我一直保存着。毛先生说得对，我们都是孔孟的传人，孔孟之道是我们中国文化的精髓，也是我们合作的基础。"

周恩来接过信，说道："是啊，我记得，陈先生想写一部《四书道贯》，不知道完成没有？"

陈立夫有些意外："恩来兄还记得这件小事，我正在写。"

周恩来微笑着说道："书成后一定拜读。"

陈立夫笑着点点头，接着说道："毛先生，广州一别，我们有好久没有见面了。"

毛泽东十分感慨："当初若不是国民党背信弃义，残酷屠杀共产党人，我们也许就不会分开这么久了。"

陈立夫说道："幸好，我们现在又坐在一起了。"

"是啊，能重新坐在一起，再好不过了。当年我们上山打游击，是逼上梁山。就像孙悟空大闹天宫，玉皇大帝封他为弼马温，孙悟空不服气，自封是齐天大圣。可是，你们却连弼马温也不给我们做，我们只好扛枪上山了。"毛泽东十分风趣地说道。

陈立夫却是异常尴尬："过去的事情就让它过去好了。这次毛先生能以民族大义为重，到重庆来商谈国事，立夫十分佩服。"

毛泽东说道："这次和谈能否成功，陈先生你们这些国民党的实权派能起很大的作用。如果陈先生能为这次国共和谈尽心效力，实乃国家之幸，民族之幸。"

陈立夫拱手说道："一定尽心效力！"

"我们与国民党有过两次合作，第一次取得了北伐的胜利，第二次打败了日本侵略者。希望陈先生能在促成这第三次合作中发挥作用，促进民主和平建国，则民族幸也，国家幸也。"见陈立夫不断点头，毛泽东又微笑着补充，"陈先生是读书人，读书人讲究铁肩担道义。今天的道义，就是和平、民主和国家的昌盛。相信陈先生心中必有思量。"

周恩来说道："陈先生是蒋先生的辅弼之臣，对委员长是很有影响力的。"

陈立夫连连摆手："言重了！讲句心里话，我本来是不相信国共双方会冰炭同炉的。现在看来，只要双方都坦荡无私，便有希望。我懂得毛先生的良苦用心，兄弟手足之情，不能再诉诸武力了，立夫愿意为和平尽一分力量。"

毛泽东笑道："陈先生能以民族大义为重，我们很高兴，那就告辞了。"

陈立夫连忙起身，恭送毛泽东和周恩来出门。

送走毛泽东和周恩来，陈立夫立刻来到林园向蒋介石汇报。听完陈立夫的叙述，蒋介石一脸难以置信："你是CC派的头子，毛泽东躲着你还来不及，竟然还敢将主意打到你的身上！"

"毛泽东确实非常人能及。"陈立夫由衷地感叹道。

蒋介石看了陈立夫一眼："这话出自反共专家之口，倒确实让人匪夷所思。"

陈立夫连忙解释："三叔请放心，侄儿绝不会被毛泽东三言两语就迷惑了，上中共的当。不过侄儿认为，毛泽东比我们预想的还要厉害啊。我感觉此人胸怀远大，腹有良谋，且极擅言辞，实乃我党劲敌。通过近距离接触，侄儿更加认清了三叔当初的断言，日本是皮外之癣，中共乃心腹大患，真的入木三分……"

蒋介石皱着眉头问道："那你的意思？"

陈立夫说道："对毛，我们必须慎之又慎，收服他为我所用当为上策。"

蒋介石听了，一时陷入了沉思。

谈判不顺利，令蒋介石烦躁不已。宋美龄干脆陪着蒋介石来到西昌看海散心。不过即使身在西昌，蒋介石仍时刻关注着毛泽东的一举一动。这天一早，看到《新华日报》上刊登着毛泽东回答路透社记者提问的报道，蒋介石气得将报纸狠狠扔在了沙发上。

宋美龄连忙劝道："达令，你消消气，这些报纸上说的未必都是真的。"

蒋介石余怒未消："毛泽东真是大言不惭，他竟敢说中共现有一百二十万党员，在他领导下获得民主生活的人民现已远超过一亿人。这些人民，按照自愿的原则，组织了一百二十万人以上的军队和二百二十万人以上的民兵，他们除分布于华北各省与西北的陕甘宁边区外，还分布于江苏、安徽、浙江、福建、河南、湖北、湖南、广东各省。中共的党员，则遍布全国各省。"

"他不过是趁我们不在重庆，故意对记者散布谣言罢了。"宋美龄轻声安慰。

"就算是谣言，但是我一想起'剿共'多年，共军却越来越多、越剿越强，现在已经与我们在同一张桌子上谈判了，我就咽不下这口气。"蒋介石依旧咬牙切齿。

这时，戴笠也来到了西昌。两人站在蒋介石别墅的阳台上，望着远处的邛海出神。

"你对毛泽东怎么看？"蒋介石问道。

"不就是一个读过几本古书的草寇而已。"

"错。毛泽东这个人不简单啊。"蒋介石有些无奈地坐下来，"你跑到西昌来干什么？"

戴笠连忙回答："学生想向校长谏言，对于毛泽东，我们绝不能再放虎归山，以免造成千古遗恨。"

蒋介石沉默良久，然后抬头看看戴笠，示意他坐下来，缓缓地说道："做，有两种做法。一种是明，一种是暗。"

"明暗都一样。现在就是毛泽东自己不小心摔破了头，大家还是会认定是我们干的。"

蒋介石心中十分矛盾，皱着眉头说道："谁都知道毛泽东的烟瘾很大，几乎是一支接一支。可他知道我不吸烟，跟我谈了几个钟头，他硬是忍着没吸一支。可见此人的毅力是惊人的……"

戴笠说道："是啊，早在二十年前，校长您就说过，将来亡我党国者，必朱、毛二人也。现在，他们已从占山为王的草寇壮大成了割据一方的豪强，再不及时铲除，任其继续做大，后果不堪设想啊。"

蒋介石站起身来，在阳台上踱着步。戴笠也连忙起身，小心翼翼地说道："我知道，您心存忌惮的，一是苏联，二是美国。先说苏联。这次为签订条约，我们做了很大的让步，斯大林得到不少好处。您想，斯大林会为了一个毛泽东撕毁条约，把得到的好处再吐出来吗？现在日本人已经投降了，他没有理由再向关内进军了。"

"要是他们非要向关内进军呢？"蒋介石问道。

"那就命令八路军去阻击，先让苏联人消灭中共。如果中共不服从命令，反而投靠了苏联人，那到底谁是汉奸、谁在卖国就一目了然了。"

蒋介石转身看着戴笠，微笑着说道："你再说说美国人呢。"

戴笠胸有成竹地说道："美国人肯定也会有强烈的反应，但最多就是骂骂娘，摔几个盆子打几只碗，闹几天也就算了。他们绝不可能支持中共来打我们。"

蒋介石若有所思地点点头，又问道："如果苏联人赖在东北不走呢？"

戴笠信心十足地说道："首先，美国人一定不会答应的。他们马上就会跟我们一道，对苏联做出强硬表态。"

蒋介石一愣："那岂不又要打世界大战？"

戴笠笑道："打就打！我们又不是没有打过世界大战！到时候，我们会得到整个西方的大力支持。美国人的原子弹，要比苏联的坦克厉害一千倍！那时候，我们不仅会收复东北，也会彻底消灭中共。最坏的结果就是把整个东北打烂了，但这点损失，跟彻底消灭中共比起来，又算得了什么？"

蒋介石望着远处的邛海，纹丝不动。

戴笠心急如焚："校长，您现在身在西昌，重庆出了任何事，您都可以一推了之。只要您一句话，剩下的事情，全由我去办。"

蒋介石没有回答，从口袋里摸出一贴膏药："你的痔疮犯了吧，这是最好的德国药，拿去用用，很管用的。"

戴笠双手接过来："谢谢校长。属下这点小事，哪敢惊动校长。"

蒋介石一语双关："不要以为只有你们军统会搞情报，夜郎自大会吃亏的。"

"是，是，属下明白。"戴笠连连点头。

入夜，蒋介石和宋美龄坐在椅子上，久久无眠。

"戴笠让你答应暗杀毛泽东，杀了，功劳是他的；杀不了，罪名全在你一个人头上。要知道，毛泽东的安全是由美国、苏联和民盟三方担保的。"宋美龄十分担忧。

蒋介石却不以为然："那又怎样？在中国，我想干什么，谁也阻挡不了！"

宋美龄连忙劝道："达令，你好好想想，你现在就是杀了毛泽东，能有多大的作用？他们还有周恩来、朱德、彭德怀、林彪、刘伯承，这些人哪个是庸碌之辈？"

蒋介石颇为不屑："那就打呀！我有几百万军队！"

宋美龄说道："我们的军队现在都在大西南。对东北、华北、华东、华南都鞭长莫及。这时杀了毛泽东，会彻底激怒中共，他们一定会疯狂地抢地盘，扩充实力，跟我们武装对抗。共产党的宣传鼓动能力是惊人的。到时候，苏联人按兵不动，作壁上观，美国人也没有理由公开出兵。这百万哀兵，对我们将会有多大的杀伤力？达令，你得好好想一想。"

蒋介石终于有些动摇了："夫人的意思，这毛泽东，还一时动不得？"

宋美龄点点头："我们现在不能激怒中共，给他们抢地盘、扩充军队的理由。而是要按原计划，先让他们在谈判桌上做出巨大的让步，让出大量的地盘，缩编大量的军队，等美国人帮我们把军队都运送到指定的位置后，再动手也不迟。"

蒋介石赞叹道："夫人所见极是！现在哪怕把毛泽东放回去，甚至再发给他一枚'胜利勋章'，来日沙场上再见，我照样能稳操胜券！"

翌日，蒋介石再次召见了戴笠。

听了蒋介石的话，戴笠顿时大惊失色："校长，这毛泽东是万万放不得的！您不能学项羽啊！"

蒋介石有些不高兴："你觉得我像项羽？"

戴笠连忙劝道："校长，事已至此，属下只能冒犯了。当年刘邦的实力比项羽弱得多，最后还不是在垓下一战逼死了项羽。"

"可我不是项羽！"蒋介石大怒。

"毛泽东更不是刘邦！校长，您好好想想，当初他拉起队伍上井冈山时才几个人？可我们几次'围剿'，不但没有剿灭，反而让他日益做大。后来若不是莫斯科派掌权，把他排挤在外，我们根本不会取得第五次'围剿'的胜利。然后，残余部分被迫流窜，眼看在川黔边境就要被彻底全歼之时，中共突然重新启用毛泽东。之后的事情，就不用属下多说了。"

蒋介石没吭声，皱着眉头一直往前走。

戴笠继续说道："没了毛泽东，中共立刻就会群龙无首。他们首先要做的不是报仇而是争夺领导权。斯大林肯定会立即扶植亲莫斯科的人掌权。现在苏军已占领东北，已有大量的共军进入东北。他们只需要在其中找一个人扶上台，或者再把王明派到东北去。延安那边也只能干瞪眼。"

蒋介石望着无边的海水，缓缓地说道："这样一来，井冈山土共和莫斯科的留洋派会不会自己先打起来？"

戴笠点点头："就算他们不打起来，那几个根本不会打仗的书呆子，也不是我们的对手，即使不全军覆没，也只能逃往苏联，到西伯利亚给斯大林挖煤去！”

蒋介石思索了一下，转过身来看着戴笠：“雨农，谢谢你的提醒。中国历史上已经出现了一个项羽，不能再出现第二个项羽了。”

戴笠跃跃欲试地说道：“校长，只要您点头，属下马上赶回重庆。”

“先做好准备，听我的命令。”

“是！”戴笠兴奋地领命而去。

回到重庆，戴笠立刻着手进行安排。兰胜听到消息大吃一惊，情况紧急，来不及通过常规渠道传递情报，他只好冒险来到江边的一艘趸船上面见车孟凡。

随后，车孟凡马上赶回了红岩村。平素沉稳的周恩来乍一听车孟凡带来的消息，也吃了一惊：“情报属实？”

车孟凡点点头：“错不了，是我们在军统内部的同志传出来的。”

“这件事要严格保密，不准再让其他人知道，更不能让主席知道……”周恩来思索着，“你马上叫李少石和我一道去见他的岳母。”

很快，两人来到何香凝家里。周恩来简单讲了事情的经过，表示现在只有美国人能阻止蒋介石。这就要麻烦何香凝去宋子文家里走一趟，所以特来拜访。

何香凝一时没有明白周恩来的用意，两人坐下来，周恩来详细讲述了自己的计划。何香凝觉得甚好，立即起身向外走去。

见到宋子文，何香凝将事情和盘托出。宋子文听了也是大吃一惊，他明白这件事只有自己去跟美国人谈，才有可能让美国人对蒋介石施压，从而阻止他们的行动。于是，他答应立即去见魏德迈和赫尔利，周旋此事。

魏德迈见过宋子文后，即刻造访了蒋介石的官邸。两人坐在沙发上，宋美龄在一旁充当翻译。

"你为什么背着我们，派代表去跟冈村宁次谈判？"魏德迈气势汹汹。

"有这种事情吗？"蒋介石装聋作哑。

"我有可靠情报，证明你和何应钦派人与冈村宁次在南京进行了接触。你要收编日军，改换旗帜，为你所用。"

"这怎么可能？我对此事一无所知。"蒋介石继续装糊涂。

魏德迈话锋一转："另外，还有一件事，我想跟阁下交涉。阁下的情报官应该向你报告过，毛泽东来重庆之前，已经把他的职务交给刘少奇代理。如果毛在重庆出了问题，刘就会毫无争议地当上中共领袖。"

蒋介石有些迟疑："这个，我略有耳闻。"

魏德迈继续说道："根据情报中共将派去东北的林彪是你的学生吧？他是毛泽东从井冈山带下来的嫡系亲信，同时也深受斯大林的器重。"

蒋介石点点头："是啊，当年还有一个传说，说斯大林愿意拿两个装甲师跟毛泽东换林彪，毛泽东没同意。"

魏德迈说道："此人不可小视。现在，我们正全力抵御共产主义对西欧的入侵。共产主义在西欧受到坚决的抵抗后，一定会从东方寻找突破口。如果毛泽东的安全出了问题，斯大林就可以找到理由，把整个东北和日军遗留的所有武器都交给林彪，这样林彪马上就可以带着部队入关，跟华北、山东、河南、陕西的共区连成一片，占据整个中国北方。"

蒋介石顿时吃了一惊，但表面上仍强装镇定："我们跟苏联有友好条约。"

魏德迈言辞犀利："苏联也同时是毛泽东安全的担保方。如果毛泽东的安全出了问题，他们必将认定是贵政府背信弃义，那么他们当然可以不履行这个条约规定的义务。这样的结果，正是他们求之不得的。"

蒋介石说道："请放心，毛泽东在重庆的安全没有一点问题。"

魏德迈点点头："这样最好，现在我们的战略重点是欧洲，根本没有精力来关注远东的事情。希望阁下一定要稳定住中国的局势，不要再生出事端。因为我们也是毛泽东安全最重要的担保方。"

蒋介石说道："我再强调一遍，毛泽东在重庆的安全毫无问题。不过，我也想提醒阁下。贵国政府想让毛泽东的中共变成法共、意共那样的政党，也非易事。"

魏德迈耸耸肩："不，亲爱的委员长阁下，从毛泽东同意来到重庆的那一刻起，我们就对这个计划充满了信心。"

蒋介石勉强挤出一丝笑容："那就好，那就好。"

送走了魏德迈，蒋介石大发雷霆："这个戴雨农真是个大草包！事情还没干，就闹得全世界都知道了！"

宋美龄不解："达令，你早就说过，中统、军统都是饭桶。既然如此，这么重大的事情，你还跟他们商量？"

蒋介石冷静下来，坐在沙发上百思不得其解："就我们两个人说的话，外面是怎么知道的？"

宋美龄安慰道："你不要去追查是怎样泄密的。我们应该庆幸，幸亏魏德迈来阻止这件事。不然，后果不堪设想。大哥听美国人说，二战结束后，共产主义锋芒正盛。美国除了联合西欧各国抵御外，也想跟苏联达成某种妥协。如果毛泽东的安全给了他们一个机会，美国政府就会跟苏联做一笔交易。"

蒋介石十分疑惑："他们能做什么交易？"

宋美龄说道："苏联势力停止向西扩张，美国把中国让给苏联。"

蒋介石气愤地说道："中国是我的！他想让就能让？"

宋美龄连忙安抚："你别生气，听我把话说完。"

蒋介石只好强压怒火，继续听着。

宋美龄接着说道："只要美国的军舰飞机停止帮我们运送军队，中共的军队就可以沿着京广和津浦两条铁路线迅速南下。同时，美军命令所有的在华日军向中共投降。这样，不到一个月，不仅是东北、华北，就连华中、华南都会落入共产党手中。那时，我们就只能永远蜷缩在西南一隅被动挨打了。"

蒋介石呆呆地坐在椅子上，一动不动。

宋美龄接着说道："达令，现在只能按我们原来的计划，把毛泽东和中共拖在谈判桌上，等我们的部队全部到达预定地点后，再做下一步打算。"

蒋介石沉思良久，提笔写道："断定其人决无成事之可能，而亦不足妨碍我统一之事业，任其变动，终不能跳出此掌一握之中。"

深夜，随时待命的戴笠端坐在办公桌前，一帮随从杀气腾腾地站在一旁。电话铃声突然响起，戴笠立刻拿起话筒，当听到话筒里传来"行动取消"四个字时，众人一下子泄了气。

遣散众人后，戴笠怒火中烧："这么绝密的事情，怎么会让共党知道？难道，在我们军统总部，竟有共党的卧底？可是，这件事也就几个人知道，他们每一个都是跟随我多年，都是久经考验的……不行！不能大意，一定要想办法对这些人再次进行考验……"

事情很快传到陈立夫耳朵里，听说戴笠栽了一个大跟头，陈立夫忍不住哈哈大笑起来。虽然戴笠设想的行动以失败告终，但陈立夫知道自己不能袖手旁观，也要做点事情表示一下态度才行。

很快，宋子文传来消息，蒋介石取消了刺杀计划，一场危机总算过去了。周恩来在办公室里听到车孟凡的汇报，长舒了一口气。

"周副主席，你是怎么想出这样一个假情报，把蒋介石给吓退的？"车孟凡好奇地追问。

周恩来说道："情报虽然是假的，但是产生情报的环境却是真的。现在国内、国际形势错综复杂，我们只是将有可能发生的事情当成真事说了出来。不过，老蒋虽然取消了刺杀计划，但难保他手下的人不会采取行动。"

车孟凡郑重地点点头："明白，我们不会放松警惕的，一定确保毛主席在重庆期间的安全。对了，周副主席，我们已了解到，戴笠的这个计划，是一个叫周培群的人提供的。"车孟凡看了看周恩来，接着介绍，"这个周培群早年曾在何应钦手下当过参谋，后来又去经商。听说国民党许多高官的生意都曾交给他打理，不管是军界、政界、商界都很有人缘，并且跟戴笠的私交不错。"

周恩来思索道："我有一种预感，这个周培群的行动，会不会跟上次日本人行刺蒋介石的行动有某种关联。上次日特行刺蒋介石，目的是制造混乱。这次这个姓周的挑拨蒋介石行刺主席，目的还是在中国挑起内战。这个时候中国如果发生全面内战，对谁最有利？"

车孟凡猛地一跺脚："日本人！我想起来了。南京那边传来情报，说何应钦派冷欣秘密去见冈村宁次，冈村宁次计划把在华的日军交给蒋介石指挥。"

"我们得到这个情报后，立即通过民盟的人，把这事通报给了赫尔利。蒋介石遭到美国人的严重警告，不敢轻举妄动了。但日本人并不甘心，所以想尽快挑起内战，达到他们的目的。如果我们这个推断成立，那这个周培群很可能有日特背景。"周恩来进一步分析，车孟凡不住地点头。

周恩来决定约张治中见上一面。这天，两人一起走在长江边的江滩上，看着浩瀚无际的江面上百舸争流，一时都沉默不语。

片刻后，张治中笑道："恩来不是专门邀我来看长江的吧？"

周恩来仍望着远方："对，我就是想请文白先生来看看长江。你看这一江浩荡秋水，载百舸竞渡，真让人浮想联翩。让我不禁想起一句古人之言。"

张治中笑道："难得恩来有思古之情，说来听听。"

周恩来说道："古人说，水能载舟，亦能覆舟。"

张治中听出周恩来意有所指，问道："恩来是话里有话啊！你我相交多年，有话直说无妨。"

周恩来思忖一下，接着说道："对于这次谈判，我党是抱着十万分诚意的，为什么？因为四万万同胞需要和平，国家需要建设，中华民族不能再经受战争摧残了。这是民心、民意。在延安，党内很多同志不同意毛泽东同志来重庆，可他说，为了中国避免再次遭受战争，人民免遭战火，个人安危算不上什么。"

张治中感叹道："是啊，毛先生此举，真的是为国为民啊！"

"可贵党此举，却与人民的意愿大相径庭！"周恩来忽然话锋一转，拿出一册《剿匪手本》递到张治中面前。

张治中接过来翻了翻，笑道："陈年老账了，这是二十多年前印的。那个时候称你们为'匪'，现在，你们是座上客了。"说着随手还给周恩来。

"不，这是一个月前重新印发的。"周恩来摇了摇头，又将小册子递给张治中。一本薄薄的册子像是烫手的山芋，在两人之间传递。

张治中接过来，又仔细翻看了一遍："唉，这我可是一无所知。"

"你们的飞机往前线运送时，由于飞机失事，手本散落在河南太行山麓焦作附近的山上。"周恩来紧盯着张治中。

张治中独自往前走了几步，忽然转过身来："恩来，你想在新闻界公布吗？"

周恩来面色沉重："如果不是为了创造一个和平的政治局面，我们本应该这样做。但为了顾全大局，我们暂时还不愿意让你们丢了面子。"

张治中有些尴尬，勉强解释道："这可能是下面的人所为。"

周恩来叹息一声："真是举步维艰哪，你是代表蒋先生把我们请到重庆来进行和平谈判的。我不希望在我们走的时候两手空空啊！"

张治中一脸真诚地说道："恩来放心，我会竭尽全力。"

周恩来意味深长地说道："我放不下心。不仅是谈判，还有文白先生的前途。"

张治中顿时一惊："我的前途？"

"蒋先生总是出尔反尔、口是心非，根本不像一国领袖，而是像一个市井小人。与这样的小人为伍，我岂不为文白先生担心！"周恩来言辞恳切，说着又把目光投向江面，"水能载舟，亦能覆舟。任何违背民心、民意的政权，不论暂时有多么强大，终究会被时代的潮流淹没。"

张治中默默无言，周恩来的话深深触动了他心灵深处的那根弦。

两人走了一会儿再次停下来。周恩来说道："文白先生，我还有一件事情要向你通报，就是不久前戴笠怂恿蒋先生杀害毛主席一事。"

张治中连忙说道："这件事已经被委员长阻止了。"

周恩来面色严肃："但事情并未结束。我得到情报，这件事背后是一个叫周培群的日特在操纵，目的就是要在中国挑起全面内战，让日军留在中国，充当蒋先生的炮灰。"

张治中微微点头："这件事我也略有耳闻。现在日本已经是一片废墟，冈村宁次麾下的这些日军回到日本，连生计都无法维持。"

周恩来接着分析道："通过蒋先生的手杀害毛主席的阴谋虽然失败，但他们绝对不会轻易放弃。接下来，很可能就像上次行刺蒋先生那样，由日特亲自动手。"

张治中紧皱眉头："有这种可能吗？"

周恩来态度坚决地说道："我们必须彻查这件事，并对周培群进行全天候的监视。现在我们的人手远远不够。"

张治中想了想，连忙说道："这样吧，军统、中统的人都不能用。我让重庆警备司令张镇配合你们。"

5

刺杀计划

此时，戴笠急急忙忙找来兰胜、毛森和叶翔之三人。

"老头子已经决定，要在和谈协议上签字了。一旦协议达成，共党肯定会要求释放政治犯。但有一些非常重要的政治犯是绝对不能释放的。所以，老头子要求我们在协议签字前秘密处决一批政治犯。叶翔之！"戴笠说着拿出一张名单，"这是一份第一批要处决的名单，必须在今天午夜后执行。"

"是。"叶翔之上前接过名单。

戴笠说道："这件事必须绝对保密，不得向任何人透露。"

从军统总部出来，兰胜四下看看，随后大声招呼不远处的一名抬夫，乘上一乘滑竿离去。

黄昏时分，一名抬夫来到牛角沱的一株黄桷树下，见四下无人，从身上摸出一支短小的竹管塞进树下的石缝里，然后走到不远处的一棵小树前，将树枝上系着的一根稻草扯下来扔在地上，随即转身扬长而去。

重庆警备司令张镇接到命令后，立刻派卫队副官赵明来协助车孟凡。两人在一处僻静的小屋内，进行了详细的讨论。

凌晨，车孟凡终于和赵明谈完话，匆匆赶到牛角沱。拿到情报后，他立刻向红岩村八路军办事处赶去。

听到敲门声，周恩来开门见是车孟凡，连忙让他进屋里。

车孟凡急切地把手里的竹筒递过去："周副主席，这是刚刚收到的情报。戴笠在昨晚午夜后，在白公馆秘密处决了一批政治犯。"

周恩来有些气愤："昨晚午夜后，也就是今天凌晨。时间都过了，情报才传来！"

车孟凡内疚地说道："我昨天晚上跟张镇的副官赵明商量对付周培群的事，一直到凌晨三点才离开，赶去取出情报，天就快亮了。"

周恩来思索着："他们这个时候动手，说明什么呢？"

清晨，蒋介石接到周恩来的抗议，立刻找来戴笠询问："你在白公馆下手了？"

戴笠马上邀功："处决了一批中共可能会要求释放的政治犯。是在后半夜秘密进行的。"

"后半夜干的？今天早上周恩来就打电话来抗议！还讲秘密，你们除了给我添麻烦，什么事都做不成！"蒋介石大发雷霆，然后转身进了屋。

戴笠在院子里愣了半天，随后才小心翼翼地走进屋里。

"处决政治犯的事，为什么事先不报告？"蒋介石诘问。

"报告校长，自从上次行刺毛泽东的事提前暴露后，学生就开始怀疑我军统有内奸，这次行动，就是检验我内部高级人员的。这次我检验了三个，三个都没问题。"戴笠连忙解释。

蒋介石看看戴笠："都没问题？"

戴笠点点头："这次任务是昨天中午布置的，如果这三个人中间有内奸，那周恩来就应该在昨天天黑前得到消息。可他却在今天早上人都处决后才打电话抗议，就证明这三个人都不是内奸，消息可能是从白公馆传出去的。"

蒋介石皱起了眉头："内奸是对党国危害最大的敌人，在这方面一定要下大力气，一定要把隐藏在我们内部的奸细挖出来！"

戴笠连忙说道："昨天是第一批，学生接下来还会进行第二批、第三批检验。"

蒋介石看了戴笠一眼，又问道："陈诚那份机要文件是怎样泄的密，你都查清楚了？"

戴笠说道："是从西安泄露的，跟张治中有关。张治中跟周恩来私交不错，之前他又把桂园主动让给毛泽东办公。前几天，张治中还单独去了桂园。"

"那是我让他去的。张治中是主和派，主和派不一定就是投降派。我待文白不薄，他绝不会背叛我的。"蒋介石十分气恼，"我若不在和谈协议上签字，中共就会找到借口，把内战的责任推到我的身上。你怎么能选择这个时机处决人犯呢？"

望着面色阴沉的蒋介石，戴笠有些不知所措。

和谈之余，毛泽东再次去看望张澜。见到毛泽东，张澜很是感动："润之，你在重庆日理万机，还抽出时间来看我，真是愧不敢当啊！"

毛泽东谦逊地说道："表老不但德高望重，还是学识泰斗，我理当经常聆听教诲。"

张澜连忙说道："教诲不敢当，有一句话不知当说不当说？"

毛泽东马上说道："表老有什么意见，但说无妨。"

"现在，是你们与国民党关起门来谈判，但谈了什么、谈到什么程度，外界无法知晓，也无法判断是非。我觉得已经谈拢的，就应当把它公布出来，免得蒋介石以后不认账，也免得外人说贵党不顾大局，授人以口舌。防人之心不可无啊。"张澜说完，见毛泽东沉思不语，又提议，"如果你们不便，由我来给国共双方领袖写封公开信呼吁一下。"

正在思索的毛泽东顿时露出了笑容，连声赞叹："表老，您真是老成谋国，老成谋国啊。"

新一轮谈判再次拉开序幕。会议室里，周恩来、王若飞和国民党代表坐在谈判桌前继续唇枪舌剑。

"关于军队编制的数目，可以考虑让你们增补到二十个师。不过，你们坚持要驻防在山东、河北、察哈尔等北方地区，这不好办！"张治中说道。

"我们驻防的解放区，是通过血战从日本人手里夺回来的。"王若飞据理力争。

王世杰连忙打圆场："社会舆论最担心的是中国出现群雄割据的局面，委员长特意嘱咐要让和谈有个良好的结果。"

周恩来说道："这也是我们所希望和努力的方向。毛泽东主席来重庆已经有一个多月了，在某些问题上，国共双方在短时间内很难达成一致，我方决定先让毛主席返回延安。"

国民党的谈判代表们听了，一时面面相觑。

谈判始终没有结果，蒋经国来询问蒋介石的看法。

蒋介石思索道："任何伟大的政治家，都得屈从于民心。抗战胜利了，人心思安，人心厌战。谈了这么久，总得达成一个协议，以安民心。"

蒋经国想了想，接着说道："条约是人定的，也是为人服务的。当年，斯大林察觉到纳粹德国的危险，抢先跟希特勒签订了互不侵犯条约，结果呢？德国人还不是用上万架飞机、上万辆坦克炸烂了那个条约。"

蒋介石点点头没说什么。蒋经国明白父亲的心思，接着说道："斯大林从本国的利益出发，跟我们签订了条约，对毛泽东是个撒手锏。但他是不是就真的支持我们，还得打一个大大的问号。您不是这样看的吗？"

蒋介石见儿子分析得头头是道，满意地说道："经儿，你能这样看问题，我很高兴。"

毛泽东即将返回延安，蒋介石特意安排在林园见面话别。两人在小路上边走边聊。

"会议记录定于10月10日签字，随后将对外界公布。关于召开国民大会的事情，恩来和若飞会留下来继续谈，签完字我就回去了。"毛泽东说道。

"从朋友的角度来说，我真想挽留你多住几天。过不了多久，我就要回南京去了。国共非彻底合作不可，否则，对国家、对你们都不利啊！我心里并不轻松，这一次没谈好。"蒋介石说道。

"大的原则还是确立了，只要国共双方不动武，就是诚意。"毛泽东说道。

"是啊，润之一定要坚持纸上的协议，一字不能改吗？"蒋介石追问道。

毛泽东微笑着说道："古人说一字值千金，也只是贵些，没有一字不改的道理。"

蒋介石言不由衷地说道："我希望能与你朝夕请教，一同把这个国家治理好。你来南京吧！至于职位，将来国大召开，你来当总统。我就管些党务，当总统太累了，还容易招人骂。"

毛泽东摇了摇头："己所不欲，勿施于人。蒋先生干不了，推给我，我可不干哪！"

两人继续往前走。蒋介石接着换了个话题："润之，你知道吗，经国先母也姓毛。"

毛泽东点点头："她和我同姓。"

蒋介石十分感慨："不但同姓，还同宗。我曾让人考证过，你们韶山毛氏祖籍在浙江江山。元末明初，毛氏后裔毛太华因避乱迁徙云南。明洪武十三年，立有军功的毛太华携长子清一、四子清四返乡途中，因病滞留湖南湘乡绯紫桥。毛太华逝世后，其子清一、清四转迁湘潭韶山定居。"

毛泽东感叹道："以此算来，你我还有郎舅之亲。可惜，先夫人被日本飞机炸死了。听说经国先生在为母守灵时，写下'以血洗血'四个大字。"

"是啊，我们和日本人不共戴天。"蒋介石一脸悲愤。

毛泽东说道："现在外敌已灭，中国人切不可再上演同室操戈的悲剧。历史，在1945年给你我都留下一页空白。中国出现了一次极为可喜的和平机会，人民十分渴望休养生息，国家百废待兴。我不希望后人批评我们当中任何一个，说我们毁灭了中华民族复兴的良机。"

"是啊，是啊。"蒋介石心中腹诽，嘴上却连声附和。

得知毛泽东即将返回延安，日特头目大岛立刻制订了刺杀计划，并命令周培群负责实施。

这天，周培群查看了地形后来找大岛汇报。他指着一张草图简单说了自己的计划，又补充道："这里是毛泽东去机场的必经之路。我今天又去查看了一遍，地形没有任何变化。"

大岛追问："人呢？你说的那个陈保长，可靠吗？"

周培群回答："我是以军统的身份去跟他联系的，说我们要执行秘密任务，需要他无条件配合。他的儿子是政府职员，他不敢违抗我的命令。"

大岛点点头："很好，以后就算查起来，也只会查到戴笠的头上。"

周培群接着介绍："这里叫马溪沟，住着六户人家，分布在公路两侧，北边有一条小溪从公路下的涵洞穿过，我们只要在头天晚上把炸药埋进涵洞，等第二天毛泽东的车队经过时引爆就可以了。"

大岛满意地点点头，接着说道："我们有世界上最先进的遥控引爆装置，不用牵线，就可以在五十米之内引爆。只要炸药隐藏得好，他们是没办法发现的。"

"不过，"周培群皱了皱眉头，"送毛泽东的不会只有一辆车，而是一个车队，我们很难确定他在哪辆车上。"

"只要我们炸掉涵洞，迫使车队停下来，架在山上的重机枪和迫击炮就可以开火，不等他们回过神来，我们埋伏在路边的武士就会抱着炸药包猛扑过去，炸掉所有的汽车。"

"我对大日本皇军这种不怕牺牲的武士道精神感到由衷的敬佩。"周培群赶紧奉承，然后又说道，"陈保长家地势较高，后面就是一面几丈高的山岩，下面紧挨后门有一个防空洞，现在已经废弃。我们今天晚上先将炸药和武器藏进防空洞，行动的前一天晚上你们的人才能去伏击点。同样藏在防空洞里。我估计，这么长的路线，他们不可能全线都派卫兵把守。巡逻检查是肯定会有的，等躲过检查你们再出来。"

大岛眼露凶光："没有谁能阻止大日本武士的攻击。"

一直派人严密监视周培群的赵明忽然接到报告，几天来一直蛰伏的周培群突然去了新桥，于是他马上通知车孟凡来警司商量。

两人站在地图前，边观察边分析敌人可能的行动计划。车孟凡指着新桥："这里的确是毛主席去机场的必经之路，也是设伏的最佳地点。"

赵明说道："毛主席去机场之前，我们肯定要对全部路线进行一次严密的检查，他们的人连埋伏的机会都没有，怎样伏击？"

车孟凡皱了皱眉头："我也在想这个问题。"

赵明有些疑惑："这个周培群去新桥会不会因为别的什么事情，并不是查看地形要在此设伏。"

车孟凡想了想，接着说道："只能继续监视。不仅是要监视周培群，也要派人定点监视新桥马溪沟。"

赵明点头同意。

果然，负责监视马溪沟的人第二天向车孟凡报告，深夜有一伙人用两辆大板车拉来许多东西偷偷地送到了陈保长家，估计是炸药和枪支。车孟凡立刻向周恩来汇报了此事。

办公室里，周恩来走到窗前思索了一会儿，转身说道："如此说来，他们真的选择在马溪沟动手了。"

车孟凡点点头："赵明要求立即采取行动，我没同意。日特既然要行刺毛主席，肯定有不止一套行动方案。如果我们提前行动，他们肯定会立即启动第二套、第三套方案。而我们对此还一无所知。"

周恩来想了想："我同意你的分析，最佳的行动时间，应该是在主席去机场的当天早上。"

车孟凡再次找到赵明，两人商定在毛泽东出发的当天早上发起行动。然后车孟凡又叮嘱道："周副主席让我转告你，我们这次面对的是一群丧家之犬。日本军国主义的武士道精神和国破家亡的愤怒，已经让他们完全丧失了人性。对付这群疯狂的野兽，行动一定要快，目标要准，出手要狠，稍有不慎，就可能反被其所伤。"

赵明十分感慨："是啊，对付这群亡命之徒，绝不能心慈手软。"

车孟凡思索道："为稳妥起见，我们必须继续对马溪沟和周培群进行严密监视，特别是周培群，一刻都不能离开我们的视线。"

赵明点点头，提出建议："这样吧，这两天我们分头行动，我负责马溪沟，你负责周培群。我向上面申请两部步话机，我们各掌一部，随时保持联系。"

这天傍晚，军委会礼堂里张灯结彩，盛况空前。毛泽东、周恩来、王若飞和国民党谈判代表站在台上，下面站满了国民党参政员，重庆文化界、新闻界人士，热闹非凡。

张治中首先致辞："今天，我很高兴地告诉大家，国共双方商谈的大原则已经取得了一致，那就是和平、民主、统一、团结。在蒋主席的领导下，彻底实行三民主义。我还要特别告诉大家，这是毛先生提出来的。虽然有些问题双方的立场还有距离，还要继续商谈，但是我们已经踏上了和平建国的新征程！我提议，向毛先生致以最诚挚的敬意！"

众人举杯，台上的毛泽东与张治中碰杯。随后，张治中大声宣布："毛先生来重庆时是我和赫尔利大使去迎接的，现在毛先生即将返回延安，仍由本人伴送去延安。"

接着，毛泽东开始发言："女士们，先生们，朋友们，这次来渝，首先要感谢蒋先生的盛情邀请和四十天的招待，感谢张先生及夫人举行这样盛大的宴会，更感谢今晚到来的各界人士！"

台下响起一阵热烈的掌声。

毛泽东微笑着点头示意，然后接着讲道：

"打倒法西斯以后，世界是光明的世界，中国是光明的中国。这次商谈的目的就是要实现和平建国。中国今天只有一条路，就是和为贵！除了和平的方法外，其他一切打算都是错的。中国只能走和平这条路，只能走民主这条路。"

"天无私覆，地无私载，日月无私照。只要我们是有诚意的，中国的事情就好办。中国人民面前还有许多困难，可是我们有理由骄傲，我们找到了和平、民主、团结的治国方针。'贤者不悲其身之死，而忧其国之衰'，古人尚有这样的远见，何况我们。"

"我和恩来、若飞这次来重庆，会见了许多老朋友，也结交了许多新朋友。同声相应，同气相求，我们的心是连在一起的。我们国家的和平昌盛，需要我们的团结，友谊是一种和谐的平等。祝愿我们明天再次相会！"

台下掌声不息。

随后，毛泽东走下台与周恩来一起，举着酒杯与宾客频频致意。

走到但靖邦面前时，毛泽东笑着问道："肃公，怎么不见令爱？"

"她还是个学生，不可能被邀请。"但靖邦答道。

"将门虎女，她是个不简单的学生啊。"毛泽东称赞道。

"毛先生过奖了。"但靖邦谦虚地笑道。

毛泽东感叹道："遗憾的是李任公没在重庆，二十多年了，真想见一见这位当年黄埔军校的副校长。"

但靖邦下意识地看了周恩来一眼，这才说道："任公曾多次跟靖邦谈起过毛先生，对您十分敬仰。"

这时，张澜走了过来："润之，恭喜恭喜，此行真是不容易啊！"

毛泽东笑道："是不容易啊！表老当初责怪我不该来，来了后又有朋友劝我三十六计走为上。还有朋友暗示我，你吃惯了陕北的小米，重庆的大米你不习惯。我说，吃不惯也要吃，就是夹生饭也要吃。现在看来，这顿饭的确有些夹生，但夹生饭也是饭哪，能充饥哪。你们说是不是啊？"

听了这番话，众人都笑了起来。

礼堂里觥筹交错、笑语喧哗。接下来安排的是京剧，但靖邦无心看戏，带着周士河提前告辞回家了。

到了家门口，忽然见女儿但世平焦急地从院子里跑出来。滑竿落地，但靖邦问道："这么晚了，怎么还往外跑？"

但世平紧走几步："爸，您可回来了，出大事了！"

但靖邦连忙说道："进去说。"两人匆匆走进院子，周士河紧随其后。

进入客厅，但靖邦看着女儿："发生什么事了？看把你急的！"

但世平急切地说道："今天下午五点多钟，廖仲恺先生的女婿李少石，被国民党士兵开枪打死了。"

"什么？"但靖邦浑身一震，随即严肃地问道，"你怎么会知道这件事？"

"是晓军告诉我的。听说，李少石先生遇难时恰好在红岩村附近的公路上，司机将李少石先生送到医院后就不知去向，这不能不让人怀疑是国民党特务有意破坏国共谈判的阴谋……"但世平说道。

但靖邦长叹一声："当年，仲恺先生遇刺罹难，我去给他送过葬。没想到二十年后，同样的悲剧又在重庆上演了。"

听到父亲的哀叹，但世平更加愤愤不平："爸，我经常听您和表叔说起，你们当年最大的遗憾就是没能找到杀害仲恺先生的凶手。这一次，谁是真凶，已一目了然。在重庆，不管是戴笠的军统，还是陈立夫的中统，都是杀人不眨眼的恶魔。但是，没有上面那个草头将军的首肯，他们也不敢如此放肆！我还听人说，特务本来是想暗杀周副主席的，结果将李少石先生认作了周副主席而错杀……"

"唉，好不容易见到的和平曙光，又被乌云遮没了。"但靖邦的心情十分沉重。

"我早就说过，独裁者是不会给人民真正的和平的！"但世平无比激愤。

此时，军委会礼堂正上演着京剧《群英会》。国共双方的和谈代表都坐在前排观看。

张治中坐在毛泽东身边负责讲解："这个厉家班是重庆最有名的戏班子，《群英会》是他们的招牌节目。"

毛泽东笑了起来："这次我们来重庆，跟贵党也演了一出群英会啊。只是，这中间没有盗书的蒋干。"

众人都笑了起来。邵力子说道："当年孙刘联手，合力打败曹操，这次我们国共联手，合力打败了日本侵略者，这证明了那句话，团结就是力量。"

周恩来点点头："只可惜赤壁大胜后，孙刘两家就分手了，到最后还是被强敌各个击破亡了国。但愿我们这次胜利后，不要分手。"

这时，一个人匆匆走到周恩来身旁，俯身在他耳边说了几句。周恩来脸色骤变，他扫了一眼会场中正在热烈鼓掌的众人，不动声色地起身离开了。

张治中见周恩来突然离场，满脸疑惑。

来到休息室，宪兵司令张镇和八路军办事处处长钱之光正等在里面。

周恩来严厉地看着张镇："刚才接到报告，《新华日报》记者李少石，从沙坪坝回曾家岩的路上，被你们的士兵袭击，你知不知道？"

张镇大惊失色："我不知道此事！"

"那请你立即负责查明真相。"顿了一下，周恩来又说道，"这件事情非常严重，我希望你们能够尽快破获此案。另外，考虑到主席的安全，先不要声张此事，等晚会结束后，请你负责保护主席，让他坐在你的车上，由你亲自护送他回红岩村。"

张镇恭敬地答道："是，毛先生的安全就交给我吧，我马上派人去调查。"

周恩来看着钱之光："钱之光同志，你跟我去一趟市人民医院看望李少石先生。"

晚会结束，毛泽东按计划乘坐张镇的汽车离开。张治中见周恩来匆匆赶回来，不解地问道："恩来，你刚才去哪儿了？"

周恩来忍住悲痛解释道："刚才事发突然，《新华日报》记者李少石先生被你们的士兵开枪击中，送到医院抢救时因肺部中弹，流血过多，已经不治身亡了。我不好直接惊动各位，就去找张镇和钱之光处理此事了。"

张治中无比震惊："什么？怎么会发生这种事？！"

周恩来悲愤地说道："我赶到医院时，连他最后一面也没见到。二十年前，廖仲恺先生遭反革命分子暗杀，其惨状犹历历在目，不料二十年后他的爱婿又遭了横祸……"

张治中连忙安慰："恩来，你放心，这件事我们一定会调查清楚！"

事情很快查清了。8日下午，柳亚子来拜访周恩来，了解国共谈判的情况。周恩来已经外出，由李少石接洽。随后，柳亚子要回到沙坪坝寓所，李少石出于尊重，就安排了办事处的汽车送柳亚子回去，负责开车的司机叫熊国华。

熊国华有任务在身，必须赶回去接毛泽东参加活动，就将柳亚子中途放下，让其步行回家。岂料，回来途中经过红岩村附近，有一批新兵正在路边休息。因车速过快，车的后门不慎碰伤了一名新兵。士兵们大喊停车，但是熊国华没有听到仍继续向前驶去，新兵连的班长便举枪向汽车射击。子弹穿过汽车工具箱，击中了李少石的肺部。熊国华听见枪声，发现李少石受伤，就赶忙把李少石送到了市人民医院。之后，熊国华担心责任重大，不敢向办事处报告，就向《新华日报》营业部报告了此事，然后称病逃跑了。营业部的人立即赶到军委会礼堂向周恩来报告，等周恩来赶到医院时，李少石已经伤重不治。

得知事情经过，蒋介石如释重负。

"校长，您看此事……"戴笠试探着问道。

"那个开枪的班长呢？"蒋介石问道。

"已经抓起来了。受伤的士兵叫吴应堂，现在正在中央医院接受治疗。"戴笠汇报。

蒋介石想了想，吩咐道："事情虽然调查清楚了，但是这件事的影响不容小视。我相信还会有一些人在一旁说三道四。为了让公众眼见为实，你马上将吴应堂从中央医院转到市人民医院，安排他住在停放李少石遗体的病房隔壁。"

戴笠茅塞顿开："学生明白了。这样，来送别李少石的人同时也能看到我们这位被撞伤的士兵。"

蒋介石接着说道："那个开枪的班长，拉出去毙了！还有，在行刑的时候，一定要把中共的人请到场，让他们验明正身。"

戴笠领命而去。蒋介石随即又拿起电话打给陈布雷："布雷先生，你马上通知中央社，明天对被撞伤的士兵和被枪毙的班长都做出报道，一定要有照片。"

就在蒋介石紧锣密鼓地安排后续事宜，避免事态扩大时，中共中央得知事情真相，以实事求是的态度，决定以大局为重，不予追究。周恩来更是亲自带人去医院看望了被撞伤的士兵吴应堂。

看着周恩来等人提着水果走进病房，躺在病床上的吴应堂满脸疑惑。

周恩来诚挚地说道："我是周恩来。对不起，我们的车撞伤了你，我代表八路军办事处向你表示歉意。我们会承担你全部的医疗费、营养费和后期治疗费，请你安心养病。"

吴应堂呆呆地望着周恩来，一时有些不知所措。

安抚完伤者，周恩来又马不停蹄地赶往刑场。

开枪的班长被五花大绑起来，背插标牌，跪在地上，身后站着准备行刑的士兵。

这时，两辆汽车停在了路旁，周恩来和张镇从车上下来，执行官见状立刻跑过来汇报："报告长官，人犯已押解到位，请长官验明正身。"

周恩来一挥手："把他放了。"

执行官顿时一愣，有些不知所措。

"给他松绑。"周恩来再次开口。

张镇见执行官还愣着，赶紧冲他使了个眼色。执行官回过神来，转身对士兵下令："去，给他松绑。"

两名士兵走过去，把班长拉起来，解开了其身上的绳子。

周恩来走到近前，望着神色木然的班长说道："虽然你开枪是不对的，但你不是有心要杀人；而且，又是我们有错在先。你罪不当死，以后好好当兵，为国效命吧。"

张镇赶紧说道："这位是中共的周恩来副主席，是他帮你求情，要求赦免你的。还不快谢谢周副主席！"

已经被吓得有些呆滞的班长这才回过神来，赶忙跪在地上，连连叩头。

"不要这样，快起来！"周恩来急忙拉起班长。张镇在一旁看着，一脸钦佩。

事情至此已和平解决。一直关注此事的但靖邦感慨万千："满天乌云风吹散，云开日出见青天。一场危机就这样解决了，共产党实事求是的态度，实在令人折服啊！"

"如果这件事发生在国民党身上，肯定又会被一些人拿来大做文章，搅他个天翻地覆。"但世平不禁撇了撇嘴。

"是啊，毛泽东重庆之行，撒下了和平的种子。只要给我们二十年和平，我国人上下一心，定能把中国建设成一个真正的世界强国！"但靖邦由衷地感叹道。

看着父亲慢慢认识并接受了共产党，但世平不禁面露笑容，满心欢喜。

终于迎来了《双十协定》的签字仪式。桂园三号楼会议室里，周恩来和王若飞及国民党代表悉数到场。周恩来和张治中分别在协议书上签了字，随后两人起身握手。在座的众人纷纷鼓掌。

张治中十分感慨："我们终于完成了一个光荣而又艰巨的使命，今天才松了一口气啊！"

周恩来说道："写在纸上的条款，只有用诚意来履行才有意义，才不负四十多个昼夜的心血呀！"

"那就让我们共同努力来捍卫它、履行它。我有足够的信心，这份协议一定会得到很好的履行。"张治中豪情满怀。

周恩来微笑着点点头："借文白先生的吉言。"

这天清晨，马溪沟陈保长家门外，几辆满载士兵的大卡车按照约定的时间从南北两个方向驶过来，在距离近百米的地方停下。赵明立即指挥士兵们下车，随即枪声大作。士兵们一边开枪一边发起了冲锋。同时，一群士兵从后面的山坡上冲杀下来。很快，埋伏的日军特务悉数被击毙，并从涵洞里取出了还没来得及引爆的炸药。

与此同时，车孟凡带领着一群士兵破门而入，冲进周培群家，四处搜寻却没有发现他的踪影。车孟凡愣了一会儿，突然飞快地冲出门去。来到街上，车孟凡四下观望，随后从便衣手里抢过一辆摩托车，飞驰而去。

这时，红岩村八路军办事处的大门外，毛泽东、周恩来、张治中等人正与董必武、王若飞、邓颖超等人挥手告别。汽车启动，后面满载士兵的大卡车也随之启动，车队径直向九龙坡机场驶去。

车孟凡则骑着摩托车直奔马溪沟，远远地看到守卫在路边的班长，大声喊道："你们赵副官在哪里？"

"在屋里审问陈保长。"班长见是车孟凡，马上答道。

"快去告诉他，周培群溜掉了，我立即赶到机场去。"车孟凡说罢没有停留，加速向前奔去。

九龙坡机场内，前来送行的新闻记者、民主人士、学生代表分别在不同的检票口排队接受检查。这是简易的露天检票口，没有候机大厅，通过检查的人员可直接进入机场，站在跑道不远处的空地上等候。

戴着眼镜、贴着胡子、挂着照相机，装扮成记者的周培群顺利地通过了检查，走进机场，与一群记者站在了一起。不远处，停着一架美国的运输机。

车孟凡驾驶着摩托车一路狂飙，很快到了机场外，却被负责警戒的哨兵拦住了。车孟凡摸出证件递给拦住他的排长。

排长接过来看看，又递给他："对不起，这里已经戒严了，任何人不得通过。"

车孟凡顿时急了："我有急事！"

排长一脸严肃地说道："天大的事都不行！"

车孟凡连忙说出他的另一个身份："我是警司的，叫江丰，你们可以马上打电话直接向张镇司令询问。"

"不准任何人通过，这就是张司令的命令。"排长仍旧坚持。

"情况紧急，我必须过去！"车孟凡情急之下打算硬闯。

排长立刻拔出枪指着车孟凡："不准动！"旁边的士兵也举起枪，对准了车孟凡。

车孟凡气急败坏："出了事，你们是要负责任的！"

排长慢条斯理地说道："放你过去，我们才要负责任！"

车孟凡急火攻心，却又无可奈何。正在这时，远处传来马达声，一辆挎斗摩托车冲过来，挎斗上坐着的正是赵明。

车孟凡急忙挥手大喊："赵副官！"

赵明冲着排长大吼："快闪开！"接着冲车孟凡喊道，"跟我走！"车子没减速就冲了过去。车孟凡连忙加大油门跟了上去。

机场里，前来送行的人们三三两两地站在一起。车孟凡快步走到一名熟悉的记者身旁低声说道："赶紧问一下，有没有发现陌生人。"记者点头会意，转身向人群走去。

车孟凡又走到民主人士群、学生群里，分别拜托郭沫若和宋晓军检查一下是否有陌生的面孔出现。两人点头赶忙去查看。

很快，在记者群里发现了周培群。车孟凡悄悄走过去，站在他身旁轻声说道："早啊，周先生。"

周培群说道："少校先生，你认错了人。我不姓周，我姓王，是《大公报》的记者。"

车孟凡笑了笑："原来是王记者，眼生得很啊！"

周培群仍试图狡辩："我之前一直在西安记者站工作，才调来重庆没几天。"

这时赵明也挤了过来，不动声色地站在周培群的另一边。周培群下意识地看了赵明一眼。

车孟凡仍旧轻声细语："我有一个独家新闻，可以免费提供给王记者。"

另一边的赵明也附和道："请吧，王记者，我们到那边去详细谈谈。"

周培群明白自己已经暴露了，绝望地跟着过去。

此时，为毛泽东送行的车队刚好驶入了九龙坡机场，军乐队开始奏乐。

张治中和毛泽东相继下车。自发前来送行的人们涌了上来，卫兵们急忙阻拦。毛泽东走上前去，微笑着与众人挥手道别。

张澜、郭沫若等人与毛泽东——握手告别。毛泽东一路挥手致意，走到飞机前，特意停下来，让记者们拍照。在舱门前，毛泽东摘下戴着的盔式帽，向送行的人群频频挥手致意。

将周培群带回警备司令部，车孟凡和赵明立刻对他进行了审讯。审讯室里，周培群无奈地坐在一张桌子后面，桌上摆放着从他身上搜出来的照相机、钢笔、打火机、烟盒等物件。面对审问，周培群仍试图蒙混过关："是的，我化装冒充记者混进了机场，但我并没有任何恶意！我就是想近距离看一下毛泽东，这不犯法吧？"

赵明厉声喝道："你还敢狡辩？你就是想要混进去行刺毛泽东！"

周培群故作委屈地说道："笑话！我进去时接受过严格的检查，赤手空拳，拿什么去行刺？"

车孟凡举起桌上的钢笔："请问，这是什么？"

周培群仍旧强装镇定："一支普通的派克钢笔。当记者，当然得带着照相机、钢笔这一类的用品。"

车孟凡眉毛一挑，轻轻拧开钢笔的尾帽，后面露出一个小孔。车孟凡高高地举起钢笔，对着屋顶上的吊灯一按笔帽上的挂钩。"啪"的一声轻响，吊灯被击碎了："好一支美国制造的钢笔手枪。如果我没猜错的话，这弹头上还涂有见血封喉的剧毒吧？"

见伪装被戳穿，周培群无力地低下了头。

车孟凡继续说道："其实，你把枪支和炸药运到马溪沟只是一个障眼法，是要把我们的注意力吸引到马溪沟，然后自己单独行动，行刺毛主席。"

赵明冷笑道："你真行啊，为了保证你的行动能够成功，让几十个日特为你殉葬。"

周培群说道："这有什么？这些人本来就该死，到了哪里他们也难逃一死，与其回到日本饿死，还不如在中国战死。我只是在帮他们死得体面一些。"

赵明说道："他们是日本人，不管是上次行刺蒋委员长还是这次行刺毛主席，都还说得过去。可你是中国人！而且是在日本已经战败投降之后，仍旧死心塌地当汉奸，为他们卖命！"

周培群冷笑一声："你们以为我还在为日本人卖命？"正如之前大岛的谋划，周培群将元凶直指戴笠。

审讯完周培群，车孟凡来到红岩村向周恩来汇报："根据我们的了解，这个周培群是大汉奸周佛海的本家兄弟，湖南沅陵人。周培群离开何应钦之后一直在帮戴笠等军界要人打理生意。1943年，周佛海看到日本败局已定，就通过周培群跟戴笠搭上关系，秘密加入了军统。戴笠行刺毛主席的计划被蒋介石否决后，周培群就决定利用日本留在重庆的特务组织，自己动手刺杀毛主席。他接手的这群特务不管这次行动成功与否全部都得死。这样，死无对证，军统谋害毛主席的罪名就坐实了，戴笠纵有一百张嘴也无法辩解。"

周恩来思索着："戴笠说不清楚，蒋先生同样也说不清楚。所以只要暗杀成功，中国的内战立即就会爆发。"

车孟凡点点头："只要内战爆发，那一百多万日军就会成为反共作战的先锋，周佛海手下的伪军也会跟着日军与我们作战，他们的汉奸罪也就没人再追问了。"

周恩来接着分析："不但没人追问，而且是有功之臣。周佛海加入了军统，就成了蒋先生在汪伪政权中的地下工作者。"

车孟凡提议："我们应该马上把这个消息公布出去，揭露敌人的这一阴谋。"

周恩来思索良久，缓缓地说道："不行，这件事不仅牵涉到日本人和周佛海，更牵涉到戴笠和蒋先生。停战协议刚刚签署，现在最重要的任务就是落实和执行协议，这个时候绝不能再闹出任何乱子。这件事要绝对保密，中央和主席那里，我也得找个恰当的时间再汇报。"

得知行刺事件，蒋介石马上召见了戴笠。一见面，蒋介石就怒气冲冲："你以为我不知道，这个周培群就是你跟周佛海之间的牵线人。周佛海加入军统的事现在已经不是什么秘密了，许多人都知道。这个时候周培群行刺毛泽东，就是周佛海在行刺，就是军统在行刺，就是我蒋某人在行刺！"

戴笠同样气得咬牙切齿："这个该死的周佛海！我一定要将他碎尸万段！"

蒋介石气得一挥手："行了！你心里的小算盘我早就看出来了。你故意放手让周培群去干，出了事，责任全部推给日本人。等事情过后，戡乱成功，你再跳出来争功。"

戴笠低头不语。

蒋介石又说道："我已命令张镇立即将周培群秘密处决。这件事以后任何人都不准再提起，就当从来没有发生过。"

戴笠小心翼翼地问道："万一共产党那边……"

蒋介石摆摆手，胸有成竹："现在毛泽东和周恩来捧着《双十协定》这只瓷瓶子整日胆战心惊，生怕摔破了。他们比谁都害怕再闹出什么乱子，对这件事，一定会守口如瓶。"

一切又恢复了平静。这天，但靖邦正坐在客厅里看报，但世平带着宋晓军一起走了进来："爸，我回来了。这是我的同学宋晓军。"

"伯父好！"宋晓军礼貌地问候。

但靖邦看了看宋晓军，微笑着说道："宋同学，请坐！"

但世平接过宋晓军手里提着的水果，放在桌子上："爸，这是晓军给您买的水果。"

"你还是学生，不要乱花钱。"但靖邦看着宋晓军，满脸慈祥。

"没多少钱，一点心意。"宋晓军仍站在那儿，稍显拘谨。

这时但世平拉了拉宋晓军，两人在旁边的椅子上坐了下来。

但靖邦问道："你们是一个学校的？"

宋晓军规规矩矩地回答："是一个学校，不是一个系，我是学物理的。"

但靖邦点点头："好啊，抗战胜利了，和平的时代也来临了，正是实业兴国、科技兴国的大好时机，也正是你们这些年轻人大显身手的时候。"

宋晓军微笑着说道："伯父还是个实业救国论者。"

但靖邦的眼睛里闪烁着希冀的光芒："我是个军人，军人是保卫国家的。但国家要发展，要富强，就得靠实业家了。我经常跟世平说，中国只要有二十年的和平发展，国家就有希望了。"

宋晓军渐渐放松下来："当然，如果能有真正的和平时代，中国一定会发展壮大起来的。"

"你的意思，中国还没有到真正的和平时代？国共双方都在《双十协定》上签字了，你还有怀疑？"但靖邦有些诧异。

"到底是真和平还是假和平，还得拭目以待。"宋晓军回答。

这时但世平说道："爸，您真的以为中国到了铸剑为犁、马放南山的和平时代了？就在昨天，国共双方的军队还在晋东南浴血奋战、拼命厮杀呢。"

但靖邦皱起了眉头："这件事我听说了，不知道现在情况怎么样？"

宋晓军与但世平对视一眼，接着说道："早在10月7日夜，困守长治的阎军总指挥史泽波率部趁雨夜弃城突围逃窜。早已料到阎军会逃窜的中共刘伯承、邓小平当机立断，命令围城部队一部进入长治，大部跟踪追击，在运动中消灭溃逃的国民党军。"

"中共军队不顾连续作战的疲劳，日夜兼程，向预定围堵国民党军的沁水地区疾驰而去，将从长治逃出的史泽波及其所部万余人，堵截于沁河东岸的将军岭、桃川河一带。昨日清晨，中共各路大军对逃跑的国民党军发起攻击，激战两个多小时后，阎军大部被消灭。"

但世平接着说道："就在沁河岸边中共军队与阎军激战时，狡猾的史泽波及其第六十八师师长郭天辛等人在沁河的下游徒步涉水渡河，不承想又遇到了早已严阵以待的堵截部队。就这样，史泽波、郭天辛都成了共军的俘虏。"

但靖邦看着两人，心里越发疑惑："这么详细的战况，你们是如何得知的？"

"晓军是学物理的，他会装收音机。我们通过自己组装的收音机每天收听新华社的广播，所以才了解得这样详细。"但世平连忙解释。

"你们这样做是很危险的，让特务知道了不得了。"但靖邦很担心。

但世平笑嘻嘻地保证："爸，您放心，我们会保护好自己的。"

但靖邦没好气地瞪了女儿一眼："你还会保护自己！现在特务无孔不入，你们这样胡来，总有一天会出大事的。"

宋晓军见但靖邦有些生气，连忙说道："伯父，由于现在是国共和谈期间，对这方面的管制有所松懈，我们才这样做的。只要时局一紧，我们立刻就会收敛的。"

但靖邦点点头："好在这次，专门有一条关于特务机关问题的协议，即'双方同意政府应严禁司法和警察以外机关有拘捕审讯人民之权'，也就是说，要彻底取消特务机构。"

但世平却摇了摇头，十分肯定地说道："特务政治是蒋介石搞独裁的一个重要基础。蒋介石绝不会承认什么民主建国，就是要搞一党专政。只要蒋介石还在台上，内战就不可能避免，特务机构就不可能取消。"

国共谈判已经告一段落，接下来的战场就在政治协商会议了。王世杰提议加上"协商"二字，大家都表示赞同，这也预示着这场文斗的激烈程度绝不会亚于武斗。

花园里，郭沫若与周恩来边走边谈。周恩来微笑着说道："所以，我们需要有啦啦队，需要有一支在场外为我们呐喊助威的队伍。"

"我明白了。"郭沫若立刻点了点头。

这时，周恩来一抬头看见了张治中的儿子张一纯，赶忙招呼他过来。

张一纯见了周恩来也很兴奋，连忙快步跑过来："周叔叔！"

周恩来拉着张一纯的手，慈祥地说道："你父亲陪着主席回延安了，这两天你的功课就由我来督促。"

"啊？我的功课不太好，算数不行，物理也不行。"张一纯吓了一跳，不好意思地挠挠头。

"那说说你有什么擅长的？"周恩来笑着问道。

"我的语文好，地理常识也行。"说到擅长的，张一纯有了底气。

"有一门精通的就行，你去找个本子来，我给你题个词好不好？"周恩来笑眯眯地说道。

张一纯眼前一亮，飞快地跑开了，很快就拿了个本子过来。周恩来提笔在本子上写下一行字："光明在望，前程万里，新中国是属于你们青年一代的。一纯世兄。"

张一纯一脸纳闷："周叔叔，您怎么写'一纯世兄'啊？"

周恩来亲切地摸了摸张一纯的头，笑道："因为我是你父亲的弟弟啊。"

小家伙似乎明白了，懂事地说了声"谢谢"，然后高兴地拿着本子跑远了。

在和谈中没占到便宜的蒋介石，最近总是心烦意乱。这天，他看到新一期的《新民报·晚刊》副刊上发表了毛泽东的《沁园春·雪》，便问身旁的陈布雷："布雷先生，你看毛泽东的词如何？"

陈布雷只好实话实说："气势磅礴、气吞山河，可称盖世之精品。"

"哼，我看他是野心勃勃！"蒋介石气愤地说道。

见蒋介石生气了，戴笠立刻说道："吩咐下去，凡是私自传抄者，都给我抓起来！"

蒋介石看着戴笠，厉声喝道："我们刚签订《双十协定》，就叫一首词吓得发神经，动不动就抓人，你不怕授人以柄吗？"

这时蒋经国说道："我有一个办法。找几个有旧诗词功底的文墨老手，依毛泽东原韵写上几首，挑精彩的发表，压一压毛泽东的气焰。"

蒋介石想了想，对陈布雷说道："不，传令下去，所有我党党员，凡能舞文弄墨者，皆以毛的这首词为模板写一首词。我就不相信，就他毛泽东会吟诗作赋！"

陈布雷领命而去。

6

校场口血案

　　为了笼络郭沫若，蒋介石特地派人送了一辆专车供他使用，没想到却被郭沫若直接拒绝了。没过几天，郭沫若又在报纸上发表了两篇诗词，赞美毛泽东的《沁园春·雪》。蒋介石看到后气得狠狠地把报纸丢在地上，怒气冲冲地说道："这个郭沫若真是不识抬举！难得我看重他的才华，他不领情也就算了，现在还专门跑来帮着毛泽东说话。就他毛泽东的词'气度雍容格调高'，我们反倒成了鹦鹉学舌的小人了。"说完，蒋介石看了看一旁的陈布雷："布雷先生，我之前吩咐你的事办得怎么样了？"

　　陈布雷连忙使了个眼色，只见几个文人模样的老先生走了上来，将一沓诗稿递过来。陈布雷赶紧呈上："都在这儿了。"

　　蒋介石只看了一眼，"啪"的一声把诗稿扔在桌子上，气哼哼地说道："这都是什么东西？！统统不行！没有一首能在气势上超过毛泽东的。"

　　众人顿时面面相觑。

　　蒋介石站起来，在亭子里焦躁地踱着步，又突然站住："我记得年轻的时候读过一首词，是写南京的，名字不记得了，内容也不记得了，只有最后两句我印象极深，叫'蒋山青，秦淮碧'。就很不错啊。'蒋山青，秦淮碧'就有一种万年长青的意思。你们就应该写出这种别具一格，却又有强烈象征意义的东西。不要老在毛泽东这首词的框框里跳不出来。"

陈布雷和几个文人听了，顿时目瞪口呆。

"好了，你们再好好想想，我还有事，先走了。经儿，你陪几位先生再坐坐，再议一议。"蒋介石并未留意大家的表情，说完转身离开。

蒋经国看了看众人："诸位先生，刚才委员长的意思，大家都明白了？"

陈布雷说道："经国先生，刚才委员长所提的那首词，是元朝萨都剌作的《满江红·金陵怀古》。这首词的上半阕起首是写繁华的景象如春光般消失得无声无息，带有沉重的怀古情绪，定下了全篇感伤的基调。'空怅望山川形胜，已非畴昔'三句写今昔对比，是说山川依旧、繁华不在，是承接上文而抒发感慨。接下来的'乌衣巷''思往事'等更是通过眼前的寥落与旧日繁华进行对比，表现出作者惆怅孤寂的情绪。"

"以荒烟、衰草、乱鸦、斜日、秋露构成一幅悲凉的残秋图，而'玉树歌残秋露冷，胭脂井坏寒螀泣'两句写景兼咏事。'玉树'是指南朝陈后主所作的艳曲《玉树后庭花》，历来被认为是亡国之音……"

蒋经国听得有些不耐烦了："好了，好了，别说了。委员长的意思是让你们另辟蹊径，打开思路，而不是说要写成这样的诗词。你们回去再好好想想，下次争取能拿出一两首能盖过毛泽东的、让委员长满意的作品。"

众人只得俯首称是。

为了保证政治协商会议顺利进行，郭沫若、胡厥文二人来到黄炎培家里，一起商讨可行性方案。

郭沫若提出可以组织成立政治协商会议陪都各界协进会，以起到督促作用。黄炎培、胡厥文听了都很赞同。

胡厥文想了想："我们民建刚刚成立，主要以工商业者为主体，比其他党派稍微富裕一点。这活动经费就由我们民建一家出吧。"

"大家不会有意见吧？"郭沫若问道。

"支持和平，支持民主，是人心所向，出点钱大家不会有意见，总比被人掠夺了强。"胡厥文回答。

郭沫若却听出了弦外之音："胡先生话里有话啊？"

黄炎培解释道："不瞒郭先生说，我们民建不少人在南京和上海都有产业，抗战时期有的被日本人强行征收了。现在抗战胜利了，大家以为能把这些产业收回来，没想到那些接收大员，竟以接收日产为名，强行掠夺，据为己有。"

郭沫若听了愤怒不已："真是岂有此理！"

胡厥文万般无奈："那些接收大员哪里是接收，完全是强取豪夺，搞得宁沪地区乌烟瘴气。现在'想中央，盼中央，中央来了更遭殃'的顺口溜越传越广了。"

郭沫若叹了口气："国民党病入膏肓，已经没救了。"

随后，几十位民主人士再次齐聚特园，共商此事。

黄炎培首先向大家发布最新消息："《双十协定》签订后，经过共产党和在座诸位的共同努力，国共双方终于达成协议，于1月10日午夜12时停火。"

张澜点点头："1月10日，是国民政府召开政治协商会议的日子。选择在开幕当天停火，这是一个很不错的开始。"

郭沫若微笑着说道："仅仅停火还是不够的，要让这次政治协商会议圆满成功，达到预期的目的，我们还必须在会议内外采取一些促进行动，劝君更尽一杯酒啊。"

梁漱溟问道："我们要采取什么样的具体行动来保证此次会议的成功呢？"

黄炎培看了看大家，笑着说道："我和郭先生在小范围内与几个朋友先通了气，交流了一些看法，我们民建准备邀请各界人士，组织成立政治协商会议陪都各界协进会，并捐出五万元作为活动经费。"

大家纷纷鼓掌表示支持。

清晨，陈立夫向蒋介石汇报了民主人士的最新消息。

"陪都各界协进会？要干什么？"蒋介石马上皱起了眉头。

"他们要在政协会议期间，召开各界民众大会，请政协代表报告会议进展情况。"陈立夫回答。

"都是些什么人？"蒋介石立刻警惕起来。

"民建成员胡厥文、章乃器、徐崇林等为协进会的常务理事，民建出资五万元作为协进会的活动经费。受到邀请作报告的政协代表有章伯钧、罗隆基、李烛尘、郭沫若、梁漱溟和中共政协代表王若飞等人。"陈立夫说得很详细。

蒋介石气愤不已："他们这是要在中国协进共产主义泛滥！"

陈立夫犹豫了一下，接着说道："马歇尔大使这些天也四处活动，到处扬言，他一定要促成这次会议的成功。三叔，要是毫无节制地让这些人折腾下去，我真担心……"

"新官上任三把火。这句中国的老话，同样适合这些洋鬼子。"蒋介石并不在意，忽然看着陈立夫问道，"祖燕，上次没采纳你的建议，你还在责怪三叔？"

陈立夫连忙摇头："哪里，侄儿知道三叔有难处。"

蒋介石点点头："我要管理的是这么大一个国家，许多事，我得通盘考虑。"

陈立夫压低声音："不过，我总觉得浪费了一次大好机会。"

蒋介石慢悠悠地说道："机会就像轮盘赌，随时都会有的。重要的是我们自己人的立场。"

陈立夫知道自己话多了，赶紧说道："侄儿明白。侄儿追随三叔之心，对天可表。"

蒋介石笑眯眯地看着陈立夫:"祖燕,你我的关系,还需言语表白吗?你说得对,不能让他们这样没完没了地闹下去。关于这个协进会的事,你去处理,用民间江湖上的办法解决。"

"是,三叔。"陈立夫领命而去。

这时,陈布雷拿着一份报告走过来:"委员长,这是政协代表分配方案,请过目。"

蒋介石看了看:"这个方案太平均了,四个方面,每一方都是九名代表,如何体现我党的主导地位。"

"委员长的意见是?"陈布雷连忙询问。

"青年党也是一个大党啊,可以从民主政团同盟拿出五个名额给青年党。"蒋介石说出了自己的想法。陈布雷点头称是。

消息传出,各界民主人士不禁议论纷纷。为此,大家齐聚特园,专门讨论此事。

柳亚子的情绪十分激动;"凭什么让我们拿出名额,民盟为促成这次会议是花了大力气的。"

黄炎培听了直皱眉头:"民盟不能让,该谁让呢?国民党是不会让的,共产党也不会让,看看其他方面能不能让。"

正当众人七嘴八舌争论不休时,周恩来走了进来,大家纷纷让座。周恩来落座后,看了看大家,问道:"大家是在议论代表名额的事吧?"

张澜立刻说道:"恩来先生,这蒋先生真是花样百出,好不容易要开会了,又在代表名额上做文章。"

周恩来不慌不忙:"做文章是符合蒋先生的性格的,如果不做文章,他就不是蒋先生了。关键是这篇文章我们应该怎么做?"

张澜皱紧了眉头:"大家都在议论,还没有好的办法。"

周恩来郑重地说道："我党经过慎重研究，认为民盟的名额不能变。我们要联合起来和国民党斗争，粉碎他们利用名额分配削弱民主党派在会议上的力量的阴谋。必要时，我党愿意让出名额，以保证民盟名额不变。"

众人听了，顿时一惊。

张澜十分感慨："共产党真是胸怀若大海啊。"

周恩来继续说道："同时，我们还建议，在重大问题上，我党和民盟以及社会贤达应充分交流意见，能达成共识的尽量达成共识，存在分歧的可以先保留意见。就像古人说的'求大同，存小异'，共同为我中华民族争得和平建国的机会。为了开好这次会，我们还建议，一道邀请学者名流组成政协代表顾问团，为我们的代表提供咨询。"

政治协商会议即将开幕。几十名政协代表和许多新闻记者站在会场内，彼此交谈着。周恩来被几名记者围住，不停地回答他们的提问。

"请问周先生，国共双方签订的协议，定于今晚十二时双方停止一切敌对行动，能否得到真正的落实？"一个记者问道。

"我方肯定会落实的，至于对方，你们得去问蒋先生了。"周恩来回答。

另一个记者又问道："周先生，这次会议的中心议题是关于政治民主化和军队国家化。你对这个议题有什么看法？"

周恩来回答："我们认为，要实施民主宪政的关键是结束国民党一党专政；要实行军队国家化，必须首先实行国家民主化和军队民主化。"

这时，主持人大声宣布："请各位政协代表就座，会议马上就要开始了。"

众人纷纷入座。随后，主持人宣布："政治协商会议现在开幕，请中国国民党总裁、中华民国军事委员会委员长蒋中正先生致开幕词。"

蒋介石春风满面地走上讲台，站在麦克风前向台下鼓掌的众人挥手致意。

讲话完毕，政协会议正式开始。列入会议日程表的，主要有政府改组、施政纲领、军事问题、国民大会、宪法草案等五大议案。各代表纷纷发言讨论各项议案。

张澜首先说道："我们要求改组政府，其目的就是使国家'由一人集权制过渡到民主集权制''结束训政完成宪政''各党派能参加政府'，这样的政府才能够代表大多数人的意愿和利益。"

陈立夫极力狡辩："可当初你们是承认这个政府的，而且愿意在政府的领导下参加对日作战。你们现在提出这个政府不民主，当初你们为什么要承认它，要服从它的领导？"

"祖燕先生，你别搞错了，当初国共联合抗日，是你们承认我们的边区政府和军队合法，我们承认国民党政府合法。我们是相互承认，联合抗日。现在要提出政令、军令的统一，一个政府，一支军队，我们当然要要求先改组政府，先政治民主化，再谈军队问题。"周恩来的话条理清晰，简单明了。

这时黄炎培也开口了："对啊，抗战时期一致对外，互相承认，共同对敌，为什么抗日胜利了，就不能平等相待，继续合作建设国家？我认为必须首先有政治民主化，大家共同组成新政府，不然军队问题没法解决。"

陈立夫和张群一时哑口无言。

晚上，协进会组织的报告会安排在江家巷合作会堂举行，会场内站满了前来听讲的群众，但靖邦、但世平、宋晓军也站在人群中。

郭沫若站在台上介绍当天政协会议的情况："通过激烈的争论，陈立夫要求中共把军队交给国民党的企图未能实现……"

突然，有人在台下唱起了金钱板。

"你们干什么！不准捣乱！"但世平气愤地喊道。

旁边的特务头子郑蕴侠阴阳怪气地说道："小丫头你喊什么？我们不

听上面的猪叫，我们就是要听金钱板。唱，给我使劲唱！"

这时，一名特务趁乱将一颗点燃的爆竹扔上了天空，"砰"的一声，众人都吓得尖叫起来。随后，几个特务冲上台去，开始推搡郭沫若。

"你们这些狗特务，无耻！"郭沫若一边挣扎，一边怒骂。

"住手！"但靖邦大喝一声，分开人群，冲上台去，救下了郭沫若。宋晓军和但世平也跟着冲上台去，挡在郭沫若面前。

"狗特务，你们无耻！无耻！"郭沫若还在气愤地大骂。

"快走！"但靖邦保护着郭沫若夺路而走。

被驱赶的各界民主人士陆续聚集到特园。客厅里，众人都异常愤怒。

胡厥文更是气得大骂："这些狗特务，简直是无耻之尤！"

黄炎培看了看大家："不管特务如何破坏，这每天晚上的报告会，我们都必须坚持下去。"

但靖邦提议："我建议咱们组织一个护会队，维护会场，不准特务进入。"

众人纷纷附议。

"可我们这些人，大多垂垂老矣，根本不是特务们的对手啊。"张澜脸色凝重。

但靖邦想了想说道："我们可以动员一些年轻人参加，特别是大学生。"

黄炎培点点头："这个主意不错，我们可以分头去发动，不一定是大学生，身强力壮的年轻人也行。"

有了应对办法，大家心情大好，都急切地盼望早日组建一支护会队。

从特园出来，郭沫若马不停蹄地来到周恩来的办公室。听了郭沫若的转述，周恩来立刻否定了这个办法。因为这样一来，双方必然会发生冲突，警察就会干预，并定性为民间斗殴，到时候不仅会抓人，而且报告会也会被取缔。

郭沫若一脸焦急："那怎么办？让他们这样闹，报告会根本就开不下去。"

周恩来想了想："报告会一定要坚持开下去。他们越是闹，咱们就越要坚持开，这只会让广大人民群众更进一步看清国民党反动派反民主、反人民的反动本质。"

郭沫若恍然大悟："我明白了，现在报告会的内容不是很重要了，形式才是更重要的。"

周恩来点点头："那些坏人是穷凶极恶的，我们可以采取机动灵活的办法，用各种形式来宣传和动员民众，尽量避免和他们发生直接的肢体冲突，保护好大家的人身安全。"

由于国民党政府拒绝承认解放区和人民军队的合法地位，坚持一党独裁，政治协商会议陷入了僵局，一些民主人士来到美国大使馆，希望马歇尔能从中斡旋。

黄炎培说道："边区政府实际上是存在的，而且是真正由民主选举产生的，实行的是'三三制'原则，共产党员在政府里面只占三分之一。这么长时间以来运作得很好，很受老百姓拥护，我们参政员考察延安时亲眼所见。抗战期间美军派了一个观察组长期驻在延安，他们也应该知道。在之前签订的《双十协定》中，边区人民政府的地位也是得到承认的。所以，中共提出先改组政府，成立民主的联合政府，再和国民党一起交出军队的提议是合理的。"

梁漱溟接着说道："联合政府必须经过全民选举，而这种选举，必须是在没有任何干扰的情况下，人民群众自由地投票，并且，要请国际社会全程监督。"

马歇尔笑了起来:"这样一来,蒋先生会不会落选?"

梁漱溟一脸认真地说道:"那就要看民意了。"

马歇尔轻轻摇了摇头:"我们美国实行民主制度已经两百多年了,民主已经深入每个公民的血液。而贵国,民主进程才刚刚开始。你们中国有一句古话,叫'欲速则不达',所以许多事情不能操之过急,得一步一步来。"

黄炎培立刻说道:"让共产党马上把军队交给国民党也是不现实的,同样欲速则不达。"

罗隆基接着问道:"大使先生,我们都听说,不管是法国、意大利,还是希腊,都是先组建了民主的联合政府后,共产党才把军队交给政府的。为什么在中国,非要中共先交出军队再谈联合政府的事情?"

黄炎培说道:"如果国共双方在这个问题上卡了壳,后面的会议就开不下去了。大使先生的一番努力,也会付诸东流。"

马歇尔想了想,接着说道:"这样吧,你们去找中共做做工作,中共可以暂时不交出军队,但要让出一些地盘。双方暂时达成一个妥协。"

三人对视一眼,然后点了点头。随后,几人立刻赶往红岩村八路军办事处。

周恩来听罗隆基等人转述了马歇尔的建议后,立刻向延安汇报了此事。

延安枣园小礼堂内,得知消息的毛泽东与刘少奇、朱德、任弼时等人立即召开了书记处会议。

为了争取和平,毛泽东首先表态同意做必要的让步。

蒋介石却另有打算,针对中共提出的撤兵计划,蒋介石召集何应钦、陈诚、顾祝同、王世杰、张群等人到军事作战室部署行动计划。

巨幅军事地图前,蒋介石胸有成竹地指指点点:"海南岛孤悬海外,不足为虑,先让他们把叶飞部和陈毅、粟裕部撤到山东去。中原李先念部很快就会成为我们的瓮中之鳖,命令他们原地待令。海南岛等地先把叶飞部运走后，再进行海运。"

陈诚等人频频点头。

蒋介石看着众人继续说道："我决定要在六个月内消灭中共主力部队，然后分期清剿，以期'根绝匪患'。这个计划分三步进行：第一步控制苏北、皖北和山东，打通津浦路、平汉路；第二步集中重兵于平、津，扫荡华北；第三步打通平绥路，占领察、绥地区。"

枣园小礼堂内也挂起了巨幅军事地图。接到蒋介石的回复，毛泽东和朱德、刘少奇、任弼时再次聚在小礼堂进行讨论。

蒋介石只同意华南的部队和华东的部队退往山东，却让中原部队原地待命。华南和华东的部队撤退后，可以解除南京侧翼和背后的威胁。但这样一来，原地待命的中共中原部队就成了孤军，会首先遭到国民党军队的攻击。很明显，蒋介石调兵遣将，意图包围中共中原部队。

刘少奇力主把中原部队北撤到晋东南地区，向刘伯承部靠拢，形成一个拳头。这样蒋介石就难以得逞了。

毛泽东却一言不发。朱德问道："老毛，你一直没吭声，是不是有什么新的想法？"

毛泽东抬头看看大家，缓缓地说道："我的确有一个大胆的设想。蒋介石不是命令我中原部队原地待命吗？那我们就留在那里，原地待命好了。你们估计，蒋介石包围我中原部队，至少需要多少兵力？"

刘少奇想了想："起码二十万以上。"

毛泽东点点头："我们现在工作的重点在东北。如果让这二十万部队赶到东北，会大大增加东北的压力。"

朱德顿时明白了："润之的意思我清楚了。先让李先念在中原牵制住国民党几十万大军，等我们把东北的棋局布好后，再突围北撤。"

毛泽东微笑着说道："陈云同志已经去东北了。相信等他到达之后，再会同彭真、林彪、高岗等人，很快就会把东北的棋局布好的。"

朱德思索着："由于我们抢占了先机，东北的形势一定有利于我们。"

毛泽东踱着步，边思索边说道："现在局势非常复杂，一方面正在召开政协会议，另一方面蒋介石又在部署更大规模的内战，要提醒全党同志正确看待这种矛盾现象。蒋介石要消灭我们，这个主意他是不会打消的，他会利用各种机会、各种手段来实施他的阴谋。同时，他也受各种因素的制约，特别是中国共产党的存在，加之战争准备不充分，以及美苏的压力，目前还不会马上爆发全面内战。和平、民主、统一，仍然是我党的既定方针，我们还要向这个方向努力。"

众人纷纷点头。

消息传到民主人士的耳朵里，大家都有些想不明白。这天，周恩来特意与众人在特园相聚，以解开大家的疑惑。

见到周恩来，张澜首先说道："周公，我也是带过几天兵的，我看得出来，老蒋命令你们从东南撤往山东，中原李先念部就完全孤悬重围之中了。"

柳亚子愤愤地说道："这样叫你们撤就撤，叫你们留就留，会让老蒋认为你们怕他，可以随便欺负，以后会更助长老蒋的嚣张气焰，反而对争取和平不利。"

周恩来耐心解释："我们并不想跟蒋先生打仗，我们服从命令，是向全国人民证明我们是反内战、要和平的。"

但靖邦赞许道："我认为中共这是顾全大局的表现。这样一来，蒋介石就找不到打内战的借口了。"

柳亚子却有自己的想法："打铁还需自身硬！谈判也是需要实力做后盾的。上次如果不是你在山西歼灭了史泽波，蒋介石哪会那么容易就在《双十协定》上签字？"

周恩来接着说道："进退与否，应该根据实际情况而定。现在蒋介石要打内战，我们和全国人民都不同意。为了阻止全面内战，我们还可以做一些让步。我们希望民盟在这个问题上跟我们保持一致。"

张澜点点头："争取和平是我们共同的心愿，在这个问题上，我们理应与贵党共进退。"

林园里，蒋介石听宋美龄说起共产党撤军一事，十分得意："实力决定一切，军事决定政治。毛泽东知道，他根本不是我的对手，只能乖乖服从命令。"

宋美龄说道："马歇尔对这次政协会议是抱着很大期望的。这是他来华后的第一件政绩，所以他希望会议能够开下去，并收获一些成果。"

蒋介石怡然一笑："好吧，在交出军队的问题上，我就做一些让步吧。"

终于解决了一个问题，但还有更多的问题有待协商。政协会议室里，国共双方代表为了新的问题再次爆发激烈争论。

"我认为，旧代表也是经过选举产生的，所以他们的代表资格仍然有效，不应有争议。"陈立夫十分顽固。

周恩来针锋相对："陈先生，旧代表是国民党一党包办的，是在国民党控制之下选举的，这是不合法的，更不能代表人民的利益和愿望。"

郭沫若更是尖锐地指出："旧国大代表还有许多根本就没有经过选举，而是由国民党指定的，这是不民主的。当初，本人就曾被指定为国大代表，但我坚决拒绝了，就是因为这个代表的资格不是通过民主选举产生的。"

陈立夫仍然固执己见："有人批评国大选举法有指定代表为不民主，我仍有不同意见。其实，中国要进入民主，还需要相当长的时间，请各位代表正确看待。"

邓颖超站起来说道："中国民主化进程固然需要一定时间，但即使是现在的中国，指定代表本身既是不民主，也是不妥当的。"

陈立夫毫不退让："希望中共方面不要忽视这个问题，中国的国情是很多有能力、有地位的人士崇尚清高而不愿意竞选，需三顾茅庐去请，故指定代表有其必要性。"

陆定一站起来反驳："陈先生认为，中国人民有不愿意参加竞选的习惯，这在某些老先生中或许有些是事实，但数量极少。相反，曾琦先生昨天就曾说，当时青年党是放弃竞选的，中共更是无法参加竞选。如果中共有好的环境，会不参加竞选吗？要说国情，国情主要是在这里——许多政党都愿意竞选，满足这一要求很重要。"

接着，黄炎培不紧不慢地说道："我们并不完全反对指定代表。对于一些有学识、有品德、有能力而不愿参选的人，政府可以特别邀请。但邀请、指定这些人必须经过各党各派广泛协商，取得共识，共同决定，而不是某个人、某个政党就能指定的。"

陈立夫板着脸坐在那里，无话可说。

傍晚，已转到重庆沧白堂的报告会如期举行，王若飞站在台上面对着下面黑压压的群众说道："在场的有良心、有正义感的人们都看见了，我们的民众大会从 1 月 12 日至今共举行了八次。每次都遭到国民党特务的蓄意破坏。前三次民众大会在江家巷的合作会堂举行，由于听众越来越多，从第四次开始，改在重庆沧白堂举行，国民党特务继续进行捣乱破坏……"

正在这时，混在人群中的郑蕴侠大声喊道："住嘴！不许共匪攻击政府！"有特务跟着叫嚷起来："把这个共党分子拉下来！"立刻有一群特务跑上台，把王若飞围在中间。会场顿时陷入一片混乱。

"无耻，你们这些狗特务，无耻！"但世平气得大叫。宋晓军拼命拉住她，紧紧护在身旁："世平，快走，我们到外面去！"

混乱中，冯玉祥领着一队卫兵冲进会场。一声刺耳的枪响，所有人都被吓呆了，会场内立刻安静下来。

冯玉祥大声命令："给我把这些捣乱分子打出去！"卫兵们抡起枪托追打特务，特务们被打得鬼哭狼嚎、抱头鼠窜。

"打得好！打死这些狗特务！"但世平见了兴奋不已。

回到家里，但世平还在气鼓鼓地咒骂："无耻之尤！"

但靖邦倒了一杯水，看看女儿："丫头，你说过，你不是共产党。"

但世平连忙抬起头："对呀。"

"宋晓军呢？"但靖邦追问。

"不知道，他可能……也不是吧？"但世平有些支支吾吾。

"可能？你对他不了解吗？"

"人与人之间没必要彻底了解吧，许多夫妻、父子、兄弟彼此相处了一辈子，都还没有完全了解对方呢。"但世平避重就轻。

但靖邦皱了皱眉头："可你们一道收听延安广播，一道传播中共消息，你们的言行，像极了共产党。"

但世平强词夺理："爸，如果把您这段时间的言行收集起来，报告给草头将军，他肯定会认定，您比共产党还像共产党！"

但靖邦的脸色暗淡下来："我是中山先生的信徒，曾经的国民党党员。后来蒋介石开除你表叔的党籍时，把我也给开除了。"

"这不正好？跟反动派彻底划清界限。"但世平笑嘻嘻地说道。

但靖邦表情严肃地说道："来重庆时，你表叔让我找张澜他们，说现在民盟已不是原来那种'三党三派'的松散联盟，已经招募了许多个体会员，他介绍我参加，所以我就参加了。"

但世平瞪大了眼睛，吃惊地问道："您真的参加了？爸，您其实不必参加民盟啊……"

"国民党不要我，我不参加民盟，难道参加共产党？我可是军阀、地主，是杀过共产党、打过红军的！"但靖邦赌着气反问道。

但世平看着父亲一脸认真地说道："这其实真的不是您最正确的选择。我们家早就没有田地了，您拉队伍抗日的时候，全卖了充了军饷。而且共产党军队中有好些高级将领，都是从国民党军队中过去的，这一点您完全不用担心。"

但靖邦叹了口气："他们有一些人过去得比较早，许多还是带着队伍过去的。我现在人没一个，枪没一支，去了人家会接受吗？我跟共产党也打过多年交道，知道他们的组织是非常严密的，每一个进去的人都要受到非常严格的审查。我不比你们年轻人啊。"

但世平忽然笑起来："爸，我是在跟您开玩笑呢，其实参加民盟也挺好的，我坚决支持。"

但靖邦舒展了一下眉头，但下一秒又严肃起来："不过，我不同意你参加共产党。我希望你走爸爸和表叔选择的道路。"

但世平愣了一下，连忙向父亲说了声"晚安"，跑进了自己的卧室。

协进会组织的报告会屡屡遭到国民党特务的肆意破坏，罗隆基与众人商量后，来到了美国大使马歇尔的办公室。

罗隆基首先介绍了政协的情况，然后说道："大使先生，我们召开报告会，就像美国的议员们向他们的选民讲演一样，这是最起码的民主活动。可是在中国，连这点起码的民主活动都会遭到特务们的破坏，简直不可思议。大使先生，这次政协会议您倾注了大量的心血，也是您到任后为推动中国民主进程做出的第一件大事，您不会希望这次会议最后变成一场暴力冲突吧？"

马歇尔皱起了眉头："这的确是个问题。"接着说道，"这样吧，我去找蒋夫人谈谈，我和她是非常好的朋友。"

罗隆基点头告辞。

很快，马歇尔通过宋美龄将自己的意见转达给了蒋介石，蒋介石顿时气得破口大骂："这个马歇尔！民间老百姓打架斗殴他也要过问？"

宋美龄连忙劝慰："达令，别生气。我们可以说那是老百姓在打架，但实际情况，所有人都清楚。我们越是这样做，越是显得政府气量小。你经常说，小不忍则乱大谋。我们现在的大谋是让美国人帮我们运兵，是彻底消灭共产党。如果老是让这些小事乱了大谋，实在得不偿失。"

蒋介石终于冷静下来，无奈地说道："我给祖燕打个电话。"

不久，马歇尔和蒋介石、宋美龄在林园再次会谈。对于这次政治协商会议，马歇尔表示杜鲁门总统和他本人都抱有很大的希望。蒋介石自然明白马歇尔的用意，微笑着说道："这也是我们政府及我本人为之奋斗的目标。大使先生请放心，这一次也一定跟上次的《双十协定》一样，会商讨出一个满意的决议。"

马歇尔满意地点点头："你们中国有句古话，叫作'求同存异'，我们美国把它称作'相互妥协'。任何协商和谈判，都是一种妥协，没有妥协就没有协议。只要贵国能不断地在民主自由的道路上前进，我们对贵国的援助就会源源不断。"

在政治协商会议上，共产党和各界民主人士紧密配合，与以陈立夫、张群为首的国民党代表进行了针锋相对的斗争，最后，终于在政府改组、施政纲领、军事问题、国民大会、宪法草案等方面达成了协议。这个协议虽然离中共的要求还有很大的差距，但毕竟在很大程度上突破了蒋介石的底线，也算是一个不小的胜利。

消息传回延安，毛泽东、刘少奇等人齐聚枣园小礼堂开会讨论。

大家庆祝过后，任弼时提出："协议是达成了，老蒋最后执不执行它，还得打个大大的问号。"

朱德摆了摆手："上一次重庆谈判，是我们和国民党两党之间的谈判。这一次，是我们共产党与中国的各民主党派联合起来一道跟国民党的谈判，开创了我们与各民主党派联合斗争的先例，这已经是个了不起的胜利了。"

毛泽东接着说道："老朱说得对，这是一个了不起的开端。有了第一次，就会有第二次、第三次。这个协议是我们跟各民主党派一道签订的，蒋介石敢撕毁，各民主党派就会跟我们一道起来反对他！"

国共双方达成协议，唇枪舌剑多日的周恩来总算可以放松一下了。红岩村八路军办事处里，周恩来无限感慨："不管怎样，政协会议总算达成了一个协议。这是一个了不起的胜利啊！"

郭沫若还是有些担心："这份决议中共虽然做出了很大的让步，但还是有许多人担心，蒋介石会不会真的执行这份决议。"

周恩来说道："所以，我们一定要采取各种措施，大力宣传这个决议，要让社会各个阶层和广大人民群众都知道这个决议。光靠报纸还不行，中国绝大多数老百姓都没有什么文化，而且整天忙于生计，很少看报，我们必须采取多种形式进行宣传。"

郭沫若想了想，提议道："我们可以组织一些大学生深入工厂和街道，用文艺的形式来宣传决议。"

周恩来点点头："可以，先生当年一出《屈原》，以历史为题材，用戏剧的形式，抒发了屈原热爱祖国、渴望光明、反对黑暗的理想和追求，激发和鼓舞了全国人民同仇敌忾的抗战精神。不过当务之急，我们陪都各界应该组织一次盛大的庆祝活动，先在重庆造一造声势。"

"那我们就赶快行动吧。"说罢，郭沫若起身告辞。

林园，陈立夫仍心有不甘，特意提醒蒋介石："这一次，让共产党占的便宜太多了，我估计在国民大会方面，我们跟中共还会有一番争斗。"

蒋介石颇为不屑："他们这样争斗，不过是想多争取点利益。而我们随时可以剿灭他们！对政协这份决议，我们可以执行它，也可以不执行它，还可以随时否定它。一切都视情况而定。"

陈立夫试探着问道："那我们以后……"

蒋介石信心满满："就其荦荦大端，妥筹补救。"

"还有一件事。我已得到报告，在周恩来的授意下，张澜和黄炎培那伙人，准备在校场口举行什么庆祝大会，庆祝他们在政协会议上取得的巨大胜利。同时，也是对我们示威。"陈立夫说完，见蒋介石沉默不语，又接着说道，"三叔，沧白堂的事，您让侄儿停手后，更加助长了这群人的嚣张气焰，现在已经要从会堂搬到广场来闹事了。如果再让他们这样闹下去，下一次，可能就要举行全重庆市的万人大游行了。"

蒋介石站起来走了几步，又停下来："马歇尔说过一句话，你可以讲演，我也可以讲演；你可以集会，我也可以集会。各搭各的台，各唱各的戏。"

"各搭各的台，各唱各的戏？"陈立夫一时没有明白蒋介石的意思。

"对，各唱各的戏。但这戏台……重庆可只有一个校场口啊！"蒋介石意有所指。

"侄儿明白了。"陈立夫恍然大悟。

马歇尔对国共最终达成协议比较满意，在罗隆基前来拜访时特意追问："罗，请你告诉我，是不是你们民盟去劝说共产党让步的？"

罗隆基摇了摇头："恰恰相反，有些问题，还是共产党来说服民盟让步的。共产党的方案，确实是根据和平、民主、团结、统一的原则真心实意提出来的。"

马歇尔颇为意外："罗，你们是中间力量，不能偏向任何一方。"

罗隆基实事求是地说道："这一次，中共一直秉承争取团结中间派的方针，注意照顾我们民盟的利益，大家求同存异，密切合作，终于促成了协议的通过。倒是国民党，一心维护一党专政，在谈判中提出许多苛刻条件，设置种种障碍。如果不是大使先生从中斡旋，这份协议是签不下来的。"

马歇尔愣了一下，随即微笑着说道："能够签订一份协议，这些天我们的心血也算没有白费。以后，你们要多劝说中共跟政府密切合作。政府这边有什么事情，我还可以为你们沟通。"

罗隆基点头答应："谢谢大使先生。还有一件事，我想跟您通报一下。我们陪都各界，准备举行一次盛大的集会，庆祝政协会议胜利闭幕，庆祝政协决议的通过。"

"这个倡议很好，可以有力地宣传政协会议。我无条件支持！"

罗隆基也起身握住马歇尔的手，笑着说道："有美国和大使先生的鼎力相助，我们对未来充满了信心。"

这天一大早，校场口广场上已经搭起了主席台。李公朴、施复亮等人则正坐在一旁的角落里低声商议着大会的具体事宜。

广场上已经聚集了不少群众，包括早早到来的但靖邦父女。看见罗隆基等民盟的人走进广场，但靖邦连忙走上前去打招呼。随后黄炎培等民建的成员也陆续到场，大家相互打着招呼，众人谈笑风生。

"爸，您看！"但世平忽然指着不远处喊起来。

但靖邦等人回头看去，只见郑蕴侠率领着国民党的主席团成员及一帮特务正气势汹汹地走来。

"带头的那个特务，就是在沧白堂闹事的头子。"但世平气恼地说道。

这时郭沫若连忙走过来，低声嘱咐："今天有特务来闹事，大家要格外小心。"

特务们迅速抢占了会场两侧和前排的位置，吴人初、刘野樵和周德侯大模大样地登上了主席台。

"喂，你们干什么？快下去！"李公朴和施复亮一起表示抗议。

周德侯气焰嚣张："我们是重庆市工会、农会和商会的领导，是这次大会的主席团成员。我们是来召开群众大会的。"

施复亮争辩道："这次大会是我们同中共发起的，没有你们！"

吴人初十分不屑："我们工会、农会和商会，才是真正的人民团体，你们都是中共的跟屁虫，今天的会议由我们主持。"

此时周德侯已经走到台口，对着扩音器大声喊道："大家听着，今天的集会由我们重庆市工会、农会和商会发起召开，公推农会理事长刘野樵先生为大会的执行主席……"

"快住嘴，不许胡闹！"李公朴冲上去抢夺扩音器，却被几个特务拦住了。

施复亮大声疾呼："请李公朴先生作报告！"

台下郭沫若等人高声附和："请李公朴先生作报告！请李公朴先生作报告！"

李公朴最终甩开了特务，拿起了扩音器。周德侯气急败坏，一把扯住李公朴的胡须，随后一脚将他踢到台下。前排的特务们一拥而上，对李公朴拳打脚踢。

施复亮等人急忙冲上去解救，同时大声喊道："不准打人！"吴人初和刘野樵挡住施复亮等人，特务们大打出手。

郑蕴侠贼喊捉贼，大声喊着"有人捣乱"，带领着大批特务对郭沫若、马寅初等人痛下杀手。混乱中，郭沫若被一个特务挥舞着铁尺打碎了眼镜，头也受了伤。马寅初手里的稿子也被特务抢走了，撕扯中身上穿的马褂也被剥了下来，身上挨了不少打。现场围观的群众也被特务们追打得四散奔逃，整个会场顿时乱成了一团。

但世平没有逃走，反而冲到郑蕴侠身旁，指着他破口大骂："你们这些无耻的狗特务！你们三番五次地破坏民主运动，居心何在！"

"又是你这个共党！"郑蕴侠眼睛一瞪，举起铁尺就要打。

及时赶来的但靖邦大喝一声："住手！"随即一把扣住郑蕴侠的手腕。旁边的特务一见，立刻扑上来，一记铁尺重重地打在但靖邦的头上。但靖邦身子晃了晃，缓缓地倒在地上。

"爸——"但世平大喊着扑过去。

郑蕴侠一把抓住但世平，对旁边的特务吩咐道："这娘们是共党。给老子抓回去！"

两个特务抓住但世平就往外面拖。"放开我，你们这些狗特务——"但世平一边挣扎，一边大骂不止。不远处有个记者刚好举起照相机，拍下了这个镜头。

郑蕴侠一抬头发现有人拍照，连忙紧走几步窜到那人跟前，劈手就要抢夺照相机："不准拍照！站住！"

那个记者敏捷地躲过郑蕴侠，转身就跑。郑蕴侠追了几步，被旁边的人流挡住。等人群散去，再四下寻找，只见到处都是受伤的百姓，却早已不见了那个记者的影子。

正在这时，一辆小汽车和一辆满载士兵的卡车快速朝这边驶来。周恩来和秘书从汽车上下来，同时从后面的卡车上跳下来一队士兵，冲向人群。冯玉祥从驾驶室里走出来，一把抓过卫兵手里的步枪，朝天开了一枪。

广场上的特务顿时大乱，郑蕴侠得知冯玉祥带兵和周恩来一起赶来，慌忙下令撤退。特务们立刻四散奔逃。

一队警察听到枪声从旁边的小巷子里冲出来。警长边跑边大声责问："谁在开枪？"到了近前，看到冯玉祥正扛着枪，怒目而视。警长顿时吓坏了："这里，是，是不准开枪的。"

冯玉祥立刻质问："你们身为警察，负有维持治安、保护人民之责。刚才流氓行凶打人的时候，你们都在哪里？"

警长唯唯诺诺地说道："卑职刚刚接到报告，这就赶来了。"

这时三个行凶的特务被卫兵抓住，跪在冯玉祥面前。冯玉祥用枪指着特务："我不管你们是谁的人，告诉你们的主子，再敢横行霸道，让我冯玉祥遇见，绝不轻饶！"

警长连忙吩咐："来人，给我把这三个捣乱分子带回局里审问。"几名警察赶紧过来，将三个特务押走。

"这三个人，没有我的命令，不准释放！"冯玉祥说完，回头看着眼前一片凄凉的惨状，与不远处的周恩来对视一眼，二人皆一脸凝重。

7

为民请愿

校场口广场一角，但靖邦被秘书从地上扶起来，正四下张望。刚好看见周恩来走过来，急忙问道："周公，你有没有看见我的女儿世平？"

周恩来说道："但将军，我刚得到消息赶来，没有看见她。你还是先去医院处理伤口吧。"

但靖邦满脸焦急，摇晃着身子就要去找女儿："她到底去哪了？她不会丢下我一个人走的！"

周恩来急忙扶住但靖邦："但将军，你伤得不轻，得马上去医院。你放心，我就守在这里，她回来了我告诉她去医院找你。"

这时两辆救护车开过来，一些人扶着受伤的人上车。但靖邦却坚持不肯离开："她肯定出事了，不然，她不会离开我的，我要去找她。"

周恩来竭力劝说："请你相信我，不管她去了哪里，我们都一定会帮你找到她的！等我的消息。"

但靖邦望着周恩来，神情颇为复杂，最终还是点了点头。

入夜，周恩来和多名参加集会的民主人士来到特园，不少人头上缠着纱布。特务制造的这次"校场口血案"，除李公朴、施复亮、郭沫若等人被打伤外，还有新闻记者及劳协会员数十人也被打伤。

罗隆基介绍完情况，张澜说道："我建议，大家公推周恩来、沈钧儒、罗隆基和梁漱溟联名给蒋介石写抗议信，对国民党特务的暴行提出严正抗议。"

胡厥文立刻表示赞同，并提议："这封信必须当面交到蒋介石手里，不能转交。"

郭沫若略一思索，接着说道："既然是你们四位联名，干脆你们四人去交吧，同时跟蒋介石提出交涉。"

众人正说着，一个人匆匆走进来，径直来到黄炎培面前，将一张照片递给他。

黄炎培接过照片，上面正是但世平被特务们抓走时的画面，两个特务是背影，但世平却是正面。黄炎培赶紧拿着照片走到周恩来面前："周公，肃公的爱女有下落了，这是我们《新华日报》的记者在现场抢拍下来的。"

"果然是被特务抓走的！任之，请你马上派人到医院把消息告诉但将军，让他安心养伤，我们一定会想办法把但世平救出来。"周恩来叮嘱完黄炎培，又把照片递给旁边的张澜。众人纷纷传看，皆气愤不已。

在医院听到消息的但靖邦，不顾头上还裹着厚厚的纱布，坚持带着周士河来找陈立夫要人。

滑竿停在陈家门前，周士河敲了好一会儿，门才打开，一名侍从问道："你们是什么人？"

周士河回答："我们司令要见陈先生。"

"司令？"侍从打量着但靖邦，"哪支部队的司令？"

"桂北抗日游击纵队中将司令但靖邦。"周士河回答。

"我进去看看先生在不在。"侍从说着转身关上了大门。

不一会儿，门打开了一道缝隙，侍从探出头来说道："我们先生不在，请改日再来吧。"说完就要关门，周士河连忙用手推着门："他到哪里去了？"

"无可奉告。"侍从冷着脸用力关上了门。

周士河转过身，无奈地望着但靖邦。

两人正要回去，一辆汽车忽然在他们身边停下，周恩来从车上走下来，快步来到但靖邦身旁，关切地说道："但将军！"说完看了看紧闭的大门，"不让进？"

但靖邦点点头，然后问道："周公怎么来了？"

"我听说你离开了医院，估计就是来了这里，所以赶过来了。"周恩来说道。

"不好意思，让您费心了。"但靖邦说道。

"别这么说，我们是朋友。上车，我送你回医院。请你相信我们，一定会把但世平给你找回来的。"周恩来说着伸手扶但靖邦上车。

但靖邦看着周恩来，张了张嘴，却什么话也没说出口。秘书拉开车门，但靖邦坐了进去。周恩来转身嘱咐周士河等人先回去，然后也上了车。

第二天一早，重庆街头上，报童举着报纸跑来跑去："看报看报，《新华日报》，昨日校场口暴徒行凶，打伤数十人。抗日将领的爱女被暴徒掳走。看报看报……"人们纷纷围上去买报纸，边看边议论起这个重大事件。有了解情况的人不禁大骂起来："当年日本人都打到贵州了，若不是李济深、但靖邦他们在广西拼命挡住了日本鬼子，咱们的陪都，早就该迁到兰州了。现在竟然这样对待抗日功臣！"

旁边有人摇头叹息："格老子的，和平集会，用得着这样往死里打，还抓一个女学生！"

又有人说道："嗜权而致如此下作，也就无药可救了！"人们拿着报纸边走边议论，都是一副义愤填膺的样子。

事件发生后，陈立夫的家陡然热闹起来。继但靖邦、周恩来之后，冯玉祥一大早也赶到了陈府。侍从照例先进去通报。书房里的陈立夫听说冯玉祥登门了，顿时吃了一惊，想了想，决定还是不见的好。

大门打开，侍从说道："对不起，我家先生不在，请将军改日光临。"

"好啊，跟我也来个闭门不见！好，我就在门口等着。"冯玉祥说着，命副官从车上拿下来一个坐垫，放在大门正中的台阶上，自顾自坐下。

侍从忙进去回禀。陈立夫听了直皱眉头，思索了一会儿，只得抓起外套向后门走去。

过了不久，一辆汽车在大门前停下，陈立夫从车上下来。冯玉祥见了从台阶上站了起来。

陈立夫装作毫不知情的样子，快步走过来："冯老总，你这是……"

冯玉祥："真是侯门深似海啊。想见先生一面，竟如此之难。"

陈立夫连忙解释："我一大早就出去了，不知老总驾到，未曾远迎，还望恕罪。"

这时大门打开，陈立夫一见侍从便大骂起来："混账东西！冯老总来了，为什么不请到客厅侍茶？"

侍从低着头不敢吭声。

陈立夫又回过头来赔笑道："冯老总别跟他们计较，请！"

冯玉祥知道他们主仆在给自己演戏，也懒得理会，迈开大步走进院子。

客厅里，宾主落座。侍从连忙端上热茶。

陈立夫寒暄道："老总光临寒舍，真是蓬荜生辉啊！"

冯玉祥开门见山地说道："我是无事不登三宝殿，这次冒昧前来，是要向陈先生讨要一个人。"说着从口袋里拿出报纸递到陈立夫面前，"就是她。"

陈立夫接过报纸，装模作样地看了几眼："老总，报上说，这但世平是被不明身份的暴徒抓走的，跟在下没有任何关系啊。"

冯玉祥直接说道："这伙人是暴徒，但不是不明身份，他们的身份非常明确，就是你们中统的人！这一点，吴人初他们几个领头行凶的就可以证明。"

陈立夫连忙辩解："昨天的事我也听说了，是市工会、农会、商会他们跟一个叫，叫什么协进会的组织的，为争夺场地发生了冲突，双方都有损伤。但跟我们中统局，没有任何关系啊。"

冯玉祥盯着陈立夫："我昨天当场抓住了三个暴徒，现在还关在警局，在没有得到我首肯之前，他们还不敢放人。陈先生，要不要我俩一同去当面问问？"

"那就不必了。可能是下面的人私下被吴人初叫去砸场子。"陈立夫说着站起身来，"这样吧，我这就让人调查。如果人真在他们手里，我马上让他们放人。"

冯玉祥也站起身来："那我就在家里坐等陈先生的消息，告辞。"

马歇尔听说校场口发生惨案后非常愤怒，立刻找来王世杰责问。

"为了促成这次的政协决议，美国政府以及我本人，是花费了大量的时间和心血的！会议才刚刚闭幕，就出现这种蠢剧！你们的政府和你们的蒋先生，给我开了一个格调极低的玩笑。"马歇尔怒不可遏。

王世杰试图辩解："大使先生，昨天的事，是两派不同观点的社会团体为争夺场地发生的冲突，跟政府和蒋先生都无关啊。"

马歇尔怒火中烧："部长先生，请不要侮辱我们的情报人员的智商。

到底是怎么回事，我们跟你们一样，知道得清清楚楚！"

王世杰只得满口应承："我马上回去查清楚。"

"不用查了！那三个领头闹事的有名有姓，只要把他们抓来审问，就什么都明白了！"马歇尔不想听王世杰再说什么，直接向美国政府提出建议，对"不听话"的国民党进行制裁。

灰头土脸的王世杰直奔蒋介石办公室汇报情况："马歇尔大使在盛怒之下，已经向美国政府提出建议，要求立即冻结对我们的经济援助，同时还要停止军援。"

蒋介石气得抓起一个杯子摔在地上："这美国佬想威胁我！在中国，谁也别想威胁我！史迪威不行，他马歇尔同样也不行！"

王世杰提醒道："委员长，当年罗斯福为了让我们在远东牵制日军，在史迪威的事情上对我们做了让步。现在，美军把日本都占领了……"

蒋介石烦躁地在屋子里踱着步："继续跟马歇尔交涉。管他有什么样的情报，我们都要一口咬定，这只是两个社会团体争夺场地的普通事件，不能和政治挂钩。"

"是，我再去找他们谈谈。"王世杰领命退下。

蒋介石皱着眉头思索了一会，觉得不能只让《新华日报》一家唱独角戏，《中央日报》要刊登文章进行反击，要一口咬定这就是两个社会团体为争夺地盘而发生的斗殴事件。想到这里，蒋介石马上找来陈布雷商议。

戴笠早已知道此事是陈立夫所为，自己正好趁机表现一下，于是拿着一张照片来到蒋介石办公室。

"校长，学生知道您是不看《新华日报》的，所以学生只剪下了一张照片请您过目。"戴笠说着拿出那张照片放在蒋介石面前。

蒋介石拿起来看了看，问道："这是在什么地方拍的？这女子是谁？"

"据说，这是记者昨天在校场口现场抢拍的。那个被带走的女子是但靖邦的女儿。"戴笠边说边观察着蒋介石的脸色，见无异常，又继续说道，"昨天晚上，但靖邦从医院赶到陈府要人，陈先生没有开门。今天上午，冯玉祥又跑去了，同样吃了闭门羹，冯玉祥就坐在陈府的大门外不肯走，被满大街的人围着当猴看。"

　　正为美国制裁的事烦恼的蒋介石阴沉着脸，一声不吭。

　　戴笠看了看蒋介石，又说道："但靖邦一直跟着李济深反对校长，学生认为，咱们正好利用这个机会，好好敲打敲打他们。"

　　蒋介石起身离座，站在窗前："你准备怎样敲打？"

　　戴笠指着桌上的照片："校长您看，光从这张照片，根本就看不出绑架者是谁，从背景也看不出就是校场口。咱们完全可以不认账，说昨天没有抓任何人。这张照片是有人移花接木，故意制造事端。至于这个女子……最好让她人间蒸发。这样，不仅在但靖邦的胸口狠狠捅了一刀，也可以杀鸡儆猴，压压那些人的气焰。"

　　蒋介石突然转过身来，冲着戴笠厉声吼道："浑蛋！尽给我干些成事不足、败事有余的蠢事！滚！"

　　戴笠忙不迭地退出来，没走几步又折回来从桌子上拿起照片灰溜溜地走了。

　　蒋介石站了一会儿，拿起电话打给陈立夫。接到蒋介石的指示，陈立夫只好让手下放了但世平。

　　戴笠得到但世平被释放的消息，忽然得意地笑了："这次，陈立夫算是栽了一个大跟头！"

　　一个中校不解地问道："局长，属下不明白，陈立夫捅了这么大的篓子，把美国人都激怒了，委座为什么就没责怪他？这要是放在我们军统，早就被扇耳光，被踹窝心脚了。"

戴笠瞥了他一眼："你们知道什么？委座当年跟陈其美、黄郛结拜兄弟，陈其美是大哥，委座是三弟。这么多年来，陈家后人一直称委座为三叔，委座也将陈立夫视为亲侄儿。"

这时兰胜说道："亲侄儿就不打不骂了？亲儿子还要打骂呢！"

"当年陈立夫从美国学成归来，委座要他去黄埔跟着自己当秘书。陈立夫知道委座经常骂人，就提出除非委座保证不骂他，他才来。从那以后，委座就真的没有骂过他一句。"戴笠耐着性子给他们讲了事情的来龙去脉。

"难怪委座对陈立夫这么客气，却将我们当作一条狗来对待。"中校恍然大悟。

戴笠立刻训斥道："你们懂什么？委座对陈立夫客气，说明从心里就把他当成了外人。外人今天可以成为朋友，明天也可以成为敌人。而狗却永远都不会背叛主人。他越是打你、骂你，就越是说明没有把你当成外人！明白了？别看陈立夫现在跳得欢，走着瞧，过不了多久，他一定会倒大霉的！"

两人连连点头。

见但世平平安回家，但靖邦悬着的心终于放下了，头上的伤也差不多快好了，于是拆了绷带也回到家里。宋晓军得知消息，立刻赶来看望但世平。

两人详细询问了但世平被抓的经过。但靖邦气得大骂："这些王八蛋，太无法无天了。我要是手里有枪，早就把他们给崩了！"

宋晓军感叹道："在中国，不经过坚持不懈的斗争，民主是很难实现的。"

但靖邦气冲冲地说道："蒋介石的这顿大棒，也把美国人打痛了。没有美国人的支持，老蒋是不敢发动内战的。"

宋晓军摇了摇头："这次政协决议是马歇尔付出了大量心血才促成的，所以马歇尔才会非常恼火。但从长远来看，美国政府是不会放弃支持国民党政府的，蒋介石也绝对不会放弃内战。"

但靖邦看了看宋晓军："你们年轻人看问题不能偏激，只看到坏的一面，看不到有希望的一面。我们民盟里面，有许多人正在酝酿，计划选几个代表，联名给杜鲁门写信，请他们不要支持蒋介石打内战。"

这时但世平忽然说道："杜鲁门会听你们的？蒋介石又会听杜鲁门的？"

但靖邦非常笃定："当然会！上次政协报告会有特务捣乱，罗隆基找美国大使马歇尔一说，马歇尔立刻给宋美龄打招呼，特务们立马就规规矩矩，再也不敢到会场来捣乱了。"

但世平反驳道："虽然特务们在沧白堂老实了，可却在校场口制造了更大的惨案。我相信这个草头将军，他是不会放弃独裁统治的。"

但靖邦心里仍抱着一丝希望："那我们就和共产党联合起来反对他，再加上美国人，我们三股力量，足以让蒋介石屈服了。"

但世平有些无奈地说道："爸，难道特务的大棒还没有把您打醒吗？咱们再也不能天真了！"

但靖邦不想再说这些，换了个话题："我老了，无所谓了。以后这种集会，你还是少掺和。这次恩来先生和冯将军救了你，下次再发生这样的事，还有谁能救你？你妈要是知道发生这样的事，非急死不可。"

但世平心里不服，张了张嘴想说什么，这时宋晓军轻轻地拉了拉她的衣角，使了个眼色，但世平只好不情愿地闭上了嘴巴。

校场口发生血案的消息传到了延安，众人都气愤不已。

毛泽东与朱德边走边聊，毛泽东十分感慨："本来我们还想在参加联合政府后，在苏北盐城新四军军部驻地建立第二个延安，我在那里住下，与国民党共襄国是。他们这一顿乱棒，把中国的和平希望打得无影无踪了。"

朱德点点头："这次事件彻底暴露了蒋介石的本性。这样一来，我们想不打就难了，中国人民将被迫进行战争。"

毛泽东接着说道："既然和平无望，蒋介石再次把战争强加到我们头上，我们也就要按战争的要求来准备了。福建、广东那边，用美国军舰运送叶飞部到山东的行动已经开始，估计问题不大。我中原部队，现在陷入国民党军队的重重围困之中，要电告郑维三、李先念他们，做好充分的思想准备和物资准备，随时准备突围。"

其实对于中国一大批知识分子来说，他们内心深处都是希望国家能够实现和平的，他们也相信随着政协会议的顺利召开，和平马上就要到来。可是，他们万万没有想到，反动派会用一顿大棒，把残酷的现实直接摆在他们的面前。这顿大棒，把不少人都打醒了。每个人都在想，和平实现不了该怎么办？祸根又在哪里？

红岩村八路军办事处，周恩来与郭沫若正谈论着当前的形势。郭沫若说道："人民看清了真相，就会群起而攻之，举起'争民主、反独裁'的大旗讨伐，同国民党反动派进行斗争。"

周恩来沉默了片刻，接着说道："我估计，下一步蒋介石会不顾全国人民的坚决反对，强行召开由国民党一手包办的伪国大，我们跟国民党的又一场针锋相对的斗争，马上就要开始了。"

延安枣园小礼堂内，毛泽东接到周恩来的电报后，马上召集朱德、刘少奇、任弼时等人开会讨论。

毛泽东首先说道："恩来来电，说蒋介石为了发动反人民的内战，对内强化法西斯统治，在3月就制订了一系列推翻政协决议的计划。其中最重要的一条，就是召开伪国民大会和通过伪宪法，借以欺骗群众。"

刘少奇提议："我们中国共产党人必须站出来反对他们，并拒绝参加他们召开的国民参政会四届二次全会。"

任弼时等人都表示赞同。

毛泽东点了点头："还是老办法，一手抓政治，一手抓军事，两手都要抓紧。电告恩来，做好重庆民主人士的工作，要团结他们，一起抵制蒋介石召开伪国大！"

蒋介石坚持认为政协会议通过的决议有损国民党的利益，必须进行修改，至于如何修改，他特意找来张群、陈立夫、陈布雷、张治中、邵力子等人商议。

张治中说道："据我了解，马歇尔对这份决议非常重视，我们提出修改，马歇尔会不会反对？毕竟我们现在还得依靠美国人。"

陈立夫立刻表示反对："修不修改是我们的内政，他只不过是一国使臣，没有权力对我们的内政说三道四。"

提起美国人，蒋介石有些心烦："你们先讨论修改决议的事，美国人那边，我去跟他们打交道。"

黄昏时分，蒋介石一个人背着手在花园里散步。不一会儿，蒋经国和陈立夫走过来。陈立夫说道："三叔，侄儿有件事，想跟三叔汇报。去年毛泽东在重庆，有一个情报，动摇了三叔的决心。现在侄儿已经证实，这个情报是中共编造的一个假情报。"

蒋经国附和道："我也通过其他的渠道确定了这的确是个假情报。"

蒋介石看着二人，问道："你们现在提出这件事是什么意思？"

陈立夫微微一笑："侄儿认为，兵不厌诈。既然他们可以用假情报来干扰我们，我们为什么不可以用假情报来迷惑一下美国佬？"

蒋介石听完，点点头。

转天，马歇尔办公室里，宋美龄开门见山地提出要修改政协决议。

"可按照政协决议……"马歇尔的话还没说完，就被宋美龄打断了："大使先生，我们得到可靠情报，苏联人不仅在东北把大量的重型武器秘密交给了林彪，而且又派出大使到延安去会见毛泽东。由于苏联的势力在西欧遭到我们的坚决抵制，已无法扩张，所以他们计划把战略重心转移到东方，急于在中国寻找代理人。"

马歇尔吃了一惊，催促她说下去。

宋美龄继续说道："现在中国客观上存在着两个政府，处在一种分裂状态。而苏联政府只想让中国长期处于这种分裂状态，他们才有机会扶植中共不断做大。所以，我们决定尽快召开国民大会，取得法统地位，这样才能彻底打破苏联的企图。我们已经没有时间跟中共继续坐在谈判桌上谈判了！"

马歇尔听完疑惑地说道："你们跟苏联订立了条约，他们也承认你们是中国唯一的合法政府。"

宋美龄辩解道："但他们也同时承认中共的边区政府。我们只有通过召开国民大会，成立新的政府，取得法统地位，宣布其他任何独立于中央的政府都是非法政府。这样我们才可以通过外交途径，抵御共产主义在东方的扩张。"

马歇尔坚持自己的意见："可我们美国政府还是认为，先成立联合政府，让中共交出军队，是阻止共产主义在东方扩张的最好办法。"

宋美龄再次申辩："问题是苏联必将东扩。要东扩，就必须依仗中共。而中共的许多高级干部都跟莫斯科有千丝万缕的联系。到时候毛泽东就是想走联合政府这条路，也力不从心。"

马歇尔点点头："谢谢夫人及时向我们通报这个重要的情报。我会认真考虑夫人的要求，并立刻向华盛顿报告。"

宋美龄说道："大使先生，我相信，我们双方都不愿意共产主义在中国大肆蔓延。"

马歇尔叹了口气："在这个问题上，我们的观点是一致的。"

宋美龄微笑着说道："那我就告辞了，大使先生。"

目送宋美龄离开，马歇尔轻轻地关上门，陷入了沉思。过了一会儿，秘书问道："大使先生，您认为蒋夫人提供的这个情报是真的吗？"

马歇尔缓缓地说道："情报也许是假的，但共产主义在全球的大肆扩张，却是真的。"

"那您认为中国的局势将向何处发展？"秘书问道。

"我到中国来的任务就是促成国共两党和谈，在中国建立一个民主的联合政府以阻止共产主义扩张。如果这个任务无法完成……"马歇尔皱起了眉头，"如果中国内战全面爆发，那美国政府除了支持蒋介石政府外，别无其他选择。"

秘书点点头，轻声说道："是啊，到时候总不能支持中共、压制蒋介石吧。"

3月1日，在国民党召开的六届二中全会上，蒋介石宣布决定以一党之意志修改政协决议。消息传出，张澜、罗隆基、施复亮等多位民主人士齐聚特园，商议此事。

罗隆基愤愤不平地说道："政协决议是我们各个党派共同商定的，要改，也必须由我们全体代表共同商议来决定。"

郭沫若指出问题的实质："蒋介石是醉翁之意不在酒。他否定政协的决议，就是为了继续维持他的法西斯独裁统治，为发动全面内战做准备。"

但靖邦提议："我们应该马上派人去见马歇尔，请美国出面阻止蒋介石这种背信弃义的行为。"

"马歇尔去北平了，没在重庆。此事只能请周公出面了。"张澜说道。大家纷纷点头。

周恩来受大家推举来到张群办公室，对国民党六届二中全会上，蒋介石宣布将修改政协决议的做法，提出坚决反对。如果对方一意孤行，以一党之私对决议进行篡改，对此产生的一切后果，皆由国民党负责。在没有得到明确答复之前，中共和各民主党派决定拒绝参加国民参政会四届二次会议。

事态严重，张群和邵力子急忙去林园向蒋介石汇报。

蒋介石态度蛮横："他们不参加就拉倒，会议必须按时召开！"

张群提醒道："听说那些在野党派也很可能会抵制。"

蒋介石想了想，接着说道："对于张澜、黄炎培、郭沫若这些人，我们还是要尽量做工作的。特别是对于那些有名气、有地位的社会贤达，我们更要礼贤下士，主动上门邀请。我们现在主要的任务是孤立中共，所以要先把这些社会贤达网罗过来。等中共的问题解决后，再视情况对这些人采取行动。"

张群点点头："委座高明！如果一些在野党派和社会贤达愿意参加，共产党就孤立无助，闹不出什么名堂了。"

蒋介石信心满满："只要共产党不参加，我们就可以多分一些名额给那些社会贤达。国大代表位高禄厚，我就不相信那些人会不动心。"

张群谄媚道："委座所言极是。重赏之下，必有勇夫；重赏之下，必有贤达。"

落日的余晖洒落在嘉陵江上，闪烁着一片耀目的金色。但世平挽着父亲的胳膊在江边漫步。蒋介石不顾中共和各民主党派的反对，在国民参政会上公然否决了政协决议，表明他已做好发动内战的准备，不需要任何遮羞布了。父女俩边走边聊，但世平听到父亲说蒋介石给表叔发了电报，要他来重庆议事，不禁纳闷地问道："这草头将军跟我表叔是一辈子的死对头，能商量什么事？"

但靖邦说道："肯定是关于召开国大的事。老蒋就这样要召开国大，中共肯定是不会参加的，民盟这边很可能也会抵制，他不能唱独角戏啊，总得要有几个人来跑跑场子。"

但世平点点头，话里满是讽刺："是啊，摆好了宴席，却没有客人来吃，是多没面子的事。"

周恩来也听说蒋介石邀请李济深来重庆共商国是，便与前来拜访的郭沫若谈起这件事，郭沫若嗤之以鼻："肯定是关于召开国大的事。老蒋现在是到处'拉郎配'，连李济深这种宿敌都要拉拢了。"

"李济深是著名的反蒋民主人士，他的态度会对整个民主阵营产生巨大的影响。"周恩来自然明白蒋介石的用意。

郭沫若推了推眼镜，说道："既然李济深要来重庆，你们又有袍泽之谊，我想，趁此机会你应该找他好好谈谈。"

周恩来点点头："我是要找他的，但现在还不宜出面。郭先生，你去找张澜和冯玉祥谈谈，请他们出面，在李任公到达重庆后，为他举办一个欢迎宴会。"

郭沫若爽快地答应下来："这两人我一定能说通。"

陈立夫对于邀请李济深来重庆一事有些不解，办公室里，他疑惑地问道："李济深背叛过三叔好几次，他不会跟我们一条心的。三叔为什么还邀请他来？"

蒋介石笑道："我不需要他跟我一条心。我只需要他来，坐在国大的会场内就行，我们现在就需要这么一尊泥菩萨。听雨农说，周恩来正鼓动冯玉祥、张澜等人，在李济深来重庆的时候，给他举办一个欢迎宴会，要把他拉到他们所谓的民主阵营里去。"

陈立夫点点头，有些担心地说道："李济深是民盟的主要领导人，近一段时间，他的表弟但靖邦几乎天天跟民盟这些人混在一起。"

蒋介石思索着："李济深跟但靖邦不同。他当过黄埔军校的副校长、国民革命军总参谋长，在军队中有很大的影响力。如果他能带动一些人参加国大，就能打破中共对我们的孤立政策……等他到了重庆，你也请他吃饭，探探他的口风。"

陈立夫一愣，一时没有反应过来。

蒋介石看了看他，说道："怎么，当年你是黄埔军校校长办公室秘书，没少跟他打交道，关系也不错。"

"好，我听三叔的。"陈立夫立刻领命。

几天后，李济深抵达重庆。在广东酒家宴会厅内，张澜等人安排了盛大的欢迎宴会。

"李济深将军到——"话音刚落，众人便纷纷起身相迎。

一身长袍马褂的李济深在张澜、冯玉祥等人的陪同下走进了宴会厅。众人纷纷鼓掌欢迎，李济深抱拳拱手，不停地向欢迎的人群致意。

李济深被推到主位坐下，冯玉祥和张澜分列在两侧，其他人先后就座。

梁漱溟离席上台，站在扩音器前，大声说道："大家请静一静，静一静。陪都各界人士欢迎李济深将军驾临陪都宴会现在开始！"全场再次响起热烈的掌声。

李济深再次起身抱拳，连连拱手致意。

"请冯玉祥将军致欢迎词。"梁漱溟说完做了一个请的手势，自己退到了一旁。

冯玉祥在众人热烈的掌声中走上台，站在扩音器前，朗声说道："女士们，先生们，今天，我们怀着万分喜悦的心情，欢聚一堂，热烈欢迎中国军界德高望重的李济深将军光临陪都！众所周知，李将军是一位著名的民主斗士，一生都在为国家的统一独立、政治的民主进步，不停地战斗着。他是我们中国民主运动的一面旗帜。他的到来，大大增强了陪都民主运动的力量，我们大家都希望李将军到来之后，领导我们大家，奋斗以振民主，努力以救国家……"

众人听得热血沸腾，都情不自禁地站起来热烈鼓掌。

第二天，李济深如约来到一座豪华酒楼，与提前等候在包厢里的陈立夫热情寒暄了一番，随后两人分宾主落座。

陈立夫恭维道："抗战胜利了，国家需要重建，人民需要养息。二中全会决定要尽快召开国民大会。任公能应委员长之邀，移驾陪都共商国是，真是深明大义啊！"

李济深连忙摆摆手："任潮愚钝，我并没有参选国大代表，这次应召赴唤却不知所为何事？"

陈立夫笑道："当然是召开国大的事情。是这样，代表分两种，一种是普选的，另一种是各党派团体推举的。任公虽没有参选，但已经被党内推举为国大代表了。"

李济深疑惑地问道："我可是被委员长两次开除党籍的人。我是民盟的人，如果民盟推举我，我一定高兴地接受。中共和各民主党派他们都推举了吗？"

陈立夫始终保持着微笑："他们都正在推举。任公的党籍不是早已恢复了？如果您不愿意接受我们的推举，民盟又不推举您，您也可以以个人的名义参加。委员长说了，像您这样德高望重的军界领袖，国大里面一定要给您留一个位置。"

李济深拱了拱手，笑道："多谢委员长厚爱。我还是那句话，民盟推举我，我就参加。其实，我不当国大代表，同样可以为国家效力。陈先生，你说是不是？"

陈立夫有些尴尬："那是当然，那是当然。"

蒋介石一心要提前召开伪国大，他手下的爪牙也没有闲着。近来上海不断传出消息，国民党那些接收大员借着清理、没收敌伪资产的名义，大肆巧取豪夺。凡是留在沦陷区的工商业者，全部被当成汉奸处置，人民苦不堪言，怨声载道。甚至有民谣到处传唱："想中央，盼中央，中央来了更遭殃。"而那些日伪汉奸却成了抗战的功臣，就连周佛海这个汪伪政权的第三号大汉奸，也摇身一变成了地下工作者，还当上了接收大员，继续耀武扬威！

这天，张澜、黄炎培、胡厥文等民主人士齐聚特园商议此事。

黄炎培首先历数了国民党的种种暴行："老百姓都说他们是帽子、房子、车子、票子、女子'五子登科'，称他们为'劫收大员'。"

但靖邦听后愤怒不已："他们这样胡作非为，就不怕王法？"

黄炎培冷哼了一声："他们也有王法啊？！办肥皂厂的，肥皂被日本人拿去洗军装，是不是资敌？办面粉厂的，面粉被日本人拿去做干粮，是不是资敌？办织布厂的，布匹被日本人拿去做军装，是不是资敌？"

但靖邦没好气地说道："照这样说，卖耗子药的帮助日本军营灭鼠，也算是资敌？"

"在他们眼里，凡是留在沦陷区做工的、务农的、经商的，都统统算作资敌，都应该被视为汉奸论处。我们民建主要以工商业者为主体，是这次国民党大抢劫中受害最深的一个阶层。所以我和任之兄决定尽快赶回上海，跟当局交涉，想办法阻止这种抢劫行为，给我们工商业者留下一点生存的空间。"胡厥文说道。

"这实际上是以蒋、宋、孔、陈四大家族为首的官僚买办资产阶级对民族资本的一次大规模掠夺。他们的背后是以美国为首的帝国主义，他们最终的目的就是要以美货完全取代我们的国货，要让我们永远贫穷落后，永远都受他们的剥削和压迫。"郭沫若指出事件的本质。

但靖邦却不同意这种说法："郭先生，我不认为这跟美国有什么关系。美国是个爱好和平、崇尚民主的国家。这些接收大员的倒行逆施，完全是国民党的单独行动。"

张澜也附和道："是啊，我也不认为这跟美国政府有什么关系。"

郭沫若说道："这个问题我不想跟你们做任何争论，我想让事实来说话。我建议以民建为主，多联络一些人联名给蒋介石写信，要求政府下令阻止这种抢劫行为，并归还被抢掠的财物。同时联名给马歇尔写信，要求美国政府出面干涉这种严重践踏人权的暴行。美国如果真是世界民主的旗帜、人权的卫士，在这种时候就应该挺身而出，阻止这种暴行！"

大家纷纷表示赞同。

蒋介石很快收到了以黄炎培为首的各界民主人士的联名信，草草看过之后他把信往桌子上一拍："这简直就是汉奸言论！我们的接收人员，没收的都是汉奸的财产，怎么能被攻击为'掠夺'？还说这是粗暴地践踏人权！真是岂有此理！"

蒋经国小心翼翼地说道："父亲，据孩儿了解，我们有一些接收大员，干得的确有些过火了。"

蒋介石皱了皱眉头，接着说道："我知道，有些人的确有些过火了。这些人大都是宋家、孔家派出去的。你说要处理的话，我该处理谁？"

蒋经国提醒道："父亲要召开国大，中共明确表态抵制，各在野党派就成了国共双方争取的对象。黄炎培不仅是民建的领袖，在民盟中也有很高的地位。"

蒋介石思索了片刻，接着说道："这样吧，你让人给黄炎培捎个话。就说我现在正忙着迁都的事情，抽不出身。等回到南京后，我会立即调查，如情况属实，一定会严惩不贷。"

特园客厅里，张澜、黄炎培等人围坐在一起商议。

黄炎培向大家通报了事情的结果："蒋经国托人给我回信，蒋介石说他正忙着迁都的事，无法抽身，等他回到南京后，再派人调查。"

"这明显是推脱之词。要调查，他在哪里都可以派人调查，为什么非要等到回了南京，把东西都抢光了才去调查？"张澜立刻说道。

"是啊，就算他真派人调查，这一查也不知查到何年何月，最后还不是像校场口血案一样不了了之。"胡厥文附和道。

众人似乎回想起了当初惨案的场景，气氛有些沉重。

大家沉默了一会儿，但靖邦满怀希望地询问："美国那边呢？马歇尔有没有回信？"

罗隆基答道："马歇尔说他已经把我们的信转交给蒋介石了。"

郭沫若苦笑着摇了摇头："写信给他，是请他出面阻止，而不是让他只当个信使。"

黄炎培叹了口气："看来美国人也是靠不住的，我们还是尽快赶回上海想办法吧。"

但靖邦失望地皱起了眉头，若有所思："美国人怎么能这样？"

郭沫若耐心地劝解道："但将军，你也不想一想，如果中国的工厂都开工了，美国在太平洋战争中那么多的剩余物资，那么多的奶粉、罐头和大米怎么办？"

但靖邦有些不明所以："他们很多东西都是免费送给我们的。"

黄炎培接着说道："是啊，有免费的美货，谁还会花钱去买国货。产品卖不出去，工厂就只有关门大吉，再加上这些'劫收大员'一抢，以后的中国市场，就只有美货了。"

但靖邦听了顿时恍然大悟。

上海的民主人士对国民党政府企图在美国支持下，挑起全面内战的行为极为不满，同时对中国的前途感到深切的忧虑。马叙伦、雷洁琼等人组织了几十名民主人士，决定用手中的笔对国民党政府的倒行逆施进行声讨。

马叙伦、陶行知和雷洁琼等人很快联名致函马歇尔和蒋介石。马歇尔收到信后希望蒋介石尽快做出回复，以安人心。蒋介石却全然不予理会。

马叙伦等人写给蒋介石和马歇尔的信如石沉大海，而写给中共代表团团长周恩来的信，很快由周恩来、董必武、陆定一、邓颖超联名复信，表示一定竭尽全力支持反对内战的正义行动。

此时，他们知道给蒋介石写信不会起到任何作用了，若想争取和平，就必须采取实际行动。

这天，繁华的上海外滩显得格外拥挤，愤怒的呐喊声此起彼伏。马叙伦、雷洁琼等民主人士经多方努力，组织了一万多人游行，希望引起全体民众的关注，也希望当局能重视他们的呼吁。

紧接着，上海人民团体联合会经过协商，正式决定派代表赴南京请愿，向国民党当局呼吁和平，要求停止内战。

联合会推举马叙伦、胡厥文、雷洁琼等人为代表，另由上海学生和平促进会选出两位学生代表，组成上海人民团体代表团赶赴南京呼吁和平。

吴耀宗还代表大家草拟了一封给马歇尔的信，坚决反对美国支持蒋介石打内战，屠杀中国人民。

陈立夫的办公室里，郑蕴侠凶神恶煞地说道："这些人真是无法无天！委座在重庆，他们在重庆闹；现在迁回南京，他们又跟着来南京闹。

必须坚决镇压！"

叶秀峰也不甘落后："当然要狠狠地打击他们。不过这件事不能让军队和警察出面，他们一出面就成了政府镇压老百姓了。我认为还是应该像校场口那样，李代桃僵，走曲线救国的道路。"

陈立夫想了想，立刻吩咐道："具体办法你们去想，只要不死人，怎么都成。"

南京上关码头，刚刚下船的宋晓军扛着行李随着人群正往前走着。"晓军！"一声呼唤传来，宋晓军一抬头，正看见迎面跑来的但世平。

到了近前，但世平伸手去接宋晓军手里的箱子，宋晓军却转身避开，腾出手来轻轻握住了但世平的手。"饿了吧，我们找个地方先吃点东西吧。"宋晓军说着一手提箱子，一手拉着但世平向前走去。

两人来到一处路边小摊，招呼老板娘要了两碗面，然后坐在桌前等候。

宋晓军见四下无人，低声说道："世平，告诉你一个好消息，你的入党申请，组织上已经批准了。"

"真的？！"但世平兴奋至极，又刻意压低了声音。

宋晓军再次握住但世平的手，轻声说道："等我跟南京的党组织取得联系后，再举行宣誓仪式。"

但世平满眼全是笑意，紧紧抓住宋晓军的手，不住地点头。

8

闻一多惨案

上海人民团体代表团一行人顺利抵达南京下关火车站，众人随着人流慢慢地向站外走去。这时，忽然听到一声口哨，一大群"难民"蜂拥而来，将代表们团团围住，顿时各种叫骂声不绝于耳。

代表团的人很快被分割成两部分。马叙伦、雷洁琼等人被推进了一间不大的候车室，而盛丕华、黄延芳等人则被胁迫进了一家西餐厅。

初步计划完成，郑蕴侠冷笑着吩咐身边的特务："先把他们困在里面，其他的等天黑再说。"

中共代表团得知上海人民团体代表团被困的消息，焦急万分。周恩来不停地拨打电话要求尽快放人，但警察根本不予理睬，警备司令部则推脱是民众纠纷不宜出动军队。黄昏时分，事情还是没有任何进展。周恩来决定去找马歇尔。

但世平与宋晓军回到家时，天色已经很晚了，二人却发现但靖邦不在家中。此时，他已到南京政府秘书长办公室，与李济深、冯玉祥等人商讨救人方案。

五个多小时过去了，代表们还被困在车站里。李济深强烈谴责这种野蛮行为，提出无论如何要先把人救出来。冯玉祥也要求必须马上采取行动。但警备司令部不肯出动军队，只能依靠警察。

　　最后，邵力子劝说大家不要着急，警察已经在进行调解了，相信会有进展。然而事实却是，郑蕴侠在等夜深人静之后，就指挥守在候车室外的两百多名"难民"对代表们大打出手。

　　夜越来越深，就在大家身心俱疲时，忽然一声巨响，窗户玻璃被砸碎了，随后大门被蛮横地撞开，外面的"难民"们一拥而入。瞬间，无数的汽水瓶、椅子和石块砸向候车室内的代表们。

　　陈诚和俞大维接到冯玉祥、邵力子的联名电报，两人商议后，最终派出宪兵去处理。

　　梅园新村周恩来的办公室里，邓颖超、董必武等人仍在焦急地等待消息。

　　这时，一名工作人员进来汇报："周副主席，十二点过后，一队宪兵赶了过去。但暴徒已经散去。从上海来的各位代表被宪兵直接送往了中央医院。"

　　邓颖超急忙问道："代表们的伤情如何？"

　　工作人员如实答道："每个人都有不同程度的受伤，学生代表陈震中被打成重伤，记者高集背部、腿部受伤，头部受伤最重，左眼球已突出。"

　　"流氓！法西斯！"周恩来愤怒至极。

　　翌日清晨，南京街头许多报童举着报纸叫喊："看报看报，昨天下午下关车站发生惨案，上海和平请愿团代表被暴徒围攻殴打，当局置若罔闻……"

　　路过的人们纷纷围上去争相买报。一位老人买了一份报纸，拿过来一看，却见专栏上赫然写着六个大字：今日无话可说。

老人顺手拉住报童问道："哎，这张报纸上登的和你喊的内容不一样啊？"

报童回答："老大爷，国民党当局都黑暗成这样了，咱老百姓还有什么可说的？"众人听了，纷纷点头。

媒体的报道铺天盖地袭来，其中以京沪报界反应最为强烈。美联社、合众社、法新社等都纷纷作了报道。还有人气愤地打电话到中央日报社，痛骂国民政府是瞎子、聋子。这让陈布雷再也坐不住了，特意前来请示蒋介石。

站在镜子前整理军装的蒋介石听完陈布雷的汇报，满不在乎地说道："那你们就发一条消息，说那些人都是被新四军赶出家园的难民，他们听说是共产党暗中策划了这次行动，心中愤恨，所以就不分青红皂白把代表团当共产党给打了。"

陈布雷嗫嚅道："这……能服众吗？"

蒋介石顿时面露不悦："让你们别说话，你们怕被人骂是瞎子、聋子。让你们说话，你们又瞻前顾后。行了，我马上要去开会，你自己看着办吧。"说完转身离开。

陈布雷呆呆地站了一会儿，无奈地摇了摇头。

会议室内格外安静，一群国民党高级将领已经分列两旁等候。见蒋介石到来，全体将领起立。

蒋介石走到主席台位置，解开披肩，摘下帽子交给跟在后面的侍从，然后看看众人大声说道："都坐吧。"

"现在宣布对中原共匪李先念部'围剿'作战命令……"

南京中央医院里，不少人手里提着水果，捧着鲜花来慰问受伤的代表们，表达南京人民对和平民主运动的声援。

但靖邦、宋晓军和但世平三人也来到医院慰问。"人太多了，你们在这里等一下，我先去看看情况。"宋晓军说着把手里的水果交给但世平。

但世平叹了口气："这是我继重庆校场口血案后，又亲眼看到的最黑暗的一幕。"

"对你来说，比上次好，既没有挨打，也没有被抓。"但靖邦最担心的还是宝贝女儿的安全。

但世平却愤恨地说道："我当时真想生出一对翅膀飞进去，跟他们一道挨打，一道流血。"

但靖邦苦口婆心地劝道："能避免的时候一定要避免，战场上最先被敌人打中的战士绝不是好战士。"

这时，宋晓军回来了，他急忙说道："咱们快走，中共代表团团长周恩来到了！"

但靖邦顿时一惊："周恩来来医院了？"

宋晓军点点头："正在马叙伦的病房里。"

"咱们快走！"但靖邦说着快步向前走去。

病房里，马叙伦头上缠着绷带，躺在病床上。周恩来、邓颖超等人和来慰问的学生围在一旁。

但靖邦等人走进病房，周恩来热情地打招呼："但将军也来了！"

"听说马教授他们挨了打，我过来看看。这帮人真是无法无天！"但靖邦说道。

周恩来一脸严肃地说道："下关惨案说明，向国民党反动派请求和平，就像让强盗放下屠刀，无异于与虎谋皮。只有大家行动起来，投入反对内战的人民运动中去，才能阻止内战。"

马叙伦激动地握住周恩来的手:"说得好啊! 中国的希望只能寄托在你们身上了,我过去总劝你们少要一些兵,少要一些枪支弹药,现在看来你们的战士不能少一个,枪不能少一支,子弹不能少一粒。"

但靖邦听完,若有所思。

回到家里,但靖邦仍心有余悸,连忙嘱咐女儿:"这些人心狠手辣,什么事都干得出来。你以后不要随便掺和政治方面的事,我不希望你出事。"

但世平却说道:"爸,您应该清醒了。他们跟您一样,都是所谓的中间力量,既不偏向国民党,也不偏向共产党,仅仅是要求和平,就遭到这样的殴打。在这种关键时刻,每个中国人都要挺身而出,团结起来,反对内战,呼唤和平。"

但靖邦摇了摇头:"从现在的情况看,我们无论做什么都是没用的,内战已不可避免。蒋介石的为人我非常清楚,不消灭共产党他绝不会善罢甘休。"

但世平问道:"难道就没有别的办法了?"

但靖邦想了想,满怀信心地说道:"办法还是有的。和谈一旦破裂,国共双方都必须拉拢和依靠中间力量。我断定开战没几天,苏联和美国就都要出面干预,迫使双方停战。那时,中国的民主力量和美国等民主国家可以一起向蒋介石施压,逼迫他实行民主。然后,人民用手中的选票把独裁者赶下台。"

"中国的事应该由中国人自己做主,怎么能把国家的命运交给外国人呢?"

但靖邦固执地说道:"有的时候,能够借助外部的力量,就应该借用。"

几天后,代表们的伤恢复无碍,周恩来等人热情地邀请他们到梅园新村做客。马叙伦等人欣然同意，只是不少人头上还缠着绷带。

梅园外，周恩来见代表们下了车，立刻迎了上去："欢迎你们，我们的民主斗士！欢迎你们到梅园来做客。"宾主先后落座，周恩来举起酒杯说道："今天，我中共代表团在梅园新村宴请上海和平请愿代表团全体成员。今天的宴会有三个目的，第一，我中共代表团对你们的到来表示欢迎，对大家受到的伤害表示慰问；第二，由我们向你们介绍国共谈判的情况；第三，中共代表团倾听你们对和谈的意见。这第一杯酒，是我们敬你们的，请大家干杯！"

"干杯！"众人都举起了酒杯。

随后，周恩来继续说道："抗日战争胜利后，以蒋介石为首的国民党政府调集二十多个师的部队，包围和蚕食中原解放区，企图消灭我中原解放区部队，打通向华东、华北、东北的进军道路。为避免内战，中共中央多次同国民党政府交涉，表示愿意让出中原解放区，将部队和平转移到其他解放区去。但国民党政府一意孤行，至6月下旬，用于包围我中原解放区的兵力已经增至约三十万人。"

众人听了大惊失色，一时间议论纷纷。

上海人民团体代表团首先来见马歇尔，他们指出中国的抗战已经结束，不再需要大炮和弹药，可是美国政府仍不断地将太平洋战争的剩余物资大量转移到中国，且绝大部分落入国民党军队手中，这实际上是在支持蒋介石发动内战。

马歇尔解释道："我想各位可能是误会了。众所周知，我们美国政府一贯是支持中国和平的，支持在中国成立一个民主的联合政府。我们的对华援助，不是支持打内战，而是支持中国的战后建设。中国的独立，还需要强大的国防力量作保障，我们对政府军做出一些必要的援助，是完全合理的。直到今天，我都没有得到确切消息，说中国发生了大规模的内战。"

马叙伦与雷洁琼等人对视一眼，接着说道："虽然现在还没发生，恐怕距离也不远了。所以我们希望同蒋先生面谈，希望大使先生能够促成。"

马歇尔马上答应下来，表示乐意效劳。

经过协调，蒋介石只在官邸接见了黄延芳。他表面上表示绝对拥护和平，一定竭尽全力避免内战。可是，蒋介石的承诺言犹在耳，他就悍然调集数十万大军向中原解放区发起了大规模进攻。

1946 年 6 月 26 日，隆隆的炮声与弥漫的硝烟揭开了全面内战的序幕。

和平的希望彻底破灭。代表团只好返回上海，周恩来等人前来相送。周恩来握着马叙伦的手说道："我们来送送你们，祝你们一路平安！"

马叙伦用力握着周恩来的手："中国的希望，只能寄托在你们身上了！"

回到梅园新村，周恩来的心情非常沉重，对郭沫若说道："蒋介石亡我之心不死，和平之门终于还是被蒋介石一手关闭了。"

郭沫若叹了口气："我听说，李公朴先生去了昆明后，中统和军统的特务到处张贴标语，散布谣言，说民盟和中共勾结，利用地方势力夺取政权，说李公朴先生是携带中共巨款来昆明密谋暴动的。"

周恩来紧皱眉头："这些人太歹毒了！虽然民主同盟和各界人士在昆明发起万人签名运动，要求和平，一再声称自己是非暴力团体，只是以和平的方式争取民主，反对暗杀和暴动，但是昆明警备司令部还是奉命拟定了逮捕、暗杀民盟负责人的名单。"

郭沫若点点头："这个名单我也略有耳闻，李公朴先生被列为第一名，闻一多先生为第二名。"

周恩来仔细叮嘱道："李公朴先生为了中国的和平民主事业，早已将自己的生死置之度外，不过你们这些进步人士还是要多加注意，保护好自己的安全。"

正说着，邓颖超匆匆赶来："郭先生，恩来，刚刚得到消息，李公朴先生在昆明被暗杀了！"

两人顿时大惊。周恩来急忙问道："小超，消息是否可靠？"

邓颖超点点头："已经证实了。"

"凶手抓到了？"周恩来继续追问。邓颖超轻轻地摇了摇头。

郭沫若悲愤地说道："肯定是特务干的！不是戴笠就是陈立夫！"

中央日报社，陈布雷和陶希圣正为如何平息李公朴被杀一事商议对策。

陶希圣思索良久，终于说道："咱们干脆不报道这件事，让一些小报当花边新闻好了。"

陈布雷摇了摇头："这么大的事情，我们不说，让中共和民盟乱讲，我们会更加被动的。"

陶希圣十分为难："这个，怎么说才好呢？"

陈布雷沉吟半晌："要不这样吧，就说是李公朴泄漏了中共的机密，被中共当成叛徒处决了。"

两人一拍即合。

这天，云南大学操场上正在为李公朴先生举行追悼大会。台下站满了前来参加追悼会的人们。

闻一多站在台上发表演说："这几天，大家晓得，在昆明出现了历史上最卑劣、最无耻的事情！李先生究竟犯了什么罪，竟遭此毒手？他只不过用笔写写文章，用嘴说说话，而他所写的、所说的，都无非是一个没有失掉良心的中国人的话！大家都有一支笔，有一张嘴，有什么理由拿出来讲啊！有什么事实拿出来说啊！"

几个特务混在人群中蠢蠢欲动。

闻一多发现了特务，声音越发激动起来："为什么要打要杀，不敢光明正大来打来杀，而偷偷摸摸地来暗杀！这成什么话？今天这里有没有特务？你站出来！是好汉就站出来！你出来讲！凭什么要杀死李先生？杀了人又不敢承认，还要诬蔑人，说什么'桃色事件'，说什么共产党杀共产党，无耻啊！无耻啊！这是某集团的无耻，恰是李先生的光荣！李先生在昆明被暗杀，是李先生留给昆明的光荣！也是昆明人的光荣！"

台下众人听得热血沸腾，热烈鼓掌。几个特务见状只好灰溜溜地走了。

闻一多指着特务的背影厉声喝道："你们杀死一个李公朴，会有千百万个李公朴站起来！你们将失去千百万的人民！你们看着我们人少，没有力量？告诉你们，我们的力量大得很，强得很！今天来的这些人都是我们的人，都是我们的力量！还有广大的市民！我们有这个信心，人民的力量是要胜利的，真理永远是要胜利的，真理是永远存在的。历史上没有一个反人民的势力不被人民毁灭的！……"

接着，闻一多又参加了《民主周刊》记者招待会。对于李公朴被害一事，闻一多悲愤地说道："反动派暗杀李先生的消息传出以后，大家听了都悲愤痛恨。这些无耻的东西，不知他们是什么想法，他们的心理是什么状态，他们的心怎样长的！想想其实也很简单，他们这样疯狂地制造恐怖，正是他们自己在慌！在害怕！所以，他们制造恐怖，其实是他们自己在恐惧啊！"

一个记者追问道："请问，您为什么认为他们自己也感到恐惧呢？"

闻一多说道："他们以为打伤几个人，杀死几个人就可以了事了？就可以把人民吓倒了吗？不，广大的人民是吓不倒的！"

记者会结束，已近黄昏。闻一多独自一人走在一条小街上。忽然听见身后似乎有动静，他停下脚步，慢慢地转过身来——空无一人。

闻一多冲着身后喊道："我们不怕死，我们有牺牲的精神！我们随时像李先生一样，前脚跨出大门，后脚就不准备再跨进大门！"喊完，毅然转身继续往前走。忽然间撞上一个人，这时耳边传来长子闻立鹤的声音："父亲，您没事吧？"

"立鹤，你怎么来了？"闻一多连忙问道。

闻立鹤扶着父亲，两人继续往前走去："我不放心，弟弟说他曾在西南联大校内亲眼看见用四十万元买父亲头颅的标语。李公朴先生已经被特务暗杀了，下一个就有可能是父亲。"

闻一多语气坚定地说道："李先生为民主而死，我不出来何以慰死者？"

闻一多不再说话，两人缓缓走到街口，突然枪声大作。闻一多头部中了三枪，血流如注，栽倒在地上。闻立鹤不顾一切地扑向父亲，也身中五枪，当场身亡。

面对接连发生的流血事件，冯玉祥终于忍无可忍，直接来到庐山质问蒋介石。

冯玉祥提着一盏灯笼闯进了办公室，却不见蒋介石的影子。于是对钱大钧问道："人呢？我这个兄弟，嫌我这个大哥在国内太碍事，总是让我出国考察，我走之前，总得来庐山找他告个别呀。"

钱大钧连忙说道："委座出去了。冯将军，大白天的，您提个灯笼干什么？"

冯玉祥叹息一声："是白天吗？我可什么都看不见。太黑暗了，简直是暗无天日啊！"

钱大钧一时语顿，支吾了一下，只好劝道："冯将军，您先回去吧，等委座回来，我立即禀报。"

钱大钧搀着冯玉祥的胳膊，将他送出了办公室。

见冯玉祥走了，蒋介石这才从屋里出来，脸色阴沉地站了好一会儿，转身吩咐钱大钧："被刺者乃咎由自取！电告云南警备司令部，迅速了结此案，不要让中共和民盟的那些人抓住不放。"

面对蒋介石的一意孤行，李济深联合彭泽民、郭冠杰等人一起联名给美国总统杜鲁门发电报，要求停止对蒋介石的援助。但靖邦对此抱了很大的希望。

但世平晚上回到家里，见父亲心情不错，便询问有什么值得高兴的事。

"今天你表叔和彭泽民、郭冠杰联名给杜鲁门总统发了电报，要求停止对蒋介石的援助。美国是个民主国家，绝不会容许蒋介石打内战，建立一个独裁政府。我相信，没有了美国的支持，蒋介石很快就会罢手的。"但靖邦侃侃而谈。

但世平皱起了眉头："可是到现在，美国还在用军舰、飞机帮蒋介石运兵，他们对国民党的援助一直没停过。"

但靖邦仍然信心十足："很快就会停止的，不信走着瞧。重庆校场口血案后，马歇尔建议美国政府停止对国民党的援助没能实现，是因为那时候他们还抱有一点幻想。现在内战全面爆发了，那一点幻想也破灭了，他们肯定清醒了。"

但世平张了张嘴，一时不知该怎么说才好。

但靖邦心情愉快，并没有注意到女儿的表情，又继续说道："你说晓军会装收音机，我想让他给我也装一台。"

"您也想听延安广播？"但世平很意外。

"开战以来，新闻检查非常严格，报上看到的都是一家之言，我想多了解一些消息。"但靖邦解释道。

但世平高兴地答应下来。

1946年10月，蒋介石提出要共产党接受违背政协决议的"和平谈判"八项条件，共产党代表则针锋相对。之后，国民党派出吴铁城、邵力子等人到上海会同雷震与民盟代表座谈，希望民盟向共产党施压。在这种情况下，周恩来答应去南京进行最后一次和谈。

坐了一夜火车的梁漱溟刚一下车，就见报童举着报纸高声叫卖："看报看报，傅作义将军率领国军收复绥远省会张家口！看报看报……"

梁漱溟拿过一张报纸，看看上面的内容，不禁仰天长叹："一觉醒来，和平就已经死了！死了呀！"

梁漱溟首先到梅园新村拜访了周恩来。随后，梁漱溟、但靖邦等人一起讨论对于当前局势的应对措施。

但靖邦仍旧坚持他的意见："这种时候，我们第三方面必须要站出来，联合美国，阻止这场战争。我们马上发表一个公开声明，呼吁双方立即停火；同时派代表跟马歇尔交涉，要求美国政府立即出面干预，必要时请求美军出动。"

莫德惠提出疑问："要求美军出动，这有些不妥吧？再说，美军也不一定会出动。"

梁漱溟思索了一下，接着说道："要求美军出动还操之过急，我理了一个折中方案，督促双方立即停火！并且决定，用我们的力量，压制不肯接受这个折中方案的任何一方！"

大家觉得可以考虑，询问方案的具体内容。

梁漱溟将拟好的方案一一道来："第一，发表声明，表示我们坚决反对内战的立场；第二，要求以美国为首的国际社会出面干预阻止；第三，双方立即就现地停战；第四，国共双方重新开始和平谈判；第五，我们第三方力量担任和平谈判的调停人。"

但靖邦立刻表示赞同："我同意这个方案。我们这个方案，还应该给美国大使马歇尔送去一份，希望他能和我们一道促成停战。"

会议结束后，梁漱溟亲自来拜访周恩来，并宣读了他们拟定的方案。

当读到第三条时，周恩来脸色骤变，当即挥手打断了他的话："梁先生，你不要再往下说了！"

梁漱溟顿时一愣，望着周恩来不明所以。

周恩来语气严厉地说道："现地停战，岂不是承认国民党主动进攻的事实吗？我们对和谈的要求是，国民党军队立即停止进攻，从占领的我们的土地上退出去！"

梁漱溟恍然大悟，立刻道歉："是我考虑不周，考虑不周！"

回到民盟办公室，梁漱溟跟大家讲述了事情的经过，但靖邦说道："我们这个方案是在战争打起来以后才搞的，当然只能是现地一律停火。就像两个人打架，首先要把两人拉开，再来评判谁对谁错。这也是情有可原的。"

黄炎培问道："停火了国民党军队会退出抢占的地盘吗？"

但靖邦迟疑了一下："那……就不停火了？"

黄炎培分析："这次战争是国民党主动挑起的，是主动进攻，中共是被动防御。我们应该提国民党军队立即停止进攻、退回原来的驻地才对。你们搞这么个东西，为什么事先不和其他人商量一下？"

梁漱溟有些不好意思地说道："这不是因为时间太紧了，我想赶紧搞个折中方案……所以周公一提，我立即就明白考虑不妥了。"

"周公对他们党内同志发不发火我不知道。但是对我们民主人士，一向都是谦和有礼的。这次动怒，是绝无仅有的。"沈钧儒说道。

黄炎培十分焦急地说道："咱们还是立刻出发，尽快把东西收回来吧！"

不久，黄炎培等人再次来到梅园新村。客厅中，黄炎培恳切地说道："上午梁公送来的那份方案，实有不妥，我们已经从孙科那里把送去的那份收了回来。"

罗隆基从口袋里摸出文件："请周公过目。"

"不用了，请坐。"周恩来仍旧很客气。

"我们就不坐了，我们马上赶去马歇尔的寓所，把最后一份方案也收回来。"黄炎培说着带着其他几个人匆忙告辞。

此时，蒋介石正在自己的官邸与张群、陈诚等人庆祝胜利。张家口一战，国民党军队打通了平绥路，切断了华北、东北、西北的交通，并可以以张家口为基地向晋察冀地区大举进攻。

蒋介石对此非常满意，兴奋地说道："傅宜生好样的，真不愧是党国中兴名将！"又回头叮嘱陈布雷，"一定要大力宣传这次胜利，力度要比上一次集宁大捷还要大。还可以把傅宜生上次那个《致毛泽东的公开电》再拿出来登载。"

陈布雷连忙汇报："《中央日报》的记者和国内外各大通讯社的记者都已赶赴张家口，各种胜利的消息，马上就会源源不断地发回来。"

蒋介石志得意满："国大是一定要召开的！你们要抓紧工作。这也是一场战斗，我们跟毛泽东争夺人心的战斗。我们不仅要在军事上取得胜利，在政治上，我们也要胜利，要双胜利。我决定重新授李济深为上将，召他前来议事。李济深是民主力量的代表，他如果能跟我们合作，就等于给了共产党一记重拳。"

彭学沛接着说道："在我们一些政客的游说下，青年党、民社党的人也都有些心动了，却又故作矜持，推说要与民盟共同行动。"

"哼！我看他们是既想当婊子，又想立牌坊！"蒋介石又开始骂人了。

"关键还在于民盟的态度。如果民盟同意参加，其他党派，肯定会纷纷跟进的。"陈布雷说道。

蒋介石觉得有道理，对彭学沛说道："你亲自去找民盟的人谈谈，多给他们一些名额。如果他们还不满足，可以考虑继续增加。另外，我们还要大造舆论，通过各种手段，反复强调我们是民主的。"

彭学沛点头称是："这话要反复说，特别是在这个关键时期，更要大讲特讲。"

张群深表赞同："任何话只要多讲几遍，就能成真理。"

彭学沛接着说道："在民盟内部，施复亮、罗隆基等人，跟张澜等人不同，他们都是坚定的中间路线的代表，一直要求独立于国共两党之外。我认为，可以多做些工作，争取他们。"

蒋介石略一思索，点头同意："很好，可以分别找他们谈谈。"

"可不可以在以后的政府中，给他们一两个部长的席位？"张群提议。

"先私下许个愿，等把国大开了，戡乱结束了，他们这些人该如何处置，视情况再说。"蒋介石答道。

张群再次说道："我认为必须得做好李济深的工作。要搞定李济深，得先搞定但靖邦，然后让但靖邦去说服李济深。"

蒋介石点点头："只要但靖邦答应了，不管能不能说服李济深，以后都可以考虑让他回桂林担任行营主任，取代李济深。"

钱大钧赶紧拍马屁："委座这一招，是一箭双雕啊！"

蒋介石的伎俩自然逃不过毛泽东的眼睛。他立刻给周恩来等人发来电报，要求他们正视当前斗争的复杂性、残酷性，积极做好争取民主党派的工作。

周恩来接到中央的电报，马上召开了会议，要求大家一定要做好中间力量的工作，防止他们被蒋介石拉过去。

蒋介石的伪国民大会是否具有合法性，关键在民盟。而民盟主席张澜还在重庆，秘书长梁漱溟辞职去了北平，黄炎培、沈钧儒等人在上海，罗隆基在南京。周恩来提醒大家一定要抢在蒋介石之前，抓紧做民盟的工作，必须说服他们不要参加伪国民大会，避免陷入被动。

9

伪国大的阴谋

中共还没来得及行动，彭学沛已开始四处游说。但靖邦见彭学沛登门拜访，虽有些意外，但也在意料之中。

二人坐在沙发上，彭学沛极力蛊惑："你是带兵打仗的，应该很清楚当前战场上的形势。保守估计，两年内，政府荡平中共是完全有可能的。如果你们不参加国大，不加入政府，到时候，国民党想不搞一党专政都难了。如果你们能参加组阁，不是一样可以在国会、在政府里争取民主吗？"

见但靖邦沉默不语，彭学沛继续说道："你们民盟，谁都可以跟着共产党跑，唯独你和李济深不行。当年的'四一五'大清洗，以及蔡和森的死，你认为共产党会忘了吗？"

但靖邦声音低沉："蔡和森的死跟任公没有任何关系，他当时已被你们软禁起来了。"

"跟你有关系！你怎么证明杀蔡和森不是你下的命令？"彭学沛提醒道。

紧接着，彭学沛又来到罗隆基的家中，继续他的蛊惑。彭学沛委屈地说道："国民党是不想搞一党专政的。但如果你们都不参加国大，不是就只能让国民党搞一党专政了吗？"

罗隆基坚持自己的观点："我们主张召开的国大，是按政协决议，先成立民主的联合政府，再由联合政府组织公选，选出代表，而不是由你们一党指派。"

彭学沛赶紧解释："除了少数指派，大多数都是公选，眼下参选国大代表的活动，正进行得轰轰烈烈。"

罗隆基马上反驳："可解放区并没有开展。"

彭学沛态度强硬："那是中共阻挠造成的。好了，有些事情就不争了。委员长希望你们能够参加，大家共商国是。你们如果继续拒绝参加，那政府将认为你们跟中共结成了同盟。一旦政府戡乱结束，后果难以预料啊。"

威逼利诱过后，彭学沛见罗隆基默不作声，又趁机劝道："罗先生，我最后劝你一句，如果民盟不愿意参加，你可以以个人的名义参加。凭你的资历和声望，以后在政府里面当个部长，是绝对没有问题的。"

观察杂志社内，民盟的成员正坐在一起讨论时局。施复亮强调民盟一直主张在国共之间持中间立场，所以必须坚持第三条道路，不倾向国民党，也不袒护共产党。大家都点头同意。

杨方亮说道："不管怎样，国民党的所作所为太令人失望。"

大家都沉默下来。过了一会儿，杨方亮再次说道："我认为，参加国大，跟大家一起商量国是，也是用和平合作的方式来实现我们的目标的一种手段。"

但靖邦想了想，表示赞同："也是，不参加国大，怎么跟大家合作？"众人对视一眼，心里都有些迷茫。

各党派的消息不断传到梅园新村。青年党、民社党已经动摇，民盟的一些人也在散布消极的言论，局势日趋复杂。

为了阻止民盟被国民党蛊惑，周恩来特地找来郭沫若商量对策。一番商议之后，他们决定还是先对几个关键人物做做工作。

校园里，刚刚下课的宋晓军在林荫道上边走边低声向身旁的但世平传达上级的指示。蒋介石为给伪国大壮门面，四处拉拢民主人士，李济深和但靖邦都是这次的拉拢重点。上级要求一定要利用有利条件做好工作，绝不能让蒋介石的阴谋得逞。

但世平郑重地点了点头。宋晓军继续说道："我跟你爸交谈过几次，知道他一直想走第三条道路，不依靠任何一个党派。但是国民党一直想消灭我们，现在已经对我党正式开战，情况已经跟之前不同了。世平，我这样说，不会让你感到为难吧？"

"我懂，放心吧，晓军。我爸这个人思想虽然顽固了一些，但是在大是大非问题上他不会犯错误的。况且，我有办法让他改变想法，只是还需要一些时间。"但世平微笑着说道。

宋晓军放下心来："好，那我就先走了，你也不要太着急。"

听了太多流言蜚语，但靖邦心里也有些迷茫，见女儿回来，立刻叫女儿过来坐下。

但世平坐下说道："爸爸，您认为，英美等国是多党制吗？"

但靖邦笑道："当然是。"

但世平眉毛一挑："错了！他们才是真正的一党制！不管是美国的民主党、共和党，英国的工党、保守党，他们都代表大财团、大资本家的利益。他们的性质是一样的。他们谁上台，对广大人民群众都一样。您听他们有哪个政党公开宣称，他们是工人、农民利益的代表吗？"

但靖邦迟疑了一下，一脸疑惑地说道："这个，我还真没听说过。"

但世平继续说道："在中国，我们努力奋斗的，是要建立一个代表无产阶级利益的政党和代表民族资产阶级的政党、代表文化知识界的社团、代表科学技术界的社团、代表青年学生的社团、代表妇女的社团……一起组成的联合政府，以在国家内部确保各个阶级的利益。当然，所有这些，都会以共产党为主导。因为只有共产党是代表广大工人和农民的根本利益的，共产党没有自己的私利，它所有的奋斗都是为了让广大劳动人民得到解放，帮助他们争取和维护自身的利益。只有占全中国绝大多数劳动人民的利益得到了保障，其他阶级的利益才会得到根本的保障。"

但靖邦认真地听完，笑着摇了摇头："到底是学政治的，说起话来，一套一套的。只可惜呀，蒋校长的学生，不学蒋校长的政治课本，反而把毛泽东的政治课本背得滚瓜烂熟！"

但世平狡黠地一笑："这就叫'兼听则明，偏听则暗'。蒋介石和毛泽东的课本都要看看，才能从中辨别出谁对谁错。"

"不过，现在说这些，一切还为时尚早。国共两党实力悬殊，这场较量谁胜谁负还说不定呢。"但靖邦叹了口气。

"那还用说吗，肯定是共产党胜利。"但世平十分笃定。

但靖邦诧异地看着女儿："小小年纪，何来如此自信？"

"老祖宗早就说过，得道多助，失道寡助。共产党背后有人民大众的支持，取得胜利是迟早的事。"但靖邦听完陷入了沉思。

罗隆基一直没有表态，彭学沛仍不甘心，没过几天又找上门来。双方寒暄几句，彭学沛直接抛出优厚的条件："上次我就跟你说过，你们不以民盟团体，以个人的名义参加也行。我们国民党给你们四十个名额，你看如何？"

罗隆基十分慎重地说道："这件事干系重大，我得好好考虑后，才能答复你。"

见暂时得不到答案，彭学沛只好站起来："那我就静候佳音了。不过，希望能快一些，告辞。"

罗隆基起身拱手："不送。"

彭学沛离开后，罗隆基也陷入了沉思。

眼下，局势十分复杂，周恩来放心不下，决定亲自找罗隆基面谈。

见周恩来亲自来访，罗隆基有些意外。双方寒暄过后进入正题，周恩来怕他为难，建议他先打个电话到重庆，请示民盟主席张澜。只是重庆远隔千里，长途电话很难打通，只得劳烦周恩来等待一段时间。周恩来微笑着表示没有关系，可以慢慢等。

二人边聊边等，不知不觉，已是天色渐暗，华灯初上。

忽然，电话铃声响起，罗隆基一把抓起话筒："是表老吗？我是罗隆基。"

电话那边，张澜的声音时断时续："这么远打长途，有什么事吗？"

"老蒋要召开国大，给了我们民盟四十个名额。周公已明确表示，内战不停，中共是不会参加的。您看……"

张澜一听，连忙大声强调："参加不得呀！参加不得呀！"

罗隆基顿时安下心来："我知道了。这一次，我们要与中共共进退。"

民盟表态后，国民党加紧了对其他组织的拉拢。张群找到黄炎培游说民建参加国大，许诺把民盟空出来的大部分名额都分给民建。黄炎培二话不说便答应了下来，并回复会尽快商定，把参加的人选定下来。

事情进展如此顺利，张群很是高兴，立刻汇报给蒋介石。

正在散步的蒋介石听到消息后，满意地对旁边的蒋经国说道："没想到，这一次黄任之竟如此爽快地答应了。"

蒋经国却有些意外："父亲还记得不久前黄炎培给您写的那封信吗？要求我们的接收大员停止对上海资本家的清查，现在怎么……"

蒋介石颇为不屑："中国有句老话，'有钱的怕当官的'。穷人可以跟官府对抗，可以舍得一身剐。但上海这些有钱的财主们不敢，他们只能千方百计地巴结官府。上次他们给我写信，我没理睬，他们也没敢闹出什么事情来。"

为了民建的参会人员能尽快落实，张群再次拜访了黄炎培。两人坐在沙发上客气了几句，黄炎培进入正题："我把岳军先生的话告诉大家后，大家都十分高兴，只是……"黄炎培顿了一下，接着说道："我们民建很多人，至今还背着一个汉奸的罪名啊！岳军先生，我们可都是老老实实经商办企业的人，就因为没有离开上海去重庆，被那些接收大员定为资敌汉奸，有的厂子被封了，有的家产被抄了，有的房子被接收大员抢了，还有人至今仍被关在监狱里。"

张群顿时愣住了："竟有这样的事！我怎么不知道？"

黄炎培淡淡地说道："在国府还都之前，我们曾给委员长写了一封信，要求释放这些人，退回被抄的财产。委员长曾表示回到南京后就立即调查，可至今没有音信。"

张群尴尬地笑道："请放心，既然委座说了要调查，肯定会派人来调查的。"

黄炎培点点头，起身从桌子上拿出一份名册："这是我们上海工商界被冤枉抄家、没产、关押的人员名单，请岳军先生呈交给委员长，请他立即派人对这些人逐一查实。只要我们的冤屈得到昭雪，委员长要我们多少人参加国大，我们保证一个不少地参加。没参加的，我们在外面也会敲锣打鼓，热烈庆贺国大召开，为委座、为国大造势。"黄炎培说完，把名册递到张群手中。

张群无可奈何地接过名册："好吧，我一定尽快呈交给委座。"

离开黄炎培家，张群立刻来到蒋介石办公室汇报，蒋介石听完，将那本名册狠狠地往桌子上一摔："他这是想要挟我！缺了张屠夫，也不会吃带毛猪。等我解决了中共以后，再来慢慢对付这群唯恐天下不乱的家伙！"

张群见蒋介石发火了，低头沉默不语。

民盟、民建相继落空，彭学沛又找到但靖邦，劝他以个人名义参加国大。但靖邦左思右想，拿不定主意，只好来找李济深。

李济深没有丝毫纠结，直接表明态度："民盟已经明确拒绝了蒋介石的邀请，你是民盟的会员，应该跟组织共进退。"

"但民盟内部也有一些人认为，民盟的宗旨是合作建国，不参加国大，谈什么合作？"但靖邦还是疑虑重重。

"按照政协决议，真正的国民大会，应当是在全国停止战争的和平环境中，由改组后的民主联合政府召开。老蒋现在一边打内战，一边又急于召开国民大会和通过伪宪法，就是想急于取得'剿灭'共产党的合法性。所以，我们必须坚持成立民主的联合政府。只有成立联合政府，才能有效防止某一政党把持政权，一党独大。"李济深解释。

但靖邦又问道："彭学沛还说，蒋介石已经同意重授您上将军衔，条件是您以个人名义参加国大。"

李济深思虑半晌，说道："我去跟他谈谈，如果能劝说他停止内战，就再好不过了。"

但靖邦问道："您能让老蒋回头？"

李济深摇了摇头："老蒋的性格你还不知道。但对于我们来说，不管怎样，还是要尽力争取一个好的结局！不然，我们这些人将何去何从？"

虽然民盟、民建都拒绝参加伪国大，只有青年党、民社党两个小党愿意参加，蒋介石却迫不及待地宣布伪国大将按时召开，并电告傅作义，让他提前赶到南京。

讨论完相关事宜，蒋介石又问道："那个但靖邦怎么样了？"

张群连忙回答："彭学沛又找他谈过一次，还是没松口。"

蒋介石怒道："这次李济深找上门来，要求我停止'剿共'，要我按照政协决议，先成立联合政府，再召开国大。这两个人，简直无可救药！不管他们，立即发出召开国民大会的召集令！"

蒋介石不顾全国人民的反对，执意在南京召开了伪国民大会。听到消息，毛泽东与朱德、刘少奇等人在枣园小礼堂内召开会议进行讨论。

毛泽东说道："人家这般敲锣打鼓，粉墨登场，我们连一点表示都没有，也太不够意思了。恩来写了一个《对国民党召开'国大'的严正声明》，大家看看，有什么意见，修改后，明天向全国通电。"

周恩来的声明发出后，引起了极大的反响。各团体、个人都争相通过收音机甚至私下传播的记录手稿关注着中共的态度。

此时，在但靖邦家里，宋晓军正戴着耳机坐在收音机前，一边听一边飞快地记录。每记录一张，就递给旁边的但世平，但世平再把记录稿译成文字交给在旁边等候的但靖邦。

但靖邦拿着稿纸，认真阅读：

国民党政府一手包办的"国民大会"，已于昨天开幕了。这一"国大"，是违背政协决议与全国民意，而由一党政府单独召开的。中国共产党坚决反对。不但这一"国大"的开会日期未经政协协议，更重要的它是一党召开的分裂的"国大"，而不是各党派参加的团结的国大，政协协议的国大。依照政协决议及其程序与精神，必须将政协决议次第付诸实施之后，在改组后的政府领导之下，始能召开……

现在开幕的一党"国大"，不但使中共及第三方面最近在商谈中的协议成为不可能，并且最后破坏了政协以来的一切决议、停战协定与整军方案，隔断了政协以来和平商谈的道路，同时也很快地彻底揭穿了政府当局11月8日"停战令"的欺骗性。这一党"国大"还要通过一个所谓宪法，把独裁"合法"化，把内战"合法"化，把分裂"合法"化，把出卖国家与人民利益"合法"化。照这样做下去，中国人民一定要陷入苦痛的深渊。

我们中国共产党人坚决不承认这个"国大"。和谈之门已为国民党政府当局一手关闭了。一党"国大"中将要玩的一切把戏，乃至改组政府，我们决无一顾之必要。参加了这一个"国大"，承认了这个把戏，就必然推翻了政协决议，破坏了政协以来和平民主团结统一的轨道。

中间的道路是没有的。进攻解放区的血战方殷，美国政府援蒋内战的政策依然未变，假和平假民主绝对骗不了人。我们中国共产党愿同中国人民及一切真正为和平民主而努力的党派，为真和平真民主奋斗到底。

民盟办公室里，郭沫若提议："既然中共已经发表声明，不承认这届伪国大，你们民盟这次已决心跟中共共进退，我建议，民盟也要发表一篇声明，表明你们的态度。"

罗隆基点点头："这事容我跟表老、任之先通个气，只要他们不反对，我们就发。"

但靖邦有些疑惑："中共这份声明中，为什么说是美国政府支持蒋介石打内战。这不是事实啊！我们都知道，美国政府和马歇尔大使都是反对中国打内战的。"

郭沫若反问道："但将军，你也不想想，如果没有美国的飞机、军舰帮蒋介石运兵，如果没有美国政府给蒋介石大量的武器弹药，这内战能打起来？"

但靖邦还是一头雾水："他们帮助运兵，是为了接收沦陷区啊！"

"中原新四军从日军手中夺回来的地区是沦陷区吗？华北张家口是沦陷区吗？那是华北抗日根据地的首府！蒋介石照样抢夺。蒋介石打内战的资本全部都是美国人给的，美国如果真要阻止内战，只需要把援助收回或掐断，内战自然就打不起来了。"郭沫若的一席话，让但靖邦沉默不语。

民盟通电全国，表示不承认伪国大，不承认所谓的宪法。陈布雷将这个消息汇报给蒋介石，蒋介石气得拍桌子狠狠地说道："别理他们，等把会开完了，我再想办法对付他们！"

伪国大召开，内战再起，李济深来南京的目的没能实现，他打算即刻返回广州，特地来向但靖邦辞行。

见到但靖邦，李济深说明来意，又压低声音说道："我是被监视的人，必须先回广州。然后我会以扫墓为名偷偷离开，前往香港。"

"香港？"但靖邦大吃一惊。

李济深点点头："内地已不适合我们这些人生存了。据说，国统区还有很多民主人士可能都要去香港。等世平他们毕业后，如果我在那边还可以，你们就跟着过来。"

但靖邦沉思了一会儿，最终还是点了点头。

和谈彻底破裂，自周恩来率领中共代表团回到延安之后，南京、上海、重庆、北平、长春的中共代表团也全部撤离。为了重新部署城市工作，中共中央决定改组城市工作部，由周恩来任部长，李维汉任副部长。

在延安枣园小礼堂内，毛泽东宣布了这个决定之后，众人热烈鼓掌。

毛泽东看了看大家，接着说道："国共谈判的结果告诉我们，蒋介石对共产党的方针是'一无自由，二要消灭'。我们的方针是'人不犯我，我不犯人。人若犯我，我必犯人'。过去几个月，我们消灭了国民党军三十八个旅，随后我们将用半年或一年时间，再消灭国民党七八十个旅，就等于消耗掉美国七八年来援蒋的所有积蓄，使国共双方力量达到平衡。那时，我们就可以出击了，首先是安徽、河南、湖北、甘肃，然后是长江以南。用三到五年时间达成目标。"

中共中央第一次为解放战争划定了时间表，众人都兴奋不已。

"当然，在做好军事斗争准备的同时，我们还要加强政治斗争，做好我们的政治工作，还是那句老话……"毛泽东的话还没说完，朱德就笑着说道："要把我们的人搞得多多的，把敌人的人搞得少少的。"

众人哈哈大笑。

对于民盟的不配合，蒋介石十分恼恨，特别密命毛人凤详细调查相关人等。没过多久，毛人凤查到但靖邦的女儿但世平很可能是共党分子。他将这个消息报告给蒋介石，蒋介石下令密切监视，一旦确定，立刻抓捕。

毛人凤加紧了调查，并在但家斜对面的房子内，专门派了特务进行监视。

这天，负责监视的特务向兰胜报告，在但家跟隔壁房子接触的地方伸出的东西，很像电台的天线。

兰胜拿过一架望远镜仔细观察了一会儿，说道："对，肯定就是天线。"

特务接着说道："但世平每天都是早出晚归，到学校上课。但靖邦上午带着副官周士河出去了，现在家里就只有一个干杂活的女佣。"

兰胜急忙向毛人凤作了汇报，毛人凤大喜，命令特务们立即采取行动。

一群特务迅速来到但家门前。听到敲门声，女佣过来开门。门刚打开一条缝隙，女佣正要询问，特务们便一拥而入。

女佣吓得惊叫起来："你们干什么？"

一个特务凶狠地说道："没你的事，滚一边去！给我搜，每间屋子都要仔细地搜！"

特务们冲进里屋，一眼便看见桌子上摆着的矿石收音机。

"找到了，在这儿！"一个特务喊着，拿起收音机。另一个特务看了看："对，就是它，带走！"

拿到"证据"之后，特务们风风火火地赶到了学校。

但世平和几名同学正有说有笑地在校园里走着，忽然被迎面而来的几个人拦住。但世平望着特务们，厉声喝道："你们要干什么？"

一个特务问道："你是但世平？"

"是。"但世平点点头。

"带走！"一声令下，后面两个特务立刻冲上来，用手铐铐住但世平，架起她往外就走。

但世平挣扎着大声喊道："放开我！你们凭什么抓我？"

几名女同学回过神来，转身大喊："抓人了！快来人啊！"

特务们架着但世平，快速冲出校门，将不停挣扎的但世平推上了停在校门口的车。

宋晓军听到喊声，立刻领着几个男同学追出来，可惜车已经开走了。

刚走出民盟办公室的但靖邦也被几个特务拦住，随后被带到了警察局。

审讯室内，警察局局长揎着桌子上那台没有外壳只能看见零部件的收音机问道："但将军，这东西你认识？"

但靖邦看了一眼，冷静地说道："这是我家的收音机，怎么跑到这里来了？"

兰胜瞪着眼睛喝道："这仅仅就是一台收音机？"

但靖邦反问道："不是收音机还能是什么？"

兰胜言之凿凿："我们怀疑它是电台，可以收发报的电台。如果是收音机，用得着安那么高的室外天线？"

但靖邦哭笑不得："你凭什么说它是电台，你见过这样的电台？这是我们自己买零件组装的收音机，信号很弱，不安天线根本收不到声音！"

这时警察局局长回头问兰胜："这收音机准许自己组装吗？"

兰胜摇了摇头："没听说过。"

但靖邦讥讽道："那你们就去查一查，自己组装收音机，到底犯了哪一条、哪一款。"

"你们既然想听收音机，为什么不买一台？"兰胜强词夺理。

"我有一个娃娃是学物理的，这是他的习作。"但靖邦坦然说道。

警察局局长见一时不能顺利定罪，想了想说道："这样吧，但将军，这件事我们还要继续调查，在没彻底查清真相之前，还得请你暂时在这里委屈一下。"

但靖邦怒道："欲加之罪，何患无辞！"

毛人凤专门找人检查过，确定那只是一台收音机，不过他认为收音机可以收听到延安的消息，还可以造谣惑众，制造混乱，也是罪不可恕，所以仍继续扣押但家父女俩。

李济深得知情况，气愤地去找宋子文。讲明事情经过后，李济深愤怒地说道："一台自己组装的收音机，是学生们的习作，根本就不能发报。国民党许多官员，包括蒋先生本人家里都有收音机，难道蒋先生也通共吗？"

宋子文忙劝李济深不要动怒，答应尽快查明此事。

民盟众人听到消息，立即召集了罗隆基、黄炎培等人到办公室开会。

罗隆基首先提议："我们绝不能沉默！我们要向全国发表通电，强烈抗议这种法西斯暴行！"

李璜表示赞同："应该向全国发表通电。不过，这份通电是以民盟团体的名义发表，还是个人联名发表？"

罗隆基想了想，大声说道："用民盟团体的名义，我相信表老和章老他们也会支持我们的！"

大家都表示同意。黄炎培提醒大家一定要把但靖邦毁家纾难、自己拉队伍抗日的事迹写上。罗隆基点头称是。

校园里，无论学生还是教授，听闻丧心病狂的特务公然到学校来抓人，都愤怒不已，纷纷组织起来进行抗议，要求校方出面交涉，尽快释放被捕学生。

宋晓军等学生代表被带到校长办公室说明情况。宋晓军气愤地说道："自己动手组装收音机是我们物理系的实习课习作，学校和老师都是大力提倡的。收音机放在学校宿舍跟放在自己家里，有什么区别？！"

另一名学生接着说道："竟然说收音机可以改装成电台，简直是胡扯！这就像拿着一根钢管，说它可以制造大炮一样荒唐可笑！"

一位女学生激动地说道："这里是学校，我们曾经的校长是蒋先生，他们跑到学校来乱抓人，是打我们蒋校长的脸！如果当局在今天天黑前还不放人，我们明天就集体罢课，上街游行抗议！"

校长详细了解了情况，劝同学们千万不要冲动，学校马上进行交涉，相信事情很快就会有结果。

李济深走后，宋子文同陈布雷一起来到蒋介石官邸。

宋子文开门见山："他们凭一台学生习作就公然去学校抓人，简直胆大妄为！李济深也为此事找到了我。"

陈布雷接着汇报："据校方报告，一部分学生已经在校园里贴出倡议，号召学生们明天罢课，上街游行，部分教师已公开表示声援。"

见蒋介石不说话，宋子文又说道："现在，南京几乎所有的大、中学校都在酝酿抗议游行。到时候怎么办？让毛人凤端起机枪扫射？"

蒋介石阴沉着脸，待两人走后，立刻召见毛人凤。

毛人凤连忙解释："他们觉得，收音机再加上一个发报系统，不就可以发报了？"

蒋介石气得直拍桌子："无缝钢管装上底座和撞针，还可以变成迫击炮呢！"

毛人凤低下了头："学生们也是这样骂的。"

蒋介石怒道："我是叫你去调查，不是叫你没有证据就抓人！回去把人给我放了，以后少给我闯祸！"

战火仍在持续，蒋介石与陈诚、顾祝同等人正在研究战况。

顾祝同说道："目前来看，我军进展迟缓。虽然收复了大量的失地，但也付出了很大的代价。美国顾问建议我们改变战术。目前我们采取的是全面进攻，这样就大大分散了兵力，而且我们收复的失地越多，我们的兵力就越分散。"

蒋介石不置可否："我们是政府军，当然要收复失地，重建地方政府。"

陈诚说道："所以美国顾问才建议我们改原来的全面进攻为重点进攻。集中优势兵力与共军主力决战，先消灭共军主力，再全面收复失地，重建地方政权就容易多了。"

顾祝同点点头："美军顾问团建议我们集中兵力，重点进攻陕北和山东。首先消灭这两地的共军，然后东西并进，夹击华北的刘伯承部。因为共军的主力主要集中在东北、山东和华北，陕北兵力十分空虚。若我们集中兵力以最快的速度攻占延安，活捉毛泽东、朱德等人，共军很快就会分崩离析。"

蒋介石思考了一下，点头说道："好，墨三，你马上制订具体的作战计划。"

顾祝同欣然领命。

不久，作战计划制订完毕。负责此事的郭汝瑰少将和另外两名上校将计划书拿给顾祝同过目。随后，顾祝同将其呈交给蒋介石。

傍晚，身着便装的郭汝瑰坐着黄包车来到一间咖啡馆，下车后将钱递到车夫手里。车夫看了看揣到兜里，然后拉着空车转身离开了。到了一间僻静的小屋外，车夫停下来推门进去。

等在里面的宋晓军连忙站起身来问道："收到了？"

车夫点点头，摸出一张纸条递给宋晓军。

宋晓军急忙打开纸条，见上面的情报非常重要，立刻向上级作了汇报。

得知敌人的计划后，毛泽东、周恩来等人在枣园小礼堂内开会讨论。

毛泽东笑道："大伙说说，这次蒋介石对山东和延安发动的所谓重点进攻，像个什么东西？"

任弼时有些心急："主席，敌人大兵压境，您还有心情猜谜语？"

周恩来笑笑："弼时同志，主席这叫'磨刀不误砍柴工'。主席问蒋介石这次重点进攻像什么，从形象上看，这应该像哑铃，也可以叫哑铃战术。"

毛泽东点头笑道："对，过去我们说搬起石头砸自己的脚。现在蒋介石嫌石头不够重，把石头换成了哑铃。"

彭德怀大笑起来："这么说，这次蒋介石要挨更重的砸了！"

毛泽东却严肃起来："目前中国正处在反帝反封建斗争的新的人民大革命的阶段，现在是它的前夜。我党的任务是为争取这一高潮的到来及其胜利而斗争。为了彻底粉碎蒋军的进攻，必须在今后几个月内再歼灭蒋军四十至五十个旅，这是左右战局的关键。"

朱德说道："从去年7月到今年1月，我军已歼灭蒋介石进犯解放区的正规军五十六个旅，平均每月歼敌八个旅，被歼灭的大量伪军和保安部队都未计算在内。"

周恩来感叹道："这是个了不起的战绩啊。蒋军虽仍占据我解放区大部分城市，但有生力量大量被歼灭，兵力不足的弱点更加暴露，被迫放弃全面进攻，改为重点进攻。现在把进攻重点置于山东和陕甘宁两个解放区，以期能够改变局面，维持其战略上的攻势。"

"蒋介石这一次，是铁了心要攻打延安了。"刘少奇说道。

"蒋介石的企图是斩断我军右翼，驱赶我党中央和解放军总部出西北，然后调动兵力进攻华北，达到各个击破之目的。"毛泽东说到这儿，吸了一口烟，继续说道，"在解放区，为了反击敌人的军事进攻，动员和组织人民的力量十分重要。而在广大的农村，取得农民的支持最重要。2月的政治局会议提出土地问题，土地政策是不是可以早几年解决？我认为现在应该解决，如果太迟，就要犯大错误，要让一切没有土地的人拥有土地。这一点，请少奇同志好好考虑。"

刘少奇点点头。

毛泽东接着说道："蒋管区的民主运动重点仍然应该放在民主党派和民主人士身上，这个问题，还是请恩来着重考虑。"

周恩来点头同意。

朱德爽朗地笑道："打仗的事得主席领着我们一块儿干了！"

毛泽东信心十足地说道："好啊！从内线传来的情报看，胡宗南是来者不善，气势汹汹。不给他点苦头吃，他还不知道马王爷长三只眼！"

众人大笑起来。

根据国民党"重点进攻"的作战计划，胡宗南不断调兵遣将，打算一举攻占延安。参加完军事会议的熊向晖换上便装来到大街上。他边走边看，最后走进了凤祥泥塑店。

老板热情地迎上来："先生，需要看什么？"

"随便看看。"熊向晖说着在店里闲逛起来，偶尔拿起一个泥塑仔细观看。

过了一会儿，熊向晖悄悄地将一个纸团塞进一个泥娃娃下面的孔里，随后轻轻放回原处，又若无其事地拿起另一个泥塑看看，片刻后转身离去。

老板走过去整理歪斜的泥塑，然后悄悄地从泥娃娃底下掏出纸团，径直往里屋走去。

延安很快得到胡宗南即将发起进攻的消息。

这天，枣园小礼堂的墙上挂着大幅作战地图，上面两条蓝色箭头直指延安。

彭德怀指着地图说道："根据刚刚得到的情报，胡宗南部计划分两路直接进攻延安。"

任弼时皱了皱眉头："真是来者不善啊！"

毛泽东却笑道："既然胡宗南想来延安，就让他来好了，我们先把延安让给他。"

彭德怀有些不解："为什么要把延安让给他？"

毛泽东解释："眼下，无论兵力还是装备，我军都处于绝对劣势。我们不能以弱敌强。"

任弼时不以为然："以弱敌强也不怕，我军从来都是以弱敌强、险中求胜。"

"对，我军从来都是以弱胜强、险中求胜，但险中求胜的条件是要有正确的战略战术。眼前的形势，延安在我们手里，是我们的包袱，让给胡宗南，就是他的包袱了。到那时，我们彭德怀将军，就可以在陕北的黄土高坡中机动作战，打得胡宗南满地找牙了。"毛泽东幽默的描述令众人哈哈大笑起来，毛泽东接着补充道，"当然，必要的补充兵力也是十分重要的。可命王震率部自吕梁地区西渡黄河，加入我西北人民解放军序列。"

周恩来对此十分赞同："主席的战略部署非常正确，打阵地战、防守战，非我军所长，而集中优势兵力打运动战、歼灭战，正是我们的看家本领。"

朱德也点点头："是啊，最好的办法，还是机动作战，在运动中消灭敌人。"

彭德怀也表示同意。

刘少奇叹了口气："可下面干部和战士的工作不好做啊。"

"是啊，现在延安已经喊出'不放弃一寸土地''誓死保卫延安'的口号。真要撤离延安，不少干部、战士、学生、农民感情上一时会转不过弯来。"任弼时有些担心。

接下来的工作重点是动员大家及时撤离延安。礼堂里，上百名干部正在听毛泽东做动员讲话。

毛泽东站在会场中间，声音十分洪亮：

"我们在延安住了十年啦，挖了窑洞，开荒种了小米，学习了马列主义，培养了一大批干部，指挥抗日战争取得了胜利，领导了全国革命。现在中国、外国都知道有个革命圣地——延安。延安不能不保，但保卫延安不能死保。战争不能只限于一城一地的得失，而主要在于消灭敌人的有生力量。"

"存人失地，人地皆存；存地失人，人地皆失。蒋介石打仗争地盘，要延安，要开庆祝会。我们打仗是要俘虏他的兵，缴获他的武装，消灭他的有生力量。他打他的，我打我的。大路朝天，各走一边。蒋介石占延安，是搬起石头砸自己的脚。他既然要背这个包袱，那就让他背上吧。等他背上这个很重的包袱，我们再收拾他，他就要倒霉了，等蒋介石算清这笔账，后悔也迟了。而且话还得说回来，你既然可以打到延安，我也可以打到南京去。来而不往非礼也。"

众人都大笑着鼓起掌来。

洛川战场上炮声隆隆，硝烟弥漫。前线指挥部里，政委习仲勋拿着电话大声喊道："一定要抓紧时间抢修工事，防止敌人发起第三次进攻。要教育战士们，一定要发扬不怕疲劳、连续作战的优良作风。我们的后面就是延安，就是党中央和毛主席。我们没有任何退路，必须咬紧牙关坚持，一定要坚持到反攻的时候！"

这时司令员张宗逊匆匆走进来。习仲勋放下电话，问道："四旅那边情况怎么样？"

张宗逊眼神坚毅："打得很艰苦。但战士们斗志昂扬，因为他们知道我们是在保卫延安，保卫党中央，保卫毛主席。"

两人正讨论着战况，一位参谋人员匆匆走进来。接到立即赶回延安的命令，习仲勋与张宗逊顿时面面相觑。

为统一指挥边区部队，中央军委决定将陕甘宁边区所有野战集团军编组成西北野战兵团，由彭德怀任司令员兼政治委员，习仲勋任副政治委员。同时，中央军委要求西北野战兵团在防御战中达到疲劳与消耗敌人的目的后，即可集中兵力打运动战，各个歼灭敌人，彻底粉碎敌人的进攻。

入夜，毛泽东正在窑洞里伏案工作。汪东兴走进来催促道："主席，得准备收拾东西走了。"

毛泽东笑道："不忙，不忙，今天晚上书记处还有一个重要的会要开，我这就过去。"

王家坪军委会议室里，周恩来、朱德等人正准备开会。

过了一会儿，毛泽东走了进来："让大家久等了。我在给胡宗南写一封信，他要来住我的房子，我这个当主人的，总不能不打个招呼吧？"

众人都被逗笑了。

毛泽东坐下："开始吧。我们这一走，许多朋友很可能为我们担心，有一些人可能还会动摇信心，我们必须抓紧加强对国统区城市的工作。"

刘少奇接着说道："根据主席的提议，负责国统区工作的中央城市工作部与负责情报工作的中央社会部成立一个联合秘书处，由恩来同志领导。大家有什么意见？"

众人纷纷表示同意。

毛泽东看着周恩来说道："恩来，你身兼数职，我们还要让你这个最忙的人一手抓作战，一手抓统战，真是没有办法的事啊！辛苦你了！"

朱德严肃地说道："统战工作跟打仗一样重要，是我们的第二条战线。"

周恩来站起身来，看着大家："我服从中央的决定。我建议，由城工部秘书长童小鹏担任秘书处处长，社会部秘书长罗青长担任秘书处副秘书长，从中央机要处拨一个译电科，从军委三局拨两部电台。秘书处负责中央同国统区、海外、南洋党组织的电报联络。"

任弼时听了顿时笑了："城工部你是总管，怎样组阁，你自己决定！"

转天，毛泽东还留在自己的住所内，却关切地向汪东兴询问："老总、少奇、弼时他们都已经走了？"

汪东兴点点头："都出发了。"

正说着，习仲勋带着王震走进来："主席，您看谁来了？"

毛泽东惊喜地站起来："王胡子！"

王震连忙上前敬礼："主席！"

毛泽东哈哈大笑："你这王胡子，来得真快啊！"

习仲勋说道："王震同志是率部从晋绥星夜兼程赶到延安来的。"

王震说道："听说主席还在延安没走，我都恨不得长翅膀飞过来了。"

毛泽东笑道："不急，不急。仲勋，你们走的时候，一定要叫战士们把所有的屋子都打扫干净，客人来了好让他们住啊！"

黄昏时分，毛泽东、周恩来走上一个山坡。望着暮色中的延安城，两人的眼中都流露出深深的不舍之情。

毛泽东十分感慨："延安是个好地方，陕北是个好地方啊！"

周恩来也感叹道："是啊，它养育壮大了我们。"

沉默了一会儿，毛泽东说道："我思虑再三，这次胡宗南来者不善，中央有必要从最坏处着眼，分开行动。"

周恩来点点头："是啊，凡事预则立，几套班子，梯次配备，以防万一。"

毛泽东继续说道："转移时再找时间详细研究。不过，我是准备留在陕北喽！我们在延安住了十多年，陕北人民用小米养育了我们。现在敌人一来我们就跑了，怎么对得起陕北人民。所以我决定，不打跑胡宗南，我绝不过黄河。"

周恩来想了想说道："主席决定留在陕北，是不是考虑一方面与陕北人民同甘共苦，战胜胡敌；另一方面还可以把胡敌几十万人马吸引在陕北，减轻其他战场的压力？"

毛泽东笑道："知我者，恩来也。"

这时汪东兴和习仲勋跑了过来。汪东兴喊道："主席，周副主席，大家都等着你们呢！"

"走！"毛泽东和周恩来等人走下山坡。

公路边停着几辆吉普车。汪东兴拉开第一辆车的车门，毛泽东上车。汪东兴坐上前面的副驾驶位置。周恩来随后上了另一辆车。

车队在警卫部队的保护下，缓缓向前方驶去。习仲勋站在山坡高处，目送着车队远去。

10

破裂的民盟

沟壑纵横的黄土高原上，吉普车队沿着黄土公路蜿蜒行进着。突然，空中响起飞机的轰鸣声。

"快停车！下车隐蔽！"车还没有停稳，汪东兴就大喊着拉开车门，把毛泽东拉下车，一下子扑到毛泽东身上，紧紧护住。其他人也纷纷跳下车，各自隐蔽起来。

两架敌机飞过来，轮番俯冲扫射。毛泽东乘坐的吉普车的挡风玻璃被子弹打穿。其他几辆吉普车也先后中弹。警卫部队的机枪、步枪一齐向空中开火。敌机胡乱扔下几枚炸弹然后飞走了。

毛泽东和汪东兴从地上爬起来，走到车边，望着被打碎的挡风玻璃，汪东兴心有余悸："好险啊！"毛泽东没吭声，摸出香烟，点着火，吸起来。

周恩来跑过来询问毛泽东的情况。

毛泽东笑笑："没事，车子的玻璃被打坏了，这下我们坐车，就真算得上兜风了。"

周恩来听了直皱眉头："得马上转移，敌机肯定还会回来。"

毛泽东想了想说道："这车不坐了，太显眼，敌人从飞机上一眼就能看出我们在什么地方。要不改成骑马吧，一会儿让人把车子拆了藏起来，不能留给胡宗南。"

周恩来点点头："好，你们先走，我留下来处理。"

打了胜仗的国民党军队如同一条长龙行进在公路上，一辆吉普车和几辆大卡车行进在队伍中间。

忽然，一辆摩托车从后面赶上来，在吉普车旁停下。传令官下车："报告，胡长官急电。"

吉普车停下，一名将军从车上下来："念！"

传令官报告："胡长官命令由整编第1师第1旅进入延安。其他各部立即停止前进，原地待令。"

"浑蛋！老子在前线拼命，最后摘桃子的却是他的嫡系！"将军气得大骂，却又无可奈何，只好大声吼道，"停止前进！"

"停止前进，停止前进！"副官大声传令下去，队伍缓缓停了下来。

蒋介石得到胡宗南的报告，兴奋不已，立刻在国防部会议厅召开了高级将领会议。

"告诉大家一个好消息。这个好消息大家可能都知道了，但我还是要在这里正式宣布，就在今天，我整编第1师第1旅已胜利地攻占了延安！"蒋介石激动地说完，带头鼓起掌来。会议厅里顿时响起热烈的掌声。

蒋介石继续说道："据初步统计，我军已俘敌五万余人，缴获大量武器装备！传令下去，胡宗南作战有功，取得重大胜利，我宣布授予胡宗南二等大绶云麾勋章，并嘉奖全体将士，择日在南京举行盛大的庆祝活动！"

延安被国民党军队占领的消息一经传出，引起了社会各界的强烈震动。尤其是一些倾向共产党的中间人士、社会团体，更是充满了忧虑。

但靖邦听到消息，简直不敢相信，心里翻来覆去地琢磨。放学回到家里，但世平见父亲蹙着眉头，在院中踱着步，不禁奇怪地问道："爸，您好像有心事，在想什么呢？"

见女儿回来，但靖邦勉强提起精神打了声招呼。父女俩进屋坐下，但靖邦长叹一声："真没想到，中共这么快就把延安给丢了。"

但世平连忙安慰道："那是中共主动让给他们的，胡宗南占领的只是一座空城，他那份战报，完全是造谣。"

"不管怎样，延安跟别的地方不同，它是中共的大本营。延安一失，会全线动摇。"但靖邦根本听不进女儿的解释。

"爸，您放心，动摇不了。"但世平不能多说什么，只能尽量安慰父亲。

但靖邦激动起来："怎么动摇不了？首都是一个国家的标志，丢失首都，就意味着亡国。当年德军百万大军抵达莫斯科，斯大林都守在克里姆林宫不走。为什么？因为他知道，只要他还在克里姆林宫，苏联人民就有主心骨。"

但世平有些无奈地说道："我们当年也失去过南京，但是我们并没有亡国。爸，您也是带兵打仗的，您说说，如果中共死守延安，能守得住？"

但靖邦摇了摇头："不能，当然不能。"

但世平狡黠地一笑："既然守不住，为什么要死守呢？存人失地，人地皆存；存地失人，人地皆失。"

但靖邦一愣，连忙问道："这句话你是听谁说的？"

但世平笑笑，故作神秘："一位伟人。"

"是他？"但靖邦已然想到。

但世平笑着点点头。

民盟办公室里，罗隆基、郭沫若等人也在讨论丢失延安的事。听了郭沫若的介绍，大家心里多少有了些了解，不过还是有许多疑惑。

"存人失地，人地皆存；存地失人，人地皆失。"罗隆基一字一字地念叨着，"这不跟润之以前的敌进我退，敌退我追一个道理吗？可那是游击战啊，现在都大部队作战了。"

郭沫若解释："这叫运动战。不计较一城一地的得失，在运动中寻找战机消灭敌人。"

"运动战？有道理，与其在城里等着飞机大炮来炸，不如跑出去，另寻战机。"但靖邦此刻有了更深刻的认识。

郭沫若看了看大家，接着说道："不管怎样，延安丢失，震动很大。我们要做好相关的解释工作。我相信，过不了多久，陕北那边，一定会传来好消息的。"

罗隆基点点头："一个胜利的好消息，比我们说多少话都管用。"

郭沫若鼓励大家："胜利的消息很重要，但是我们的信心同样重要，我们一定要树立信心，相信中共一定会取得这场战争的最后胜利！"

李济深到达香港后，当选为致公党主席，继续致力于中国的和平民主事业。这天，致公党第三次全国代表大会在一个会堂里举行，但李济深并没有出席，由陈其尤代为主持。

经过大会长时间讨论，达成了广泛共识，提出了解决目前内战问题的六个步骤：第一，国共双方的军队，应立即退回去年1月13日的位置；第二，重新召开政协会议，让更多的民主党派参加；第三，在协商中产生各党平等的联合政府，以代替原来的国、民、青三党政府；第四，由联合政府负责召开真正的国大，制定正式宪法；第五，依照新宪法，正式选举真正的民主政府；第六，由新民主政府召集地方民意机关，选举各级地方政府。

大家认为按照这个程序，方可成立真正的民主政府，国家、民族方可有光明的前途。

致公党的想法虽然很美好，但是蒋介石一心搞独裁统治，只会将这些声音视为眼中钉、肉中刺，想尽办法拔掉。不过他也明白舆论的重要性，特意命中央社炮制了一个小册子《中共地下斗争路线纲领》，准备大造舆论。

摸准时机，蒋介石召见了陈布雷和张群："陕北那边出现了一些小挫折，但无关大局，那是毛泽东在垂死挣扎的具体表现。现在军事上的戡乱进展顺利，给我们在政治上戡乱打下了良好的基础。是时候了，让中央社把搞出来的东西马上抛出去。打政治仗，舆论是很重要的。毛泽东就非常重视舆论，新华社好多社论和重要的文章，都是他亲自写的。好在现在他的舆论阵地没有了，正是我们大造舆论的时候。"

张群报告："我已经跟内政部打了招呼，让他们做好召开新闻发布会的准备。"

这时毛人凤前来汇报工作。蒋介石吩咐："文戏那边已经鸣锣开场了，你这边一定要跟上。李济深等人已经跑到香港去了，他还在致公党搞了个主席来当。香港那边，必须要加强行动。具体原则……对于那些反政府人士，暂时只作监视、掌握。眼下主要对付的是香港的共党分子，特别是他们的武装保卫人员，必须尽快消灭！"

"是。"毛人凤答道。

蒋介石思索了一会儿，又说道："在内地，我们不管是'剿共'，还是对付这些反政府人士，都是合法的政府行为，是行政手段。在香港就不行了。英国政府表面上承认我们是中国唯一的合法政府，暗中又跟中共眉来眼去，想在中共身上也押上一宝。"

"他们这是目光浅短。"毛人凤说道。

蒋介石不置可否："在香港，我们的军队、我们的警察宪兵都没办法活动，一切就只能靠你们了。你可不要让我失望。"

毛人凤说道："请校长放心，学生不会让您失望的。"

蒋介石口中的小挫折，是陕北三战三捷的大胜利。

西北解放军连续发动了青化砭、羊马河、蟠龙三次战役，三战三捷，沉重打击了胡宗南集团，稳定了西北战局，彻底粉碎了国民党企图消灭我党中央和解放军主力的阴谋。

得到消息，但世平兴冲冲回到家里，兴奋地告诉了父亲这个好消息。

但靖邦一时不敢相信："消息可靠？"

但世平拍拍胸脯："绝对可靠。"

但靖邦感慨万千："陕北三战三捷，打运动战，的确是毛泽东的强项。"

但世平接着说道："爸，表叔在香港发表的《对时局的意见》，揭露了国民党被独裁专制裹挟，革命精神完全丧失，已由为人民服务，变为奴役人民，蒋介石已成为反动派之领袖。最后表叔还提出了挽救时局的几点意见。"

但靖邦点点头："这件事我已经从民盟总部知道了。"

"草头将军虽然吃了几个败仗，但他还是认为占领了延安，是一次重大胜利，还是认为大局已经被他掌控。很有可能，他要对民主党派和民主人士下手了。"

"他会公开对我们民主人士下手？他如果对民主人士下手，美国人是不会答应的。"但靖邦不相信。

"爸，您还蒙在鼓里呢？美国政府早已跟蒋介石沆瀣一气，他还有什么不敢的？这次国民党重点进攻陕北和延安，就是美国军事顾问团制订的作战计划。"但世平几句话道出了事情的真相。

但靖邦还是有些将信将疑："不会吧？"

但世平很是无奈："信不信由您，但是蒋介石要对民主人士下手的消息，却千真万确，很快就会行动。"

看了中央社发表的文章，大家有些摸不着头脑。郭沫若经过多方打听，才知道根本没有他们所谓的《中共地下斗争路线纲领》，完全是中央社伪造出来的。

"真是太无耻了！报上发表的观察家谈话，更是一派胡言。他们称'民主同盟及其化身民主建国会、民主促进会、三民主义同志联合会等组织，已被中共控制，其行动也完全遵照中共的意志，已成为中共暴乱的工具'。"罗隆基怒道。

郭沫若说道："那边的朋友托人捎信，说这很可能是蒋介石对民主党派和民主人士下手的一个信号。"

但靖邦想起女儿的话，马上说道："这消息我也听说了，只是不知道是不是真的，所以没有告诉大家。"

郭沫若冷静地说道："现在，他们已发出了明确的信号。"

但靖邦若有所思。

针对中央社的报道，李济深在香港专门接受了记者采访。面对记者，李济深毫不留情地揭露了蒋介石的真面目："我可以肯定地告诉大家，这份所谓的《中共地下斗争路线纲领》是蒋介石伪造的。蒋介石坚持独裁，反对民主，在中国挑起内战，是众所周知的事情。所有有良知、热爱和平、追求民主的中国人，都是他的敌人，欲灭之而后快。"

一位记者问道："这篇文章把民盟说成中共暴乱的工具，您估计接下来局势会怎样发展？"

李济深回答："蒋介石对民主人士的迫害从来都没有停止过。我已经两次被他开除出党。我们国民党民主促进会自成立以来，一直受到特务的监视，不少人被秘密逮捕和杀害。"

另一位记者立刻追问："请问李将军，您到达香港后，有什么计划？"

李济深语气坚定："召集失散的同志，恢复组织，继续高举民主的大旗，跟中国人民共同的敌人战斗到底！"

得到消息，蒋介石大发雷霆，即刻命令张群和蒋经国，让国民党中央监察委员会发布公告，将李济深永远开除出党。

经过一段时间的运动战，解放军取得了极大的胜利。为了更好地部署反攻计划，毛泽东召集大家一起开会讨论。

7月的天气日渐炎热，会场设在一家农户院子里的凉棚下，任弼时、陆定一等人已经等在那里。毛泽东等人到达后，会议正式开始。

大家经过一番讨论后，毛泽东总结道："在做好军事斗争的同时，统一战线和土地改革是我们要特别注意的两个重要问题。有人认为，解放战争的人民民主统一战线的社会基础不如抗日战争时期那么广泛了，这是十分错误的。现在统一战线成分有了变化，减少了一部分，增加了一部分。减少的是解放区的地主，因为搞土地改革；增加的是中间派，这些人在抗战时期更多地相信蒋介石，现在更多地相信我们。土地革命是我们共产党一开始就必须承担的历史使命，后来由于抗日战争中断，现在又到了我们继续土地革命的时候了。"

听了毛泽东的分析，众人兴奋地热烈鼓掌。

黄昏时分，毛泽东坐在村口的石头上边吸烟边思考着问题。周恩来和任弼时一起走过来，三人席地而坐。

毛泽东问道："同志们都走了吧？"

周恩来微笑着说道："任务明确了，一个个急不可耐啊！"

毛泽东吐出一口烟，笑着说道："他们的任务明确了，今天咱们还有一个任务。"

任弼时急切地问道："什么任务？要转移？"

毛泽东笑了："我们的任司令只操昆仑纵队的心啊。我说的这个任务，可是全党的任务，必须向全党通报中央城市工作部的任务，而且要说明，城工部机关由副部长李维汉带领，随叶剑英、杨尚昆领导的中央后方委员会一起行动。"

任弼时笑着说道："别看我们的行军纵队十分精简，但编制序列中却有一个专管统战的工作机构。"

毛泽东点点头："统一战线是我们战胜敌人的三大法宝之一，什么时候都不能放松。你是我们的纵队司令员，这个法宝，你可得给我们守好啊！"

周恩来建议："主席一直强调，要一手抓军事，一手抓政治。中央应该发个通知，通知各大城市的地下组织，要派专人负责做民主党派、民主人士的工作。目前国共战争正处于紧要关头，在这个关键时刻，我们一定要给民主人士打气，让他们看到希望，树立信心。"

毛泽东意味深长地说道："不仅是打气，还要提醒他们，蒋介石拿下延安，以为已获全胜，独裁大局已定，很可能已不需要充当民主门面的中间力量了，他们的日子将会很难过。"

说到这儿，周恩来不禁担心起来："是啊，去年民盟曾经与我党配合，发表声明否认伪国大，否认伪宪法。蒋介石是个睚眦必报的小人，很可能会对民主党派进行报复。"

继6月国民党政府以内乱罪通缉毛泽东后，7月，国民党政府又通过了蒋介石提出的"厉行全国总动员戡平共匪叛乱方案"，正式宣布共产党为非法的"逆党"。接下来，就要对地下党组织严厉镇压了。因此，上级指示宋晓军等年轻学生，在对敌人进行斗争时，要更加讲究策略，注意保密，千万不能轻易暴露自己。

宋晓军、但世平即刻通知了学校里的其他几名学生，要求大家时刻保持高度的警惕。

果然不出所料，蒋介石很快对毛人凤下令，要求保密局所属各大站组，对那些持反对意见的党派的上层人物暂时容忍敷衍，对中下层分子则一律格杀勿论。

接到指令的毛人凤，即刻指挥全国各地的特务，对各党派办公地点大肆查抄并逮捕其中的民主人士，首当其冲的就是民盟。

民盟重庆支部就被大批特务查抄捣毁。紧接着张澜发现，大门外不知何时多了几个特务把守。他们以奉命保护张澜的安全为由，不准其出门。

很快，成都街头贴出布告："凡民盟及其所属团体成员，务必在三日内到市政府登记，逾期不登记者，一律按奸匪论处！"

上海民主报馆被砸；武汉江边，两名民盟成员被特务开枪射杀在江堤上；西安玉祥门，民盟中常委兼西北总支部主任杜斌丞和几名民盟成员被枪决……暴力事件接连不断，全国震惊，民盟成员更是惶恐不安。张澜愤怒地连续给张群写了三封信，要求停止抓捕杀害民盟成员，并释放所有被捕的人员。张群却视而不见。

面对记者的不断追问，国民党发言人煞有介事地在内政部新闻中心回应："查民主同盟勾结共匪，参加叛乱，兹政府已将该民主同盟宣布为非法团体，严加取缔，以遏乱萌，而维治安。"

但靖邦自然也受到了监控和骚扰。这天又有特务敲门，要他赶紧到卫戍司令部登记，已经是最后一天，再不去就当奸党分子论处。

"砰"的一声关上门，但靖邦站在门口，无助地望着天空叹气。

不一会儿，但世平坐着一辆黄包车回来，却遭到特务的盘问。

但世平没好气地说道："我回家！怎么了？也犯法？"

特务还在不停地问东问西。但靖邦听到女儿的声音，连忙打开门，一把将但世平拉了进去。

"这些狗特务！"进了客厅，但靖邦气得大骂。

但世平安慰道："爸，犯不着跟他们生气，我有好消息告诉您。9月13日，中国共产党全国土地会议通过了《中国土地法大纲》，已决定于10月10日正式公布施行。"

"《中国土地法大纲》？"但靖邦不明所以。

"文件我没有办法带回来，我给您说说主要精神。"但世平拉着父亲坐下，认真讲起来，"'大纲'规定，废除封建剥削土地制度，实行耕者有其田。没收地主的土地财产，征收富农多余的土地财产。废除一切祠堂、庙宇、寺院、学校、机关团体的土地所有权和乡村在土地改革以前的一切债务。以乡或村为单位统一分配土地，数量上抽多补少，质量上抽肥补瘦，所有权归农户所有。土改前的土地契约、债约一律缴销。还有一条，您可能最感兴趣。就是工商业者的财产及其他营业受法律保护，不受侵犯。"

但靖邦越听越兴奋，两眼放光道："那我在那些企业、公司占的股份，不会被共产？"

但世平笑道："爸，我早就跟您说过，您算是个民族资本家，而且是个非常微不足道的小资本家，阶级属性是民族资产阶级，是团结的对象。"

但靖邦长长地舒了一口气："如此说来，也算得上是个小小的好消息了。"

但世平不乐意了："可是这对亿万在贫困中苦苦挣扎的中国农民来说，就是个大大的好消息！"

但靖邦笑着指了指女儿："你这个小丫头，心胸倒不小！"

经过一段时间的查抄和搜捕，张群特意把民盟的罗隆基请到了办公室。

罗隆基不卑不亢地问道："张院长，你把我叫来，有何赐教？要想抓我就抓好了。"

张群笑道："罗先生，别误会。民盟虽已被政府宣布为非法组织，加以取缔了，但我们怎么会随便抓人呢。不过表老再三给我来信，要求释放被抓的盟员。这事让我很为难啊。所以我想了个折中的办法，想跟你商量商量。"

罗隆基面无表情地说道："你说！"

张群笑了笑，说道："你们自行宣布解散。如果组织被解散了，所谓的盟员也就不存在了。"

"解散？"罗隆基愣了一下，想了想又问道，"这样你们就可以放人了？"

张群依旧笑着："那时候我就可以帮你们说说话，至少可以不再抓人。"

罗隆基慢慢地坐到沙发上，陷入沉思。

罗隆基回来后，马上联系了李璜等人，一起商量对策。

杨方亮从怀里摸出一封信，看着大家说道："这是我刚刚收到的，杜斌丞就义前，托人从狱中捎出来的一封信……"说着低下头念信："每思三十年来，无日不为民主而奋斗。反动诬陷，早在意中；个人生死，已置之度外。彼独裁暴力，虽能夺我革命者之生命，绝不能阻挠人类历史之奔向光明，终必为民主潮流所消灭也。惟望人民共起自救，早获解放自由，则死可瞑目矣。请转告诸生挚友共同努力，以期实现合理平等之社会国家，则公理正义自可伸张于天地之间……"

念到最后，杨方亮已是泣不成声，众人皆低头不语。

张澜等人得知这个消息心急如焚。上海和南京的民盟领导人马上商议如何应对目前的形势。

史良等人坚持不向独裁者屈服，要斗争到底。可是如何斗争？大家束手无策，毫无办法。史良难抑悲愤："难道我们民盟就这样完了？"沉默了片刻，沈钧儒对黄炎培说道："任之先生，您能否去南京找司徒雷登，争取最后一线希望。"

张澜觉得可行，连连点点头："任之，你看……"

黄炎培想了想说道："好，我就再去南京一趟。"

一直没说话的叶笃义表示愿意陪黄炎培一起去，黄炎培微笑着点头同意。

黄炎培、叶笃义很快见到了司徒雷登，讲述了事情经过后，黄炎培恳切地说道："大使先生，您一直都是中国自由知识分子强有力的支持者。我们希望您能出面从中斡旋。"

司徒雷登摊摊手："你们的遭遇，我个人深表同情。不过，从眼下的形势看，解散是最好的办法。"

本来满怀希望的黄炎培和叶笃义顿时目瞪口呆。

同样不能接受这个结果的还有许多心存期望的人，尤其是但靖邦。回到家中，义愤填膺的但靖邦烦躁地在屋里走来走去，边走边不停地骂道："这司徒老儿简直岂有此理！他作为一个民主国家的大使，怎么能对蒋介石残酷镇压中国民主人士的暴行袖手旁观！"

"爸，我早就提醒过您，蒋介石的这场内战就是美国人在背后支持的。你们这些民主人士，在西方政客们的眼里，就是一块拿来就用、不用就丢的抹桌布而已。"但世平一针见血地说道。

"公理何在？正义何在啊？"但靖邦悲愤交加，仰天长叹。

迫于无奈，张澜最终以民盟主席的身份发布了《中国民主同盟解散公告》，宣布解散民盟。

榆林战场上硝烟弥漫，炮声隆隆。城墙上、地堡内轻重机枪不停地喷吐着火舌。解放军炮兵阵地上，几门山炮和迫击炮不停地射击。此时，廖汉生正在简易指挥部内，举着望远镜观察战斗情况。

忽然一名参谋跑进来："报告！野司急电，胡宗南驰援榆林。为避免腹背受敌，野司命令我们停止攻城，立即转移。"

廖汉生接过电报一把捏在手里："榆林的情况都没搞清楚就仓促出击，现在又突然回撤，不是被人追着屁股打吗？通信员，命令部队，立即停止进攻，原地待命。"

这时电话铃声响起，参谋拿起电话，然后交给廖汉生。彭德怀的声音从话筒里传出来："你们怎么搞的？两天都没有攻下榆林城？"

廖汉生连忙汇报："报告彭总，榆林敌人的防御工事和火力配备大大超出了我们的估计，而我们又缺少攻城的重炮……"

彭德怀打断了廖汉生的话："少给我扯这些，我看你们是兵怂怂一个，将怂怂一窝。贺龙的脸都让你们丢光了！"

廖汉生的火气也上来了，冲着话筒大喊："我就是要说道说道！守城的敌人是多少？我们攻城的部队是多少？敌人有多少大炮和重机枪？我们有多少大炮和重机枪？我们是用战士的胸膛跟敌人的机枪拼命！我们一纵没有一个怂兵！您到城下来看看牺牲的战士，哪一个是背后中弹的！"

彭德怀气得大吼："廖汉生我告诉你！我彭德怀打了这么多年的仗，没有哪一次是靠武器的优势打赢的！"

"彭总！"这时习仲勋从旁边走过来，抓过彭德怀手里的话筒，"廖汉生同志，我是习仲勋。"

"习副政委。"廖汉生调整了一下情绪。

习仲勋耐心地解释道："榆林打不下来，的确是我们事先对敌情估计不足。我们以后一定要吸取教训，避免这类事情再次发生。现在敌人的增援部队已逼近榆林，所以野司才决定放弃攻城，立即转移，另寻战机歼灭敌人。你们一撤，敌人肯定会乘胜追击，你们一定要做好撤退的组织工作，不能让部队再遭受损失。"

"是。"廖汉生放下电话，指挥部队立即开始转移。

廖汉生指挥战士们顽强阻击，但是敌人火力太猛，部队伤亡很大。廖汉生却坚持不管有多大的伤亡，哪怕把部队打光了，也要为主力部队转移争取两个小时。

激战正酣，突然冲锋号响起。没有了右手的独臂将军贺炳炎带领着一个营的战士冲杀过来。敌军抵挡不住，纷纷逃窜。

贺炳炎大声命令："追！把他们给老子赶得远远的！"

廖汉生质问贺炳炎："你不带大部队转移，跑回来干什么？"

贺炳炎怒道："你不带部队转移，跑来打什么阻击！这是一个纵队政委该干的？你只有一个连，能挡得住几个敌人？"

廖汉生吼道："我只带一个连。我就是要让他们看看，贺龙的兵到底是什么样子！"

贺炳炎叹了口气："我知道你心里窝火，我心里还不是一样。现在不是赌气的时候，追兵打退了，快走！"

嘹亮的集结号声在阵地上响起，战士们开始有序撤离。

得知民盟被迫解散后，周恩来等人在陕北召开了一次会议。李维汉向大家通报了民盟解散后，沈钧儒、章伯钧等人已秘密到达香港，宣布不接受民盟总部在南京反动独裁政府的胁迫下，发表的解散民盟的声明，决定由沈钧儒和章伯钧两人轮流担任代主席，领导全盟工作。

周恩来说道："这是一个非常好的消息。李济深等人已经到达香港。现在民盟这些人再赶过去，香港的民主力量就更加壮大了。"

李克农感叹道："目前，蒋介石在国统区大肆镇压和迫害民主人士。今年春天，郭沫若先生在南京出席用国货抵制美货的大会上，幸亏群众掩护才避免了受伤，可掩护他的永安公司店员梁仁达却被活活打死了。"

李维汉说道："这是特务对郭先生的报复。郭先生虽没有参加任何党派，却是中国政坛不可缺少的重要人物。国民党召开伪国大，硬要把他列为代表，被他坚决拒绝，国民党自然怀恨在心。"

周恩来点点头，神色凝重："是啊，郭先生的安全，我们必须负责到底。"

"要不，把他接到解放区来？"童小鹏提议。

"现在还不是时候。他留在那边，作用会更大些。"李维汉琢磨了一下说。

周恩来想了想说道："中央已决定要把香港建设成中国民主阵营的大本营。郭先生如果能去香港，会发挥巨大的作用。"

李克农立刻说道："只要他愿意去，我们就派人护送。"

周恩来点点头："护送的人一定要机敏，而且政治上绝对可靠。"

"对了，我还接到南京地下党的报告，由于李济深去了香港，他的表弟但靖邦处境十分困难。"童小鹏又想起一件事。

"但靖邦，这人我了解。克农，通知南京地下党尽快想办法安排但靖邦去香港。另外，他的女儿但世平也要跟他一道去。"周恩来一并做出安排。

张群得知民盟通电全国解散后，沈钧儒、章伯钧等人又跑到香港继续组织民主活动的消息后，立刻汇报给蒋介石。

蒋介石气得猛拍桌子："谅那几个老东西也闹不出什么事情来。内地如有响应者，格杀勿论！对于戡乱'剿共'，我们绝不能再心慈手软。等抓到毛泽东，什么问题都解决了！"

这时，钱大钧走进办公室，见到张群，欲言又止。

"委员长，如果没有别的吩咐，我就告辞了。"张群退了出去。

钱大钧汇报："委座，陕北战报。共军猛攻清涧，守备清涧的整编第七十六师被全歼，师长廖昂被俘。至12月，陕甘宁边区大部分被共军收复。"

蒋介石听完，呆呆地坐在椅子上，一动不动。

解放军节节胜利，无论干部还是战士，人人都意气风发。队伍来到陕北米脂县杨家沟，一排十分气派的石砌大窑洞吸引了人们的注意。到了近前，毛泽东赞叹道："杨家沟是有名的米粮川哪，这个院子好气派啊。"

汪东兴说道："这是马醒民自己设计建造的。他早年曾留学日本，运用学到的知识将西方建筑和陕北窑洞巧妙地融为一体，堪称窑洞建筑的瑰宝。现在，他愿意无偿地献出来给我们住，陕北人民真是伟大，豪迈无私。主席，您看这边，我们为您准备了三间窑洞。"

毛泽东幽默地说道："这么气派的大窑洞，我毛泽东一个人就占三间？在重庆时，蒋介石让我去南京当总统，我要有这么三间大窑洞，我什么都不要当了，就住在这里享福了。"

众人都笑起来。

这时周恩来和任弼时走过来。任弼时问道："主席，您看，咱们就在这里召开政治局扩大会议，可好？"

毛泽东哈哈笑道："好，好得很哪。弼时，你这个纵队司令当得好，给我们找了这么好一个开会的地方。只是，不能让蒋介石和胡宗南知道，不然他们会很生气啊，哈哈哈！已经是 12 月了，我们这个会，就简称'十二月会议'好了。"

周恩来笑着点头："12 月过了就是 1 月，又是一个新的开始。"

毛泽东深有感触："是啊，今年这一年，国共战事开始逆转，我们开始反攻。中国历史进入一个转折点。这既是蒋介石统治由发展到灭亡的转折点，也是帝国主义在中国的统治由发展到灭亡的转折点。"

畅想着即将到来的胜利，大家都兴奋起来。

过了一会儿，周恩来说道："主席，民盟已经被迫解散了，对于今后国统区的城市工作和民主运动，我们得尽快商量一个办法。李济深一家迁往香港后，联络何香凝等人，商讨建立国民党民主派革命组织问题，在香港又举起了民主的大旗。为尽快扩大香港的民主阵营，有足够的力量跟独裁者抗争，他和何香凝还联名写信给谭平山等人，邀请他们去香港共商大计。"

毛泽东高兴地说道："好啊！蒋介石一心要扑灭中国的民主运动，看来，他是扑不灭的了。民主的旗帜，将在中国各地到处飘扬。"

周恩来点点头："现在的香港可以算得上是一块政治飞地。英国政府对国共内战的结局无法判断，所以首鼠两端，既承认国民党政府为中国合法政府，又担心我们最后会战胜蒋介石，所以对我们在香港的一些活动，没有严格限制，也不许国民党特务在香港公开活动。"

毛泽东接着说道："还有更重要的一条，他们把一个大宝押在民主党派身上，认为等国共两党打得两败俱伤后，第三势力一定会异军突起，成为中国政坛的主要力量。"

周恩来表示赞同："不仅是英国人，投机把宝押在第三势力上的还有美国人。他们已经看到了蒋介石集团的腐败无能，开始在中国寻找新的代理人了。"

毛泽东哈哈一笑："他们这就叫，骑着驴子找马。"

任弼时说道："所以，对中国的民主人士来说，眼下香港正是一块可以自由活动的风水宝地。"

周恩来点点头："现在，国统区的民主人士举步维艰，处于极其困难的境地。我们可以通过地下党组织，尽可能地多动员一些人去香港，把香港建设成中国民主运动的大本营。"

毛泽东赞许地看了看周恩来："民主大本营，这个想法很好。把所有的民主人士都集中起来，到时候，我们要成立联合政府时，一起接过来就方便多了。"

11

染血的电台

　　香港中华民国外交部特派员公署,实际上是国民党保密局香港站的据点。这是一座四层小楼,里面有院坝,后面还有一栋三层小楼。

　　会议室里,保密局香港站站长叶君伟召集特务正在开会,研究如何更好地对付共产党。

　　叶君伟说道:"现在是我们为党国立功的最好时机。毛局长再次强调,必须尽快消灭在港共匪的保卫组织。各组分头行动,先摸清他们的行动规律,找到他们的据点,然后进行摧毁。"

　　行动组组长张立看了看机要组组长莫文贵:"找到他们并不难,难的是如何动手。警方是不会允许我们自由行动的。"

　　叶君伟斥责道:"没让你自由行动! 在香港,我们的任何行动都必须秘密进行。在内地的时候,我们是猫,他们是老鼠。但在这里,要看谁掌握主动权。"

　　这时电侦组组长陶知远提出建议:"香港警察总部政治部是一个暗中专门对付共产党的组织,如果我们能得到他们的帮助,行动就会顺利多了。"

　　叶君伟觉得可行,马上派人约见港警政治部主任黄吹维。

一个茶楼包厢里，叶君伟早早就在等候。几声敲门声过后，黄吹维穿着便衣走进来。

叶君伟赶忙起身相迎："黄主任，快请坐！"

黄吹维问道："叶站长，今天把我叫来，是有何事？"

叶君伟满脸堆笑："自从李济深等人来到香港后，扯旗放炮，吸引了内地不少唯恐天下不乱的人往香港跑……"

没等他说完，黄吹维不客气地打断："这事我们早就知道了。叶站长，别怪我没有提醒你，在香港你们可不能乱来。"

叶君伟连忙点头："黄主任提醒的是，我们一定遵纪守法。我是说真正危害香港社会安定的是中共，特别是他们的保卫部，不仅私藏武器，还建立秘密电台，大肆进行间谍活动。"

黄吹维有点不耐烦地说道："别兜圈子了，有话直说吧。"

叶君伟摸出两根金条放到黄吹维的面前。黄吹维看了一眼："什么意思？"

"共党欺人太甚，经常绑架杀害我们的人，我们要反击。"叶君伟咬牙切齿地说道。

黄吹维皱了皱眉头："上面有命令，要保护民主人士的安全。你们要知趣些。"

"我知道。国共两党这场厮杀，败了的将会被消灭，胜了的也会元气大伤，最后还得联合这些民主人士。我不动他们，我只找共产党。"叶君伟信誓旦旦。

"联合公司、《华商报》的头面人物也不能动。动了他们，中共会提出抗议。"黄吹维又提醒道。

叶君伟冷笑道："毛泽东现在是自身难保，被国军追得东躲西藏，他还提出抗议？"

黄吹维说道："我吃的是英国人的饭，英国人怎么说，我们就怎么做。"

叶君伟笑道："我想教训的，只是他们保卫部下面的脚脚爪爪。"

黄吹维将金条放进口袋里，站起身来："手脚干净点，不要给我添麻烦。"

叶君伟笑道："如果有暴徒打架斗殴，你们港警也有维持秩序的责任。"

"再说吧。"黄吹维说完转身离去。

国民党保密局香港站很快调来了一辆美国进口的电信侦察车，有了它，能更容易找到共产党的秘密电台。

入夜，电信侦察车开上了香港的街头。陶知远和几个特务坐在车内观察情况，一个特务戴着耳机守在电台前侦听。

地下党员钱娟坐着一辆黄包车来到街边一栋木楼前，见四下无人，迅速走进楼内。见到中共华东局香港分局报务员老李，钱娟马上将手里的情报递了过去，叮嘱他按时发出。夜深人静，老李搭好梯子爬上阁楼，搬出电台，开始发报。

刚好电信侦察车行驶到附近，红灯突然开始不停地闪亮。戴着耳机的特务惊叫一声："信号出现！"陶知远抓起耳机贴在耳朵上："快，寻找方位！"

电信侦察车很快在木楼旁停下。陶知远命令："快发信号！"电信侦察车连续闪了三下车灯，埋伏在不远处的张立马上带领特务们涌向木楼，一时间枪声大作。

阁楼内，一个年轻人爬上来，气喘吁吁地说道："老李，特务来了！"

老李迅速摘下耳机："快收拾电台！"然后自己拿起桌上的油灯，将油淋在密码本上，点燃后放进火盆里，又抓起几份文稿，投入火中。

老李等人匆匆奔向后门，刚打开门，突然枪声响起，几人中弹倒地。

香港的共产党组织被国民党特务破坏的消息很快传到米脂杨家沟，大家既难过又气愤。

童小鹏向大家通报："近期香港的特务非常嚣张，毛人凤专门为香港站配备了最先进的美国电信侦察车。他们频频出击，我们的备用电台，每次只能发报二十分钟就要转移。所以这些日子我们在香港的工作十分困难。"

周恩来紧皱眉头："香港这块阵地，我们绝不能失守！在内地，我们可以跟国民党军队面对面地厮杀。在香港不行，香港是一场隐蔽战线上的特殊战斗。这场特殊战斗，一点都不亚于正面战场。有时比正面战场更残酷、更艰巨！"

李克农说道："我准备把车孟凡同志派往香港。车孟凡抗战时期长期在香港坚持斗争，积累了丰富的斗争经验，对香港的情况非常熟悉，他去了之后可以迅速打开局面。"

周恩来点点头："好，还得再派些人带一部电台过去，我们跟香港的联系一刻都不能中断。"

接到上级通知的宋晓军心绪难平，特意约了但世平到秦淮河边。太阳即将落山，天边最后一抹霞光涂抹在两人的脸上。

宋晓军说道："世平，上级通知，让你去香港。"

但世平愣了一下："去香港？"

宋晓军点点头："对，陪你爸一起去。"

但世平急忙说道："我爸不用我陪！我大哥马上就要从美国回来了，他直接回香港，在那里跟我爸会合。"

宋晓军一脸严肃地说道："眼下，大量民主人士聚集在香港，我们的统战工作必须跟上去。你去了之后，可以充分利用你爸和你表叔的关系，跟民主人士多接触，协助香港分局的同志做好工作。"

但世平没吭声，两人继续沐浴着夕阳往前走。

沉默了一会儿，宋晓军进一步解释："民族资产阶级，对革命有着天生的不彻底性。一旦遇到困难和压力，他们的软弱性就会显现出来，就会产生动摇。我们对他们既要团结，也要斗争。在他们产生动摇的时候，提醒他们、鼓励他们，推动他们前进，跟他们的软弱性做斗争。"

但世平看着宋晓军："我明白了。我去香港，那你呢？"

宋晓军顿了一下，望着撒满碎金的水面说道："毕业后，我可能会去北平，在那里继续搞学运。"

但世平失望地低下头："这样一来，我们可真是天南海北了。"

"这一别，不知道我们什么时候才能见面。"但世平不舍地望着宋晓军。

宋晓军拍了拍但世平的肩头，微笑着说道："革命胜利的那一天，我们一定会再见的。我相信，那一天已经不远了。"

但世平难掩伤感，一头扑进宋晓军的怀中。

上海外滩，人流如织。但世平和两名同学正走在路边。一辆自行车疾驰而来，但世平闪躲不及，顿时被撞倒在地，额头磕出了血。两名女生不由得惊叫起来。

"黄包车，黄包车！"骑车人大声叫喊，一辆黄包车应声跑过来。几人扶着但世平上了车，一起向医院赶去。

但靖邦接到消息后，急忙带着周士河要赶往医院，却被家门外守着的特务拦住了："你们要去哪儿？"

"我的女儿被车撞了，我要去医院看她。"但靖邦满脸焦急。

一个特务疑惑地问道："被车撞了？在哪个医院？"

但靖邦说道："上海海尔森医院。"

"进去等着，我要先向上面报告。"

但靖邦气得握紧了拳头，周士河赶紧拉住他："老爷，我们还是先进去吧。"两人无可奈何地转身回屋。

上海站的特务接到命令，派人到海尔森医院调查情况。发现但世平果然正在医院治疗。

兰胜得到回复，随后通知守在但靖邦家门口的两个特务可以放行。

但靖邦和周士河急匆匆出门，叫了两辆黄包车，向南京下关车站奔去。在他们身后不远处，两个特务也坐在黄包车上紧紧跟在后面。

天色已近黄昏，但靖邦和周士河在火车站广场下车。周士河回头看看身后："他们跟来了。"

"不用管他们！"但靖邦头也没回，径直向前走去。

到了售票口，周士河买了车票，两人走进候车室。两个特务依旧紧随其后。

入夜不久，一列火车喷着白色蒸汽，缓缓停靠在下关车站。但靖邦和周士河随着人流走进车厢，找到座位坐下。很快，两个特务也走进车厢，在他们不远处坐下。周士河小声安慰道："老爷，您放心，小姐不会有事的。"

但靖邦依旧沉默着。周士河转过头，忽然看到门口坐着一个熟悉的身影——戴着帽子的宋晓军，他对周士河微微点头。周士河心领神会，赶紧把目光移开。

清晨，但靖邦和周士河一下火车就坐着黄包车赶往海尔森医院，两个特务自然也跟了过来。

但靖邦和周士河不理他们，径直走进医院大楼，找到了但世平的病房。

但世平头上裹着厚厚的绷带半躺在病床上。"丫头！"但靖邦急切地走到床前，俯下身子问道，"伤得怎么样？"

这时，身后的门被推开，穿着白大褂的宋晓军走了进来："伯父！"

但靖邦看看宋晓军，又看看冲他做着鬼脸的但世平，恍然大悟："你们两个差点急死我了，怎么也不事先跟我商量一声……"

但世平咧嘴一笑："爸，我要是早说出来，您哪能演得这么逼真啊。那些监视您的特务又怎么会这么容易就放您出来。"

病房外，周士河守在门口，两个特务则远远地盯着。

晚些时候，周士河在附近找了一家小旅馆，和但靖邦两人住下。跟踪的特务见一切正常，马上向兰胜汇报。兰胜命令两人立刻回南京，跟踪任务由上海站派人接替。

第二天，但靖邦按计划去拜访宋庆龄。宋庆龄见到老朋友来访，很是高兴。两人坐在客厅里，谈到李济深现在在香港，正积极筹建中国国民党革命委员会，急盼他们这些亲朋故旧前去帮助。但靖邦愁眉不展："我想马上赶去香港，只是眼下被特务监视，实在无法脱身。"

"这个我来想办法。"宋庆龄痛快地答应帮忙。

黄昏时分，宋庆龄乘车来到海尔森医院。两人来到病房门口，被特务们拦住了。柳无忌怒道："混账！这是孙夫人，来看但小姐的！"

一个特务心中疑惑，小心翼翼地问道："请问，是哪位孙夫人？"

柳无忌瞪了他一眼："国父孙中山先生的夫人，国母宋庆龄，你不认识？"

"对不起！对不起！"那个特务赶忙退到了一旁。

过了一会儿，宋庆龄走出病房。紧跟着，两名护士扶着但世平也走了出来。

特务们眼睁睁地看着一行人走出大楼，不敢上前阻拦，只得远远地跟在后面。

宋庆龄一行上了汽车，转眼间驶出了医院。

一个特务这才敢跑过来问护士："他们要去哪儿？"

"孙夫人要请但小姐吃饭，晚上会送她回来。"护士边说边向楼内走去。

两个特务跑出医院大门，在街上拦住两辆黄包车，拼命追赶，可哪里还有汽车的影子。

夜色渐深，街上忽然驶来一辆救护车，停在宋家大门外。一名医生和一名护士下了车，医生走到门前按响了门铃。

院子里亮起灯光。很快，柳无忌打开了门，问道："你们找谁？"

"我们是海尔森医院的，来接但小姐回医院。"医生说道。

"但小姐已经走了，她的父亲帮她转到了另一家医院。明天他们会去医院办理出院手续。"柳无忌说着就要关门。

医生连忙问道："请问，她转去了哪家医院？"

"不知道。"柳无忌说完重重地关上了大门。

与此同时，特务们发现但靖邦也早已不知所踪。

兰胜立刻向毛人凤报告了这个消息，并表示他们正在全力搜查上海所有的医院。

毛人凤气得大骂："还搜个屁！人早逃走了。"

兰胜连忙讨好道："局座，但靖邦想逃，只能逃往香港。卑职让他们查了一下，昨晚有一艘英国'圣玛丽亚'号邮轮离开上海，驶往香港，要不……"

听了兰胜的办法，毛人凤有些心动，赶忙向蒋介石汇报。

蒋介石听了气得破口大骂："你们都是一帮饭桶！"

"请校长惩处。"毛人凤连忙赔罪。

"人都跑了，就算把你们都杀了，又有什么用？"蒋介石满脸怒气。

毛人凤小心翼翼地上前两步："校长，其实我们还有补救的办法。我们可以让外交部通过英国大使馆，照会港英当局，只要他们允许我们的海军在'圣玛丽亚'号邮轮通过台湾海峡时，上船抓捕……"

"滚！"蒋介石怒不可遏。

冷静下来的蒋介石，思虑再三，还是同意了毛人凤的建议，命令外交部赶紧去办。可没想到的是，遭到了英国政府严词拒绝。

蒋介石立刻命令毛人凤，绝不允许但靖邦活着上岸。

车孟凡接受任务后，一身商人装扮抵达香港，然后坐着黄包车来到香港联合行，顺利与同志们会合。

见到车孟凡，潘汉年热情地迎上来握手："车孟凡同志，欢迎你回香港工作。"

车孟凡也很激动："能在你的领导下工作，荣幸之至。"

随后，潘汉年向车孟凡介绍了连贯和夏衍。几人客气地互相握手，连贯说道："早就听说你的大名了，都盼着你早点回来呢。"车孟凡谦虚地一笑。

夏衍微笑着说道："我们早就认识了。我也是刚到香港。"

车孟凡点头向大家介绍："三年前，我一到延安就被分到社会部，我们在那时就见过了。"

众人落座。潘汉年传达上级任务："这次我们接到华东局的通知，李济深的表弟但靖邦在上海成功地摆脱了特务的控制，乘船来到香港。华东局要求我们，必须保证但将军的绝对安全。"

连贯说道："我们得好好研究一下，制订一个稳妥的方案。"

会后，潘汉年在一座茶楼约见《光明报》的萨空了。说明情况后，潘汉年低声嘱托："但靖邦的安危，会直接对李济深产生巨大的影响，也会在其他民主人士的心中产生一种压力。这件事，就拜托您了。"

萨空了郑重地表示一定竭尽全力。

除了请萨空了帮忙周旋之外，车孟凡还提出可以借助九龙致公堂的力量，以确保但靖邦的人身安全。

抗战期间，车孟凡曾在香港跟日特做斗争。也就是在那个时候，车孟凡跟致公堂堂主马龙的女儿马悦悦相爱了。但是在一次执行任务时，车孟凡中弹落海，被救起后转移到广州，伤好后又奉命去了延安，从此与马悦悦便失去了联系。

会后，车孟凡来到致公堂。古朴厚重的大门，门楣上悬挂的匾额，一切都那么熟悉。后院厢房里，马龙正苦口婆心地劝说女儿要信守承诺，尽快与姜家辉成婚。当年得知女儿的心上人不幸离世，为堂口长远发展着想，马龙答应了一直追求女儿的大弟子姜家辉的求婚。一开始，马悦悦坚决不同意，可禁不住马龙的不断劝说，马悦悦只好提出要为车孟凡守孝三年之后再论婚嫁。现在，三年已满，姜家辉已经几次隐晦地提过想要成亲，奈何马悦悦一直不愿意。

面对父亲的再三劝说，马悦悦也是无可奈何："爹，虽然已经三年多了，但是我的心里还是只有车孟凡，容不下别人了。"

马龙皱着眉头说道："悦悦，当年爹答应过姜家辉，你也没有拒绝。这件事，堂口的人都知道。咱们可不能失信于人啊！"

马悦悦不高兴了："您根本就没有考虑过我的感受。"

马龙叹了口气："我只有你一个女儿，我百年之后，这香堂总得有人打理，总不能交给你一个女孩子家吧？姜家辉是堂口里的大师兄，你是九排。一加九等于十，十全十美。"

马悦悦仍不服气："爹，都什么年代了，您还信这个！这香堂您大可以直接交给我。人家英国的女人还当女王呢！"

马龙有些气恼："真是越说越不像话！一个女孩子怎么能当堂主？我们江湖人就得信这个！"

"江湖人也要与时俱进。现在算命的推算时辰，都不再看太阳了！"见父亲生气，马悦悦笑嘻嘻地说道。

"你这丫头，就知道跟我顶嘴。"马龙也没有办法。

"爹，您就答应我。我保证，以后肯定给您找回一个人见人爱的好女婿。"马悦悦撒娇道。

"不行！"马龙板起脸。

正在这时，守门徒弟走了进来："堂主，外面有人求见。他说是堂主的故人，姓车，叫车孟凡。"

马龙一愣："车孟凡？"

马悦悦也愣住了，回过神来厉声喝道："是什么人敢在堂口恶作剧，把他给我赶走！"

"是，小姐。"守门弟子转身出去。

"车孟凡……阿凡……"马悦悦喃喃低语着，突然大喊一声，跳起来冲出门去。

大门外，车孟凡听了守门弟子的回复，苦笑着摇了摇头，正要转身离开。这时，马悦悦一阵风似的冲了出来。车孟凡下意识地停住了脚步。

车孟凡缓缓地转过身来望着马悦悦："阿悦！"

"阿凡！"马悦悦抽了抽鼻子，一下子扑到车孟凡的怀里。万分激动之下，马悦悦一句话也说不出来，只是放声大哭。路过的行人纷纷驻足观看，车孟凡搂着马悦悦显得有几分尴尬。而马悦悦却只是埋头痛哭，对周围的一切全然不顾。

这时马龙和姜家辉也走了出来，见此情景，姜家辉的脸色一下子黑了下来，继而转身离去。

马龙看看女儿，又回头看看离去的姜家辉，无奈地叹了口气。

晚上，马龙父女二人正在聊天。

马悦悦态度明确："不管怎样，阿凡现在回来了，我肯定不能跟姜家辉结婚了。"

马龙十分气恼："马上就要办喜事了，你突然悔婚，让我如何跟大家交代？"

"我不管。大不了，我跟他一道远走高飞！"马悦悦耍起了性子。

"唉，真是越说越不像话了！"马龙气鼓鼓地看着女儿，也是毫无办法。

正在窗外偷听的姜家辉，暗暗叹了口气，转身离开了。

车孟凡从致公堂回来，一时也不知该怎么办才好。一边是久别重逢的恋人，自然是不能舍弃；而另一边是致公堂的大师兄，致公堂实际的掌舵人，也不能得罪。

大家听了车孟凡的介绍，都感觉问题很棘手。保卫部近来接连遭受国民党保密局特务的攻击，损失很大。本想借助致公堂的力量渡过难关，可没想到，这里面还有一段复杂的儿女情缘，暂时打乱了原来的计划。

讨论了许久，潘汉年决定放弃："算了，这条路行不通，那就另外再想办法吧。"

这时钱娟推门进来，把一份电文递到潘汉年面前："华东局刚刚截获了保密局的电报，毛人凤给叶君伟下了死命令，绝不允许但靖邦活着上岸。"

潘汉年接过电报，呆呆地发愣。

半晌，车孟凡一狠心："我明天就去找阿悦，告诉她，我已经在内地结婚了。"

夏衍连忙阻止："你这样做对得起人家吗？"

"我管不了这么多了！只要能得到马龙和姜家辉的支持，那就够了。"车孟凡一字一顿地说着，尽力掩饰着脸上的痛苦。

转天，车孟凡再次来到致公堂。还未开口，马龙抢先说道："你来得正好，你不来，我也要派人请你过来。"

车孟凡忙说："晚辈这次前来，是想……"

"你先别说话，听我把话说完。"马龙打断他的话，继续说道，"你这次突然回来让我十分为难。"

"前辈……"车孟凡想说明来意。

马龙再次打断他的话："悦悦的事，她都跟你说了。今天上午，我与姜家辉又谈了谈。姜家辉这么多年一直深爱着悦悦，你出事后，我就答应把悦悦许配给他。现在，已经准备成婚了。"

车孟凡急忙说道："晚辈知道，我……"

马龙冲车孟凡摆摆手，接着说道："三年了，姜家辉也知道，悦悦的心里只有你一个人。我跟他一谈，他立即就表示，为了师妹的幸福，他愿意退出。"

听完这番话，车孟凡惊得一下子站起来："他，真是这样说的？"

马龙点点头："我们虽然是江湖中人，但在婚姻问题上，我是尊重悦悦的选择的。姜家辉呢，他的心里虽然非常痛苦，但他也知道，强扭的瓜不甜，我们谁都不能强迫悦悦，只能忍痛割爱。"

车孟凡顿时喜出望外："没想到，大师兄会有如此胸怀。"

"姜家辉是我的大弟子，对于他，我还是非常了解的。他为人处事争强好胜，从不轻易认输。唯独对悦悦，却是关怀备至。他知道，如果现在让他和悦悦结婚，悦悦肯定一辈子都不会开心，悦悦不开心，他也就没有幸福可言了。"马龙极力夸赞自己这个大弟子。

"比起大师兄，我真是太惭愧了。"车孟凡由衷地敬佩。

回来后，车孟凡跟大家讲了事情的经过，潘汉年兴奋地说道："太好了！没想到这个大难题就这么轻易地化解了。"

车孟凡微笑着说道："主要是马龙，我一出现，他就知道我们有事要找他。听阿悦说，不久前，致公堂美洲领袖司徒美堂回乡省亲，经过香港时，跟马龙有过一次长谈，曾大骂蒋介石搞独裁，发动内战，祸国殃民，说每个中国人都要起来反对他。"

潘汉年点点头："马龙是个爱国人士，你一定要跟他好好谈谈，争取得到他的支持。当年香港的兄弟跟我们并肩战斗，一道抗击日寇，是做出了巨大牺牲的，他们是国家、民族的有功之臣。致公党领袖陈其尤也已经到了香港，前几天我们还见过面。他们渊源极深，必要时，可以请陈老帮忙。"

车孟凡带着一封李济深写给马龙的亲笔信，再次来到致公堂。马龙看完信，豪爽地说道："任公也曾是我们的兄弟，是我非常敬重的人，他写信求助于我，我焉有不援手之理。再者，但靖邦将军被蒋介石削去兵权后，自己变卖全部家产，拉起一支抗日队伍。他的事迹当年我在广州就听说过，是一条好汉。这样的人，我们必须保他安全无虞。"

事情进展顺利，大家立即着手讨论保护方案。

这天，"圣玛丽亚"号邮轮即将到港，停靠在维多利亚港中环码头。

一艘带篷的渔船早早停泊在海边，渔家女打扮的钱娟坐在船头做着针线活儿。船舱内，潘汉年、车孟凡、马悦悦三人围在小桌旁一边观察地形一边讨论。

三人分析后认为，但靖邦下船上岸后，特务有三个地点可以动手。

第一个是码头；第二个是车站；第三个是在半路，也是最危险、最难防备的。

讨论到最后，潘汉年想出一个办法："特务要想半路拦截，只能埋伏在市区某条街上。而我们接到人之后不进城，直接沿海边公路开到东边的小海湾，事先租一艘快艇等在那里，然后用快艇把他们送走。"大家一致赞同，估计特务们绝对想不到这一招。

同样正在紧锣密鼓部署的还有国民党保密局香港站的叶君伟。果然和潘汉年猜想的一样，特务们安排的第一刺杀地点就是码头。为防止意外，他们还安排了几个特务在一条必经的街道拦截。

12

民革选举风波

邮轮即将到港，车孟凡和马悦悦带领着一群挑夫打扮的弟子向中环码头走来。突然，马悦悦低声说道："阿凡，不对劲！以前这里只有一些海警，今天怎么全换成警察了。"

车孟凡见码头上站满了包着头巾的印度警察，也很纳闷："这些人平时都是在市区维持治安，不应该跑到这里来啊。"

"不管他们，我们先过去再说。"马悦悦说着继续往前走。

这时一名印度警官走过来，用生硬的中国话喊道："不准靠近！任何人都不准接近码头！"

"我们是来接人的。"马悦悦说道。

印度警官挥舞着手中的枪："快走，一个也不准留下！"

见状，车孟凡忙拉着马悦悦向后退，并嘱咐大家分散开，不要聚在一起惹人注目。众人各自散开，混在人群中。

不一会儿，大家远远地看到"圣玛丽亚"号邮轮驶进了维多利亚港。就在此时，叶君伟也带着一群特务朝码头走来，迎面遇上了车孟凡。

叶君伟故作惊讶："车兄，几年不见，别来无恙？"

车孟凡冷笑一声："叶站长。"

叶君伟伸出手，车孟凡却没有理会。

叶君伟缩回了手："车兄，我们可是并肩战斗过的战友，一起流过血的呀，难道连手都不肯握？"

车孟凡冷冷地说道："当年我们一起跟日特战斗，我曾救过你，你也曾救过我，我们算得上是生死之交了。可就是你这个老朋友，在我躺在广州医院的时候，却亲自带人来抓我。"

叶君伟笑道："那时我们是各为其主。听说，你后来去了延安，怎么样？混得不错吧？"

车孟凡没有回答，反问道："看你印堂发亮，满面春风，一定升官了吧？"

叶君伟假惺惺地说道："哪里！还是个小站长，多次申请调回南京，上面都没有批准，只是晋了一级。"

车孟凡说道："恭喜啊，你该升少将了吧？"

叶君伟看着码头说道："流落异乡，有家不能归，一个少将抵屁用！"

这时一辆警车开过来，在栈桥旁边停下。车孟凡和叶君伟都不再说话，目不转睛地盯着栈桥。

下船的客人开始通过栈桥。印度警官拿着一张照片，仔细核对着。当但靖邦三人提着箱子走过栈桥时，印度警官上前问道："是但先生吗？"

但靖邦一脸疑惑："是啊，你们有事？"

印度警官吼道："请跟我们走一趟，带走！"

但世平大喊："你们想干什么！凭什么抓我们？我抗议！"

"快走！"印度警察并不答话，推搡着三人上了警车。

看到这一幕，叶君伟回过头对着车孟凡得意地一笑："车兄，我的客人已经接到了，先告辞了。"说完带着特务们扬长而去。

车孟凡望着远去的警车，怒火中烧。

警车一直开到一户人家的大门前才缓缓停下。听到汽笛声，大门打开，李济深和女儿李筱桐走出了大门。但世平顿时惊喜交加："表叔！筱桐！"

李筱桐一下子冲过来，和但世平抱在一起。

李济深上前握住但靖邦的手："终于把你盼来了。"

但靖邦迷惑不解："任公，这是怎么回事？"

这时印度警官走来："李将军，您的客人已安全送到。"然后又转向但靖邦，"但将军，祝您在香港生活愉快，告辞！"

李济深连忙道谢："谢谢，辛苦了！"

见但靖邦仍是一脸迷惑，李济深说道："走，进去再说。"一行人走进大门。

落座之后，李济深向但靖邦解释了事情的前因后果，又回想起之前遭遇的一系列事件，但靖邦十分感慨："这一次，我感受特别深。我觉得，我们民盟之所以遭此浩劫，主要原因就是自己没有掌握军队，如果有一支强大的军队，就可以跟国民党和共产党形成三足鼎立的政治局面。"

思索了一下，但靖邦接着说道："桂系是蒋介石在国民党内部的主要政敌。我们虽然不属于桂系，但都是广西老乡，这些年关系也不错。只要你同意，我可以当你的密使潜回广西，争取说服李宗仁和白崇禧加入第三势力。这样，我们第三势力就有一支庞大的军队了。"

李济深摇头笑了笑："桂系反蒋不假，但是他们同时又反共，他们不会加入第三势力的。"

但靖邦不解："我们第三势力同样也是不袒左、不偏右的。我们具有独立性，这一点，跟他们没有多大区别。"

李济深解释道："当然有区别，我们把共产党当成朋友，但他们仍然把共产党当成敌人。"

但靖邦不同意："朋友不等于同志。抗战期间，李宗仁也曾派刘仲容作为他的代表在延安住了好几年，他们跟共产党也是朋友。"

李济深进一步说明："但是他们跟蒋介石集团并没有彻底决裂，他们还在蒋介石集团内，白崇禧还在华中跟解放军作战。"

但靖邦皱着眉头想了一会儿："如果实在不行就自己拉队伍，学共产党的样子，先打游击，慢慢发展壮大。总不能永远这样手无寸铁，任人宰割吧？"

李济深看了但靖邦一眼："你这是不切实际的幻想，国共决战不出五年定会见分晓，到时候不管谁胜谁负，你都只能是一群盘踞山沟的土匪被大军剿灭。不说这个了，今天是双周座谈会的日子，等会儿我们一道去，你先听听大家的意见。这个座谈会是各民主党派驻港机构倡议举办的，由各党派轮流主持。地点呢，往往是一周在我这里、一周在连贯家中举行。"

正说着，蔡廷锴大步走进客厅："靖邦老弟，听说你到了，我高兴得一夜都没睡觉。"

但靖邦迎上去握住蔡廷锴的手："贤初兄，没想到你我兄弟二人又在香港见面了。"

蔡廷锴笑道："没办法，都是被老蒋逼的。我现在与任公住一条街，相隔不远，他这里是 92 号，我是 111 号。以后咱们见面就方便了。"

回到办公室的叶君伟立即派人去找黄吹维打听情况。刚吩咐下去，没想到黄吹维却主动登门了。叶君伟赶紧迎接，黄吹维却冷着脸说道："我来就是告诉你，但靖邦是香港警方重点保护的对象，他要是在香港出了事，我也没办法帮你。"

叶君伟彻底傻了："保护？你们刚才是在保护他？"

黄吹维并未回答，看了他一眼，转身就走。

"啊，黄警官慢走，慢走。"叶君伟脑子里一片空白，只能机械地客套着。

"叶站长，你要办的事很多，就不要在民主人士身上打主意了。"黄吹维走了几步又特意叮嘱，说完转身大步离开。

很快，蒋介石得到报告：但靖邦已平安抵达香港。但也无可奈何。

继但靖邦之后，郭沫若等人也陆续去了香港。香港的民主人士作为共产党第二条战线上最重要的一个集团军，发挥的作用越来越重要。只是目前香港的活动经费日益紧张，已经到了快要断炊的地步。

接到童小鹏的汇报之后，周恩来说道："联合行的规模太小了，能不能把它扩大成一个公司，广开财路，把生意做到海外去？告诉潘汉年他们，在这方面多动动脑子。"

童小鹏点点头，又说道："现在香港的民主人士良莠不齐，左中右都有，如何把他们团结起来，统一认识，非常重要。而且香港倡导言论自由，各党派政治人物聚集香港后，很快出现了大量报纸，这些报纸都有十分复杂的政治背景。比如《香港时报》是国民党办的；《华商报》是我们办的；《光明报》是民盟办的。大家自说自话，乱成一团。"

周恩来皱了皱眉头，严肃地说道："这个现象值得我们重视。"

童小鹏提出："现在必须尽快采取有力措施，把大家的思想统一起来。"

周恩来思索了片刻，接着说道："任何地方都有左、中、右三派，我们要做大量深入细致的思想工作，尽快把左派组织起来，做大做强，尽最大努力争取中间派，孤立打击极少数的右派分子。"

童小鹏想了想说道："现在李济深还没有像郭先生、何香凝这样的觉悟，但是他的影响力却是最大的，如果能把他争取过来，香港的大局就可以定下来了。"

周恩来点了点头："李济深背负着很重的历史包袱，能走到这一步，已经很不容易了。不要急，慢慢来。我先给香港那边写封信，让他们加紧做李济深的工作。"

随后，周恩来来到毛泽东的住所，汇报了目前香港的形势。

毛泽东十分赞同："李济深在民主党派和民主人士中有着很大的影响力和号召力，所以必须把他争取过来。"

周恩来想了想说道："但世平虽然和但靖邦一起过去了，可但靖邦现在还迷恋第三条道路。但世平一个人的力量太小，对李济深和但靖邦的影响力有限。我们必须加强但世平的力量，所以我想把宋晓军也派去香港，他学的是物理，还会组装电台，对潘汉年的工作也有帮助。"

毛泽东连连点头，表示同意。

很快，郭沫若接到周恩来的来信。思忖片刻，他决定去拜会何香凝。

来到何香凝家，郭沫若一下子就被墙上挂着的一幅狮子的工笔画吸引住了，遂信步来到画前，欣赏良久。

两人落座，何香凝开口："郭先生百忙之中莅临寒舍，不仅仅是来赏画的吧？"

郭沫若表情严肃："实不相瞒，周公托人从陕北给我送来了一封信。他说，目前香港民主人士越来越多，难免鱼龙混杂。希望我们能多做一些工作，尽快形成一股舆论洪流，跟中共形成南北呼应之势。"

何香凝点点头："是啊，就怕思想混乱，一混乱就会失去方向。"

郭沫若说道："以后，我们一定要占据舆论的制高点。您是革命的老前辈，德高望重，还望您能挺身而出。"

何香凝保证道："只要革命需要，绝不推辞。"

李济深和何香凝联络了国民党内各方反蒋势力，包括冯玉祥、宋庆龄等人，于 1948 年 1 月 1 日正式成立中国国民党革命委员会（民革），李济深任主席，宋庆龄为名誉主席，并公开发表宣言，高举反帝反封建大旗，为实现三民主义而奋斗。同时,民盟新总部号召,民盟绝不能解散,也不能在是非曲直之间有中立态度,今后要与共产党竭诚合作;必须以革命手段,为彻底推翻国民党反动集团的统治而斗争。

但靖邦听到这个消息后,十分震惊,连忙询问李济深:"民盟要接受中国共产党领导的道路?"

李济深点点头。

但靖邦犹豫了一下,又问道:"我们选择了跟过去彻底告别的道路?"

李济深深吸一口气:"是啊,抗战后的时局发展证明,共产党代表最广泛的人民大众的利益,是顺应潮流的政党。我们要做顺应潮流的人,要跟人民站在一起。所以,我们最终选择了跟共产党走,这也是全中国人民的选择。"

但靖邦表情复杂,沉默不语。

民革选举大会后,柳亚子颇为不服。他激动地找到郭沫若:"李济深何能何德,竟然当选为民革主席。简直是荒唐至极!"

郭沫若不解:"您认为任公不行,那什么人可以担此大任?"

柳亚子十分愤慨:"何香凝、冯玉祥、谭平山哪个都可以,就连我,当年也追随中山先生,拥护三民主义,坚决反对'清党',反对屠杀共产党,与老蒋的独裁专制做斗争。而他李济深则是双手沾满共产党人鲜血的大刽子手!"

郭沫若皱了皱眉头:"那您为什么不在选举大会上提出来?"

柳亚子愤愤不平:"我提了!我提名谭平山,还投了他的票。结果,选票统计时还是让李济深占了上风。"

郭沫若无奈地说道:"既然是民主推选,这样的结果也只能接受。"

柳亚子渐渐平静下来:"郭兄,我们都是文化人,不比那些政客,见哪边风盛就往哪边倒。所以,我才来找你商量。我知道,您跟毛公、周公的关系都非常好，您写信告诉毛公、周公，千万不要相信李济深，他就是个反复无常的小人。说不准哪天，他又会投进蒋介石的怀抱。"

郭沫若反问道："民革是个独立的政党，毛、周二公怎么能干涉别党的内务？"

柳亚子摇了摇头："如果说民主党派以前还可以在国民党和共产党中间选择朋友，这次经蒋介石一顿乱棒，他们已经没得选择，只能依附中共了。所以，中共对民革是有巨大影响力的。"

郭沫若想了想说道："您跟毛、周二公的关系也不错，特别是润之，你们还是诗友，您可以直接写信给他呀！"

柳亚子有些无奈："我作为民革内部成员，有些话不好说，您作为无党派人士，'第三者'的'第三者'，好说一些。"

郭沫若笑道："对不起，我作为'第三者'的'第三者'，更不好对别家政党的事情说三道四了。"

柳亚子不好再说什么，只好告辞而去。

随后，郭沫若去拜访了何香凝，说起此事。何香凝也是无奈："柳亚子这人，最大的毛病就是偏激，遇事不冷静，想说什么就说什么，从来不考虑别人的感受。"

郭沫若点点头："这又是他的优点。疾恶如仇，刚正不阿。这也是他能够跟毛润之、周恩来等一大批中共高级干部成为好朋友的主要原因。"

何香凝表示理解："他很早就追随中山先生，是最正宗的三民主义信徒。蒋介石发动'四一二'反革命政变，他坚决反对，被蒋介石开除出党。但他一直对同样被蒋介石开除出党的李济深耿耿于怀。"

郭沫若苦笑道："他是对当年李济深在广州屠杀共产党的事耿耿于怀。"

何香凝说道："这件事中共都没记恨。周恩来在重庆曾几次亲口对李济深说过，希望大家都放下历史包袱，团结一致向前看。"

郭沫若一脸愁容："现在，我们得想个办法，让柳亚子别这样闹下去了，以免干扰当前斗争的大方向。"

何香凝叹了口气："他这脾气，一个就够受的了，可是还有一个跟他一样的谭平山，如果这两人闹起来，很可能把民革都要闹分裂了。"

郭沫若满脸无奈："谭平山的火暴脾气我在南昌起义时就见识过。"

郭沫若思索着："谭平山其实很关心中国革命的前途。现在最担心的就是这两个人脑子一热，联手起来反对李济深。"

何香凝皱着眉头说道："是啊，这是我们必须时刻警惕的。"

中国的局势不断变化，蒋介石迅速失去了军事优势，人民解放军如火如荼地发展壮大起来。这让美国政府越发焦虑不安。

为了扩充军费，筹集战争物资，国民党政府又征收"戡乱税"，并大肆印发纸币。很快，全国各地物价飞涨，货币贬值，通货膨胀日趋严重。人们纷纷涌向银行，用法币兑换黄金或外币。国统区的经济已到了全面崩溃的边缘。

宋子文则成了蒋介石的替罪羊，被调到广东当省长。这时，美国人却看到了机会。史密斯找到宋子文："宋，金融危机就是战火造成的。战争是个无底洞，不停止战争，再多的钱也会烧完，又怎能把罪责都推给你？"

宋子文十分无奈："还能怎么办？仗打到这个份上，不管是蒋介石还是毛泽东，都不会停下来的。"

"所以必须要在中国扶植既不偏向国民党又不偏向共产党的第三势力。先由他们取代蒋介石，然后跟中共和谈，让他们放下武器。"史密斯引出话题。

宋子文将信将疑："第三势力取而代之，就能挽救目前的危局？"

史密斯微笑着说道："你知道，我们美国是爱好和平的，中国只要停止战争，美国政府将投入大量的美元，帮助发展贵国的经济。"见宋子文沉默不语，史密斯又继续说道，"蒋介石搞独裁，闹得民怨沸腾。你们宋家跟我们美国一直都保持着很好的友谊。宋，你如果想站出来收拾残局，我们美国一定会全力支持。"

思虑良久，宋子文派了一名代表前往香港与李济深秘密商议。

在李济深家的客厅里，代表开门见山地说道："宋先生的意思是组建一个'和平统一大同盟'，由任公担任主席，而后联合民主党派与西南地区势力，请蒋介石'出国半年'，我们逐步接管政权。"

李济深有点摸不着头脑："接管了政权以后呢？"

代表接着说道："只要我们接管了政权，美国方面就会给我们提供大量的援助，到时候何愁内乱不平。"

李济深警惕起来："平息内乱就是要消灭共产党？"

代表马上表示："如果他们愿意放下武器，可以考虑在政府中给他们安排一些位置。"

李济深说道："当年蒋介石也说过这样的话，只要中共能交出武器，就在国会中给他们一些位置，共产党当时并没有答应。以现在的情况看，共产党更不会放下武器了。"

"不放下武器就消灭他们。美国人说了，必要时他们可以直接出兵。中国绝不能落在共产党手里。宋先生还说，如果共产党真的在中国掌权，您和他都将死无葬身之地。"

"宋省长这个想法很好。只是我已垂垂老矣，只想安稳地度过风烛残年。"李济深委婉拒绝。

代表连忙说道："宋先生说了，只要您能站出来，登高一呼，定会群起响应。"

李济深意味深长地笑笑："我要真有那本事，早就拉起队伍跟蒋介石斗了。请转告宋省长，他的美意我心领了。送客！"

柳亚子听说宋子文派人到香港来找李济深，立刻去谭平山家探听消息。

谭平山说道："最近香港风传，美国人准备换马。宋子文这个时候派人来香港，会不会跟此事有关？"

柳亚子接着说道："宋子文是中国最大的亲美派，美国人想换马，当然会先想到他。宋子文也得找几员大将当助手。这个李济深，自然就成了宋子文优先考虑的对象。"

谭平山点点头："李济深是被迫走上民主道路的，如果有人能给他更高的政治地位，他绝对不会跟共产党合作。"

柳亚子怒道："如果他真的要跟宋子文跑，我们就开除他的党籍！"

宋子文的代表走后，李济深去拜访了何香凝。

这两天李济深反复思考，觉得应该在民革内部再成立一个监察委员会，选几名监察委员对民革内部的活动进行监督。柳亚子正适合做这个监察委员。

何香凝听了连连点头："这个主意不错。任公，你能有这么宽阔的心胸，我非常高兴。"

李济深谦逊地说道："夫人过奖了。其实我跟柳公并无个人恩怨，在民主统一、和平建国的问题上，我们是高度一致的。那我们就尽快召开会议，把这件事定下来。"

初到香港，因旅途劳累加上气候不适，没过多久，但靖邦就感染风寒住进了医院。幸好，一直在美国留学的但世忠回来了。

维多利亚港，一艘邮轮缓缓靠岸。早早来等候的但世平和周士河焦急地在人群中张望。这时，一个文质彬彬的年轻人提着箱子走上码头。但世平一看，立刻高兴地冲上去："大哥——"

但世忠一愣，待但世平跑到面前这才认出是妹妹。但世忠急忙放下箱子，激动地抱住妹妹。周士河也微笑着上前与但世忠打招呼。

但世平亲昵地拉着但世忠的手臂："大哥，我们快回去吧，爸还等着你呢。"

三人直接来到医院看望但靖邦。见父亲卧病在床，不停地低声咳嗽，但世忠一脸担忧："爸，您生病了怎么也不托人写封信给我，我早点赶回来看您。"

但靖邦见儿子回来心情大好，一边上下打量着儿子，一边笑着摆摆手："我没事，只是年纪大了，不太适应香港的气候，一时大意感染了风寒而已，过几天就没事了。"

但世忠放下心来："那好，您安心养病，我回来了，家里的事情都交给我。"

但靖邦欣慰地点点头。

傍晚，但世忠来拜见李济深。听说但世忠拿到了法学博士学位，李济深宽慰之余，感叹道："可惜当今的中国是独裁者把持政权，只讲强权，不讲法治啊。"

但世忠拿出一封信起身交给李济深："这是冯玉祥将军让我一定要亲手交给您的。"

李济深略显诧异，打开信看罢，抬头看着但世忠："你认识冯将军？冯将军还说了些什么？"

但世忠点点头："经朋友介绍认识的。临行前，他一再嘱咐我，一定要提醒您，民革的优势在军事，您和他在军队里都有很大的影响力，要加强军队的工作，争取让更多的将领站到人民这一边来。"

李济深激动地站起身，双手按住但世忠的肩膀："好孩子，你回来得好啊，回来得太及时了！"

第二天早上，但世忠来医院看望父亲。刚走到医院走廊，就见前方一群人围在一起。走到近前，只见一个小护士蜷缩在地上哭泣，一名凶神恶煞般的男子站在她跟前破口大骂。

原来是小护士不小心把药摔碎了，男子不依不饶吵着要赔偿。

男子一边骂一边抬脚向小护士踢去："穷鬼！没钱赔就拿命来抵，今天我就打死你！"

但世忠怒喝道："住手！"

男子回头看看但世忠，见是一个文质彬彬的文弱书生，双手叉腰，皱着眉头问道："哪来的小白脸，敢管老子的闲事？！"

但世忠一脸平静地说道："你那药多少钱，我赔给你！但你打人就不对了。"

男子哼了一声："你赔得起吗？这药是从美国进口的，两百多块钱一管。"

"这么贵呀！"围观的人惊呼不已。但又有人气愤地说道："不能赔！他把护士小姐打伤了，让他先赔医药费！"

"对！先赔医药费！"许多人附和起来。

但世忠慢条斯理地说道："这位先生，你必须先赔偿这位小姐的医药费，我再将她欠你的药钱赔给你，如何？"

男子越发暴躁："你！你们知道老子是谁吗？"

但世忠义正词严："不管你是谁，都必须讲道理！"

这时，一个瘦高的男子从走廊另一头跑了过来，一边拉住男子，一边不断跟大家道歉。那男子狠狠地瞪了但世忠两眼，转身离去。

但世忠俯下身，打量着仍不断颤抖的小护士。小护士满脸泪水，依旧低垂着头，显得十分无助。但世忠温柔地伸出右手："小姐，你没事吧？别害怕，我扶你去找医生。"

"不，我不去，我想回家……"

"好，你家住哪儿？我送你回去。"

"苏护士是外地人，刚来香港不久，她就住在后面那栋楼的宿舍里。"一个热心的病人说道。

但世忠冲那人笑笑，然后轻声说道："苏小姐，我先送你回房间，再给你请医生好不好？"

小护士终于点了点头。但世忠小心翼翼地扶她起来，朝门外走去。

小小的房间里摆放着四张木床。小护士在但世忠的搀扶下走到右边角落自己的床边坐下，但世忠关切地说道："苏小姐，你先休息一会儿，我去请医生过来。"说着转身就要离开，却忽然发现床头小桌上摆放着一张似曾相识的照片。他下意识地拿起那张照片，仔细观看。照片上面有两个孩子，男孩十一二岁，女孩七八岁，笑得天真烂漫。

见但世忠拿起照片，小护士有些不知所措，赶忙伸手抢了回来，紧张地抱在胸前。但世忠呆呆地看着小护士："苏小姐，这照片里的女孩是你吗？你是苏琼妹妹？"

苏琼惊讶地看着但世忠："你怎么知道我的名字？"

但世忠兴奋地说道："真的是你啊苏琼，我是但世忠啊！"

苏琼盯着但世忠，难以置信。

但世忠激动地扶住苏琼的肩膀："苏琼，你仔细看看，我是但世忠啊，你的忠哥哥。"

苏琼呆呆地望着但世忠，好一会儿才说出话来："忠哥哥……"随即两行泪水夺眶而出。

但世忠好言安慰道："苏琼，这么多年，你过得还好吗？你还记不记得，小时候你总跟在我屁股后面跑来跑去，忠哥哥长、忠哥哥短地叫……"

"忠哥哥……"苏琼一脸娇羞。

找医生检查之后，休息了一会儿，但世忠扶着苏琼重新回到病房。一进门，但世忠就问躺在床上的但靖邦："爸，您看这是谁？"

但靖邦抬头看看苏琼，有些茫然。苏琼紧走几步，跪在病床前，握住但靖邦的手："大伯……"

但世忠见父亲还没认出来，连忙说道："爸，她是苏琼啊。"

但靖邦一下子坐起来，拉住苏琼的手："苏琼？！快让大伯好好看看。"

但世忠拿出那张照片，递给但靖邦："爸，您看这是我们小时候一起照的。"

"是啊，是啊，我们家也有一张。"但靖邦放下照片，激动地拉着苏琼的手："苏琼，我的好侄女，你让大伯找得好苦啊！"

久别重逢，几人坐下来，听苏琼详细讲述了这十几年间的变故，众人不胜唏嘘。

但靖邦边擦眼泪边安慰道："丫头，你放心，以后大伯替你父亲照顾你，再也不会让你受苦了。"

苏琼眼中闪着泪光，用力地点了点头。

有了但世平兄妹和苏琼的精心照料，但靖邦很快痊愈了。

这天，但世平坐着一辆黄包车来到一家丝绸铺子。走进店内，但世平径直来到柜台前："掌柜的，有新到的苏绸吗？"

掌柜看了但世平两眼："刚到了一批苏绸，还在后面的库房。小姐要不到库房看看？"

"好。"但世平答道。

两人一前一后上了三楼，来到一扇门前，掌柜敲敲门。门轻轻打开，从里面传出钱娟的声音："快进来。""你先坐一会儿，小开要亲自给你交代任务。"钱娟说完，转身出去了。

但世平在一张椅子上坐下。稍后，门被推开，潘汉年走进来，后面还跟着一个戴礼帽的青年。

"世平，你看，谁来了？"潘汉年说完，站在后面的青年慢慢抬起头，摘下礼帽。但世平又惊又喜："晓军！你什么时候来的？"

宋晓军微笑着说道："今天刚到。"

但世平忽然想起不久前写的信："那你有没有收到我给你写的信？"

"你走后，我接到上面的通知，留在了上海，所以……"宋晓军还没说完，潘汉年干咳两声，打断了他们的话："好了，先谈工作，以后你们有的是时间叙旧。"

两人相视一笑，赶忙坐下。

潘汉年开始交代任务："上次我们的电台被特务破坏后，只剩下一部备用电台，特务的电信侦察车四处活动，我们每次只能发报二十分钟就得转移。这次华东局派晓军带来一部电台，组成香港局第二电信小组。成员除了你们两个之外，还有钱娟。晓军担任组长，负责收发报工作，世平是译电员，我们需要发的电文，都先由你编成电码，交晓军发报。晓军收到的电文，也由你翻译成文字。但是按照我们工作的纪律，世平不能知道电台的位置，晓军也不能知道世平掌握的密码。你们之间的情报由钱娟传递。为了安全起见，你们可以公开来往，但是绝对不能违反纪律。晓军的公开身份是联合行的业务员。"

但世平和宋晓军都严肃地点点头。

潘汉年看了看两人，又开口说道："另外，你们还有一个重要的任务。国民党军队在战场上节节败退，美国人准备在中国重新寻找代理人，现在已经盯上了李济深。你们两个除了要做好但靖邦的工作外，还要密切注意李济深的动向，发现情况立刻报告。"

两人在街上边走边聊。说到苏琼，宋晓军有些好奇。

但世平详细讲述了事情的来龙去脉，最后笑着说道："现在，她已经住进我们家了。一开始她还不愿意，可能是不想寄人篱下吧。后来我爸想了个办法，说我表叔、蔡将军、廖夫人身体都不太好，一直想找个护士时常陪护在身边，定期给他们检查身体。她这才肯答应的。"

宋晓军警惕起来："十多年过去了，早已物是人非。你身上的密码本比泰山还要重，现在家里来了外人，你千万不能大意。"

但世平自信满满："晓军，你不用担心，我们是从小一起长大的。你也要相信我，就算我出事，我也不会让密码本出一点事！"

"我不会让你出事的！"宋晓军急忙捂住她的嘴。

"我就知道！"但世平一脸幸福地说道。

13

副总统之争

　　1948 年 3 月 23 日，毛泽东、周恩来、任弼时率中共中央前委机关东渡黄河，去河北与中央工委会合，继续指挥全国的解放战争。

　　众人在晋西北弃舟登岸，换乘汽车继续前行。忽然，远处漫天灰尘中，贺龙带领着几名警卫员策马奔驰而来。车队停下，毛泽东从第一辆吉普车上下来。贺龙走上去敬礼："报告主席，贺龙奉命前来迎接主席和各位中央首长。首长们辛苦了。"

　　毛泽东赶忙伸出手，笑道："贺龙同志，辛苦了！"

　　这时任弼时迈着大步走过来："贺胡子！"

　　贺龙笑着抬起头："任胡子！"两人哈哈大笑起来。

　　周恩来笑道："你们两个胡子又见面了，只是任胡子的胡子比不上贺胡子的多啊！"众人大笑。

　　3 月 29 日，在人民解放军展开大规模反攻之际，蒋介石却费尽心思再次召开伪国大，以激励国民党军队日益衰落的士气，给自己吃一颗定心丸。

伪国大开幕后，蒋介石忽然听说胡适也要来竞选总统，不由大吃一惊。陈立夫分析肯定是美国人在背后唆使。宋子文却不以为然，既然国民党标榜的是自由选举，当然每个人都有自由参选的权利。胡适先生是著名的无党派自由知识分子，正体现了伪国大的所谓民主性。而孙科则表示如果每个人都来参加竞选，一下子涌出几百上千个候选人来，到时该如何收场。

深夜，灯火通明的蒋介石官邸里，大家各执一词，争论不休。

蒋介石突然心生一计，马上对王世杰吩咐道："王世杰，你是胡适先生的老朋友，你去找他谈谈，就说我想请他做总统候选人，至于我自己，做个行政院长就可以了。"

众人惊讶不已，纷纷劝阻。蒋介石却冲大家摆摆手，示意无须多言。

王世杰很快来到胡适家拜访，询问竞选总统的缘由。

胡适颇为不屑："有人的确跟我提起过这事，但我没答应。我不过是一介文人，竞选什么总统！"

王世杰连忙追问道："是什么人跟您提起过？"

胡适尴尬地笑笑："这个人我就不好提他的名字了。"

王世杰连忙说道："现在蒋先生也提出，要请您做总统候选人。"

"蒋先生？"胡适顿时一惊，接着又连连摇头。

蒋介石听了王世杰的汇报，认定此事一定是美国人在背后捣鬼。但胡适一再表示，他不会参加竞选。蒋介石想了想，让王世杰再次登门拜访，劝胡适一定要参加此次的总统竞选。蒋介石知道这是宋子文在美国人的授意下搞的鬼把戏，所以，索性就给他们一个面子，让胡适参加竞选好了。结果无关紧要，重要的是让美国人看看，他们的选举是符合民主的。

随后，蒋介石更是公开表示自己坚决不做总统候选人，并提出党外人士胡适最为合适。这个提议自然遭到了国民党内绝大多数人的反对，未能通过。倒是《动员戡乱时期临时条款》顺利通过，从法律上赋予了总统"紧急处置权"。

胡适自然明白王世杰的真正目的，索性以身体不适为由，拒绝了"蒋先生的一片美意"。

既然胡适不能担此重任，国民党内蒋介石的声望又最高，他只好"勉为其难"，答应参选总统。

几天后，选举结果公布，不出所料，蒋介石以高票当选为总统。

在就职典礼上，蒋介石全然不顾日益艰难的战场形势，竟然宣布要在三至六个月内，消灭黄河以南的解放军。然而，蒋介石的大话言犹在耳，中共西北野战军就顺利收复了延安，给春风得意的蒋介石以沉重打击。

蒋介石再次当选总统的消息很快遭到了民主人士的强烈批评，包括被迫远赴美国考察的冯玉祥将军，而李济深同样早已看透了蒋介石的阴谋。

李济深冷笑一声："我早就看出来蒋介石是在以退为进，既给了美国人面子，又震慑了胡适，最后自己还当上了总统。"

但靖邦感叹道："论搞权谋，谁也不是蒋介石的对手。"

李济深十分不屑："他手段再高明，走的也是邪路。遇到共产党，就邪不压正了。"

但靖邦看着李济深笑道："任公，你的思想变了。"

李济深微微一笑："时代变了，国民党也变了，我们得跟着时代的潮流走啊。"

琢磨着李济深的话，但靖邦似有所悟。

延安重新回到人民的手里，大家都很振奋。毛泽东听到这个消息更是打趣道："好啊！我们的蒋总统才刚刚上台三天，我们这封贺电发过去，还不算晚啊。"

周恩来笑着点点头："一年前离开延安时，主席就断言，少则一年，多则两年，我们就要回来的。现在才刚刚一年，主席的预言就实现了。"

毛泽东豪爽地笑道："这就是我说过的，失地存人，人地两存哟！"

战事失利加上副总统选举的事情，让蒋介石焦头烂额。听说李宗仁也参加了副总统的竞选，蒋介石在气恼之余，决定约他到家里来，亲自跟他谈谈。

这天，李宗仁应约来到蒋介石府邸。

"委员长。"李宗仁立正敬礼。二人握手后，分宾主落座。

蒋介石开门见山："德邻，你为何执意竞选这个副总统？我看还是放弃的好。"

李宗仁为难地说道："委员长，这件事很难办啊。我以前曾请健生来向您请示过，您说是自由竞选。这就跟唱戏一样，在我上台之前要我不唱是很容易的。如今已经登场，马上就要开口了，台下观众都在准备喝彩，您叫我如何掉头走到后台去呢？上台容易下台难啊。"

蒋介石顿时怒了："我不支持，你能选得上吗？"

李宗仁尽量压制着自己激动的情绪："这倒很难说。您看，我来南京竞选副总统，虽然不得'天时地利'，可我有'人和'。就算委员长不支持我，我也还是有希望当选的。"

蒋介石气狠狠地说道："你一定选不上！"

"那就拭目以待吧！"李宗仁说完，昂首挺胸告辞而去。

周恩来等人一路来到西柏坡，中央机关的干部战士们全体动手挖窑洞、盖房子，现场一片忙碌。

童小鹏找到正和几名战士一起劳动的周恩来汇报："周副主席，南京传来消息，4月23日，伪国大投票选举副总统，几名候选人无人过半。第二天，南京举行第二轮选举，三名候选人中李宗仁领先。蒋介石不顾脸面，亲自出马助选孙科，激怒了另外两名候选人，程潜、李宗仁表示不满。25日，南京伪国大就停摆了。"

周恩来放下泥耙笑着说道："看来，就是在国民党内部，蒋介石想搞独裁，也没那么容易啊。"

这时任弼时走过来："恩来，主席发来电报，就即将召开的中共中央书记处扩大会议提出了几项议题。"说完递上手里的电文。

周恩来看完电文十分高兴："好啊！主席的电文，开首就是邀请港、沪、平、津等地各中间党派及民众团体的代表到解放区，商讨关于召开人民代表大会并成立临时中央人民政府的问题。在国民党忙于内斗的时候，主席已经把成立临时中央人民政府提上了议事日程。"

伪国大的第三轮选举结束后，程潜被淘汰，只剩下孙科和李宗仁两位候选人。蒋介石悄悄授意陈布雷利用手中所掌握的舆论工具，大肆宣传孙科，企图在声势上压倒李宗仁。

张群也派出了不少人去游说国大代表：中华民国是中山先生创建的，孙科是中山先生的儿子，所以他当选副总统是理所当然的。

追随蒋介石的人，自然知道该怎么办，关键是那些摇摆不定的中间派，比如广西代表肯定会支持李宗仁，不过现在程潜被淘汰，那么湖南代表就成了双方争取的对象。还有云南、四川、山西、甘肃这些由地方军阀把持的省份的代表，虽然他们索求无度，但当下不是赌气的时候，还是要不惜一切代价拉拢他们。

一切准备妥当，蒋介石笃定地静待最后的结果。

然而所有的阴谋算计都逃不过大众的眼睛。新华社连日发表评论，如

《新筹安会》《破车不能再开》等，对南京上演的这场闹剧进行了彻底的揭露和批判。远在香港的蔡廷锴、但靖邦等人则齐聚李济深家中，对此议论不休。

李济深感叹道："往日一向不敢仰视蒋介石的李宗仁，如今居然跟蒋介石针锋相对了。"

但靖邦说道："论权谋，谁都不如蒋介石。可现在讲民主，外有美国人监督，内有民心民意，所以李宗仁才有了这么大的胆子。"

郭沫若微微一笑："美国人是支持胡适不成，改为支持李宗仁。换帅不成，换个将也好啊。国民党战场上不顺利，美国人也着急啊！早想卸驴换马了。"

众人哈哈大笑起来。这时，但世平和李筱桐一同走进客厅，跟大家打过招呼后，但世平问道："伪国大的投票结束了，该唱票了。诸位叔伯要不要听一下？"

李济深看看众人，笑着问道："那就听一下？"

蔡廷锴点头笑道："听一下，就当看猴戏！"

"请诸位叔伯稍等，我去把收音机抱出来。"但世平见大家都感兴趣，便转身去取收音机。

对于即将揭晓的竞选结果，蒋介石虽说胸有成竹，但还是第一时间与宋美龄一起坐在沙发上，静静地听着收音机里唱票："李宗仁一票，李宗仁一票，孙科一票……"

听了一会儿，宋美龄突然惊讶地说道："李宗仁的票数过半了！"

蒋介石没有说话，神色阴郁地坐在一旁纹丝不动。宋美龄觉察到蒋介石有些不高兴，小心翼翼地轻声问道："达令？"

"啪"的一声，蒋介石忽然起身一掌拍向桌子，收音机立刻倒在桌上。"李宗仁一票……"躺倒的收音机里继续传出唱票的声音。

宋美龄震惊地抬头看着蒋介石，然后小心翼翼地起身，对攥着拳头站在桌旁的蒋介石劝慰道："达令，没关系的……"

　　蒋介石一把甩开宋美龄，一言不发地大步向外走去。侍卫官迎上来："总统。"

　　"去开车，我要去中山陵！"蒋介石怒气冲冲地吩咐。

　　坐上车，汽车快速行驶在南京的街道上，一辆满载警卫的卡车紧随其后。驶出一段距离后，蒋介石忽然吩咐开车的侍卫官："回去！"

　　"总统？"侍卫官以为自己听错了，疑惑地再次确认。

　　"回去，我没脸去见先总理。"蒋介石语气冰冷。

　　车队只好掉头，原路返回。过了一会儿，蒋介石的脸色终于有所缓和，再次吩咐停车。侍卫官立刻踩下刹车。蒋介石思索了好一会儿，闷声说道："掉头，去汤山！"

　　李济深家的客厅里，众人围坐在收音机旁仔细倾听着枯燥的唱票。随着两人票数的涨落起伏，大家不断猜测讨论，倒也颇有趣味。终于，收音机里报出本次投票的最终结果："李宗仁以一千四百三十二票压倒孙科的一千二百九十五票，当选为副总统。"

　　李济深鼓掌大笑："真是一场精彩的猴戏啊！"

　　"蒋介石得此苦果，那种懊丧而恼怒的心情，是可想而知的。接下来，他要跟这位反蒋副总统一起共事啦。我倒是以为，这才是真正的好戏开场。"郭沫若的一番话，引得众人都哈哈大笑起来。

　　李宗仁当选副总统后，携夫人郭德洁前往蒋介石官邸拜会。侍卫官将二人引入客厅暂候，自己前去书房禀报。

　　书房里，蒋介石正与陈布雷说话，听闻李宗仁夫妻到来，脸色立刻阴沉下来："他还有脸来？"

侍卫官十分惶恐，不知该如何应对。陈布雷劝道："按照规矩，李宗仁当选后，应该在第二天来拜见您的。"

蒋介石想了想，皱着眉头对侍卫官吩咐："让他等着。布雷先生，陪我下盘棋如何？"

陈布雷愣了一下，只好答应。两人摆开棋盘，开始下起棋来。

客厅里，李宗仁夫妇坐在沙发上静静等候。时间一分一秒地流逝，郭德洁忍不住轻声与李宗仁耳语："都这么久了，总统怎么还不出来。"

李宗仁轻声安慰："他在跟我拿架子，再等等吧。"

郭德洁温柔地点点头，两人继续等待。又过了好一会儿，无聊的郭德洁看了看手表："都二十分钟了。"

李宗仁皱着眉头，忽然起身："不等了！咱们走。"

郭德洁一把拉住李宗仁，示意他坐下："别急，既然都来了，就再等等。"

书房里，蒋介石和陈布雷两人还在下棋。宋美龄见时间耽搁太久了，进来提醒。

"等一下，就快完了。"蒋介石毫不在意，坚持将一盘棋下完。

半个多小时过去了，客厅里，郭德洁再次看表："都这么久了，他是不会出来见我们了。"

"我们走吧。"李宗仁无奈地说道，准备告辞。正在这时，蒋介石和宋美龄从里面走了出来。李宗仁停住脚步，礼貌地问候："总统，夫人。"

"坐。"蒋介石冷冷地回了一个字，然后与宋美龄直接走过去坐下。蒋介石双手扶着手杖，目光盯着地面，一声不吭。李宗仁目光游离，欲言又止。两位夫人也都把目光错开，避免对视。

双方尴尬地枯坐良久，李宗仁忽然站起来："总统，如果没什么吩咐，我就告辞了。"

蒋介石纹丝不动，仍旧低着头，淡淡地说道："请吧。"

这时郭德洁也站起身，夫妻二人对视一眼，转身离开。

城南庄一间低矮的小屋里，毛泽东、周恩来、朱德、刘少奇、任弼时五人继陕北分手后第一次齐聚一堂。

三天前，毛泽东致电晋察冀中央局城市工作部部长刘仁同志，委托他转告北平的民主人士张东荪、符定一，邀请他们及许德珩、吴晗等民主人士来解放区参加各民主党派、各人民团体的代表会议，讨论召开人民代表大会，成立民主联合政府和关于加强民主党派、各人民团体合作及纲领政策问题。这次政治协商会议的地点定在哈尔滨，时间定在 1948 年冬季。

几人正讨论着政治协商会议的各项筹备工作，这时机要科科长罗青长走进来，面色古怪地看着大家欲言又止。

"小罗同志，有事？"周恩来连忙问道。

罗青长举起手中的电报，支支吾吾地说道："新华社的廖承志社长发来电报。"罗青长递上电报，忐忑不安地看着周恩来。

周恩来看完电报，顿时笑了起来："这个小廖！他来电询问，'五一'节快到了，中央有什么指示？"

刘少奇说道："小廖这封电报倒是提醒了我们。以前每逢这个节日，中央都要通过宣传部门发表宣言、口号，举行游行集会，刊发文章和社论等来庆祝。今年，我们也得说点什么。"

朱德点点头："我认为中共中央确实有必要发布某种口号，来揭露国民党的假民主，宣传我们共产党的政策和政治主张。"

任弼时考虑了一下，说道："那今年还是发表口号吧，口号直接，简单易懂。我们可以先提政协这个口号，起号召作用，团结绝大多数人。目前，召开政协会议的时机已经成熟。"

周恩来强调："我们的口号从形式上看是恢复了 1946 年政协会议的名称，但这个政协的内容和性质与旧政协是有本质区别的。"

听取了众人的意见，毛泽东最后定下基调："今年的'五一'口号，不是宣传口号，是行动口号！先让乔木他们尽快拿出一个初稿，完善后立即发布。"

很快，胡乔木拟好了初稿，交给毛泽东过目。微黄的烛光下，毛泽东坐在桌旁连夜审改。

"五一"口号的初稿有二十四条，毛泽东字斟句酌修改了三条。然后让聂荣臻通过电话一字一句念给已返回西柏坡的周恩来听，请周恩来征求大家的意见。

整理好稿件，周恩来在西柏坡中央机关小食堂里，利用吃饭的时间，与大家讨论口号的最终定稿。

毛泽东将初稿的第五条"工人阶级是中国革命的领导者，解放区的工人阶级是新中国的主人翁，更加积极地行动起来，更早地实现中国革命的最后胜利"修改为"各民主党派，各人民团体，各社会贤达迅速召开政治协商会议，讨论并实现召集人民代表大会，成立民主联合政府"。

另外，第二十三条"中国人民的领袖毛主席万岁"被毛泽东划掉。第二十四条"中国劳动人民和被压迫人民的组织者，中国人民解放战争的领导者——中国共产党万岁！"改为"中华民族解放万岁！"显然，"中华民族解放"这个概念范围更加广泛，更容易引起绝大多数人的关注。

"五一"前夜，潘汉年接到上级通知，晚上将有一份非常重要的电报发到香港。为了在特务严密监控下，能够顺利收到这份电报，潘汉年特意在联合行三楼一个房间里，给车孟凡、宋晓军、但世平、钱娟说明情况，让大家必须做好充分的准备。宋晓军提出只要采取只收不发的方式，特务应该不会发现。

潘汉年皱着眉头想了想说道："特务们的电信侦察车还有强大的干扰功能。如果被他们压制，接收不到信号，明天消息无法按时见报，就是政治责任了。"

众人都低头不语。

沉默了片刻，车孟凡向宋晓军请教："晓军，你是学物理的，对无线电这块也比较熟悉，你知道电子干扰覆盖面积有多大吗？"

宋晓军摇了摇头："那要看它的功率有多大。"

车孟凡心存一丝希望："功率大是不是耗电量就大？汽车的发动机能支持大功率电子干扰器吗？"

"能支持。"宋晓军的回答让车孟凡的希望落了空，大家只好另想办法。

国民党保密局香港站，叶君伟同样在紧锣密鼓地做着准备，因为根据以往的经验，每逢"五一"这样重要的节日，中共都会发表一些宣言和社论。而且这些重要的电文，往往会发两到三次。这正是发现、捣毁中共地下电台的好机会。

这些天，陶知远已经发现香港有两个神秘的电台出现，一个在香港岛，一个在九龙。这两个电台交替出现，每次不超过二十分钟，很难找到确切位置。如果中共只收不发，他们的电信侦察车再厉害也是找不到的。

叶君伟听了陶知远的报告，想了想说道："我们的电信侦察车不仅能侦查，还有强大的电子干扰功能。明天就是'五一'了，中共若真有什么社论宣传，明天早上肯定要见报。从现在起，只要我们监听到中共那边传来的信号，就立即进行干扰。香港的共匪收不到电报，肯定会着急，可能会冒险给那边发报，那我们的机会就来了。就算他们不冒险也没关系，只要他们明天不能见报，我们就赢了。"

"对，就算他们过几天见了报，也是马后炮！"陶知远点头附和。

"嗯，我们这一仗，打的是政治仗。大家都给我打起精神来。"叶君伟显得信心十足。

黄昏时分，陶知远在九龙监测到两个短暂的信号，马上汇报给叶君伟。叶君伟很纳闷："天还没黑，他们就开始发报？"

陶知远想了想说道："可能是有什么急事，他们才这样早就发报。"

叶君伟摇了摇头："他们应该是在试探，如果没事，就会正式发报。他们现在的方位、距离？"

陶知远说道："刚刚的信号显示他们在正北方三至五公里，我们应该提前行动。"

叶君伟点了点头："他们已经把电台转移到了郊外，利用电瓶进行收发报。马上带人出发。"

特务们乱哄哄地上了车，向着目标奔去。

盘山公路上，一辆汽车停在路边。车内，宋晓军正坐在电台前，不停地发报。距离越来越近，电信侦察车内的红灯不停地闪烁。陶知远见目标接近，兴奋地命令特务加速前进。突然，一阵枪响，急速行驶的电信侦察车的一只前轮被子弹打穿了。

汽车险些侧翻，特务们从车上跳下来，一下车就被密集的子弹打倒在地。后面的卡车也急忙停了下来，叶君伟带领特务们企图负隅顽抗。

埋伏在公路旁的马悦悦见状，指挥机枪手："给我狠狠地打！"车孟凡则借着机枪的掩护，迅速带人冲了下来，向电信侦察车猛投手榴弹。

"冲过去！打死他们！"叶君伟嘶吼着。

这时，冲在最前面的车孟凡一枪打穿了电信侦察车的油箱，同时几个燃烧瓶也击中了汽车。油箱瞬间被点燃，随之而来的是剧烈的爆炸声，熊熊大火很快吞噬了整辆汽车。

叶君伟顿时惊得目瞪口呆。

正在这时，几辆警车鸣着警笛沿着盘山公路冲了过来。

车孟凡立即对马悦悦喊道："快撤！警察来了！"

"撤！"马悦悦大喊一声，带着众人向山上跑去。

叶君伟见势不妙，一枪打穿了卡车的油箱，转身带着特务们沿小路向山下跑去。身后，卡车油箱爆炸，燃起了熊熊大火。

等到警车赶到时，警察们只看到了两辆熊熊燃烧的汽车。

将特务引到郊外后，宋晓军早已绕道来到何香凝家里。走进密室，宋晓军从箱子里取出电台迅速架设好，然后打开电源，调好频道，开始发送呼叫信号，"嘀嘀嗒嗒"的声音在屋中回响。

夜深人静，从宋晓军那儿拿到电码的钱娟立刻赶到联合行，交给早已等候在三楼的但世平。

见顺利拿到电码，但世平不安的心平静下来。她马上坐到桌旁，拿出密码本，开始翻译电文。

已近凌晨，钱娟带着译好的电文，驱车赶到印刷厂。业务室内，正在等候的青年接过电文看了看："天窗开着，就等你们了！"然后迅速向印刷车间走去。

晨光微曦，香港的街头渐渐热闹起来。"看报看报，《华商报》，中共发布'五一'口号！看报看报……"报童清脆的声音吸引着来来往往的行人。

习惯早晨第一时间看新闻的但靖邦坐在餐桌前翻看着报纸。见女儿进来，挥挥手说道："你来看看，中共发表'五一'口号了。今天才'五一'早晨，中共的口号就在香港见报，其工作效率，实在令人佩服。"

但世平装出十分感兴趣的样子赶忙接过报纸，嘴角露出一丝不易察觉的微笑。

不一会儿，苏琼和吴嫂端着饭菜走进来。

"世忠和周副官呢？"但靖邦正说着，但世忠与周士河一道进来。

"中共发表了'五一'口号，你们等会儿都看看。"但靖邦向大家说道。

"口号不就是举起胳膊叫喊几声，有什么大惊小怪的。"但世忠一副满不在乎的样子。

但世平白了他一眼："哥，你别一天到晚就关在屋里看你的法学书，也应该关心一下政治。"

但世忠有些不屑："会喊口号不等于关心政治，把中国建设成像欧美一样的法制社会，才是最大的政治。"

但世平瞪了大哥一眼，不再理他，笑着说道："今天是南京伪国大闭幕的日子，他们收到的最好的礼物恐怕就是中共的'五一'口号了。不知我们这位蒋总统，坐在台上听闭幕词时，心里作何感想？"

"老蒋看了这口号，肯定会气得七窍生烟。"但靖邦说着，表情却逐渐凝重，"不过，世忠说的也有道理。去年10月10日，《中国人民解放军宣言》提出'打倒蒋介石、解放全中国'。可是大半年过去了，蒋介石不但没有被打倒，反而堂而皇之地当上了总统。国共大战虽互有胜负，但国军依然占尽繁华城市，这'五一'口号，恐怕也只是一个口号。"

苏琼观察着大家的表情，微笑着招呼道："吃饭了，边吃边说。"

大家都拿起了筷子。这时，李筱桐走了进来，但靖邦慈爱地招呼她一块儿吃饭。

李筱桐礼貌地摇了摇头表示自己已经吃过早饭，然后说道："表叔，我爸让我来跟您说一声，一会儿一起去天后庙道。这次的双周座谈会临时改为连周座谈会，大家一道讨论'五一'口号。"

但靖邦点点头："好，我吃完就过去。"

李筱桐走后，但靖邦让儿子、女儿跟他一起去听听。但世忠以对政治不感兴趣为由拒绝了。但世平推说要写毕业论文，想了想提议道："要不这样，琼姐，你跟我爸一道去听听吧？"

但靖邦接着说道："苏琼，你跟我一起去听听，年轻人也应该关心一下政治才行。"

见苏琼还有些犹豫，但世平又赶紧央求："琼姐，你就陪我爸一起去吧。"

"那好，我陪大伯去。"苏琼笑着答应下来。

饭后，但靖邦带着苏琼来到连贯家，客厅里已经坐满了人。大家拿着报纸，你一言我一语，脸上满是兴奋。但靖邦与苏琼找了个角落坐下。

"'五一'口号最重要的是第五条！迅速召开政治协商会议，讨论并实现召开人民代表大会，成立民主联合政府。"郭沫若万分激动，"新中国摆在我们面前了！"

谭平山大声说道："只要成立了新的民主联合政府，就取得了正统地位，就可以彻底否定伪国大、伪总统！蒋介石是三民主义的叛徒，我们现在要挖蒋根。"

蔡廷锴抢着说道："中华民族浴血抗战刚刚胜利，蒋介石就把全国人民拖入内战的火海。我早就提议召开新政协，共产党和我想到一处了。"

马叙伦点点头："我们的想法老蒋不听，现在的中国，还得靠共产党掌舵。"

王绍鏊说道："我想提醒大家，我们现在召开的政协不是过去那个旧政协，新政协不准反动分子参加！"

柳亚子立刻附和："这个建议我最赞成，凡是反动分子，一个都不能参加！"说着瞟了李济深一眼。

陈其尤态度坚决地说道："对！新政协，反动分子没资格参加！"

柳亚子使劲点点头："一切独裁势力、反动分子，纵使改头换面，也必须拒绝！帝国主义侵略势力，无论是日本还是美国，都必须铲除！"

彭泽民感叹道："中国的农工平民大众陷于死亡线上，蒋政权已经面临全面崩溃，解救民族危亡，此其时矣！"

大家纷纷响应，沈钧儒站起身来说道："中共'五一'口号一呼而天下应，足见召开政治协商会议以解决国是，非一党一派之主张，而是一切民主党派和民主团体乃至全国人民的共同要求。"

陈其尤接着说道："应该在海内外立即发动新政协运动，号召人民起来拥护新政协。"

见大家讨论得火热，潘汉年征询众人的意见："本党主席毛泽东先生提议，政协会议地点设在解放区的哈尔滨，会议的时间以今年秋末为宜，不知各位有何意见？"

何香凝表示赞同："政协会议及早召开为好！我们要高举义旗，不给蒋介石喘息之机。"

郭沫若见李济深一言不发，连忙问道："任公，你有何高见？"

李济深不慌不忙地说道："中共'五一'口号坚持党派协商，共组联合政府，足见共产党不搞一党专政之诚意。本党同志应深刻反省，站在民主阵营一边。"

"那么我提议，立即联名响应中共'五一'口号，共同策进完成大业。"郭沫若话音刚落，众人纷纷响应。

李济深思忖了一下，缓缓地说道："我个人完全同意联名响应，只是这开会的地点还得从长计议……愚以为，最好等到天津、北平这样的大城市解放后，在这些地方召开为好，再不济，也应该在沈阳。"

柳亚子立刻反对："不行！刚才廖夫人都说了，政协会议及早召开为好！要等北平、天津这样的大城市解放了，要等多久啊！"

"我同意，不能再等了，新的政协会议，越早召开越好。"谭平山附和，其他人也默默点了点头。见此，李济深不再吭声。

当前，建立民主联合政府已是大势所趋。但是，李济深认为民革不应该空着手去参加，必须要有作为。身在美国的冯玉祥也认为民革不能坐享其成，应该充分发挥出自己的作用，为建立新中国贡献自己的力量。

听了但世忠转述的冯玉祥的意见，李济深点头说道："我们民革的人正计划通过各种关系，给国民党将领写策反信。另外，我们准备成立以我、蔡廷锴、谭平山、龙云、杨杰为主要成员的军事小组，专门做国民党将领的策反工作。世忠，你是冯将军的大使，马上就会有非常艰巨和繁重的工作要做了。"

但世忠一脸郑重："我已做好充分的思想准备。"

"你们家跟我一样，是受到特务和警察密切监视的。如果你频繁地出入香港，很快就会引起特务和警察的怀疑。我们必须得想个法子才行。"停顿了片刻，李济深忽然问道，"你觉得苏琼怎么样？"

但世忠愣了一下，连忙正色道："都过去十几年了，她已经从一个天真无邪的小丫头长成了一个文静秀气的大姑娘。时间会改变一个人。"

李济深看着但世忠，严肃地问道："你喜不喜欢她？"

但世忠笑起来："表叔，您怎么突然问起这个问题？"

李济深表情十分严肃："你先回答我。"

但世忠避开了李济深的目光："说起来我们也算是青梅竹马，只是，现在这环境……"

"别跟我说什么革命不成功不考虑这样的话，你只需要回答我，让她给你做媳妇，行不行？"李济深打断了但世忠的话。

"为什么要我马上回答这个问题？"但世忠满心疑惑。

李济深郑重地说道："因为时不我待。如果她能尽快成为但家的大少奶奶，你就可以以去武汉寻岳母、去上海寻舅哥的名义，进出香港。但这事必须你们双方自愿，不能有任何勉强。"

但世忠点点头："原来是这样。我同意，就看她的意见了。"

"那你争取尽快明确关系吧。你们现在没时间浪漫了，必须开门见山，速战速决！"李济深嘱咐道。

"五一"口号除了《华商报》在显著位置登载，其他报纸未见任何动静。国民党控制的《香港时报》倒是登了一则消息，说昨天黄昏在九龙北部山区，有两辆汽车遭遇暴徒袭击，两车被烧毁，多人伤亡，警方正悬赏寻找知情人。

叶君伟拿着《香港时报》特意去警署找到了黄吹维。

黄吹维看看报纸笑了笑："报案你应该去刑侦处，不应该来我们政治部。"

叶君伟神秘地一笑："我提供的这些情报还真与你们政治部有关。因为这事很可能跟共产党有关系。最近，印尼秦吉公司准备在香港建设一个商业电台，这事已经在港英当局备了案。几天前电台刚运到，昨天黄昏，他们带着电台和一些技术人员去元朗寻找台址。"

"等等，架个电台，用得着跑这么远？"黄吹维打断了叶君伟的话。

叶君伟连忙解释："技术人员说市区电台太密集，很容易互相干扰。所以要远一些。"

黄吹维皱了皱眉头："说简单点。"

"管电台的是中共地下党成员，香港地下党指示他们将电台带到指定地点，打死相关人员抢走电台，扔下一部坏电台在车里，然后烧毁。"叶君伟将编好的故事和盘托出。

黄吹维想了想说道："几个月前，你们干掉了中共的电台。这边又检查得严，他们一时拿不到新的，就采取了这样一个暗度陈仓的办法？"

叶君伟不置可否："只要找到他们的电台，就可以破获这个案子了。"

黄吹维探出身子，盯着叶君伟，狡黠地笑道："你是想借我的手打击中共？"

叶君伟也探出身子："我可以向你们提供他们的频率和发报时间。"

沉默片刻，黄吹维诡秘地一笑："你可以再向你的上司要一台电信侦察车。"

叶君伟的脸上露出一抹笑容："到港还有一段时间。"

"你不敢向你的上司报告。"黄吹维轻蔑地看着叶君伟。

这个时候心急如焚的叶君伟懒得再兜圈子，开门见山地说道："破坏中共一部电台，十条黄鱼。"

"成交。"黄吹维痛快地答应下来。

电信侦察车被毁，计划泡汤，气急败坏的叶君伟思来想去，除了跟黄吹维合作外，他决定联手姜家辉，共同对付车孟凡。

这天，姜家辉独自一个人坐在酒馆里喝闷酒，叶君伟走进来阴阳怪气地说道："哟，香港的龙头大哥，一个人跑出来喝酒，也太落寞了吧？"

姜家辉抬头看看叶君伟："你来干什么？滚！"

叶君伟仍旧笑嘻嘻地："何必呢！多年的老朋友，见你一个人在这里喝闷酒，过来陪你说说话，你怎么就不领情？"

"别来烦我，不然我对你不客气。"姜家辉狠狠瞪了叶君伟一眼，继续往嘴里灌酒。

"你对我不客气有什么用？眼看到手的老婆被人横刀夺爱，不去夺回来，却躲在这里喝闷酒，算什么英雄好汉？"叶君伟故意挑衅。

"你！"姜家辉一巴掌拍在桌子上，怒视着叶君伟。

叶君伟依然不温不火："坐下吧，外人见了可不好。"姜家辉气呼呼地坐下，叶君伟接着说道，"姜家辉，你在香港也算得上是个响当当的人物，就这么窝囊地让人骑在头上？"

姜家辉仍旧不吭声，继续往嘴里灌酒。

"你应该清楚，我跟车孟凡是死对头。我必须除掉他。现在他有马悦悦的保护，我无从下手。"叶君伟边说边观察着姜家辉的表情。

姜家辉自然明白叶君伟的用意："你是国民党，他是共产党，我知道，打日本人的时候，你们就面和心不和。但我不会帮你的。"

"这件事可以做得神不知鬼不觉。就算有人怀疑也只会怀疑我，不会怀疑到你的头上。明晚也是这个时候，我在这里等你回话。"叶君伟说完，起身离去。

姜家辉面无表情地又干了一碗酒。

14

新政协的期待

满心愤恨的姜家辉最终还是答应了叶君伟。这天黄昏，他按照约定来到码头，港湾中停泊着各种各样的船只，一艘警方的快艇也在其中。

戴着墨镜的莫文贵见到姜家辉，指着海面说道："据卧底提供的可靠情报，那艘快艇不是警方的，是车孟凡今晚去公海接私货的。"

姜家辉仔细看了看，接着问道："东西什么时候送到？"

"天黑之前。"莫文贵说完又嘱咐道，"你必须在他们出发前把东西送上快艇。"

姜家辉胸有成竹地点了点头。

天色渐渐暗下来，万事俱备的姜家辉穿戴好潜水服，在一个无人的港湾下了水，向那艘快艇游去。到了快艇下面，姜家辉麻利地将一枚定时炸弹用绳子固定在螺旋桨的旁边。快艇上的几名警员毫无察觉。

不久，快艇驶出港湾。突然，一声巨响，在海面上飞驰的快艇被炸成了碎片，火焰直冲夜空。

第二天一大早，姜家辉刚走进致公堂大门，就见两名弟子拿着报纸在兴奋地议论什么。姜家辉随口问了一句："今天有什么新闻？"

两名弟子恭敬地打完招呼后，其中一人晃着报纸说道："大新闻。警局一艘缉私快艇昨天晚上在海上被人炸了，警方已悬赏缉拿凶犯。"

姜家辉一愣："真是警局的？"

弟子递过报纸："是啊，几名罹难警员的名字和照片都公布了。"

姜家辉顿时目瞪口呆，赶紧转身而去。

姜家辉怒气冲冲地来到叶君伟的办公室。

叶君伟笑道："情报出现错误。下次吧，下次我一定把情报搞清楚。"

"我再也不会相信你了！"姜家辉恼怒地转身要走。

叶君伟忙站起来阻拦："别这样，大师兄，我们的合作才刚开始。"

姜家辉瞪着叶君伟说道："你还想强迫我？"

叶君伟不慌不忙地走到桌前，从抽屉里拿出两张放大的照片："你看看这个。"

姜家辉疑惑地接过照片，脑子里顿时一片空白。照片竟然是他跟莫文贵站在码头上手指那艘被炸的快艇和他躲在船舱灯下换潜水服时被偷拍的。姜家辉预感事情不妙，还没来得及开口质问，叶君伟又打开了录音机，里面传出的正是他与莫文贵的对话。

"你设计陷害我！"姜家辉愤怒至极，突然拔出手枪，对准了叶君伟。

这时几个特务冲进屋来，也用枪对准了姜家辉："不准动！"

叶君伟不急不恼，脸上带着诡秘的微笑："何必这么冲动？大师兄，车孟凡是我们共同的敌人，我们应该联起手来干掉他才是。"

姜家辉强忍怒火："我如果不答应，你就把这些东西交给警察？"

叶君伟笑着摆摆手："我不会那样做的，因为我不缺钱。不过，香港缺钱的穷人多的是，这笔赏金，很诱人哪！"

姜家辉脸色变幻不定，最终还是慢慢地放下了枪。

叶君伟对特务们一挥手："你们都出去。"然后转身看着姜家辉说道，"怎么样，大师兄？"

姜家辉只好妥协："说吧，什么条件？"

叶君伟露出得意的笑容："现在车孟凡人手不足，每次大的行动都要向致公堂借人。每次借人前，你要提前告诉我。"

"那车孟凡呢？"姜家辉问道。

"你放心，我比你更想除掉他，只要找到机会，我是绝不会手软的。"叶君伟恶狠狠地说道。

姜家辉点点头："以后怎么联络？"

叶君伟微笑着说道："从明天起，你们致公堂外面的街上，会出现一个卖香烟的路边小摊。你放心，只要你跟我合作，警察永远不会找你的麻烦。"

姜家辉面无表情，转身离去。

这时门外等候的张立走进来，轻声问道："他会真心跟我们合作？"

叶君伟扬扬得意地说道："他恨不得杀了我，但他现在不敢不听我的指挥。"

很快，黄吹维给署长打了报告，把两天前的汽车纵火案和昨晚的缉私艇被炸都算在了中共头上。理由是中共香港地下党缺少电台才纵火抢劫电台，而且因严重缺乏经费需要走私毒品，所以才炸了缉私艇。

署长把案子交给了刑侦处，根据黄吹维提供的情报，地下党的走私活动都是电台遥控指挥的，所以警方准备从寻找中共的电台着手。

联合行三楼一间屋子里，潘汉年把刚刚得到的消息通报给连贯等人。

夏衍气愤地说道："这个黄吹维，就是保密局养的一条狗！"

潘汉年连忙叮嘱："我们一定要提高警惕，每次发报不得超过二十分钟，发报后立即转移，十天之内不得再使用同一地点。"

连贯皱了皱眉头："以李济深为首的在港民主人士，正在草拟响应我党'五一'口号致电毛主席的通电。我们得及时把它发送出去。"

潘汉年接着说道："为了安全，这几天我们的电台只能收，不能发，等过几天再说。"

"五一"过后，陈嘉庚代表新加坡华侨社团首先给毛泽东致电，表示坚决拥护中共"五一"口号，坚决支持召开新的政治协商会议，成立联合政府。

毛泽东一方面赞叹陈嘉庚的动作迅速，一方面疑惑香港为何没有传来任何消息，遂嘱咐胡乔木询问情况。几天过去了，香港始终毫无音讯，严重迟滞了中央的决策部署，略显焦急的毛泽东再次让胡乔木催问。

连续接到中央电报的潘汉年马上通知了车孟凡等人商讨下一步计划。路上，车孟凡发现一直有特务跟踪，到了联合行后才匆匆离去。

于是，车孟凡立刻通报了情况："刚刚我来的时候有特务在跟踪我。据宋晓军说，今天在李济深家附近，也有警察游荡。"

潘汉年皱着眉头说道："叶君伟是想利用警察干扰我们跟中央的联系。中央已经几次来电催促，要我们立即电告香港民主人士对'五一'口号的反应和对召开新政协的态度，以便中央尽快做出决策。"

夏衍有些无奈地说道："继李济深等人发了通电后，郭沫若、马叙伦等人也纷纷发表声明，拥护'五一'口号。可以说，香港民主人士对'五一'口号的响应非常积极。只是，我们没有办法把这些情况及时上报中央。"

车孟凡叹了口气："两天前，我们在海上利用渔船发报，突然遭遇了警察搜捕，若不是我们行动迅速，恐怕又得损失一部电台了。"

这时，外面传来一阵吵闹声。车孟凡看了看众人，赶紧开门出去询问。

联合行大厅里，一名警官带着一群警察冲进大门。伙计急忙上前阻拦，却无济于事。车孟凡从楼上走下来，连忙问道："出了什么事？"

警官上前打量了车孟凡一番，反问道："你是什么人？证件。"

车孟凡摸出兜里的证件递过去："我是这里的销售经理。"

警官看了看："把你们总经理叫出来。"

这时，潘汉年、连贯和夏衍都走下楼来。潘汉年对警官说道："总经理不在，有什么事跟我说吧。"

警官看了他一眼："你们这里有没有外人？把所有的人都叫到大厅来，我们要查看证件。"

"所有人都在这了，今天还没有客户上门，没有外人。"潘汉年说着与夏衍、连贯对视了一眼，都拿出身上的证件。

警察逐一查看，并没有发现任何问题。

警官打着官腔："我们接到举报，说你们这里藏有毒品，奉命前来搜查。"

潘汉年连忙笑着说道："请！"

"给我仔细搜！"警官一声令下，警察们蜂拥上楼。

半晌，楼上的警察们陆续下楼，纷纷报告没有发现任何东西。警官挥了挥手，众人扬长而去。

回到三楼，连贯疑惑地问道："警察好久都没来搜查了，怎么今天突然跑来了？"

潘汉年笑道："打草惊蛇！他们明知什么都搜不到，却偏要来，其实是给我们一个警告，让我们不要轻举妄动。"

夏衍问道："那我们现在怎么办？"

车孟凡一脸严肃地说道："这次中央来电，语气比较严厉。但我们的电台时刻都处在警方和特务的监视中。这次敌人损失不小，一定会报复。"

潘汉年想了想说道："这样吧，我拟一份简短的电文，把这边的情况做个简短的汇报，等风头过云后，再做全面报告。"

连贯表示赞同："简短总比不报要好，我看行。"

自从苏琼住进但家，一家人其乐融融。这天，但靖邦胃部不适，苏琼特意到厨房嘱咐吴嫂："吴嫂，大伯这两天胃有点不舒服，给他煲点鱼片粥吧。"

正在忙碌的吴嫂顺口应了一声："知道了，大少奶奶。"

苏琼一愣，立刻羞红了脸："吴嫂，你说什么呀！"

"哎哟！我失了口！以前都是当家的大少奶奶指使我。这里不管老爷、大少爷，还是小姐，都没把你当外人，待你比自家人还要亲，我就产生了错觉，总觉得你就是大少奶奶。"吴嫂笑着解释。

苏琼低下了头："吴嫂你别乱说，他们对我好，我都知道，可我只是一个家庭护士……能有一个栖身之地，我就很满足了，不敢有别的奢求。"

吴嫂满脸慈祥："你看这家人，老爷每天进进出出，不知道忙些什么。大少爷整天闭门读书，小姐又关在房里写她的毕业论文，这家里还真少一位当家的少奶奶。"

苏琼摇头苦笑："是少一位，但不是我。"

"谁说的？"忽然一个声音在耳边响起，苏琼吓了一跳，转身看去，但世平正笑眯眯地站在身后。

苏琼又急又羞："你们……"

但世平和吴嫂相视一笑。吴嫂笑吟吟地说道："今天这声'大少奶奶'，是小姐让我叫的。"

苏琼一跺脚，嗔道："世平！"

但世平满眼笑意："我没说错啊，琼姐小的时候就说过长大要嫁给我大哥。怎么，现在想反悔了？"

"我不跟你们说了！"苏琼转身跑出了厨房。

但世平听到客厅里有声音，以为苏琼回来了，刚要起身出去，宋晓军已经喊着她的名字推门进来，并反手关上了房门。

"有任务？"但世平低声问道。

宋晓军立刻摸出一个盒子："马上译出来。"

但世平接过盒子故意大声说道："晓军，你先出去！我还有一点儿就写完了，一会儿再进来！"

宋晓军会意："好，我先出去。"

但靖邦不在，客厅里，宋晓军与周士河坐在沙发上聊天。不一会儿，苏琼挎着药箱回来了，与宋晓军打过招呼后问道："世平呢？"

宋晓军指了指屋子："正在里面写论文，不准人打扰。"

苏琼莞尔："原来是被赶出来了呀？留在这里吃饭吧，我让吴嫂多煮一个人的饭。"

宋晓军笑着点头道谢。

不一会儿，但世平在房间里大声喊："晓军，晓军！"

宋晓军对周士河笑了笑，起身走进但世平的房间，顺手锁上门，然后压低声音说道："好了？"

但世平点点头。宋晓军解开皮带，让但世平帮忙把编好的电码藏在西装裤腰的夹缝里。藏好后，宋晓军重新系好皮带，看着脸色有些发红的但世平，他坏笑着凑到她耳边，低声问道："难为情啊？"

"这是任务，谁难为情啦？"但世平故意一本正经地说道。

宋晓军笑着伸手摸了摸但世平的头发，正要转身离开，腰间忽然多了一双小手，紧紧抱住他，宋晓军一愣。但世平低声叮嘱："晓军，你要多加小心！"

宋晓军轻轻点了点头。

苏琼回到自己的卧室，随手将门锁上。此刻，她的内心无比纠结，一边是身处险境的母亲，一边是待她亲如一家的但家。造化弄人，她先是被拉进了蒋经国的赣南特训班，随后又被毛人凤选中，派到了但靖邦身边当卧底。

代号"百灵鸟"的苏琼不得不听从安排，按时与一个代号"乌鸦"的特务见面，汇报最新情况。叶君伟猜测，但世平很可能是共产党，但家只有但世忠是个不问政治的书呆子，而且他在美国多年，不会轻易追随共产党。为了把但世忠拉过来，成为一名反共斗士，他要求苏琼发挥自己的优势，尽快成为但家的大少奶奶，得到他们的绝对信任，这样才能掌握更多的情报。

计划很周密，但苏琼总是敷衍，希望能另派人选。

叶君伟接到"乌鸦"的汇报，命令苏琼必须尽快完成任务，否则军法从事。苏琼无可奈何，只好继续想办法应付。

无边的黑暗笼罩着香港，一辆汽车却在夜色中四处游弋。忽然，车内红灯闪烁。一个特务赶紧开始搜索，另一个特务抓起话筒："04 呼叫狼穴，04 呼叫狼穴，赤柱方向发现中共信号，赤柱方向发现中共信号……"

接到报告叶君伟马上拿起电话："信号在赤柱 C 区出现……"

黄吹维得到叶君伟的消息，立刻通知手下的警察开始行动。接到命令，两辆警车突然从路边的小巷子里冲出来，向着目标飞奔而去。

此时，一道黑影悄悄站在楼顶窥视着，发现情况异常，黑影立即举起了手电筒，向某个方向闪了几下。

宋晓军正坐在密室里紧张地发报，对外面的情况全然不知。

钱娟匆忙走进密室，反手掩好门，对还在发报的宋晓军低声说道：
"警察来了。"宋晓军没有动，继续有条不紊地发报。钱娟焦急地拿起撬
棍，撬开一块地板。不一会儿，宋晓军发完报，迅速收拾好电台，装在箱
子内。钱娟烧掉电码，将灰烬扔进撬开的地板下面的洞中。宋晓军把箱子
也放入洞中，然后和钱娟合力拖过一袋土盖在上面，用脚一阵乱踩，随后
盖好地板。紧接着，钱娟将撬棍、铁锤等塞进麻袋堆在墙角。

　　两辆警车飞驰而来。警察们闹哄哄地下了车，一股脑冲向小楼："开
门，开门……"
　　门打开了，马悦悦问道："你们找谁？"
　　"让开！"警察们粗暴地推开马悦悦，一窝蜂闯入楼内。
　　当踹开那间密室的门时，屋子里的钱娟、宋晓军和另外两人正在打
麻将。
　　"不准动！抱头，蹲下！"在警察的吆喝声中，四人抱着头，老老实
实地走到角落里蹲下。
　　一个警察拿着金属探测器四处寻找。突然，探测器发出蜂鸣声，红灯
闪烁。那个警察连忙走过去打开麻袋，里面装着的撬棍、铁锤和铁铲之类
的东西露了出来。
　　这时，旁边小巷子里猛地冲出一辆摩托车，骑手蒙着脸，身后还放着
一只大箱子。
　　"站住！站住！"门口的两名警察愣了一下，随即在后面大喊起来。
　　摩托车仍旧不管不顾，加大油门猛冲过去。警察随即朝天开了两枪。
　　楼内的警察听到枪声，纷纷冲了出来。两人赶紧向警官报告，电台很
可能已经被一辆摩托车带走了。
　　警官一听，马上命令下属们去追。这时站在门口看戏的马悦悦回头向
众人说道："放心吧，阿凡的身手好得很，他们追不上的。"

香港一直杳无音信，这让毛泽东、周恩来等人有些焦急。

这天，终于等来了香港的电报。

毛泽东接过电报不禁有些气恼："都半个月了，就发来这几个字。"毛泽东沉着脸将电报扔在桌子上，"中央急于部署，香港的民主人士等待召集。可是现在南北两地，谁都不知道对方在干什么。"

周恩来想了想吩咐胡乔木："立即电告香港分局，应将各地响应'五一'口号的电文内容和署名全部电告中央，尤其是致毛主席的电文，更应该全文电告中央！"

"是，我马上去起草电文。"胡乔木说着转身离开。

"恩来，民盟的三位主要领导人张澜、黄炎培、罗隆基都在上海，他们对'五一'口号的态度，我们应该尽快想办法了解。如果香港那边还是不能发出准确消息，可以考虑直接派人到香港去了解情况。"毛泽东说道。

周恩来点点头："是，我这就让克农去准备。"

但世忠与苏琼终于确定了关系。但靖邦十分高兴，特意请来李济深、李筱桐等人，与大家分享这个好消息。

但靖邦首先举起酒杯，跟大家通报喜讯。

听到这个消息，大家纷纷送上祝福。蔡廷锴连忙问道："为什么不直接订婚？"

"这么大的事，我们必须征求苏夫人的意见之后，才能定下来。过几天，世忠就去武汉见苏夫人。"但靖邦笑着解释。

李济深笑着说道："这也是对苏夫人的尊重。"

蔡廷锴哈哈一笑："到时候就直接办结婚酒宴吧！"

李济深揶揄道："你以为这是在行兵打仗，一声令下就解决了？"

众人大笑起来。

香港地下党再次接到中央的来电，对他们的工作表示十分不满。潘汉年很是无奈。

联合行三楼密室里，潘汉年与连贯商量怎样才能将消息传递出去。讨论了一会儿，潘汉年忽然问道："给毛主席带信的人走了吗？"

连贯愣了一下，连忙回答："过两天就回上海。"

"马上定制一口有夹层的皮箱，把所有的文件放在箱子里，请他带到上海，再托人转送西柏坡。"潘汉年当机立断。

"这样太危险了！我担心送东西的人落在特务手里，我们这条交通线就断了。"连贯提出反对意见。

潘汉年面色凝重："没办法，我们本来就是在做最危险的工作，随时都要做好牺牲的准备。"

连贯沉默不语，随后郑重地点了点头。

但世忠即将出发前往武汉，实际上肩负着重要的联络任务。临行前，李济深将但世忠叫到家里，拿出几封信："这些是我和冯玉祥、章伯钧等人给山东国民党将领的信，你把它们收好。"

但世忠接过信，放进皮包的夹层里。李济深接着嘱咐道："这边跟西柏坡的联系全凭电报。最近电报被特务监控得紧，你到了山东后，直接找解放军首长汇报情况，能亲自去一趟解放区面见周公，就更好了。"

"我明白。"但世忠郑重地点点头。

一声汽笛长鸣，"波尔塔瓦"号停靠在港口，旁边港英当局的缉私快艇在海面上穿梭巡弋。几名海关人员例行上船检查，钱之光扮作锅炉工，避开了注意。检查完毕后，钱之光随着人流，走下了栈桥。

码头旁停靠着一艘苏联的小船，扮作船夫的车孟凡远远地看到了人流中的钱之光。钱之光抬起头，二人视线相遇。随后，钱之光不动声色地朝小船走去。

登上小船后，钱之光压低声音说道："孟凡同志。"

车孟凡点了点头，压低帽子，看着四周："小开让我来接你，这里四处都是特务，我们必须要小心点。"说完，小船缓缓出海。

到达联合行，钱之光换了身长袍，来到三楼与大家见面。众人一一握手问候，潘汉年激动地抱住钱之光："钱之光同志，中央怎么舍得把你派来了？"

钱之光拍拍潘汉年的背："是恩来同志亲自给我打的电话，让我秘密前来香港。我此次前来，有两个任务：一是解决香港民主人士的温饱问题；二是主席想知道香港这些民主人士的真实想法，以及他们是否愿意参加新政协，这才派我过来了解情况。"

连贯连忙说道："我们已经给中央发过电报，这边的民主人士反应热烈，都很愿意参加新政协。但是我们的电台一直处在特务的严密监视中，平时进出也有特务跟踪，所以只能接收电报，不能发报，就连上次发的简短报告也是好不容易才发出去的。"

钱之光点点头："原来是这样。只是我们不清楚你们这边的情况，才险些误会了你们。"

"我们考虑到电台通信被特务严密监控，就另外安排人给解放区送了封信，只是不知道这封信在辗转途中是否能够平安送到周公的手中。现在，你来了，这事就好办了。"潘汉年高兴地说道。

"好，我们先解决吃饭的问题，再想办法把这边的情况上报给中央。"钱之光看看大家，接着谈了扩大联合行的决定。众人听了都很兴奋。

经过几天的筹备，鞭炮声中，香港中环毕打街上的中国香港华润公司正式成立。连贯、钱之光等人在门外迎接前来祝贺的客人。

两支舞狮队正在鼓锣声中表演"夺宝""步步高"等节目，引得阵阵喝彩。

但靖邦在苏琼的陪同下也站在外面看热闹。看到大门口悬挂的牌子，苏琼好奇地问道："大伯，取名'华润'，有什么特殊的意义吗？"

"听你表叔说，华，代表中国；这润，是毛润之的润，代表共产党。"但靖邦压低声音说道。

苏琼了然："明白了，这公司是共产党办的。"

中共派出钱之光秘密到达香港并扩大了原来的联合行，在中环开办了一家更大的华润公司。这个消息很快汇报给了毛人凤。

毛人凤看着眼前的情报若有所思："把一家商行扩大为公司，中共想在香港做大生意啊！"

兰胜说道："由于我们的严密封锁，中共的经费根本就送不到香港，他们必须把生意做大，才能解决吃饭问题。"

毛人凤冷笑一声："老头子不让我们对香港的民主人士下死手，也有这个意思，让这些人成为中共香港分局的包袱，等他们饿得实在受不了了，自然就会往我们这边跑。"

兰胜汇报："这几天，张澜的秘书又在四处找人，可能要带黄金去香港。"

毛人凤点点头："密切监视，等他一出手，我们就立刻采取行动。"

忽然，电话铃声响起来。兰胜拿起电话，却是蒋介石，他连忙将话筒交给毛人凤。蒋介石没有多说什么，只是要他马上过去一趟。

兰胜问道："总统这个时候召见您……"

毛人凤一边收拾桌上的文件一边说道："不用问，肯定是关于中共'五一'口号的事。别人也许不重视中共关于召开政协的呼吁，老头子却肯定上心。"

毛人凤说完拎着皮包走出办公室。

赶到蒋介石官邸，毛人凤连忙汇报："请总统放心，驻香港各党派的活动，不论是中共的还是其他的，都统统在我香港站的监控之中。5月以来，我香港站充分利用电信侦察车的侦查和干扰功能，压制住了中共的电台，他们的电台每次发报不能超过十分钟就必须转移。西柏坡给香港的电报也受到干扰，信号时常被迫中断。可以说现在香港跟西柏坡的联系，基本瘫痪。"

"很好。"蒋介石满意地点点头。

"不过……"毛人凤迟疑了一下，接着说道，"我们也遭到了中共地下党的报复，就在前几天，我们的电信侦察车被他们炸毁了。"

蒋介石抬起头冷冷地看了毛人凤一眼："怎么这么不小心，狗急跳墙的道理都不懂？"

毛人凤赶忙低下头说道："是，学生已训斥了他们，命令他们没有电信侦察车也要采取一切措施压制住中共的电台。"

蒋介石用手指轻轻敲了几下桌面："你就近调一辆给香港，一定要把中共的电台压制住，最好把他们消灭。"

"是。"毛人凤终于松了一口气。

蒋介石接着问道："还有什么消息？"

毛人凤拿出几张照片放在桌上，得意地说道："学生已成功地在李济深身边安插了钉子。这是毛泽东5月2日写给李济深的亲笔信，已被我们的情报人员拍了下来。"

蒋介石拿起照片看看又放下："很好，在毛泽东身边也要安插钉子。"

毛人凤急忙回答："已经有了。我亲自命令他长期潜伏，待机而动……"

蒋介石猛地一拍桌子，怒道："待机？还要待什么机？要等到共产党开了政协再动？"

毛人凤吓得低着头，不敢吭声了。

蒋介石站起身，命令道："南北动手，切断华北与香港的联系。"

毛人凤试探着问道："我的情报人员可以直接引导空军轰炸毛泽东驻地。"

蒋介石冷冷地说道："少废话！你的情报人员连信号都发不出来，飞机只能在空中打转，根本就找不到目标！"

毛人凤吓了一跳，马上又说道："报告校长，学生已经在保定站设立了阜平潜伏小组，专门针对晋察冀军区司令部开展工作。我们已在聂荣臻的身边，建立起一张情报网。"

蒋介石终于点了点头："给保定站站长曹亚夫发报，要他严密掌握晋察冀军区的动向，有什么情况及时报告。"

毛人凤领命，擦着冷汗慌忙走了出来。

很快，曹亚夫收到了上峰来电，他马上命令阜平潜伏小组组长刘其昌来保定。

两人见面后，曹亚夫开门见山地说道："刚刚接到毛局长的电报，要我们严密监视晋察冀军区的动向。上次商量给聂荣臻下毒的事，什么时候实施？"

刘其昌得意地一笑："我昨天从孟建德那里得到消息，毛泽东、周恩来和任弼时到了军区，就住在城南庄。"

曹亚夫很是兴奋："这可是天上掉馅饼啊！他们的脑袋哪个都比聂荣臻值钱一百倍！这刘从文是负责首长小灶的司务长，让他给毛泽东下毒，应该不难。"

此时，来到城南庄的毛泽东很担心香港民主人士的态度。得知周恩来已经安排钱之光秘密前往香港，毛泽东稍感欣慰："很好，只要能够弄清楚他们的真实想法，就能继续安排推进政协方面的工作。"

周恩来说道："我在想，如果香港那边的民主人士也愿意参加政协筹备工作，我们是否要拟订一个计划，将他们安全地接过来。"

听到这个提议，毛泽东不禁大声笑道："恩来，香港那边还没有表态，你就要把他们接过来了？"

周恩来微微一愣："他们迟迟不表态确实令人着急。不过我仔细一想，主席不也是出于信任他们，才提出派遣我们的人去那边实地了解情况的吗？为了保障我们的后勤工作能够顺利展开，我们还开办了华润公司。既然我们这么信任他们，自然要提前做好安排他们北上的计划，免得像以前那样，上了特务的暗杀名单。"

毛泽东随即表态："好啊，如果他们真的愿意来解放区商谈，我们必须要为他们筹划好安全的路线。这项任务就由你亲自坐镇指挥，我相信，只要他们愿意来，政协会堂就有他们的座位。"

"是，我这就回西柏坡制订计划。"周恩来说完刚要走，又转过身嘱咐道，"主席，南京那边看到'五一'口号后也没什么动静，这似乎不太正常。我担心这是暴风雨来临前的平静，大意不得。您最近身体欠佳，一定要注意安全。"

毛泽东笑笑："放心，龙潭虎穴都闯过来了，何况在自己家里。再说还有聂荣臻同志亲自照顾我，不会出什么事的。"

保密局保定站里，刺杀行动紧锣密鼓地准备着。曹亚夫秘密向刘从文下达了暗杀指令，可是三天过去了，总是不能下手。因为毛泽东的警卫相当警惕，连熬中药的时候都片刻不离，而聂荣臻更是连毛泽东喝的药都要亲口尝尝。

药不能做手脚，刘从文又想到了毛泽东喜欢吃鱼，于是将下过毒的鲫鱼送过去，聂荣臻却坚持要先将鱼喂两天再吃，结果没过两天鱼全死了。

毛人凤见下毒难以得手，干脆请示蒋介石派飞机轰炸。但是曹亚夫为难地表示城南庄实在太小了，地图上根本找不到，因此没办法标记位置，准确轰炸。毛人凤很是气恼，皱眉思索了一下，命令曹亚夫标出一个大概位置，然后让飞机在附近侦察寻找。

接连几天，国民党的侦察机不断在连绵起伏的太行山区低空飞行，却一直没能找到准确位置，依旧无从下手。万般无奈，毛人凤只好下令暂时返回保定，重新计划地面行动。

15

惊险的空袭

　　回到保密局保定站，毛人凤召集刘其昌和曹亚夫继续商议行动计划。鉴于毛泽东的警卫十分严密，外人根本无法靠近，曹亚夫提出："有没有办法做一个飞机上能看见的标记，指示空军进行轰炸？比如天黑以后有个火堆就解决问题了。"

　　毛人凤立刻表示反对："晚上生火？不行，只要火光一起，就会被发现。再说轰炸机晚上也不能起飞。"

　　曹亚夫想了想又说道："要不，在毛泽东住所附近放一块大红被面，就当夏天晒被子？"

　　毛人凤没好气地瞪了他一眼："那被子也必须是毛泽东的，外人的摆在那儿，马上就会引起怀疑。"

　　"干脆派人带上电台，潜伏在附近的山上，用无线电指挥飞机。"刘其昌话音刚落，电话铃声响起，曹亚夫拿起电话随后又交给毛人凤。毛人凤异常激动："好，太好了！"

　　曹亚夫和刘其昌两人一脸莫名其妙地看着毛人凤。放下话筒，毛人凤满面春风："空军想了一个好办法，这次一定能成功！"

清晨，毛泽东的小院子里，警卫员李银桥忽然听到有人喊自己的名字。李银桥一抬头见刘从文赶着马车站在外面："刘司务，去买东西？"

刘从文满脸堆笑："刚回来，车上有一筐鸡蛋，是给主席的，你搬进去吧。"

"好。"李银桥说着搬起鸡蛋筐，转身走进屋去。

刘从文见四下无人，趁机从车上抓起一把碎玻璃，撒在地上。然后赶着车转到小院旁边，每走几步，就撒几把碎玻璃。这样，在初升的太阳的映照下，小院的前后左右都闪烁着亮晶晶的光芒。

军区司令部里，聂荣臻等人正在吃早饭，天空中传来的飞机发动机声引起了大家的警惕。敌机今天为什么这么早就来了？觉察到情况反常，聂荣臻放下碗筷，起身出去一探究竟。赵尔陆见状也跟了出去。

两人站在屋外，抬头看着天上的侦察机。没想到飞机在头上盘旋了两圈很快就飞走了。

赵尔陆有些疑惑："今天这飞机不仅时间反常，行动也反常，不像以往那样反复侦察，而是转两圈就走了。"

聂荣臻忽然意识到了什么，大叫一声："不好，马上发防空警报，所有人立即撤离，我去主席那里。"

赵尔陆立刻意识到了事情的严重性，马上跑去传达命令。

聂荣臻边跑边喊："李银桥！李银桥！"李银桥从屋子里跑出来，见到气喘吁吁的聂荣臻连忙问道："聂司令，出什么事了？"

"快把主席叫起来，敌人的飞机马上就要来了！"聂荣臻不由分说，拉着李银桥就闯进了屋里。刚睡下没多久的毛泽东被吵醒了，睁开眼睛一脸不高兴地坐起身来："大清早的，叫什么叫！还让不让人睡觉啦！"

聂荣臻连忙报告："主席，敌机来了，必须马上转移！"

毛泽东听了没吭声，伸手从桌子上拿起烟，取出一支点燃，慢悠悠地吸起来。聂荣臻和李银桥对视一眼，一时面面相觑。

听到喊声慌忙抱着李讷跑出来的江青见此情景，焦急地问道："怎么还不走？"

毛泽东抬头看了她一眼，吐出一个烟圈，不紧不慢地说道："慌什么？不就是几架敌机，没什么了不起的。我还盼着它们多扔下几块铁砣砣，正好给我们打几把锄头开荒。要走你们走，反正我不走，我才刚刚睡下，吸完这支烟就睡觉！"说罢，毛泽东懒得多看他们一眼，背过身去继续吸烟。

江青看了看毛泽东，又看了一眼怀中的女儿，犹豫了一下，还是默默地走出了屋子。

没过多久，两架轰炸机在侦察机的指挥下出现在空中。发动机的轰鸣声传进屋里，聂荣臻皱紧了眉头，猛地冲门外喊道："来人！"几名警卫闻声跑进屋来。

聂荣臻再次看了一眼不为所动的毛泽东，大声吼道："把主席架起来，用担架抬走！"

几名警卫看了一眼正在吸烟的毛主席，一时不知所措，都愣住了。

"愣着做什么？快呀！"聂荣臻再次下令。

李银桥首先反应过来，立刻抄起旁边的担架，放到床边。其他几名警卫见状，连忙上前七手八脚架起毛主席放到了担架上。

毛泽东没料想聂荣臻竟敢这么干，立刻大声说道："你们想干什么？聂荣臻，你要干什么？"

聂荣臻置若罔闻，大声命令道："抬走！"警卫们把毛主席按在担架上，抬起来就跑。

飞机的轰鸣声越来越近，"快！"聂荣臻不断地大声催促，几人迅速奔跑起来。

两架轰炸机轮流向着闪光点处俯冲投弹。顷刻间，小院里硝烟弥漫，一枚枚炸弹瞬间将这里变成了一片废墟。

警卫们抬着毛泽东一直跑进后山的防空洞里，才将担架放下来。

毛泽东仍旧板着脸："我的烟和火柴。"

"主席，都在这里。"李银桥从口袋里摸出来递了过去。毛泽东接在手里，轻轻喘了口气。

这时先一步到达的江青抱着李讷走过来："好险，慢一步就危险了。"

毛泽东没有说话，仔细端详了一下女儿，然后慢慢点燃了手中的烟。

聂荣臻看看江青，欲言又止："主席都还没走，你……"

江青低头不语，默默地退到了一旁。

飞机终于飞走了，众人回来查看损失情况。原本齐整的小院已经是一片狼藉。门口被炸出了一个大坑，相邻的屋子都被炸塌，一片残垣断壁。李银桥站在废墟前感叹道："幸亏聂司令果断下令将主席抬走，不然后果不堪设想！"

聂荣臻愤怒地说道："如此精准的轰炸，一定有内奸！一定要把他揪出来！"

军区司令部里，任弼时仍旧有些后怕："这次算是有惊无险。可是敌人要是知道主席没事，肯定还会派飞机进行第二次，甚至第三次轰炸。"

周恩来点点头："这里不能再住了，必须马上转移。要不还是去西柏坡，跟少奇他们会合吧？"

毛泽东站起来走到窗前，吸了一阵烟，转身说道："我暂时还不能去西柏坡。大家都住在一起，敌人一次轰炸，就可以把我们的书记处全报销了。"

聂荣臻想了想说道："离这里二十里的地方，有个花山村，位置十分隐蔽，要不主席先到那里去住几天。"

"行。"毛泽东看看大家，思量了一下，点头同意。

毛人凤见轰炸行动取得了成功，立刻向蒋介石汇报情况："这次精准轰炸我们一共投了五枚重磅炸弹，屋子里面基本不会有人活下来。"

蒋介石沉吟片刻："毛泽东呢？"

"毛泽东的作息时间基本上是晚上工作，天亮才睡觉，我们轰炸时，他可能才刚刚睡下。"毛人凤推测道。

"我要知道他是死是活！"蒋介石忽然提高了嗓门。

毛人凤慌忙答道："卑职正在等待消息。一有消息，立即向您报告。"

蒋介石慢慢放下话筒，陷入了沉思。

很快，毛人凤传来消息：毛泽东没有被炸死。特务们找遍了附近也没有找到毛泽东的踪迹，只好又轰炸了一次。

蒋介石狠狠地将电话摔在桌子上，破口大骂道："你们到底有没有脑子，炸了一次没死，还炸什么第二次？蠢货！"

毛人凤吓得一句话也说不出来。

香港民主人士间的双周座谈会改为连周座谈会，已经举行过七八次了，这周大家都聚在连贯家的客厅里，准备讨论新政协开会的时间、地点等事宜。但靖邦带着苏琼也参加了座谈会。

沈钧儒率先发言："既然大家已达成共识，一致拥护共产党召开新政协的主张，那么我认为，新政协的召开宜早不宜迟。迅速召开可以鼓舞解放军和全国人民的士气，加速敌人的瓦解。"

谭平山点点头："我同意沈老的意见，要尽快召开。我认为'双十节'召开最好。"

马叙伦表示反对："'双十节'召开太紧张了，还是推迟到 1949 年元

294

旦合适。"

"我同意马老的意见，还是元旦好。一元复始，万象更新嘛。"王绍鏊附和道。

李章达说道："到底什么时候召开，要看形势的发展。"

郭沫若表示："我认为，现在召开新政协的时机已经成熟了。"

沈雁冰接着说道："开会的时间要考虑诸多因素，恐怕不是香港这里可以决定的。对于会议召开的地点，在解放区这一点可能大家都没有异议。那到底在解放区的什么地方？是关内还是关外，大家也可以谈谈看法。"

…………

众人却不知道，他们的谈话此时已经传到了特务们的耳朵里。保密局香港站机要室里，叶君伟和新任电侦组组长孙仁兴正坐在录音机前。扬声器里传出大家的讨论声：

"我认为，新政协的范围要扩大到所有拥护新政协的力量。"

"我不同意！任公的宽大主义甚有问题。"

"把那些蒋介石的反对派看成革命力量，是太宽大了。"

…………

孙仁兴皱着眉头说道："全是些口水话，没什么有价值的东西。而且说话的声音太小，杂音太大，很多都听不清楚。"

"这个苏琼，肯定是坐得太远了，窃听器录音效果不理想。"叶君伟有些恼火。

孙仁兴想了想说道："这样太麻烦了。站长，卑职认为，我们应该充分利用'百灵鸟'的优势，把窃听器安放在李济深家里。"

华润公司开业以来，地下党的活动中心自然转移到了这里。这天，六楼副经理室内，潘汉年与连贯等人一起讨论召开新政协的事情。

饶彰风为难地说道："关于新政协由何方召开的问题，有人主张由中共召开，有人主张由各党派委托中共召开，也有人主张各党派联合召开。"

连贯接着说道："更有甚者，建议还是要由蒋介石召开政协会议，建立联合政府，或是国民党和共产党轮流领导中国。"

连贯的话刚说完，潘汉年就笑道："这可能是民社党和青年党一些人提出来的。"

连贯点点头："是啊。他们还提出，要邀请他们民社党和青年党参加新政协。"

饶彰风对此嗤之以鼻："蒋介石召开伪国大，所有的民主党派都不参加，唯有他们两个参加。现在中共要召开新政协，所有的党派都表示要参加，他们也要参加。典型的投机分子。"

潘汉年摇了摇头："民社党内部也不都是投机分子，他们的领导人张君劢就旗帜鲜明，说中共不放弃土改，他就不参加新政协。"

连贯嗤笑一声："他是怕参加不了，故意把大话说到前头。"

饶彰风严肃地说道："对于许多民主人士，谈起民主人人喜欢，谈到革命就要考虑考虑了。他们中许多人在农村有土地，怕土改分田呢。"一句话说得众人脸色都黯淡下来。

中国局势的变化，牵动着世界的神经。苏联政府注意到司徒雷登1948年初在南京发表的《告中国人民书》，鼓吹中国曾受教育的知识分子组织新党，支持政府谋求和平。这表明美国对蒋介石的独裁统治，对中国内战十分担忧，他们已经预料到国民党的最终失败。

借此机会，苏联大使罗申主动来到美国大使馆与司徒雷登会谈。表示斯大林明白美国的良苦用心，愿意改善苏美关系，加强合作，共同寻求解决中国问题的办法。

司徒雷登对于苏联政府的友好态度非常满意，强调美国确实想为中国谋求一条和平的道路。如果两国政府能够通过合作使中国实现全面和平，也是两国对世界和平作出的一大贡献。

苏美会谈的消息很快传到各党派的耳朵里。广州宋子文的公馆里，黄昕边散步边说道："去年春天，美国宣布'杜鲁门主义'，在欧洲推行'马歇尔计划'；苏联则于9月成立共产党和工人党情报局。东西两大阵营已经形成。特别是在东西柏林问题上，美苏出现尖锐对立，这个时候，罗申主动向司徒雷登抛出橄榄枝，意味深长啊！"

宋子文了然："美国朋友已明确向我表示，美国政府已经得出结论，蒋介石政府不可能战胜共产党。所以，美国期望以和谈方式诱使共产党放下武器。但是，美国也明白，由于他们在内战中偏袒国民党，已经丧失了对中共的影响力。所以，现在苏联人主动抛出橄榄枝，司徒雷登当然会喜出望外。"

苏美会谈让各方产生了诸多猜测。这天，潘汉年特意来到郭沫若家里拜访，了解民主人士的看法。

郭沫若面露忧虑，对潘汉年说道："不少反对国民党的民主人士看到世界两强如此表态，特别是苏联主动向美国示好，都对中共的前途产生了担忧。他们认为，即便国民党走向衰亡，共产党也难以兴盛，那么，就只有走第三条路了。"

潘汉年接着说道："我听说，香港有些人正酝酿给美国总统上书，要求杜鲁门支持中国的第三势力。"

郭沫若叹了口气："第三势力中又以李济深为主要代表人物，这么一来，不止我们，国民党特务、苏联和美国也都将目光盯准了李济深啊。"

潘汉年表情严肃："李济深是我们争取的重要人物，他的决定对我们的影响至关重要。我收到消息，宋子文继上次说服李济深未果后，并未死心，这次又亲自飞到香港来找李济深。"

郭沫若十分感慨："宋子文是蒋介石的妻兄，又是国民党内最大的亲美派，国际背景深厚。而李济深是广东派的元老，可以与蒋介石分享'黄埔系'的军队资源。若是这两个人联手，必将产生很大的力量啊。"

两人叹息着对视一眼，一时都沉默下来。

眼下形势使得不少人开始犹豫，是否还要参加共产党倡议的新政协。但靖邦家客厅里，但世平对此很是鄙夷："这些人的举动进一步说明了民族资产阶级的动摇性、软弱性和妥协性。把中国人民自己的命运交给外国人掌控，更是一种无能丧志的表现！这种一切都看外国人眼色行事的第三势力，注定成不了什么气候！"

"丫头，你别站着说话不腰疼。"但靖邦皱着眉头，转身又问苏琼，"苏琼，你说说，她这是不是一种偏激思想？"

苏琼笑着摇了摇头："我对政治一窍不通，你们在说什么我都听不懂。"

但靖邦说道："你就随便说说，跟我参加了这么多场座谈会，总会有一些想法。"

苏琼依旧摇头："我一进会场就紧张得不得了，哪儿还有心思听大家讲话。"

但世平纳闷地问道："紧张什么？"

"都是一群上了年纪的老人，又是大喊大叫，又是拍桌子鼓掌，我生怕谁突然血压升高，谁突发心绞痛，我好及时喂药。"苏琼的话让大家都忍俊不禁。

过了片刻后，但世平想了想，又对但靖邦说道："爸，年初复刊的《光明报》和《华商报》就跟《中央日报》《大公报》展开了长时间的论战，大力批判了第三条道路。基本上把走第三条道路的叫嚣批驳得体无完肤。"

但靖邦不以为然："那是秀才们打笔墨官司，我看重的是实际效果。"

但世平见父亲仍旧固执己见，也只能无奈地摇了摇头。

宋子文亲自飞来香港找李济深的事让何香凝等人深感不安。

柳亚子和谭平山分析，若上次他们真的没谈成，被李济深拒绝了，那这一次，李济深就不该见宋子文。如果见了，就说明上次他们一定谈出了一些名堂。

何香凝觉得有些道理，于是拜托郭沫若去劝阻李济深最好还是不要见宋子文。

郭沫若来到李济深府上，开门见山说明来意："任公，你是民革主席，中国民主运动的旗帜，你的一举一动都会引起无数人的关注。廖夫人的意思，你还是不见宋子文为好。"

李济深一笑："郭先生说我是中国民主运动的旗帜实在担当不起。我这把老骨头到底有几斤几两我还是清楚的。不过，我李任潮也不是三岁小孩，谁给我两颗糖吃我就跟谁跑。"

"任公的意思是……"郭沫若有些糊涂。

"既然人家找上门了，面都不见怎么都说不过去吧？不仅是宋子文，以后还有谁要见我，我都会来者不拒。他谈他的，我也可以谈我的。他们可以影响我，我也可以影响他们。"李济深十分自信。

郭沫若叹了口气："任公若非见宋子文，恐怕会引起一些同志的误解。"

"清者自清，浊者自浊。我这一辈子承受的误会，遭受的流言蜚语已经够多了，多几次少几次，都无所谓。"见李济深态度坚决，郭沫若无奈，只得告辞离去。

宋子文与李济深如约在李府见面。两人寒暄一番后，落座开始进入正题。宋子文显得诚意满满："美国朋友已明确表示支持我们，只要我们开始行动，就先拿出几亿美元支持。我这次来香港是真诚地希望与任公合作。"

李济深说道："我现在手里没有一兵一卒，拿什么跟你们合作？"

"您有名望啊！您在军队中的影响力非常大，只要振臂一呼，定会召来千军万马。"宋子文连忙恭维道。

"宋公过奖了。一个没权没钱的'过气将军'，哪有那么大的能耐？"李济深摇了摇头。

宋子文说道："任公，只要您同意合作，我们会拥护您为领袖，授之以大权。至于钱，就更加不是问题，美国的援助立马就到账。你我二人联手，就会疏通广东的张发奎、余汉谋、薛岳和云南的卢汉，以及桂系的李宗仁和白崇禧，在广东另组政府推翻蒋介石，直接与共产党谈判。"

李济深眉梢一挑："哦，你们打算怎样谈？"

宋子文早有计划："首先，双方就地停火，各自退回1946年以前的地盘。"

李济深不动声色："这两年国军接连败退，共产党已占领了那么多的地盘，让他们退回到1946年以前的地方，共军会答应？"

宋子文十分笃定："国军接连败退，完全是蒋介石指挥无能。如果让任公出来指挥，我相信用不了多久，就会完全扭转局面。"

李济深继续追问："如此说来，如果共军不退回到1946年的地盘，这仗还得打？"

宋子文不置可否："美国之所以不肯直接出兵帮蒋介石，是因为蒋介石坚持独裁，反对民主。任公是著名的民主斗士，只有您才能领导中国走向民主，结束蒋介石的一党专制。"

李济深微笑着点了点头："宋公的设想的确很好，在下有个不便之辞，不知当讲不当讲？"

"任公有什么话，尽管直言。"宋子文立刻说道。

"宋公现在主政广东。广东监狱里关了许多我们民革和中共的政治犯，宋公可否高抬贵手，先把这些政治犯释放了。这样别人才会相信我们真的是要实行民主，同时任潮也好跟民革中的同志有一个交代。"李济深不紧不慢地说完，宋子文一时语塞。

李济深笑着说道："宋公不必现在就回答，可以先考虑几天。"

反美扶日运动一波接着一波，司徒雷登紧急在美国大使馆外召开了一个记者会。他一口咬定，那些说美国扶植日本军国主义的人完全是在造谣，目的是抹黑美国。

记者们也不是好糊弄的。一位记者大声问道："请问大使先生，有消息说，美军在日本释放了许多岸信介之类的甲级战犯，并让这些人组建新的日本政府，可有此事？"

"有一些战犯，像岸信介先生，他们不是军人，是经济学家，他以前在中国也是搞经济的。"司徒雷登企图蒙混过关。

另一位记者立刻接着问道："众所周知，日本对我东北的侵略，不仅是军事上的，也是经济上的。请问大使先生，您是否认为，经济侵略、经济掠夺，不算侵略？"

司徒雷登愣了一下，马上辩解："这个问题不能一概而论，得根据具体情况分析。我们美国现在在武装上，不仅没有支持日本，而且做了很严格的限制。我们支持的是发展日本经济。"

"大使先生，目前有种说法，说美国政府大力扶植日本，是为了对付苏联。如果再次发生战争，日本将是美国的马前卒、冲锋队。这种传言，是否属实？"又有一位记者发问。

司徒雷登顿时有些恼火："造谣，完全是造谣！"

接下来的问题依旧尖锐："美国驻上海领事馆曾向上海市政府施压，要求停止一切反对扶日的言论。请问大使先生，美国一向标榜是个言论自由的国家，为什么却要让中国政府在中国压制言论自由？"

司徒雷登张了张嘴，然后做出一副失望的表情："我们美国政府和美国人民，帮助中国打败了日本，而一些中国人却对美国很不友好，实在让我们非常失望。"他企图颠倒黑白、混淆视听的言论，引起了更多人的声讨。

西柏坡一间低矮的土坯房里，几位领导人在讨论目前的局势。毛泽东走进来看了看，问旁边的朱德："老总，这就是我们中国人民解放军的总部兼军委作战室？"

朱德笑呵呵地说道："是啊，您看这三张桌子，这一张是作战科，这一张是情报科，这一张是资料科。麻雀虽小，五脏俱全啊。"

周恩来也笑道："我们将在世界上最小的指挥部里，指挥世界上最大的解放战争。"

毛泽东踌躇了一下："那我该用哪张桌子？"

"您是最高统帅，您……"朱德放眼四顾，一脸为难。

"看来，这里还没有我放椅子的地方喽！"毛泽东哈哈大笑。

朱德打趣道："大元帅要升帐，还是去你家的火炕好。"众人都大笑起来。

"坐吧，管他哪一科的地盘，我们都暂时坐一下。"毛泽东说着随便寻了张椅子坐下，三人围坐在一起。

朱德首先作了总结汇报："主席，今年夏季作战，我们取得了'五路大捷'。中原战场，放手作战的粟裕发起豫东战役，一个多月歼敌九万多人。华东战场歼敌七万多，山东省会济南已被彻底孤立。晋中战场，我军歼敌十万，完全孤立了山西省会太原。中原西南部战场我军攻克襄樊，活捉第十五绥靖区司令康泽。华北北部战场歼敌两万五千多人，孤立了河北省会保定。"

毛泽东听了很是高兴："好啊，反攻一年来，我军实力大增，信心大增。我看，现在已经没有什么国民党的设防城市打不开了。"

周恩来又讲到另一件事："主席、老总，6月4日，司徒雷登在南京召开记者招待会，否认美国扶植日本侵略势力，诬蔑中国的反美扶日运动是阴谋，又激起了上海民主人士的愤怒，各党派纷纷发表声明，驳斥司徒雷登。北平、南京、青岛等地的民主党派和各界人士也纷纷响应。"

毛泽东笑道："看来，真正教育中国民主人士和知识分子的，还是美国人啊！香港那边呢？有没有什么消息？"

周恩来回答："只从上海间接得到一些零碎的消息。6月6日香港各民主党派、无党派人士联名发表了《反美扶日宣言》。"

毛泽东皱紧了眉头："香港的情况，实在让人揪心啊！"

正在这时，李克农从外面冲了进来："主席，老总，周副主席，好消息，好消息啊！香港派来的信使已安全到达胶东解放区！"

周恩来连忙站起来问道："情况如何？来，坐下慢慢说。"

李克农一屁股坐在椅子上，随后便迫不及待地说道："信使是但靖邦将军的长子、刚从美国回来的但世忠。他这次带来了香港民主党派、人民团体响应中共'五一'口号的宣言、声明，以及致主席的通电全文。所有的党派和团体都表示拥护共产党出面召开新政协，也都愿意参加新的政治协商会议。"

周恩来兴奋地说道："这下终于可以踏实些了。立刻通知胶东军区的许世友，把所有的材料全文电告中央。"

"是。"李克农答应一声，又风风火火地跑出去了。

一直担心香港的毛泽东激动地站起来："好啊，正面战场我们捷报频传，统一战线我们也传来佳音。今天就谈到这里。"说罢，便向门口走去。

"去哪儿？"朱德不解地问。

"我得让他们给我弄一碗红烧肉，我要打牙祭！"毛泽东哈哈一笑。

朱德与周恩来对视了一眼，忍不住笑道："哪能就你一个人吃，我和恩来也要吃。"

毛泽东挥挥手："老总可去吃你的回锅肉、恩来回去吃狮子头，家家都打牙祭。"

周恩来站起来："主席，我建议您的红烧肉、老总的回锅肉和我家的狮子头，应该端到一起来吃。"

毛泽东哈哈大笑："这个建议好，把克清、颖超和江青都叫上，咱们三家一起打牙祭！"

"要得，要得。"朱德大笑着拍手说道。

但世忠顺利到达胶东解放区后，军区的杨参谋找了一辆马车，两人坐在马车上边走边聊。忽然不远处的村里传来鼓乐和鞭炮声。

"今天村里有人结婚？"但世忠问道。

"这个时候奏乐，不像是结婚。"杨参谋摇了摇头。

这时候赶车的车把式说道："今年咱胶东天天都在敲锣打鼓，欢送新兵上部队！"

但世忠一脸不解："送新兵？新兵还要敲锣打鼓地送？"

车把式回头看了看但世忠："你这同志不是我们胶东的人吧？"

杨参谋笑道："他是从很远的南边来的，还没见过这样的场面。"

车把式答应一声，耐心地解释道："一人当兵，全家光荣；一人当兵，全村光荣。光荣的事情，当然要敲锣打鼓庆贺。"

但世忠顿时来了兴趣："我能去看看吗？"

"当然。"杨参谋笑着让车把式把车停下来。随着"吁——"的一声，马车停住，但世忠推了推眼镜和杨参谋一起下了车，快步向村里走去。

村里宽敞的打谷场上东一堆西一堆地站满了人。其中一个年轻人正跟一位中年汉子纠缠："你们欺负人！去年柱子还没满十八岁，他怎么就参了军？"

中年汉子耐心解释："去年是按年算，只要过了年，不管是1月出生还是12月出生，都算十八岁。今年上面有规定，参军的人必须年满十八！"

年轻人一脸不服气，大声喊道："俺不管，俺就是十八岁了，俺就是要当兵！"

这时杨参谋和但世忠走了过来，中年汉子一见忙迎上来："同志，我是这里的村长，你们有什么事？"

杨参谋问道："这小同志跟你闹什么？"

年轻人眼前一亮，立刻扑过来："解放军同志，他们欺负人，我已经十八岁了，他们就是不让我参军。"

村长连忙纠正："你去年冬月才满的十七，现在是几月，你扳起指头算算。"

年轻人仍旧坚持："我去年满的十七，今年就该十八了。"

但世忠见二人又要吵起来，连忙问道："小同志，你为什么非要当兵啊？"

年轻人白了但世忠一眼："当兵是打老蒋，保卫胜利果实呀。"

村长赶紧说道："你现在是民兵，站岗放哨防特务，同样也是保卫胜利果实啊。"

年轻人一脸不服气地撇撇嘴，没理会村长。

但世忠笑笑，继续问道："你参军，你父母同意吗？"

年轻人说道："他们巴不得我早一天参军。"

"为什么？"但世忠觉得很奇怪。

村长抢先说道："他的父母和嫂子都支前去了。就是地方政府组织的支援前线的民工队伍，主要任务是给前线运送军粮和弹药，以及抢救伤员。"

正说着，有人跑过来喊道："村长，邻近几个村的新兵都到了。"

村长有些为难地看看杨参谋："同志，我……"

杨参谋赶紧挥了挥手："你去忙吧，不用管我们。"

"快，快放鞭炮！"村长立刻吩咐着匆匆离去。稍远处有人噼噼啪啪放起鞭炮。

十几名新兵胸佩大红花走过来，后面跟着送行的乐队。

"新兵，集合集合！"随着村长的喊声，本村胸佩大红花的新兵走到村长跟前集合。

年轻人郁闷地走到一旁，耷拉着脑袋用脚踢着地上的泥巴。

接送新兵的教官走上前与村长握手，然后面向站成两排的新兵，大声喊道："全体立正，向右看齐，向前看。向左转，齐步走！"随即大声领唱，"向前向前向前！唱！"所有新兵以及送行的人们都高唱起《解放军进行曲》。

队伍从但世忠和杨参谋面前走过。之前闹情绪的年轻人轻轻地抬起头，一脸羡慕地看着，嘴里也跟着哼唱起来。

"他们唱的是什么歌？听这旋律，不是地方民歌，是首现代歌曲吧？"但世忠问道。

杨参谋点点头："这是《解放军进行曲》。它是我们人民解放军的军歌，流传很广，解放区几乎人人会唱。"

但世忠由衷地赞叹道："一首现代歌曲，却用古老的唢呐吹奏，再用锣鼓打节拍，真是别有一番风味啊！"

杨参谋感叹道："这就是人民群众的创造力啊。"

看着队伍远去，但世忠和杨参谋回到马车上继续前行。走着走着，看见一位五十多岁的大娘提着一篮子土豆，扛着锄头走在前面。杨参谋对车把式说道："到大娘身边停一下。"

马车很快赶上大娘，车把式停下车。杨参谋对大娘说道："大娘，您要去哪里？上车吧，捎您一程。"

大娘并不推辞："好，俺就住在前面的村子里。"说着把篮子和锄头放在车上，自己也上了车，靠着杨参谋坐下。

杨参谋指指篮子里的土豆说道："大娘，这土豆刚从地里刨出来的？"

大娘点点头："是啊，刚刨出来的。"

但世忠心思一动，连忙问道："您的地是不是土改分的？"

大娘满脸笑意："是，是胜利果实。"

但世忠又接着问道："您的地怎么分这么远？"

大娘打开了话匣子："同志，不瞒你说，那几亩地原来就是俺家的，二十多年前闹饥荒，俺公公借了朱老贵家的高利贷还不起，地就被他们抢走了。俺公婆也被活活气死了。这些年，俺一家老少给朱家扛活，在朱家的地里流血流汗，一年到头还得吃野菜和谷糠过日子。咱做梦，都想把地要回来啊！现在好不容易分了地，就是再远，俺也要这几亩地。"

但世忠感叹道："现在您的梦想成真了，高兴吧？"

大娘笑得合不拢嘴："高兴，高兴！刚分到地那些天，俺天天都坐在地头看着、守着，天黑都不想回家，只想睡在地里。俺恨不得把地拴在裤腰上，俺去哪里，它就跟着去哪里。"

但世忠笑道："土地在那里飞不了，您不用担心。"

大娘郑重地说道："能不担心吗？蒋介石派了几十万蒋匪军到咱山东来，就是来抢地的。"

杨参谋安慰道："我们也有几十万解放军，他们抢不走的！"

大娘有些激动："是啊是啊，俺大儿子就是八路军。今年初，俺又把刚满十八岁的小儿子送进了部队。我跟小儿子说，蒋介石又要来抢土地了，你要参军去打老蒋。咱们宁可为保护地战死，也不能没地饿死。一句话，绝不能让蒋匪军抢了咱们胶东！"

但世忠竖起大拇指："大娘，说得好，有志气！哪怕为保护地战死，也不能没有地饿死。"

大娘骄傲地说道:"打日本时俺就是妇救会员,是民兵,俺跟鬼子真刀真枪干过。"

但世忠由衷地感叹道:"有你们这样的人民,有你们这样的兵,蒋介石是打不回来的。"

大娘笑道:"咱们不仅是要打退蒋匪军,还要响应毛主席的号召,打过长江去,解放全中国!让天底下所有的受苦人都翻身,都分到土地!"

"大娘说得真好,我要为您鼓掌。"但世忠被大娘朴实的话语打动,忍不住鼓掌。

而香港这边,李济深仍然是各方关注的焦点。宋子文走后不久,又传出前国民政府招商局局长蔡增基马上要从美国赶到香港的消息。但世平从李筱桐那里得知这个消息后,马上到华润公司来找宋晓军。

业务室里,宋晓军见但世平来了,有些吃惊:"世平,你怎么来了?"

但世平随手掩上门,走到宋晓军身边小声说道:"蔡增基与李济深素有交往,这次被美国人派来当说客,恐怕……"

宋晓军震惊之余,连忙向潘汉年汇报了此事。

来到潘汉年的房间,宋晓军简单讲了蔡增基即将赴港的消息,然后说道:"他是来帮美国人当说客的,要说服李济深与国民党内部的自由派人士联手,取代蒋介石。我们得赶快想办法阻止。"

潘汉年迟疑了一下说道:"这不是跟宋子文的目的一样?"

宋晓军点点头:"是。蔡增基来信说,美国政府将提供大量的美援,支持国民党内部的自由派人士取代蒋介石。美国人认为中国积贫积弱,从晚清到北洋,从同盟会到国民党,图谋天下的政治集团从来都是依靠外国援助的,美元对中国的政治家具有无穷的诱惑力。"

潘汉年想了想说道："你通知但世平，没事多去李公馆走走，随时汇报李济深的情况。"

宋晓军点头答应。

随后，潘汉年连忙找来连贯等人商量。讲了大概情况后，潘汉年说道："无论是美国人还是宋子文，合作的前提都是反共。这引起了民盟内部的警惕。何香凝等人都主张不要理会，可李济深却来者不拒。"

连贯问道："他坚持要见蔡增基？"

潘汉年点了点头。

钱之光一脸疑惑："这个李任潮，葫芦里到底卖的什么药？"

连贯想了想说道："蔡增基这个人我有些了解，他是一个爱国人士，如果我们能够把工作做在前头……"

潘汉年忽然一拍桌子："我想起来了，澳门中华总商会会长马万祺的父亲跟蔡增基是故交。这马万祺才三十多岁，已是富甲一方。不过虽为富商，他却拥护我党的主张，愿意为新政协出力。我想，能不能让他出面，先拦住蔡增基？"

大家一致表示同意。

16

如意算盘

马万祺打听到蔡增基的行程安排，特意去香港机场迎接。机场出站口，蔡增基刚出来，马万祺立刻迎了上去，亲切地喊了一声："蔡伯。"

蔡增基有些意外："万祺啊，你这么忙，还到机场来接我。"

马万祺礼貌地说道："世伯来到香港，晚辈岂敢怠慢，这边请。"说完带着蔡增基和随从上了一辆汽车。

安顿好蔡增基，马万祺在一个酒楼包厢给蔡增基接风洗尘。两人很快把话题转到此次来港的目的上，蔡增基表示为了国家的安定，他很愿意跑这一趟。

马万祺见蔡增基还被蒙在鼓里，耐心地解释："蒋介石打内战，完全是美国人支持的。他们的目的是把中国变成对抗苏联的前哨阵地，让中国人当炮灰跟苏联人对抗，把一个独立的中国变成他们的附庸。现在，蒋介石接连失败，美国人见蒋介石众叛亲离，所以考虑换马，另选代理人。"

蔡增基恍然大悟："听贤侄一番话，令老朽茅塞顿开。原来美国人并不是为了中国之前途，而是要在中国培植亲美势力。"

"蔡伯能理解就好。来，请。"马万祺说着举起酒杯，两人一饮而尽。

转天，蔡增基来拜访李济深。两位老朋友在院子里叙旧之后，谈起当前中国的局势。

李济深说道："由于在中国内战中扶植蒋介石反动政权，美国在反法西斯战争中形成的正义形象已经彻底崩塌。现在的中国，无论是政界还是知识界，反美反蒋都已经成为主流。"

蔡增基打心底里佩服："任公对当前局势看得真是通透，那您的想法是？"

李济深郑重地说道："我认为中国应该统一，划江而治是将中国分裂，内战永无宁日。"

蔡增基叹了口气："我这次之所以要来当说客，完全是为了中国的利益。好在昨天一下飞机，就被马贤侄一语点醒梦中人，今天再听任公一席话，更如醍醐灌顶。任公，这个说客我不当了。"

李济深微微一笑："作为朋友，我很高兴以后时常来往，但若谈此事，则不必来了。"

蔡增基诚挚地笑道："明白。今天，我是以老朋友的身份来访，叙叙旧，顺便讨两杯酒喝。"

"好，叙旧，那我们兄弟就在这里好好喝两杯。"李济深说完，发现不远处有个人藏在树后，他故作不知情地喊道，"筱桐！"

正藏在树后偷听的李筱桐急忙走出来，有些慌张地问道："爸，什么事？"

李济深吩咐："去把你表叔请过来，一块儿陪蔡世伯喝两杯。"

李筱桐先是一愣，随即高兴地答应一声跑出去了。看了一眼女儿离去的背影，李济深宠溺地摇了摇头。

除了美国方面，国民党也丝毫没有放松对李济深的监视，毛人凤吩咐兰胜电告叶君伟，除了密切监视李济深外，同时要在外面大量散布谣言，说李济深已经接受宋子文的邀请，马上就要去广州当民主大同盟的主席了。毛人凤同时还命令卢广声以民社党革新派的身份去香港劝说李济深。

　　卢广声听说要他与李济深直接会面，不禁有些疑惑："我的任务不是监视他们吗？直接会面，会暴露身份的。"

　　叶君伟解释："现在是非常时期，不能完全按照常规出牌。蔡增基的任务失败了，毛局长指示由你出面，游说李济深。你是民社党的重要人物，又是李公馆的座上客。这个时候，只能由你出面。"

　　卢广声只好答应下来："好，那我试试看。"

　　随后叶君伟从抽屉里拿出一份文件："你先看看这个，这是毛泽东写给李济深的信。"

　　卢广声一愣："你们怎么搞到的？"

　　叶君伟笑道："你是我们内部的同志，你应该知道在我们保密局面前，没有谁能保得住任何秘密。"

　　卢广声默默接过信，看了起来。

　　看完信，卢广声抬头问道："他们发了联合声明？"

　　叶君伟得意地说道："中共的电台受到我们的干扰和压制，他们的联络受阻，一直没能取得联系的机会。"

　　卢广声似有所悟："所以，外面的种种猜疑和谣言都出现了。"

　　叶君伟笑道："现在毛泽东想跟民革、民盟组成中国政坛上的铁三角，只要我们把李济深这只角扳掉，他们这个铁三角也就垮了。"

　　这天，李济深正在书房写信，随从走进来通报黄吹维前来拜访。李济深吩咐先将人请到客厅用茶，随后起身前往客厅。

　　黄吹维见李济深走了进来，连忙起身说道："任公大忙人，又来打扰，还望见谅。"

李济深礼貌地拱拱手："黄主任，怠慢怠慢。"然后示意他赶快请坐，"为了区区的安全，让黄主任频频光顾寒舍，实在担当不起啊。"

黄吹维恭维道："您是国共两党都要争取的大人物，我们必须保证您的绝对安全。"

李济深淡淡地笑道："其实你们很尽心了，不久前又在我家对面开了家杂货店。"

黄吹维一愣，继而哈哈一笑："任公多心了，那杂货店不是我们开的。"

李济深就势端起随从奉上的茶喝了一口，不紧不慢地说道："这么说，是保密局开的？"

黄吹维不置可否："任公，现在国民政府是中国唯一的合法政府，保密局是政府下设的安全机构。自己国家的安全人员保护自己国家的重要人物，是不可推卸的责任啊！"

李济深不动声色地说道："那是，他们的好意，我心领了。"

黄吹维见李济深神色如常，接着说道："任公，如果有什么事，可以直接给我打电话，我保证随叫随到。一句话，只要您还在香港，我们就会保证您的绝对安全。"

"这个我早就明白，只要一离开你们的保护，我立刻就会有生命之忧。"李济深神情自若。

"您明白就好，任公，在下告辞了。"黄吹维说着起身告辞。

李济深也跟着站起来，吩咐送客。李济深重新坐下，从怀中摸出一块随身佩戴的玉挂件，轻轻地在腿上摩挲着，似乎陷入了沉思。

这时但世平和李筱桐从卧室里出来，但世平的目光一下子落在李济深手中的玉佩上。

过了几天，但世平试探着问但靖邦："爸，我这些天经常看见表叔掏出随身佩戴的玉佩，在腿上轻轻地摩挲。这是为什么呀？"

但靖邦笑笑："那是他犹豫不决的习惯动作。"

但世平轻叹一声："还在犹豫。"

"丫头，你说什么？"但靖邦没有听清楚，追问了一句。

"没说什么。爸，我要去表叔家一趟，给筱桐送本书。"但世平赶紧抓起一本书，就往外走。

但靖邦连忙嘱咐："早点回来吃饭。"

这时苏琼挎着药箱也从屋子里走出来："大伯，我们走吧。噢，世平也要出去呀？我和大伯去看沈老，给他量量血压。我们一起走吧。"

但世平点点头，三人一起出了家门。

经过多次催促，苏琼最终还是利用量血压的机会在李济深家安装了窃听器。"乌鸦"立刻将这个消息报告给了叶君伟。

叶君伟兴奋地来到机要室，指示孙仁兴赶快打开李济深家的监听线路，测试一下效果。一阵电流声过后，耳机里逐渐传出讲话声。

此时李济深家的客厅里，卢广声正与李济深交谈。

"……任公，喊口号您已经落后了，行动又何必赶前？"卢广声问道。

"这是我有意安排的。我在布置起草通电时，要求他们不但要写出拥护态度，还要以孙中山的思想为依据，表明民革的政治主张。"李济深态度明确。

卢广声皱了皱眉头："这就是一篇长文了。"

李济深点点头："党内一些人视此为出席新政协之政治纲领，所以就提出了繁复的审稿程序。"

卢广声故意说道："可是，外界并不这样认为。就算要写长篇宏论，要传阅审稿，也用不了这么久的时间。以致有人猜疑，民革是否还有中间倾向？"

李济深掏出玉佩，缓缓地摩挲着："毛润之已亲笔写信邀我去解放区……"

卢广声立刻提醒道："共产党的解放区在哪儿？在冰天雪地的哈尔滨，您到那里去，身体吃得消吗？"

李济深沉吟了一下，说道："所以我曾向中共提出建议，最好等平津等一些大城市解放后，在那里召开。实在不行，沈阳、大连也可以的。"

卢广声继续添油加醋地说道："可共产党等不及了，他们急于要建立新朝。而且解放区多危险，老蒋的飞机天天轰炸。稍有不慎，就会被炸得粉身碎骨。"

李济深淡然一笑："有飞机也没用，老蒋军事不行。不出三年，必然败在毛泽东手下。"

卢广声"好心"劝道："那总还有三年。国共之争胜负未定，我们第三方面不如就留在香港，坐山观虎斗，让他们鹬蚌相争。"

"坐山观虎斗？"李济深摇了摇头，"我们不能投机。自从今年初创建民革以来，我就已经下定决心，坚决反蒋不动摇！"

李济深轻轻摩挲着玉佩，继续说道："我很赞同中共的'五一'口号，而且我相信周恩来，他是一个值得信任的朋友。"

卢广声冷笑一声："天下人都可以结交周恩来，唯独任公不行。'四一二'老蒋在上海杀共产党，三天后您就在广州大开杀戒！他在上海抓周恩来，您在广州抓邓颖超。"

李济深平静地说道："幸好我没有抓到。"

卢广声步步紧逼："可是，她为了逃脱抓捕，挺着大肚子东躲西藏，最后落得终身不育的下场。这笔账，迟早会算！"

李济深依旧淡定地说道："这件事，我和周公早就沟通过，他已明确向我表示，过去的事情就让它过去，以后应该携起手来，共同为一个民主富强的新中国而奋斗。"

卢广深再次说道："几天内您抓了数千人，有多少人被杀害了？就算周恩来不找您算账，其他人呢？"

李济深强忍住内心的波动："'四一五'之事就请不要再提了，这么多年，发生了许多事，早已把此事冲淡了。"

卢广声继续逼问："能冲淡吗？共产党领袖蔡和森的手脚被钉在墙上，被一刀一刀凌迟处死。多么残忍啊！您可知道，他是毛泽东新民学会的好友！您可知道，他是周恩来在法国支部的同志！您可知道，他妹妹蔡畅，现在正和丈夫李富春在哈尔滨专门负责接待民主人士！"

李济深立刻澄清："蔡和森不是我杀的，那时我已被老蒋削去兵权，被软禁在南京。"

卢广声玩味地一笑："据我所知，杀蔡和森的人是您表弟但靖邦的手下。大家都知道，这些年但靖邦一直追随您，对您唯命是从。"

"蔡和森不是但靖邦杀的，他事先根本就不知道这回事。"李济深辩解。

卢广声盯着李济深说道："任公，中共现在拉拢您，不过是想要利用您。一旦他们大权在握，还不是跟蒋介石一样？"

李济深一动不动地坐在那里，额头上渗出一层冷汗。

卢广声接着劝道："丢掉幻想吧任公，在香港，您是自由身；到了共产党那里，就身不由己了。留在香港，您还是一条龙；到了那边，就是一条虫。"

"铛"的一声，李济深手里的玉佩落在了地上。

在门外偷听的但世平心里猛地一震，感觉事态十分严重。而在保密局机要室里，叶君伟却是拍手叫好："好！卢广声真有苏秦、张仪之口才，他的话句句击中李济深的命门啊！"

但世平第一时间来到华润公司找潘汉年、宋晓军商量，三人面色沉重。

宋晓军叹了口气："这个时候卢广声故意点出李济深跟共产党的宿怨，

李济深岂有不惊之理。"

但世平说道："这些年，一遇到事，总是有人拿'四一五'来吓唬表叔和我爸。不过我也是到今天才知道，原来他们之间的纠葛这么深。"

"拿来说事的，都是国民党。共产党和民主人士，没有人再提这事。我们应该想个办法，把这些人的嘴彻底堵上。"宋晓军皱着眉头说道。

沉默半晌的潘汉年开口说道："李济深现在还不知道，卢广声正是毛人凤安插在他身边的一颗钉子。这位军统的老牌特工，从南京来到香港，主要任务就是监视香港的民主人士。"

"要不我去找表叔，把卢广声的身份揭穿？"但世平说道。

潘汉年摇了摇头："解铃还须系铃人。我立即请示中央，希望周副主席，特别是蔡畅同志亲笔给他写封信，把这个心结彻底解开。"

收到潘汉年的汇报后，周恩来深知现在的李济深，正是需要共产党拉他一把的时候。因此特意叮嘱李克农电告潘汉年，一定要多做李济深的思想工作，不要使其落入美蒋的圈套。同时马上请蔡畅亲自给李济深写一封信，这才是最有说服力的武器。

接到中央的电报，但世平特意带着宋晓军前来拜访李济深。

宋晓军一脸崇敬地问道："李将军，您在桂林主政期间，曾帮助过宋庆龄、陈嘉庚等人把募捐的药品、器材、款项转运给八路军？"

没等李济深回答，但世平一脸得意地说道："'皖南事变'后，也是表叔帮助八办主任李克农，民主人士邹韬奋、梁漱溟脱离了危险。还有香港沦陷后，很多民主爱国人士转移到桂林，都得到了表叔妥善的安置。"

李济深见两人你一言我一语地说个不停，刚想说话，但世平又抢着说道："还有还有，抗战胜利后，表叔又投身到反对蒋介石独裁统治和阻止内战的民主运动中……"

"打住。你们两个小鬼，这些都是听谁说的？"李济深强行打断了但世平。

但世平支吾着看看宋晓军："一位朋友。"

李济深追问道："什么朋友？"

但世平语塞。

李济深看着她，满含深意："一位不愿意透露姓名的朋友？"

但世平不好意思地笑起来。

李济深了然："那你们这位朋友还说了什么？"

宋晓军微笑着说道："他说，共产党不会记仇，只会感恩。"

李济深一愣，眼神逐渐明亮起来。

无论李济深怎么想，外面的谣言已经是甚嚣尘上。郭沫若见李济深整天被各种势力包围着，实际上没有任何自由，担心这样下去他会吃不消。于是与何香凝商量，在这个非常时期，一定要帮他一把。

何香凝决定召开一个记者会，澄清事实。果然，记者们一到，七嘴八舌问的都是李济深去留的问题。

"廖夫人，您跟李济深相交几十年，对他非常了解。请您谈谈，李济深到底会去河北还是广州？"

"廖夫人，许多人都在说，几天后李济深就会和他的老友蔡廷锴一道去广州，与桂系合作，成立新的政府。您对此事有什么看法？"

…………

何香凝静静地听着大家的提问，然后环视一周，十分感慨："这是法西斯挑拨离间的伎俩！任公和贤初绝不会与他们合作，毁弃自己的光荣历史！还请各位秉承实事求是的精神，给予客观的报道。"一番话让所有人都闭上了嘴。

座谈会在连贯家继续举行，数十名民主人士或坐或站，但靖邦和苏琼依然坐在角落里。

客厅中间，郭沫若举起一张报纸说道："这些天，马叙伦等人连续在报上发表笔谈，对所谓的第三条道路进行了无情的批判。"

"我完全同意他们的观点。假如中间路线在1946年还只是一个幻想，而1947年已经破产的话，那么在1948年的今天，它简直成了反动阴谋的护身符了！"谭平山立刻说道。

柳亚子意有所指："可现在在香港民主党派内部，还有人坚持要走第三条道路，坐在家里频频跟各方接触，想当第三条道路的领袖。"

郭沫若语气坚定："在反民主的独裁统治与民主统一战线之间，没有第三条道路。"

李章达附和道："若今天还鼓吹中间道路，就是反对新政协的召开，为摇摇欲坠的蒋介石政权打气！"

郭沫若点点头，继续说道："民盟三中全会后，上海来港参加会议的唯一代表罗涵先回到上海，担心一直坚持中间路线的罗隆基会有不同意见，罗隆基却旗帜鲜明地表态，民盟被国民党迫害到这种程度，只有走跟中共合作这条路，没有第二条路！"

沈钧儒提出："我建议，我们各民主党派和人民团体，还应该集体发表一个声明，坚决拥护中共召开新的政治协商会议。"

柳亚子率先举手："同意！"其他人也纷纷赞同。

但靖邦却坐着没动。苏琼有些惊慌地回头看着但靖邦，低声喊道："大伯。"

柳亚子朝但靖邦看过来："我就说嘛，这里还真有一个第三条道路的代表。"

郭沫若见柳亚子又要吵架，急忙拦住他："肃公只是需要一点时间考虑，你不要多想。再说我们开会的目的，原本就是要讨论和磋商啊。"说着给苏琼使了个眼色，苏琼赶紧拉着但靖邦退了出去。

叶君伟与黄吹维暗中勾结，处处打压共产党，严重影响了香港方面的活动。潘汉年考虑良久，再次拜托萨空了从中帮忙。

萨空了很快找到香港大学的施乐斯校长，开门见山地说道："现在，连美国人都放弃了蒋介石，在中国寻找新的代理人了。可港英当局却在香港与国民党特务密切配合，不断迫害中共组织和民主人士，这种不友好的行为，令中共方面和在港的民主人士很不满意。"

施乐斯很意外："我们对贵国各党派一视同仁。任何人在香港，只要不触犯香港法律，都可以自由行动，不会受到任何限制。"

"而情况恰恰相反，香港警察总署政治部主任黄吹维与国民党特务组织密切配合，对联合行、华润公司的商业电台大肆进行干扰破坏，杀害报务人员，抢夺电台，致使许多商业信息无法传递，甚至有些货轮漂流在海上，不知往哪里停靠，造成了严重的经济损失。"萨空了的一番话，让施乐斯十分吃惊，随后答应去找香港总督戴维斯谈谈。

讲明来意，施乐斯接着说道："香港是法制社会，什么事都得讲证据。说他们是间谍电台，搞间谍活动，得有证据。他们刺探了香港什么军事、政治、经济上的绝密情报，发往了什么地方，对香港造成了什么样的危害，都应该拿出证据，交由法院审判后，才能决定，而不是随便处置。"

戴维斯皱了皱眉头："这确实是个问题。我已经向伦敦作了报告，准备扩大对解放区的贸易。他们那边物资非常匮乏，我们的许多东西，在那边都会卖出好价钱。如果因为这些造成误会，耽误了商机……"

施乐斯赞同道："勋爵先生讲得太对了。香港不是一个军事要塞，它是一个经济贸易的自由港。不论什么人都可以来香港做生意，都应该受到法律的保护。"

戴维斯耸耸肩："中国有句话，叫'有钱大家挣'啊！"说完，两人都大笑起来。

收起笑声，施乐斯又说道："勋爵先生，我们学校中国问题研究所的专家，经过多方调查论证，写了一份报告。抗日战争胜利后，按照《雅尔塔协定》，中国有权收回香港，主要是丘吉尔首相坚决反对，蒋介石又准备打仗无暇考虑，香港才得以保留下来。"

戴维斯连忙问道："如果中共统一了中国，就会强行收回香港？"

施乐斯认真分析道："种种迹象表明，如果中共统一了中国，很可能会一边倒，完全倒向苏联，融入他们那个社会主义大家庭。那时的共产党中国，就会受到西方世界的抵制甚至封锁。但共产党中国不会完全受制于这种封锁，他们一定会寻找一个对外联系的窗口。这个窗口就是香港。所以，到时候他们不仅不会急于收回香港，而且还会帮助香港迅速发展起来。"

戴维斯顿时兴奋起来："叫人把报告送一份到我这里，我要马上发给伦敦。"

施乐斯十分感慨："美国人太注重政治，太想输出他们的民主模式。"

戴维斯立刻说道："我们不会，我们最注重的是市场，是贸易和利润。"

香港依旧风云变幻，而在西柏坡的一间窑洞里，毛泽东正坐在桌前草拟一份电文："5月5日电示，因交通阻隔，今始奉悉……"

这时周恩来走进来，毛泽东招呼了一声，继续将电文写完。

过了一会儿，毛泽东搁下笔："我以中共中央主席的身份，复电香港李济深等人并转告各民主党派，各人民团体及无党派人士。"

"他们5月5日来电，主席8月1日才回复，中间耽搁了三个月，个中原因，我想香港那边是会理解的。"周恩来说道。

"如果不是他们主动派信使过来，不知还要拖多久。"毛泽东说着离开桌子，走过来坐在周恩来旁边，"我在电文里再次重申，为了建立独立、自由、富强和统一的共和国，实有共同协商的必要。另外，我的电文还就政协会议的组织事项征求了各方意见。"

"对了，还有一个好消息。经过我香港分局同志的努力，终于说服港英当局，对我党的监视和对电台的干扰破坏活动有所减少，我党电台的压力减轻了不少，跟西柏坡的联系顺畅多了。"周恩来面带笑容地说道。

毛泽东叮嘱道："要提醒他们继续提高警惕。一是要防止香港警方的反复，二是要防止国民党特务狗急跳墙。"

周恩来点点头，然后递过来一份文件："主席，我也为中共中央起草了一份致上海局、香港分局并告吴克坚、潘汉年的电文，请主席过目。"

毛泽东接过来，认真读起来。读罢，毛泽东十分赞同："这个提醒得好啊！现在美国右翼政客和国内一些人一唱一和，大肆吹嘘走中间道路。这是一个阴谋，我们必须反对他们，揭露他们的阴谋，尽最大努力争取中间派。"

周恩来笑道："主席经常说，我们不搞山头主义，要搞五湖四海啊。"

毛泽东点点头："恩来，现在我们跟香港的联系畅通了，应该继续着手新政协的准备工作了。"

周恩来马上提出："眼下当务之急，是把各民主党派的政协代表接到解放区来。"

毛泽东皱起了眉头："可是，许多民主人士还在国统区，而国统区各地与解放区的交通都被国民党封锁了。看来，多数人还必须通过香港转移，任务非常繁重啊！"

周恩来思考了片刻，接着说道："我准备派董必武的秘书刘昂去大连，接替她丈夫钱之光同志的工作。钱之光之前秘密去过香港，让他去香港，协助香港分局工作。"

毛泽东建议道："钱之光去香港，不能再用秘密身份，得有个公开的身份。"

周恩来想了想，笑着说道："那就以解放区救济总署特派员的身份去吧。"

安排妥当，毛泽东站起来叮嘱道："无论是交通阻隔，还是猜疑滋生，都被今年夏天的热风吹得烟消云散！中国的革命进程，已渐入佳境喽！"

致公堂香港总部早已明确表态拥护中共"五一"口号，美国总部却迟迟没有表态，司徒美堂也一直联系不上。三个多月过去了，一个偶然的机会，马悦悦突然得知司徒美堂就在香港，已经被特务软禁三月有余了。

原来司徒美堂拒绝参加伪国大，蒋介石早就怀恨在心。三个月前，司徒美堂回福建省亲，返程经过香港时听说中共发布了"五一"口号，正准备跟香港总部联系，共同发表声明，却被国民党特务抢先软禁起来。

车孟凡从马悦悦口中得知了此事，立刻来到华润公司跟潘汉年等人商量。

连贯听完谨慎地问道："孟凡，消息来源可靠吗？"

车孟凡点点头："可靠，姜家辉身边耳目众多，不知从哪里打听到的消息，喝酒时跟他的一个马仔说了，马仔又告诉了悦悦。"

潘汉年焦急地说道："这三个月里，老人家过的是什么日子啊，不行，一定要想办法把他给救出来。"

车孟凡连忙劝道："别急，以司徒美堂目前的地位和影响力，叶君伟还不敢动他。悦悦是老幺，跟司徒美堂算得上是一家人，她会想办法先帮我们刺探敌情。"

第二天，马悦悦来到司徒美堂在香港的家门前，敲了好一会儿，里面才传出声音。

马悦悦高声道："香港致公堂凤尾老幺马悦悦，特意前来拜见美洲致公堂大龙头司徒美堂。"

大门打开，一个特务从里面走出来，看着马悦悦，疑惑地问道："你是致公堂的人？"

　　马悦悦看了他一眼，讥笑道："不像吗？要不要陪我去堂口验证一下？"

　　特务问道："你找他什么事？"

　　马悦悦斜了他一眼："我们内部的事。"

　　特务想了想，只好放马悦悦进去。

　　进了客厅，马悦悦四下顾盼。司徒美堂从里面走出来，笑着招呼："悦悦来了。"

　　马悦悦亲热地挽住司徒美堂，撒娇道："司徒爷爷……"话还没说完，忽然看见后面不远处左右各有一个特务，正死死地盯着自己。马悦悦一愣，轻声问道："他们是什么人？"

　　司徒美堂拍了拍马悦悦的手臂，不动声色地说道："是我们的蒋总统派来给我当保镖的，坐吧。"

　　马悦悦心领神会，闷闷不乐地说道："不坐了。司徒爷爷，我们明明说好的，您清明回乡祭祖后就回香港，我爸都在家等您三个月了，还不见您回来，您倒好，竟然躲在家里享清福。"

　　说话间，司徒美堂在一旁的椅子上坐下。"司徒爷爷，您还坐啊，快跟我走，我爸在家等着您呢。"马悦悦话音刚落，一个特务就上前阻拦道："不行，他哪里都不能去！"

　　马悦悦转过头，怒气冲冲地盯着那个特务："为什么？"

　　特务闷声回答："为了他的安全。"

　　马悦悦冷笑一声："在香港，没人敢害他。"

　　另一个特务说道："我们收到可靠消息，最近共产党派了大量杀手到香港，要对司徒先生进行暗杀。"

　　马悦悦冷笑道："共产党会暗杀司徒爷爷？"

　　那个特务继续顺口胡诌："不错，共产党专门杀有钱人。像司徒先生这样的大富翁，正是他们暗杀的主要对象。"

马悦悦实在听不下去了，一把拉住司徒美堂的胳膊："胡说八道！爷爷，我们走！"

那个特务抢步上前伸手拦住两人："不准动！"

马悦悦咬了咬唇，一个过肩摔，闪电般将那个特务举起来重重地摔在地上，同时一脚踩了上去。

旁边另一个特务立刻拔出枪，对准了马悦悦："别动！"外面的特务听到动静也冲了进来，举枪对准马悦悦。马悦悦看了看脚下痛苦挣扎的特务，这才抬起脚。

这时，司徒美堂缓缓开口："悦悦，不要动怒。蒋介石知道我在美洲华侨中有一些影响，我的态度直接影响着美洲华人，所以就让毛人凤派人把我软禁在香港，等形势对他自己有利时再放我回去。但他们不会杀了我，那样会引起美国华人的愤怒。蒋介石现在还需要美国人的支持，毕竟我跟美国政府不少高官都有关系。"

马悦悦气得直跺脚："那也不能让他们把您软禁在这里！"

司徒美堂看了马悦悦一眼，笑了笑，似乎是在自嘲："悦悦，听我说。我现在很安全，每天有好几个保镖伺候着。你快回去吧，以后别再来了。"

马悦悦只好点了点头，轻声与司徒美堂道了别，转身离去。

马悦悦回来后，直接去找车孟凡，介绍完情况后说道："他们只有三个人，你要是想硬抢，我可以借人给你。"

车孟凡思索了一会儿，接着说道："我很了解叶君伟，他应该在等着我自投罗网。"

马悦悦停下脚步，转过头看着他："什么意思？"

车孟凡解释："现在他们是猫，我们是老鼠。只要我们一出手，他们随时可以用保护爱国华侨的借口，向我们开枪，这正好遂了他们的心愿。"

马悦悦皱紧了眉头，说道："那怎么办，司徒爷爷让我不要再去，可是把他一个人留在那里，整天被特务们监视，他哪里还有半点自由可言。"

"自由……"车孟凡似乎想起了什么，忽然问道，"悦悦，你有没有认识的记者？"

马悦悦立刻笑起来："当然有！"

转天，司徒美堂家的大门再次被人敲响。

特务不耐烦地打开门："什么人？"

"我是司徒美堂的侄儿司徒丙鹤。"来人报出家门。

特务上下打量着，接着问道："证件呢？"司徒丙鹤摸出证件递过去。

"你是《华商报》的编辑？"特务打开看了一眼，问道。

司徒丙鹤老老实实答道："是，编辑兼记者。"

"等着。"特务转身进去。很快，特务将证件还给司徒丙鹤。

走进客厅，司徒丙鹤向正坐在椅子上的司徒美堂喊了一声："叔叔。"

司徒美堂微笑着站起身："丙鹤来了，快请坐。"两人互相问候后，各自落座。

司徒丙鹤关切地问道："叔叔什么时候到香港的，怎么也不派人通知侄儿一声，侄儿也好给您接风洗尘。"

司徒美堂笑笑："来了一阵了，身子有些不适，就没有外出会客。"

"那现在身子没事了吧？"司徒丙鹤忙关切地问道。见叔叔微笑着摆手，于是提议道："既然身子大好了，那这样，我们出去喝杯茶，晚上再摆酒给您洗尘。"

"这……"司徒美堂面露难色，转身看看旁边的特务们。

司徒丙鹤循着他的目光看过去："他们是您带来的随从？那就一起去吧。"

司徒美堂想了想，慢慢站起身："你们就跟我一起去。"

三个特务面面相觑。司徒美堂又说道："要不，去两个，留一个看家？"

司徒丙鹤挥挥手，大方地说道："三个都去，我的车刚好能坐下。"

一个特务犹疑片刻，做出决定："你们两个跟去，我留下守屋。"

司徒丙鹤听了，嘴角露出一丝不易察觉的微笑，起身说道："也好。"

　

不久，几人开车来到一座酒楼外，许多身穿黑色短袖衫、黑色裤子的弟子守在外面。

司徒美堂几人下车。"叔叔，请。"司徒丙鹤引领着几人走进酒楼。一进大厅，陈其尤、马龙、马悦悦及一帮弟子就迎了上来。

陈其尤拱拱手："司徒兄，别来无恙！"

司徒美堂拱手还礼："其尤兄，久违了！"

"晚辈马龙见过司徒老伯。"

"悦悦见过司徒爷爷。"

司徒美堂的目光扫过二人，马悦悦朝他眨了眨眼睛。司徒美堂了然，笑着说道："马堂主，悦悦，你们不必拘礼。"

马龙朝身后的弟子喊道："阿强，阿福，你们陪这两位兄弟先在下面喝茶，等会儿再一起吃饭。"

阿强和阿福走上前，拦住两个特务："二位请。"两人无奈，只好跟着阿强和阿福来到大厅的角落，坐下喝茶。

司徒美堂在陈其尤等人的陪同下，慢慢走上楼去。

　

二楼餐厅内坐着十余名记者。陈其尤引领着司徒美堂来到众人的面前。记者们立刻挤到司徒美堂跟前七嘴八舌地提问："司徒先生，您是什么时候到香港的？""您对中共召开新政协有什么看法？"……

陈其尤拦在众人面前："诸位，请静一静。今天，我们中国致公党在这里召开记者招待会，有件重要的事情要向大家宣布。"

记者们闻言，立刻安静下来。陈其尤继续说道："大家都知道，我们致公党有两个总部，一个在香港，由本人负责；另一个在檀香山，为美洲总部，由我身旁的这位司徒美堂先生负责。"司徒美堂拱手向大家致意，记者们纷纷鼓掌。

　　陈其尤接着说道："今年5月，中国共产党发表了'五一'口号，我们国内致公党总部已发表声明，愿意参加由中共召开的新政协，在共产党的领导下，在中国组建民主的联合政府。现在，由美洲总部的负责人司徒美堂先生正式发表声明。"

　　一名记者立刻将照相机对准司徒美堂，另有人专门拿纸笔记录。

　　司徒美堂面色严肃："我代表美洲总部全体同仁，在此发表严正声明，我们致公党美洲总部，坚决拥护中国共产党提出的'五一'口号，愿意参加新政协，以后还愿意参加民主联合政府。今天在这里，只是口头声明，我已委托我的侄子司徒丙鹤，代我撰写书面声明，即日在各家报纸上公开发表。"

　　画面定格，照相机将这一幕记录下来。

　　消息传来，叶君伟气得暴跳如雷，严厉训斥了监视司徒美堂的那几个特务。平静下来，他马上约姜家辉到海滨浴场见面。

　　两人戴着墨镜坐在躺椅上，边晒太阳边聊天。

　　叶君伟埋怨姜家辉："我给了你消息，你就把事情办成这样？"

　　姜家辉摘下墨镜，冷冷地看了他一眼："叶站长，你让我把司徒美堂在香港的消息透露给车孟凡，我已经按照你的要求做到了。谁能想到你的人这么没用，连个老头都看不住，还让他在你的眼皮子底下公然举办记者会，宣布拥护中共的'五一'口号。你怎么能把责任都推到我的身上？"

　　叶君伟顿时气结："我……我本来是想趁此机会引出车孟凡，待他们在抢人时将他击毙。唉！"

姜家辉哼了一声："车孟凡本来就不好对付，这点你又不是不知道。"

叶君伟想了想，冷笑道："那我就好对付？既然司徒美堂召开记者会已经是无可挽回的事，那就将计就计。我想这么大一个消息，他们肯定发报联系中共，趁此机会可以一举毁掉他们的电台。"

姜家辉撇撇嘴："电台哪有那么容易找到？"

"所以，我需要你帮忙。"叶君伟说道。

叶君伟猜得不错，车孟凡、潘汉年很快召集了大家来商讨怎样传递消息的问题。

钱之光说道："同志们，今晚我们的任务非常艰巨，恩来同志将会亲自发来一封电报，应该是毛主席有新的指示。我们在收电报的同时，也要将这边的消息传递出去。"

潘汉年接着嘱咐大家："这几天，经过我们香港分局同志的努力，已经说服港英当局放松对我们的监视及电台的干扰和破坏，但是我们绝对不能大意，必须提高警惕。"

"那今晚我们要去哪里收发电报？之前用过的地址不能再用了。他们知道我们今晚一定会发报，早就对这些地方都进行了严密的监视。"车孟凡问道。

潘汉年表情严肃："说得对，我们必须重新选一个地方。"

"我有个主意。"宋晓军看了看大家，"最危险的地方就是最安全的地方，以往我们发电报都是带着他们兜圈子，这次叶君伟一定想不到我们会在他的眼皮子底下发报。再说他们的电信侦察车只有一辆，侦察设备也只有几台。只要想办法将他们的人分散出去，就不会有问题。"

车孟凡考虑了一下，接着说道："我觉得这个计划可行。凭借这么多年我对叶君伟的了解，他向来只会死守，由我引开他最合适不过。我可以去致公堂借一些人手，另外再找几个信得过的人来这里保护晓军。"

潘汉年点点头："好，那就由孟凡负责引开特务，晓军留在这里收发报。你们切记，一定要注意保护好自身安全，发报时间绝对不能超过十分钟。"

看时间差不多了，车孟凡骑着摩托车，带着四辆车驶离华润公司。他的车队一出动，早就停在对面街道角落里的电信侦察车就跟着离开了。

六楼一个房间内，宋晓军坐在电台前抓紧时间发报。

对面一栋楼的一间屋子里，红灯开始不停闪烁。孙仁兴说道："信号非常强，就在附近。"

"果然是华润公司。"叶君伟说着走到窗前，举着望远镜观察对面的华润公司大楼。挂在墙上的一个钢圈和三楼窗口的马悦悦，都被叶君伟收入眼中。

阿强和阿福趁人不注意，偷偷溜进公司楼内。一直来到楼顶，二人四处察看，忽然发现楼梯间出口的旁边，挂着一个自行车的钢圈，下面堆放着一些杂物。走到跟前，阿强轻轻搬开压在下面的东西，仔细观察，发现钢圈连接着一根电线，电线向下一直延伸到六楼的某个房间。两人对视一眼，又把东西放回原处，然后匆匆下楼。

17

罪恶的金圆券

公司大堂里，马悦悦再次叮嘱弟子们一定要加强戒备，不能让陌生人出入。正在这时，阿强和阿福从楼梯上溜下来，正要偷偷离开，却被马悦悦发现了："阿强，阿福！"

两人只得停住脚步，转身对马悦悦拱手："幺老大。"

马悦悦上下打量着他们："你们上楼去干什么？"

阿强故作镇定地说道："公司快下班了，我们发现有位上去谈生意的客人还没有出来，心里不放心，就上去看了看。"

马悦悦信以为真："找到了？"

"没有，可能离开时我们没有注意，恰好没看见。"阿强撒谎。

"小心些。特别是下班过后，更要注意。没有我的命令，你们也不准上楼，听到没有？"马悦悦再三叮嘱。

"是，幺老大。"两人毕恭毕敬地说道。

很快，探听到消息的姜家辉来到叶君伟的监听室，低声说道："自行车钢圈就是伪装的天线，他们的电台很可能就在六楼。另外，我让他们把三楼的窗户打开了，你们可以从那边上去。"

叶君伟满意地笑道："很好，有你出马果然事半功倍。"

姜家辉冷冷地说道："我的人只能做这些，能否摧毁电台就看你的了。"

这时孙仁兴看了一眼手表，抬头问道："站长，快到十分钟了，我们要不要上去抓捕？"

叶君伟慢悠悠地吸了一口烟："不急。"

"站长，他们就要关闭电台了，下次发报又不知道要等多久。"孙仁兴有些着急。

叶君伟吐了一个烟圈，缓缓地说道："抓了他们这么多次，哪次能人赃并获？我要的是他们的电台！"

孙仁兴一脸不解地望着他。姜家辉也疑惑地看着叶君伟，不知他葫芦里卖的什么药。

"玩了这么久的猫捉老鼠，也该收网了。这次，我要彻底毁掉他们的通信网，再将他们一网打尽。"叶君伟冷笑道。

稍后，宋晓军匆匆从楼上走下来，与马悦悦谈了几句，然后骑上自行车离开了。

叶君伟的嘴角露出一丝得意的笑容，缓缓说道："开始行动。"

宋晓军骑着自行车，身后忽然传来汽车的喇叭声，宋晓军意识到了什么，赶忙用力蹬了几步，飞快地拐进旁边一条狭窄的小巷子里。宋晓军将自行车丢到一处角落，用杂物盖住，接着转身向前跑去。特务们追上来，停在十字路口，四处张望着。孙仁兴听了听动静，一挥手，喊道："这边。"几个特务一齐向着一条小巷子里跑去。

宋晓军一头扎进了一个黑漆漆的小巷子。突然，有人拍了一下他的肩膀，宋晓军猛地回头，却发现是但世平。宋晓军急忙将但世平拉到一堵矮墙后面，大气也不敢喘。就在这时，一个特务从他们面前跑了过去。

周围渐渐安静了下来，宋晓军低声问道："大晚上的你怎么来了？"

但世平压低声音说道："约定的时间到了，你还没来，我有些不放心。就跟周大哥说来华润公司找你，他知道你是这里的会计，也没有起疑心。"

宋晓军赶忙取出情报递给但世平："下次不要这样了。这是中央急电，今天晚上必须译出来，明天一早钱娟来取。"

但世平接过情报，叮嘱道："你也要小心。"

宋晓军拍拍但世平的肩膀："我得走了，待会儿我引开他们，你就趁机快走。"

但世平不舍地望着宋晓军亮晶晶的眼睛。两人近在咫尺，宋晓军轻轻捧着她的脸颊，在额头上留下轻轻一吻："快跑！"说完朝着巷子的一端跑去。

特务们正在附近搜寻，听到脚步声，立刻闹哄哄地追了上去。但世平愣了一下，转身飞快地朝另一端跑去。

此时，姜家辉和叶君伟带着几个特务来到了华润公司的后门。只见姜家辉从袖子里摸出蜈蚣爪，抛向三楼的窗口，几人抓住绳子，顺利爬了上去。

登上六楼，姜家辉摸出一根细钢丝插入钥匙孔内，片刻之后，门打开了。几人没有开灯，叶君伟摸出手电筒，四处观察。

屋子里只有一张桌子、一把椅子，除此之外，没有其他任何东西。几人的目光最后停在墙上的一幅西洋画上。叶君伟端详了一会儿，让姜家辉把画取下来。果然，墙上现出一道暗门。叶君伟小心翼翼地打开暗门，里面放着一口箱子。

特务们七手八脚地搬出箱子，轻轻地打开，里面果然装着一部电台。叶君伟得意扬扬，然后从口袋里掏出了一枚定时炸弹。

"这就是你的计划？"姜家辉皱着眉头问道。

"别多管闲事，锁好，放回去！"叶君伟低声命令。

车孟凡甩掉了特务的跟踪，骑着摩托车返回华润公司。此时，姜家辉和叶君伟等人已回到三楼。几个特务先后顺着绳子溜了下去，姜家辉见车孟凡上了楼，一只脚刚踏上窗台，忽然不远处传来马悦悦的声音："谁把那边的窗户打开了？"

姜家辉一愣，不敢再耽搁，一个箭步冲上窗台，飞快地溜了下去。

"是谁？"马悦悦快步冲到窗前，一眼看见挂在窗台上的蜈蚣爪。

"来人！快来人啊……"马悦悦大喊起来。

车孟凡闻声冲到楼上："悦悦，出什么事了？"

马悦悦举起蜈蚣爪："有人从这里溜下去跑了。"

车孟凡意识到不妙，抬头看了一眼楼上，然后一把拉起马悦悦："快走！"两人刚跑了几步，就听到头顶上传来一声巨大的爆炸声。

翌日清晨，致公堂偏室内，马龙坐在主位，马悦悦和车孟凡站在一旁，正在审问跪在地上的阿福和阿强。

"昨晚，宋会计下楼时，门是锁上的。你们本应在门口当值，却失踪了一段时间，说！你们去哪儿了？"马龙面色阴沉。

阿福一脸惊恐："师父，我一步都没有离开过大厅，我什么都不知道。"

马悦悦怒道："还敢狡辩！三楼的窗户是我亲自关上的，那段时间只有你们俩偷偷上去过，窗户肯定是你们打开的！"

"幺老大，我们确实上过楼，但是三楼的窗户到底是谁打开的，我们确实不知道啊。"阿强继续抵赖，企图蒙混过关。

这时马悦悦掏出蜈蚣爪，扔在两人面前："你们还有什么话说？"

阿强和阿福看到那蜈蚣爪，立刻吓得浑身颤抖："老大饶命啊，师父饶命啊……"

姜家辉慌乱之中跟着叶君伟逃到了保密局。一大早，听说阿强和阿福被押回堂口审问，心中更加焦躁不安。他没想到马悦悦会突然上楼，虽然不知道她是否看到了自己，但慌乱中落下的蜈蚣爪却是最直接的证据。再加上有阿强和阿福的口供，自己绝对不能再留在致公堂了，甚至留在香港都有危险。

走投无路之下，姜家辉只好暂时藏身在保密局内，等躲过风声再说。

内战仍在持续，节节败退的蒋介石急需军费。而美国人却在此时卡住了蒋介石的脖子，拒绝了他的贷款要求。

蒋介石思虑再三，准备起用前清华大学校长翁文灏任行政院院长，商务印书馆总经理王云五为财政部部长，向美国人示好。

翁文灏和王云五是中国著名的文人，当初他们不顾各方反对参加了伪国大。现在蒋介石授予他们实权，是希望他们能想出办法，帮助他摆脱眼前的经济困境。

经过几天的深入核查，两人在行政院办公室开始商讨解决问题的办法。

王云五说道："灏公，咱们面临的局面比想象的还要恐怖十倍，真是让人不寒而栗啊！今年 6 月军费就占预算总额的 47%，赤字高达三百万亿元。1—8 月，上海物价已上涨五十六倍。"

翁文灏叹了口气："这些情况我都知道。"

王云五接着说道："想要挽救当前的局势，实在是太困难了。"

翁文灏点点头："确实啊！不过，云五兄，既然蒋公这样信任我们，我们就应该为蒋公排忧解难才是。"

王云五想了想，突然说道："非常时期，必须用非常手段！我提议尽快发行一种新的货币取代原来的法币。"

翁文灏一愣："发行新的货币？"

王云五笑道："对，这个新货币的名字我都想好了，就叫'金圆券'。"

两人一拍即合，马上上报了蒋介石。蒋介石听了他们的计划，大加称赞，表示他一定会全力支持。

两人很快拟定了这次币制改革的细则，并规定金圆券限于10月20日以前兑换完毕，逾期者严惩不贷。同时还规定加强经济管制，实行限价政策。蒋介石把这次币制改革的主战场放在了中国最大的城市——上海，并派蒋经国去上海督战。

不久，财政部部长王云五的秘书陶启明，被查出利用职务之便，泄露经济机密，串通不法商人炒股投机，被判处有期徒刑十五年。同时，王云五身为财政部部长，却行为不检，私自对外泄露"经济紧急处置方案"的重要内容，也被警告，并停职反省。

蒋经国以此为契机，接连批捕了上海警备司令治安科科长陈亚尼、警备大队大队长戚再玉。经查，二人利用职权囤积居奇，依法被判处死刑，同时被执行死刑的还有王哲春。

一时间，无论上海的富商大贾还是平民百姓，人人都是战战兢兢。

济南城外，但世忠和换了一身便装的杨参谋正在话别。这时一名国民党少校走过来："请问，谁是但先生？吴军长让我来接人。"

但世忠亮明身份后跟杨参谋拱手告别："杨兄，我先走一步。"

杨参谋也拱拱手："但兄慢走，祝一路顺风。"

但世忠转身跟着少校向济南城内走去。忽然，见一队士兵押着几名穿长衫的男子，向城外走去。

几人一路大喊大叫："你们这些畜牲！不得好死啊！""刮民党，你们丧尽天良啊！""强盗！土匪！无耻！""你们发金圆券，就是公开抢劫！"

到了不远处一块空地上，一阵枪响，被押解的人全部倒地身亡。

但世忠看得心惊肉跳，连忙问道："这些都是什么人？"

"小商人，犯了私藏银圆金条罪。"少校解释道。

但世忠问道："这一路过来，我听说上海等大城市在搞币制改革，怎么济南也在搞啊？"

少校叹了口气："可不是吗，都成一座孤城了，还打什么老虎，造孽啊！"

到了指挥部，吴化文看完信，对但世忠说道："但先生，从香港到山东，这一路不容易吧？"

但世忠十分感慨："是不容易，但甚感欣慰。"

吴化文眉毛一扬："先生何出此言？"

但世忠答道："我在美国留学多年，才刚刚回来几个月，却在中国看到了两个截然不同的世界。一个世界阳光明媚，百姓们踊跃参军、踊跃支前，帮助共产党打胜仗；另一个世界则暗无天日，利用币制改革大肆搜刮民财，百姓叫苦连天咒骂政府。"

吴化文叹了口气："水能载舟，亦能覆舟。这道理古代君主都懂，可惜偏偏就有人要走覆舟之路。"

但世忠说道："中山先生说过，历史潮流浩浩汤汤，顺之者昌，逆之者亡。冯、李两位将军希望吴将军能顺应历史潮流，认清形势，做出正确的选择。"

吴化文连忙起身："但先生，请转告二位将军，我吴化文不会让他们失望的。另外，还请先生转告许世友将军，明天我会派代表直接跟解放军首长面谈。"

但世忠也站起来，伸出了手："吴将军，俊杰也！我一定转告！"两

337

人的手紧紧握在一起。

蒋经国的一系列动作得到了蒋介石的认可，其他官员更是极力奉承。这天在蒋介石办公室谈到比事，陈布雷夸赞道："经国先生在上海滩纵横捭阖，双管齐下，既拍苍蝇，又打老虎，如此迅猛的处置手法，让人如拨云见日一般。现在，经国先生已经成了打虎英雄武松，百姓们都得仰视。"

翁文灏也附和道："百姓们被压抑已久，心头重新燃起希望之火，无不拍手称快，对经国先生寄予厚望。"

蒋介石听了不由得心花怒放："你们过奖了。"

翁文灏吹捧道："一点也不过。鱼龙混杂的大上海，历来都是藏污纳垢的'销金窟'，自打虎行动开始以来，一时间人人自危，不少人坐卧不安，惶惶不可终日啊。"

蒋介石得意地大笑："好啊，经儿确实有我当年率军北伐时所向披靡的气概。"

就在蒋经国大刀阔斧、意气风发之时，有人发现上海证券交易所经纪人经常大搞投机交易，趁机牟取暴利。此人名叫杜维屏，是青帮大亨杜月笙的儿子。杜月笙与蒋介石交情深厚，下面的官员一开始不敢上报。本以为杜维屏会在打虎期间有所收敛，可近日，他又在交易所外抛售永安纱厂股票两千八百多股，狠狠地赚了一笔。

蒋经国听到报告，勃然大怒，立刻命人将杜维屏缉拿归案。他临行前，蒋介石曾亲自下令，对于涉案人员，不论官职和背景，都要照查不误，没想到当真遇到了这样的事，他自然不会手下留情。

消息传出，黄炎培听儿子黄竞武说起此事，十分感慨："非常时期非常行事，杜维屏未曾料到蒋经国新官上任三把火，他兴头正浓，也就顾不

338

得杜月笙与蒋介石的交情了。"

黄竞武说道："父亲，这件事虽有场外交易之嫌，但是远比这更严重的经济犯罪多如过江之鲫。相比之下，杜维屏的事其实算不了什么。不过蒋经国已经下令，以'连续在非法交易场所买进卖出，进行投机倒把'的罪名，将杜维屏逮捕入狱了。"

黄炎培点点头："蒋经国大权在握，可杜月笙乃青帮大佬，又岂是等闲之辈。这么一来，就有好戏看了。"

杜维屏被捕后，连续几天，杜月笙闭门不出，没有任何动作。随后突然在他掌控的报纸上发表声明："鄙人的儿子破坏交易所规则，涉非法交易罪，应当法办。我绝不去保他。"

声明一经发出，引起各界猜测。蒋经国更是皱起了眉头，不知杜月笙葫芦里卖的什么药。

更令人意外的是，接下来杜月笙又连续在各主要报纸的头版不断刊登"辟谣谈话"，声明自己热爱国家，拥戴领袖，服从政府，甘愿受罚。

这让蒋介石也百思不得其解，特意找来翁文灏询问他对此事的看法。

办公室里，翁文灏恭维道："经国先生这一次，是采取群众运动的做法，做了大量的宣传工作，得到了全国人民的拥护。杜月笙虽然在上海呼风唤雨，但他还不敢公然跟全国人民为敌。"

蒋介石的脸色缓和了许多："这位杜公子被判了几年？"

"听说只有六个月。"翁文灏回答。

沉吟片刻，蒋介石点点头："他能体谅政府的苦衷，甘愿受罚，这很好。等过一段时间，币制改革完成了，我让经儿提前放了他儿子。"

杜月笙又岂会善罢甘休。

这天，蒋经国正伏案看着卷宗，秘书走进来通报杜月笙求见。

"他来了？"蒋经国顿时一愣，思索片刻，还是说道，"请他进来。"

杜月笙随即走进屋子，蒋经国起身相迎："杜老板。"

杜月笙礼貌地拱拱手："蒋专员，冒昧打扰，还望恕罪。"

蒋经国一笑，请杜月笙在沙发上坐下，随后问道："杜老板，有什么事情吗？"

杜月笙不紧不慢地说道："我儿触犯法律，罪有应得，但对于枉法之事，还请经国先生一秉至公，严加惩处。"

"杜老板何出此言？"蒋经国问道。

"据我所知，扬子公司所囤积的各种紧缺物资，特别是医用纱布，远远超过其他各家，泄露经济机密的情况，也远较其他公司严重，请专员立即派人去查看，万勿任其逍遥法外。否则，难以服众。"杜月笙一副大公无私的样子。

蒋经国愣了一下，半晌说不出话来。杜月笙面带微笑，眼睛却紧盯着蒋经国。过了好一阵，蒋经国才站起来："来人！命令稽查大队立即派人赶往扬子公司，搜查取证！"

不出所料，当几十名军警破门而入时，被眼前的景象惊呆了。扬子公司的库房内整齐地码放着像小山一样包装好的布匹。打开一看，里面全是白花花的医用纱布。

这时，大批记者争先恐后地赶来，纷纷要求进入库房内拍照采访，却被军警们拦在了大门口，双方吵吵嚷嚷闹成一团。

稽查大队长匆匆赶回蒋经国办公室报告："库房都打开检查了，情况比反映的还要严重，简直……简直是触目惊心。相比之下，像杜维屏这样的连小苍蝇都算不上。而且，不知哪里走漏了风声，几乎全上海的记者都在第一时间赶了过去。属下担心……"

"担心什么？"蒋经国早已坐不住了，背着手在屋里焦急地踱着步。

"他们很快就会涌到这里来。"大队长一脸急切。

蒋经国沉思良久，终于抬起头说道："传令下去，立刻查封扬子公司的全部资产，逮捕公司的经理！"

香港民主人士每周的座谈会还在继续，但靖邦却没有再去参加。一个黄昏，吃过晚饭的但世平拉着但靖邦去半山公路散步。父女俩边走边聊，但世平忽然问道："爸，您最近两周怎么不去开会了？人也没什么精神，要不回去让琼姐给您看看？"

但靖邦淡淡地说道："不用了，我没事。"

但世平小心翼翼地问道："我听说，上次沈老在会议上提出，各民主党派和人民团体应该集体发表一个声明，坚决拥护中共召开新的政治协商会议。就您没有举手同意，难道您还在犹豫和观望？"

但靖邦叹了口气："丫头片子，你懂什么？"

"爸，我学的是政治，虽然我看得未必有您长远，但是我相信各位叔伯的判断。"但世平一脸认真地说道。

"那你说说，你都看出了什么？"但靖邦看着女儿。

"就拿目前来说，蒋介石强制实施各项政策，百姓连连遭殃，民盟深受打击。而共产党却在搞'土改'，他们将土地分给了百姓，让所有人都有田种，都有饭吃。最难能可贵的是，对于一些中间人士，蒋介石一贯是排挤打压，共产党却在极力争取和暗中保护。民心所向，大势所趋，您又何必还要坚持走这第三条道路呢？"但世平希望能说服父亲。

但靖邦似无奈地叹了口气："因为这条路对于我们来说是最安全的，我年纪大了，只希望你们都能平安无事。"

但世平深吸了一口气，望着但靖邦："爸，我已经长大了，有能力保护自己，也有自己的判断和选择，我不会走错路的。同时，我也希望您能相信自己的女儿。"

但靖邦瞪了女儿一眼："我要是不相信你和世忠，也不会由着你们去当共产党。”

“爸！”但世平惊讶至极。

但靖邦摆了摆手，在路边寻了块干净的地方坐下："在我面前，你不用掩饰了。你是人在这里，心早就跟共产党跑了，要不然也不会天天帮着共产党说话。"

“那我大哥他……”但世平试探着问道。

“这件事我也是刚知道的。国共大战胜负未分，港英当局首鼠两端。正是你表叔大展宏图的好机会。”但靖邦顿了顿，"丫头，你知道世忠这次去了哪儿，去干什么吗？"

“我只知道他绕道上海，去武汉寻苏伯母，另外，帮助香港这边把消息带到解放区。”但世平如实说道。

但靖邦摇了摇头："他这次没去上海，直接去了山东。因为他有一个重要的任务，就是受你表叔和冯玉祥将军之托，去济南策反一些国民党高级将领。"

但世平大吃一惊："策反？是表叔告诉您的？"

“放心吧，他已安全离开济南。”但靖邦先给女儿吃了一颗定心丸，然后说道，"你表叔一直认为，民革的优势在于军事。最近民革派出大批信使，奔赴各个战场，专门做策反工作，而世忠就是其中一个。你表叔估计国共大战，至少还有三至五年才能见分晓。与其一早跑到哈尔滨去做观众，不如在香港多干些实事。以后过去了，也挺得直腰杆。"

但世平点点头："我明白，那您心里到底是个什么想法？"

但靖邦的脸色黯淡下来："你们几个都要跟着共产党，我总不能一个人唱反调。只要是对老百姓好的，我就没有理由去反对。"

“爸，您想通了，这真是太好了！”但世平高兴地跳了起来。

望着女儿兴奋的样子，但靖邦嘴角微微上扬，眼神里却难掩无奈和惆怅。

18

冯玉祥遇难

西柏坡中央机关小食堂里，周恩来与李克农坐在桌子旁，边吃边讨论着当前的形势。

李克农有些无奈地说道："中共上海局、香港分局做了大量工作，香港的民革主席、上海的民盟主席还是没有拿定主意。民主党派中有些人还在幻想走中间道路，上海局和香港分局多次组织报刊进行批驳，有些批评还相当尖锐。"

周恩来思索了一下说道："对于这些民主人士，我们一定要有耐心，要有宽容的胸怀。电告上海和香港，对于一切中间派右翼分子，只要他们尚处在中间地位，尚未公开站在美帝及其走狗一边直接妨碍人民革命的发展，我们就要联合他们一道前进，不要过分地打击他们。"

华润公司被炸毁后，经过一段时间的修缮，已经恢复使用。宋晓军利用自己的专业知识，改造了一部旧电台，与中央的通信终于又恢复了。

周恩来得知此事，庆幸虽然电台被毁，但没有造成人员伤亡。毛泽东也指示一定要告诫香港方面注意安全。新政协的筹备工作已经进入实施阶段，中央不希望任何人出现意外。当前最急迫的问题是怎样突破敌人的封锁，把人安全送到解放区。而且，会议的地点最终定在哪座城市还未确定。

由于中共中央所在的华北解放区尚处于敌军的围困之中，并不安全，因此毛泽东建议政协会议的地点定在哈尔滨。接下来的问题是如何确保民主人士安全顺利地到达哈尔滨。

从香港到哈尔滨，要从南到北穿越整个中华大地，途经盘查严密的国统区、炮火纷飞的交战区，为此周恩来设计了一条很安全的路线，即先从香港乘飞机到伦敦，再由伦敦转飞苏联，由苏联进入哈尔滨。

潘汉年接到中央的指示后，召集大家一起讨论方案的可行性。

钱之光看着墙上的地图："这条航线虽然安全，国民党政府鞭长莫及，无法公开干涉和阻拦。但是，从香港登机到伦敦，必须经过英国控制的海关。"

章汉夫接着说道："英国与南京政府有正式的外交关系，这是个大麻烦。"

潘汉年解释："眼下，英国人首鼠两端。周公正是抓住了英国政府这种心态，才大胆设计了这条路线，指示我们与港英当局接洽此事。"

几人对视一眼纷纷点头，最后推举萨空了去周旋此事。

萨空了马上去拜访了香港大学校长施乐斯，提出李济深、沈钧儒等人要从香港乘机去伦敦，转经苏联到达东北解放区，希望英国政府能提供帮助。

施乐斯依旧十分热情，不过因为即将离开香港的是两位领袖人物，此事非同小可，他表示无法立刻答复，需要请示香港总督定夺。

香港总督戴维斯却认为这些中国的民主人物，特别是领袖人物，是一笔可观的政治资本，绝不能流失，这些人必须留在香港。于是他指示施乐斯说自己无权决断，必须要请示伦敦，请耐心等待。

消息传到西柏坡，周恩来说道："他们明显是在敷衍我们。"

毛泽东皱着眉头吸了一口烟："新政协会议已定于今年冬季召开，我们不能再等了，得另寻途径。"

周恩来想了想，有了主意；"主席，您认为启动海上路线如何？由香港至大连或朝鲜罗津到东北解放区，沿途需要经过朝鲜海峡、黄海、东海和台湾海峡，钱之光等人已先期打通此航线。不过，这条路线，我们也要经过三关。"

毛泽东很感兴趣："说来听听。"

"一是出港要通过检查，港英当局不配合，出港前我们的人很容易受到国民党特务的监视、阻挠和暗杀。二是北上要经过台湾海峡，那里国民党的军舰正等待拦截。三是登岸的问题，东北没有我们控制的港口。"周恩来一口气说完。

毛泽东深深地吸了几口烟，最后他掐灭手中的烟："能够列出问题就会有解决的办法，明的不行，那就来暗的。古人云，'明修栈道，暗度陈仓'。"

周恩来听了，顿时眼前一亮。

新的指示传到香港，潘汉年在铜锣湾约大家商讨具体行动计划。

潘汉年首先向大家通报了中央的决定，随后指出具体的行动方案还需要大家讨论解决。

钱之光首先提出："我们可以租用外国的货轮，采用偷渡的方式，绕开港英当局和特务的监视，躲开国民党的军舰，在朝鲜港口登岸。"

夏衍表示赞同："租用外国货轮可以麻痹港英警方和特务，顺利通过安检。同时，也能避开国民党军舰的拦截。我看行得通，周公也对这条路线很有信心。"众人纷纷点头。

不过，周恩来对于香港民主人士的安全问题仍然非常担心。为了圆满完成任务，香港分局和香港工委决定成立一个五人小组，专门负责接送民主人士北上。五人小组由潘汉年全面负责，夏衍和连贯同志负责与各民主党派的头面人物联络，许涤新同志负责筹措经费，饶彰风同志负责接送的具体安排。同时，还会从《华商报》等单位抽调部分人员，成立一个秘密小组，负责联络北上人士、租赁轮船、购买船票、搬运行李等工作。

除此之外，钱之光还提醒大家，国民党对解放区封锁严密，中央通知长江以南进入解放区的政协代表，大多要经香港换乘。

钱之光点点头："船只，由华润公司出面去租外轮。"

潘汉年说道："我也可以通过商人杨建平搞船。"

饶彰风皱起了眉头："组织民主人士登船也是很复杂的，每个人都要由专人负责送上船。"

"怎样秘密上船才是关键！保密局的特务不久前才潜入华润公司炸了我们的电台。他们现在又勾结港英警察政治部监视在港的民主人士。海关也查得紧，周公再三嘱咐，一定要绝对保密。"潘汉年再次强调。

"这就是你小开的特长了！"钱之光的话逗得大家都笑起来，紧张的气氛顿时轻松了许多。

远在美国的冯玉祥为参加新政协，携夫人及全家已在路上辗转多日。这天，他们乘坐的苏联客轮"胜利"号正在海面上破浪前行。冯玉祥和夫人李德全站在甲板上并肩远眺。李德全十分感慨："经过这一个月的航行，我们通过大西洋到达了黑海，明天就要抵达苏联的敖德萨了。"

冯玉祥面色凝重："我戎马一生，做了很多事，也犯了很多错。这次回国参加新政协，如果能够平安到达解放区，我一定要从头做起。"

李德全转身看着冯玉祥，小声问道："你还在担心？"

冯玉祥揉了揉眉心："之前在抵达埃及亚历山大港时，停泊的那艘国民党军舰总让我耿耿于怀。"

李德全安慰道："焕章，放心吧，你写给李济深将军的那封信，还有新诗《小燕》，我和理达偷偷下船替你寄出了。他看到信就会明白的。"

冯玉祥轻轻地点了点头。

看着不远处玩耍的孩子们，李德全一脸幸福："去给孩子们讲讲你的新政协吧。"

冯玉祥微笑着更正："这新政协不仅是我的，也是你的，是全中国人民的。"

"晓达，颖达，我们回船舱去了。"李德全冲着两个孩子喊道。

听到喊声，晓达拉着颖达向父母这边跑过来。

一家人走进船舱，晓达看见桌子上的诗稿，一把抓在手里："是爸爸的新诗《小燕》！"然后有模有样地朗诵起来："小燕，请你快回程，不可再远送，我有几句话，烦告美议员……"

颖达不甘示弱地从妹妹手里抢过诗稿，接着读下去："我国正革命，大师日开展，高举民主旗，群起把蒋铲……"

晓达调皮地问道："爸爸，小燕替您捎信到美国，谁陪我们回祖国呢？"

冯玉祥打趣道："还有飞得更快的大雁啊！爸爸已经委托大雁提前回国报信了。"

颖达听了，顿时焦躁起来："那这船也太慢了，等我们回国，革命都成功了，爸爸打谁呀？"

冯玉祥笑道："爸爸不只会打仗，还要学习建设，民主建设、经济建设。新中国是我们自己的国家，你们回国也要好好学习，有很多的事情等着我们做呢！"

夜幕降临，"胜利"号客轮在茫茫夜色中快速行驶。

船舱内，冯玉祥半躺在床上，李德全守在一旁，晓达和颖达坐在舱门处的沙发上，听冯玉祥讲述他1926年去苏联时的情形。

"那时候苏联还很贫困，社会秩序也还没有完全走上正轨，比较混乱，但它是世界上第一个由劳动人民执政的社会主义国家，革命气氛很浓厚，生机勃勃……"冯玉祥说着说着，突然闻到一股奇怪的气味。四处查看，发现一丝黑色烟雾从门缝里钻进包间。冯玉祥立刻挺身坐起，问道："怎么回事？"

"爸爸，我去看看。"晓达从敞开的舱门向外跑去。门外的过道内浓烟滚滚，一片漆黑。冯玉祥顿感不妙，大喊一声："晓达，不要出去！"马上冲了过去。冯玉祥刚跑到门外，就被浓烟熏得腿一软摔倒在地。

李德全踉跄着跟上去，浓烟让她几乎窒息，她立刻返回包间，对颖达说道："颖达，从窗户那边走，快走。"话音刚落，李德全也晕倒在了地上。

颖达掩住口鼻，摸向李德全的方向："妈妈，妈妈！"

窗外，理达和丈夫罗元铮、弟弟洪达发现起火急忙赶了过来。洪达抢起消防斧劈开舷窗，与罗元铮一起钻了进去。

包间内浓烟滚滚，洪达摸索了一会儿，找到颖达，用尽全力将她抱起来从窗口送了出去。罗元铮找到晕倒的李德全，将她背到了窗边。

洪达回身继续寻找，半晌之后终于找到了躺在地上的冯玉祥："爸爸，快醒醒！"推了两下，不见父亲苏醒，洪达赶紧招呼罗元铮，两人一起架起冯玉祥从窗口翻了出去。

"晓达，还没有找到晓达……"洪达焦急地说着转身就要冲回包间。

罗元铮一把拉住洪达："洪达，不能再进去了，火已经烧到包间了。"

"不，我一定要找到晓达。"洪达甩开罗元铮，朝包间冲去。

天色已经蒙蒙亮，依旧浓烟冲天的客轮无助地在大海上漂流。由于大火烧毁了船上的无线电联络设备，所以客轮无法与外界取得联系。

冯玉祥静静地躺在甲板上，医生先翻开眼皮进行查看，接着又进行了人工呼吸，半晌，却不见丝毫反应。

医生回头对身旁的理达和罗元铮说道："我需要给他注射强心剂，谁能帮我去医务室取药？"

罗元铮立刻站起来："我去。"说完快步离开。

这时李德全苏醒过来，看到躺在地上的冯玉祥，立刻扑了上去："焕章，快醒醒！"

不一会儿，罗元铮两手空空地回来了，哭着说道："医务室被大火烧光了，什么都没有了。"

医生再次检查后摇了摇头："来不及了，冯将军没有呼吸了。"

李德全大哭起来，一把抱住冯玉祥："焕章！焕章！你快醒醒啊！"

消息很快传到西柏坡，大家的心情都无比沉重。

李克农给大家介绍情况："9月1日，冯玉祥将军和爱女晓达乘苏联客轮由美归国途中，在黑海不幸遇难。据苏方调查，火灾起因是电影胶片起火。"

刘少奇关切地问道："灵柩怎么处理？"

"按照冯玉祥将军夫人李德全的意愿，装殓遗体的灵柩已经被空运到莫斯科火化。"李克农将知悉的消息讲给大家。

毛泽东摸出一支烟，迟迟没有点着。想了想，又把烟放回了烟盒里："克农，马上以我、老总和恩来的名义联名致电李济深和冯玉祥夫人李德全，对冯将军的逝世表示沉痛哀悼。"

"是，主席。"李克农应道。

周恩来思索了一下，接着说道："主席，中共香港分局的首批接送工作已准备就绪。上周，我和任胡子联名致电钱之光，提醒他们一定要绝对保密。但是，冯玉祥将军遇难倒是给我们提了个醒，对于民主人士乘坐苏轮北上之事，需要慎重处理。如该轮确无保证，以不乘该轮为妥。如该轮有保证，而民主人士有顾虑，亦可不乘该轮。如该轮有保证，而民主人士也愿意北上，亦不宜乘一轮，应改为分批前来，而且，第一批愈少愈好。"

毛泽东频频点头："再加一条，每批接送都要有共产党员陪同，做到与民主人士风雨同舟。"

朱德拍手称道："好一个风雨同舟，我看这次行动干脆就叫'风雨同舟'如何？"

"好！"众人一致同意。

听闻冯玉祥遇难的消息，黄炎培倍感悲戚。新政协正在欣欣向荣之际，突然痛失大将，可谓出师不利。

黄竞武赶忙劝道："父亲，您怎么也迷信起来了？"

黄炎培痛心地说道："我更多的是担心，此事会给其他民主人士的出行，带来不利的影响。"

黄竞武劝慰了父亲一番，又说道："自从蒋经国扣留扬子公司的管事经理，着手侦查这件案子后，大家都看清了老蒋搞币制改革的实质，担心手里的金圆券贬值，马上就拿到工厂去订货。工厂也不敢留现金，立刻就去买原材料，原材料商乘机涨价。这次的上海限价，反而引起汉口、重庆、广州等地的物价飞涨。"

黄炎培叹息一声："这件事还没完，上海那些下游产业又该大祸临头了。"

与国统区的一片哀鸿遍野不同，共产党由于长期在农村经营根据地，因此对城市建设缺乏经验。对此，朱德对今后的城市工作总结了四句话：公私兼顾，劳资两利，城乡互助，内外交流。毛泽东非常赞同朱德的这个总结，概括起来就是"四面八方政策"。

周恩来则提出私人资本虽然压迫剥削工人，但他们自己也受官僚资本的压迫，工人应该联合他们一道推翻蒋介石政权。知识分子只要愿意为人民服务，共产党也是欢迎的。

此外，周恩来在6月起草了《新民主主义的经济建设》，提出新民主主义经济建设的完整方针，规划未来的经济成分有公营、私营、合作社三种。攻克开封时，中央已再次明确指示，对敌方党政机关、经济机关与文化机关的人员、警察及豪绅地主等均不要俘虏和逮捕，而应命他们负责维持城市秩序；对知识分子应尽量招收；除持枪抵抗者外，不杀一人。这样，先解放的城市，就成了共产党城市政策的示范区。

解放区民主开放的政策、日新月异的变化，让前来参观的民主人士大开眼界。民革的朱学范在哈尔滨实地参观之后，立刻给香港的民主人士写了一封信。大家相约到连贯家一起看看信里都写了些什么。

吃过早饭，但靖邦带着苏琼来到连贯家，两人依然坐在角落里。

见人到齐了，宋晓军拿起朱学范的信，站在客厅中间开始读起来：

"解放区自从去年10月实行了土地改革，农民分得了土地翻了身，掌握了政权，已经将中国几千年封建、半封建的社会完全毁掉了。这种人民的力量，对于军事、政治、经济有很大的作用。现在农民踊跃去参军，自动去送粮，中共领导的人民解放军达到了兵精粮足。这是中共走的群众路线，唤起了人民，使人民自动、自觉地来参加这个革命斗争的结果，其激起的人民力量是无穷的……"

"中共同志一条心，一切为了革命，一切为了人民，在今天民主革命斗争中，处于领导的地位。只有由中共坚决领导才能有革命最后的胜利。不但如此，将来革命胜利后，在民主建设中，中共也是领导建国工作的第一大党。这是一个现实问题，我们必须要承认。"

信刚读完，蔡廷锴猛地一拍桌子，起身说道："这封信写得好！蒋介石政权的御用报刊把解放区的经济与人民的生活写得一团漆黑，很多人受此影响来到香港，而香港报纸也基本上都是反面宣传。"

沈钧儒激动地说道："他们在国统区滥发金圆券，把国家经济搞得濒临崩溃，还到处造谣，抹黑解放区。朱公的这封信，狠狠地打了他们一个耳光！"

章伯钧站起来提议："我们要把这封信传扬出去，让更多的人看到！"

李济深点点头："对于一些有偏见的人，一时很难说服他们，以后再遇到这样的人，我就把这封信拿出来。"

这时沈钧儒对李济深说道："任公，既然朱公已经先期到达解放区，替我们了解了情况，也树立了榜样，我认为我们北上也刻不容缓。"

柳亚子立刻附和："对，一定要北上，参加新政协。"其他人也纷纷点头。

此时沈钧儒、李济深相约来到蔡廷锴家商量北上事宜。

沈钧儒态度坚决："搞政治总是有风险的，对于政治家来说，冒险有时并非下策。真正的下下策是冒无谓之险。别人等待观望，我沈钧儒不等了。我走，走得越早越好！"

蔡廷锴接着说道："我身经百战，九死一生，冒险对我来说是家常便饭。别人怕冒险，我不怕！让小开安排，我跟沈老第一批走！"

李济深沉吟了一下，接着说道："我现在不愿走，并不是不走，更不是他们说的要在香港坐山观虎斗。我还是赞成民革派人去解放区参与筹备新政协的。"

沈钧儒问道："你准备派哪些人先去？"

李济深想了想："周公有言，第一批宜少不宜多。我建议，我们民革就派贤初，你们民盟，就派沈老。另外，民进去个马叙伦。这就够了。"

"好！我和沈老就当你们的先锋。"蔡廷锴爽快地答应。

"这件事必须严格保密，除几个当事人外，民革内部其他人，一律不能知道。"李济深叮嘱道。

华润公司业务室里,潘汉年和钱之光正在讨论北上的事。继李济深等人商讨之后,民盟和民革内部,都主张每个党派两人去更合适。于是,民革增加了谭平山,民盟增加了章伯钧,民进没有通知。

钱之光对此表示赞同:"第一批走五个,正合适。"

潘汉年思索道:"这几位都是引人注目的知名人士,要做好周密的安排。特别要注意摆脱特务的跟踪,避免遇到熟人。"

"尽量安排他们在黄昏以后上船,挑几个机灵的同志陪同护送。"钱之光提议。

潘汉年点头同意。这时,连贯敲敲门走进来:"船已经租好了,9月12日出发北上。"

"船的事情必须严格保密,即使是对即将出发的人,也要在上船的那一刻再告知。除此之外,不能让他们随身携带行李,以免被特务察觉。"潘汉年安排得事无巨细。

"小开,怎样让他们安全上船、安全离港,就要靠你排兵布阵了。"钱之光嘱咐道。

"放心,如果这次行动有人泄密,也一定是在民主人士内部。所以,我们防范的重点,也是在这方面。"潘汉年胸有成竹地说道。

这天在饭桌上,苏琼正在与但世平聊天:"世平,晓军以前每天都来看你,这两天怎么不来了?"

"哦,最近华润公司有一批货物要运出去,他这几天都在忙着跟轮船公司打交道。"但世平说道。

"不就是一批货物,用得着天天打交道?"但靖邦问道。

但世平放下筷子:"听说这是一笔大生意,很重要,所以要格外小心。"

苏琼装作漫不经心地问道："哦，是哪家轮船公司？"

但世平蹙着眉头，仔细想了想："具体是哪家公司我不清楚，只知道那艘货轮叫'泽生'号，是那家公司刚买的新船。"

很快，这个消息就传到了叶君伟的耳朵里。

听说华润公司要做一笔大生意，还专门租了新的货轮运送，叶君伟眼前一亮："华润公司的车孟凡和潘汉年都是搞情报的老手，我看他们做生意是假，想把人偷渡出去才是真的。"

"乌鸦"一愣："偷渡？"

叶君伟接着分析："他们想离开香港，只有两条路线。一条是航空，要过英国海关，肯定不会轻易放人。剩下的一条就是海路，租赁外国货轮是最安全的方式，我们的军舰在没有准确情报的前提下，是不能随便拦截外国货轮进行检查的。"

"乌鸦"一时没了主意："站长……那我们该怎么办？"

"最近毛局长再三强调，一定要看紧香港的这些民主人士，防止他们秘密离开香港，尤其是李济深等人。你让'百灵鸟'多注意下李、但两家的举动，一有情况，立刻汇报。"随后，叶君伟立刻前往码头查看情况。

码头上，"泽生"号货轮静静地停靠着。还有一艘破旧的、挂着苏联国旗的"波尔塔瓦"号货轮停靠在不远处。

叶君伟坐在汽车里，举起望远镜仔细地观察着货轮周围的情况。不一会儿，只见宋晓军从"泽生"号上下来，通过栈桥上了岸。

冯玉祥将军遇难，使李济深对苏联船只的安全性产生了怀疑。虽然说是意外，但这中间是否有什么隐情，又有谁知道？

对于李济深的不安，前来拜访的蔡廷锴劝慰道："对于苏联的船舶，港英当局还是相当客气的。保密局的特务也不敢公然找苏联人的麻烦，因为蒋总统还要借助苏联压制中共。"

李济深依旧担心："但香港的特务对苏联船舶的监视一点都不会放松。一旦发现有民主人士上船，依然会找借口扣押，或者报告国民党当局让海军拦截。"

蔡廷锴低下了头："确实，凭苏联跟中共的关系，特务肯定会重点盯着苏联的船。"

李济深沉默片刻又说道："今天肃公过来，说华润公司正在联系租船，说要做一笔大生意，我估计，会不会……"

"肃公怎么会知道？"蔡廷锴有些疑惑。

"他的准女婿小宋是华润公司的会计，联系租船的事是他经手的。"李济深解释。

蔡廷锴点点头："有道理，新船一般不会引起别人的注意。"

北上的安全问题让众人分外忧虑，殊不知，他们早已处在特务的严密监听之下。

1948年9月12日辽沈战役正式开始，看着刚刚收到的电报，毛泽东舒了一口气："终于动了。"周恩来和朱德也都很激动。毛泽东站起来，激动地说道："只要拿下东北，我们就有百万战略机动部队，就会所向无敌！"

朱德大声说道："拿下了东北，我们就有了坚实的后方，供给无虞了。"

周恩来接着说道："拿下东北，新政协就有了开会地点，建国在望了。"

隆隆炮声中，东北野战军在辽宁省义县至河北省滦县数百公里的战线上向国民党军发起了进攻。蒋介石为解锦州之危，慌忙组成东进和西进兵团，从锦西、葫芦岛和沈阳地区东西同时开进，增援锦州。

就在同一天，中共香港分局按照周恩来的周密部署，计划设法摆脱国民党特务的监视，护送第一批民主人士北上。

叶君伟探听到中共的计划后，安排姜家辉扮成搬运工，混在人群中登上了"泽生"号货轮。趁人不备，他将一枚定时炸弹塞进货箱之间的缝隙中，若无其事地离开了。

华灯初上，姜家辉和一个特务坐在石阶上盯着停泊在浮筒旁的"波尔塔瓦"号货轮。姜家辉忍不住抱怨："叶君伟既然知道有人要乘'泽生'号离开，'香瓜'都放上去了，为什么还让我们守住这条破船？你看这条船都这么旧了，主要用途是运货，盯着它有什么用？"

旁边的特务解释："站长说了，对于华润公司的人，一定要多提防着点。"

这时，突然出现的几个人引起了特务的警惕。一名高个子挑着两只箱子走在前面。他的身后是一名戴着瓜皮帽、穿长袍的老者，最后面还跟着一位老先生。

姜家辉看了看淡定地说道："别紧张，前面的是个苦力，中间是老板，最后那个是账房先生，跟着押货的。"

特务点点头，放松了警惕，目送几人上了船。

过了一会儿，又有两个海员打扮的人提着行李走过来。姜家辉问道："这两个是不是？"

"不是，要监视的人我都认识。"特务答道。

此时，叶君伟和张立正站在码头上盯着"泽生"号货轮。不远处还有一些穿警察制服的特务在四处游荡。

忽然，车孟凡和马悦悦从船上走下来，通过栈桥上了码头。

张立说道："他们是来踩点的，后面的人应该马上就会到。"

叶君伟再次叮嘱："我再重申一遍，他们一上船，你们就跟上去。爆炸后，趁船上一片混乱，全干掉他们。"

"请站长放心。"张立拍着胸脯保证。

叶君伟看了看表："还有一个小时开船，那些人应该差不多提前半小时到。"

不远处，夜色中的"波尔塔瓦"号货轮已经起锚，缓缓离开了码头。

人民的选择

| 下 |

雷献和 / 著

SPM
南方传媒　广东人民出版社
·广州·

图书在版编目（CIP）数据

人民的选择 / 雷献和著 . —广州：广东人民
出版社，2023.7
ISBN 978-7-218-15873-0

Ⅰ．①人…　Ⅱ.①雷…　Ⅲ.①长篇小说—中国—当代
Ⅳ．① I247.5

中国版本图书馆 CIP 数据核字（2022）第 114595 号

RENMIN DE XUANZE

人民的选择

雷献和　著

出 版 人：肖风华

责任编辑：李力夫
责任技编：吴彦斌　周星奎
装帧设计：八牛设计

出版发行：广东人民出版社
地　　址：广东省广州市越秀区大沙头四马路 10 号（邮政编码：510199）
电　　话：（020）85716809（总编室）
传　　真：（020）83289585
网　　址：http:// www.gdpph.com
印　　刷：广东鹏腾宇文化创新有限公司
开　　本：710mm×1000mm　1/16
印　　张：45.5　字　　数：568 千
版　　次：2023 年 7 月第 1 版
印　　次：2023 年 7 月第 1 次印刷
定　　价：128.00 元（上下册）

如发现印装质量问题，影响阅读，请与出版社（020-85716849）联系调换。
售书热线：（020）87716172

19

乔装北上

"波尔塔瓦"号的船舱里，众人相继摘下帽子。苦力是蔡廷锴，老板是章伯钧，账房先生则是蔡廷锴的秘书林一元。还有其他两位先到的老者，长胡子的沈钧儒和短胡子的谭平山。

众人望着海面上远去的小舢板，向站在上面的钱之光挥手告别。接着，几人相视而笑。

蔡廷锴爽朗地笑道："我高佬蔡行伍出身，装苦力还不算离谱。这身打扮到了解放区，也可以和工农融洽相处。沈老和谭公竟比我们几人还早到了一步。"

沈钧儒用手抚着长长的胡须："我们二人坐着小舢板，黄昏时分就赶到了。这一上船啊，钱之光同志就已经在船上等着我们了。"

谭平山也摸摸自己的短须："是啊，真没有想到，与我们同行的居然会是你们几位。"

这时，一身海员打扮的章汉夫带着祝华走过来："先生们，晚上好！"

谭平山纳闷地问道："汉夫先生，你怎么也来了？"

章汉夫微笑着说道："我和祝华同志奉命护送你们北上啊。"

"我们还要你们护送？真的交上了火，谁护谁还说不准呢。"蔡廷锴笑着说道。

沈钧儒哈哈大笑："贤初老弟，你怎么还不明白，中共这是要跟我们风雨同舟，患难与共啊。"

蔡廷锴听了顿时一愣，接着也笑起来。众人心中动容，笑声一片。

码头上，时间一分一秒地过去了，张立忽然觉得有些不对劲："站长，情况不对啊！"

叶君伟再次看了看表："别急，再等等。"

张立催促道："再等下去，炸弹就该爆炸了！"

叶君伟皱起眉头嘀咕道："难道他们临时改变了主意？不是今天晚上走，也不是搭的这条船？"

"那……炸弹怎么办？"张立越发焦急。

叶君伟看看手表，没有吭声。这时姜家辉走过来说道："那条苏联船开走了，我们没有发现可疑的人上船。"

张立立刻追问："都看清楚了？"

姜家辉自信地说道："那些被监视的重要人物我都认识，没见着他们。"

叶君伟皱紧了眉头，站在那里一动不动。忽然，他闭上眼睛，慢慢地垂下手臂："炸弹没炸。"

"怎么可能？是我亲自安放的。"姜家辉难以相信。

叶君伟长叹一声："已经提前被人取走了。就在半个小时前，车孟凡和马悦悦从船上下来……"

姜家辉听了大惊失色："难道我们的行动，一直都在他们的监视之下？"

叶君伟面无表情地说道："这一次，他们只是投石问路，真正的行动应该是在下一次。"

铜锣湾的一间小屋子里，潘汉年和车孟凡正坐在桌子旁边聊天，桌上赫然放着一枚炸弹。

车孟凡对潘汉年说道："我们取走炸弹后，立刻赶到'波尔塔瓦'号停靠的码头，一直目送他们离开，这才赶回来。"

马悦悦点点头："那边的码头，只有姜家辉和一个特务把守，他们根本就没认出上船的人。"

车孟凡看了一眼皱着眉头的马悦悦："我当时真怕你忍不住，开枪打死姜家辉，坏了大事。"

马悦悦说道："抓姜家辉固然重要，不过，我哪有你说的那么傻？"

车孟凡笑道："是，是我多心了。"

这时宋晓军推门走进来，兴奋地宣布："诸位，刚才从收音机里得到消息，我东北野战军大举南下，辽沈战役正式打响了！"

马悦悦高兴得差点儿跳起来："太好了，今天真是个值得纪念的好日子。我们的'南下'和'北上'同时进行了！"

"先不要高兴得太早，我们的工作才刚刚开始。船要经过台湾海峡，随时有被国民党炮击和阻拦的危险，不知道会在什么地方出现什么样的问题。晓军，你立刻赶回去，向周公及大连方面报告这批民主人士出发的情况。"潘汉年始终保持着冷静。

"是，我这就赶回公司。"宋晓军转身离开。

晨光照耀下的大海，一群群海鸥展翅翱翔。"波尔塔瓦"号货轮快速行驶在茫茫大海上。

几人站在甲板上，眺望着海面。沈钧儒看起来心情不错，看着远方欣喜地说道："在香港表面上自由，实际上无形的压力极大。上了社会主义国家的船，心情顿时轻松了不少。"

章伯钧提醒道："沈老，现在还不能高兴得太早，明天咱们还得过台湾海峡这一关。"

蔡廷锴却是满不在乎："别人怕老蒋拦截，我高佬蔡不怕！就算赤手空拳，我也能拼他两三个！"

沈钧儒笑道："船都已经上了，现在怕也晚了，还是想开些。面对眼前的景象，老夫想到了两句诗'万里奔赴新政协，老朽也当急先锋'。"

蔡廷锴拍手叫好："好诗，好诗。我和两句……"想了想，大声说道，"不怕惊涛与骇浪，豪情壮志震长空。"

沈钧儒摸着长须："妙啊，接得妙啊！"

蔡廷锴哈哈一笑："我这是丘八诗，不能跟你们这些大文豪比。"

沈钧儒微笑着说道："诗咏志，文言情。只要有真性情，就是好诗。"

章伯钧在一旁边琢磨边嘀咕："在哈尔滨开会，就是太远了点。"

谭平山接着说道："以前，我认为新政协越早召开越好，现在也感觉到了，今冬明春开会，时间是急了些。国共决战胜负未定，是不是所有的人都肯来？"

章伯钧点点头："是啊，时间有些仓促。本来，我们这一行是算上马老的，可他突然说有事不能成行，这才变成我们四个。"

谭平山忽然笑道："柳亚子这等想走的人却没有走成，这会儿知道了，肯定气得在家里摔盆子打碗呢！"

沈钧儒拊掌大笑："无碍无碍，有郭沫若先生和廖夫人在，保管能治得了他。如果这第一批真算上他，我们这次行动就真的没密可保了。"

众人猜得不错，柳亚子一得知这个消息，回到家就气呼呼地将茶盏摔在地上，痛骂道："这个李任潮真是欺人太甚！早就说好北上我要第一个报名的，怎么这回人都走了，我才知道。要不是忽然有事想去找谭公商量，这人都到了解放区，我还蒙在鼓里呢。不行，我得去问问到底是什么意思！"

越想越气的柳亚子转身就要出门，正在这时，何香凝和郭沫若一起走了进来。一进门，就看到地上一片狼藉。

"柳公，你这是……"郭沫若连忙询问。

柳亚子见是他们，立刻怒气冲冲地说道："你们两位来得正好，跟我一道去见见李任潮。"

何香凝微微叹了口气："柳公，你先冷静一下听我说两句。前不久刚发生了冯将军黑海遇难的事，周公和中央都对北上的事非常慎重。他建议我们第一批出发的民主人士，越少越好，而出发的人事先也都不知情，更不知道与谁同行。"

郭沫若接着说道："说是成行，其实说白了，就是冒着生命危险帮我们试水。毕竟我们谁也不知道在航行的途中会遇到什么困难，以及能否顺利到达解放区。"

柳亚子的火气稍降了些，被郭沫若拉着坐下，不过还是满腹怨气："哼，他们能试水，难道我柳亚子就怕死吗？"

"你是不怕，但是周公、毛公他们怕呀，我们这里不管谁出了问题，他们都会担惊受怕。"何香凝说道。

柳亚子梗着脖子，不吭声了。

郭沫若又接着说道："早去晚去，都是要等人到齐了，才会召开新政协。而且，难道你不觉得这第一批去的人和最后几批去的人，冒的风险才是最大的？"

柳亚子一时糊涂了："这话怎么说？"

"第一批是不知道什么情况，就北上了。跟在后面的几批，有了前面的经验，过程自然会顺利一些。但保密局的那帮特务也不是吃素的，自然是走得越晚就越不安全。"郭沫若解释。

柳亚子想了想："明白了，那我得晚点走，好掩护你们。"

何香凝见柳亚子想通了，不由得笑道："柳公如此深明大义，真乃我们民主人士之福啊。"

第二天，周恩来和邓颖超正在吃早饭，童小鹏兴奋地举着电报闯进来："周副主席，刚刚收到香港发来的电报！昨天晚上，第一批北上的民主人士沈钧儒、章伯钧、谭平山、蔡廷锴，以及蔡廷锴的秘书林一元，在我香港分局章汉夫和祝华同志的陪同下，已经顺利地登上苏联货轮'波尔塔瓦'号，离开了香港。"

周恩来站起来拿过电报："主席知道这个消息，一定很高兴！"说着急匆匆向外走去。

果然，毛泽东听到这个消息非常高兴。接过电报仔细地看了看，又叮嘱道："顺利离港只是一个好的开端，前面还有一个台湾海峡。要嘱咐香港的同志，这几人离港的消息，一定要严格保密！"

周恩来连忙点点头："我马上让克农给香港发报。"

毛泽东继续嘱咐："还有，大连那边让刘昂同志做好接应工作。这些追求民主的有志之士习惯了城市里的优越生活，他们不顾个人安危，放弃一切愿意北上，别的不说，我们尽量要在生活方面做好安排，不能怠慢了他们。"

周恩来微笑着说道："是，我已经吩咐下去了，把当地最好的民房都挑出来，又盖了一批土木平房，砌上火坑，配备好木制家具，就等着他们过来呢。"

"好，好啊！"毛泽东满意地点了点头。

"波尔塔瓦"号货轮满载着众人的希望一路前行。接近台湾海峡时，海面上忽然波涛汹涌，货轮就像一片树叶在惊涛骇浪中颠簸沉浮，随波漂流。

面对突如其来的恶劣天气，众人皆面色凝重。忽然，蔡廷锴说道："你们听听，这马达的声音有些不对劲儿啊，像是要爆炸一样。"

正在这时，章汉夫推门走进来："诸位，有个坏的消息，船好像失去了控制。"

众人顿时紧张起来，面面相觑。蔡廷锴马上站起来："带我去看看。"说完，两人一前一后走出船舱。

船长室里，船长正紧张地指挥着货轮。见蔡廷锴和章汉夫进来，伸手抹了一把额头上渗出的汗珠，大声说道："风浪太大，我们的船失去了控制，正在漂向澎湖列岛。"

章汉夫大惊失色："船长，一定要想办法控制住。"

"我正在努力。"船长边说边紧盯着前方，命令道，"左五度。"

蔡廷锴突然发现右前方有一堆礁石，立刻提醒："船长，前面有礁石！"

显然，船长也已发现了危险，大喊一声："左舵，全速！"马达拼命吼叫，可货轮还是不受控制地向礁石的方向漂过去。

"不好！"蔡廷锴果断奔出船长室，抓起甲板上的长篙，冲到船舷边。章汉夫和几名船员也抓起长篙冲了过来。船舱里的章伯钧听见喊声跑了出来，见状，也抓起长篙冲上来。

眼看船舷离礁石越来越近，蔡廷锴大喊："大家准备好！给我顶住！"几支长篙一齐顶向礁石。一个巨浪打来，众人支撑不住，眼见船舷离礁石已不到半米了。

"用力啊——"蔡廷锴拼命地用双手把长篙紧压在肩头。众人学着他的样子，都用肩膀顶住长篙。沈钧儒、谭平山等人也冲过来帮忙。

最终，在马达的轰鸣声中，船身擦着礁石，有惊无险地驶出了风浪。

海上的众位民主人士刚刚闯过风浪，这边济南战役又打响了。9月16日，济南城外围阵地在我军猛烈的炮火下风雨飘摇。三天后，吴化文率部起义。

但靖邦听到消息，急忙来到李济深家。李济深不禁感叹道："好啊！世忠这次帮我们完成了一件大事，立了大功。"

"世忠只是个小信使，这一次能顺利完成任务，主要是您和冯玉祥将军的影响力，同时跟沿途共军的护送也分不开。"但靖邦谦虚地说道。

"战争，本来就是个集体行为，从统帅到士兵，谁都缺不了。"李济深说完，从怀中摸出一封信，递给但靖邦，"你看看。"

但靖邦打开信，顿时愣住了："冯将军的信？"

李济深叹了口气："这封信是他在8月17日寄出的，没想到，竟成了他的绝笔。"

但靖邦心情复杂地看完信，又从后面翻出一首诗："这首《小燕》如今看来，真是讽刺。他这么热切盼望着回国参加新政协，却不料命丧途中，客死异乡。"

李济深十分感慨："北上的确充满了巨大的风险，但是我能感受到他归国的心情是多么的迫切。就算再难，哪怕是一死，也一定要北上。这大概就是中国共产党的号召力，民心所向，众望所归啊。"

但靖邦看看手中的信，不由得感叹一声："这就是人民的选择。"

毫无疑问，李济深和但靖邦的谈话再次被特务们窃听了。叶君伟听说但世忠没有去武汉找苏琼的母亲，而是受李济深和冯玉祥的委托，去济南策反了吴化文后大吃一惊。

此外，对于冯玉祥死前给李济深写的那封字里行间都在宣传共产主义的信，叶君伟也是耿耿于怀。李济深明显深受触动，已有了离开香港的心思。事情重大，叶君伟立刻电告毛人凤，请示下一步的行动计划。

西柏坡军委作战室里，毛泽东等人对民革派出信使策动吴化文起义一事给予了极大的肯定。

毛泽东总结道："我们都清楚这次顺利攻克济南的原因，以后要把这种方式形成一个经验推而广之。如果我们每攻克一座城市，都会有一名守城将领起义，那不仅会大大减少我军的伤亡，还会大大地推进我们解放全中国的进程。"

"只怕老蒋得知我们这么快就能攻克济南，一定不敢相信吧。"朱德哈哈大笑起来。

毛泽东也笑道："岂止是他不敢相信，就连我也不敢相信啊！对了，恩来，这位信使策反吴化文的事，现在一定已经传到了蒋介石的耳朵里，我们务必要保证信使的绝对安全。"

周恩来点点头表示会妥善安排。

毛人凤接到叶君伟的电报后，马上汇报给蒋介石。听说吴化文竟然是被李济深策反的，蒋介石顿时气急败坏地质问毛人凤："你们都是一帮饭桶！说，到底是怎么回事？你们这些人都是干什么吃的？！"

"学生……学生刚刚接到香港站来电，是李济深派出但靖邦的儿子但世忠，带着信跑到济南去游说吴化文的。此人受冯玉祥指派，几个月前从美国回到香港。我们看他是个不问政治的书呆子，又受过美国民主思想的影响，本想策反他，专门派出特务卧底到他身边，没想到……还是看走了眼。"毛人凤战战兢兢地解释，"总统，但世忠目前还没有回到香港，可能还要去游说其他将领。依学生看……"

"看什么看？立刻秘密通缉但世忠，一定要把他捉拿归案，碎尸万段！"蒋介石怒气冲冲地说道。

叶君伟接到毛人凤的命令，立刻命"乌鸦"去找苏琼要一张但世忠近期的照片，用以发布通缉令。苏琼说但世忠年轻时的照片全被他母亲带到了美国，这些年又一直待在美国，回国之后还没有拍过照片。

"乌鸦"没有办法，只好命令苏琼要想尽一切办法尽快弄到照片。苏琼呆呆地坐在椅子上，大脑陷入一片空白。

此刻的但世忠还全然不知自己已经身处巨大的危险之中。离开济南后，他按计划一路赶往武汉拜见白崇禧。但世忠在副官的带领下走进小客厅。没过多久，白崇禧大踏步走进来。但世忠赶紧躬身行礼："晚辈但世忠，拜见白长官。"

白崇禧顿时一愣："你姓但？"

但世忠微微一笑："当年您的部下但靖邦，就是家严。"

白崇禧很是惊喜："原来是世侄来了，不必多礼，快请坐！"

两人落座。白崇禧笑容满面地看着但世忠："贤侄，我跟你父亲交往多年，今天才第一次看到贤侄。"

但世忠微笑着说道："晚辈到美国念书，一去就是五年，四个月前才刚刚回国。"

白崇禧关切地问道："在美国这么久，念的什么专业？"

"法学，为了攻读博士学位，所以才待了这么久。"但世忠答道。

"好好，已经是博士了，以后想往哪个方向发展？"白崇禧很是关心。

"现在还说不准，我爸和表叔都让我出来四处走走，拜访一下各位前辈。这一次，表叔让晚辈专程来拜望您，主要是想听听白长官对当前时局的一些看法。晚辈刚回国，对国内的情况一无所知，表叔让我只带耳朵，听了后记下，然后回去告诉他。"但世忠道出了早已准备好的说法。

"好，先看看好。"白崇禧点点头，然后又热情地说道，"你现在住在哪里？要不你就住进司令部招待所吧，我们随时可以交谈。"

但世忠赶紧道谢："我下了船就直接过来了，还没来得及找旅馆。这样就太好了，谢谢白长官！"

白崇禧微笑着摆摆手，随即命副官立刻到门口岗亭取了但世忠的行李送到招待所，同时给但世忠办了一张临时出入证。

"贤侄，你先住下，我还有些事情，等忙完了，我们再慢慢谈。"白崇禧起身告辞。

但世忠赶忙站起身来："谨听白长官吩咐。"

白崇禧回到办公室，幕僚莫未人听说来人是但靖邦的大公子，不由得点点头："但靖邦跟李济深是表兄弟，李济深派表侄来，也说得过去。"

"可是这小子刚从美国回来四个月，什么都不知道。这次任公派他过来，就只带着耳朵来听的。我要说的话，早就派人过去跟他说过了，他现在派这么个人来，是什么意思？我应该跟他谈些什么？"白崇禧仍满腹狐疑。

"这么说，来人只是一枚问路的石子？"莫未人想了想，接着说道，"既然他给您来个投石问路，您就给他回一个仙人指路。眼下国军中除了蒋系，就数桂系最强。桂系中李、白、黄三家，黄绍竑已经是强弩之末，德公在南京当了个毫无实权的副总统。现在最有实力的就是健公了。此时，健公跟任公联手，您去说服西南各地实力派，他暗中策反蒋军中的反蒋将领，再联合宋子文等亲美实力派。到时候健公大旗一举，各路诸侯群起响应。本来就已摇摇欲坠的蒋家王朝，立刻就会跟当年的袁世凯一样，树倒猢狲散。"

白崇禧摆摆手："这话我已经派人跟他说了，他不愿意。"

莫未人一笑："他不答应的原因是您既要反蒋，又要反共。如果现在答应他，您还要跟共产党联合起来一道推翻蒋介石，以后成立民主的联合政府，他就一定会答应。"

"让我跟共产党合作？不行不行，绝对不行！"白崇禧连忙拒绝。

"健公，这一点，您应该向老蒋学习。他不是也跟共产党签了协议，也按共产党的意思召开了政协？结果呢，还不是说反悔就反悔？"莫未人点拨道。

白崇禧沉思不语。

莫未人继续说道："美国人为什么不肯再援助老蒋？因为老蒋搞独裁。您只要高举民主的大旗，美国人肯定大力支持，他们绝对不会允许中国被共产党占领，成为苏联的盟国。"

白崇禧点点头："这一点我深信不疑。"

莫未人自信满满地说道："所以，只要我们能集全国之力，高举民主大旗，组成以我们为主体的联合政府，然后孤立中共，中共肯定会跳起来，那时我们就可以名正言顺地消灭他们。美国人也可以直接出面，帮我们消灭共产党。"

白崇禧还是有些犹豫："到那时再孤立中共，能行吗？"

莫未人分析得头头是道："任公现在之所以要跟中共联合，是没有办法的办法，只要另有出路，他肯定会走另一条路。再说，您与中共在任公的心中，谁亲谁疏，这还不清楚吗？只要您能高举民主大旗，利用任公把第三势力纳入麾下，再加上各地方势力，中共自然就成了少数派。"

安顿妥当后，但世忠首先到汉口电报局给家里发了封明码电报，询问苏琼母亲的详细地址。但靖邦接到电报后，立刻来到李济深家通报情况。

保密局机要室里，叶君伟和孙仁兴正在监听着李济深和但靖邦的谈话，叶君伟冷笑道："这玩意比'百灵鸟'管用多了。"

"站长，我们要不要把但世忠到武汉见白崇禧的消息报告毛局长？"孙仁兴问道。

"当然，这是抓住但世忠最好的机会。另外通知'乌鸦'，让他命令'百灵鸟'尽快将地址提供给但世忠。"叶君伟一副成竹在胸的样子。

毛人凤接到叶君伟的电报，知道但世忠已经到了武汉，近日就会去寻找苏琼的母亲；于是立刻命令武昌站加派人手守在苏家附近，一旦发现但世忠，立刻抓捕。

见过"乌鸦"，苏琼满腹心事回到但家。但世平见苏琼回来了，立刻问道："嫂子，你去哪了？大哥到了武汉，发电报回来，让你提供伯母的地址。"

苏琼一下子愣住了，心中顿时涌起一股强烈的不安。但世平轻轻碰了碰苏琼的肩膀："嫂子，你怎么啦？有了我大哥的消息，你怎么反倒跟丢了魂儿一样！"

苏琼终于回过神来，支支吾吾地说道："没，没有啊，我没事。"

但世平打量着苏琼："那，地址？"

"地址……地址……"苏琼连忙转过头，大脑里还是一片空白。

"嫂子，你该不会把家里的地址都给忘了吧？"但世平疑惑地看着苏琼。

意识到自己的失态，苏琼赶紧换上一副笑脸："在汉口，三码头……"

"你家怎么会住在码头上？"但世平好奇地问道。

苏琼连忙解释："三码头是个地名。"

但世平接着问道："要详细地址才能找得到。"

苏琼想了想，轻声说道："王家巷，十号。"

"我回房间拿笔和纸记下来。"但世平刚要转身又停了下来，"嫂子，干脆咱俩一起到电报局去，把电报发了不就得了？"

苏琼勉强笑笑，点头同意。

根据苏琼发来的地址，但世忠来到王家巷十号。小院的门敞开着，但世忠走进院中四下张望。一位中年妇女走出来："先生，您找谁？"

但世忠推了推眼镜："请问大嫂，有一位姓苏的大娘，五十来岁，是住在这里吗？"

"姓苏的？没听说啊，我才搬来不久。"说着她转身大声喊道，"王婶，王婶！"见里面的人应声出来，继续说道，"您知不知道，有位姓苏的婶子，五十来岁……"

但世忠在一旁补充："听说她是帮人家洗衣服的。"

王婶想了想："您说的是苏婶吧？她早就不在这里了，都搬走快两年了。"

但世忠一愣："那，请问您知道她搬去哪儿了吗？"

王婶摇了摇头："不知道。住在这里的都是在码头上讨生活的，来来往往的人很多，谁都不打听别人的事情。"

但世忠礼貌地道过谢，只好转身离去。

而保密局武昌站的特务们在苏家门外守了整整两天两夜，却一直没见有人来。他们怀疑但世忠是不是听到了什么风声，提前溜走了。

毛人凤听了兰胜的汇报，忽然想到但世忠既然发电报到香港询问地址，香港那边肯定有回电。于是他立即派人调查这两天从香港发到武汉的所有电报，准备按图索骥。

民盟武汉支部的许家淦接到上海总部的通知，要他配合但世忠的工作。双方见面之后，但世忠首先表示了感谢。许家淦很豪爽地说道："客气什么，有需要帮忙的地方尽管说。"

但世忠微笑着说道："暂时还没有。这次我只是来投石问路的。武汉我肯定还会来，到时候，少不了麻烦大家。"

这时，一个人匆匆推门而入："老许……"话刚一出口，看见一旁坐着的但世忠，连忙又打住。

许家淦站了起来："我来介绍一下。这位就是从香港过来的但先生，但先生，这位是老王。"

老王急切地说道："我就是为但先生的事过来的。警局的内线传出消息，特务已经知道但先生到了武汉，正要抓你。"

但世忠十分诧异："我刚来武汉两天，他们怎么就知道了？"

许家淦表示："不管什么原因，既然被发现了，你就不能在武汉久留了，得马上转移。"

但世忠拒绝道："不用，我住在白崇禧的司令部里面，特务不敢到那里抓人。再说，我才回国四个多月，武汉的特务们认不出我。"

许家淦想了想说道："这样的话，你就住在里面不要出来，等风声过了，我们再送你离开。"

但世忠点点头。许家淦又叮嘱道："明天开始，司令部大门附近有一个卖香烟的年轻小贩，有事找他联系。接头暗号是，你说'有飞马吗'，他说'没有，只有红炮台'。"

"明白。"但世忠点头同意。

身在武汉的但世忠被特务盯上陷入了危险之中，苏联货轮上的诸位民主人士，也尚未安全靠岸。"波尔塔瓦"号货轮闯过暗礁之后，继续在风浪中艰难前行。沈钧儒等人在船舱里或坐或站，看着一望无际的大海，谭平山有些焦虑："这船要什么时候才能靠岸啊？"

蔡廷锴拿着地图看了看："快了，我从地图上推断，就这两天。"

谭平山可不相信："在这茫茫大海上，没有任何参照物，你凭地图就能推得准？"

蔡廷锴挥着地图笑笑："只要知道航速和距离，就能推算个八九不离十。"

沈钧儒捋了捋胡须，站起身来："我们这些人连台湾海峡那样的风浪都闯过来了，大难不死活到现在，难道还等不了这一两天。谭公，快来，跟我做一套健身体操，保你什么烦恼都烟消云散。"

谭平山看了沈钧儒一眼，想了想，也站起身来："也是，我们这么多人难得凑在一起，还想那么多干什么？管他漂去哪儿呢。"

章伯钧笑道："那我也陪沈老做一套健身体操。"

沈钧儒满意地点点头，带领大家有模有样地比画起来。

章汉夫闲来无事，正站在甲板上欣赏晚霞。忽然，他兴奋地指着前方喊道："大家快看，前面是陆地！"

船舱里的人听到喊声，一个个都冲了出来，跑到章汉夫身旁，顺着他手指的方向。远远的，果然出现一片陆地。

章伯钧欣喜万分："海上虽然视野开阔，但两眼茫茫看不到任何参照物，觉得很压抑，现在乍一见到陆地，视野反而更宽广了许多。"

蔡廷锴看着地图说道："我觉得不对！从地图上看，不像是辽东半岛。"

章伯钧反驳："地图是平面的，实景是立体的，你凭什么说不像？"

"从方位上看，辽东半岛应该在我们的正前方，北方。而现在，我们正往东走。"蔡廷锴指出方向上的错误。

沈钧儒仍旧有些担心："汉夫，怎么回事？我们不会又漂回台湾了吧？"

蔡廷锴摆摆手："沈老，这都过了台湾海峡多远了，怎么会漂回台湾？"

"我去问问船长。"章汉夫说着离开了甲板。

望着渐行渐近的陆地，蔡廷锴喃喃道："不像，怎么看都不像。我看了几十年的地图，不会找错方位的。"

不一会儿，章汉夫回来："大家放心，前面不是辽东半岛，是朝鲜。"

"朝鲜？"众人皆惊讶万分。

"我就说嘛，方向不对，不过我们为什么要改道去朝鲜？"蔡廷锴问道。

章汉夫安抚大家："诸位先别急，等上了岸问问就知道了。"

货轮慢慢停靠在罗津港码头。码头上停着两辆吉普车，几个人没等货轮停稳，就匆匆向这边赶来。

沈钧儒十分警惕："过来的是什么人？"

蔡廷锴挡在沈钧儒和谭平山面前："管他是什么人，我高佬蔡保护你们。"

这时，祝华眼前一亮："是李富春！"

章汉夫也认出了李富春，松了口气："他是中共出席国民参政会的参政员，你们肯定都熟悉。"

章伯钧也终于放下心来："熟悉熟悉，认出来了。"众人都松了口气。

此时，李富春已经走到近前，热情地伸出手跟大家打招呼："大家好啊！我代表解放区军民，热烈欢迎你们的到来。沈老，辛苦了！"

沈钧儒笑道："不辛苦，不辛苦，高兴得很哪！"

接着李富春走到章伯钧面前握着他的手说道："章老，胡厥文先生都把蓄了八年的抗战胡子剪掉了，您这胡子，还舍不得剪！"

章伯钧打趣道："幸亏没剪，不然，这次还混不上船啦！"

李富春又握住谭平山的手："平山兄，你跟章老，真是当代的美髯公。"

谭平山笑道："当然！只是，没有关云长那样的武功。"

"谁说的！我们中国当代的关云长，就在这里。"李富春说着走向蔡廷锴。

章伯钧反应过来："哦，对对对，高佬蔡可以称得上当代的关云长。"

李富春笑着握住蔡廷锴的手："只是我们这位战将，今天这身打扮……"

"这打扮怎么啦？我这是提前跟工农群众相结合！"蔡廷锴一句话逗得大家都哈哈大笑起来。

"由于辽沈战役激战正酣，原定在大连靠岸改在朝鲜罗津港。早在18日，周恩来同志就致电东北局，要求我们前来迎接大家。由于高岗他们离得太远，我比较近，就让我来了，可谁知道这一等就等了这么多天，可把我们都给急坏了，诸位快请上车吧！"李富春一边向大家简单介绍了情况，一边安排大家上车。几人说说笑笑陆续登上了吉普车。

新政协的筹备工作有条不紊地进行着。对于港沪和长江以南来解放区商讨召开新政协的民主党派及无党派人士，周恩来拟定了一个七十七人的邀请名单，命童小鹏以中共中央的名义致电上海局和香港分局，征求他们对名单的意见。此外，周恩来致电华东局，让他们务必安排好吴化文部的善后工作。

正在忙碌中，李克农匆匆走进来，满面笑容地汇报："周副主席，好消息，第一批从香港北上的民主人士已经在朝鲜罗津港顺利上岸了！"

周恩来松了口气，高兴地说道："好，太好了！等了这么久总算有消息了！克农，你马上致电东北局，这批民主人士到达后，务必要让他们休息好之后，再安排最舒适的车辆送他们去哈尔滨。"

李克农正要说话，炊事员端着饭菜走进来："周副主席，再好也得吃饭啊，不吃饭，就不好了。"

周恩来看了他一眼："同志，没见我正忙着？一会儿再说。"

李克农却不干了："您还没吃饭啊？那怎么行，再忙也得吃饭。快，把饭端上来。"

"等一下，先放着。"周恩来继续说道，"他们到了哈尔滨之后，再请东北局的高岗、陈云等人设宴招待。"

炊事员在一旁低声嘀咕："光知道设宴招待别人，就不知道自己饿不饿。"

"是，我的周副主席，快吃饭吧。"李克农答应着，劝周恩来赶紧吃饭。

周恩来却仿佛没有听见。看着周恩来一心扑在工作上，李克农也是无可奈何。

解放区有条不紊地筹备着新政协会议，而在上海的蒋经国却在为眼前的烂摊子挠头。经过一个多月的调查，蒋经国发现扬子公司不仅囤积了大量的棉纱布匹，还倒卖美国援华物资，以及枪支和车辆。据经理交代，他们还向山东、山西的解放区贩卖了大量政府严令禁止的药品和医疗器械。

不仅如此，负责调查的大队长还报告说，公司经理对所犯罪行供认不讳，态度傲慢，并且公然叫嚣，让他们直接去找公司的总经理孔令侃。

蒋经国大发雷霆，下令全面查封扬子公司，并立即逮捕了孔令侃。

宋霭龄得知自己的儿子被捕入狱，立刻怒气冲冲地来到总统府兴师问罪。宋美龄见大姐这么晚前来，连忙迎出来："大姐，这么晚了，出什么事了？"

"三妹，你还不知道吗？你们家蒋经国，把我的侃儿抓起来了！今天的大报小报都登了，说你们家的蒋专员，这次要大义灭亲，拿我家侃儿的头祭旗！"宋霭龄气得浑身颤抖。

宋美龄顿时一愣："有这事？"随即马上安慰道，"大姐，你别急，这一定是个误会。"

宋霭龄号啕大哭起来："这群忘恩负义的东西，也不想想当初是谁拿钱给他们开路的呀！好啊，现在当上总统了，就要卸磨杀驴了！要杀，把我也一起杀了吧！大家都不活了……"

宋美龄无可奈何，只得好言安慰。

第二天，宋美龄一大早就动身去找蒋经国。办公室里，正在批阅卷宗的蒋经国见宋美龄一脸怒气地走进来，赶忙站起身来问候："夫人，您怎么来了？"

宋美龄看了一眼旁边的秘书，秘书连忙掩上门退出去，宋美龄这才问道："你把孔令侃给抓了？"

蒋经国知道来者不善，客气地说道："夫人，先请坐。"

宋美龄语气凌厉起来："我在问你话，你凭什么抓他？"

蒋经国仍旧语气平和："是的，夫人，是我下令抓了他。他违犯法令，大量囤积棉纱布匹，暗中倒卖美国的援华物资。更可恨的是，他还向匪区倒卖大量政府严禁的药品药械。"

宋美龄辩解道："侃儿一直都是合法经营，一定是有人故意栽赃！"

"扬子公司的高管们都已供认不讳。"蒋经国拿出证据。

"那就是他们背着侃儿私下干的，侃儿根本就不知情！"宋美龄仍试图辩白。

"他已经全部承认了。"蒋经国说着，从桌子上拿起一份材料递到宋美龄面前，"这是他的口供，请夫人过目。"

宋美龄挥手打掉蒋经国手里的材料："这不可能，是你们屈打成招的。"

蒋经国拾起材料，放回桌上："谁也没动他一根毫毛，夫人如果不信，可以到监狱里亲自查验。"

宋美龄态度强硬地说道："你把他带到这里来，我要带他回南京。"

蒋经国执拗道："夫人，他现在是重要人犯，不能出来，更不能去南京。"

"我现在就要你放了他！"宋美龄说道。

"不可能！"蒋经国斩钉截铁地说道。

宋美龄上前一步，怒视着蒋经国："必须放！"

蒋经国毫不胆怯，迎着她的目光："绝不可能！"

两人互不相让。宋美龄咬牙切齿："好！很好！"说完转身离去。

蒋经国则瘫坐在沙发上，万般无奈地抱头沉思。

"蒋夫人一到上海，就直接去了蒋经国那里，当面要他放人。不过蒋经国不肯放。"

杜月笙听了弟子的汇报，笑着眯起了眼睛："意料中的事。他现在要顾全自己的颜面，不会买他小妈的账。"显然，一切都在杜月笙的算计之中。

弟子问道："那少爷，也就没有机会了？"

杜月笙想了想，接着说道："让人把消息传出去，最好找两家小报，好好给蒋经国宣传宣传他的丰功伟绩。"

弟子不明就里，杜月笙挥挥手："照我说的去办。"

20

失道寡助

这天，蒋经国刚刚回到办公室，秘书就上前报告："上午十一点二十分，总统从前线打来电话，您不在，他让您在下午两点半等他的电话。"

"知道了。"蒋经国摆摆手，示意秘书退下，他早已料到父亲要跟他说什么。

蒋经国坐在沙发上，闭上眼睛沉思了一会儿，又站起来，不安地踱着步，不时看看表。

两点半，电话铃声响起，蒋经国迟疑了一下，然后拿起话筒："父亲，我是经国。父亲有什么训示？"

话筒那边传来蒋介石的声音："经儿，我现在在北平。孔令侃的事我已经知道了，这件事要从轻发落，先把人放了。另外，杜维屏也要一并释放。"

"父亲……"蒋经国刚想开口，就被蒋介石打断了："就这样，我还要开个军事会议。"说着蒋介石已经放下了话筒。

蒋经国呆呆地站了好一会儿，才将手中攥着的话筒慢慢放下。

一晃已到傍晚，等在上海饭店的宋美龄还不见蒋经国放人，于是又打电话给蒋介石："达令，天都黑了，他还没有放人。"

蒋介石连忙安慰道："夫人放心，经儿会听我的话的。"

宋美龄继续抱怨："这两天，杜家暗中支使一些小报记者，把你们家这位'沙皇'都吹上天了。什么中流砥柱、打虎英雄，就差没喊万岁了。他现在正飘在天上，真以为自己就要当上中兴明君了。"

"夫人切莫生气，经儿不是这样的人，请相信我。"蒋介石只好再次好言安慰。

此刻，蒋经国正独自坐在黑漆漆的办公室里，纹丝不动，活像一尊塑像。此刻，他深刻体会到身不由己的滋味。

蒋介石处理完手头的事情，特意乘军用飞机飞到了上海。蒋经国开车从上海机场接回父亲，父子俩进行了一次长谈。

上海饭店的阳台上，两人俯瞰着外滩，沉默良久，最后还是蒋介石首先开口了："我知道你心里委屈，我的心里也同样委屈啊！"

"对不起，父亲，我没有办好差事。"蒋经国低声说道。

"你办得很好，也很努力，只是……"蒋介石心情异常沉重，"国民党的腐败已经深入骨髓，这不是哪一个贪官、奸商的问题。反贪腐是一件大事，要讲究时机、讲究分寸，难啊！要认真反，党国有多少高官都会掉脑袋。不反，老百姓就不答应，许多人都会跑到共产党那边去，国民党就完了！我们现在就如同在高空走钢丝，前后左右，哪边都偏不得一丝一毫。"

蒋经国黯然地低下了头。

东北大平原上，一列满载着民主人士的火车正向着自由民主奔驰而去。

车厢里，沈钧儒等人边欣赏风景边闲聊着。沈钧儒感叹道："以前只是听歌里唱'我的家在东北松花江上，那里有森林煤矿，还有那满山遍野的大豆高粱'，今天才第一次亲眼看见这东北大平原。"

"听说东北的黑土地非常肥沃，种子播下去，根本不用施肥，就能长出好庄稼。"章伯钧接着说道。

谭平山兴奋地问道："还有一句话，你们听没听说'棒打狍子瓢舀鱼，野鸡飞进饭锅里'？"

想象着那么多鲜美的佳肴似乎就在眼前，众人都忍不住要流口水了。谈到战事，李富春说道："现在锦州战事正酣，只要拿下锦州，我军就可以实现毛主席在东北关门打狗的战略宏图了。"

"只要拿下东北，把老蒋这几十万军队吃掉，然后大军挥师入关，一年之内，定可扫平长江以北的敌人。可是……"说到这儿，蔡廷锴顿了一下，又接着说道，"这是非常危险的一步棋，走好了，全盘皆活；走不好，全盘皆输。"

"何以见得？"谭平山连忙追问。

蔡廷锴看了看大家，说出了自己心中的担忧："如果这时华北的傅作义用铁路运兵出关，沈阳的卫立煌从东往西运动，两路夹击，林彪就将处于腹背受敌的被动局面。"

9月24日济南失守后，上海人心浮动。10月1日，上海市宣布烟酒等七类商品税额增加七十一倍，立刻引发了市民的抢购风潮。人们涌上街头，疯狂抢购粮食、布料、日用百货、油盐酱醋，甚至连棺材都被抢购一空。一些报纸也大肆渲染，引起了大范围的恐慌。

翁文灏等人纷纷向蒋介石汇报，蒋介石却不耐烦地打断了他们，示意无须多言。

正在几人面面相觑时，顾祝同进来汇报："10月2日深夜，我军已在葫芦岛成功登陆。现已同从沈阳西进的廖耀湘兵团对共军形成了东西夹击之势。"

蒋介石听了顿时面露笑容，对几人说道："你们都听见了？只要我们能在东北迅速解决了林彪，然后大军入关南下，平定华北、华东的共军指日可待。现在是困难时期，也是关键时期，只要我们咬紧牙关坚持下去，戡乱成功后，经济定会好起来的。"

得知国民党军队的援兵已经在葫芦岛登陆，林彪大惊失色。他转身对刘亚楼说道："马上给中央发报，就说鉴于敌情发生重大变化，建议暂缓攻打锦州，退回去先打长春。"

清晨，周恩来匆匆来找毛泽东。李银桥从屋里走出来："周副主席，主席写了一夜的东西，才刚刚睡下。"

周恩来只好停下脚步："我等会再来。"

"是恩来吗？进来吧。"屋里忽然传出毛泽东的声音。两人对视了一眼，周恩来快步走进屋子。

毛泽东连忙问道："什么事？这个时候，没急事你是不会来找我的。"

周恩来面色凝重："主席，昨天深夜林彪来电，说敌情发生重大变化，要求暂缓攻打锦州，退回去先打长春。"

毛泽东顿时勃然大怒，将手里的烟盒重重地拍在桌上："这个林彪搞什么名堂？！让他到军委，我去东北！"

"主席息怒，这封电报我注意到一个细节。电报的署名不是以往的'林罗'或'林罗刘'，是林彪一个人。"周恩来说道。

毛泽东接过电文看了看："这样，马上以中央的名义给林、罗、刘三人发电，要他们一定要坚定攻打锦州的决心，不要怕腹背受敌，不要怕后勤跟不上，一定要把锦州打下来！"

"我马上去发报。"周恩来说完转身离开。

毛泽东点起一支烟："林彪怎么变得胆小怕事起来了？刘伯承千里跃进大别山没有害怕，陈毅在山东腹背受敌没有害怕，轮到他，他就害怕了！"

西柏坡军委作战室里，周恩来正看着参谋人员在巨大的作战地图上做标记。毛泽东走进来见到周恩来，遂询问给林彪发报的事。

"主席放心，已经给林彪发了电报，但那边没有回复。具体情况也弄明白了，昨天夜里，国民党援军共计两万多人在葫芦岛登陆，正向锦西进发。"周恩来说道。

毛泽东说道："两万多人就把他吓着了？兵来将挡，水来土掩！再给林、罗、刘三人发电，叫他们不要被这区区两万敌人吓破了胆，一定要坚定决心，攻打锦州不动摇！"

彰武站台上，林彪背着手走来走去，一会儿皱眉思索，一会儿又把目光投向远方。

这时罗荣桓和刘亚楼一起走了过来，罗荣桓说道："刚刚又收到中央的电报，指示我们不要被葫芦岛的敌人吓倒，重申中央攻打锦州的决心。"

林彪沉默了片刻，无奈地说道："知道了。"

"我拟了一份给中央的回电，表示服从中央决定，坚定攻打锦州的决心不再动摇。"罗荣桓说完，见林彪不吭声了，随即给刘亚楼使了个眼色。刘亚楼会意，拿着文件夹走上前去，递到林彪面前："林总。"

林彪看了一眼，接过文件夹，在上面签了字。接着罗荣桓也签下了自己的名字。

收到回电，周恩来立刻来到毛泽东住处，对正在门口吸烟的毛泽东说道："主席，刚刚收到林、罗、刘三人联名来电，表示收回昨天晚上的电报，服从中央的指示，坚决攻打锦州。"

毛泽东放下心来："这就对了，大战来临，最忌犹豫不决！恩来，战事就这样定了，另一条战线得抓紧。"毛泽东转换话题，"沈老他们几位抵达哈尔滨后，联名致电给我们，表示愿竭尽所能，为新中国贡献力量。"

"那我们也该礼尚往来，对他们的安全抵达表示慰问和欢迎。"周恩来说道。

毛泽东想了想："那就以你、老总和我的名义发一封电报，告诉他们我们目前正在邀请国内及海外华侨、各民主党派、各民主团体及无党派人士的代表来解放区，准备在明年的适当时机举行政治协商会议。目前，已委托东北局负责人高岗同志与诸位面洽一切，使会议准备工作臻于完善。"

周恩来点点头："既然香港方面第一批的护送工作已经胜利完成，那么第二批的准备工作也该提上议程了。"

"那是当然，打铁要趁热。我现在就盼着能尽快把锦州打下来。"毛泽东的眼睛里闪烁着希望的光芒。

通过在电报局的一番调查，特务们最终找到了但世忠的踪迹。毛人凤得到汇报后，皱起了眉头："但靖邦和李济深都是广西人，跟桂系交情颇深。但靖邦还曾经做过几天白崇禧的部下。我们上门直接去找白崇禧要人，他肯定不会交出来。"

兰胜接着说道："那我们就守在外面，他迟早会把人送走的。只要姓但的一走出司令部，我们就立刻抓捕。"

毛人凤摇了摇头："白崇禧号称'小诸葛'，他当然会想到我们已在外面张网以待。"

"他总不能把但世忠藏一辈子。"兰胜说道。

"当然不会。但他只要让但世忠换上国军的军装，混在大队人马中间，去哪儿都会畅通无阻。"毛人凤思索着。

"那我们怎么办？"兰胜问道。

"眼下但世忠只有一条路可走，就是逃回香港。要逃回香港，他只能先去广州。"毛人凤说道。

兰胜顿时来了精神："那我们就在广州等他！"

李宗仁通过刘仲容得知毛人凤正在抓捕但世忠，想到他与李济深的特殊关系，便立刻打电话给白崇禧。乍一听到这个消息，白崇禧很是惊讶，一个刚从美国回来的学生，怎么就得罪了保密局？李宗仁冷笑一声："保密局要抓人，还需要理由？"顿了一下，又接着说道，"虽然一个但靖邦不足为虑，可他背后关系着李任潮，我们就不能不慎重了。"

"我明白了。"白崇禧放下电话，马上让莫未人去叮嘱但世忠，这一段时间哪里都不要去。

气氛顿时变得异常紧张，这时，但世忠想到了许家淦。这天，一名士兵径直从"剿匪"司令部大门口走出来，缓缓来到一个卖烟的小贩跟前，轻声问道："有飞马吗？"

小贩看了一眼来人："没有，只有红炮台。"

"来一包。"士兵说着把钱递过去，随手把烟揣进口袋里，转身进了司令部大门。

见四下无人，小贩偷偷展开手里的钱，果然里面藏着一张小纸条。小贩不敢耽搁，赶紧将纸条收好，送回了驻地。

屋子里，许家淦慢慢展开纸条，上面写着四个字：赴会接客。

站在许家淦身后的老王疑惑地问道："怎么才四个字？"

许家淦思索着："字数越少，说明里面的信息越多。"

"第一个字，赴。赴是什么意思？"老王问道。

"赴……赴是'走''去'的意思。走，走哪里去？去，去哪里？"许家淦嘀咕着，同时大脑飞速转动着，"第二个字是会，会……知道了，会就是穗，是广州。"

老王兴奋起来："对！他要回香港，必须先到广州。"

许家淦点点头："后面两个字就好理解了，让我们在广州接应他。"

"我们怎么通知广州那边？"老王追问。

"我马上去找中共武汉市委，请他们给香港发报。"许家淦说完立即行动起来。

很快，宋晓军接到中共武汉市委的电报，但世忠在武汉遇险急需救援的消息传来，众人十分震惊。此次，但世忠的行动属于绝密，只有极少数人知道。特务又是如何知道并锁定他的行踪的呢？

宋晓军怀疑但世忠在济南时就可能暴露了身份，车孟凡却坚持如果但世忠在济南就暴露了，他根本不可能顺利到达武汉。这时，车孟凡问道："世平，你哥到武汉的消息有哪些人知道？"

但世平边回忆边说道："收到电报后，我爸告诉了我，然后我和苏琼一起到电报局回的电报。"

车孟凡继续追问："就你们三个人知道？"

但世平想了想说道："对了，我爸接到电报就去告诉了表叔。"

车孟凡思索着："任公不会暴露，你们三个，你和你爸不会，只剩下……"

但世平连忙说道："苏琼不会这么做的。她是我未来的大嫂，我相信她。再说，她在香港没有别的熟人和朋友，她能告诉谁？"

"那这事又是怎么泄露的？"车孟凡费解地看着宋晓军。

宋晓军猜测："会不会是叶君伟破译了我们的密码？"

车孟凡果断地摇了摇头："不可能。"

"那是为什么？总不能是安了……"宋晓军的话说了一半，突然满脸震惊地看着车孟凡，两人几乎同时脱口而出，"窃听器？"

有了方向，众人立刻行动起来。经过一番排查，宋晓军很快在李济深家的客厅里发现了三枚纽扣式窃听器。检查完毕，宋晓军拿着仪器走出屋子，站在院坝里。但世平和李筱桐也跟了过去。

宋晓军面色严肃："客厅里共有三枚窃听器。"

李筱桐顿时有些着急："找到了就取出来啊！"

但世平明白宋晓军的想法，连忙向李筱桐解释："不用，把它留下来，以后我们可以用它来迷惑敌人。"

宋晓军点点头，嘱咐李筱桐："以后你们谈什么重要的事情，最好到院子里，或者在别的房间，但声音尽量要低。"

白崇禧很快安排好了但世忠的返程计划。这天，身穿中校制服、戴着眼镜的但世忠在两名军官的护卫下，乘坐吉普车离开了"剿匪"总司令部，一辆满载士兵的卡车紧随其后。

到达岳阳火车站，但世忠和两名军官迅速登上一列火车。距他们不远处，两个特务也紧跟着上了火车。

得到发现但世忠的消息，兰胜立即向毛人凤汇报："但世忠化装成国军军官和另外两名军官在岳阳上了南下广州的火车，预计明天上午到达广州。"

毛人凤精神一振："命令广州站在车站进行抓捕。韶关以南凡是要停靠的车站，都要派人把守，以防他提前下车。"

火车奔驰在铁路线上。但世忠和两名军官坐在包厢内。上尉看看窗外："过花县了，马上就要到了。"

忽然外面传来敲门声。少尉警惕地问道："谁？"

"我是车厢的列车员。"外面的人回答。

少尉打开门，那位自称列车员的人说道："马上要到站了，例行检查。"少尉让开，列车员走进包厢，顺手关上了门，"请问，哪位是宋晓军先生的朋友？"

但世忠站起来："我是……"

过了一会儿，包厢门打开，列车员独自离开了。不远处，一直负责监视的两个特务看了看，并没有发现异常。

列车缓缓进站，几个特务迅速来到四号车厢抓人。几个特务一拥而入，却发现但世忠早已不见了踪影。

这时，在列车车尾，穿着列车员制服的但世忠收起眼镜，压低帽子，随着人流下了车。

听到汇报，毛人凤气得狠狠地掐灭手中的烟头："什么？让他跑了！"

兰胜小心翼翼地回答："广州站说，他是在火车进站前，跟列车员换了衣服溜掉的。"

毛人凤叹了口气："好一招金蝉脱壳！他肯定还在广州没跑远。命令广州站调集所有的警察和宪兵，全城搜捕，并封锁广州到香港的陆路和水路通道。通知香港站那边，一旦发现但世忠，不惜一切代价就地击毙！但世忠这条命，老头子要定了！"

李济深听说家里被安了窃听器，愤怒不已，恨不得立刻揪出这个罪魁祸首。在但靖邦家里，两人说起此事，但靖邦分析："你家中经常是高朋满座，特务有太多机会把那玩意儿安在那些地方。"

"卑鄙！无耻！"李济深怒骂道。

但世平赶紧劝道："他们卑鄙无耻又不是第一次了，表叔您就别生气了。"

李济深仍旧眉头紧锁。

但靖邦感叹道："我们以后说话都得注意点，最好找没人的地方。"

这时宋晓军走进来："两位伯父，武汉那边民盟的朋友传来消息，但大哥已平安抵达广州，顺利甩掉了特务。"

李济深的眉头终于舒展开来："好啊，什么时候能回香港？"

宋晓军面色有些沉重："保密局出动了全部的警察、宪兵，在广州四处搜捕，并且封锁了广州到香港的全部海陆通道。据说，这一回蒋介石下达了必杀令，一定要拿到但大哥的人头，香港的特务肯定也接到了指令。不过你们放心，车孟凡在马悦悦的安排下，已经秘密动身去了广州，他会想办法跟但大哥会合，找到解决的办法。"

听说但世忠仍然身处险境，一家人都很着急，但也只能静待消息了。

半山公园里，"乌鸦"再次约了苏琼见面，命令她一旦有但世忠的消息，必须立即报告。

苏琼早已预感到事情不妙，赶忙追问："为什么？一会儿要照片，一会儿要消息，到底为什么？"

"服从命令，不该问的别问！""乌鸦"大声斥责，顿了一下，又嘱咐苏琼，"李济深家对面有家杂货店，一有消息，可以直接向他们通报。"

"知道了。"苏琼说完转身离开。

不一会儿，女扮男装的马悦悦从树丛后面走出来，意味深长地看了看苏琼远去的背影，然后转身向"乌鸦"离开的方向追过去。

车孟凡顺利找到了但世忠，两人躲在一间密室里商量下一步的行动计划。

车孟凡首先讲了当前的形势："目前，去香港的道路已全部被封锁，很难通过。而且，蒋介石已经对你下了必杀令，即便到了香港也会被特务追杀。所以……"车孟凡顿了一下，看着但世忠，"所以上级建议，你暂时不要回香港，绕道北上，去解放区。"

但世忠听了一愣："我去解放区能干什么？"

车孟凡说道："你是法学专家，新中国正需要你这样的人才。希望你能成为我们新中国的第一代法律工作者。"

但世忠沉思片刻，接着说道："好，我听你们的。"

第一批民主人士成功北上，为香港地下党接下来的工作增添了信心。

前几天，周恩来来电要求尽快进行第二批民主人士北上的准备工作。钱之光约潘汉年、连贯在华润公司业务室商量之后的计划。

潘汉年说道："按照原定计划，这第二批北上的民主人士定于10月中旬出发。我准备从大连租用'阿尔丹'号货轮，装上解放区出口的物资和一些黄金到达香港，以贸易作为掩护。"

连贯点点头："好，这一次我们可以多安排一些人过去。为安全起见，周公还在电报中指示，要我陪同随行。"

钱之光接着说道："另外，我再安排王华生随船照料民主人士的生活。"

但世忠如同人间蒸发了一般，消失得无影无踪，让毛人凤大为恼火。

兰胜汇报，他们找遍了香港和广州，都没有发现但世忠的任何踪迹。不过，他们秘密潜伏在大连的电台倒是截获了一条重要情报：这两天，中共在大连的地下组织的负责人刘昂租了一艘苏联货轮"阿尔丹"号，将于10月中旬出发，运货到香港。他们很可能是去接送民主人士北上的。

毛人凤皱着眉头问道："刘昂是钱之光的老婆？"

"是的，他们夫妻二人都是中共的高级特工。"兰胜回答。

"如此说来倒是极有可能。立刻命令香港站加强对香港反政府人士的监视，同时，密切注意'阿尔丹'号的动向。"毛人凤吩咐道。

1948年10月14日，东北野战军对锦州发起总攻，10月15日攻克锦州。

西柏坡军委作战室里，听周恩来、朱德介绍了最新战况，毛泽东问道："锦州被攻克，长春的国民党第六十军军长曾泽生不就突围无望，固守待毙了？"

周恩来说道："确实如此。在我东北野战军的极力争取下，曾泽生于10月17日毅然宣布起义，退出长春。"

朱德接着说道:"曾泽生起义,使得国民党残余守军陷入混乱,纷纷投降,长春解放在即。"

毛泽东思忖着:"蒋军在锦州失守,蒋介石求胜心切,一定会把杜聿明调往东北救火。那么,蒋介石身边能用的人除了白崇禧,就只有刘峙了。而白崇禧肯不肯当这个指挥官还很难说。如果徐州主将是刘峙,这对我们发动淮海战役,将大为有利。"

蒋介石自然也清楚刘峙并非良才,不过战事迫在眉睫,他也无可奈何。这天,蒋介石和陈布雷正在玄武湖边散步。陈布雷忧心忡忡:"刘峙是个庸才,我担心由他坐镇指挥,会影响到徐蚌会战。"

"我当然知道他是个庸才,所以我先征求了白崇禧的意见。他在会议上满口答应,由他统一指挥徐州和武汉的部队。不料,这才过去几天白崇禧就变卦了。我也是没有办法。"蒋介石颇为无奈。

陈布雷喃喃道:"自济南一役后,锦州和长春也接连失守了。"

提起这些,蒋介石愤愤道:"济南失守,完全是党国叛徒造成的!可见,内部的变节分子,比外部的敌人更为可怕!"

"现在,外面有一传言。"陈布雷顿了顿,有些迟疑,"说高树勋投了共,吴化文投了共,现在曾泽生也投共了。下一个,会不会⋯⋯"

蒋介石停下脚步,皱紧眉头:"下一个会是谁?"

"华北的傅作义,他不是中央嫡系,属于地方实力派,他的老巢在绥远。"陈布雷轻声说道。

蒋介石放心不下,亲自飞赴北平面见傅作义。接风洗尘后,蒋介石和傅作义在中南海的一座凉亭里相对而坐。蒋介石笑着试探:"宜生啊,蔡廷锴投共了。有人说,你傅宜生也要通共,我不信。从剿共开始,你傅宜生就打先锋。"

傅作义苦笑道："随他们怎么说去吧，清者自清，浊者自浊。"

　　蒋介石感叹道："抗战胜利后，你面对中共的咄咄逼人之势，坚守防区，寸步不让。你防守归绥、包头，没让贺龙占到丝毫便宜；解围大同，袭击张家口，又把不可一世的聂荣臻撵跑了。你的铁骑开进张家口的第二天，我就在南京宣布召开国大。那时你风尘仆仆赶到南京，受到国大代表的隆重欢迎，都称你是国家的'中兴功臣'啊！"

　　傅作义谦逊地一笑："那是总统的错爱，众人的抬举。"

　　蒋介石信誓旦旦地说道："党国的功臣，自然就是共产党的死敌。所以我对他们说，国民党将领中谁都可以通共，只有傅作义不会通共！"

　　傅作义再次苦笑道："也不敢通共。"

　　蒋介石转换了话题："宜生啊，现在东北战事吃紧，如果你能出关援助卫立煌，打退林彪，把他们重新赶到松花江以北，使东北、华北再度连成一片，就对我们大大有利了。"

　　"总统，我军的战线从张家口一直拉到塘沽，一条上千里的长蛇阵，不仅可以保卫北平，也形成了一道对东北的战略屏障。这时如果抽掉部队去东北，这长蛇阵就彻底掉了链子，聂荣臻肯定会趁机攻击我军。如果华北丢失，东北也会不保。"谈到战局，傅作义有自己的看法。

　　蒋介石想了想，严肃地说道："如果东北丢失，徐蚌会战失利，你就将完全被孤立，会受到林彪、刘伯承、聂荣臻和陈毅四路大军的夹击。如果你不愿意去东北，就南撤，退守长江吧。"

　　傅作义猛地站起来："请总统放心，我一定会坚守华北！"

　　蒋介石看了傅作义一眼："你准备怎样坚守？"

　　傅作义低声说道："出奇兵，偷袭石家庄。千里奔袭，掏心战术。当年我就是依靠这种战术，率兵从日本人手里夺回了五原和包头，后来同样用这样的战术，顺利攻占了张家口。"

　　蒋介石很感兴趣："说说你的具体想法。"

傅作义说道:"目前东北共军主力在辽西,华北共军主力分散在归绥和太原,共党总部所在地兵力空虚。不如趁机组织一支骑兵部队突袭石家庄和西柏坡,出其不意,一举捣毁共党总部。如能成功,一夜间便可扭转战局;即使达不到预期目的,也可打乱共军的战略部署,配合辽西兵团夺回锦州,也可以延缓共军对太原、归绥的攻势。"

蒋介石兴奋地站起来:"好!宜生,你的精锐骑兵师突然出现在毛泽东的家门口,这是多么绝妙的一招啊!我期望你能一举扭转战局,万马军中取上将首级,傅将军,只有你了!"

傅作义拱拱手:"宜生不才,愿为党国尽心竭力。"

晚上,傅作义回到家里,心腹秘书长王克俊说道:"总统这次专门过来,是对你产生了怀疑。"

傅作义毫不惊讶:"对于非嫡系将领,他从来都没有完全放心过。"

王克俊继续追问:"他还说了些什么?"

"老蒋这次给我指了两条路,或是北上援救沈阳,或是撤到江南固守长江。"傅作义说道。

"对我们来说,这两条路都行不通。北上援沈,正中共军围城打援之计;南下守江,兵权就会被老蒋夺走!"王克俊说道。

傅作义点点头:"我们不是老蒋的嫡系,在国民党中的地位全靠地方势力,我们的地盘在绥远。离开了绥远,我们就成了无根之木、无源之水。所以,我想出了一个两全其美的办法。"

王克俊连忙问道:"什么办法?"

"偷袭石家庄。"傅作义顿了一下,接着说道,"据我所知,毛泽东把身边的部队都派出去了,石家庄和阜平就是空城。这次奇袭的首要任务就是直扑共产党的心脏。拿下石家庄后,立即会师阜平,捣毁共产党总部。"

"这是一步妙棋,如果得手,活捉了毛泽东等人,内战就能结束了。"

王克俊听了喜形于色。

傅作义沉稳地说道："只要我们能严格保密，行动迅速，一定会成功。"

王克俊一脸兴奋："这样，我们就可以又一次创造彪炳千古的旷世奇功了。"

傅作义即刻开始排兵布阵："你暗中挑选三十名精干的政工人员随军出发，任务就是俘虏毛泽东。这一次，从奇袭的作战方案到战备物资的抢运，都必须策划周详，速战速决，以最快的速度将战俘和战利品运回北平。等共军反应过来，一切都晚了。"

王克俊激动地说道："我认为还有一样东西应该事先准备好，那就是胜利通电。"

北平《益世报》采访部门前，一位中年人从黄包车上下来，抬头看了一眼挂在门口的牌子，快步走进大门，径直向主任办公室走去。

此时，采访部主任刘时平正伏案看着稿子，见中年人进来，赶忙起身示意他坐下。中年人随手关上门，压低声音说道："刘主任，傅作义刚刚开完军事会议，决定派兵奇袭石家庄。"

刘时平顿时大惊失色："消息属实？"

中年人肯定地点点头："会议一个钟头前才结束。"

"好，这件事由我来处理。"刘时平说完，中年人转身离开。刘时平在屋子里不安地转来转去，并不停地搓着手。稍后，他定了定神，拿起了电话："喂，给我找刘建龙营长。建龙啊，我，刘时平。晚上有没有空？把友三和长城叫上，我们几个老乡聚一聚。"

夜幕降临，宪兵三营营长刘建龙，骑兵十二旅旅长鄂友三，国防部特别站站长兼"剿总"爆破大队队长杜长城应约来到刘时平家里。

鄂友三端起酒杯敬刘时平："你炒股发了财，还不忘我们几个老乡，请我们喝酒，够义气，我敬你。"

刘时平高举酒杯："不敢不敢，我这点小财算什么，你是骑兵旅旅长，大炮一响，黄金万两啊！友三兄，我敬你，来，干！"

两人一饮而尽。

杜长城喝了一口酒笑道："可能没几天，我们兄弟也会发点小财。"

刘建龙补充道："我们兄弟可能是发点小财，友三兄不同，如果成功，那真是黄金万两啊！"

刘时平顿时来了兴趣："什么生意这么发财？"

刘建龙大大咧咧地说道："你我兄弟不是外人，我就给你露个底吧。我们几个，这次都要南下，参加偷袭石家庄的战斗。不过这是绝对保密的，对外说是去支援太原。"

"哦，那应该敬几位一杯。"刘时平起身斟酒，然后端起自己的酒杯，"这杯酒，祝你们旗开得胜，马到成功，我先干为敬。"

"来，满上满上。"刘时平再次给大家斟酒。

刘建龙端起酒杯："这杯酒我建议，我们几个一起敬友三兄。"

杜长城立刻附和："对对对，这次我和建龙都是跟随大部队奔袭石家庄，友三兄是率骑兵旅直奔西柏坡，活捉毛泽东和朱德。只要得手，那就是黄金万两啊！"

刘时平也举杯笑道："好啊！这次友三兄建立奇功后，我们再给你摆酒庆贺，喝他个三天三夜！"

刘时平一边起身斟酒一边不经意地问道："上次奇袭张家口，总指挥是董其武，这一次是哪个挂帅？"

鄂友三抢着说道："总指挥是九十四军军长郑挺峰，副总指挥是骑四师师长刘春芳、新二军暂三十二师师长刘化南。这次行动，集合了三个军、十个师、一个旅，共十万兵力。"

刘时平随口问道："这个郑挺峰跟董其武比，哪个更强一些？"

鄂友三又喝了一杯酒，说道："各有千秋，郑挺峰比较稳妥，做事小心谨慎一些。"

几人喝得尽兴，很晚了才陆续散去。

21

毛泽东的空城计

秘密联络点内，中共地下党北平负责人李炳泉将一张纸条递给崔月犁："这是刘时平昨天深夜送来的紧急情报。现在形势危急，不能按常规行事，必须马上发出。"

崔月犁有些迟疑："可现在是中午，没到约定发报时间，那边不会收的。"

李炳泉仍旧坚持："按规定的频率不停地呼叫，直到收到回电为止。"

崔月犁立刻急了："这样电台会暴露的！"

"事关党中央和毛主席的安全，必须马上呼叫！"李炳泉再次命令。

"是。"崔月犁知道事关重大，一边掏出手帕擦了擦额角的冷汗，一边打开了发报机。

华北"剿总"机要室里，一名军官拿着文件夹走到一名报务员身边，打开文件夹，拿出一份电文："立即把这份电报发'剿总'二处石门联络站负责人李智杰。"报务员接过电文，开始发报。

石门一处密室里，李智杰坐在电台前，戴着耳机，一边收听，一边记录。很快，李智杰放下笔，关掉机器，然后揣上电文，神秘地走出了屋子。

来到石家庄公安局，站岗的哨兵没有进行任何盘问，李智杰直接来到局长室。

"智杰同志，请坐。"陈叔亮起身相迎。

"有紧急情况。收到'剿总'二处密电，傅作义计划攻打石家庄，目的是解太原之围。"李智杰说着递上电文。

陈叔亮明白事情的严重性，立刻通知了市委领导刘秀峰等人，刘秀峰命令将电报火速送到西柏坡。

接到电报，毛泽东等人立刻到军委作战室商议对策。

"蒋介石不愧是交易所出身的，总爱搞投机。这次偷袭行动，又是搞投机的那一套。"毛泽东指着桌上的地图说道，"蒋介石以为我们的主力都去打归绥和太原了，趁此偷袭我军的后方，指望一下子把我们的首脑机关摧毁，最好是把我们都活捉了。好家伙，真厉害。可惜偷袭的兵马未动，我们就掌握了他们的全部计划。看来，他们这次又要碰上坏运气了。"

周恩来脸色凝重："我们身边的主力部队确实很少，后天拂晓敌人就到了，我们的后方机关尚蒙在鼓里。我们考虑不周可能就要吃亏。"

毛泽东思索了片刻，接着说道："《三国演义》里的诸葛亮，用空城计瞒过了司马懿。我看，在我们的主力部队到达之前，我们也来个空城计，先把敌人的偷袭计划通过电台向全国广播，让他们知道我们已有准备，他们就会大为泄气，甚至干脆不敢来犯，也未可知。"

很快，收音机里传出新闻播报员的声音："现在播送一则重要消息，新华社华北26日电。当我解放军在华北和全国各战场连获巨大胜利之际，在北平的蒋介石和傅作义，妄想以偷袭石家庄……"

作战室里，傅作义听到这条消息顿时目瞪口呆。同时听到广播的蒋介石则是气得破口大骂："保密！保密！保到毛泽东都亲自来参加军事会议了！"

这时，王克俊走进作战室，轻声说道："总司令，这次行动能否成功，一是保密，二是快速，如今……"

傅作义冷静了一下，立即说道："你马上去给刘春芳发一道密令，放缓行军速度，与侧翼的部队齐头并进，切莫孤军冒进。"

王克俊点点头："总司令英明，这支骑兵是我们最重要的资本，损失不得。"

西柏坡中央军委作战室里，朱德首先说道："敌九十四军自涿县乘火车抵达定兴，改乘汽车向保定集结，刚过徐水，就遭到我军猛烈攻击，敌军死伤惨重。"

毛泽东说道："打得好！这样打下去，敌人根本无法在29日赶到石家庄。"

周恩来依旧有些担心："不过，我军守卫石家庄的兵力还是极其单薄，后方空虚是严峻的事实。"

毛泽东摸出一支烟笑了笑："所以这个时候，攻心尤为重要。"

行动接连受阻，傅作义很焦虑。忽然，电话铃声响起，傅作义关掉收音机，起身拿起电话："我是傅作义，哦，总统。"

蒋介石说道："宜生啊，刚才共党新华社又在广播了。听得出来，这是毛泽东的一贯作风。你对此有什么看法？"

傅作义有点摸不着头脑，只好说道："请总统训示。"

"这是毛泽东给我们演的'空城计'。毛泽东这样大肆叫嚣，证明他手中的兵力空虚，他怕我们杀到石家庄！"蒋介石将自己的想法讲了出来。

傅作义听了不禁一愣。

蒋介石继续叮嘱道："所以你要告诫部下，不要被毛泽东吓倒，不要管那些民兵，只要以最快的速度杀到石家庄，就是胜利。"

可想要杀到石家庄又谈何容易，因为部队在途中连续受阻，已难以按预定时间抵达，所以郑挺峰连忙发电请示傅作义如何执行下一步行动计划。

傅作义毫不犹豫，立刻吩咐王克俊回电："总统面谕，一切仍按原计划执行。"

在蒋介石和傅作义的不断催促下，郑挺峰硬着头皮，在十余架飞机的掩护下，兵分四路由保定南下。可是刚一出城就遭到解放军和民兵游击队的有力阻击，奋战七个小时只前进了十五千米，另有一架飞机被解放军击落……

与此同时，鄂友三指挥骑兵部队向西柏坡进袭，刚进入清苑境内，便闯入了民兵的伏击圈，遭到猛烈攻击，损失惨重。鄂友三见势不妙，急忙退回了保定。

作战室里，任福禄走进来报告石门来电。傅作义下意识地直起腰，揉着眉心："念。"

任福禄念道："获悉共军第六纵队已连夜由西北方向赶来，不久即可到达平保线。后面还有不明番号的部队开来。"

"知道了。"傅作义紧锁眉头。

这天清晨，毛泽东正坐在土炕上吸烟，周恩来走进来："主席，您还没睡？"

毛泽东有些无奈地说道："睡不着啊！"

"我这儿有个好消息，保管能治失眠。"周恩来笑吟吟地说道。

"别卖关子了，快说来听听。"毛泽东顿时来了精神。

周恩来笑着说道："我主力三纵在郑维山司令员的带领下，经过四天急行军，提前一天到达了望都地区。"

毛泽东心里悬着的一块石头终于落了地："这的确是个好消息。恩来，你也一夜没睡，去打个盹吧。"

"弼时身体不好，我让他先去休息了，我在作战室守一会儿。"周恩来说道。

"好，我眯一会儿就来换你。"毛泽东说着把烟掐灭了。

郑维山率领三纵星夜兼程，于31日凌晨赶到了沙河防线。正当敌强我弱、胜负难分之际，中央军委获悉了这个振奋人心的消息。

朱德高兴地说道："三纵一到，战场上敌强我弱的态势就完全改变了，敌军也不敢贸然前进了。"

周恩来满面笑容："三纵已经赶到沙河前线，我们胜利在望了。"

毛泽东兴奋地说道："好啊！是时候给他们最后一击了。"

周恩来笑着问道："主席这篇电文想怎么写？"

毛泽东脱口而出："就叫'评蒋傅匪军梦想偷袭石家庄'如何？"

周恩来拍手称快："妙啊！"

"那我这就回屋去写。"毛泽东说完急匆匆回屋去了。

傅作义和王克俊正坐在作战室里讨论战事，收音机传来广播："这里出现了一个问题，究竟他们要不要北平？现在北平是这样的空虚，只有一个青年军二〇八师在那里。通州也空了，平绥东段也只有稀稀拉拉的几个兵了。总之，整个蒋介石的北方战线，整个傅作义系统，大概只有几个月就要完蛋，他们却在那里做石家庄的梦……"

傅作义听到这里，脸色铁青。

这时，任福禄走进来："报告，石门急电。"

傅作义强撑着说道："念。"

"闻悉：匪三纵郑维山部确已赶到，在沙河南岸与匪七纵会合，正在组织反击作战。又悉，匪聂荣臻指挥杨罗耿兵团一部及山东许世友之一部，正从东西两侧向我保北地区运动。"任福禄念完，傅作义没有说话。王克俊示意他先出去，然后说道："总司令，郑维山突然出现在沙河地区，我军无论偷袭还是强攻，已无可能。如果被聂荣臻从保北断了我军退路……"

傅作义突然高喊："来人。"副官赶忙走进来。"命令郑挺峰撤至良乡一带集结待命。"傅作义说完，整个人瘫倒在沙发上。

慌忙撤退的国民党军队很快溃不成军。冲锋号吹响，解放军战士们呐喊着冲向敌人，敌人纷纷扔下武器，举手投降。

形势一片大好，毛泽东、周恩来等人坐在军委作战室里等待着胜利的消息。

朱德笑道："三国时，诸葛亮唱空城计，是用琴声退敌。今天，毛主席唱空城计，是用广播退敌。"

"琴声，广播声，都是声响嘛。"任弼时笑道。众人都大笑起来。

笑声还没停，罗青长进来汇报："主席、老总、周副主席，哈尔滨来电，冯玉祥将军的夫人李德全，带着冯将军的骨灰回到了哈尔滨。她一回来，就在电台发表声明，号召西北军官兵弃暗投明，站到人民这边来。"

周恩来立刻说道："太好了！致电东北局，要以高规格接待，并给予妥善安置。"

罗青长答应着退了出去。

毛泽东问道："这一阵，到达东北解放区的民主人士越来越多了，上次讨论的召开新政协会议进行得如何了？"

周恩来说道："自从中央城工部改为统战部后，新任部长李维汉就赶到李家庄，与李家庄的民主人士符定一、周建人等协商，提出《关于召开新的政治协商会议诸问题（草案）》。中共中央把这份文件转到东北局，请已在哈尔滨的沈钧儒、谭平山等人讨论。"

"同时，还应该把这份文件转发给香港分局。请李济深、何香凝等人共同讨论。"毛泽东补充道。

国民党在战场上仍垂死挣扎，经济上却已经彻底溃败了。自11月1日国民党政府宣布取消限价，蒋经国公开向上海市民道歉后，5日，蒋经国正式辞去了上海经济督导员一职，宣告了国民党币制改革的彻底失败。

消息传来，黄炎培不禁感叹道："黑暗政治中的一点点火花都已经灭了，不知老蒋现在还能靠什么维持他这反动政权。"

黄竞武说道："我听说，前不久香港的第一批民主人士已抵达了哈尔滨，正与中共一起商讨召集新政协的事。我相信，香港那边很快就会有第二批、第三批民主人士赶往哈尔滨。"

黄炎培表明自己的观点："我一直不赞成在哈尔滨召开新政协会议。哈尔滨属于边陲城市，离苏联太近。在那里召开新政协会议，会让人联想到有什么国际背景，以后会影响新政权的国际形象。"

"那父亲认为在什么地方召开为好？"黄竞武询问。

"至少在关内，最好在北平。"黄炎培想了想说道。

黄竞武试探着问道："所以，父亲到现在都还没有去解放区的打算？"

黄炎培慢吞吞地说道："这场战争到底能打多久，三五年还是七八年，谁也说不准，还是再等等看吧。"

经过一段时间的筹备，第二批北上的民主人士马上就要出发了。前一天晚上，钱之光、潘汉年和连贯相约在华润公司业务室内确定出发前的各项细节。

租用的"阿尔丹"号货轮今晚就能到港，钱之光首先询问了大家的工作进展情况。潘汉年说道："李济深那边给了我们一个名单，主要有马叙伦、郭沫若等十余人。"

"李济深呢？他为什么不在里面？"钱之光询问。

连贯也说道："周公跟我们多次强调，名单之中，首要人物就是李济深。"

潘汉年解释："任公的意思是，他暂不跟第二批民主人士北上。他现在被特务盯得很紧，前一阵又从他家里找到窃听器，也不知道究竟是何人所为。他留在香港，可以吸引特务的注意力，掩护第二批民主人士顺利离港。"

连贯思索了一下："这个理由倒也还成立，只是有点本末倒置了。"

潘汉年想了想："如此看来，他有什么心结没完全打开。要不，我回头再让但世平去找他谈谈。"

特务们既然早已猜到了"阿尔丹"号的用途，自然不会放过搞破坏的机会。夜色浓重，"阿尔丹"号货轮缓缓驶进港湾。这时，有一条旧船正在向港口外驶去。

潘汉年和连贯站在黑暗中，远远眺望着进港的"阿尔丹"号。两条船越来越近，旧船突然调转船头，一头向"阿尔丹"号的中部撞去。连贯和潘汉年顿时惊呼起来。

不远处，叶君伟和姜家辉坐在汽车里也目睹了这一幕。叶君伟掐灭了手中的烟："没有一两个月，船不可能修好。我会电告毛局长，为你请功。"

姜家辉瞥了叶君伟一眼："我只想离开香港。"

叶君伟拍拍他的肩膀："何必呢？你这么有能力，在香港又遍地都是熟人，留在这里帮我，我保证车孟凡不敢动你。"

姜家辉不为所动，冷冷地说道："你答应过我的。"

"好，忙完这件事，我就派人送你走。"叶君伟说着，驱车离开。

"阿尔丹"号出事后，潘汉年等人迅速来到连贯家里商议对策。

车孟凡说道："很明显，这是特务有计划的破坏。我已调查过那条船，马上就要报废了。"

方方说道："现在的问题是我们下一步该怎么办，是另外租船还是等着船修好？"

潘汉年想了想说道："特务已经盯上了'阿尔丹'号，就算修好了，也不能再用了。我认为，应该立即另外租船。"

车孟凡表示赞同："我同意，现在叶君伟正沾沾自喜，不会想到我们这么快就另外租船。"

连贯也支持这个提议。

方方严肃地说道："这次'阿尔丹'号出事，说明我们的行动已被敌人掌握，所以重新租船的事，一定要严格保密。"

车孟凡点点头："除了严格保密，我们还应该采取一些手段，进一步迷惑敌人。"

方方思索了一下，接着说道："这样吧，之光同志，你负责租船。汉年同志和连贯同志负责制订迷惑计划。车孟凡同志负责安全。民主人士从离家到上船这段时间的安全，由车孟凡同志全权负责，不能出半点差错。"

众人点头同意。

但靖邦很快得到消息，匆匆赶往李济深家。一进客厅，李济深打量着但靖邦，不解地问道："什么事，这么匆忙？"

"任公，这一次走不成了。"但靖邦边说边向李济深打了一个手势。

李济深会意，接着问道："为什么？"

但靖邦气咻咻地说道："来接我们的船在进港时被撞坏了，需要修理。听说没有两个月，是修不好的。"

李济深惊讶地问道："船被撞了？这么严重？这么说，去哈尔滨过春节的计划，彻底泡汤了。"

但靖邦也是无可奈何："可不是吗？清明前能到哈尔滨，就谢天谢地了。"

李济深连忙安慰道："真是人算不如天算。也好，4月份，松花江的冰雪已经融化了，正是吃开江鲤鱼的大好时机。"

但靖邦叹了口气："也只能这样聊以自慰了。"

李济深虽未积极北上，但对新政协的筹备颇为关心。这天，他特意约了潘汉年在连贯家见面，将一封亲笔信交给潘汉年，并嘱托道："接到贵党中央转来的《关于召开新的政治协商会议诸问题（草案）》后，我给贵党中央写了一封建议信，请你们转交给润之和周公他们。"

潘汉年接过信："我们一定尽快转达。"

李济深简单地介绍道："我在信中提出，应注意解除国际中间人士及国内多数人之疑虑，更易瓦解蒋政权。还有，我认为，对于国统区的各实力派、地方政权、部队或地方团队、党派、政团、人民团体、社会贤达等诸多人士，策动其在反帝、反封建、反官僚资本、反独裁、反戡乱、反内战之原则下，见之行动者，就允许参加政协会议。"

潘汉年微笑着说道："您的建议很好，请任公放心，我们会立即将您的意见转告中央，中央一定会慎重考虑的。"

柳亚子听说了李济深的建议，愤愤不平地找到郭沫若："李任潮提出把参加新政协的范围扩大到国民党阵营的起义人员，我坚决反对，绝不同意！"

郭沫若笑笑："他提他的建议，你也可以提你的建议啊。据我所知，任公和民革的其他同志，派出大量的特派员去做国民党将领的工作，策动他们起义。他当然要考虑这些起义人员的利益。"

柳亚子不服气："他这是标准的招降纳叛，结党营私。"

郭沫若笑道："招降纳叛不假，结党营私就未必了。"

柳亚子信心十足地说道："解放军接连获胜，势如破竹，没有他李任潮的策反，毛润之也一定会取得最终胜利！"

"有人起义，可以减少解放军的伤亡，加快全国胜利的进程啊。"郭沫若说道。

柳亚子赌气道："我也要给毛润之写信，这些人起义可以，但不能参加政协！"

消息传到西柏坡，毛泽东哈哈大笑："这个柳老，我们认识几十年了，他这急性子的毛病还没改掉，老是爱发脾气。"

周恩来也笑着说道："诗人嘛，总是有诗人的个性。"

毛泽东无奈地笑道："许多时候，他的诗人个性太强了点。"

说完柳亚子，周恩来郑重地说道："主席，李济深的建议还是很有价值的。"

毛泽东点点头："我认为，中央应旗帜鲜明地提出，新政协应多邀请一些尚能与我们合作的中间人士，甚至个别中间偏右者，乃至本来与反动统治阶级有瓜葛，而现在拥护联合政府的人，以扩大统一战线。"

香港民主人士举行的座谈会一直没有间断。这天，李济深等十几名民主人士又聚在连贯家客厅，苏琼也随着但靖邦依旧坐在角落里。

最近大家议论最多的自然是新政协、北上，但当众人看到《观察》杂志上刊出张申府的文章后，都不禁哗然。柳亚子更是气愤地将手中的杂志摔在桌子上："大家看看吧，张申府这老东西，这个时候竟然写文章呼吁和平！"

角落里，但靖邦见苏琼不明所以，低声解释："张申府是民盟华北总支部主任委员，曾是中共创始时的党员。他既是周恩来的入党介绍人，也是周恩来到黄埔军校任职的介绍人。后来，他脱离共产党，参加了民盟。"

苏琼大为惊奇："原来他是中共的老党员。"

一旁的李济深微微一笑："这没啥，蒋介石的公子蒋经国，也曾是共产党员。"

苏琼吃惊得瞪大了眼睛："蒋经国是共产党？"

李济深点点头："是啊，在苏联时，经邓小平和乌兰夫介绍，他加入了苏联共产党。"

这时马叙伦提出疑问："在国共和谈期间，张申府总是对中共持合作态度，现在突然发表这样的文章，是什么道理？"

柳亚子厉声喝道："他是要帮老蒋得到苟延残喘的机会！"

郭沫若紧蹙双眉说道："这篇文章如果写在1946年之前，自然是很好的。但现在这个时候，就是帮反动派的忙了。"

"这种时候发表这种文章，的确是个问题。"李济深表示赞同。

"1947年，国民党压迫民盟解散时，张申府迫不及待地在北平以个人的名义登报声明解散民盟在华北的组织。当时就引起很多人的反对，曾联名向总部提出开除他的盟籍。"陈其尤提起往事。

柳亚子接着说道："今年初，他还联名支持唐嗣饶竞选伪立法委员，为蒋介石捧场。我建议，在香港的盟员联名给代主席沈钧儒和章伯钧致电，要求开除张申府的盟籍！"

众人纷纷附和。

因为新政协被赋予了至高无上的使命，代行人大职责，协商建国，所以就更需要各方面的领袖人物参加。这时候，各界的民主人士，都把目光投到了李济深身上，都在猜测他是否会北上。

但世平奉命来到李济深家探听情况。黄昏时分金色的阳光下，两人坐在花园里边赏花边聊天。很快，但世平转到正题上："表叔，蔡伯伯都北上了，您还留在香港，难免会有人胡乱猜想。不过我相信，像表叔这样沉稳的人，任何说客和谣言都是不会起到作用的。"

李济深笑笑："是啊，谣言很多啊！这些日子，美国拉，中共促，老蒋整，党内抬。我这个曾经被报纸贬斥为'蜗居在香港的过气政客'，一时间又门庭若市了。"

但世平说道："表叔，识时务者为俊杰。您现在的选择，应该是依据客观形势而不是主观意愿。"

李济深眯起眼睛说道："现在的客观形势，无论是国内还是国际，反动势力都不弱。当前一些军事家一致认为，中共与蒋介石的战略决战，至少还得打两三年。所以，还是那句话，两三年的时间，与其蹲在哈尔滨看共产党打仗，不如留在香港积极活动。"

但世平笑道："别人都主张积极参与新政协的筹备，您却把工作的重点放在军事策反上。"

李济深郑重地说道："民革的特长在军事，瓦解国民党军队，才是民革为新政协做出的实际贡献。这也是我们民革不可推卸的责任。"

但世平点点头："我知道，民革不在策反方面做出成绩，将何以向新政协交代，何以向联合政府交代？为此，民革还专门成立了以表叔、蔡伯伯等人为主的军事小组，与中共密切配合，做策反工作。可是，您到了哈尔滨同样可以做工作啊。"

李济深解释道："哈尔滨没有香港方便。从哈尔滨派人去，人家首先就会想到是中共派来的，就先有了抵触感。就拿你大哥来说，如果我在哈尔滨，白崇禧还会接待他，还会帮助他逃出武汉吗？"

但世平想了想："从这个角度说，香港确实比哈尔滨方便。"

李济深目光清明："我虽然安居香港，却已向全国各地秘密委派了许多军事特派员。许多人正带着我写给国民党将领的信，奔走于各地。"

但世平点了点头："我明白了。"

国民党的作战计划频频外泄，一时又查不到什么线索，引得国民党内部纷纷猜测。这天，徐州"剿总"的杜聿明神秘兮兮地拉着顾祝同往院子里走。顾祝同边走边问道："光亭兄，你非要把我叫到外面来，到底想说什么？"

　　来到一个角落站定，杜聿明严肃地说道："南京国防部作战厅有共党的卧底。"

　　顾祝同一愣，继而笑道："从哪里得到的消息？"

　　杜聿明说道："我现在只是怀疑。我国防部制订的作战计划，往往连总统还没看，毛泽东就知道了。如果不是国防部内部泄密，怎么会这么快？"

　　"你怀疑谁？"顾祝同问道。

　　"三厅厅长郭汝瑰。就是那个郭小鬼！有人看见他曾经跟民革一位重量级人物王葆真接触。"杜聿明说道。

　　顾祝同皱起了眉头："郭汝瑰是陈诚的爱将，土木系的重要人物啊。"

　　杜聿明急切地说道："党国的安危，比什么都重要！"

　　顾祝同沉思良久，还是拨通了毛人凤的电话。

　　毛人凤不久前刚得到香港的密报，说李济深躲在香港，却派出了大量军事特派员，到各地进行策反工作。那个跑掉的但世忠只不过是冰山一角。于是命令兰胜向各站发出通报，命令他们务必提高警惕。对凡是可能被策反的将领都要严密监视，如发现异常，立刻报告。

　　此时，电话铃声响起，毛人凤拿起电话："顾总长啊，有什么吩咐？王葆真？对，有这个人，是民革的骨干分子。密切监视？好，我马上安排。"

　　放下话筒，毛人凤对兰胜吩咐道："刚刚得到一个情报，让聂琮去处理。"

　　兰胜领命离开。

南京国防部三厅小会议室里，蒋介石和郭汝瑰等几名将领正在讨论作战计划。最后蒋介石吩咐："你们马上按今天商定的策略，拟一份作战计划。记住，这个计划只能印一份，发出后立即将原稿销毁。从制订到销毁，你们几个必须全部在场，中途不得有任何人离开。"几人领命离开。

工作结束后，郭汝瑰换上便装，离开了国防部。他坐着黄包车来到一家大型商场的门前停下，把钱递给车夫后径直走进了商场。

不一会，王葆真走了出来，登上黄包车离去。到了家门前，黄包车停下，王葆真摸出钱，递给车夫。车夫在接钱时，悄悄地将一个纸团塞到王葆真的手里。

王葆真若无其事地打开门走进屋子。关上门后，他摊开手里的纸团，还没来得及看，身后就传来特务的砸门声："开门！快开门……"王葆真急忙将纸团塞进嘴里，使劲咀嚼起来。门一下子被特务们用力撞开，这时，王葆真用力将纸团咽了下去。

此时，王葆真被反绑双手，吊在刑讯室的墙上已是遍体鳞伤。

聂琮走进来问道："他还是没招？"

"没有，嘴很硬。"特务头目汇报。

聂琮走到王葆真跟前："王葆真，你还是招了吧。你的行动，早就在我们的掌控之中了。"

王葆真艰难地抬起头："我没什么可招的。"

聂琮诡秘地一笑："这次，又是李济深给你的任务，让你跟郭汝瑰接触的？"

王葆真说道："李济深去了香港后，我们有一年多没有联系了。那个姓郭的，我根本就不认识。"

"你王葆真神通广大，国军高级将领中，还会有你不认识的？当年，委座发起对陕北八路军的封锁，就是你带着李济深的信，跑去找卫立煌，还拉着卫立煌跟朱德会面。"聂琮自然不相信。

"那是国共合作期间，大敌当前，只能团结，不能分裂。我为国家、民族做些事，是理所应当。"王葆真理直气壮。

"你这是破坏总统的限共大计！"聂琮怒吼道。

"八路军是抗日部队，我帮助他们，就是帮助抗日。"王葆真据理力争。

聂琮恶狠狠地瞪着王葆真："我们有充分的证据证明，徐蚌会战初期，你还带着李济深的密信，和长期隐藏在我军内部的间谍张克侠一道，策反了何基沣。"

王葆真惨淡一笑："那都是张克侠的功劳，跟我没有任何关系。其实，早在枣宜会战期间，何基沣就对国民党军队内部的尔虞我诈，对张自忠将军战死沙场耿耿于怀，他早已有了另投明主的想法。你们的蒋总统不反躬自省，反而来怪罪我这个手无缚鸡之力的书生。"

聂琮怒道："不要狡辩，直到现在你还在为李济深当间谍，窃取党国最高军事机密，向共党出卖情报！"

王葆真嘲讽道："你们的最高军事机密都能让我这样的外人随便窃取，你们的蒋总统未免也太无能了。我若是他，应该羞愧得拿根绳子吊死！"

"给我打，狠狠地打！"聂琮恼羞成怒，对着旁边的特务大吼。

南京的特务对王葆真严刑逼供，而华北的傅作义又想出了新的招数对付共产党。西柏坡村口的山坡上，毛泽东正在散步，远远地看见周恩来走了过来。到了近前，周恩来说道："主席，傅作义托人给您带来一封信。"

毛泽东停下来，点燃了手中的烟，笑道："哦，什么内容？"

周恩来接着说道："他在信中表示，他已经认识到过去以蒋介石为中心的错误，决定将所属部队交给主席指挥，以达到救国救民的目的。"

"就这些？"毛泽东吸了一口烟，不紧不慢地问道。

"就这些。主席要给他回信吗？"周恩来说道。

毛泽东摆了摆手："这个傅作义可是打内战的高手，更是国民党的'中兴功臣'。你别看他总是一身农民打扮，他的威风都是在战场上打出来的，就连看不起杂牌军的老蒋，也对他委以重任。这会儿，怎么心血来潮主动向我们求和了？"

周恩来想了想："主席的意思是，傅作义并不是诚心求和？"

毛泽东点点头："不错，他这是试探和算计。这仗还没开打，就要交出军队，这个算盘打得未免也太露骨了。"

周恩来恍然大悟："明白，傅作义是想保存自己的地盘和军队，在承认共产党领导的前提下，以冀、察、绥三省实力派资格加入联合政府，对于这样的试探，我们确实不能接受。"

毛泽东笑道："不，来而不往非礼也，既然人家都主动打招呼了，我们总得回应一下。这样吧，我给他写封回信，表明我们的态度。只有宣布起义，与国民党反动政府彻底决裂，站到人民的一边来，才是唯一的出路。"

22

宋美龄赴美谈判

傅作义发出密电后，计算着时间，等待西柏坡的回复，却一直没有消息传来。

王克俊看不明白傅作义的举动，试探着问道："总司令，我们真的要向共产党求和？"

傅作义一脸严肃："我研究过毛泽东的《论联合政府》，东北国军的结局你也看到了，天下早晚是共产党的，我们要想保住地盘和军队，只能与他们和谈。"

"要是他们不愿意和谈呢？"王克俊再次追问。

"那就等，我们手上必须有牌，才能跟他们叫板。"傅作义说道。

这时副官走进来递上一封信："报告，收到一封给总司令的信，是一位不愿透露姓名的先生送来的。"

傅作义接过来一看，信封上没有寄信人地址。取出信笺匆匆看罢，随即苦笑一声："是毛泽东给我的回信，信里让我起义。"

王克俊一愣："起义？这，这不是叫我们投降吗？"

哈尔滨的金秋已经过去，冬天即将来临，可李济深和张澜两位重量级的民主人士都还没有到达哈尔滨。他们到底作何打算？被这个问题困扰的除了国共双方的高层，还有一对恋人。

但世平说道："表叔还是那个想法。他认为国共决战还有几年，要留在香港多做一些策反工作。不过香港的许多民主人士，还是希望他立即北上。至于张澜，他人在上海，到底是怎么想的，这边谁也不清楚。"

宋晓军思绪万千："不管怎样，天下英雄众星拱北，万流归东，是一个可喜的现象。有道是'得人心者得天下，失大势者失天下'。"

但世平也很感慨："是啊，这次国共的较量，就是一次大势转换、人心转向的生死博弈。解放军在战场上节节胜利，天下豪杰纷纷投奔解放区，这就是时势造英雄。"

宋晓军感叹道："再反观蒋介石，青山遮不住，毕竟东流去。"

但世平点点头："大势所趋，不可逆转。人心丧失，不可挽回。"

受到共产党的邀请，民盟新加坡支部负责人胡愈之、沈兹九夫妇也千里迢迢赶回国内参加新政协会议。他们从新加坡乘船先到香港，知道香港的许多民主人士还处在监视之下，担心引起特务注意，遂未敢多逗留，立刻乘船赶往大连。

抵达大连后，李一氓特意在饭店为他们夫妇举行了欢迎宴，代表中共大连市委欢迎二人的到来。

李一氓忽然想起一件事，激动地说道："我党周恩来副主席曾多次说过，蒋介石发动'四一二'政变后，有两件事让他终生难忘。一是面对血雨腥风，郑振铎等公开发表的'抗议信'。二是郭沫若写的《请看今日之蒋介石》。屠刀之下，还有奋不顾身的中国知识分子为共产党申冤！两件事中的第一件，'抗议信'就是胡先生起草的。"

胡愈之听李一氓提起旧事，谦虚地说道："区区小事，不足挂齿。"

李一氓说道:"先生不必谦虚。从'五四运动'起您就投身进步文化运动,曾参加中国民权保障同盟,创办《世界知识》《妇女生活》等刊物,筹划创立生活书店,出版《鲁迅全集》,策划组织中国救国会。抗战中又到新加坡为陈嘉庚办《南侨日报》,开创中国学者研讨国际问题之风气。除此,您还组建并领导了民盟新加坡支部。件件都是了不起的贡献啊。"

胡愈之有些不好意思地说道:"这些都是我应该做的,没想到中共诸君还这样重视。"

李一氓郑重地说道:"任何对中国革命进程做出过贡献的人,我们共产党人都是不会忘记的。"

"我在香港得知,贵党'九月会议'提出了时间表,五年左右从根本上打倒国民党。不过现在看来,从现在起只需再有一年左右的时间,就可能将国民党反动政府从根本上打倒啊!"胡愈之提出自己的看法。

李一氓一愣:"先生何出此言?"

胡愈之侃侃而谈:"战争的进程,除了军事形势之外,还有一个人心向背问题。我从新加坡一路走来,看到国民党不仅军事崩溃,而且经济崩溃、人心崩溃。现在,国统区的人民希望解放军胜利真正是久旱盼甘霖了!"

毛泽东和周恩来得知胡愈之的观点,觉得很有道理。俗话说"当局者迷,旁观者清",胡愈之作为一位旁观者,看问题往往比当局者更客观。确实,许多时候,收获人心比战场上的胜利更为重要。

经慎重考虑后,毛泽东做出决定:"既然胡愈之先生提醒了我们,现在看只需要一年左右我们就能彻底打败蒋介石,那么我准备为新华社起草一篇评论,把原来提出的时间表做一次重大修改。"

周恩来表示赞同:"这样的修改,一定会大长革命人民的志气,大灭反动派的威风。文人在判断政治大势方面,并不一定比军事家差。"

毛泽东十分感慨:"说到文人,我又想起吴晗了。这位历史学家从昆明转道上海来到西柏坡，随身带着一部文稿《朱元璋传》。这些天我一边指挥打仗，一边看这部书稿，受益匪浅啊。"

"听说主席已跟吴晗先生谈过两次，还对全书提出了修改意见。吴晗先生很是感慨，说中国历代开国者多是少文之辈，唯毛泽东一代文化素养最高！"周恩来说道。

"这说的可不是我毛泽东一个人，是说我们大家的。"毛泽东哈哈大笑起来，然后又谦虚地说道，"那只是我个人的见解，跟他交流交流而已。"

周恩来接着说道："对了主席，但靖邦的大儿子但世忠，前两天到了解放区。我已根据主席的意思跟他谈了。他非常愿意到统战部工作。"

毛泽东点点头："告诉他，先做统战工作，等全国解放了，我们成立了自己的政府，到时候让他做新中国的第一代法官。既然我们现在已着手筹备建国大计，各方面的事情都要考虑了。"

周恩来十分赞同："是啊，治理国家，光有民主还是不够的，还得要有法制。依法治国，才能长治久安。"

得知但世忠的工作安排，但靖邦不禁皱起了眉头："世忠不会打仗，他到统战部能做什么？"

但世平笑起来："统战部不是打仗的。它的全称叫中共中央统一战线工作部。"

但靖邦吃了一惊："统一战线？就是抗战时期中共提出的，'建立最广泛的民族统一战线'的那个统一战线？"

但世平点点头："对，性质是一样的。统战工作就是做党外人士的团结工作，做各民主党派、人民团体、无党派人士的工作。"

一旁的苏琼也很感兴趣："现在华润公司那些人，就是做统战工作的？"

但世平点点头，苏琼不吭声了，似乎在思索着什么。但世平看了看苏琼，又悄悄地将目光移开。

但靖邦想了想，有些感慨："为统战工作专门成立一个部门，可见中共对此之重视。"

"当然重视。毛主席说过，我们取得中国革命胜利的三大法宝，就是党的建设、武装斗争和统一战线。"但世平解释。

聊完天之后，苏琼走进了李济深家对面的杂货店。不远处的一棵大树后，马悦悦拉着但世平一路跟踪而来。但世平看了一会儿，轻声说道："我没看出琼姐有什么不对劲啊？"

"那家杂货店是保密局的人开的，苏琼在跟他们接头。"马悦悦说着，见苏琼拿起东西，付钱离开了。

马悦悦拉着但世平远远地跟在后面，轻声说道："你看，寻常人买个东西会这么鬼鬼祟祟吗？而且，上一次我跟踪了与苏琼见面的那个人，他最后进了保密局。我敢肯定，苏琼一定是特务。"

但世平默默地看着苏琼走进了李济深家里，这才问道："你是从什么时候开始怀疑她的？"

马悦悦说道："我听阿凡提过你大哥在武汉暴露的事，又想起最近关于窃听器的事，仔细想想，这里面绝对有问题。而苏琼的嫌疑最大。"

但世平叹了口气："那我们要抓她吗？"

"先不用。"马悦悦说完，但世平顿时愣住了，疑惑地看着她。

马悦悦解释："他们能在我们中间安插特务，我们也可以以此迷惑他们。不过，有她在场时，你们最好不要说重要的内容。"

蒋介石见报纸上发表了毛泽东的文章，读完后气得一把将报纸摔在桌子上，对陈布雷说道："你看，人家的文章写得多好！"

陈布雷随口答道："毛泽东的文章，都是自己写的……"

"你的意思是我不会写文章？"蒋介石顿时火冒三丈。

"不，我不是这个意思。总统日理万机，实在太忙了。"陈布雷连忙辩解。

见陈布雷面色难看，蒋介石叹了口气："布雷先生，你最近脸色很不好，要注意补充营养。"

陈布雷苦笑一声："能喝上一碗菜粥，就很不错了。"

蒋介石眯起眼睛，有些难以置信地问道："经济再紧张，你也不会吃不起饭吧？"

陈布雷无奈地说道："可现在买米，都要拿麻袋装钱了。"

蒋介石听了神色黯然："你说的这些我都知道，我也是没有办法。"

陈布雷立刻建议："我以为，能不能让我们党内一些高级干部，捐一些钱出来，以解燃眉之急？"

蒋介石一愣，恼怒地看着陈布雷。陈布雷吓了一跳。很快，蒋介石恢复了平静："先生的意思，是要让四大家族把钱都拿出来？"

陈布雷迟疑着说道："我，我只是以为，像孔令侃……"

蒋介石立刻打断了他的话："半月前，你向我提议，要尽快结束战争。我知道你的心是好的，因为我们已经没钱打仗了。可是你想过没有，现在停战，就等于承认中共占据了半个中国。"

陈布雷黯然地点点头："我明白，几天前总统在会上重申一定要戡乱到底，就是对我不点名的批评。"

蒋介石黑着脸说道："还有，你几天前向我建议，给连任美国总统的杜鲁门发去贺电。今天祖燕已从美国发回了消息。杜鲁门对我派祖燕去美国助选杜威的事耿耿于怀，拒绝了我们的贺电。"

陈布雷浑身一震，差点儿栽倒在地。

蒋介石看看陈布雷："先生也累了，回去休息吧。"

回到家中，陈布雷坐在书房里，边吸烟边回忆着多年来所经历的一切，心里有股说不出的滋味。不知不觉间，桌上的烟灰缸里已堆满了烟头。

小女儿陈琏接到父亲的电话回到家里，一进书房见满地的烟灰，不禁心疼地说道："爸，您少吸点烟，对身体不好。"

陈布雷站起来："琏儿，今天爸叫你过来，是想让你陪我去一趟中山陵。"

"今天是什么日子？去那儿干什么？"陈琏疑惑地问道。

"别问了，跟我走吧。"陈布雷说着走出书房。

从中山陵出来，父女俩沿着石阶一步一步往下走。

"琏儿，我一生追随中山先生，兢兢业业，未敢一日松懈，如今已油尽灯枯，力不从心了。"陈布雷的声音里透着无限的疲惫。

陈琏停了一下，问道："爸，您真的认为这些年追随的是中山先生吗？"

陈布雷愣了愣，叹了口气："币制改革的彻底失败，已经昭示这个国家彻底没有了希望。"

陈琏抬起头："国家是不会没有希望的，失败的只是这个政府。"

陈布雷停住脚步，慢慢转过身，看着女儿："你和袁永熙到底是什么人，我心里明白，蒋公心里也明白。之所以认定你们不是共产党员，只是民主青年联盟的成员，是他给我一个面子，同时，也给自己找个台阶。"

陈琏愣了一下："爸，您今天怎么突然提起这件事？"

陈布雷继续向下走着："中共军队接连获胜，势必激怒蒋公，保密局也会加大打击中共地下党组织的力度，你们一定要好自为之。"说到这儿，陈布雷顿了顿，"下次，我可能就顾不上你们了。"

"这是他们临死前的疯狂。爸，您放心，我们不会有事的。"陈琏搀扶着陈布雷一步步走下石阶。

第二天，陈布雷便服下大量的安眠药，自杀身亡了。

听到噩耗，蒋介石心情沉重地坐在沙发上。对于陈布雷留下的十一封遗书，由于涉及不少政治敏感问题，众人意见不一。俞济时向蒋介石汇报："陈主任临走前留下的遗书，有的是留给总统的，有的是留给朋友的，有的是留给亲属的。所涉内容繁杂，大家对能否公开发布看法不一。"

蒋介石扶着额头，闷声问道："你怎么想？"

"总统第一秘书自杀的消息，本来就不应该对外公布，现在还要公布遗书，就更不应该了。万一引起胡乱猜疑，会在社会上造成不安定。"俞济时表示反对。

但是旁边的邵力子却说道："我是赞成公布的，而且要全文公布，不做任何删改。"

蒋介石想了想，无力地说道："给家属的遗书可以全文发表，但给我的遗书，摘抄几句就够了。"

消息传到西柏坡，看过报上发表的陈布雷的遗书，毛泽东颇为感慨："即使不全文发表，摘抄的这几句就够凄怆和触目惊心的。什么'油尽灯枯，已无效命之力'，什么'神经陷于极度衰弱，累月不痊，又因忧虑过深，今竟不能自抑'，等等，真令人不忍卒读。"

周恩来感叹道："这油尽灯枯指的仅仅是陈布雷自己吗？难道不正是蒋家王朝濒临末日的缩影？"

毛泽东点点头："陈布雷是国民党的文胆，给蒋介石起草过无数讲稿，他已经敏锐地察觉到国民党的前途渺茫，而蒋介石的一意孤行，更使他绝望。"

"陈布雷大殓之日当天，上海地下党秘密委派陈琏的表妹中共地下党员翁郁文专程到南京，带去了组织对陈琏的慰问，并告诉她可以安排他们夫妇秘密到解放区工作。"周恩来说道。

"他们来了吗？陈琏在政治上的作用比工作上的作用大得多。他们若到了解放区，会在国民党高层人士中引起不小的震动。"毛泽东关切地问道。

"来了。陈琏夫妇处理好陈布雷的后事，就匆匆赶去上海，上海地下党交通站站长乔石同志接待了他们，为他们准备了去苏北解放区的通行证。我已指示华东局，要做好陈琏夫妇的工作和生活安排，也算是兑现了两年前的承诺。"周恩来答道。

毛泽东想了想说道："恩来，你还记得不久前，我们在讨论胡愈之的判断时说过的话吗？"

周恩来点点头："记得。我们都说过，文人在判断政治大势方面并不一定比军事家差。"

毛泽东感叹道："陈布雷和胡愈之都做出了正确的判断。"

周恩来惋惜道："他们的判断是一致的，可惜选择的道路却完全不同。胡愈之选择了革命道路，陈布雷却选择了'尸谏'，随主子陪葬。"

"中国的文人都有一种从一而终的情结。有道是'忠臣不事二主，一马不跨双鞍'。陈布雷就是这种人，他明知已经跟错了主人，却不愿改弦易张，非要以一死酬谢知己。"毛泽东顿了一下，又说道，"由此我又想起另外一件事。不久前，李济深来信提议，我们新政协会议应该进一步扩大范围，可以包括一些国民党的起义将领。陈布雷的事提醒了我，我们是不是应该对那些投错了主子，又陷在感情的泥淖里无力自拔的人，伸手拉上一把。"

周恩来十分赞同："主席这个想法很好，像张治中、邵力子这些人，我们不应该让他们再为蒋介石陪葬了。"

正在这时，李克农快步走进来汇报："主席，副主席。傅作义刚刚派人送来的密信，请主席过目。"说着递上手里的信。

第二天，西柏坡军委作战室里，毛泽东等人坐在一起，就傅作义的密电一事进行讨论。

周恩来向大家介绍情况："主席自 11 月 7 日后，接到傅作义的第二封密信，信中傅作义提出与我们和谈。"

朱德抢先说道："傅作义不是杀头将军吗，能坐下来跟我们和谈？"

刘少奇也表示怀疑："莫不是他在打什么小算盘？"

毛泽东笑道："巧了，大家想的都一样。这个傅作义上次搞出一个偷袭石家庄的馊主意，退守北平后，又开始动脑筋，为他的后事做打算。上次给他回信，要他彻底和蒋家王朝决裂，率部起义，站到人民的队伍中来。这次来信他仍然提出跟我们和谈的条件是带着地盘和军队跟我们合作，目的是保留他的地盘和军队。"

任弼时看着毛泽东，问道："主席想要怎么做？"

"从这两封信来看，他是打着求和的名头来试探我们，并不是真的想要和谈、起义。我们得给他点颜色看看，他才会真的愿意与我们和谈。"

朱德拍手笑道："好啊，傅作义不是想和谈吗？我们就用实际行动告诉他，在谈判桌上能讲条件的只有强者。"

这时任弼时提出问题："只要林彪的四野提前入关，华北地区的敌人就是我们的盘中餐。问题是，四野如何才能出其不意，在敌军的监视下，顺利入关呢？"

毛泽东微微一笑："我们可以来个声东击西。"

周恩来瞬间明白过来："我明白主席的意思了。敌人的飞机和探子虽然无所不能，但是一来，他们想不到我们会反其道而行之，这么快就让林彪挥师南下；二来，我们可以让驻沈阳的同志们与地方群众演一出好戏。只要这出戏够热闹，配合得好，还怕不能吸引敌人的注意力？"

毛泽东笑着点点头："部队行动的这段时间，除了要让新华社每天按时播报群众和部队紧密配合的好戏，让林彪在公开场合多露几次面，还要电告林彪，绕过山海关，从热河省冷口和喜峰口入关，以避开敌军的探子和侦察机。"

大家都点头同意。

在中共中央商讨新的作战计划的同时，南京军政部作战大厅里，蒋介石、杜聿明等人也在讨论下一步的作战计划。

顾祝同提议："辽沈一役结束后，林彪率领的四野短时间内一定会大举入关，挥师南下。我认为我们可以趁共军未做休整，处于疲惫之际，让驻守华北的傅作义部，对他们发起反攻。"

"我不同意。"郭汝瑰第一个站出来反对。一直怀疑他的杜聿明暗暗观察着，却见郭汝瑰面不改色，镇定自若。

"郭厅长，你有何不同意见？"蒋介石询问。

郭汝瑰说道："林彪匪部，厮杀五十余日，不经三四个月休整，难以恢复元气。"

一个将军立刻附和道："我赞同郭厅长的意见，他们刚经历了一场恶战，正需要休养生息。在这个时候挥师南下，岂不是犯了兵家大忌？"

另一个将军也说道："是啊，就算他们要挥师南下，离开沈阳，也必须要经过山海关。我们天上有飞机，地上有探子，还怕他们逃出我们的手心？我以为，我们应该将精力放在徐蚌战役上，争取集中优势兵力于徐州、蚌埠之间的津浦铁路两侧，以逸待劳。当共军南下时，即集中全力，寻机与共军决战。"

会后，杜聿明等人起身，目送蒋介石离开。望着郭汝瑰的背影，杜聿明不由得皱起了眉头。

顾祝同拍了拍杜聿明的肩膀："别想太多，我已经暗中命毛局长调查过了，郭小鬼没有通共嫌疑。"

"怎么可能？"杜聿明难以相信。

"事实如此。光亭兄，难道你还没看出来吗？这郭小鬼是陈诚向老蒋保荐的国防部第三厅中将厅长，直接参与指挥作战。他的责任就是向老蒋提供作战方案，深得老蒋的信任。如果我们跟他吵起来，一来没有证据，二来还会失去老蒋的信任，何必呢？"顾祝同劝道。

杜聿明不甘心："如此看来，我们就只能看着他瞎指挥了？"

顾祝同接着劝道："也不一定是瞎指挥，有时候我觉得他提出的作战方案还是很有道理的，要不然老蒋怎么可能会同意。你啊，就是疑心重。"

杜聿明咬了咬牙："这次来南京参加军事会议前，我就想好了，我准备跟老蒋呈请，我打算放弃徐州，坚守蚌埠。"

顾祝同一愣，又点头说道："也好。"

安排香港民主人士北上的事一直在暗中进行，最终华润公司租下了挪威的"华中"号货轮，出发日期定在 11 月 23 日深夜。这天，钱之光、潘汉年和车孟凡来到连贯家顶楼的小屋里，确认最后的细节。

车孟凡忽然说道："我有话要说，我们的内部有特务。"众人听了都一惊。

潘汉年率先反应过来："谁？"

"她叫苏琼，是叶君伟安插在李济深和但靖邦身边的眼线。"车孟凡向大家说明情况。

"什么时候发现的？"钱之光追问。

车孟凡看了看大家："有几天了。悦悦告诉我这个消息后，我们就立刻告诉了世平，让她务必要小心。同时，我们考虑到可以利用她向叶君伟传递一些假情报，所以就没有打草惊蛇。"

潘汉年想了想说道："很好，我们这次的工作绝不容许出半点差错。有了她，我们的迷惑计划成功率会大大提高。"

为以防万一，除了每个民主人士身边都有两三个人暗中保护外，连贯还提议应该带人守在码头，只要叶君伟的特务一出现，就立刻武装拦截，绝不能让他们有机可乘。大家都点头同意。

战事的接连失利，加之陈布雷的突然离世，让蒋介石越发感到惶恐不安。这天，他呆呆地坐在桌前，两眼漫无目的地盯着前方出神。

宋美龄悄无声息地走进来，轻轻地来到蒋介石身边："达令，怎么还不休息？"蒋介石含糊地"嗯"了一声。

"你在想什么？"宋美龄看着蒋介石。蒋介石神情恍惚地又"嗯"了一声。

宋美龄在蒋介石旁边坐下，劝慰道："达令，不早了，该休息了。"

蒋介石低声喃喃着："该休息了……"又蓦然一惊，"不，不能就这么罢休！想让我败在共产党的手里，跟毛泽东低头认输，绝不可能！"说着蒋介石霍然站起，一下将桌子上的水杯打翻了，里面的水洒了一地。

宋美龄正要起身收拾，突然，看到蒋介石正目不转睛地盯着自己，担心地问道："达令，你不认识我了？瞧你这神情……"

蒋介石忽然低声道："你到美国去一趟！去向他们陈情。"

宋美龄十分诧异："美国？你叫我现在去美国？就没有别的人可以去吗？"

"必须由你亲自去。"蒋介石的话让人无从反驳。

转天一早，蒋介石催促宋美龄赶快与马歇尔联系。放下电话，宋美龄勉强笑着对站在一旁焦急等待的蒋介石说道："马歇尔说，我只能以私人身份去美国。"

蒋介石顿时气得大骂："堂堂一个国家的元首夫人，只能以私人身份前往！马歇尔过河拆桥！"

宋美龄神色黯然："这也不能怪马歇尔，他已经尽力了。"

蒋介石站在窗前一声不吭。宋美龄走到蒋介石身后，轻轻地问道："达令，我还去不去？"

"去！一定得去！"蒋介石坚定地说道。

很快，宋美龄乘坐"美龄"号专机抵达美国华盛顿机场。马歇尔依然热情地亲自前来迎接。不过表面的热情背后，却是无情的现实。

马歇尔称只为宋美龄争取到了半个小时与杜鲁门总统会面的时间。

会谈期间，宋美龄提出了三项请求，分别是请求美国政府支持南京政府，派遣高级军事代表团来华主持军事并提供三十亿美元军事援助。

杜鲁门冷淡地回复说美国只能支付已经承诺的援华计划的四十亿美元，他们不能保证无限期地支持中国。随后，杜鲁门立刻向报界声明，对华援助已经超过三十八亿美元。言下之意，美国已经兑现了承诺。

接到宋美龄的电话，蒋介石一脸失望和愤怒，但也无可奈何，只能接受现实。

转眼到了 11 月 23 日。黄昏时分，叶君伟办公室的电话忽然响起，特务报告李济深一家去了浅水湾。与此同时，"乌鸦"前来报告"百灵鸟"留下情报，但靖邦一家也要去浅水湾海鲜舫吃海鲜。

叶君伟心中盘算，他们齐聚浅水湾，很可能是要逃离香港。于是立刻命令张立马上赶往浅水湾。随后他与黄吹维取得联系，两人在一条偏僻的公路旁见面。

叶君伟开门见山地说道："我得到情报，李济深今晚可能要逃走。"

"你上次还说他们清明前后才会走。"黄吹维瞪了叶君伟一眼。

叶君伟冷着脸说道："这次是真的。"

黄吹维想了想说道："情报绝对可靠？"

叶君伟说道："没有绝对可靠，但他一家和但靖邦一家全部去了浅水湾吃海鲜，情况十分可疑。而且，车孟凡带人在一旁警戒。"

黄吹维思索道："这样吧，你们密切监视他们的行动，发现他们有出逃的迹象，立即拦截，通知我来处理。记住，一定要等他们上了船才能采取行动，不然，我们就被动了。"

叶君伟点头答应，下了车向浅水湾赶去。

太阳刚刚落山，停泊在海湾里的几艘海鲜舫已经亮起了灯光。太白舫二楼包厢里，李济深和但靖邦两家人围坐在一起边吃边谈，苏琼、但世平、李筱桐三人紧挨着，有说有笑。包厢附近的楼上和走廊里都有人负责把守。

岸上，叶君伟不时举起望远镜观察船上的动静，其他特务也藏身在各个角落密切监视着众人的举动。

不一会儿，姜家辉面无表情地走过来："上面都布置好了。只要一有情况，兄弟们立刻行动。"

张立也过来汇报："站长，我已派出两条小船在海湾里游弋，只要有船靠近，我们就会发现。另外，其他船只都埋伏在两侧，一有情况，立刻出动。"

叶君伟满意地点点头："等我的命令。"

夜色渐浓，码头上，马悦悦带着一帮堂口弟子在暗中警戒。这时，两辆汽车驶过来，几名西装革履的人陆续下车。接着，一行人走上石阶，登上了"华中"号货轮。与此同时，海面上的一艘小渔船驶向"华中"号，两艘船靠在一起后，"华中"号的海员抛下绳梯，让渔船上的人上了货轮。随着发动机的轰鸣声，"华中"号货轮开始起锚，缓缓离开了码头。

夜越来越深，叶君伟等人盯着太白舫，越发疑惑。

姜家辉疑窦丛生："他们这顿饭，吃得是不是太久了？"

"他们应该是在等人。"叶君伟心中也满是犹疑。

又过了一会儿，两家人纷纷起身，似乎是终于要走了。"可是海湾那边一直没有信号，并没有船靠近啊！"叶君伟困惑不已。

姜家辉猜测："他们是不是要从陆路离开？"

叶君伟想了想说道："如果是从陆路离开……先不要惊动他们，你带着兄弟们在后面跟着，不看见他们上船，不要动手。快去。"

姜家辉答应着离开。

李济深和但靖邦两家人下了船，分别上了几辆汽车，驶出浅水湾。特务们紧随其后。

几辆汽车一路开到李济深家门前停下，李济深和但靖邦两家人下了车，相互告别。随后但靖邦父女和苏琼上了车，继续向但靖邦家驶去。

特务们百思不得其解。

"华中"号货轮行驶在波涛起伏的大海上。几位民主人士站在甲板上饶有兴致地谈古论今。

马叙伦说道："诸位，在下上船之初，既思念妻儿，又感叹新中国即将诞生，心头真是百感交集。方才，就在船舱里胡乱写了一首五言古体诗，以表达此刻的心情。"

"好啊，快念给我们大家听听。"郭沫若提议。

马叙伦拿起诗稿念道："南来将岁晚，北去夜登程。知妇乘离泪，闻儿索父声。戎马怜人苦，风涛壮我行。何来此彶彶，有凤在岐鸣。人民争解放，血汗岂无酬。耕者亡秦祖，商人断莽头。百郭传书定，千猷借箸筹。群贤非易聚，庄重达神州。"

"马老此诗虽好，但开头几句难免过于伤感。别妇离子之情谁都有之，但当今我们面对的，是一个即将诞生的新中国。想起它，我没有任何伤感，只有激动和向往。我在这里和诗几句吧。"郭沫若想了想，和道，"栖栖今圣者，万里赴鹏程。暂远天伦乐，期平路哭声……"

丘哲笑道："见诸公有这样的雅兴，我这高血压好像都低了一半，我也想起几句，题目就叫《十一月二十三日自香港乘轮赴东北口占留别亲友》吧。愿抱澄清酬故友，拼将生死任扶倾。关山极目风云急，剑匣长鸣起执鞭。"

众人纷纷拍手叫好。郭沫若笑道:"我也有一首打油诗赠丘老。君苦高血压,我苦血压低。高低之相悬,百度足有奇……君不见鹤胫长凫胫短,长者不可断,短者不必展。一身之事任其自然,人民解放不可缓。"

众人听了赞不绝口。

这时许广平走过来:"诸位,告诉大家一个好消息。刚才我儿海婴通过自己组装的收音机,收听到新华社播放的一则消息:沈阳解放了!"

众人顿时欢呼起来。

"诸位,诸位,静一静,静一静。为了庆祝沈阳解放,我提议,我们在船上的娱乐室组织一场庆祝会,大家都出节目,可以唱歌,可以跳舞,可以朗诵诗歌,什么都不会的就讲故事。总之,我们要把这场庆祝活动搞得热烈、精彩。大家都尽情地抒发胜利的喜悦,好不好?"郭沫若兴奋地征询大家的意见。

"好!"众人异口同声。

"那大家就分头准备,庆祝活动晚上开始!"郭沫若笑着高声宣布。

毛泽东听说第二批民主人士已经北上,便向周恩来询问具体人员名单。

周恩来思索了一下:"主要有马叙伦、郭沫若、丘哲、许广平母子、陈其尤、翦伯赞等。我方由连贯陪同,宦乡随行。钱之光派王华玉随船照料生活。"

见没有李济深,毛泽东叹息道:"看来,他还有什么心结没完全解开。"

"他这次的理由是,他留在香港,可以牵制敌人的注意力,掩护其他人安全离港。"周恩来解释。

毛泽东笑道:"这也算是一个理由吧。"

周恩来想了想说道:"我有一个想法,让但世忠去大连,拿到蔡畅和李富春的亲笔信后,扮成海员,乘船回香港,争取让李、但二人下一批一定成行。"

"此计可行？"毛泽东有些担心。

"但世忠回国后在香港深居简出。现在他的名字在保密局可能人尽皆知，可见过他的人，还真没有几个。"周恩来很有信心。

"好，你马上安排。"毛泽东表示同意。

23

节节败退

　　"华中"号搭载的民主人士到达大连后，因大连当时是苏联控制的军港，外国货轮不准进港。于是便驶往丹东市的大东沟抛锚，后改乘小船上岸。由于船上党内同志较多，郭沫若等民主人士由东北局前来迎接的负责同志陪同转赴哈尔滨后，党内同志则由刘昂接到大连。

　　听周恩来介绍完情况，毛泽东十分感慨："随着国民党在东北的最后一个据点沈阳被攻克，整个东北都变成了解放区。中共东北局应从哈尔滨迁往沈阳，哈尔滨的民主同志也要随之迁往沈阳。郭沫若等民主人士自大连登岸后，已经不必再去哈尔滨，可直接去沈阳。"

　　"原定在哈尔滨召开的新政协会议，主席是不是有意改在沈阳举行了？"周恩来询问道。

　　毛泽东不置可否："随着形势的快速发展，会址可能还会南移。"

　　周恩来感叹道："是啊，形势发展得太快，连我们自己都有点措手不及。"

　　"是胡愈之的判断提醒了我们。我估计，明年我们一定会在北平召开新政协。"毛泽东充满信心。

周恩来想了想，提议道："中国真正能够称得上京的城市只有两座，一座是南京，一座是北京。我们要在北平召开新政协会议，北平就应该恢复北京的原名称了。"

毛泽东没有说话，眼睛里闪烁着希望的光芒。

刚到哈尔滨的第二批民主人士聚在哈尔滨饭店大堂里。人们或坐或站，三五成群正在谈天说地。这时李富春和东北局的几位干部走了进来，大家立刻围拢上去。

"诸位，现在我正式向大家宣布一个好消息。随着沈阳的解放，中国人民解放军迅速肃清了东北境内的国民党残敌，东北全境已全部解放。"李富春大声说道。

听到这个好消息，众人都兴奋地鼓起掌来。

马叙伦兴奋地对郭沫若说道："我写诗不及先生，但我要以中国民主促进会的名义，亲自执笔致电润之和玉阶二人，表示祝贺。"

西柏坡军委作战室里，李维汉向大家宣读刚刚接到的马叙伦的祝贺电报："人民解放战争，未及三年，胜利无算；虽由同胞自觉，共起并持；实赖两先生，老谋壵画，领导有方；各司令运筹致果，凌励无前；是从肤功叠奏，捷报频传；被解放者得如归之东，尚沉沦者有后我之忧。比者济南一役，夺华中之锁钥，关外三乘，定全局之磐基，遂使民主之光，焕若朝阳；独裁之焰，微同爝火。全球为之刮目，美帝于焉坠心。行见敌势山崩，吾威海泻；叩秣陵于指愿，得罪人于豫期。凯歌讴遍，大业永昌；作大寰民主之矜式，为世界和平之保障。谨抒庆贺，何任忭欢。"

周恩来感叹道："马老这篇电文，充分体现了民主人士对共产党、解放军的衷心拥戴之情。"

"还是那句话，'得道多助，失道寡助'。现在，可真是各路英雄齐聚梁山，共举大义喽。"毛泽东笑道。

刘少奇说道："我们一定要遵照主席的指示，将革命进行到底，绝不能学宋江半途而废，断送革命。"众人不住地点头。

除了马叙伦发来的电报，前线也传来了好消息。根据毛泽东的战略部署，林彪大军南下一周后，新华社还在播放林彪在沈阳的消息。而我华北野战军在新保安成功包围了敌三十五军。敌三十五军军长郭景云见突围无望，便在城内日夜修筑工事，企图固守待援。

军委作战室里，毛泽东听完战报，眼前一亮，笑着问道："你们觉得，如果我们拿这个三十五军当诱饵，傅作义会有何感想？"

周恩来微笑着说道："傅作义没了三十五军就成了一只没牙的老虎，我相信他为了援救三十五军，一定会不惜血本。"

毛泽东哈哈一笑："那我们的机会就来了。"

果然，傅作义得知三十五军被困的消息，焦急万分，立刻命令王克俊："不惜一切代价，一定要救出三十五军！"

王克俊面露难色："可是我们已经出动北平所有的飞机，或帮助三十五军作战，或向新保安空投补给，都无济于事。尤其是空投补给的飞机，因为害怕被共军击落，所以不敢超低空飞行，只在高空投放了事。空投的粮食、弹药大都落到了共军的阵地上，三十五军只能眼巴巴地看着。"

傅作义心烦意乱，焦急地在屋里踱着步。

"总司令，这些共军围而不攻，也不知道在搞什么名堂。三十五军自知突围无望，正在抓紧时间修筑工事。三十五军跟总司令一样，都有守城的传统，他们守过天镇，守过涿州，守过太原，守过绥远。四次守城战都是无往不胜，我相信守住新保安，他们也没有问题。"王克俊宽慰道。

解放军却不打算给傅作义任何喘息的机会。依照作战计划，林彪率部悄悄从喜峰口入关，迅速截断了傅作义向西的退路。而后毛泽东电令林彪、罗荣桓和刘伯承，迅速抢占丰台。毛泽东特别强调这次行动，重点突出一个"快"字。在敌人没有做好准备之前，打他们一个措手不及，以最快速度拿下丰台。

这天中午时分，忽然外面乱作一团。傅作义刚要询问，就见王克俊匆匆跑了进来："总司令，赶紧收拾东西撤退！"

傅作义一脸愕然，连忙问道："怎么回事？"

"林彪忽然对丰台发起进攻，我们被打了个措手不及。共军已经从丰台东西两侧包围了我们，再不跑就来不及了。"

炮火声越来越近，王克俊手忙脚乱地收拾了一些重要文件，和傅作义匆匆忙忙逃离。

逃离丰台后，傅作义立刻调集部队组织大规模反攻。丰台的战略位置极其重要，傅作义自然不肯轻易丢失。国民党军在大量火炮和装甲车的支援下发起了疯狂的反扑，妄图夺回失去的阵地。共军经过浴血奋战，至傍晚时分，连续击退国民党军的反攻，守住了丰台。

退往中南海的傅作义垂头丧气地坐在沙发上沉思，他忽然抬起头，大声说道："我们已丢失了丰台，现在再也不能失去三十五军了！克俊，传我命令，立即派《平明日报》总编崔载之出城，与共军谈判。要求共军停止一切攻击行动，两军后撤，把三十五军放回北平。"

沉默良久的王克俊抬头看了看傅作义："那交换的条件？"

"我愿意建立华北联合政府，将军队交由联合政府指挥。之后，我会通电全国，促成全国和平。"傅作义说道。

王克俊想了想说道："总司令的意思是，帮助成功者速成？"

傅作义点点头："不错，我与共产党和谈，并非个人私利，而是为了和平，为国家、民族着想。是战是和，我已仁至义尽，现在就看共产党的了。"

听了傅作义的要求，毛泽东冷笑了一声："傅作义到现在还想跟我们讨价还价呢！"

"既然他不愿意诚心和谈，那我们要不要帮他下这个决心？"周恩来说道。

毛泽东笑道："好，三十五军不是他的命根子吗？那我们就干净利落地全歼三十五军，拿下新保安，攻占张家口，让傅作义无处可逃。"

两批北上的民主人士都安全到达，潘汉年托但世平传话给但靖邦和李济深，希望他们也能早日成行。这天，但靖邦特意来到李济深家商量此事。花园里，李济深听完但靖邦的来意后，问道："你有什么打算？"

但靖邦想了想，故作轻松地说道："我想等你们走后，去新加坡。"

李济深有些意外："你不打算北上？"

但靖邦淡淡地说道："你是民主人士的领袖，新政协非你不成席。我不同，我只是个微不足道的小人物，未立寸功。就算共产党不记仇，去了以后也自觉尴尬，有混吃混喝的嫌疑。"

这时，但世平带着一位头戴礼帽、架着眼镜、留着长须的男子走到近前。

"爸，表叔！"但世平压低声音说道，"你们看，谁来了？"

只见来人摘下帽子和眼镜，微笑着低声说道："爸，表叔！"竟是但世忠。两位老人一下子站了起来。

但世平立刻做了个噤声的手势。

李济深也压低声音说道："什么时候到的？快，坐下说！世平，去搬把椅子。"

但世忠说道："昨天。因为我们两家都在特务的严密监视之下，我就没有直接回家。"

但靖邦仍旧有些担心："你怎么这个时候回来了？""是周副主席派我

来接你们的。"但世忠目光灼灼，"爸，表叔，毛主席和周副主席都非常关心你们。我临行前，不仅蔡畅和李富春给你们写了信，周副主席还给你们写了一封信。"说着摸出两封信，交给两位老人。

李济深和但靖邦接过信，身子有些微微颤抖。

第二批民主人士顺利北上，引得蒋介石雷霆震怒。随后，叶君伟遭到毛人凤的严厉斥责，被骂得灰头土脸。

见叶君伟一脸丧气，孙仁兴建议："站长，这些民主人士和共党都非常狡猾，脚长在他们的身上，他们要想跑，随时都可以；而我们要拦截，总是被动的，所以永远慢一步。不如……让他们永远躺下，就跑不了了。"

叶君伟气得大骂："放屁！要是能杀人，还用等到今天！"

其实，毛人凤也打起了这个主意。为此，毛人凤特意向蒋介石请示："学生认为，当初我们留着李济深等人的性命，就是不让一些人说三道四。英国人要保护这些人，主要是想在中国培植第三势力。如果让这些人逃走了，他们的计划也就落空了。现在英国人清楚这些人是留不住了，所以学生认为，现在干掉这些人，英国人不会有什么过激的反应。"

"你以为我留着这些人，是怕英国人说三道四？"蒋介石反问道。

毛人凤慌忙答道："学生愚昧，请总统训示。"

"我留着他们，最主要的目的是不让他们参加中共召开的政协会议。如果提前干掉主要头目，那些人必然会选出新的领导人。而这些新的领导人，很可能会在已到匪区的人中间产生。那时，我们就真的是鞭长莫及了。"说到最后，蒋介石不由得叹了口气。

"学生明白了。"毛人凤低着头说道。

蒋介石想了想说道："李济深、何香凝这些人暂时不能动，但并不是每个人都不能动。"

毛人凤眼前一亮，急忙说道："但靖邦的儿女都是共匪，他在那些反政府人士中，只是一个不起眼的小人物，干掉他也不会引起多大的反响，但对他的表哥李济深，却能起到杀鸡儆猴的作用。"

蒋介石不置可否："你明白就好。"

从李济深家出来，但靖邦和女儿跟随但世忠来到一个僻静的小屋。听说了苏琼的事，但世忠很是震惊："我真没想到，她竟然是特务。难怪，我按她提供的地址，跑去找苏伯母，人家却说两年前就搬走了。"

但靖邦说道："她提供旧的地址，正是不想让你找到她的母亲。"

"我也在想这个问题，她为什么不让大哥找到苏伯母？是不想把母亲牵扯到里面来？我觉得不是那么简单。你们想一想，当时蒋介石下了必杀令，国民党的特务都在找大哥。苏琼又知道大哥要去找她母亲，她只要把这事报上去，让特务们守在家里等大哥上门就是了。"但世平分析得头头是道。

"你是说，她故意提供假地址，目的是不想让世忠落入特务之手？"但靖邦有些明白女儿的意思了。

但世忠却疑惑地说道："她如果真的要保护我，完全可以不报告。"

但世平解释："晓军分析，不是苏琼报告的，是爸把消息告诉表叔时被特务监听到了。大哥是从武汉电报局发回的明码电报。特务只要去电报局一查，就什么都清楚了。苏琼知道大哥的身份已暴露，就知道特务一定会守在苏伯母家附近，所以才发了个假地址。"

但世忠想了想说道："难怪我到了武汉才被特务发现。这么说，苏琼虽然是特务，但良心并不坏。"

但世平看着哥哥，冷静地说道："这些都是我们的分析，事实究竟如何，还有待进一步调查。"

但世忠推了推眼镜："好吧，那我们先装作什么都不知道，等真相大白后再做决定。"

"不过，大哥现在还不能回家，更不能跟苏琼见面。"但世平嘱咐。

民主人士两次成功北上，大大刺激了蒋介石，特务们也狗急跳墙，毛人凤命令叶君伟近期必须采取一次大规模的行动，以震慑民主人士。宋晓军成功破译了保密局的电报，同时也收到了内线同志传出的情报。钱之光等人赶忙来到连贯家商议对策。

车孟凡提出："当务之急，我们必须搞清楚，他们要杀哪几只'鸡'，吓哪几只'猴'？"

"现在，香港最大的'猴'应该就是李济深。能够用来吓李济深的，非但靖邦莫属。"潘汉年分析道。钱之光点头赞同。

"那我马上安排，严密保护但靖邦一家。"车孟凡说道。

但靖邦父女俩回到家里，但世平跟着父亲来到卧室，继续劝道："爸，您除了去解放区，哪里都不安全。您已经被特务锁定为一只必须要杀的'鸡'，在香港随时都处在危险之中；去新加坡，船上、码头上，特务随时都可以下手。"

但靖邦苦笑道："虽然周公在信中殷殷期盼，可是我去那边，的确无事可做。"

"爸，我跟大哥商量好了，您到那边之后，就不跟大家住在一起，另外在外面租房子。等全国解放了，我们再把妈和三弟接回来，你们回老家当教书先生。如果不愿回去，我和大哥也可以养活你们二老。"但世平极力劝说父亲。

"如此看来，我想不走都不行了。"但靖邦无可奈何。

但世平笑了，撒娇地问父亲："香港您还有什么留恋的？"

但靖邦想了想，郑重地说道："我可以走，但有一个要求。我走了，你们走不走是你们的事，我不管。但是，我一定要带苏琼一道走。不管她是什么人，我都不能把她扔下。"

听了父亲的这个要求，但世平顿时愣住了。

随后，但世平悄悄来到但世忠的住处，想请大哥帮忙劝说父亲。没想到，但世忠也赞同但靖邦的意见，觉得不能扔下苏琼。虽然带上苏琼有危险，但是她对于但家的意义非同一般。但靖邦找了她那么多年，怎么能再次丢下她？

听了大哥的话，但世平很为难："我也舍不得琼姐，巴不得她做我的大嫂。但是，我们还没弄清楚她的情况。万一……"

"苏琼不会的。"但世忠打断了妹妹的话。

但世平坚持："琼姐的母亲在特务的监视下，为了家人，她什么样的事都有可能去做。我相信她或许有不得已的苦衷，可是我不能让你们去冒险。"

但世忠没有说话，默默地推了推自己的眼镜。

但世平思索了一下："要不这样吧，叶君伟已经锁定了我们家，一定会想尽办法对爸下手。我和晓军先留意她的举动，如果她真的还有一丝良知，就想办法带她走，你看怎么样？"

但世忠轻轻地叹了口气，点了点头。

但靖邦被特务锁定，处境越发危险，而早已抵达大连的民主人士们则享受着解放区的热情。自胡愈之夫妇从南洋抵达大连后，周新民也从香港赶到了解放区，还有施复亮正在香港准备北上。另外，按照周恩来的指示，李公朴的夫人张曼筠也被接到了李家庄。到达华北的人越来越多，李家庄一派热闹的景象。

高兴之余，毛泽东特意嘱咐李维汉："对民主人士的生活，要精心安排。他们大多来自城市，很难一下子适应农村的生活。"

周恩来接着说道："主席说得对，要千方百计做好接待工作。统战部的年轻人和民工一道搞建设，要迅速把中共统战部招待所修建好。"

"招待所不仅住房要修好，厕所更要修好！"毛泽东又补充道。

李维汉点点头："我们一定遵照中央的指示，尽快修好招待所。"

沉思了一会儿，毛泽东又叮嘱道："恩来，香港的第二批民主人士顺利到达解放区，在全国造成了巨大的影响，树大招风啊！对于第三批人员的组织，一定要细致地安排。"

周恩来点点头："香港那边准备让第三批人员在年底前成行。这一次，无论如何也要让李济深起程。我已致电刘昂等人，命令他们与苏联方面交涉，这次一定要租用苏联轮船，一定要在大连军港上岸。大连虽然已经解放，但一直有保密局特务潜伏，在民用码头登岸有危险。"

李维汉有些为难："可大连军港码头由苏联人管辖，就是苏联货轮都不能进港。"

毛泽东皱着眉头说道："按恩来说的，派人去交涉。我们自己国家的码头，难道我们还不能用吗？"

香港警察总署对于民主人士的陆续离开也很气恼。这天，黄吹维等几名高级警官站在总监面前聆听训话。

"尊敬的先生们，已有两批中国的民主人士离开香港去了解放区，而且就在诸位的眼皮底下。女王陛下都准备为你们杰出的贡献颁发骑士勋章了。"总监阴阳怪气地说着，忽然停在黄吹维面前，"亲爱的黄先生，您不想对此发表一些获奖感言吗？"

黄吹维连忙检讨："总监先生，是属下的疏忽。属下把工作的重点全放在李济深等重要人物的身上，忽视了那些次要人物。"

总监冷笑道："李济深还在香港，阁下的工作成绩斐然啊！"

黄吹维不敢再辩驳什么，低着头说道："属下一定尽快调查前两批人员逃离的原因，亡羊补牢。"

"很好，不过我还是要提醒阁下，香港是个自由港，每个人都有自由出入的权利。香港还是个法治社会，不能让那些报刊记者抓住什么把柄来攻击政府。李济深等人不仅不能离港，而且，也不能出现任何安全上的问题。"总监吩咐道。

"属下明白。"黄吹维连连点头。

回到办公室，黄吹维立刻命人去连贯家突击检查。

此时，连贯的妻子正和谭天度在院子里说话，突然一辆警车停在门前，一群警察在一个警官的带领下，闹哄哄地冲进院子里。

"你们要干什么？"连贯的妻子厉声喝道。

警官亮出搜查证："有人举报这里有走私物资，奉命搜查！给我搜！"警察们翻箱倒柜，开始搜查。

不见连贯，警官追问道："连贯先生在哪里？"

连贯的妻子皱着眉头回答："外出好些天了，下南洋看望老母了。"

警官又看看谭天度："你是什么人？"

谭天度回答："朋友。"

"朋友？人家先生不在家，你这时跑来看什么朋友，带回警署调查！"警官一挥手，几个警察涌上来绑走了谭天度。

车孟凡得到消息，赶忙回到华润公司向钱之光和李维汉汇报："今天上午，警察突然搜查了连贯家，幸亏连贯去了解放区，警察只抓了到那里联系工作的谭天度同志。"

两人一惊，潘汉年说道："我估计，警方是想查清楚我们这两批民主人士到底是怎样乘船离开香港的，希望能亡羊补牢。因此，接下来我们的第三批人员北上会更加艰难。"钱之光等人表情凝重，默默地点了点头。

对谭天度的审讯没有得到任何有价值的情报，黄吹维又来到李济深家里打探消息。

黄吹维问道："任公，听说最近又有人来动员您离开香港？"

李济深点点头："是行政院的何应钦先生派来的。"

"听说何院长也想跟蒋先生分道扬镳，组织第三势力。不知何院长与此前来港的宋子文先生，是否政见一致？"黄吹维问道。

"宋子文是著名的亲美派，何应钦历史上曾是亲日派。'西安事变'时，宋子文坚决主张和谈；而何应钦则坚持武力解决，意图提前挑起内战，让日本人坐收渔利。当时我还从中斡旋，帮宋氏兄妹阻止了何应钦。"李济深回答。

黄吹维进一步试探："现在，将军如果要选择合作伙伴，是选择宋子文，还是何应钦呢？"

李济深淡淡一笑："我区区一个'蜗居香港的过气政治家'，早已厌倦了政坛上的尔虞我诈，只想待在香港安度晚年，哪里都不想去。"

黄吹维继续追问："如果中共邀请您呢？据我们掌握的情况，中共一直对将军虚席以待。"

李济深笑笑："我跟中共诸君的恩恩怨怨人尽皆知。人人都可以投奔中共，唯独我李济深不行。"

黄吹维恭维道："将军英明。与其跑到过去的敌人那里去讨一杯残羹，不如在香港享受无拘无束的生活。"

李济深感叹道："说实话，我在香港，各方都来拉拢，我还可以待价而沽。如果形势尚未明朗就仓促做出选择，很可能一失足成千古恨啊！"

黄吹维立刻信誓旦旦地保证："将军，香港是个法治社会，只要您留在香港，我们可以保证您的绝对安全。但是……如果将军离开了香港，黄某也就无能为力了。"

李济深一笑："这个我知道，就算在香港，我也一直在叶君伟的瞄准器内。"

"在香港，他们也只敢瞄准，绝对不敢扣扳机。我已多次警告过他们，这一点您请放心！"黄吹维讨好地对李济深说道。

保密局机要室里，叶君伟等人正在窃听两人的谈话。

孙仁兴说道："经黄吹维这一番敲打，李济深可能真的不敢离开香港了。"

叶君伟分析："这可能是李济深的心里话。不然，他此前为什么不走？他应该知道，拖得越晚越不容易离开。"

"如果李济深不走，那但靖邦……"张立问道。

"等等再说。"叶君伟说道。

为了进一步动员李济深，潘汉年特意来拜访何香凝。潘汉年说道："夫人在国民党内部，是任何派别都不敢得罪的强硬人物。在民革之中，夫人更是人人敬仰的领袖，就是民革主席李济深，也以师长敬之。"

何香凝笑道："这话不久前郭先生也对我说过。今日小开重提，不会只是为了恭维吧？"

潘汉年一笑，转到正题："夫人，去解放区参加新政协是民革的既定政策，但任公至今迟迟不动，个中原因，别人都不好深问。"

何香凝点点头："是啊，不久前，柳亚子还说过糙话。说李任潮迟迟不走，热衷于在香港搞策反，大肆招降纳叛，是想以后在他身边拉起一个由起义将领组成的小山头。"

潘汉年笑道："柳亚子是诗人，夸张是他的职业病。这话李济深知道吗？"

何香凝摇了摇头："这种事对历朝历代的统治者，都犯了大忌。所以不敢让他知道，他本来就对北上心存顾虑，知道有这样的说法，更会把他吓得不敢动弹。"

潘汉年表示赞同："对，这种话千万不能让他听见。"

"有些话，你们都不好问，但我可以直言不讳。这样吧，你陪我马上去一趟李公馆。"

李济深家卧室里，何香凝开门见山："任公为何还不走？"

李济深解释："中共诸君的胸怀令任潮感动，我更要带些东西去见中共诸君，在香港搞军事策反活动方便些。"

"'五一'口号以来，民革内部很多人都主张积极参加新政协的筹备，任公却将工作的重点放在军事策反上，做了很多工作，也做出了一些成绩。这些中共都记在心里了。"潘汉年说道。

何香凝推心置腹地说道："解放军势如破竹，蒋介石撑不了几天了，李宗仁也不行，你早走，在政治上有好处。"

"早走有好处？"李济深一震。

"半年多来，共产党发起三大战役，辽沈战役夺取全胜；平津战场完全占据主动；在国民党核心区域的淮海战役，兵力占优的国军再次被打败。这里面，尽管有民革策反的作用，但是，解放军的英勇善战和农民的全力支援才是起决定性作用的。军事上的事，还是让解放军去解决，我们要做的，是协商建国大业。"何香凝侃侃而谈。

潘汉年接着说道："我们得到情报，保密局已经接到蒋介石的密令，要在香港对民主人士动手。致公党的同志已经派人暗中保护任公。老蒋其人，越是在危急时刻，越是心狠手辣。早走，对您的安全也有好处。"

"是啊，两年前朱学范车祸之事，任公不会忘记吧？"何香凝问道。

"老蒋是什么人，我早就一清二楚。"李济深说道。

"周公总是说，您在桂林主政的时候，帮了他很多忙。周公让我转告任公，希望不久之后，他能在北平迎接您。"潘汉年趁机说道。

李济深十分感慨："应该说，是我李任潮欠了周恩来的情！"

何香凝又问道："周公和蔡畅的信，都收到了？"

李济深点点头："都收到了，反复拜读过，感触良多啊！中共诸君的胸怀真是宽比大海。"

"那你还在等待什么？"何香凝顿了顿，接着说道，"郭先生临走前，也是再三嘱咐我，一定要答应他一个要求，就是他想请我跟你一道北上。"

李济深终于下定了决心："请转告周公，李任潮悉听遵命。"

见李济深终于答应了下来，潘汉年立刻说道："任公的一大家人住在香港，您走后，经济上肯定有困难。给您留下两万块生活费，您看够不够？"

"你们的经费也十分紧张，还给我这么大一笔生活费，怎么使得。我太太还有些首饰留在这里，我可以拿去典当了，留给孩子们做生活费。"李济深赶紧推辞。

潘汉年诚恳地说道："这个您不用担心。最近，华润公司的生意还不错，赚了些钱。"

李济深不再说什么，眼中泛起点点泪光。

接到周恩来的指示，刘昂经过慎重考虑，决定仍旧租用"阿尔丹"号货轮执行此次任务。

消息传到香港，大家惊讶之余也明白了其中的用意。一方面"阿尔丹"号上次受损的情况并没有那么严重，很快就修好了。另一方面，因为上次租用的是挪威船只，特务们便以为共产党不会再租用苏联的船只了，这样更容易迷惑敌人。随后，潘汉年等人开始着手安排第三批人员北上事宜。

但靖邦满腹心事地来到李济深家。两人来到花园，边走边谈。听说李济深已决定北上，但靖邦立刻追问："拿定主意了？"

李济深点点头："廖夫人的一番话提醒了我。如果我再继续留在香港做策反工作，可能会适得其反。反倒让人怀疑我是在为第三方积蓄军事力量。"

"怎么会呢？投诚过来的军队，都交由中共整编了。"但靖邦不解。

"可那些带兵的将领，还是会被误认为是我的人。"李济深苦笑。

但靖邦想了想说道："如果是这样，事情就严重了。一支胜券在握的大军，是不会允许别人筹备军事力量的。虽然我们并没有这种企图，但是如果让人产生了这样的怀疑，绝不是个好兆头。"

李济深十分感慨："我也没料到，中共的胜利会来得这样快，真的是迅雷不及掩耳。"

但靖邦说道："我们谁也没想到，全美式装备的部队竟然在中共的小米加步枪面前，不堪一击。"

"人心向背啊！毛泽东处处以人民为重，人民必然选择毛泽东。取得军事胜利后，中共必然会加强政权建设。廖夫人一再提醒我，早走有好处。只有在政权成立前参与筹划的人才是开国元勋，晚到的就只能是后来者、依附者。"李济深说道。

"如此看来，是应该立即动身了。"但靖邦说道。

李济深点点头："你也拿定主意了？"

但靖邦低声叹了口气："孩子们把我说服了，如果我不走，世忠和苏琼都会有危险。再说，你是'猴'，我是'鸡'。我的作用就是用来杀了吓你的。你不在了，我什么作用都没有了。"

李济深思索着："在香港，国民党特务可以进行半公开的活动，中共却只能是地下活动，处处受限。所以，能不能秘密离开香港，能不能安全通过台湾海峡，我们自己是毫无办法的。"

但靖邦此刻反倒想开了："那就全权托付给共产党吧。前两批就是这样的。"

李济深点了点头："我与潘汉年交往多年，熟知他的工作作风，只要我们同意走，他马上就会开始筹备。"

"世平也说，让我们从现在起，所有的行动都听从他们的安排。"但靖邦说着，与李济深相视而笑，长期以来心里的纠结、彷徨等都已烟消云散。

第三批民主人士北上的事宜正在紧锣密鼓地筹备，而新保安则是战火纷飞。按照毛泽东的指示，解放军在战前进行了周密的部署，于 12 月 21 日下午四时对新保安发起进攻，解放军占领了外围阵地。第二天早上解放军发起总攻，经过数小时激战，解放军攻克新保安，三十五军军长郭景云兵败自杀身亡。

毛泽东得到消息，沉默良久："如果郭景云愿意投降，完全是可以活下来的。这个人确实是条汉子，只可惜太固执了。"

周恩来抬头看看远处的村庄："郭景云的性格跟傅作义很相似，不愿意认输，宁死也不肯投降。我认为，为防止傅作义重蹈覆辙，我们在适当的时候，要对他有所表示，不要一下子断了他的所有后路。"

毛泽东沉吟片刻，点了点头。

听闻这个噩耗，傅作义再也坐不住了。已是深夜，他还在屋里踱着步，焦虑不已。王克俊站在一旁，默默地望着他。

"克俊，和谈是不是等于投降？"傅作义忽然问道。

王克俊一愣："总司令的意思是？"

傅作义又问道："咱们不讲道德还能做人吗？过去的历史就完了吗？"

王克俊明白了傅作义的想法，推心置腹地说道："总司令，说句心里话，我认为和谈是革命，不是投降。我们应当讲革命道德，不应当讲封建道德。有的道德应当保留，有的不应当保留。"

傅作义听了，紧皱的眉头慢慢舒展开了："立刻派人去绥远，把邓宝珊接来，就说我要与他共商大计。"

北上日期日益临近，行动方案也已日臻成熟。这天，但靖邦按计划来到李济深家，两人坐在客厅里，心照不宣地使了个眼色。

但靖邦端起茶杯，幽幽地说道："听说第三批北上的人开始在组织了，你还是没有走的打算？"

李济深叹了口气："我不是不想走，只是过去的事，共产党嘴上说不记仇，但到底心里记不记仇，我还是没有把握。"

但靖邦有些沮丧地说道："当年'四一五'反革命政变，你是指挥者，我是执行者。按说，我的罪要比你更大。共产党如果不放过你，就更不会放过我了。"

李济深抱怨道："我们现在是有家难归，有国难投啊！投共，怕人家记仇，不能容忍；回国统区，蒋介石又要砍我的脑袋。留在香港，坐吃山空，以后的日子怎么过？"

"要不，我们去找宋子文，或者干脆投奔白崇禧？"但靖邦提议。

"宋子文有美援，白崇禧有兵权，我们有什么？跑过去，也只能当个幕僚，寄人篱下。"李济深又叹了口气。

"那总比被共产党、被蒋介石杀了要强。"但靖邦说道。

"肃伯啊，老蒋几百万全美械装备的正规军，都被毛泽东小米加步枪的军队打败了，白崇禧那几十万人马，根本不是毛泽东的对手。到时候，白崇禧还可以投降，而我们就是想投降人家都不会接受，只能做俘虏，必死无疑。"李济深坚决反对。

但靖邦急了："这么说，我们就真的是走投无路了？"

李济深思索了一下，问道："你说，如果我们现在投共，生与死各占几成。"

但靖邦想了想说道："各占五成吧。"

李济深烦躁地说道："没有七成把握，是不能冒这个险的。"

"要不，这样行不行？我先过去，来个投石问路。如果中共没把我怎样，还像他们说的那样把我们当座上客，你就跟着过去。"但靖邦忽然说道。

"不行不行，这样太冒险了。我不能拿你的性命为我探路。"李济深急忙阻止。

"我家世忠还在那边，为他们立了点功。我想他们不太可能会杀我，大不了把我关起来。"但靖邦说道。

"不行，万一他们动了杀机呢？"李济深仍然反对。

但靖邦却豪爽地说道："人生就是一场赌博。在这个时候，我们只能赌一把了，输了也差不到哪里去，万一赢了呢？"

李济深试探着问道："你真的要赌这一把？"

但靖邦斩钉截铁地回答："赌！"

李济深动情地说道："兄弟，如果到那时……我就是想帮你，都无能为力了。"

"你我兄弟戎马一生，早已把生死置之度外。头砍下来，也只是碗口大个伤疤，何必前怕狼后怕虎的。"但靖邦豪迈地说道。

"好兄弟，走之前，我摆酒给你饯行！"李济深颇受感动……

自然，这出戏是唱给窃听器那一端的特务们听的。

很快，叶君伟将窃听的情报上报给了毛人凤，毛人凤不敢耽搁，又立刻汇报给蒋介石。蒋介石听完立即命令道："那还等什么？马上干掉但靖邦，绝不能让他北上匪区！"

毛人凤迟疑了一下："学生以为，等但靖邦到了匪区，再进行暗杀，可以嫁祸给中共，更可以吓退李济深。"

蒋介石摆了摆手："夜长梦多，还是先下手为强。"

"学生明白。"毛人凤只好领命离开。

香港保密局很快收到了暗杀但靖邦的命令，叶君伟决定将这个任务交给苏琼。半山区小公园里，苏琼正坐在椅子上假装看书，不一会儿，"乌鸦"走过来坐在她旁边，低声说道："接到南京命令，立即干掉但靖邦。"

苏琼一惊，赶忙问道："为什么？"

"不要问为什么，立刻执行命令！""乌鸦"说着从口袋里摸出一个小小的玻璃瓶，"这是慢性毒药。服下后只会稍感不适，半天后才会发作。"

苏琼的手微微颤抖着，慢慢地接过瓶子："这药有味道吗？怎样才能让他服下去？"

"乌鸦"轻蔑地瞟了苏琼一眼："你们赣南特训班连这个都没学过？"

苏琼低下了头，不再吭声。

"上面命令，越快越好。""乌鸦"说完起身离开。

不远处的树丛后面，宋晓军戴着耳机，但世平手里拿着一台小型录音机正在监听。见接头的人走了，但世平关掉了录音机。

苏琼独自坐了一会儿，便起身离开。过了片刻，见苏琼已经走远了，两人才从树丛后面悄悄走出来，宋晓军从座椅下面取出了窃听器。

回到家里，苏琼机械地走进房间，坐在梳妆台前。恍惚间，她的目光转向桌上摆着的照片。照片上，自己和但世忠腼腆地笑着。苏琼忍不住伸出手去，在碰到照片的一刹那，又猛地缩回手。她咬住嘴唇，似乎是下定了决心，从口袋里取出了那瓶毒药。

正在这时，外面传来但世平的喊声："嫂子，嫂子！"

苏琼一惊，急忙将药瓶放进抽屉，然后说道："我在屋里，什么事？"

"嫂子，你快出来一下。"但世平叫道。

苏琼答应着，又看了一眼抽屉，匆匆出去。

来到客厅，苏琼问道："世平，什么事？"

但世平显得十分焦急："刚才筱桐来过，叫你去给表叔量个血压。"

"我去背药箱。"苏琼转身进屋。很快，又挎着药箱出来。

"我陪你一起去吧。"但世平说道。

待两人走远后，宋晓军悄悄来到了苏琼的房间。

24

不眠之夜

傍晚，吴嫂正在厨房里忙碌，苏琼走进来："吴嫂，晚饭准备好了吗？我帮你端菜吧。"

"好，小心点，别烫着。"吴嫂叮嘱道。

此时保密局机要室里，监听器里传出苏琼喊大家吃饭的声音，叶君伟很高兴："好！现在是她下手的最好机会。"

放下菜，苏琼再次返回厨房，吴嫂正在盛汤。苏琼走上前端起汤盆，转身出来。可是没走两步，心事重重的苏琼就一脚踢到了凳子上，她身子一晃，汤盆落在地上，摔得粉碎，汤洒了一地。

吴嫂听到动静，急忙跑过来关切地问道："怎么啦？没烫着吧？"

苏琼回过神来："没……没有，是我太不小心了。"

"没事就好，你去歇着，我来收拾。"吴嫂连忙安慰。

"吴嫂，还是我来收拾吧，你再去做一锅。"苏琼拉住吴嫂。吴嫂又叮嘱了苏琼几句，转身去做汤了。

苏琼正在收拾，但世平走进来看到一地狼藉，连忙问道："出什么事了？"

"没什么，我不小心把汤盆给摔碎了。"苏琼红着脸说道。

　　"没烫着吧？"但世平赶忙上前看苏琼的手。

　　"没事。"苏琼微笑着摆了摆手。

　　正在监听的叶君伟却急坏了："这'百灵鸟'怎么搞的？会不会把放了药的汤给洒了？"

　　孙仁兴摇了摇头："不会这么巧吧？药不应该放在汤里，只需要放在但靖邦的碗里就行了。"

　　叶君伟连连点头："是啊，她完全可以趁盛饭的机会，把药放进但靖邦的碗里，用不着放进汤里啊。"

　　孙仁兴说道："别着急，如果吃完饭一个小时内，但靖邦没任何反应，就应该是放在汤里了。"

　　汤重新做好了，大家围坐在饭桌旁开始吃饭。趁大家都在餐厅，一直躲在但世平房间里的宋晓军蹑手蹑脚地溜进苏琼的房间。关好门，拉开抽屉，从里面摸出那药瓶，透过窗外的灯光仔细观察，里面还是满的。

　　餐厅里，但靖邦首先放下了碗筷："我吃好了，你们慢慢吃。"

　　苏琼起身端起茶杯递给但靖邦："大伯，喝茶。"

　　但靖邦接过茶杯："好孩子，快吃饭吧，我去院子里散散步。"

　　过了一会儿，但世平也放下筷子："我吃好了，嫂子你慢慢吃。"

　　"我也吃好了，你去休息吧，我来帮吴嫂收拾。"苏琼说道。

　　但世平冲她笑笑，抢着收拾："不用，你歇着吧，我来。"看着待她亲如一家的但世平，苏琼越发内疚。

　　苏琼勉强笑笑，回到自己的房间。她打开灯径直走到梳妆台前拉开抽屉，拿出那药瓶，一把塞进口袋里，转身向门外走去。

　　出了院子，苏琼来到马路对面的一处陡坡上。见四下无人，苏琼从口袋里摸出那瓶药，用力地扔了出去。

　　不远处，悄悄跟随在后面的宋晓军默默地注视着苏琼的一举一动。

客厅里，但靖邦正坐在椅子上喝茶。

这时，宋晓军从门外走进来："伯父，晚上好！"

但靖邦招呼道："晓军来了，吃饭没有？世平在房间里。"

宋晓军一边说着吃过了，一边向但世平的房间走去。正在这时，但靖邦忽然皱起眉头，伸手捂着自己的肚子。宋晓军一愣，急忙转身："伯父，您怎么啦？"

"我的胃有些不舒服。"但靖邦痛苦地说道。

宋晓军忙朝屋里喊道："世平，世平……"

听到喊声，但世平连忙跑了出来，见但靖邦痛苦的样子，顿时目瞪口呆。

苏琼也连忙跑出来，见但靖邦嘴唇发白，额头上全是冷汗，表情十分痛苦。顾不上仔细检查，苏琼颤抖着手说道："快，先送医院……"

保密局机要室里，叶君伟高兴地说道："但靖邦中毒了，这就证明'百灵鸟'的药是放在饭碗里面的。"

张立却有些怀疑："听说这药是慢性毒药，怎么这么猛烈？"

叶君伟说道："每个人的体质不同，对药的耐受性和敏感度都不同。如果是本来就有胃病的人，药性发作就非常快、非常猛。"

这时一个特务进来报告但靖邦进了益仁医院。叶君伟走到挂在墙上的香港地图前，搜索着目标。

急诊室外，但世平默默地坐在椅子上继续等候，宋晓军则走到神色不安的苏琼面前："琼姐，我有事想问你。"

苏琼一愣："什么事？"

"出去再说。"宋晓军说着向外走去。苏琼跟但世平打了声招呼，也跟了出去。

"琼姐，医生诊断说是食物中毒，伯父今天有没有吃什么特别的东西？如果大家吃的都一样，为什么只有伯父一个人中毒了？"宋晓军问道。

"没有啊，应该没有吃其他东西。大伯中毒是很奇怪。"苏琼说道。

宋晓军仔细分析道："一样的饭菜，只有一个人中毒，那就证明是有人故意投毒。"

苏琼吃了一惊："你是怀疑我？"

宋晓军笑了笑："琼姐，我怎么会怀疑你呢？"

苏琼喃喃地说道："那就是吴嫂。"

宋晓军皱起了眉头："如果她是特务，应该是奉命长期潜伏，关键时刻才会出手。对了，有件事你可能还不知道，伯父很快就要北上了。李伯父想北上，又怕共产党记仇，就让伯父先过去打探。这件事可能从哪里走漏了风声，被特务知道了。所以，特务们要对伯父下毒手。"

苏琼脑子有些混乱："那吴嫂……"

宋晓军严肃地说道："这只是我的怀疑，还没有最终证实。所以，你一个人知道就行了。另外，你平时多注意一下吴嫂的行动，如果有什么异常情况，就马上告诉我。"

苏琼低下头轻声说道："好，我知道了。"

这时但世平匆匆走来："晓军，琼姐，我爸从抢救室出来了。"

宋晓军连忙问道："情况怎么样？"

但世平悲伤地说道："人还没醒，现在送进重症监护室了。"

保密局机要室里，一直在监听的叶君伟满意地笑道："这个宋晓军，竟然主动帮'百灵鸟'找了个替死鬼。"

"这么一来我们就不用担心'百灵鸟'的身份暴露了。"孙仁兴也很兴奋。

"行了，不管但靖邦能不能活过来，都不能让他活着走出医院！记住，但靖邦必须要死。只有他死了，才能吓住李济深……明天晚上，派人摸进

457

医院，干掉他！"叶君伟想了想，终于下达了命令。

张立和孙仁兴立刻领命去准备。

圣诞节前一天，白崇禧突然在武汉发表全国通电，指责国民党政府民心涣散，士气消沉，遂使军事失利；还要求蒋介石相机将真正谋和诚意转告美、英、苏出面调处，由民意机关向双方呼吁和平，恢复和谈。

虽然蒋介石已事先得到情报，是美国人在背后指使，但还是气愤不已："这是白健生在帮李宗仁逼宫。"

"是啊，李宗仁的亲信甘介侯等人在南京城内大造舆论，主张和平，并要求父亲下野，由李副总统继承大任。对于桂系这种公开的逼宫行动，父亲必须采取果断行动。"蒋经国十分愤怒。

蒋介石叹了口气："我知道，这次不仅是桂系，河南的张轸，湖南的程潜，甚至是广东的张发奎等人，都可能掺和进来。眼下，前方接连失利，坐拥几十万军队的白崇禧以为机会来了，所以就迫不及待地跳出来。"

蒋经国焦急地问道："那，父亲以为，如何应对这份通电？"

蒋介石站起来，走到窗边，望着窗外点点灯火："这仗是越来越难打了，停下来谈谈也是可以的。但我绝不会屈服于白崇禧的压力，我必须在今年的'元旦文告'中提出和谈的条件。你去把陈方、陶希圣他们叫来，好好研究一下今年的'元旦文告'。"

毛泽东等人也获悉了白崇禧的举动。

李维汉有些担心地说道："现在，民族资产阶级、上层小资产阶级，以及知识分子中的许多人对蒋介石的反动独裁统治虽已有较清醒的认识，但仍有一部分人对美帝及李宗仁抱有幻想，支持李宗仁的和谈活动。有一个包括部分较有名望的工商界和工程技术界的中国工程师学会就曾给国共双方致信，要求迅速实现全面和平。"

周恩来接着说道："民主党派中也有少数人摇摆不定，有的幻想通过和谈，保留国民党的一部分力量，以巩固自己的中间派地位。还有的幻想吸收国民党残余力量，以壮大自己。还有人曾写信给主席，希望多给李宗仁、白崇禧保留一些东西。"

毛泽东神情凝重："我现在非常担心，面对国民党的求和呼声，少数人在此关键时刻再次出现动摇，抱有不切实际的幻想，从而导致革命阵营内部出现分裂。"

众人一时沉默下来。

白崇禧对中国的前途确实有一番想法。这天，黄绍竑来到司令部，一见面就说道："健公这份通电，给已经穷途末路的老蒋又一记闷棒，是给他圣诞节的一份重礼。"

白崇禧微微一笑："我的这份通电，既是给老蒋的，也是给任公的。不久前，任公曾派但靖邦的大儿子但世忠前来联络，想听听我对时局的看法。可惜还没来得及谈，就被老蒋知道了，保密局来抓人，我只能把他先送走了。"

黄绍竑想了想说道："任公主动跟你联络，就证明他有心跟你合作，你不能错过这个机会。"

白崇禧点点头："天下人皆知，所谓桂系，就是指李、白、黄三人。德公现在南京，当了个毫无实权的副总统，实际上也把自己给套住了。现在能有所作为的，只有我们二人。所以我想请老兄去一趟香港，找任公好好谈谈。最好请任公到广州或武汉来，联络宋子文和两广、西南各省的地方实力派，再加上河南的张轸、湖南的程潜，组成一个新的民主联盟，逼蒋介石下台，然后跟中共谈判。"

听到这里，黄绍竑问道："健公此意，是想跟中共划江而治，还是成立联合政府？"

白崇禧笑道："先谋求就地停火，如不成，就划江而治，国民党全部退到长江以南，然后双方坐下来谈。等美援到位，实力恢复后，再图收复失地。"

黄绍竑一笑："我明白了，你是想喘口气，等得到美国援助后，再跟中共打。"

白崇禧认真分析道："目前的失利，有两大原因。其一，是蒋介石坚持独裁，美国人断绝了经济援助，造成国家财政崩溃，民不聊生，怨声载道；其二，是老蒋指挥无方，手伸得太长，让一些将军束手无策。国军中流传着一句话，'委员长走到哪里，哪里就会打败仗'。所以造成目前这种军事困境，完全是老蒋的责任。这一点，美国人早就看出来了。只要我们把老蒋赶下台，然后高举民主的大旗，美国人肯定会全力支持我们。然后，我们坐下来跟中共和谈，争取两三年的时间，使国家的经济得到根本好转，士兵的士气得到恢复，再加上由一些能征善战的将军组成总参谋部，指挥军队，定能一举扭转目前的败局。"

黄绍竑频频点头："目前的形势，每个人都清楚，老蒋自己也知道，但他陷在里面已无力自拔，只有让别人来了。"

白崇禧说道："老兄如果没有不同意见，我就安排飞机，送你去香港。"

黄绍竑点点头："好，一切听从健公的安排。"

他们两人却不知道，李济深等人已经在积极地策划北上之事了。这天，李济深派人给黄吹维送来请柬，邀请他在圣诞节后的第二天，也就是12月27日携夫人前往李公馆赴宴，共庆新年。

黄吹维看到请柬，心里盘算着新年之前，这些人肯定是不会有所行动的，可以放下心来安心过一个新年了。

益仁医院重症监护室外，前来探望的但世平、宋晓军、苏琼听医生说经过一天一夜的观察，但靖邦的生命体征平稳，尚未发现异常情况，都很高兴。

但世平追问："那我爸是不是就没事了？"

医生耐心地说道："现在没有发现异常现象，但必须要等三天后，才能确定是否脱离了危险。你们放心，我们一定会尽力救治的。"

三人表示感谢后，离开了医院。

一直负责监听的孙仁兴报告叶君伟，但世平、宋晓军、苏琼三人已经离开，请示什么时候开始行动。叶君伟想了想，命令张立晚上十点之后再动手。

宋晓军三人坐上等在医院大门外的汽车，但世平拉着苏琼坐到后座，宋晓军则坐在副驾驶的位置。

宋晓军回过头来问苏琼："琼姐，平时总见你在看医书，你帮我们分析一下，伯父的病情会不会有变？"

苏琼摇了摇头："我只是学护理的，具体的病情不好说。"

"可你懂得肯定比我们多啊。"宋晓军说道。

"一般的毒药按照药性可分为急性毒药和慢性毒药两种。前一种是神经阻断性药物，这种毒药见效迅速，如氰化钾。大伯肯定不是这一种。后一种毒药，主要是些重金属，如铅、汞、镉等，进入人体后不能代谢，直接破坏肝功能和肾功能，最后造成严重的肾衰竭。这种毒药，往往有几天的潜伏期……"苏琼只顾回答宋晓军的问题，丝毫没有发觉但世平的手正慢慢地伸向自己的手袋。但世平轻轻拉开苏琼手袋的拉链，把手伸了进去，又迅速缩了回来。

宋晓军仔细听着苏琼的讲解，分析道："伯父应该就是后面这种情况了。"

这时但世平慢慢摇下了车窗。

苏琼转过头问道："世平，你开窗做什么？"

但世平蹙着眉头，似乎有些不舒服："我觉得胸口有些闷，想透透气。"

苏琼关切地问道："你没事吧？"

但世平摇了摇头，把胳膊靠在窗户上，然后将头枕了上去。

宋晓军看了看但世平，接着问苏琼："琼姐，那你觉得伯父这一次能不能平安挺过去？"

"我……我不知道……"苏琼摇了摇头，"希望伯父平安无事吧。"

趁苏琼不注意，但世平把手里的窃听器随手扔出了窗外，一枚小小的窃听器翻滚着落在了路面上。

出租车在街道上继续奔驰。苏琼突然发现有些不对劲："晓军，这不是回家的路，我们要去哪儿？"

但世平摇上窗户："等会儿你就知道了。"

保密局机要室里正在监听的录音机里突然传来"沙沙"的声音。

孙仁兴惊叫起来："站长，'百灵鸟'出事了。"

叶君伟连忙冲过来："怎么回事？"

"你听。"孙仁兴调高了音量，录音机里除了"沙沙"的声音，只有汽车由近及远的马达声。

"'百灵鸟'的窃听器掉在路上了！"叶君伟说道。

孙仁兴猜测："也许是情况危急，她主动扔掉的。"

叶君伟看了看手表，时针指向了九点半："命令行动组，提前动手。"

益仁医院里，两名穿着白大褂，戴着口罩的"医生"从走廊外进来。两人停在重症监护室的门外，警惕地看了看空荡荡的走廊，然后推门而入。

见但靖邦闭着眼躺在病床上，头上戴着氧气面罩。两人使了个眼色，向病床走去。

突然间，两支弩矢从背后飞来，直接射进两人的后心，两人无声地倒在地上。

此时，医院对面的一辆大货车上，十几个特务正坐在里面。张立看了一眼手表，皱着眉头说道："他们两个进去这么久了，也该回来了。莫不是出了什么事？"

"要不，再进去两个人看看？"一个特务提议。

张立想了想说道："不行！如果他们中了埋伏，我们再进去也一样完蛋。"张立说完打开车上的步话机，低声呼叫，"老屋老屋，05 呼叫老屋……"

叶君伟听到呼叫后马上回复："我是老屋，请讲。"

"进去的人可能中了埋伏。"张立说道。

叶君伟思索了一会儿，大声说道："我马上派人增援，会合后你们兵分两路，一路先进去直扑重症监护室，乱枪射死但靖邦；另一路在外面接应。"随后叶君伟命令姜家辉带领第二组立即赶往医院，接应第一组。

姜家辉很快带人赶到了益仁医院外，行动开始，一群特务刚刚冲进重症监护室外的走廊，却没料到一枚烟幕弹突然抛了出来，走廊里顿时烟雾弥漫，特务们纷纷举枪四顾。

这时，马悦悦和一名弟子出现在走廊尽头，端起冲锋枪就是一阵扫射。特务们举枪想要还击，但根本找不到目标。

姜家辉听到枪声，顿觉不妙，连忙带着剩下的特务冲进大楼。刚到一楼走廊，枪声四起，几支冲锋枪对着冲进来的特务一阵扫射。姜家辉好不容易找到了张立。"快冲上去！"张立命令道。

姜家辉说道："不行，对方火力太猛，我们硬冲只能送死！"话音刚落，车孟凡端着冲锋枪又是一顿扫射。

"撤，快撤！"张立带头向外跑去。其他特务见状，纷纷落荒而逃。

载着苏琼等人的汽车一直驶向码头，下车后，宋晓军、但世平带着苏琼径直登上了一艘停在码头上的游艇。苏琼一脸不安，有些不知所措。

很快就到了九龙，最后来到一幢小楼前停下。三人下车，径直来到了三楼。宋晓军轻轻敲了三下，门开了，但世忠正站在那儿微笑地望着他们。

"嫂子，你看……"但世平一开口，苏琼回过神来连忙摆手，示意大家别说话。

但世平笑着说道："嫂子，你手袋里的东西，我早在车上就拿出来扔掉了。"

苏琼难以置信地望着但世平，急忙去翻手袋。

果真没有翻到窃听器，苏琼大惊失色："你们……"

但世平笑嘻嘻地搂住苏琼的肩膀："嫂子，你别害怕，其实，我们早就知道了。"

苏琼顿时愣住了，随即恢复了平静："也好，我终于解脱了。"

但世忠走过来说道："谢谢你。多亏你给了我一个假地址，才让我逃脱了特务的追捕。"

苏琼羞愧地低着头："可是，我做了很多坏事……"

宋晓军在一旁说道："琼姐，叶君伟让你给伯父下毒，你没有行动，而是把药扔了。虽然那瓶毒药早就被我换成了水，但我们都知道你不是坏人。"

但世平也说道："我们大家都知道，你是个有良心的好人。只要你能脱离特务组织，你还是我的好嫂子，我大哥的好妻子。"

苏琼低着头，一言不发。

但世忠见苏琼沉默不语，接着说道："我和爸马上就要北上了。爸北上只有一个条件，就是必须带上你，他不允许你再跟着特务混下去了，我也是。我们会带你去一个光明的世界，重新过上正常人的生活。"

苏琼的眼睛里有一道光芒闪了一下，随即又黯淡下来："可我是……"

但世忠温柔地拉住苏琼的手："国民党的将领，我们都欢迎他们起义，你一个小小的特工人员，不会对你怎么样的。何况，你还是个好人。我刚从那边回来，以我亲身的所见所闻，我可以向你保证，那边才是真正人过的日子。"

苏琼忽然问道："那大伯他……"

但世平笑道："他是假装中毒，在救护车上就换上医生的衣服离开了。重症监护室那个只是一个假人。嫂子，现在我们还处在危险之中，为了防止意外，爸和大哥要分开隐蔽，你暂时就和大哥待在这里，有我们的人暗中保护，很安全，你就放心吧。"

苏琼点了点头。

刺杀失败，张立和姜家辉仓皇逃回了保密局。听完汇报，叶君伟皱着眉头说道："我早就应该想到，'百灵鸟'暴露后，他们肯定会有所准备。"

"现在的问题是'百灵鸟'是怎么暴露的。"张立仍想不明白。

"但家只有她和女佣最有可能下毒，女佣被排除后，就只能是她了。"叶君伟分析道。

"这么说，'百灵鸟'也为党国尽忠了？"张立问道。

叶君伟肯定地点了点头："我要向局里报告，为'百灵鸟'请功。"

站在一旁的姜家辉说道："可是这么一闹，他们肯定已经把但靖邦转移了。"

张立不服气地说道："他身中剧毒，还没有度过危险期，不可能躲去别的地方，只能在医院。明天一早，我就带人去医院挨个儿找，一定会找到他。"

"不用了，他的藏身之处，会有人告诉我。"叶君伟似乎早有了主意。

军委作战室内，朱德站在巨幅军用地图前静静地思索着。周恩来走进来见朱德在看地图，笑着说道："老总又在看地图，哪股敌人又要倒霉了？"

朱德指着地图说道："我解放军包围了塘沽，切断了天津的出海口。这样一来，我们就从东西两端困住了傅作义的几十万军队。南边的淮海战场，我军歼灭了黄维兵团，已完成对杜聿明集团的包围。"

周恩来微笑着说道："是啊，前一阵主席忙于起草《敦促杜聿明等投降书》，昨天也是很晚才睡。今天是主席五十六岁生日，司务长一大早就去李家庄找白面去了，要给主席做一碗长寿面。"

朱德哈哈大笑："我了解我这个老伙计，打胜仗才是最好的生日祝贺。"

这天堂口弟子忽然传来消息，说幺老大被警察带走了，马龙心中十分焦急，立即请王律师赶往警署询问原因。

不一会儿，匆匆赶回来的王律师向马龙汇报说警署并没有抓过马悦悦。马龙顿时大吃一惊："什么，没有此事？"

"警署有我们的人，不会有错的。"王律师说道。

管家在一旁琢磨着："难道……小姐是被假警察带走了？这是绑架？"

王律师皱起了眉头："在香港，有哪家绑匪敢绑凤尾老幺啊？"

马龙咬牙切齿地说道："他们敢！保密局的特务，一定是他们干的！"

"老爷，我们应该马上报案。"管家立刻说道。

王律师迟疑着说道："按照规定，人员失踪二十四小时，警署才会立案。在此之前，除非我们有足够的证据证明小姐有人身危险，否则他们是不会受理的。"

马龙想了想，焦急地说道："管家，马上散帖，请各位大佬到香堂议事！"

原来，叶君伟这次把主意打到了马悦悦的身上。他命令特务们扮成警察，竟然把这位堂主千金绑了回来。私下里，特务们对此事议论纷纷。一个特务低声抱怨道："站长这次胆子也太大了，致公堂的弟子众多，政府机关和警署都有他们的人，万一他们报复起来，我们根本抵挡不住啊。"

另一个特务附和道："是啊。狮子再凶猛，落到一群野狗中间，也会被撕得粉碎。"旁边的几个特务也是一副愁眉苦脸的样子。

这时姜家辉面无表情地从外面走进来，看了看他们，开口问道："你们刚才在说什么？"

几个特务对视一眼，其中一个小声说道："姜组长……"

"我不是组长。"姜家辉立刻打断了对方的话。

另一个特务看看四周，压低声音说道："我们担心站长招惹了不该招惹的人，会给保密局带来麻烦。"

姜家辉顿时一愣："招惹？招惹谁了？"

"今天，站长带人假扮警察，把致公堂堂主的千金给抓来了。"一个特务凑上前说道。

姜家辉马上问道："马悦悦？"

几个特务看着姜家辉："您认得？"

姜家辉回过神来，淡淡地说道："不认识，听说过，她关在哪儿？"

一个特务努了努嘴："就关在最里面那间。"

姜家辉暗暗捏紧了拳头，一声不吭地离开了。

此时，远在北平的傅作义终于等到了他想见的人。应傅作义的邀请，邓宝珊乘飞机来到北平。前来迎接的王克俊见邓宝珊下了飞机，赶紧迎上来握手："邓副总司令，克俊奉傅总司令之命前来迎接您。"

邓宝珊看了看四周，奇怪地问道："这里怎么是临时机场？"

王克俊苦笑道："南苑机场和西郊机场都被共军占领了，所以……您这边请，傅总司令正在办公室等您呢。"

邓宝珊不再多言，上车随王克俊离开。

走在北平的街道上，可以看到城内到处都在修筑工事。街上秩序混乱，人声嘈杂。一群人举着旗帜，边走边喊："要和平不要战争，和平解决北平问题。"许多人自发加入队伍。忽然一队军警赶来，开枪阻止他们示威游行，双方叫骂着扭作一团。

混乱之中，又有一群人举着旗帜从另一个方向赶来，口中整齐地喊着："保护北平千年文物古迹，避免百万人民生灵涂炭。"各个游行队伍与军警纠缠在一处，乱成了一锅粥。

坐在车内的邓宝珊脸色沉下来："傅总司令可是守城名将，是难得的将帅之才，怎么被共军一围，北平就乱成这个样子了。"

王克俊无奈地说道："是啊，我们也没想到会变成这样。先不提共军在平津城外有一百多万军队，光这些游行的人就够让我们头疼的了。"

邓宝珊叹了口气："这就是共产党的力量。不仅是军事的，更是政治的！看样子，中国革命到了今天，什么力量也抵挡不住共产党的胜利了！"

王克俊也叹了口气："事已至此，该如何了局呢？"

邓宝珊沉吟了一下，问道："城内粮草如何？"

"还能支持一两个月吧。"王克俊说完又补充道，"老蒋倒是来空投过几次。他当然希望我们固守待援。可他还有什么可援的？也就投几包粮食而已。南苑和西苑都被解放军占领了，不能用，北海结冰了可以投。可投了几次，砸坏了不少民房，老百姓闹得吃不消，傅总司令说这样不行，添乱，也就不再投了。"

"其他水、电、燃料呢？"邓宝珊又问道。

王克俊回答："这一点，共军倒是没有卡。城内备有小电厂，不行就靠它了。只是工人经常罢工，日日不得安宁啊。"

邓宝珊没有再说什么。王克俊接着说道："打，是肯定没戏的。不说这些，解放军的战斗力，看新保安和张家口就知道了。我们现在这状况，根本对付不了几天。对此，傅总司令心中清清楚楚。这次把您请来，就是为了商谈和平大计。"

"既然要求和，那些工事又是怎么回事？傅总司令还在摇摆？"邓宝珊反问道。

王克俊低头叹息一声："毛泽东昨日刚在广播电台里公布了头等战犯的名单，说国人皆可杀之，傅总司令听到自己的名字，当场就气坏了。"

25

美蒋之争

傅作义办公室的桌子上放着一份拟好的和平通电，刘后同和丁宗宪两人站在屋内，均脸色沉重。这时，王克俊带着邓宝珊走进来。见邓宝珊来了，傅作义立刻起身："宝珊，你总算来了。"

邓宝珊握住傅作义的手："总司令，你我是多年的生死之交，你叫我来，我当然要来。"低头看到桌上的通电，"怎么，与中共联系过了？"

"还没有，坐吧。"傅作义赶忙让座。

众人落座。邓宝珊又看了一眼桌上的通电，接着说道："如果没有，此电就不宜发表。"

傅作义问道："为何？"

邓宝珊解释："如今，北平的处境，与南京、武汉都不相同，已是兵临城下。倘若贸然发布通电，会有对中共方面施压之嫌，对方不但不会接受，还会徒增反感。再说，对老蒋那边也无法交代。"

刘后同思索着："在辛亥革命时期，主张和平，只要先发一个通电昭告全国，大家都停止动武，和平也就实现了。至于'和平'以后的事项，通过谈判就可以商量解决。我们倒是没想到，现在局势不同了，拥护共产党或与共产党合作，也与当年拥护辛亥革命已经完全不同。"

邓宝珊继续分析："现在北平的局势是，城外，解放军的力量占绝对优势；城内，中央军的力量占绝对优势。如无中共方面的充分合作，蒋介石一翻脸，中央军一旦生事，军统、中统一起捣乱，城内的局面是很难控制的。而且中共方面一旦有误解，马上攻城，北平也难保。这样一来，一切的和平努力，也就都前功尽弃了。"

"那么，以邓先生之见，我们该如何做？"刘后同问道。

邓宝珊想了想，看看傅作义："我认为现在唯一的办法，就是与中共谈判。"

傅作义眉头紧锁："你知道，中共的战犯名单上有我的名字。"

邓宝珊劝道："即便如此，也不能贸然行事。"

傅作义沉思着，继而叹了口气："好，这千古罪人我是不愿意去做的，那就暂不发表通电，继续与中共谈判。"

中共公布的战犯名单上第一位就是蒋介石。对此，蒋介石感叹道："我们把毛泽东列为罪犯通缉已数十年了，而今毛泽东要吊民伐罪，通缉我们了。"

"傅作义的名字也在名单上，据保密局北平站的站长报告，《平明日报》的反共宣传有所增加，而且外面都在风传傅将军可能已经与中共方面秘密接触，反共宣传极有可能就是在掩饰。"蒋经国猜测。

蒋介石却并不在意："《平明日报》是傅宜生的喉舌，可以直接反映他的思想和动态。不过，既然毛润之把傅宜生也列为战犯，以傅宜生犹豫不决、宁死不降的性格，他也干不了通共之事，继续让人盯着就行。"

这时，毛人凤匆匆赶来，向蒋介石汇报："香港站报告，他们已成功对但靖邦下了毒。但是，但靖邦毒发时被送到医院抢救，我特工人员潜入医院行刺时被发现。目前，但靖邦已被秘密转移，香港站正在寻找。"

蒋介石皱着眉头问道："李济深呢？"

毛人凤露出一丝得意："他已经被吓坏了，我们得知他定于 12 月 27 日在家里请客，其中就邀请了香港警署政治部主任黄吹维，他是想借港警之力保护自己。"

蒋介石点点头："那就让香港警察把他保护好，至于但靖邦……"

"明白，学生一定尽快找到他，将他除掉！"毛人凤保证道。

西柏坡军委作战室里，毛泽东等人正讨论着白崇禧逼宫一事。

刘少奇说道："蒋介石不怕逼宫。就国民党政坛这些角色，哪一个也不是老蒋的对手。"

任弼时说道："但蒋介石不得不顾虑这出戏的导演，美国！"

"以前，蒋介石也不是全看美国眼色行事。抗战期间，盟国组建远东战区，蒋介石任统帅，史迪威任参谋长。这个参谋长越过统帅与我们联络，试图将我八路军、新四军纳入美国指挥的抗日部队。这下就犯了蒋介石的大忌。蒋介石认为，八路军、新四军只是他麾下的一支部队，怎么能单独成为一支部队纳入美国指挥的抗日部队中。"周恩来提起往事。

"当时，史迪威太不了解中国的国情，太不了解蒋介石了。他以为蒋介石依靠美国，就会对美国言听计从。他不知道，蒋介石必须维护他对中国所有军队的掌控权，对于任何想在中国扶植第二势力的企图，都会拼命反对。后来蒋介石巧妙地利用苏美矛盾，劝说美国警惕受苏联支持的共产党，最后，还是把史迪威这个参谋长给调离了。到了国民党召开伪国大时，连美国人也同意排挤共产党了。这样，直至内战爆发，美国人都被蒋介石牢牢地绑在了自己的战车上。"毛泽东说道。

刘少奇感叹道："是啊，然而时过境迁，到了今年，由于我军在战场上接连取胜，美国人也发觉蒋介石靠不住了，态度就明显冷淡了。先是总统竞选，美国大使司徒雷登公然支持从美国留学归来的胡适参加总统竞选，跟蒋介石当面唱反调。弄权有术的蒋介石，虚与委蛇，表示辞让，故意让众人来挽留，最后以退为进，登上了总统的宝座。但是，在副总统的竞选中，蒋介石还是没斗过由美国人支持的李宗仁。"

毛泽东点点头："很明显，美国人对这事还耿耿于怀，这次再度导演了这出白崇禧逼宫记。"

朱德态度坚决地说道："不管是蒋介石，还是李宗仁，都是美帝国主义的走狗。我们一定要坚定主席提出的将革命进行到底的决心，打倒美帝国主义及其一切走狗，彻底解放全中国。"

大家纷纷点头表示赞同。

毛泽东思索了一会儿，接着说道："白崇禧这个时候发出通电，不仅是要帮助李宗仁逼宫，也是另找出路的一种表现。因为他看到东北卫立煌集团已被全歼，徐州杜聿明集团被困在陈官庄，也即将完蛋。而且我们解放张家口，占领塘沽，已从东西两端牢牢地困住了傅作义。小诸葛是个战略家，他当然看得出，傅作义集团也已经逃不掉被歼灭的命运。东北完了，华北完了，中原和华东完了，下一个，当然就是华中的白崇禧了。"

周恩来点点头："现在美国人也看中了桂系，看中了李宗仁和白崇禧。白崇禧的这次逼宫，幕后实际是美国人在操纵。"

"所以，我们必须尽快解决华北傅作义集团，然后挥师南下，饮马长江，不给白崇禧和美国人喘息的机会。"任弼时说道。

众人都表示赞同。毛泽东严肃地看着大家："中央军委鉴于新保安、张家口之国民党军已被歼灭，为进一步孤立北平，动摇傅作义固守的信心，已令东北野战军一部及华北军区第二、第三兵团严密包围北平，以东北野战军主力积极准备攻取天津。"

天津是华北第一大工商业城市，战略地位十分重要。市区狭长，海河自西北流向东南，四周有护城河环绕，经过日军和国民党军长期经营，工事坚固。国民党军天津警备司令官陈长捷自恃天津已实现堡垒化，企图负隅顽抗。

对此，毛泽东命令东北野战军调集步兵和炮兵部队共三十四万人，进驻天津近郊，首先扫清外围据点，并做好攻城准备，由刘亚楼统一指挥。

大家正在讨论，李维汉拿着电报走进来："主席，北平地下党的负责人崔月犁同志传来了傅作义想要与我们和谈的消息。这一次，傅作义派出邓宝珊，希望马上面见我们的代表。"

毛泽东沉吟了一下："邓宝珊虽是华北'剿总'的副总司令，但与我们共产党是老朋友了，他称得上是傅作义的灵魂。由他出面斡旋，或许可以实现和平解放北平的愿望。不过，有良好的关系不等同于接受我们的主张，先让崔月犁同志跟他接触一下再说。"

李维汉答应着转身出去。毛泽东又看了周恩来一眼，嘱咐道："另外，电告林彪，如果傅作义真的愿意和谈，务必与傅作义当面讲明，把他列为战犯是对他的保护，避免蒋介石加害于他。而且，战犯的名单是可以修改的。"

由于解放军的突飞猛进和蒋介石的接连败退，司徒雷登公开派出他的秘书傅泾波与李宗仁联系，言明只要李宗仁肯挺身而出收拾目前的残局，他们一定会大力支持。李宗仁与程思远谈及此事，程思远哈哈笑道："司徒大使这种公开的不友好的行为，一定会让老蒋大为恼火。"

李宗仁点点头："要是过去，老蒋也可以直接与美国国务院甚至美国总统接洽，要求他们换掉一个不友好的使节。可现在，内战全靠美援支撑，老蒋底气不足啊！特别是蒋夫人这次访美，竟然遭到美国高层的冷遇，受尽了委屈。老蒋深谙屈伸之道。在此危难时期，无论是我们桂系，还是美国人，他都得罪不起。"

程思远笑道："管他伸也好，屈也好。这一次美国人是下了决心，要把他搞下台。他也该到黔驴技穷的时候了。打不过共产党，又惹不起美国人，我们这位基督总统，只有趁着西方过节，祈祷上帝保佑了。"

李宗仁思索着："节日也是受难日。中国人许多时候把过年叫作年关，过年关也叫过难关。蒋介石就算是基督徒，西方礼节之外，也不得不面临一个中国问题，过咱们的年关。"

程思远又笑道："正在过节的上帝，能不能保佑他的蒋信徒度过这道年关？"

李宗仁若有所思："不过，我们也不能高兴得太早，即便把老蒋赶下台，我们面临的困难依旧很多。"

"只要有美国的支持，再大的困难，我们也会挺过去。"程思远很有信心。

"中共背后有苏联人支持，他毛泽东会不会给美国人面子，还真说不准。"李宗仁有些担心。

程思远劝慰道："健公说过，只要有美国人支持，共军要继续打，他就能支持下去，至少能保住长江以南的半壁江山。"

李宗仁苦笑着摇了摇头："健生就是太崇尚武力了。"

听说马悦悦出了事，车孟凡立刻匆匆赶到致公堂。马龙见车孟凡来了，连忙问道："阿凡，你怎么来了？"

"我听说悦悦出事了，就立刻赶来了，她究竟是……"马龙摆了摆手，示意车孟凡坐下说话，然后说道："保密局的人假扮警察上门调查益仁医院枪击一案，我们一时没有防备，就让他们带走了悦悦，后来才发现中了他们的圈套。"

车孟凡焦急地问道："那悦悦现在有消息了吗？"

马龙面色阴沉："她多半被关在保密局里。"

车孟凡猛地站起身："我这就带人去把她救出来！"

马龙连忙阻止："不行，我们没有任何证据，强行闯入保密局，他们反而有借口对付我们了。我已经散帖请各派大佬协助，只要有人看见是保密局的人带走了悦悦，我们就有理由去保密局要人了，可是现在，只能等……"

车孟凡叹了口气："对不起，是我连累了悦悦。"

马龙摆摆手："事已至此，你先回去吧。"

回到华润公司业务室，钱之光等人对特务绑架马悦悦一事也都很惊讶，大家没有想到叶君伟竟然真的敢对马悦悦动手。车孟凡更是自责不已，怪自己太大意了。

大家推断，特务绑架马悦悦应该是想问出但靖邦的下落，不过但靖邦目前的藏身之地只有宋晓军和车孟凡知道。虽然不担心泄露消息，但大家一致认为必须立刻组织人手想办法把马悦悦救出来，绝不能眼睁睁地看着她落在特务手里。

不过在讨论具体行动计划时，潘汉年提出了一个问题："我们明晚就要正式行动了，如果在这个时候分出一些人员去帮忙，我担心一来会造成人手紧张，二来会引起保密局的注意。"

车孟凡皱着眉头，想了想："这样，组织上不用抽调人手，继续按照原定计划保护好民主人士。我另外找一些堂口弟子，留意保密局那边的动静。凭我对叶君伟的了解，他就算再大胆，也不敢真的杀了悦悦。他要是敢动悦悦一根手指头，我一定饶不了他！"

潘汉年看了看大家："好吧，希望马悦悦能够撑得久一点。只要过了明晚，叶君伟就没戏唱了。"众人点了点头。

北平形势一片大好，让南京的蒋介石寝食难安，这又是一个冷清的夜晚，南京黄埔路上，灯光昏暗，行人寂寂。

蒋介石站在阳台上，望着远方出神。蒋经国拿起披风披在蒋介石的肩上："父亲，外面风大，还是进屋去吧。"

"没事，我想在这里站一会儿。"蒋介石声音低沉。

蒋经国望着父亲说道："往年圣诞节，都是夫人布置。今年夫人远在美国，这总统府的圣诞节，也就冷清了许多。"

蒋介石长叹一声："是啊，以往这时候，许多外国使节都会来总统府共贺圣诞节，今年，却没有一个人上门。"

"11月以来，司徒雷登频频与政府高官接洽，反复表示美国的同情，但强调美国政府不能为应由中国政府自决之事项担负责任。"蒋经国一边说一边观察着父亲的神色。

"这是司徒雷登公开宣布美国放弃责任，煽动造反！"蒋介石怒不可遏。

与蒋介石这边冷清的氛围相反，李宗仁的府邸却是张灯结彩，热闹非凡，大厅中间还立着一棵高大的圣诞树，几个孩子正在旁边玩耍嬉戏。李宗仁等人则坐在一旁的沙发上，谈论着当前的形势。

"今年10月23日，司徒雷登大使向美国国务卿请示，建议蒋介石退休，让位于德公或其他有希望组成一个非共产共和政府，能有效与共匪作战之领袖。老蒋得知后反应非常强烈。但是，长期插手中国政治的美国政府，现在并不打算为崩溃的政府承担任何责任。所以，司徒老儿在美国也碰了一鼻子灰。"程思远说着看了看其他两人，"现在已经得到确切消息，美国国务卿马歇尔已明确答复司徒雷登，美国政府不能建议委员长退休或任命其他人为中国政府领袖。"

"马歇尔是不想承担提议更换领袖后产生的一切责任。如果美国政府出面说服蒋介石，就要对后来的继任者负责。马歇尔老奸巨猾，担心会陷入中国的内战中脱不了身。"刘仲容早已看透了一切。

"所以，健公才认为，美国人不肯出面劝退，就由我们自己来逼宫好了！"程思远说道。

刘仲容却不乐观："就算把蒋介石逼退了，美国人也不一定会全力支持继任者。"

李宗仁表示赞同："美国是个实用主义国家，如果继任者能扭转战局，美国人肯定会支持的；但如果不能扭转败局，美国人也绝不会把钱投入这有去无回的无底洞。"

刘仲容有些为难地说道："这事我已经和健公谈过几次了，但他还是认为，只要逼退了蒋介石，美国人就一定会支持我们，因为美国人绝不会允许偏向苏联的中共接掌政权。"

程思远点点头："蒋介石也看到了这一点，所以在 11 月上旬致信美国总统杜鲁门，要求美国增加援助，表示支持，派遣高级军事顾问，想以此挽回败局。"

刘仲容笑道："这杜鲁门也会应付，11 月 13 日复函蒋介石，称将竭力加速履行援助计划，现任美国军事顾问团巴大维少将随时可以提供意见。援助只是履行原来的计划，顾问还是原来的顾问。老蒋再度用热脸贴上了冷屁股。与此同时，司徒雷登召集了在华的军事顾问、武官处高级官员讨论，大家一致认为，由于现在局势恶化之程度，除调动美军外，任何军事援助亦于事无补。而调动美军直接参战，绝对不可能。所以会议的结论是中国政府或美国政府采取任何军事行动，均无法挽救败局。"

李宗仁思索着："如此看来，这次白健生就是把老蒋逼下台，我们接掌政府，也不会得到美国的大力援助。"

程思远说道："但我们可以跟中共和谈。蒋介石搞独裁，搞得人心涣散，只要我们高举民主大旗，就会召集许多人，壮大力量，增加跟中共和谈的筹码。"

李宗仁点点头，又说道："11 月以来，老蒋已两次到我这里来了。"

刘仲容笑道："总统主动下驾拜访副总统，这不是老蒋的一贯作风啊。"

程思远却是明了："大丈夫能伸能屈，老蒋深谙此道。"

李宗仁笑笑："他是来试探，说他决心下野，让我来接手。"

刘仲容立刻说道："如果你欣然接受，接下来，肯定就是保密局的子弹了。"

"这一点我是知道的。所以，我就一脸诚恳地对他说，这局面你都应付不了，我如何顶得起？"李宗仁说完，三人对视一眼，默契地笑了起来。

夜色渐浓，冷清的总统府内，蒋经国挽着蒋介石走进休息室，二人坐在沙发上。谈起与李宗仁的会面，蒋介石心里很清楚："那不是李德邻谦虚，只是他应对我的策略而已！当初竞选总统时，他的野心就早已暴露无遗了！"

"李宗仁当选副总统后，父亲为什么要突然取消暗杀他的计划？毛人凤从昆明急调沈醉过来，已把副总统府的地形都勘查好了，计划也制订了出来。"蒋经国提出疑问。

蒋介石沉默了一会儿，缓缓说道："就目前的形势，杀了他还不如直接让他来收拾这个烂摊子。"

"父亲……"蒋经国有些着急。

没等蒋经国说什么，蒋介石便挥手打断了他："这几天我反复思量，我已经准备好要下野了。这不是第一次，也绝不会是最后一次。以往每一次下野，我都能东山再起，这一次，我也会再回来的。"

蒋经国想了想说道："李宗仁想要上台，必先取得美国人的支持。现在，美国政府对中国的政策已经如此直白，李宗仁当然会有顾虑。"

蒋介石负气道："正因为美国的对华政策已经明了，我才要下野，让美国人好好掂量一下，要不要把中国推向苏联！"

这时，侍从走进来报告美国大使司徒雷登来访。

蒋介石愣了一下："请他在客厅稍后，我马上就到。"

蒋经国嘀咕着："这位大使先生，倒是知道圣诞节的必要礼节。"

蒋介石叹了口气："虽然是出于应付，但是他这个时候能来，我还是很感激他的。"

"他此时到来，无非是观察我们的动向。"蒋经国说着扶起蒋介石。

"他观察我，我也可以观察他。"蒋介石想得十分通透。

父子俩来到客厅，司徒雷登和傅泾波忙站起来。司徒雷登伸出手："圣诞快乐，总统先生！"

蒋介石握住司徒雷登的手："谢谢大使对老朋友的关怀！我就要下台了，不再是总统了。"

司徒雷登有些迫不及待地说道："您还有什么意见，我可以向华盛顿转达。"

蒋介石叹了口气："以后的事，找副总统吧。"

"好，好。"司徒雷登连连点头。

枯坐了片刻，气氛有些尴尬。司徒雷登终于想起了一个问题："总统先生，移交权力后，意欲何往？"

蒋介石故作淡然地说道："回溪口老家，安度晚年。"

司徒雷登立刻做出友好姿态："有时间，我会去看望您的。"

"不必，我会经常回南京的。"蒋介石顿了一下，观察着司徒雷登的表情，然后笑道，"辞去总统的职务，我还是国民党总裁，党务我还是要管的！"

司徒雷登讪讪地站起身："是，以后我们在南京还可以经常见面。那就不打扰了，告辞。"

蒋介石也站起来："对于大使先生的到来，我再次表示感谢。经儿，送送大使先生。"

"先生请。"蒋经国礼貌地对司徒雷登和傅泾波做了一个请的手势，然后随着两人出了客厅。

蒋介石站在原地，望着几人的背影，忽然叹了口气。

返回的路上，傅泾波问道："先生，蒋介石下台后，应该是李宗仁登场了。李宗仁真能挽救目前这种败局吗？"

司徒雷登答道："李宗仁的形象比蒋介石要好得多，也许，他能够团结国民党，还有除共产党之外的第三方。而且我了解到，李宗仁和李济深的私交甚好。”

“宋子文已亲自到过香港，听说白崇禧也正准备暗中派黄绍竑去香港。先生和李宗仁，是不是也应该有所表示？”傅泾波追问道。

司徒雷登思索着："美国政府曾派蔡增基去香港找过李济深，但是没有结果。我决定，圣诞节过后，再派一个合适的人去香港。"

夜色已深，关押马悦悦的审讯室外突然射来一支飞镖，深深地刺入一个特务的后背，特务应声倒地。另一个特务一惊，刚转过身，又一支飞镖射来，狠狠地刺入他的心窝。

解决了两个看守的特务，姜家辉从墙上跳下来，弯腰从一个特务身上摸出钥匙，轻轻地打开了门。

室内，马悦悦双手被吊在梁上。听到声音，她抬起头来，见是姜家辉，忍不住大骂："你这个叛徒！"

姜家辉忙冲上来捂住马悦悦的嘴："别喊，我是来救你的。"

马悦悦心中惊疑不定，姜家辉松开手，用刀割断了马悦悦手上的绳子，一把拉住她："跟我走！"

马悦悦没好气地甩开姜家辉："我自己能走！"

姜家辉没有勉强，退开两步，在前面带路。刚来到院子里，突然，一道光束将姜家辉和马悦悦罩住，两人下意识地用手挡住眼睛，马悦悦低呼一声："不好，中计了！"

这时楼上传来叶君伟的声音："姜家辉，你太让我失望了，我待你不薄，你却背叛我！"

姜家辉看了看周围的情况，迅速将一把枪塞给马悦悦，低声道："我掩护你，你冲出去。"

马悦悦接过枪，姜家辉挡在她身前，马悦悦不由分说举枪向叶君伟射击。叶君伟躲过子弹，大喊道："不要开枪，抓活的！"话音未落，一阵密集的枪声过后，姜家辉已身中数弹，气绝身亡。马悦悦刚跑了几步，回头见姜家辉倒在地上，急忙开枪还击。一颗子弹打在她的胸口，马悦悦缓缓倒在地上。

叶君伟怒气冲天地吼道："是谁开的枪！"特务们面面相觑。

张立跑到马悦悦身前，蹲下来查看："没气了。"接着又跑到姜家辉面前，伸手探了探他的鼻息，摇了摇头。

叶君伟气急败坏："没我的命令，谁叫你们开枪的！"

一个特务怯怯地说道："是她先开的枪。"

"她先开枪也打不准目标！这下，把我的计划都打乱了。"叶君伟怒吼道。

张立劝道："站长，马悦悦死活不开口，我们留着她也是浪费时间。"

叶君伟骂道："笨蛋！我就是要等姜家辉跟她成了夫妻之后，她就不得不说了！"

叶君伟摆摆手："行了，现在说什么都晚了。现在马悦悦死了，马龙肯定会发疯，很快就会来找我们报仇。"

"我们这么多人守在这里，只要坚持十分钟，警察就会赶到。"张立说道。

"笨蛋！人都守在屋里当缩头乌龟，谁去解决但靖邦！"叶君伟气得大骂。

圣诞的第二天，李公馆内到处张灯结彩。李筱桐和但世平说笑着从大门里出来，走向对面的杂货店。

老板笑眯眯地迎上来："二位小姐，你们今年的圣诞过得真热闹。"

李筱桐也笑着说道："是啊，明晚我爸要在家里请客，今天得布置好了。"

老板看了两眼："布置得这么隆重，请的都是些贵客吧？"

但世平接着说道："当然啦，除了香港的客人，还有从广州、南京和武汉来的。"

老板又殷勤地问道："小姐还需要些什么？"

"不要了，给你钱。"李筱桐将钱放在柜台上，拿起东西，和但世平走出了杂货店。

老板站在柜台后面看着两人向对面的李公馆走去，目光所及之处正好是起居室。只见李济深走进屋子，脱下黑色的外套挂在衣架上，然后只穿着马甲走了出去。

观察了一会儿，老板走进里屋，对里面的特务说道："立刻给站长打电话，就说李公馆明晚要请的客人中有从广州、南京、武汉过来的。"

接着又吩咐道："我刚看见李济深将平时外出穿的那件外套脱挂在了起居室，你们上楼去，盯住那件黑外套，只要衣服在，就说明他没有出门的打算。"两个特务点头上楼。

叶君伟的办公室里，刚从半山公园回来的"乌鸦"报告："站长，这两天我天天都守在公园里，'百灵鸟'没有出现，八成是出事了，来不了了。"

"要是她命大没落在车孟凡手里，逃到哪里躲起来了，就一定还会再联系你的，你明天还去公园，再等两天。"叶君伟说道。

"乌鸦"领命离开。

这时一个特务进来报告："站长，刚刚李家对面杂货店的兄弟来电话说李公馆正张灯结彩，准备筹办明晚的酒会。听说明天的客人中，有从广州、南京和武汉来的。"

叶君伟点点头："知道了，继续监视。但靖邦有消息了吗？"

特务摇了摇头："还没有。"

叶君伟蹙起眉头："见鬼！整个香港的医院都翻遍了，人间蒸发了不成？"

此时，张立已奉命来到洪门。马龙将其让进致公堂偏厅，打开他递上来的请帖，看了一眼放下："我们与保密局素无来往，叶站长相邀，所为何事？"

张立一脸假笑："我也不知道啊。站长吩咐我来请客，希望马堂主一定赏脸，派个能主事的人去一趟。"

马龙想了想说道："管家，请五爷去一趟。"管家答应着去请人。马龙又转身对张立说道，"五爷是主持堂内事务的。"

"好，有五爷前往，自然最好了。那我就不打扰了。"张立连忙起身告辞。

李公馆外，两辆汽车驶过来，在大门前停下。潘汉年、饶彰风、吴荻舟及另外两人分别下了车。几人走进院子，李济深带着李筱桐从里面迎出来。

潘汉年抢先打招呼："任公，圣诞节快乐！"

李济深也笑着回应："我也祝你们圣诞节快乐！"

"任公，明晚请客的事都安排好了？要不要帮忙啊？"潘汉年热心地打听着。

"不用不用，都准备好了，明晚你们只管前来赴宴便是。"李济深客气地说道。

潘汉年忽然压低声音说道："我来还有一事转告，何香凝先生在邓文钊公馆等待任公赴宴。"

李济深笑道："现在？请稍等，我去穿件外衣。"

潘汉年暗暗地伸出手，抓住李济深的手肘。李济深抬起头，见潘汉年向他眨了眨右眼。李济深立刻会意，笑着点了点头。

一群人簇拥着李济深走出大门，潘汉年与李济深在众人的掩护下迅速上了一辆汽车，而后，饶彰风、吴荻舟和李筱桐等人又转身走进李公馆大门。

此时坐在杂货店楼上的两个特务，还在死死地盯着对面起居室里的那件黑外套。

潘汉年带着李济深乘车来到邓文钊家，走进客厅，只见何香凝等人都坐在里面。

李济深拱拱手："哟，这么多人，好热闹。"

众人纷纷起身打招呼，李济深一一拱手还礼。

最后，何香凝微笑着说道："任公，这些都是即将陪你一道北上的民主人士，时间就在今天晚上。至于你的行李，一会儿有人会直接送上船。"

李济深这才恍然大悟："原来如此，叫我明天请客，是障眼法啊！"

叶君伟很快接到报告，说有人去了李公馆，请李济深到一个叫邓文钊的人家中赴宴。不过李济深还没有出发，现在还在家中。

叶君伟没有在意，只是让孙仁兴继续盯紧李济深。

张立带着五爷和几名弟子回到保密局，一走进办公室，叶君伟连忙起身拱手："五爷驾到，未曾远迎，还望恕罪。"

五爷连忙还礼："叶站长，久仰。"

"今天把五爷请来，没有别的事，只想请五爷看一件东西。"叶君伟开门见山，然后做了一个请的手势，"五爷这边请。"说着将众人带到关押马悦悦的审讯室。

只见地板上放着两具用白布盖着的尸体。叶君伟命人将白布揭开，大声说道："五爷请看。"

五爷满脸疑惑："看什么？这人趴着，我不认识。"

叶君伟指着一人身上的飞镖："我是想让五爷看看他们身上所中的飞镖。五爷是内行，应该看得出。"

五爷眯着眼睛说道："叶站长，有话直说吧。"

"五爷少安毋躁，听我把话说完。我现在当着五爷的面把这两支飞镖拔出来。"叶君伟说着，将两支飞镖拔了出来，然后用手帕捧着送到五爷的面前，"五爷，你认不认识这两支飞镖是谁的？"

五爷瞟了一眼飞镖，反问道："站长认为，这两支飞镖的主人是谁？"

叶君伟笑道："五爷如果不认识，可以带回去，请贵堂主辨认。"

五爷脸色一沉："叶站长，用不着拐弯抹角。你今天请我来，到底想说什么？"

叶君伟赔笑道："五爷，前面就是客厅，我们坐下来慢慢聊。"

就在叶君伟想方设法洗脱嫌疑栽赃嫁祸时，焦急不已的车孟凡迅速制订了一个刺探敌情的计划。

这天"乌鸦"又来到半山公园，坐在常与苏琼接头的椅子上看书。不久，钱娟走过来坐在旁边。"乌鸦"看了钱娟一眼，继续看书。

"'百灵鸟'寻找'乌鸦'。"钱娟忽然开口。"乌鸦"一愣，没有理会，继续低头看书。钱娟很快又说了一遍。"乌鸦"这才看看钱娟，回了一句："'乌鸦'也在寻找'百灵鸟'。"

钱娟显得很兴奋："你是'乌鸦'？"

"乌鸦"否认："不是，我认识'乌鸦'。你是怎么认识'百灵鸟'的？"

钱娟说道："'百灵鸟'正被猎人追捕，需要'乌鸦'帮助。她给了我一些钱，说帮她找到'乌鸦'后，还会给我更多的钱。"

"乌鸦"说道："我可以帮助她。"

钱娟连连摆手："不行，除了'乌鸦'，她什么人都不相信。"

"我就是'乌鸦'。""乌鸦"表明了身份。

"我怎么相信你？"钱娟表现得很警惕。

"乌鸦"想了想："你带我去见'百灵鸟'，只要见着她，你就会相信了。"

钱娟谨慎地说道:"只能你一个人去。"

"乌鸦"点头答应。钱娟站起来:"跟我走吧。"两人来到路边,上了一辆汽车。

五爷回到致公堂,把飞镖交给马龙。马龙拿着飞镖仔细端详,确认是姜家辉的东西。

"叶君伟承认,是他派人假扮警察带走了小姐。但是,他说他并不想伤害小姐,只是想从她嘴里得到但靖邦的下落。没想到,半夜姜家辉突然动手,杀了两名看守,带着小姐逃跑了。"五爷将在保密局了解的情况告诉了马龙。

马龙放下飞镖,想了想:"姜家辉对阿悦痴心一片,他的确会做出这样的事。"

"叶君伟还说,他派人扮假警察欺骗你和小姐是他的不对。所以,姜家辉杀了他两个人,他也不再追究。冤家宜解不宜结,希望以后两家能够和平共处。"五爷接着说道。

马龙无心理会这些,仍是满脸愁容:"那为什么阿悦他们到现在还没回来?"

五爷猜测:"我估计,姜家辉是不敢回来见您。"

"他不回来,阿悦应该回来啊!"马龙有些坐立不安。

正在这时,车孟凡大步走进来,带来一个惨痛的消息:"堂主,悦悦她……她被叶君伟杀害了……"

马龙身子一晃,顿时目瞪口呆。五爷震惊地站起身:"车先生,你是怎么知道的?消息准确吗?"

车孟凡挥了挥手:"把人带进来!"

两名弟子押着"乌鸦"走了进来。"乌鸦"始终低着头,不敢与人对视。

"这名女子就是叶君伟手下的特务，代号'乌鸦'。'乌鸦'，你把昨晚发生的事情向堂主再如实说一遍。"车孟凡说道。

马龙的心一片冰凉，颤声问道："到底是怎么回事？"

"乌鸦"交代："叶君伟命人假扮警察带走马小姐后，让马小姐说出但靖邦的藏身之地。马小姐不肯说。夜里，姜家辉杀死看守，救出马小姐。两人刚到院子里，就被人发现，结果双双被打死了。"

马龙猛地站起来，又突然捂住胸口，瘫倒在椅子上。"堂主！堂主……"众人惊叫着围拢过来。过了好一会儿，马龙才颤抖着说道："你们都出去，让我一个人待一会儿。"

"管家，你守着堂主，其他人都跟我出去吧。"五爷说完，与众人一起离开。

马龙瘫坐在椅子上，神情呆滞。

众人来到院子里，车孟凡看了看"乌鸦"："你没有杀过人，还为我们提供了情报，我也兑现承诺，现在就放了你，你走吧。"

"乌鸦"愣了一下，匆匆离去。

五爷恨恨地说道："就这样放她走了？"

车孟凡说道："杀了她，关了她，都没有用。她回去肯定不敢乱说。悦悦他们被害后，叶君伟让人连夜把尸体送到了西贡，找一个姓吴的船老大，把尸体运到海里扔掉了。五爷，我手下人手有限，你能不能派一些兄弟，去找一找那个姓吴的，把情况落实一下？"

五爷咬着牙说道："我亲自带人去！"

"乌鸦"换上自己的衣服，回到保密局，向叶君伟汇报虽然没等到苏琼，不过苏琼拿钱买通了房东的女儿，捎来了口信，说她被困在沙田附近的一户农家内，暂时无法脱身，并告诉他们但靖邦应该就在马鞍山附近的一个小村子里。

对于"乌鸦"胡编乱造的情报，车孟凡认为正好可以用来为马悦悦报仇。宋晓军却认为这个方法不可行，因为"乌鸦"很快就会发现她手袋里的窃听器，到时候特务们应该不会上当。

"放心，她发现了也不敢说，只能偷偷扔掉。"车孟凡淡淡地说道。

五爷带人赶到西贡，很快找到那位姓吴的船老大。船老大害怕遭到报复，没敢把尸体扔进海中，而是藏在了一座荒岛上。

一行人顺利找到了尸体并运回致公堂。叶君伟听到消息，不由大惊失色，顿时气得大骂："这个吴老大，叫他扔远些，他肯定是想偷懒，随便扔到海里就走了！"随即吩咐张立，"命令所有人，没有我的命令不准随便外出，时刻做好战斗准备，防止他们前来报复！"

张立仍心存侥幸："可就算找到尸首，也不能证明是被我们打死的啊！"

叶君伟面色严峻："你以为他们都是傻子？"

张立哑口无言，只好点点头去传达命令。

26

北上解放区

接到叶君伟的命令，特务们一个个战战兢兢，感觉自身难保，再也无暇顾及李济深等人。趁此机会，北上的民主人士迅速登船。汽笛声响起，"阿尔丹"号扬帆起航。

饶彰风和但世平站在码头上，望着慢慢远去的"阿尔丹"号货轮，心情渐渐放松下来。

夜色已深，毛泽东还站在屋子里，不停地吸着烟。忽然，李维汉手里拿着一封电报，兴冲冲地推门进来。

毛泽东迫不及待地问道："有消息？"李维汉赶紧递上电报。

"船开了，货放在大副房间里，英姑娘没有来送行。"毛泽东读完，高兴地说道，"好啊，上面说李济深从香港起程了，他被安排在船长室，英国人没有发现。"

李维汉笑道："主席，您今晚总算能睡个安稳觉了。"

毛泽东拍了拍李维汉的肩膀："还睡什么觉，走，我请你吃长寿面！"

"主席，这长寿面该昨天吃啊。"李维汉无奈地笑着。

"好饭不怕晚，昨天今天，都一样。"毛泽东笑着走出门去。

屋外，天已经蒙蒙亮了。李维汉叹了口气："主席，天都快亮了，您又度过了一个不眠之夜。"

毛泽东仰起头，看着熹微的晨光："是啊，崭新的一天又开始了。"

李维汉打趣道："今天该是27日了，主席这碗长寿面，吃了整整三天，可真够长的！"说完，两人都哈哈大笑起来。

终于等到天色大亮，叶君伟长舒了一口气："昨晚等了一夜，马龙也没有出现，真是虚惊一场。李济深那边有什么消息？"

一旁的孙仁兴连忙汇报："昨天晚上，李济深在邓公馆吃酒，过了凌晨才被李筱桐接回家。今天晚上他又要请客，这会儿酒还没醒，正在屋里蒙头大睡呢。"

叶君伟想了想："今天他要请客，黄主任也会去赴宴。我们可以先把监视的人调一部分出来，去寻找但靖邦的下落。张立！由你带领一个小组，跟踪但世平，寻找但靖邦的下落。其余的人，全部守在站里，防备马龙前来复仇。"张立领命而去。

黄昏时分，张立返回保密局向叶君伟汇报："但世平早上出门后，我们的人一路监视，发现她进了一个小村子，直到现在都没有出来，我留下几名兄弟潜伏在附近，接应'乌鸦'他们，就赶回来向您汇报。"

叶君伟想了想，立刻命令："事不宜迟，今晚我亲自带上两个小组，一定要全部歼灭他们。"

张立有些迟疑："两个小组？那家里的人手够不够？万一……"

叶君伟打断他的话："家里的人全部做好战斗准备，只要能够抵挡十分钟，警察就会赶到。"

暮色四合，晚宴时间将至。黄吹维和夫人乘车来到李济深家。

李筱桐热情地招呼道："黄主任和夫人来了，快，二位请进。"随即伸手接过他们提着的水果。

黄夫人一脸微笑："一点薄礼，不成敬意。"

"寻常晚宴罢了，还破费买什么礼物。"李筱桐笑着将水果递给身后的管家，"请。"

李筱桐带着黄吹维夫妻走进客厅，此时里面已经来了三位客人。

"我来给大家介绍一下，这位是香港警察总署政治部主任黄吹维先生，这位是黄夫人。"李筱桐说道。

三人都拱了拱手："黄主任，久仰久仰。"

李筱桐接着介绍："这三位都是我父亲的老朋友，这位叫舒宗鎏，这位叫叶少华，这位叫吕方子。"

黄吹维也拱了拱手："几位先生，久闻大名，黄某仰慕已久。"

"哪里哪里，黄主任客气了。"叶少华忙说道。

李筱桐热情让座："黄主任，黄夫人，请坐！"

没见到李济深，黄吹维赶忙询问："李小姐，令尊呢？"

叶少华抢先回答："任公这几天喝多了酒，上火牙痛，去看牙医了。一会儿就回来。"

黄吹维笑着点点头："过节应酬多，难免的。"

李筱桐接着说道："原来说好的南京、武汉、广州的客人，今天都没能赶到，听说武汉的黄绍竑，要一个星期后才能到。"

黄吹维琢磨着这话中的深意，嘴上应着："哦，那好，那好。"

此时，在大海中破浪前行的"阿尔丹"号货轮上，众人也在共进晚餐。在众人的要求下，李济深缓缓站起来，举起酒杯："诸位，大家要我说两句，那我就说两句。今天晚上，是我们在船上举行的第一次集体聚餐。这桌上的食物，也跟我们一样，来自四面八方。有人带的是腊肠，有人带的是火腿，有人带的是五香带鱼，还有人带的是罐头。主食是我们跟苏联海员一道自己动手包的饺子。大家各自拿出东西，然后一起分享，这跟我们即将召开的新政协会议很相似啊，大家说对不对？"

"对！"众人齐声附和。

"有人曾说，新政协会议是一次梁山聚义，广招天下英雄。但是，英雄上了梁山后，就不仅是大块吃肉，大碗喝酒，只图快活了。就好比今天晚上，大家拿出食物一样，今后要大家献计献策，共同努力，把新中国这桌盛宴办好，办得丰富多彩，办得空前绝后。"李济深说完，众人热烈鼓掌。

但靖邦坐在李济深的身边，见李济深兴致正浓，也跟着笑起来。可恍惚间，又觉得有些落寞和苦涩，与此时的气氛格格不入。

李济深继续大声地说道："我提议，为了即将召开的新政协会议，为了即将诞生的新中国，干杯！"

众人纷纷起身举杯："干杯！"

暮色渐浓，李济深家屋里屋外都亮起了灯。

叶少华有些不耐烦地说道："这李任潮怎么搞的？这个时候都还没回来！"

吕方子则提议："肚子都饿了，筱桐，干脆我们先吃着，慢慢等他。"

黄吹维看看两人，觉得有些不妥："这样不好吧？主人还没回来。"

叶少华大大咧咧地说道："没什么不好的，我们几个都是这里的常客，经常来此蹭饭。"

舒宗鎏也附和道："我看行！我们本来就是陪客，主客是黄主任夫妻。"

黄吹维赶忙摆摆手："我们也是陪客，主客都还没来。"

叶少华说道："那还等什么？筱桐，摆酒，我们先喝着。"

李筱桐笑着走过来："好，酒菜早就备好了，诸位请移步餐厅。"众人随即起身，跟着李筱桐走进餐厅。

几人正围坐在桌旁边吃边聊，管家匆匆走进来："小姐，出事了！"

李筱桐放下筷子，不满地说道："管家，出什么事了，慌慌张张的，没看见有客人在吗？"

叶少华劝道："没事，快说说看是什么事。"

管家赶忙说道："老爷去医院里看完牙，正准备回来，结果在大厅门口遇到了廖夫人。廖夫人在家里下楼时不小心，把脚给扭伤了。老爷担心廖夫人的伤势，又怕她在医院无人照料，索性就留了下来。老爷刚才打电话回来，让我转告小姐和诸位一声。"

李筱桐听完，摆手示意管家退下，起身向众人拱手致歉："诸位，真是抱歉，没想到今晚发生了这样的事，家父只能改日再摆酒向大家赔罪了。"

黄吹维摆了摆手："没关系，现在也快九点了，我们也该告辞了。"

叶少华附和道："好好好，告辞告辞！"

"实在不好意思，怠慢了大家。"李筱桐连连向大家道歉。

黄吹维带着夫人向餐厅外走去，眉头却越皱越紧，心里暗暗嘀咕："不对劲，今天有点不对劲啊。"

李筱桐目送他们离去，心里暗自松了一口气。

晚上九点刚过，马鞍山附近的公路上，叶君伟带着特务们乘坐汽车悄悄来到村外。

负责监视的特务过来汇报："站长，但世平还在里面，一直都没出来。"

叶君伟当即下令："张立，你带一个小组先下去抓人，我带另外一小组在外面接应。"

"一组跟我走！"张立领命，带领一组特务，慢慢向村子里摸去。

特务们来到一处院落外，四周静悄悄的，屋子里还透着灯光。

张立对身边的一个特务吩咐："你带几个人，去堵住后门。"那个特务叫了两人一起绕向院子后门。三人刚走到矮墙边，就被人捂住口鼻，拖进了角落里。

张立仍浑然不觉，吩咐另一个特务："你去用手雷把门炸开。"

特务领命摸到门边，见门并没有上锁，便转过身对张立挥了挥手。张立有些奇怪地走过来，见门开着，犹豫了一番，最后还是命令特务们冲了进去。

特务们刚刚冲进院子，大门突然关闭。张立顿觉不妙，转身就要逃。周围立刻响起了密集的枪声，特务们纷纷中弹倒地。

村外，叶君伟听到枪声，赶忙从车上跳下来。抬头一看，只见村子里火光冲天。

"有埋伏！快，下去接应他们！"叶君伟领着另一组特务刚跑出几步，身后忽然传来密集的枪声。一声巨响，叶君伟乘坐的汽车被击中，轰的一声爆炸，燃起熊熊大火。

小院外，车孟凡正端着一挺冲锋枪，愤怒地向张立冲过来。张立吓得一边后退，一边试图举枪还击，可子弹已经打完了。车孟凡步步紧逼，张立见无路可退，吓得赶紧跪在地上："饶命，饶命啊……"

车孟凡冲到张立面前，怒斥道："今天你们要为悦悦偿命！"

张立转身又要逃跑，车孟凡一枪打中了他的腿。

这时，身后传来机枪的声音。小院的院墙被炸塌，叶君伟与几个特务在机枪的掩护下向这边冲过来。

车孟凡顾不上张立，转身命令集中火力先对付机枪手。很快，叶君伟和特务们被打得节节败退。叶君伟见走投无路，借着微弱的火光，突然发现不远处有一处水塘，便不顾一切地冲了过去。

与此同时，几辆卡车突然停在保密局大门外，将前后门完全封锁。众多致公堂弟子在五爷的带领下，利用卡车作掩护，不停地向院内投掷燃烧瓶。院子里很快燃起熊熊大火，停在院中的几辆汽车相继起火爆炸。

几名守在后门的弟子则将燃烧瓶从窗户扔进去，整栋楼很快被大火吞噬。熊熊火光照亮了漆黑的夜空。凄厉的警报声很快响彻香港的上空。

"撤！"五爷一声令下，众人迅速回到车上，呼啸而去。

深夜，五爷和车孟凡先后回到致公堂，一直在等待消息的马龙急忙询问。

车孟凡说道："马鞍山那边，特务基本被全歼，我们自己也损失了几个兄弟。伤员和尸体都已经做了妥善处理。"

五爷接着说道："我们这边没有人员伤亡，里面的特务，一个都没跑掉。"

"叶君伟呢？"马龙询问。

"没有发现他的尸体，可能让他溜掉了。"车孟凡心有不甘。

马龙叹了口气，立刻吩咐："继续找，活要见人，死要见尸。"

"明白。我马上散帖，在全香港搜查叶君伟。"五爷说道。

马龙又看看车孟凡："阿凡，你已经尽力了，你的心意悦悦知道，不会怪你的。去忙吧，不能让他们缓过这口气来。"

车孟凡双眼通红："谢堂主提醒，我先走一步。"

"去吧。"马龙低下头，无力地摆了摆手。

"今天我们接到香港警方的通报，说我外交部驻香港特派员公署被人纵火烧毁，现在火已扑灭，损失和伤亡情况正在统计。另外，昨晚几乎同一时间，香港市郊马鞍山附近发生枪战。警方赶到时，共找到数十具尸体，经初步查明，死者都是我特派员公署的人员。香港方面要求我外交部立即派员赴港组成联合调查组，对此事进行彻查。"外交部次长一得到消息立刻来到总统办公室，向蒋介石汇报了这次事件。

蒋介石怒火中烧，皱着眉头说道："马上组织人员赶赴香港。"

次长答应着退了出去。

"如此看来，香港站已经全军覆没了。"蒋介石的脸色极为难看。

毛人凤小心翼翼地回答:"学生也没有想到,中共会不顾一切,采取如此大规模的行动。"

蒋介石愤愤地瞪了他一眼:"中共地下人员才几个人?能组织这么大的行动?"

毛人凤急忙低下头:"学生马上派人去调查。"

蒋介石用手指轻轻地敲击着桌面:"你的人和外交部的人一道去。"

这时,总统府秘书长吴忠信走进来:"总统,按照惯例,您要在除夕夜举行新年团拜会,邀请军政要员到官邸吃饭,以示关怀和体恤。今年……"

蒋介石冷冷地回答:"今年照旧。"

这天傍晚,总统府内张灯结彩,显得十分喜庆。

大厅内摆着几张餐桌。副总统李宗仁,行政院院长孙科,立法院院长童冠贤,总统府秘书长吴忠信以及国民党中常委邵力子、陈立夫、张群、蒋经国等人都已在座。不过众人都有些心事重重,还有几个人围在一起窃窃私语。

"总统到!"听到传令官的喊声,众人纷纷起立。

蒋介石在两名侍从的陪同下微笑着走进来。他身着一件中式长袍,如同一个老学究般扫了四周一眼,做了一个颇具绅士风度的下压手势:"诸位请就座,就座吧。"众人有些机械地先后落座。

司仪宣布:"团拜会开始,请总统致新年祝词。"

蒋介石站定,慢条斯理地开口:"值此辞旧迎新之际,中正祝诸位同仁身体康泰、生活幸福。目前时局维艰,凡我同志务必恭谨勤勉,尽忠党国。"

此时,稀稀落落的掌声听着格外刺耳。

蒋介石神色漠然,继续说道:"现在局势严重,党内有人主张和谈,我对于这样一个重大问题,不能不有所表示。我拟了一篇文告,请岳军先生宣读,大家可以给点意见。"

张群赶忙站起来，开始宣读文稿："'元旦文告'……"

众人静静地听着张群宣读文告，彼此各怀心事，但都正襟危坐，噤若寒蝉。

坐在后面的肖同兹低声对范予遂耳语："这是由衷之词？"

范予遂摇着手指耳语道："谁都知道他喜怒无常，不可捉摸，在这种场合还是缄口不言为妙。"

这时蒋介石侧身问坐在旁边的李宗仁："德邻，你对这篇文告有何意见？"

李宗仁一愣，缓缓地说道："我与总统并无不同意见。"

谷正纲却突然大哭起来："总统不能下野啊！总统不能走哇！呜呜……"

谷正鼎跟着叫起来："我反对发表这篇文告，因为这对士气、人心会有不良影响！"

蒋介石眼中闪过一丝笑意。形势会发生逆转吗？这是对人心最好的测验。在这生死存亡的关头，是拥护我继续当政的人多还是反对的人多？心里揣测着，蒋介石一言不发，静静地看着大厅里众人的各种表演。

一些人开始骚动起来，不断窃窃私语。肖同兹悄悄对范予遂低语："下野谋和，倒也可以'孚众望'啊！"

这时，张道藩站起来，声嘶力竭地喊道："我极力反对发表文告，现在是非常时期，总统无论如何不能下野啊……"

蒋介石下意识地看了看张治中、阎锡山等人，见他们一个个都像端坐的泥菩萨一般。

"主战的都是几个文人，武将每一个都在装聋作哑！"蒋介石心里忍不住大骂，然后站起来说道，"我下野，不是因为共产党，而是因为本党中的某些派系！"

李宗仁仍端坐一旁，脸上毫无表情。

蒋介石强压怒火，对李宗仁说道："就当前局势来说，我当然不能再干下去了。但是我走之前，必须有所布置，否则你就不那么容易接手。请你告诉健生，他也要明白这个道理，不要再发表什么通电了，以免动摇人心。"

李宗仁仍纹丝不动，默然无语。

此刻，远处传来新年的钟声，一声一声，震撼人心。

此时，傅作义与邓宝珊坐在屋内边吃年夜饭边说着话。

"前几天我去南池子见了崔月犁先生，和他开诚布公地谈了谈。"邓宝珊停下筷子看着傅作义，"他希望你能认真考虑中共方面的条件，尽快下定决心，不要再摇摆不定。走和平解放北平的道路，算是为人民做好事。"

"他们这是在要价。"傅作义有些不满。

邓宝珊耐心地劝道："共产党确实是在要价，就是刘亚楼提的那个价。要谈判，就得和平缴械，就是不抵抗，或者叫投降。但是，总司令啊，你现在的情况是，一匹死马也不能丢弃，只能权作活马来医。"

傅作义默默地点了点头。

邓宝珊宽慰道："别丧气，就在刚才，北平地下党传来一个消息，中共方面欢迎你派一位全权代表，偕同张东荪先生一起，到平津前线司令部继续谈判。这应该是我们在这个新年，听到的最好的一个消息了。"

傅作义叹了口气，艰难地挤出一丝笑容。

清晨，美国大使馆内，司徒雷登和秘书傅泾波坐在沙发上各自看着报纸。看到蒋介石发表的"元旦文告"时，傅泾波抬起头："先生，您看今年元旦蒋总统按惯例发布的'元旦文告'里，第一次提出了议和。他说'只要和议无害于国家的独立完整，而有助于人民的休养生息；只要神圣的宪法不由我而违反，民主宪政不因此而破坏，中华民国国体能够确保，中华民国的法统不致中断；军队有切实的保障，人民能够维持其自由的生活方式，与目前最低生活水准'等，说了一通后，才表示'则我个人更无复它求……则个人的进退出入绝不萦怀，而一惟国民的公意是从'。"

司徒雷登接过报纸看了看："这份公告一反老蒋的一贯语气，从居高临下变得谦恭和气了许多，倒是令人耳目一新。"

傅泾波说道："这应该是代笔人的功劳。我早听说，蒋总统在陈布雷先生自杀后，特聘江南才子陈方执掌文案，这陈方出手，果然不凡。"

司徒雷登点点头："第一遍看这份文告时，印象还很不错。内容庄严，倾向和解。重要的是，最高领导承担过错，符合民主观念。我最感兴趣的是，蒋先生表示可以引退。"

傅泾波接着说道："中共指斥的首名战犯自行退出，这样，和谈的死结也许能够解开了。"

"不，你错了，仔细琢磨文章之后，我已改变了我原来的判断，这份文告有严重的缺点。"司徒雷登话锋一转，"这份文告的语气，还是一个强大的统治者在对叛逆分子施仁政，完全忽略了己方军事经济已全面崩溃的现实。"

傅泾波又仔细读了一遍文告："先生这样一说，我也产生了同感。文告的五个只要，分明是五项和谈条件，并未向对方做出足够的让步。这样一来，和谈其实无法开展。"

"而且，不久之前，他向我们明确表示的引退并未兑现，还要看看公意。这必然会加剧国民党内部分裂。"司徒雷登分析。

傅泾波思考着："蒋总统还在继续推卸责任。他在文告中说国家能否转危为安，人民能否转祸为福，乃在于共产党一念之间。你看，他自己把国家拖入战争危局，把人民拉入苦难深渊，还说在共产党一念之间。"

司徒雷登放下报纸站起来："共产党反应很明确，其态度必然是不会妥协。"

傅泾波恍然大悟："由此可见，蒋介石并非想引退，他这是在投石问路，先听听各方的反应再做最后决定。"

李宗仁家里，程思远等人也在讨论蒋介石的"元旦文告"。

程思远认为这是蒋介石的"罪己诏"。中国历代皇帝，每当面临统治危机之时，总会下诏检讨自己的失误，于是臣下感动不已，然后万众一心，君臣共渡难关。

刘仲容却觉得这份文告隐含的意思分明是"总统引退，政府求和"。

"你们再仔细看看，他并没有明确地说要引退，他是在试探，试探包括中共在内的各方的反应。"李宗仁意味深长地对两人说道。

程思远想了想说道："今天早上，中共那边就以新华社的名义发表了毛泽东的新年献词，题为《将革命进行到底》。"

刘仲容抢着说道："毛泽东的这篇新年献词，我也听过了。毛泽东好像已经事先就了解了蒋介石的招数，文章中指出'已经有了充分经验的中国人民及其总参谋部中国共产党，一定会像粉碎敌人的军事进攻一样，粉碎敌人的政治阴谋，把伟大的人民解放战争进行到底'。"

李宗仁点点头："毛泽东的话已经说得十分清楚，不管老蒋是否引退，毛泽东都要把这场战争进行到底。"

"我们必须阻止毛泽东的这种想法。只要老蒋下台，德公接手政府，就一定要想方设法跟共产党和谈。"程思远说道。

刘仲容思索着："第一次国共合作，共产党吃了大亏，被老蒋杀了几十万人。第二次国共合作，打败了日本，本来是成功的，可老蒋又背信弃义发起内战。现在，共产党不会再上老蒋的当了，如何结束内战取决于共产党，共产党这一次绝不会饶过老蒋。"

程思远叹了口气："南京政界早有一种说法，国民党打败共产党有和平，共产党打败国民党有和平。国共相持不下，就只有走第三条路了。从老蒋的这份'元旦文告'来看，人莫予毒的蒋介石，现在都要走第三条路了。"

刘仲容分析道："蒋介石向来都不肯走第三条路。所以，在《双十协定》公布后不久，他就敢撕毁协议，发动内战。只是到了现在，他既不能打败共产党，也不想被共产党打败，才退而求其次，乞灵于第三条道路。"

李宗仁反驳："问题是，中共现在会同意走第三条道路吗？我认为绝不会，毛泽东在这篇新年献词中已经说得非常清楚。"

三人一时都沉默下来。

至于毛泽东的这篇新年献词到底用意何在，西柏坡机关小食堂里，毛泽东微笑着对大家说道："这不只是写给国民党与共产党看的。国民党与共产党厮杀多年，双方都把对手看透了。我的这篇文章真正的对象是中间派。眼下第三条道路之说甚嚣尘上。我一直非常担心中间派的朋友会不会上'第三条道路'的当。有小报放出消息说，蒋介石派出外交部部长致函美国、英国、法国、苏联，要求四大国担任中间人，推动国共和谈。事实是，现在美国政府已经知道，他们扶植的蒋介石反动政权，是打不赢我们中国共产党人的，所以才要求和，喊着要在中国成立联合政府。"

"不久前，一个美国记者在香港散布消息，说现在美国国务院政策的核心在于，如何在新的联合政府中培植一个有力的反对派，以平衡中共的力量。他们是想把那些不想跟蒋介石合作，又不愿跟我们合作的中间派拉在一起，结成一个新的反对党。只要有了反对党，美国政府便可以在某种方式下承认联合政府，恢复对中国的贸易，对中国投资，以此分化中共的统一战线，竭力支持联合政府中的非共产党分子。"周恩来接着说道。

朱德等人一致认为这位记者倒是说了些实话，他们的目的，就是要搞垮中共的统一战线。

"这位记者还提出，美国承认联合政府的条件是政府的构成必须被美国接受。就是说，中国要组建联合政府，其构成人员还必须是美国可以接受的，甚至，联合政府还必须承认美海军、陆军在上海、青岛等地租借的军事基地。他们这是赤裸裸地想再次把中国变成他们的殖民地，简直荒唐至极！恬不知耻！"

因此，毛泽东再次强调："大家必须要清醒地认识到这是美帝和老蒋的阴谋。他们认为，只要民心思和，只要美国政界支持，只要我们决心动摇，蒋介石就还会有东山再起的机会。决战关头，在血泊中成长起来的中国共产党人，绝不要相信蒋介石还有丝毫和平诚意。"

"兵来将挡，水来土掩。他们不就是想要破坏我们的统一战线吗？好，那我们就一定要把统一战线建成一道牢不可破的钢铁战线！"朱德说完，大家纷纷表示赞同。

不是革命的朋友，就是革命的敌人，在中国，没有第三条道路可走。在欧洲，反法西斯战争胜利后，各党派联合执政，一时间似乎到处都是第三条道路。可是，欢乐的乐曲刚刚平息，第三条道路就消失得无影无踪。现在，西欧是资产阶级政党掌权，东欧是无产阶级专政。相信第三条道路的法国和意大利共产党，正在总结交出武装的经验教训。

即便如此，法国的戴高乐还是通过联合政府收回了共产党的兵权，可蒋介石连西欧资产阶级政党的心胸都没有，他压根儿不肯让共产党进入政府。

最后，毛泽东说道："我昨天晚上为新华社撰写了一篇社论，题目是《评战犯求和》，大家看一看，如无意见，就让新华社通过广播和报纸发出去吧。"

自中央社发表了蒋介石的"元旦文告"后，各大报社也纷纷刊登了号外新闻，一时间社会各界议论纷纷。

其实蒋介石最想听到的是中共的反应。几天过去了，除了毛泽东同一时间发表的《将革命进行到底》，共产党始终没有任何回应。

这天，蒋介石正心事重重地在办公室里踱着步。张群急匆匆地跑进来："总统，中共有反应了。"

"怎么讲？"蒋介石有些急不可待。

张群呈上电文："请总统过目。"

蒋介石一把拿过电文，只见上面赫然写着"评战犯求和"。蒋介石脸色骤变，气得向后退了几步，跌坐在沙发上。

张群和蒋经国一时不知所措。

蒋介石躺在沙发上，将文稿丢给张群，闭上眼睛："念吧。"

张群捡起文稿，嘴角抽动，难以开口。

蒋介石睁开眼睛，厉声喝道："念！"

"毛泽东讲，四分五裂的反动派为什么还要空喊全面和平？去年12月25日，白崇禧及其指导下的湖北省参议会向蒋介石提出了和平解决的问题，迫使蒋介石不得不在今年1月1日发布在五项条件下进行和谈的声明。蒋介石希望从白崇禧手里夺回和平攻势的发言权，并在新的标签下继续其旧的统治……"张群一边胆战心惊地念着，一边偷偷观察蒋介石的反应，见蒋介石脸色越发难看，张群念得断断续续，越发不连贯了。

蒋介石深深地吸了口气，感叹道："别念了，出去吧。"张群如蒙大赦，急忙拿着文稿溜出了办公室。

蒋经国一脸关切，小心翼翼地叫了一声："父亲……"

蒋介石摆摆手："你也出去吧。"蒋经国不敢多作停留，轻轻退出房间。

接到蒋介石即将来访的消息，李宗仁偕夫人郭德洁，早早来到大门外迎候。

蒋介石一到，李宗仁即刻上前："总统有什么吩咐，打电话让我过去就是，何必大驾光临。"

"我还是过来的好，进去说吧。"蒋介石说道。

来到客厅，李宗仁夫妇殷勤地招待蒋介石父子落座。

李宗仁恭敬地说道："总统亲自前来，有什么吩咐？"

蒋介石开门见山地说道："我想再来问问你，你对政府发布的'元旦文告'有何意见？"

李宗仁依然态度恭谨："早在团拜会时，我就说过与总统并无其他意见。"

蒋介石盯着李宗仁："那，你对我公开表示引退一事，有何看法？"

李宗仁立即说道："属下认为，无论是从当前着眼，还是从长远着想，总统都不宜引退。"

蒋介石意有所指："我再不引退，继续坐在这个位置上，许多人心里不服啊！"

李宗仁恭维道："现在除了总统，没有任何人有能力抵御毛泽东的进攻。"

"可是白健生和司徒雷登大使都认为，现在你出面比较合适，我最好还是让贤。你先把傅宜生和白健生两人稳住，就是百万大军，就有了跟中共谈判的资本。"蒋介石说道。

"傅宜生只有总统您才能稳得住。"李宗仁从容地答道。

蒋介石一时语塞，两人陷入了长久的沉默中。

27

欢聚大连

李宗仁的态度令蒋介石非常生气。左思右想后，他吩咐张群："岳军，你把黄绍竑约上，去一趟武汉，找白健生商讨一下我引退的事。"

张群大为诧异："找他商量？"

蒋介石说道："是他提出让我下台的呀。现在，我决定引退，李德邻却一再表示不愿接手，就去请他拿个主意。"

张群有些怀疑："他打仗还行，政治上的事，能拿什么主意？"

蒋介石想了想："你们告诉他，毛泽东要将革命进行到底，共产党要占领全中国。我引退后，他小诸葛是站出来抵抗共军，还是投降共军，让他早做打算。"

张群心中狐疑，于是拜托与白崇禧关系密切的黄绍竑先去摸底，打探一下他的真实想法，才好对症下药。

黄绍竑一口答应。办公室里，白崇禧态度鲜明："我的底线很明确，老蒋先下台，然后让德公接替。"

"去年12月中旬，老蒋两度登门，表示愿意让位于德公。德公当然知道，老蒋说让位，不过是试探，所以赶忙拒绝。健公要求和谈的通电发表后，德公又马上托傅斯年向老蒋解释，说他本人并没有丝毫逼宫之意。"黄绍竑说道。

白崇禧感叹一声："德公身在南京，伴虎而眠，必须处处小心。"

黄绍竑说道："这一次，他也不是真心下台，只是想先躲一阵，让我们桂系先跟中共周旋着，等待蒋夫人在美国的活动情况，然后在美国的帮助下东山再起。"

坐在一旁的莫未人接着说道："我也认为，这一次老蒋是真的想溜了。去年夏天，老蒋得知美国总统杜鲁门有换马之意，他立刻采取反制措施，趁着总统大选，要先换马主。"

黄绍竑点点头："是啊，当时蒋介石急派陈立夫到美国纽约，四下活动，不惜花费巨资为杜威竞选拉票。老蒋的如意算盘是，杜威曾经发表援华六项声明，一旦他上台，老蒋就又有靠山了。可万万没想到，杜鲁门以微弱优势蝉联美国总统，杜威落选了。老蒋万般无奈之下，不得不厚着脸皮亲自致信杜鲁门，祝贺他再次当选；同时，居然还派出蒋夫人赴美陈情，要求美国政府迅速给予军事援助。"

莫未人微微一笑："老蒋这见风使舵的本领真是让我等望尘莫及。不过，这还真是一个妙招。在抗日战争时期，蒋夫人曾到美国游说，在国会用英语演讲。蒋夫人的魅力征服了美利坚各界，曾为我国争取到大量美援。"

"时过境迁，今非昔比，如今蒋夫人在美国，还有那么大的影响力吗？"黄绍竑反问道。

"是啊，现在又到了关键时刻。蒋夫人与美国国务卿马歇尔是老朋友，她想要在老朋友的帮助下，进白宫拜访杜鲁门。所以，绍竑兄，你此次来得正好，这次一定要多辛苦一下，去趟香港，尽量说服任公到武汉来共谋大计。"白崇禧说道。

莫未人也说道："任公在中国有'民主将军'之称，不仅会吸引全国的民主人士，也会吸引美国人的目光。有了任公，再加上司徒雷登，那我们第三条道路就一定能战胜蒋夫人，让美国人彻底抛弃老蒋，支持我们。"

"好，我即刻就动身。"黄绍竑点头答应。

黄绍竑不敢耽搁，带着随从马不停蹄地飞往香港，下了飞机，直奔李济深家。

到了客厅，李筱桐热情地让座，却不见李济深的影子。

黄绍竑四下打量，忍不住问道："贤侄女，令尊大人在什么地方？怎么还不出来见客？"

李筱桐并不回答，只是微笑着说道："黄伯父是什么时候到的香港？"

"从武汉过来，刚下飞机。"黄绍竑回答，心中有些莫名其妙。

"难怪，黄伯父还没有看到今天香港的报纸吧。"李筱桐话里有话。

黄绍竑摇了摇头："有什么重要新闻吗？"

李筱桐微笑着说道："也没什么重要新闻，只是《华商报》和《文汇报》都刊登了消息，说我父亲已经乘船北上，去了东北解放区。美联社的消息还具体些，说我爸他们是途经朝鲜去的哈尔滨。"

黄绍竑瞬间愣住了，好半天才反应过来："他，他走了？"

李筱桐点点头："圣诞节第二天上的船。对了，黄伯父来访，有什么事吗？"

黄绍竑怅然若失："我这次是受健公之托，专程前来香港接令尊大人去武汉，主持大计。没想到，来晚了几天。"

李筱桐淡淡地说道："就是来早了，父亲也不会去武汉的。父亲临行前，曾多次对我们说，中国革命之所以有今天这样伟大的成就，乃由于中共领导正确、措施得当，真正符合人民的需要。他拥护共产党的政策，他要北上解放区，参加新的政协会议，为筹建新的中国而贡献力量。"

黄绍竑满是疑惑："可你父亲不久前，还派人去武汉跟健公接洽。"

李筱桐连忙解释："大表哥到武汉后，差点被特务抓走，这些都是我们事后才听说的。至于大表哥去武汉拜见白将军，到底说了些什么，我们一概不知。"

黄绍竑又问道："那你表叔，但靖邦将军可还在香港？"

李筱桐摇了摇头："他与我父亲，还有大表哥一道走的。就把我和世平扔在了香港。"

黄绍竑想了想说道："世平……我能见见她吗？"

"她住得不远，我带你们去。"李筱桐爽快地答应了。

带着黄绍竑和黄启汉来到但家，但世平热情地接待了他们。几人坐在客厅闲聊了一会儿，黄绍竑恍然大悟："听了贤侄女的一番话，我才知道，令兄去武汉，是为了策反健公。"

但世平微笑着说道："白将军不比吴化文军长，不是让他阵前起义，而是让他认清形势，争取站到人民这边来。"

黄绍竑马上说道："我们桂系跟蒋介石结怨多年，健公不久前曾发表通电，就是要逼蒋介石交出政权。"

但世平言辞犀利："逼蒋介石下台，你们上台，依靠美帝的支持，继续进行反革命的内战？"

黄绍竑连连摆手："我们走第三条道路，要跟中共和谈，停止内战。"

但世平笑道："停止内战？怎样停？是先借和谈之名喘口气，等得到美援后，继续打；还是，一些人叫嚣的划江而治？"

黄绍竑严肃地说道："划江而治，以后慢慢谈，达成共识，再行统一。"

但世平立刻反驳："绝对不行！几天前，毛主席在新华社评论《评战犯求和》和元旦献词《将革命进行到底》的文章中，已经说得非常清楚。中共绝不允许划江而治，那样中共就会成为分裂国家的千古罪人！"

黄绍竑皱起了眉头："依贤侄女所言，就是要打到底了？"

但世平说道："不，这里所说的将革命进行到底，并不是一定要打到底。也可以和啊，上次我大哥去武汉，就是想给白将军转达一下表叔他们民革的看法。希望白将军跟他们一样，彻底放弃打内战的企图，跟蒋介石彻底决裂，参加新的政治协商会议，参加民主的联合政府。"

黄绍竑摇了摇头："让健公离开军队，去哈尔滨，是不可能的。"

"他不去，可以派代表去啊，比如黄伯父您。"但世平说道。

"那他手下这几十万广西子弟兵呢？"黄绍竑追问。

"以后成为联合政府所辖军队，还是可以由他带。毛主席多次说过，小诸葛会打仗，以后可以给几十万军队让他带。"但世平答道。

"这样无异于投降啊，健公是不会答应的。他毕竟是个军人，有军人的尊严。"黄绍竑给予否定。

但世平郑重地说道："黄伯父，你们错了。向人民投降，向真理投降，不是耻辱，而是光荣！辛亥革命期间，各省统兵大员纷纷背叛反动的清政府，宣布独立，宣布拥护中山先生。这些人不但没失去任何尊严，相反得到了全国人民的拥护，成了民族英雄。"

一番话说得黄绍竑笑起来："贤侄女年纪轻轻，这张嘴，可抵百万雄兵啊！"

李筱桐说道："人家是政治系的高才生，蒋总统的得意门徒呢！"

三人都大笑起来。

笑过之后，但世平正色道："不只是白将军会打仗，卫立煌、傅作义、杜聿明，哪个不会打仗？而且，武器比中共精良得多。可是，他们为什么打不赢中共的小米加步枪？蒋介石穷兵黩武，残酷剥削，把国家经济搞得濒临崩溃，人民怨声载道。蒋介石的兵都是抓壮丁抓去的，上战场枪一响，就立即举手投降。而解放区的翻身农民，他们主动把自己的丈夫、儿子送上战场。这些战士为了保卫胜利果实，保卫来之不易的土地，不惜舍身炸碉堡、飞身堵枪眼。这就是蒋匪军为什么越打越少，解放军为什么越打越多，蒋匪军无法战胜解放军的根本原因。"

黄绍竑若有所思："听君一席话，胜读十年书。贤侄女有如此见识，令痴长几十岁的老朽汗颜不已。贤侄女，你能否为我引见中共在香港的负责人？"

"当然可以。"但世平微笑着点点头。

经但世平穿针引线，黄绍竑很快与潘汉年见了面，两人相谈甚欢。消息传到西柏坡，毛泽东高兴地对周恩来说道："李宗仁、白崇禧、黄绍竑是桂系的三大首脑。现在，黄绍竑向潘汉年表示，他愿意主动向我们靠拢，站在人民的一边。这对于我们以后做桂系的工作，将大有好处。"

周恩来点点头："黄绍竑虽然是桂系中最早失去兵权的人，但是他的影响力还在。他如果来到解放区，将会在桂系中引起很大的震动。"

毛泽东思忖了一下："恩来，我有一个想法。能不能说服黄绍竑先生，多留在那边一段时间？"

周恩来问道："主席的意思是，身在曹营心在汉？"

毛泽东一笑："知我者，莫若恩来。"

接到中央的指示，潘汉年约黄绍竑见面。两人来到一处海滩散步，潘汉年向黄绍竑说明了中央的打算，随后说道："这只是我们的一个建议。周副主席一再强调，必须要您完全自愿，不得有丝毫勉强。如果您不愿意，我们立即护送您北上。"

黄绍竑停下脚步："我很愿意服从贵党的安排。只是我留在那边，该做些什么呢？"

潘汉年微笑着说道："暂时什么都不用做，也不需要主动跟他们谈起这方面的事。他们的工作，我们会有人去做。除非他们找您商量的时候，您才需要向他们说出自己的观点。"

黄绍竑笑了："明白，关键时刻，四两拨千斤啊。"

潘汉年又叮嘱道："据我们了解，保密局已经派原军统的第一杀手沈醉到了南京，准备对李宗仁动手。所以，您一定要注意保护自己，不能暴露。"

黄绍竑点点头。

清晨，毛泽东和周恩来正在村外的小路上散步。得知黄绍竑已经答应先留在那边，毛泽东特意叮嘱一定要转告他注意安全，然后又问周恩来："说起来，李济深他们上船也有一段时间了，船怎么还没到大连？"

"我已致电刘昂，让她去苏联方面询问一下，暂时还没有消息。"周恩来说道。

正在这时，童小鹏从村里跑出来："主席，周副主席，大连回电了。"

周恩来笑道："主席您看，说曹操曹操就到。"说着接过电报，看了一眼，脸色忽然变得沉重起来。

"怎么？是坏消息？"毛泽东问道。

周恩来将电报递过去："据苏联驻大连领事馆提供的消息，'阿尔丹'号货轮在航行途中坏了一个引擎，加上船到青岛海面时遇到逆风，每小时只能走六海里。这才耽搁了行程。"

毛泽东又仔细看了看电报："这么看来，他们预计得 7 日才能抵达大连了。"

周恩来点点头："是啊，过了青岛海域，他们就算是脱离危险了。"

直到报纸上刊登出消息，香港警署才知道李济深已经离港。警署总监叫来黄吹维，怒气冲冲地将两份报纸摔在桌上。黄吹维自然知道事情的严重性，低着头站在那里，不敢吱声。

"你到底是怎么办事的？我让你监视民主党派的重要人物，尤其是李济深。李济深的安全，我们是要负责的。他离港北上，为什么不跟我们说一声？连我们都不知道，怎么向上面交代？"总监劈头盖脸地将黄吹维训斥了一顿，最后说道，"这件事需要有人出来负责，你知道该怎么做了吧？"

黄吹维一下子慌了，急忙恳求："请再给我一个机会，我一定将功补过！"

总监满脸厌恶："晚了，你连一个人都看不住，我还指望你能看住其他人？从现在起，你被免职了。"

"总监！"黄吹维连忙哀求。

"请吧，门就在你的身后。"总监冷漠地说道。

这些天，国共双方都在密切关注着"阿尔丹"号的动向。船长室里，茅盾正捧着一本手册站在李济深面前："这是我上船前特别准备的一个手册，请诸公在上面题字，大伙儿基本都题了，就差任公了。马上就要到大连了，还望不吝笔墨，现在就题了吧。"

"茅盾先生所言极是，是不能再等了，我现在就题。"李济深微笑着拿起笔，在册子上写了几行字，然后还给茅盾："写得不好，见笑了。"

"任公谦虚了。"茅盾接过册子，捧在手里，念道："同舟共济，一心一意，为了一件大事！一件为着参与共同建立一个独立、民主、和平、统一、康乐的新中国的大事！同舟共济，恭喜恭喜，一心一意，来做一件大事。前进！前进！努力！努力！好，写得好，有力量，有气势！"

货轮平稳地行驶在大海上，负责护送民主人士的李嘉仁和徐德明则睁大眼睛努力搜寻着。

远处，海天茫茫，模糊了地平线。好不容易，朦胧的远方，隐约透出陆地的身影。

李嘉仁有些不确定地问道："你看，那是陆地了？"

徐德明肯定地说道："对，是陆地，是大连！"

"快去通知他们，大连到了！"李嘉仁顿时兴奋地与徐德明一起往后舱跑去："大家快出来看啊！大连到了！大连到了……"

大家听到喊声，纷纷走出船舱，涌上甲板。大连开始清晰地出现在大家的眼前，人们顿时兴奋起来。

距离港口越来越近，突然，岸上响起炮声，众人吓了一跳。这时苏联大副走过来："大家不要紧张，这是我们的海军在鸣放礼炮欢迎大家，向中国的民主人士致敬！"

但靖邦、但世忠和苏琼三人站在一起，望着眼前这一切。但靖邦感慨万千："真没想到，苏联海军都放礼炮向我们致敬了。"

但世忠也感叹道："是啊，一百多年了，这个远东的第一军港始终都由日本人和俄国人控制，中国人不得入内。可是今天，他们竟然向中国的民主人士致敬了。"

轮船渐渐靠岸。"诸位请直接上岸，中共东北局的同志们会护送诸位去下榻的饭店。行李由我们统一送去，在大厅由诸位认领。"徐德明说完陪同李济深第一个向岸上走去。

等在岸边的李富春携夫人蔡畅、张闻天等人热烈鼓掌欢迎。见到李富春和蔡畅，李济深不由得一愣，顿时拘谨起来，脚步有些迟滞。

何香凝连忙低声提醒："任公，别让人等急了。"

李济深只得硬着头皮，快步向岸边走去。岂料，蔡畅远远就伸出手，与走来的李济深握在一起："任公，一路辛苦，欢迎你来到解放区。"

李济深望着蔡畅说道："你们才辛苦，费心了。"

蔡畅笑道："费心的是周副主席。不过我们是东道主，当然也要亲自来迎接，这不，总算把你给盼来了。"

李济深很是感动："周公待我，同袍情谊今犹在……"

这时张闻天上前打招呼："任公，欢迎你们，我是张闻天。"

李济深握住张闻天的手："久闻大名。"

旁边李富春与何香凝握手："何先生，这下，你可以跟你的儿子，我们的新闻官，新华社社长廖承志先生团聚了，恭喜恭喜！"

何香凝微笑着说道："同喜同喜。迎接新中国的诞生，普天同庆。"

见到朱学范，李济深上前紧紧握住他的手："朱兄，你到解放区后，给我们写的那封信，在香港不仅是在民主人士中引起强烈反响，在一些资本家中间，也引起了强烈反响。"

朱学范谦虚地说道："我只是把我所见所闻的真实情况如实地告诉了大家。"

李济深由衷地感叹道："就是这些，对香港的民主人士北上，起到了很大的促进作用。"

不远处，但靖邦看着李济深与众人纷纷叙旧，不禁感到欣慰，心中又有些说不清的情愫。

前方，蔡畅和李富春微笑着向他伸出手。但靖邦愣了一下，连忙伸出自己的手。

蔡畅一脸笑容："肃公，欢迎你回家。"望着蔡畅，但靖邦的眼睛有些湿润了。

众人下船后被统一送到宾馆，在工作人员的帮助下，很快安排妥当。

来到二楼，酒菜已经摆好，大家高谈阔论，十分热闹。喝到尽兴之时，彭泽民起身离席："诸位，我来说几句。在下这次重回阔别二十余载的故乡，获得解放和自由，喜悦之情，无以言表，便胡诌了几句诗，现在念给大家听听，以助酒兴。"

众人都停下筷子，鼓掌欢迎。朱蕴山更是大喊："好，快念快念，念完我还有诗。"

"好，我念了。"彭泽民清了清嗓子："廿年空有还乡梦，今日公车入国门。几经羁縻终解脱，布衣今日也称尊。"

李济深带头鼓掌："好个'布衣今日也称尊'！好诗，好诗！我提议，诸公为泽民兄的返乡干一杯！"

众人都举起酒杯。

朱蕴山此时起身离席："诸位，这一路我写了不少诗，其中有三首连起来，恰好是北上途中'三部曲'，我现在念给大家听听，也助助酒兴。"

众人相继放下酒杯，鼓掌欢迎。

朱蕴山看了看大家，低头念道："第一首，《夜出港口》。环海早无干净土，百年阶级忾同仇。神州解放从今始，风雨难忘共一舟。中山事业付殷顽，豺虎纵横局已残。一页展开新历史，天旋地转望延安。"

众人齐声喝彩。

朱蕴山对大家笑笑，又低下头："第二首，《过台湾海峡》。台南台北浪花汹，衣带盈盈一水中。寇去那堪重陷落，海天恨望郑成功。第三首，《到大连》。解放声中到大连，自由乐土话翩翩。狼烟净扫疮痍复，回首分明两地天。"

人们不断鼓掌叫好，大厅里觥筹交错，一派祥和的氛围。但靖邦坐在李济深的旁边，却始终没有参与，仿佛一个局外人一般，显得格格不入。

蒋介石得知李济深等人已抵达大连的消息后，大骂毛人凤："一批、两批、三批，你事先一点消息都没有，你们的情报工作，到底是怎么做的？"

毛人凤吓得连连请罪："学生失职，学生失职！"

蒋介石强压怒火："香港那边的调查结果出来了？"

毛人凤赶紧汇报："损失已基本查清，香港站的两座大楼全部烧毁，人员损失殆尽。"

蒋介石怒道："都是谁干的？"

毛人凤小心翼翼地说道："据初步调查，很可能是洪门干的。"

蒋介石怒火中烧："你们怎么又把洪门给招惹了？"

"听说叶君伟给但靖邦投毒后，但靖邦在送进医院抢救后失踪。叶君伟为了找到但靖邦灭口，就抓了洪门致公堂堂主马龙的女儿。马龙的大弟子姜家辉潜入审讯室营救，双双被乱枪打死。"毛人凤胆战心惊地说完，蒋介石气得一拍桌子："糊涂！愚昧！黑社会势力之大，他又不是不知道！这个叶君伟，是党国的罪人！"

这时蒋经国走进来，蒋介石气呼呼地挥手让毛人凤出去。毛人凤慌忙退出了办公室。

蒋经国上前说道："父亲，外交部已经拟定好备忘录，要求美、苏、英、法四大国出面调停中国内战。"

蒋介石平复了一下心情，挥了挥手说道："让他们明天就发出去，希望四大国能尽快表态。"

对于"李济深最终还是投共"的消息，白崇禧无限感慨。黄绍竑也感叹道："现在往北跑竟成了一种时髦，好像不往北跑，就跟不上潮流似的。"

白崇禧心事重重："刚刚接到南京电话，说老蒋今天已让外交部拟定备忘录，要求四大国出面调停中国的内战。如果四大国真的出面调停，中共很可能会迫于压力而屈服，老蒋就得到了喘息的机会，我们的逼宫计划也就流产了。"

黄绍竑说道："四大国中主要是美国和苏联。健公应马上给德公打电话，让他去拜见司徒雷登，提出美国要出面调停的首要条件，就是老蒋先下台。"

白崇禧点点头："我马上打电话。不过，德公最近表现得有些软弱，特别是对中共方面，悲观情绪严重。绍竑兄，还得辛苦你一下，马上飞往南京面见德公，把我们的计划跟他好好谈谈，给他打打气。"

黄绍竑痛快地答应："好，我随时可以出发。"

按照约定，民盟北平分部负责人、燕京大学教授张东荪和傅作义的谈判代表周北峰来到解放军平津前线指挥部，林彪和聂荣臻客气地接待了二人。

打过招呼，张东荪表明来意："二位将军，老朽这次出城，是受傅将军之托，前来与贵军谈判的，希望能尽绵薄之力促成大家乐见的结果。"

"张先生，第一次我们与傅将军的谈判没有任何结果。这一次，我方与对方都把谈判的希望寄托在先生身上了。"林彪说着招呼大家就座。

聂荣臻首先说道："平津战役发起后，北平迅速被人民解放军包围。在这种情况下，傅作义于去年12月15日派代表到我们平津前线司令部进行谈判。我方表示，希望傅将军主动放下武器，人民解放军可保证其生命财产的安全。但傅将军认为尚有实力，可再坚持几个月，观望全国形势变化，以致谈判未获结果。"

张东荪言辞恳切："以前，双方都有些误会，致使谈判没有结果。这一次，我们无论怎样，都得拿出一个初步协议纪要来。"

众人对视一眼，谈判正式开始。

回去后，张东荪、周北峰向傅作义汇报了谈判情况。

张东荪说道："聂荣臻态度非常热情，但并没有提到多少实际问题。林彪则一直铁青着脸，逐条抠协议条文，直到谈判都结束了，他的脸色才缓和下来。不过据我所见，林彪并非不愿和谈。毕竟，不战而屈人之兵为上策。所以在'初步协议纪要'完成后，他非常高兴，还送了我一件狐皮大衣。"

"可你拒绝在协议上签字。"王克俊说道。

张东荪解释:"因为我是民盟成员,代表不了傅将军,只能在你们双方之间斡旋。会谈结束时,林彪和聂荣臻表示中共中央军委希望我到中共中央所在地与毛泽东会晤。我已答应了他们的邀请,先回燕京大学一趟,然后起程到石家庄拜会毛润之。"

"先生见到毛泽东,请代我向他致以问候。"傅作义说道。

张东荪点点头:"好。谈判中,林彪、聂荣臻还向我们提出要求,北平、天津、塘沽、归绥各处守军应出城接受改编;并限天津守军于14日前先行出城听候改编。"

傅作义沉思着,并未答复。

张东荪看看傅作义:"总司令还想观望一段时间?"

傅作义很是为难:"对方提出的条件太过苛刻,我怕下面的人一时转不过弯来。"

张东荪郑重地说道:"总司令,恕老朽直言。北平市上百万市民的生命财产安全,几十万国军将士的身家性命,都系于总司令一念之间。请总司令尽快做出决断才是。"

傅作义声音里透着疲惫:"我知道,让我好好想一想,你们也累了,先回去休息吧。"

北平的傅作义仍旧犹豫不决,而已经身在解放区的但靖邦其心结也尚未解开。晚上,民主人士被安排在大连苏军火车头俱乐部观看表演。台上,苏联海军歌舞团载歌载舞热闹非凡。台下,民主人士们大多看得津津有味,不断鼓掌喝彩。

唯有但靖邦心不在焉地看着台上的表演,有些精神恍惚。随后,在苏琼和但世忠的陪同下,但靖邦三人提前回到宾馆。苏琼关切地问道:"大伯,您这么着急回来,是不喜欢那些表演,还是身体不舒服?"

"我有些累了，想先歇息一下。"但靖邦淡淡地说道，又环顾了一下四周，叹了口气，"这宾馆估计是大连最好的宾馆了。"

但世忠点点头："是啊，我和苏琼也沾了您的光。"

"船上十几天没能洗澡，我先去放水，洗个热水澡，大伯再好好睡一觉，多休息休息。"苏琼说着走进浴室放水。

但靖邦在沙发上坐下："我来以前，就做好了思想准备，准备到解放区来吃苦，来与工农大众相结合。真没想到，到了以后，衣食住行都安排得极其妥当。"

但世忠说道："这一切，都是周副主席直接安排的。"

但靖邦苦笑道："他越是这样，我这心里头就越是觉得不踏实啊。"

但世忠一愣："爸……"

"好了，你和苏琼也回房歇着吧，不用管我了。"但靖邦打断了儿子的话。

但世忠点点头："好，那您好好休息，我们就先出去了。"说着拉着苏琼走出房间，关好房门。

两人站在走廊上，苏琼担心地说道："忠哥哥，你有没有觉得大伯有些不对劲儿？"

但世忠示意她小声点："你也发现了？爸与其他叔伯有些格格不入，应该是心里还没放下。我琢磨着再等一段时间，融入新环境后，他就会好一些。这段时间，请你帮我照顾好他。"

苏琼点点头："好，你就放心吧。"

李宗仁接到白崇禧的电话，要他马上去找司徒雷登，把蒋介石下台作为调停中国内战的首要条件。李宗仁思索了一下，找来程思远、刘仲容商议此事。

刘仲容对于蒋介石的目的看得很清楚，他就是想得到一个喘息的机会。这一点，司徒雷登应该很清楚，在中国消灭共产党，更能维护美国人的利益。不过从现在的形势看，要消灭共产党，根本没有可能。能够争取划江而治，已经很不错了。

李宗仁对刘仲容的分析表示认同："如果不换统帅，蒋介石就是得到了喘息，得到了援助，也是打不赢毛泽东的。在军事上，老蒋就是一个大草包！"

刘仲容想了想说道："我认为，还是应该去找司徒大使谈谈。但鉴于目前的形势，德公不宜亲自出面，还是让思远跟他的秘书傅泾波先谈谈。"

"这样最好，思远，就辛苦你跑一趟。"李宗仁对坐在一旁的程思远说道。

"我马上跟他联络。"程思远告辞离开。

傅泾波与程思远谈过后，向司徒雷登汇报了谈话内容。

司徒雷登听后笑了笑："李副总统害怕美国政府会出面调停中国内战？"

"他不是害怕，而是希望提出以蒋介石下台为调停的首要条件。"傅泾波说道。

"让蒋介石下台，扶植第三势力以抗衡中共，是我们的既定方针，李副总统应该非常清楚啊。"司徒雷登不禁有些纳闷。

傅泾波解释："他们也是出于担心。现在，李济深已投奔了共产党，第三势力能否扶植得起来，还很难说。"

司徒雷登沉吟着："走了一个李济深，还有张澜和罗隆基。更重要的是，还有一个宋庆龄，这些人每一个都可以成为第三势力的领军人物。特别是宋庆龄，凭借她的特殊身份，只要登高一呼，定能在海内外得到响应。只要咱们把第三势力做大，那时李济深会不会离开中共，重新投入第三势力的阵营，也说不定。"

"宋庆龄身份特殊，性格也特殊。当面直陈，是很难奏效的。现在他们就想先传播一些小道消息，造一些舆论，循序渐进，最后迫使她不得不顺应民意。中国有个成语叫'三人成虎'，就是这个意思。"傅泾波说道。

"也就是戈培尔说的，'谎话重复一千遍就是真理'。"司徒雷登自然明白，两人会意一笑。

毛泽东的《将革命进行到底》和蒋介石的"元旦文告"发表后，引起了各民主党派和民主人士的高度关注，随即引发了热烈的讨论。

李家庄的民主人士符定一、周建人等人，联名致电在东北解放区的民主人士李济深、沈钧儒等人，表示民主人士对于国民党求和，当前必须要认清三点："第一，养痈遗患，芟恶务尽。时至今日，革命必须进行到底，断不能重蹈辛亥革命与北伐战争之覆辙。第二，薰莸不同器，汉贼不两立。人民民主专政，绝不能容纳反动分子，务使人民阵线内部既无反对派立足之余地，亦无中间路线。第三，经纬万端，实有赖于群策群力，有赖于中国共产党的继续领导与团结所有忠于人民革命事业之党派团体及民主人士一致行动，通过合作，方可完成人民革命之大业。"

会议室内，民主人士听但世忠读完电文，谭平山显得尤为激动："好！我完全赞同李家庄发来的这三条。我们新的政协会议，绝不容许反动分子参加！"

蔡廷锴也高声表示："这三条提得好，我举双手赞同。"

"我们也赞同这三条！"沈钧儒等人纷纷附议。

但世忠看着热情高涨的众人，最后说道："来电提议，'倘荷赞许，尚祈诸公率先发起，联衔向国内外发表严正声明'。"

郭沫若立即响应："好，一定得发表声明，越快越好！"

李济深也说道："这份声明一定要讲明，各民主党派领导人和无党派民主人士已根据中共要求，开始表明政治立场，表明自己的态度，愿与中共一道将革命进行到底！"

共产党现在已经完全有把握在全国范围内战胜国民党，在这关键时刻没有任何理由停止不前。此时美帝和蒋介石妄想通过和谈让共产党放下武器，只能是他们一厢情愿的幻想而已。

西柏坡中央机关小食堂里，大家又讨论起这件事，周恩来说道："现在，许多民主党派和民主人士，特别是一些曾走中间路线的人，经过我们的说服和解释，已经认清了敌人和谈的阴谋，接受了我们的主张，表示愿意跟着共产党，将革命进行到底。"

任弼时点点头："由于主席及时发表了针对蒋介石'元旦文告'的评论《评战犯求和》，给予了无情的揭露和痛斥，使大家看清了反动派的这场阴谋，也彻底粉碎了这场阴谋。"

毛泽东强调："我们必须将革命进行到底，而不容许半途而废。我们必须在党内，在人民军队内，在人民群众中，有说服力地进行教育工作，在各民主党派、各人民团体的代表人物中进行解释工作，使大家懂得必须将革命进行到底，而不容许半途而废的理由。"

众人纷纷点头。

当宋庆龄看见一些小报上竟然登出她将在国民政府中任职的新闻时，气愤地一把将报纸摔在桌上："无耻！造谣！卑鄙！"

一旁的柳无忌想了想说道："夫人，他们竟敢诬陷您，真是胆大包天。您看，要不要举办个记者会，借此澄清一下？"

宋庆龄思索了一下："明天是9日？"

柳无忌飞快地打开日程表查看："是，您正好有一个中国福利基金会的活动，有很多报社的记者会到场，要不要……"

宋庆龄挥挥手："我不想接受访问，你把我的话传达给他们。"

第二天，在活动现场，一群报社的记者围住了柳无忌，纷纷要求采访宋庆龄。

柳无忌大声说道："抱歉，孙夫人不接受采访。但是她正式宣布，关于她将在国民政府中就职或担任职务的一些传言是毫无根据的。孙夫人进一步声明，她正在以全部时间和精力致力于中国福利会的救济工作，她是这个机构的创始人和主席。"

一个记者立刻追问："请问柳秘书，孙夫人会参加中共召集的新政协会议吗？"

柳无忌强调："孙夫人曾多次表示，她今生唯一的工作，就是努力办好中国福利会，不会从政。"

另一个记者问道："我们都知道，孙夫人是民革的名誉主席，民革主席李济深已经北上，夫人对此有什么看法？"

"李济深等人要北上还是南下，都与孙夫人无干。但是……夫人曾经说过，她赞同李济深等人的选择，诸位请回吧。"柳无忌回答。

上海虹桥疗养院里，美国合众社中国分社主任高尔雅前来看望张澜。两人坐在客厅里谈起时局，高尔雅问道："李济深将军已经北上，参加中共召集的新政协筹备工作，您对此有什么看法？请问表老是否也会北上？"

张澜一脸认真地说道："任公的选择是非常正确的，他的行动，会使那些走第三条道路的叫嚣停止。至于我们民盟，本就是拥护召开新政协会议的，民盟的领导人章伯钧、沈老等人已经赶在第一批去了哈尔滨，他们将代表民盟参加新政协的筹备工作。至于我个人，目前尚无离开上海的打算。"

蒋介石请四大国出面调停中国内战，却迟迟没有回音。这天，蒋介石将资源委员会委员长孙越崎叫到办公室，询问去年年底提出的南京五大工厂迁移工作进展如何。

孙越崎愣了一下。对于迁移工厂，他心里其实是反对的，所以他并没有正式规划过。现在听蒋介石问起，他连忙诉苦："总统，迁厂有困难。现在外面谣言四起，说江阴要封锁，轮船不好租，运输有风险！"

蒋介石抬起头，盯着孙越崎，慢条斯理地说道："现在京沪铁路畅通无阻，可以把机器设备由火车运到上海，再转轮船运到台湾，这还不可以吗？"

孙越崎面露难色："铁路运输谈何容易？五个厂现在已经十分困难，拆、运、建需要很长时间，又得要一大笔经费。"

蒋介石依旧固执己见："嗯，这不要紧。你做预算，我交财政部照拨，为了快和省钱起见，你们一面拆，一面派人去台湾勘察厂址，把设备直接运至新厂址，免得将来倒运。"

孙越崎见蒋介石一意孤行，猛地站起来："总统！设备可以运去，可是原料呢？原料都在大陆呀！这怎么能运得去？"

蒋介石不耐烦地瞪着他："进口。我主意已定，你不要再说了。预算必须在今天之内送来。"

28

解放天津

蒋介石的异常举动很快被南京地下党察觉，并马上汇报给了西柏坡。这天，毛泽东带着女儿李讷来山坡上玩，走了一会儿，他坐在石头上休息吸烟，李讷则乖巧地在旁边玩起了石子。

周恩来接到电报匆匆赶来："主席，刚刚得到南京地下党传来的消息。蒋介石似乎着手经营台湾，作为以后的栖身之所。他已秘密任命陈诚为台湾省政府主席。除此之外，他还命令孙越崎把南京的五大工厂全部迁往台湾。"

毛泽东一愣，掐灭烟蒂站起来："把五大工厂迁往台湾？"

周恩来点点头："正是。南京政府的这个资源委员会，控制着全国的煤、钢铁、石油、有色金属等所谓国营企业，是一个管理国营工业的政府部门。"

毛泽东眯着眼睛说道："这些所谓的国营企业，其实就是官僚资本。"

周恩来接着说道："是啊，资源委员会下属各工矿企业的职员约三万人，其中在外国留过学和国内大学毕业的各项技术管理人员约占百分之六十，此外还有各种技术工和普通工人共计六七十万人。这是一笔巨大的财富，只要机器不运走，人留下，我们接管过来就能马上开工。不过，蒋介石对此事抓得很紧，为了确保工厂能够顺利离开南京，落户台湾，他任命南京电照厂厂长沈良骅为五厂迁台委员会主任，负责迁移具体事项。"

毛泽东思索着："这么看来，蒋介石是铁了心要迁厂了。"

"是。这些工厂的工友们得知这个消息，都很舍不得，厂子迁移就意味着他们也要背井离乡。不过蒋介石命令已下，万般无奈，孙越崎只得租了一条载重八千吨的轮船，停泊在下关江心，通知各厂把机器拆卸后运到下关码头。"周恩来正说着，毛泽东忽然打断他的话："听你的意思，这个孙越崎是不想拆迁的？"

"资源是中国大陆这块土地上出产的，怎么能迁？资源迁不走，他这个资源委员会委员长当然也不希望走。如果硬要迁去台湾，资源委员会岂不成了一个空架子，他这个委员长还有什么用处？"周恩来顿了一下，又接着说道，"所以，他主动托人跟我们取得联系，希望我们能帮助他们保护好这五大工厂。"

听到这里，毛泽东笑了："好啊！人家都主动找上门来了，我们岂有不帮之理。"

周恩来也笑了，随即提出自己的想法："主席，我想以中央的名义给上海局和南京地下党组织发封电报，要他们想尽一切办法做好孙越崎和工人们的工作，一定要保住工厂和职工，一颗螺丝钉都不能运到台湾去。"

毛泽东点点头："好，要告诉孙越崎和那些职工，人民是不会忘记他们的。"

统一战线越来越牢固，正面战场也捷报频传。1949年1月10日淮海战役胜利结束，蒋介石在南线的精锐主力损失殆尽，尤其是嫡系部队中的骨干力量基本已被消灭。

捷报传到大连，但世忠马上在关东宾馆会议厅里，向民主人士通报了这个好消息。

众人听得心潮澎湃。李济深感慨万千："是啊，民工支前和人民战争是极其重要的。我们就是要抱着这样一种精神，不顾一切打倒国民党，才能换来最终的胜利。"

郭沫若率先鼓掌："好，说得好！"其他人也纷纷激动地起身鼓掌。忽然有人高声唱道："没有共产党就没有中国……"一时间，众人纷纷跟着唱起来。

休息了两天，众位民主人士开始向沈阳进发。东北平原上，一列奔驰的火车上充满了欢声笑语。

听着耳边的歌声，李济深十分感慨："这首歌不仅城里人在唱，连农民都在唱。"

但靖邦笑道："现在解放区的农村早已今非昔比了。世忠回香港时曾告诉我，农民主动向政府交公粮，新婚妻子自愿送丈夫去参军。我当时还真不敢相信。这次，在解放区亲眼所见、亲耳所闻，才知道世忠所言，绝非虚妄之词。"

李济深频频点头："这些新鲜事物，若不是亲眼所见，谁也不信。"

但世忠笑笑："共产党搞'土改'，把土地分给农民后，农民就拥护共产党！得到土地的农民，最怕蒋介石反攻把土地给夺回去。中国的农民，是最要求把革命进行到底的一个阶级。"

苏琼笑着说道："还有一首歌叫《解放区的天》，也是解放区家喻户晓的。"

但靖邦无限感慨："才来解放区几天，我们就像变了一个人似的！"

"我听统战部的同志说，就连施复亮先生也放弃中间立场了。"但世忠说道。

李济深由衷地钦佩："过去，我们只知道共产党打仗行，现在看，建设新中国也行。昨天我就跟朱学范先生说，反帝反封建也好，一边倒也好，反对第三条道路也好，核心都是要接受共产党的领导。到了沈阳，我要马上给毛润之和周公发电报。"

但靖邦闻言，看了李济深一眼，李济深则朝他用力点了点头。

收到电报后，李维汉马上送到毛泽东住所。在周恩来示意下，李维汉读道："诸承款待，至所感谢。贵党领导中国革命，路线正确，措施允当，洽符全国人民大众之需要，乃获今日伟大之成就，无任钦佩。济深当秉承中山先生遗志，勉尽绵薄，为争取中国革命之彻底胜利而努力。"

周恩来接过电报，又仔细看了看："李济深这封电报，第一次明确承认中国革命是中共领导的。这在民革历史上，可以说是一个大的转变。以前民革所有的文件，都只是谈联合、谈合作，只字不提接受共产党的领导，使民革内部不少人都颇感遗憾，对民革的前途产生了担忧。"

李维汉接着说道："先期到达的蔡廷锴、谭平山等人，一开始就认为，中国历史的发展，领导的责任将放在共产党的肩上。没有共产党的坚强领导，任何统一战线都是不能胜利的。大家认为，只有坚决拥护共产党的领导，才能开好新政协。"

毛泽东十分欣慰："李济深的这一转变，也会很好地教育那些还处在观望中的、对走中间路线抱有幻想的人。"

对于蒋介石希望四国调停内战的要求，美国国务院同样以备忘录的形式做出了答复。这份备忘录回顾了美国调停中国内战的历史，强调美国不得不退出调停是因为国共谈判的破裂，最后他们还表示即使由美国政府做调停人，也于事无补。

听到这个消息，蒋介石沉默了一会儿，大骂道："美国就是个帝国主义，为了自身的利益，不惜出卖朋友！"

"父亲，听毛局长说，外交部发出备忘录的当天下午，李宗仁派他的心腹刘仲容跟司徒雷登的秘书傅泾波有过秘密接触。"蒋经国说道。

蒋介石面色阴沉地说道："司徒老儿一直都想以桂系为主，拉拢西南和广东、湖南、河南的地方势力，组成一个庞大的第三势力，要抢班夺权。"

蒋经国了然："所以，我认为美国的这份备忘录，就是美国人与桂系勾结的结果。"

蒋介石点点头："之前，我让张群约黄绍竑去武汉探白崇禧的口风，结果他听说我要下野，给我传回一句话，说我能离开一下也是好的。"

蒋经国默默地看着一脸阴霾的父亲，说不出话来。

稍稍平静了一下，蒋介石叹息一声："我们在军事上要对付中共，政治上还要对付美国人和桂系，腹背受敌啊！"

蒋经国劝慰道："父亲，美国人不行，还有苏联。苏联还没正式答复。如果苏联能够出面，比美国人更有力量。"

"你认为苏联人会出面？"蒋介石问道。

"上次我们跟他们签订的《中苏友好同盟条约》，他们得到了不少好处。只要我们跟苏联人讲清楚，如果毛泽东取得了政权，一定会废除原来的条约，签订新的条约。这样一来，他们从我们手里得到的利益，统统都会丢失。"蒋经国早有打算。

蒋介石想了想，点点头："要跟他们说明白，毛泽东就是一个民族主义者。他没出过国，没念过洋书，每天所看的都是中国的四书五经，研究的是《孙子兵法》。他要是掌了权，一定会闭关锁国，将苏联彻底逐出国门之外。"

美国政府回复国民党政府的消息传到西柏坡，刘少奇分析："美国政府已经明确拒绝了当这个调停人，苏联政府就更不会出面帮助蒋介石苟延残喘了。"

朱德同意刘少奇的观点："中国的事情本来就难办，外国人插手往往于事无补，现在又没有现实利益可图，各大国何必出手援助一个已经在政治、经济、军事上都彻底失败的独裁者。"

周恩来思索了一会儿，接着说道："美国人现在正想弃驴换马，当然不会支持蒋介石，英法两国唯美国马首是瞻，更不会出面。现在就只剩下苏联了。"

任弼时琢磨着："蒋介石为了签订《中苏友好同盟条约》，出卖了大量的国家利益。对苏方会不会有影响……"

"我估计苏联人是不会出面的。但是，我们得留一手，万一他们要出面，我们该如何应付？"朱德打断任弼时的话，提出自己的想法和问题。

默默听着大家的分析，毛泽东干脆地说道："不管风云如何变幻，我自岿然不动。"

就在蒋介石急于寻求苏联支持时，克里姆林宫却始终没有音信，而西柏坡却收到了斯大林转来的备忘录，表示希望听听中共对这份备忘录和他给蒋介石回电的意见。

考虑再三，毛泽东认为应明确回电告诉斯大林，中共已无须再次采取政治上的迂回策略，而是需要南京政府无条件投降。周恩来同意毛泽东的意见，马上给斯大林回了电报。很快，斯大林再次回电，说现在的主动权已掌握在共产党手中，中共完全可以按自己的要求提出和谈的条件。

毛泽东听到这个消息想了想："他的意思是，我们应该提出让蒋介石根本无法接受的条件？"

周恩来点点头："正是这个意思。"

毛泽东有些疑惑："他为什么不直接在第一封电报里说明，差点闹出误会。"

周恩来猜测："也许，他是在看到我们的电报后，才改变了主意吧。"

毛泽东一笑："管他是误会还是临时改主意，他的这个建议很好。马上召开书记处会议，商量下一步怎么走。"

傍晚，机关小食堂里，几人围坐在一起，对斯大林第二封电报提出的建议展开讨论。

周恩来认为斯大林第二封电报，实际上是让中共帮他们答复蒋介石。毛泽东也想到了同样的问题，所以毛泽东准备以中共中央主席的名义发表一份《关于时局的声明》，提出八条和谈条件。他们不是要和谈吗？那好，就跟他们和谈。毛泽东拿出声明让大家过目，如无异议，则立即发表。

看了和谈条件，朱德笑道："当年，蒋介石发动内战，攻下张家口，也曾向我们提出和谈的八项具体办法，苛刻至极。现在，轮到我们共产党给国民党提'八条'了。"

周恩来点点头："我们先把条件提出来，斯大林想当调停人，就按我们提出的条件来调停好了。对了，这份声明在发表的同时，也要致电斯大林，让他知道我们的底线！"

"这件事就这样吧，现在我们来讨论一下平津战场的情况。"毛泽东看着地图说道。

"平津总前委已经决定，明天开始进攻天津。计划三天内，拿下天津。"朱德站起来，指着地图说道，"根据总前委送来的作战计划，东北野战军针对天津国民党军在部署上北部兵力强、南部工事坚固、中部兵力和工事均不很强的情况，以及天津地形南北长、东西窄的特点，决定采取东西对进、拦腰斩断、先分割后围歼的作战方针，发起天津战役。"

毛泽东缓缓说道："在这些国民党高级将领之中，傅作义一向以善于守城著称。我还记得1927年，山西军阀阎锡山背离奉系投向北伐军，率军进攻奉系大本营北平。晋军师长傅作义奇袭涿州得手。实力强劲的奉军立即反击，把晋军赶回了山西，唯有傅作义固守涿州孤城。重兵围困，援军不至，多方劝说议和，但傅作义仍坚守不降，一战成名。"

刘少奇接着说道："抗战结束后，国共两军争夺西北要地。我军贺龙部进攻归绥、包头。傅作义调兵遣将，顽强固守，我贺龙部一度攻入城内，但还是被打退。这一仗，使傅作义'守城将军'的名声更响了。"

"傅作义纵横西北、华北，与聂荣臻作战也是旗鼓相当。他从绥远苦寒之地进入辽阔的华北平原，踌躇满志，有信心与我人民解放军决战，力挽狂澜。然而，林彪入关，我东北野战军和华北野战军联手，傅作义就落了下风。加上主席巧妙布局，使得傅作义时时处在被动挨打之中，迫使他最后只能困守孤城、望洋兴叹了。"周恩来总结道。

"基于这些，我本来以为傅作义已经看清形势，没想到他还在谈判桌上耍把戏。一方面派邓宝珊和周北峰出城和谈，另一方面指示陈长捷坚守天津。他这么推三阻四，那我们就替他下决心，打下天津，让他看清楚自己是什么价码。"毛泽东语气坚定。

周恩来点点头："是啊，只有彻底打掉他这个'守城将军'的称号，让他声望扫地，才能让他彻底丢掉幻想，老老实实地接受我们的条件。"

平津前线指挥部里，傅作义的联络员陪着邓宝珊走进来，对林彪、罗荣桓、聂荣臻三人说道："报告，傅总司令特派华北'剿总'副司令邓宝珊将军作为首席代表与贵军进行谈判。"

林彪主动伸出手："邓将军，我们是老熟人了。"

邓宝珊上前握住林彪的手："是啊，林将军。所以，傅总司令这次特派我出城与贵军会谈。"说完分别与罗荣桓和聂荣臻握手。

寒暄之后，聂荣臻首先声明："邓将军，我们今天的谈判，就不包括天津了。上次谈判，规定 14 日为最后答复期限，现在只剩下十个小时。所以，这次谈判只谈北平问题。"

邓宝珊疑惑地站起来："你们要打天津？你们准备多长时间打下天津？"

林彪答道："命令已经下达，三天之内。"

邓宝珊慢慢坐下来，语气顿时强硬起来："三天？天津工事坚固，兵力充足，你们没有三十天，是不可能打下来的。"

林彪语气坚定地说道："说好三天就三天，天津，我们要定了！"

见谈判进行得并不顺利，邓宝珊只好先回去向傅作义汇报情况。解放军表示，除去天津，其他各处守军出城之后，应一律解放军化，其驻地一律解放区化。

听完邓宝珊的话，坐在一旁的王克俊笑道："开什么玩笑？他们说三天打下天津，就真的能打下来？现在，我们已经提前知道他们的计划，只要命令天津守军坚决抵抗，我就不信撑不了一个月。"

傅作义也说道："恐怕这次共产党真的是夸大其词了，既然他们想打，那我们就守给他们看。先保住天津再说，其他的暂时放一放。"

蒋介石不断催问苏联方面的消息，蒋经国却给他带来了中共的新动向——毛泽东发表了《关于时局的声明》。在蒋介石看来，这无疑是一份敦促他们无条件投降的促降书。

"父亲，那我们现在该如何应对？"蒋经国问道。

蒋介石想了想说道："去把陶希圣叫过来，让他多组织几篇文章，充分揭露他们这'八条'就是要把和谈的大门堵死。要让全国民众都知道，政府是要和平的，是共产党非要打下去。"

蒋经国答应一声转身离开。

另一边，天津战役一切按照原计划顺利进行着。此时的天津，解放军万炮齐发，敌人的外围阵地顿时陷入一片火海。一座座地堡被摧毁，一个个机枪阵地被掀翻。我军用汽油桶改造的土炮将一包包炸药抛向敌军阵地。敌人依仗着坚固的防御工事顽强抵抗，碉堡里不停倾泻出弹雨。为摧毁敌军碉堡，战士们抱着炸药包冲向敌军阵地，将一座座碉堡送上天。其他战士趁机冲出战壕，奋不顾身地跳进齐腰深的冰河中，无数肩膀扛起竹梯，让战友们迅速冲过河去。

敌军防线很快土崩瓦解。陈长捷接到城防主阵地相继被突破的消息，立刻命人紧急增援。谁知电话打过去却始终联络不上，原来预备队已吓得望风而逃了。

陈长捷气急败坏地放下电话，想了想，又拿起话筒："'剿总''剿总'，天津呼叫'剿总'，呼叫傅总司令……"

电话接通，陈长捷马上汇报："报告傅总司令，共军已从东、西、南三个方向突破我军外围阵地，正向城门发起攻击。我们现在该怎么办？"

傅作义愣了一下："调动预备队夺回被突破的阵地。"

"可是，我们已经无兵可调了。"陈长捷无奈地说道。

"那就坚持，顶住！"傅作义的声音显得苍白无力。

城墙被炸开一个缺口，解放军如潮水般地涌入天津城内。

陈长捷再次向傅作义告急，得到的仍只有"坚持"二字。陈长捷气愤地把话筒一摔："就知道这两个字，坚持，坚持！你来坚持看看！"

陈长捷走投无路，在屋里焦躁地踱着步，最后找来刘云瀚、天津市市长杜建时共商大计。

隆隆炮声中，陈长捷表情严肃："目前天津的局势，已经无法维持下去了，我们准备放下武器。由杜市长委托李烛尘、杨亦周为代表明早出城跟共军商谈。"

刘云瀚说道："我同意，只不过我担心时间来不及了。按照共军现在的攻势，我们撑不了多久。"

陈长捷想了想，做出决定："立刻派人广播通知天津所有部队放下武器，不得抵抗，明天一早在各部队驻地插上白旗，向共军投降。"

平津前线指挥部里，聂荣臻满面春风："邓将军，各位，给你们通报一个消息，我军已攻下天津，全歼守敌，活捉天津警备司令官陈长捷。从发起总攻到结束战斗，用时不到三十个小时。"

众人面露笑容，只有邓宝珊呆呆地坐在那里，一动不动。

过了半晌，邓宝珊喃喃开口："请问，贵党曾经公布的战犯名单中，有傅作义将军。和谈后，傅将军是否还会被当作战犯惩办？"

林彪笑道："这一点我倒是差点忘记说了。毛主席将傅将军列为战犯，是出于对他的保护，防止蒋介石加害于他。如果傅将军愿意起义，接受改编，站在人民的一边，我们会在战犯名单上删除他的名字，他自然就不会受到惩办了。"

西柏坡军委作战室里，李克农第一时间送来天津的战报。众人听完，无不欢欣鼓舞。任弼时笑道："傅作义做梦也不会想到，他号称固若金汤的天津，仅仅抵抗不到三十个小时就被拿下！'守城将军'的声望，丢失得干干净净。"

毛泽东点点头，拿出一份文件："我起草了一份中央军委给林彪、罗荣桓、聂荣臻的电报，部署今后谈判与作战的策略。对于傅作义要求军队出城不要太远、太分散，都可以同意。关于补给也要负责协助。同时，积极准备攻城，但此次攻城必须周密计划，力求避免损坏故宫、大学及其他文化古迹。大家先看看，如无不同意见，立即发出去。"

周恩来接过文件看了一遍，递给朱德。朱德翻看着文件说道："平津前线已经通过地下党组织和民主人士，在地图上标注了不能动用重火力的地区，攻城时，会尽可能地不损坏这些文物古迹。"

毛泽东强调："不是尽可能不损坏，而是绝对不能损坏。"

刘少奇提出："我认为，应该把这一条作为一项纪律，下达到各作战单位。"

朱德表示赞同："我同意。只要我们能攻进城内，跟敌人进行巷战，就用不着重炮轰击了。但要防止敌人破坏，特别是纵火。故宫、中南海这些地方，一旦烧起来，后果不堪设想。"

任弼时建议："要命令攻城部队组织突击队，进城后快速穿插，迅速占领这些地方，保护起来。"

毛泽东点头同意，接着又说道："另外，我还以林彪和罗荣桓的名义，写信给傅作义，敦促他放下武器，接受和平改编。解放战争翻过山顶之后，就可能出现传檄而定的局面，将加速胜利，减少牺牲。我们留给傅作义几天的考虑时间。如果届时傅作义还是不接受提议，解放军将全面攻城。"

随后，周恩来又来到李家庄，跟民主人士讲解《关于时局的声明》发表后，国民党内部可能会出现的两种反应：第一种，没什么好谈的了，但国民党内除了以蒋介石为首的战犯以外的人，都有机会赎罪，甚至个别人会变成爱国分子，以求获取人民的谅解；第二种，虽然有"八条"，但可以派代表去讲讲价钱。这种议论虽然不是要蒋介石下台，但会加速其内部的瓦解，这样也有利于人民的胜利。

对于时局发展的趋势，不外乎有三种。第一种是改组国民党政府，并且承认共产党提出的"八条"。对此，还要保持警惕，不要上当。第二种是美国出兵，对于这种情况共产党已经有所准备。可能性最大的是第三种，就是继续打下去将革命进行到底。

周恩来细致的分析得到了大家的认可。符定一首先表示："我本人对中共提出的'八条'深表赞同，因为这是我们革命的目标，少了其中任何一条，革命都不算彻底。"

周建人接着说道："和平有两种，一种是假和平，即保留伪宪法、伪军队、伪法统；另一种是真正的和平，即毛主席提出的八项条件基础上的和平。"

胡愈之也附和道："只有将'八条'作为和谈的先决条件，才能实现人民所要求的真正的、民主的、彻底的、永久的和平。"

最后吴晗提议："如果大家都没有异议，我们就立即跟东北的民主人士联系，共同起草一份支持毛泽东八项和平条件的声明。"众人点头同意。

此时，沈阳的民主人士正聚在宾馆会议室内，讨论着同样的话题。李济深表示："我认为第一种反应的人会比较多，特别是那些非蒋嫡系的将领，只要我们工作做到位，给他们赎罪的机会，他们就会抛弃蒋介石，站在人民这边来的。比如李宗仁、白崇禧、傅作义等人，只要他们愿意放弃反动立场，投身革命阵营，就都是可以免受惩罚的。"

谭平山马上反对："不行，绝对不行！我认为，一般的将领可以，但战犯不行。他们必须为他们发动的这场反动战争承担罪责，受到惩办。如果战犯都可以得到赦免，那我们这场解放战争岂不是白打了？"

李济深耐心劝解道："没有白打，毕竟我们打出了一个新政权、新中国。"

"我认为，李宗仁、白崇禧他们会有第二种反应，派人过来讲价钱。"马叙伦说出了自己的看法。

"但他们不会保留蒋介石的职务，他们会利用这'八条'，逼蒋介石下台，然后派人过来谈判，讲价钱。"李济深一针见血。

郭沫若坚定地说道："'八条'是铁板钉钉的事情，没有任何条件可讲。"

大家正讨论着，但世忠拿着电报走进来："各位，昨天华北和东北两地的民主人士都召开了关于中共和谈八项条件的座谈会。今天，华北的民主人士联名致电东北的民主人士，表达了两点意见……"但世忠顿了一下，接着念道，"第一，毛主席所提的'八条'实为完成中国革命之最低限度的先决条件；第二，中国人民正注视着所谓国际干涉阴谋之酝酿，并坚决反对美、英、法等帝国主义国家借调停为名，干涉中国内政。提议：以上两点倘蒙赞许，请连同前电所陈意见，这个意见就是指1月7日响应毛主席新年献词的三点意见，由诸公发起，联衔向国内外发表声明。"

众人听罢，纷纷表示赞同。

傍晚，周恩来拿着一封电报来到毛泽东住所，正坐在灯下写东西的毛泽东听说是东北民主人士对华北民主人士的回复，笑道："这次答复得真快。"

周恩来点点头，低头读电文："复电称，顷奉来电，对完成人民民主革命提出宝贵意见三点，高瞻远瞩，谋国情深，业经详细讨论，一致决议发表告国人文件，严正表示吾人对革命进行到底之态度。该项文件已经起草中，不日完成，当即致电就教，呈请签署。"

毛泽东听完高兴地说道："好啊，请他们继续沟通协商，尽快把意见拿出来。"

周恩来又说道："北平那边回复，傅作义现在还没有最后下定决心。听说他现在最担心的是，还有那么多蒋介石的嫡系部队在北平，一旦这些人发难，后果不堪设想。"

毛泽东思索道："这是个大问题，这么多的部队，一旦成为匪徒，在北平城里大肆打砸抢烧起来，其破坏力，远远超过我们用大炮攻城。要让林彪和聂荣臻他们通过谈判代表把我们的意见转告傅作义，要他一定想办法控制好这些蒋军嫡系部队，把一个完好的北平交到人民手中。"

苏联方面终于对蒋介石提出的调停要求做出了书面答复。遵循不干涉别国内政的原则，苏联政府不认为承担备忘录中所谈的调解是适当的。因为，使中国重新成为一个民主和平的国家是中国人民自己的事。

听完秘书汇报，蒋介石一脸平静："我知道了。辛苦了，你去忙吧。"

然后陷入沉思。忽然，他抬起头来，吩咐旁边的人将蒋纬国叫来。他明白，杜聿明已被俘虏，现在就只有傅作义还能用了。

"现在，人民解放军无论在数量上、士气上和装备上均优于国民党反动派政府的残余军事力量。至此，中国人民才开始吐了一口气。现在情况已非常明显，只要人民解放军向着残余的国民党军再作若干次重大的攻击，全部国民党反动统治机构即将土崩瓦解，归于消灭……"

傅作义正站在办公室里听收音机里播放的《关于时局的声明》，王克俊进来报告蒋纬国来了。傅作义关掉收音机，吩咐先请他到客厅休息，自己马上过去。

来到客厅，傅作义赶忙上前与蒋纬国握手："纬国将军，久等了。"

蒋纬国客气地说道："傅总司令日理万机，运筹帷幄，太辛苦了。"

两人落座，蒋纬国拿出信："傅总司令，这是父亲给您的亲笔信，请钧览。"说完双手递上。

傅作义接过信，取出信笺："纬国将军，总统还有什么吩咐？"

"要说的信上都说了。父亲还是希望傅总司令能够挥师南下，协防长江。"蒋纬国说道。

"现在徐蚌会战已经失利，长江以北尽被共匪所占，我军如果南撤，失去依托，定会重蹈徐蚌会战之覆辙。"傅作义十分为难。

蒋纬国想了想说道："我们可以走水路，海军会派大量的军舰来接你们。"

"天津、塘沽均已沦陷，出海的通道也被堵死了。"傅作义顿了一下，接着说道，"总统在信上说了第二种方案，就是死守北平。"

"您估计能守多久？"蒋纬国沉吟了一下问道。

"三年。"傅作义底气十足地说道，"北平兵精粮足，城防坚固，又有众多百姓和文物古迹，共匪会有所顾忌，不敢使用重型武器，所以根本无法攻破城池。而且，我留守北平，还能吸引几十万共军，可大大减轻长江防线的压力。等到总统重演赤壁大战，火烧共匪的木板船后，挥师北定中原之日，傅某立刻率兵出击，南北夹攻，定能击败共匪，收复失地。"

蒋经国得到毛人凤的密报，这次出城谈判的邓宝珊，竟是民革的秘密党员，于是立刻来到办公室汇报给蒋介石。

蒋介石一听大骂道："张东荪是民盟的人，邓宝珊又是民革秘密党员，傅宜生用这种人去谈判，岂有不输之理！"

正在这时，刚刚回来的蒋纬国走进办公室，与蒋经国打过招呼后，对蒋介石说道："父亲，我见到傅总司令后，把您的信交给了他。但是，他不肯南下，表示要死守北平。他说他能够守上三年。"

蒋介石瞪着眼睛喝道："吹牛！他号称固若金汤的天津，不到三十个小时就让共匪给攻破了。"

"我也曾问过他，万一北平守不住该怎么办？他说那就退守绥远。要是绥远还是守不住，就退至新疆。"蒋纬国补充道。

蒋经国听不下去了，讥讽道："新疆再守不住，就退到苏联去？"

蒋介石恨恨地说道："他不会退，哪儿都不会去。因为，他早就瞒着我们派代表出城跟林彪谈判去了，他这是要变节投降！"

很快，蒋介石召见了刘文辉、邓锡侯两人。

来到蒋介石官邸，两人有些拘谨，蒋介石却满面笑容："二位将军，你们应该都已知道，我已任命张岳军为西南军政长官，目的是稳定西南。你们都是四川有威望的将领，以后大家要精诚合作，抵挡住共军的进攻。"

刘文辉站起来："请总统放心，卑职一定服从张长官的指挥。"

"很好，刘将军请坐。"蒋介石将目光转向邓锡侯。

邓锡侯有些勉强地站起来，一字一句地说道："报告总统，卑职跟刘军长一样，一定尽心竭力协助张长官治理四川，为党国效命。"

"请坐。"蒋介石接着说道，"你们都知道，前方战事对我们不利。但我们并没有失败，我们还有一道长江天堑。共军多为北方农民，不习水战。他们没有军舰，光靠木船是过不了长江的。强渡长江，就只能跟当年的曹孟德一样，被火烧个精光。只要你们能稳住四川，我们就能守住半壁河山，等到时机成熟，王师北伐，定能收复河山，完成统一大业。"

两人离开蒋介石府邸，刘文辉急忙命令参谋长杨家桢秘密赶往上海，去见张澜。他是张澜亲自介绍的民盟秘密盟员，在这关键时刻，他急需张澜指示下一步行动计划，与民盟保持一致。

很快，杨家桢来到上海虹桥疗养院，找到张澜说明了情况。张澜说道："此前，毛主席和我商议，内战爆发后，如果四川的力量足够，可尽早起义；若力量不够，就等解放军进川时协同作战。"

杨家桢想了想说道："现在北有胡宗南几十万大军，东有宋希濂集团，川康这时候起义，时机还不成熟。"

"那就等等，时机成熟，再伺机而动。行动前一定要做好保密工作，千万不能走漏消息。现在，保存实力最重要。"张澜顿了一下，特意嘱咐道，"南京是虎口，绝非久留之地。你回去转告刘军长，应及早飞回四川，管好部队。"

杨家桢点点头，然后摸出一张支票双手递过去："刘军长拨了一笔钱，说是给民盟的活动经费。"

张澜接过支票，宽慰道："他费心了。国统区的各民盟基层组织，举步维艰，这些钱，倒也可以解一些燃眉之急。"

邓锡侯心里烦乱，见刘文辉回了四川，思来想去，便来到上海虹桥疗养院。

张澜见到他不禁笑道："我可是上了蒋介石黑名单的人，邓军长百忙之中，还特意跑来上海的疗养院看我，真是难得啊！"

　　邓锡侯满不在乎地说道："老子怕个屁！去年春天，老蒋莫名其妙把老子四川省主席的职务撤掉，老子现在是无官一身轻，爱看谁看谁，谁能把老子怎么样？"

　　张澜安慰道："邓军长，丢掉省主席不要紧，时局很快要变，你应尽快回川联络川军，等待时机，迎接解放军要紧。"

　　"哼，我知道。刘文辉已经找借口跑了，我马上也要回去了。"邓锡侯直爽地一笑，"我就是想来看看你再走。老蒋想派张群到四川看住我们这几只川耗子，做他的春秋大梦吧！"

29

蒋介石下野

　　面对迅速发展的战局，蒋介石抓紧时间安排退路。他命令中央银行和中国银行的两位行长立即将所有的黄金、白银、外汇转移到台湾；同时把存放在美国的外汇化整为零，存入私人账户，以防将来被共产党接收；并且派出保密局的特务进行协助，确保行动严格保密。

　　听说北平各界公推原北平市市长何思源为民意代表，准备出城和谈的消息，蒋介石气得大骂："这是傅作义支持的，他早就想投降共产党了！"

　　毛人凤小心翼翼地问道："总统，我们要不要采取行动，镇压一下这些投降派？"

　　蒋介石烦躁地挥了挥手："你去安排，越快越好，不要等到共军都进了城，再动手就晚了。"

　　深夜，思绪难安的傅作义还在办公室里徘徊。忽然，王克俊拿着一份电报走进来："总司令，蒋总统来电。他希望您看在相处多年的分上，允许南京的飞机在北平降落，接走中央军少校以上的军官和必要武器。"

　　傅作义冷笑一声："可以，他们谁愿意走，就让他们走吧。"

正在这时，远处突然隐约传来爆炸声。

"什么声音？"傅作义抬起头望着外面。

王克俊凝神听了听："好像是枪声。奇怪，我明明已经下令，城内任何人都不得随便开枪。"

傅作义摇了摇头："这不是枪声，是爆炸声。"

"我立刻派人去查一下。"王克俊说完转身出去。

此时，何思源家的屋顶已经被炸开一个大洞，冒着股股浓烟。很快，救护车赶来，把浑身是血的何思源及其家人抬上了车。

消息传来，傅作义顿时一惊："谁干的？"

"没抓到人，不过肯定是保密局的人干的。他们知道我们要与中共和谈，何思源先生正好是明天出城谈判的代表，所以故意给他一个警告。"王克俊说道。

傅作义问道："他们的伤势如何？"

王克俊语气沉重："当时，何思源先生一家都在休息。何先生胳膊被炸伤，何太太的头部被四块弹片击中，造成神经损伤。最惨的是他们的小女儿何鲁美，当场死亡。"

"无耻！卑鄙！"傅作义顿时气得大骂。

这天清晨，北平八大处外一辆卡车停在路边，几名荷枪实弹的解放军战士保护着雷洁琼、严景耀、费孝通、张东荪上了车，一直向西柏坡驶去。

卡车载着客人一路颠簸，最后稳稳停在西柏坡机关小食堂外。

早已等候的毛泽东上前握住张东荪的手："万田老，辛苦了，这次傅将军下定了和平解放北平的决心，万田老是功不可没啊！"

张东荪一脸谦逊："哪里哪里，东荪只是做了一些调停的工作，幸不辱使命。北平能够走上和平解放的道路，主要还是归功于解放军的强大和仁义。"

毛泽东爽朗地笑道:"不用谦虚,我正盼着你来呢,还有好多问题要向万田老请教。"

张东荪连忙说道:"不敢当,不敢当,我也有好多问题要当面讨教。"

"好说,好说。"毛泽东笑着走到雷洁琼和严景耀夫妻面前,与他们一一握手:"欢迎你们这对贤伉俪啊!"

雷洁琼微笑着说道:"接到刘道生将军的邀请,我们不敢迟疑,立刻就应召而至了。"

严景耀接着说道:"当然,还有我党领袖马叙伦先生的命令。"

"好啊,你们夫妻是遵守纪律的模范啊!"毛泽东幽默的话语逗得众人都大笑起来。

毛泽东又走到费孝通跟前与他握手:"我们的社会学家、人类学家,欢迎你到解放区来。以后新中国的农村建设,还需仰仗先生出力啊!"

费孝通郑重地说道:"我愿意在共产党的领导下,为新中国的农村建设贡献一分力量。"

此时,中央机关小食堂里,桌子上早已摆好了几道菜,毛泽东、周恩来等人先后入座。

张东荪看了看左右:"总司令哪儿去了?刚才还在啊。"

毛泽东笑道:"我们朱老总今天要亲自给大家做一道菜,我们也跟着你们沾沾光,打打牙祭。"

张东荪颇为惊讶:"总司令还亲自下厨给我们做菜?"

刘少奇解释道:"早在延安时,主席就曾为全党全军题词'自己动手,丰衣足食'。自己做饭,自己洗衣,在我们这里都是很平常的事。"

雷洁琼说道:"我们都听说了,在延安搞大生产运动时,你们每个人都要下地劳动。"

周恩来点点头："今天桌子上的菜，是我们自己种的，猪也是我们自己喂的。菜的味道和花样肯定赶不上北平、天津的大饭店。但是，贵在新鲜。"

任弼时也兴致勃勃地说道："猪是今天刚杀的，菜刚从地里拔起来洗了就下锅，营养一点儿都没流失。"

费孝通来了兴致："老总是四川人，是要给我们做一道回锅肉吗？"

"老总最拿手的并不是回锅肉，而是爆炒猪肚。看，来了。"毛泽东正说着，就见朱德端着盘子走了进来。

"来了，菜来了！爆炒猪肚！"朱德放下盘子，热情地招呼着，"大家快趁热尝尝，冷了就不好吃了！"

张东荪站起身来："朱老总，请快入席。"

毛泽东示意张东荪坐下，然后笑着招呼大家："今天不按程序来，先吃猪肚花，不然总司令会不高兴的。"

"快，先尝尝，先尝尝！"朱德顾不上坐下，催促大家赶快品尝。

大家也不再谦让，纷纷拿起了筷子。

张东荪细细咀嚼着，赞不绝口："不错不错，又脆又香，好，好！"

雷洁琼也夸赞道："老总是四川人，我刚才还暗暗担心，这菜会不会辣得无法入口。现在一尝，一点都不辣，非常好吃！"

朱德笑着看看旁边的任弼时："我们川菜，不只有辣，也有许多是不辣的。不像他们湖南，每样菜都离不了一把干海椒！"

任弼时马上反驳："湖南菜也不是样样都辣，我们湖南的红烧肉就不辣！"

朱德哈哈大笑："你的红烧肉不辣，主席的，就说不准啦！"

"你们朱、毛两个都够辣的，把老蒋辣得几十年都没睡个安稳觉了！"张东荪的话一出口，惹得众人都大笑起来。

笑过之后，毛泽东站起来："尝了老总做的猪肚子，接下来我们还是按程序来。我先说两句，今天是我们书记处设宴，为四位教授接风洗尘，欢迎四位教授来到解放区。希望我们以后能长期精诚合作，携手共进，风雨同舟，为建设一个崭新的民主、独立、统一的新中国共同努力。由于我们有规定，平时不准喝酒，所以今天我们就以茶代酒。我们一起敬四位教授。干杯！"

大家都站起来，举起茶杯："干杯！"

晚饭过后，毛泽东带着四位教授来到办公室。李银桥先进去点亮了灯，随后毛泽东请四人进屋并热情让座。但四人都没有立即就座，而是四下打量着。一间普通的民房，一张木桌，几把木椅。桌子上放着一个铜墨盒，墙上挂着巨幅军用地图。

张东荪十分感慨："主席，您这屋子里，最值钱的就只有这个铜墨盒了。"

费孝通说道："大概不值一块银圆吧？"

毛泽东幽默地说道："可能不止吧，我想，至少也得值两块。"

"除了这个值两块的墨盒，还有这张稀罕的军用地图，这就是一所极普通的农舍。"费孝通总结道。

"我本来就是个农民啊！"毛泽东笑了。

张东荪由衷地感叹道："主席就在这样一间房子里，指挥着一场伟大的、轰轰烈烈的革命运动。"

雷洁琼与严景耀两人也低声交流着："真理是朴素的，掌握真理的人往往也是朴素的。"

见大家都还站着，毛泽东赶紧说道："大家都坐吧。没有茶几，就围着桌子坐，银桥，给客人泡茶！"

大家陆续落座。张东荪从随身的口袋里拿出一本书："主席，这是老朽的封笔之作，请主席不吝赐教。"

毛泽东赶紧双手接过来："万田老大作，一定认真拜读。"

此时李银桥和小阎提着水壶和茶缸走进来，给大家泡茶。

"小阎，去把东北解放区出版的《毛泽东选集》拿一套过来，我要回赠万田老。"毛泽东说道。小阎答应一声转身出去。

毛泽东接着说道："大家刚到解放区，有些情况还不了解，我先介绍一下。我们和蒋介石都发了新年献词，想必大家都看过了。从蒋介石发表'元旦文告'以后，国民党内部要求和谈的呼声不少。蒋介石在文告中提出的那五个条件，我们是绝不能答应的。特别是保留伪法统、伪宪法，保留反动军队这三条，更是不能接受。因此，我们针对蒋介石提出的'五条'，回了他一个'八条'。"

张东荪说道："由于我曾代表傅作义将军出城谈判，这'八条'我已经知道了。我估计，这'八条'蒋介石也是绝不会接受的。"

毛泽东笑道："蒋介石不会接受，但傅作义可能会接受，另外一些国民党将领也可能会接受。"

雷洁琼有些担忧地说道："现在在民主党派和知识界中，还有部分人主张和谈，划江而治，走中间道路。"

毛泽东轻轻地摇了摇头："如果说两年前，中间道路还是一些人美好的幻想，随着蒋介石对民主党派的残酷镇压，几乎所有的民主党派都团结在了中共周围。中间道路的幻想已经彻底破灭了。"

雷洁琼很是赞同："主席说得太对了。现在的中国，只有两大阵营。一个是以蒋介石为首的反动卖国的独裁阵营，另一个是以中共为首、各民主党派紧密团结在一起的革命的民主阵营，没有中间道路，每个人都必须在这两个阵营中做出自己的选择。"

毛泽东微笑着点点头："雷教授说得好啊！在这大潮奔涌的时代，每个人都必须做出自己的选择。现在还要高喊走中间道路的，实际上是在帮助蒋介石反动集团苟延残喘。"

严景耀态度鲜明："中间道路是被蒋介石镇压掉的。现在蒋介石走投无路了，又想利用中间道路来帮助他渡过难关，我们绝不能再上他们的当。这个时候，民主党派必须做出选择。"

毛泽东看看大家，郑重地说道："摆在中国人民和民主党派、人民团体面前的问题，是必须将革命进行到底。如果革命半途而废，那就是违背人民的意志，使国民党反动派赢得养好创伤的机会，在一个早上猛扑过来，将革命扼杀，使中国又回到黑暗的世界。这个冬天，蒋介石就像一条被冷僵了的毒蛇，我们是将它打死，还是揣在怀中把它温暖过来，我们必须做出选择。"

雷洁琼再次表态："我们不应该怜悯恶人，做愚蠢的农夫。"

毛泽东诚恳地说道："革命胜利后，就要召开新政协会议，成立新中国。我希望民主党派站在人民的立场上，和中国共产党采取一致的步调，真诚合作，不要半途而废，更不要建立'反对派'和'走中间路线'。"

这时张东荪问道："主席，我听说将来新中国成立后，将要一边倒，完全倒向苏联？中国可不能一边倒啊。"

"美国那边欺负我们，苏联这边支持我们，我们怎能不一边倒呢？"毛泽东回答。

张东荪分析道："一方面，中国的建设需要美国的支援；另一方面，中国如果偏向苏联，就会刺激美国，导致中国与美国的对抗，成为大国争斗的牺牲品。"

毛泽东态度坚定："我们不怕外国人。"

张东荪仍坚持自己的意见："美苏之间各有短长，中国应该融合美国政治与苏联经济，铸造新型民主国家。"

毛泽东严肃地说道："张先生的新型民主不过是美国式民主。西方政治中，总是分为执政党、反对党。而中国即将建立的革命政权是共产党和第三方面共同的成果，为何要自己反对自己？"

张东荪张了张嘴，想要说什么，又忍住了。雷洁琼夫妇和费孝通都紧张地看着二人。

毛泽东重新点了一支烟，吸了两口，委婉地说道："国民党正在策动中间力量，企图使民主阵营半途而废。共产党希望，在新政协与新政府中，共产党与民主党派求同存异，真诚合作，不要建立反对派和走中间路线。"

张东荪眼前一亮："党派之间合作而非对抗，确实是一种全新的政治思想。"

雷洁琼接着说道："请主席放心，民主党派现在不再是中间派，民主党派坚决拥护共产党。"

紧张的气氛缓和下来。毛泽东转移了话题，问道："北平还有没有前清遗留下来的翰林和进士？"

严景耀回答道："陈叔通就是。"

毛泽东点点头："这些饱学之士，我们以后还会重用的。"

雷洁琼说道："北平各大学的大多数教授，包括与司徒雷登关系密切的燕京大学校长陆志韦，都不肯跟蒋介石逃往南方。"

毛泽东顿时高兴起来："美国广大人民同中国人民是友好的。要把美国政府同美国人民区别开来，要警惕美国政府挑拨知识分子同共产党的关系。"

雷洁琼仔细听着，由衷地佩服："主席这话提醒得太及时了！我们四人都是接受欧美教育成长起来的中国知识分子，听了主席的一番话，感到格外警醒。"

就在蒋介石焦头烂额之际，美国方面传来马歇尔去职、艾奇逊升任国务卿的消息。蒋介石听后震惊不已，一再追问消息是否可靠。无奈外交部已经从美国大使馆得到证实，这个消息确凿无疑。当前局势堪忧，曾经的支持者也不复存在，这让蒋介石更加焦躁，他似乎已经看到了道路的尽头。

随后李宗仁受蒋介石的召见来到总统府，只见张群和吴忠信坐在沙发上，却没有蒋介石的身影。

两人见李宗仁到来，连忙起身打招呼。

李宗仁问道："二位仁兄，总统什么时候召见我？"

"总统还有点事，让我们先跟德公谈谈。"张群顿了一下，看着李宗仁继续说道，"还是我们之前谈过的事，总统要引退了，希望德公出面主持大计。"

李宗仁再次推辞："目前国内的局势是一个烂摊子，雄才大略的蒋总统都无力回天，敝人才疏学浅，更是难堪重任了。"

吴忠信说道："李副总统，按照宪法中的总统继承条文，总统引退，自当由副总统接任。这，您是推辞不得的。"

李宗仁仍在坚持："总统可以辞职引退，副总统同样可以辞职引退。我跟他一道当选总统，理应一道引退才是。"

吴忠信只好劝说道："国不可一日无君，您也引退了，国家怎么办？"

李宗仁一笑："大家可以另选贤能，另扶新主啊。"

"要说贤能，当今中国，非德公莫属。"张群恭维道。

"岳军兄说笑了，我何德何能，敢称贤能？"李宗仁继续推辞。

吴忠信赶忙说道："这不仅是我们的意见，连美国人也是这样认为的。目前中国这种局面，非德公出面收拾不可。您可能听说了吧？蒋夫人的朋友马歇尔离职了，新的国务卿叫艾奇逊，想从夫人这条渠道再得到美国的援助，已无可能。现在只有您才有可能从美国那里得到援助。我们必须得到美国的援助，才能支撑起残存的半壁江山。"

没等李宗仁说话，张群又补充道："为了解除您的后顾之忧，总统说了，他引退后，五年内不再干预政治。"

短暂的休息过后，童小鹏送雷洁琼等人前往李家庄。几人首先来到统战部会议室门外，童小鹏说道："这就是我们刚修好不久的会议室，墙上的泥都还没干。"

费孝通问道："听说这里的房子，包括食堂、宿舍，都是你们统战部自己动手建的？"

童小鹏点点头："大家都没有经验，请村里的工匠做指导。我们听说，费教授搞过农村建设，要是您早来几个月就好了，可以当我们的工程师！"

费孝通一笑："你们搞错了，我学的是社会学、人类学，不是建筑学。我可当不了工程师。农村建设是个大的综合性工程，不只是修房子。我们搞的是规划，包括村落、水利、道路、土壤、农作物改良，等等。"

童小鹏挠了挠头，有些不好意思地说道："原来是我们误会了。"

费孝通微笑着说道："没关系，以后修房子，我可以跟你们一样当工人啊！"

几人说着走进会议室。"四位教授，你们先在这里休息一会儿，我还要去接其他民主人士。"童小鹏说完冲大家点点头，转身出去。

正在此时，周建人、胡愈之、沈兹九、田汉、翦伯赞等人走了进来。

"万田老、洁琼、景耀、孝通，你们终于来了！"周建人率先上前打招呼，大家也一拥而上，热情地握手问候。

夜色渐浓，毛泽东仍在灯下伏案写信。

不一会儿，毛泽东写好了信，塞进信封里，对屋外喊道："小鹏，小鹏！"

童小鹏进来接过信："主席这封信是写给孙夫人的？"

毛泽东点点头："是啊。新的政治协商会议将在华北召开，中国革命历尽艰辛，中山先生的遗志迄今始告实现，我希望她能前来，参加这一伟大事业，并对如何建设新中国予以指导。"

童小鹏迟疑着说道："可是，孙夫人正处在特务的严密监视下，之前她更是处于风口浪尖，国内外舆论都在关注她的动向。若是这个时候她前来解放区，会不会有危险？"

毛泽东解释道："恩来已经提前想到了，此次行动不能冒失。另外，还必须征得孙夫人的完全同意，不能稍涉勉强。如有危险，宁可不动。"

潘汉年一得到消息立刻召集了钱之光、车孟凡来到华润公司业务室，向他们传达了刚刚接到的密电，毛泽东希望情报人员能够设法秘密赶赴上海，将他的亲笔信交给孙夫人。

钱之光眉头紧锁："孙夫人正被国民党特务监视，一般不会客。我们如何才能将信交到她的手中？"

潘汉年想了想说道："柳亚子的女儿柳无忌是孙夫人的秘书，能不能把信交给她，再转到孙夫人手中？"

钱之光思索了一下，问道："那这个送信的人该委派谁去？"

这时车孟凡说道："我有个不错的人选——华克之。"

潘汉年一愣，继而笑起来："不错，我倒是把他给忘了。这个华克之号称'百变刺客'，用的化名有几十个，就连蒋介石也拉拢过他。"

车孟凡笑着点点头："没想到，蒋介石拉拢他不成，反倒成了华克之的刺杀目标。华克之经过精心策划，本来准备在国民党六中全会上刺杀蒋介石，不料蒋介石迟迟不露面，他们只好将目标改为汪精卫，令汪精卫的妻子以为刺客是蒋介石派来的。蒋介石恼羞成怒，命令不惜一切代价破获此案，并悬赏五万大洋缉拿华克之，可这华克之易了容就站在他们眼前，他们却怎么也认不出。之后，华克之身价翻倍，悬赏金额变成十万，特务们还是抓不到他，所有人都说他失踪了。谁能想到，他是秘密加入了我们共产党，并且还是毛主席亲自批准的。"

听完两人的描述，钱之光微笑着说道："你们把华克之说得这么厉害，他又深得毛主席的信任，依我看，他正是这个任务的不二人选。"三人很快达成共识。不久，潘汉年派遣华克之秘密前往上海。

华克之成功完成任务的消息很快传到西柏坡。另外，毛泽东发给南洋华侨领袖陈嘉庚和致公党元老、美洲华侨领袖司徒美堂的电报也得到了回复。他们接到毛泽东的来电后，都非常高兴，复电表示立刻归国赴会。

毛泽东听完童小鹏的汇报，很是高兴，特别指出，除了中国各党派主要领导、著名的无党派人士和爱国工商业领袖，中共也要重视和团结海外华侨的力量，邀请他们到解放区共商国是。以此昭告天下，由新政治协商会议产生的民主联合政府，将会获得全中国绝大多数人民和海外侨胞的支持和拥护。

傅作义最终接受了中共的八项和谈条件，随后签署了和平解放北平的协议。在和平的曙光中，北平这座饱经沧桑的文明古都终于迎来了新生。

南京总统府内，仍心存幻想的蒋介石正坐在书桌前写信："宜生吾兄钧鉴：余虽下野，政治情势与中央并无甚变易，希嘱各将领照常工作，勿变初衷……"

这时，蒋经国走了进来。蒋介石不耐烦地说道："不重要的事就晚点再说，我在给傅宜生写信。"

蒋经国迟疑了一下，沉重地说道："父亲，刚刚收到北平发来的电报，傅作义已于今日宣布接受中共八项条件，向共军缴械投降了。"

蒋介石身子一颤，手中的笔一下子掉在了地上，在信纸上留下一道鲜明的墨迹。

对于傅作义的选择，蒋介石既愤怒又无奈。他紧急召见张群等要员到会议室开会。

蒋介石冷冷地说道："毛泽东发表的《关于时局的声明》，大家想必都看到了。他提出在八项条件下的和平谈判，这些条件太苛刻了，我们不会接受。另外，我决定还是要下野。现在，有两个方案大家可以研究。一个是请李德邻出来谈判，谈妥了我再下野。另一个是我现在就下野，一切由李德邻来主持。"

大家面面相觑，半晌无人发言。好一会儿，吴铁城才说道："此事关系重大，是不是召开中常委会讨论一下？"

蒋介石顿时怒道："不必了！什么中常委，我现在不是被共产党打倒的，而是被国民党打倒的！"

这时陈立夫泪眼婆娑地说道："总统……"

蒋介石猛地打断他的话："好了，我已经决定，采取第二条办法，下野。至于下野文告怎样措辞，请大家研究。主要意思是，我既不能贯彻戡乱的主张，又何忍再作和平的障碍！"

转天，蒋介石又召集陈诚、陈仪等高级将领来到总统府。客厅里，蒋经国见大家陆续到齐，故作轻松地说道："诸位，请坐。今天总统把你们请过来参加午餐会，也算是慰劳你们这些劳苦功高的党国将领。"

几人对视一眼，先后落座。陈诚忍不住开口说道："经国兄，总统为何一定要引退不可呢？"

蒋经国说道："陈主席有所不知，这次父亲决定引退，是考虑到三个因素。第一，党政军积重难返，非退无法彻底整顿和改造；第二，打破目前之僵局；第三，另起炉灶，重筑基础。陈主席，父亲派我到台湾任党部主任委员，今后我愿在陈主席领导下一起把台湾治理好。"

陈诚连连点头："极好，极好。经国兄，我知道总统的意思，有你与我一起治理台湾，保证总统无后顾之忧。"

这时蒋介石从书房里走出来，陈诚赶忙上前："总统，卑职誓与共党奋战到底，卑职恳请总统保重，还是不下野为好。"

汤恩伯接着说道："总统，辞修的意见很好，似可与共党隔江对峙，待世界形势变化再图恢复。卑职愿整顿所部人马，确保宁、沪、杭之安全。"

蒋介石没有说话，而是把目光落在旁边的陈仪身上。陈仪身子一震，微微躬身："总统以国事为重，能急流勇退，适当其时。"

蒋介石的脸色顿时大变，一言不发转身走到沙发前坐下。所有人都惊愕地看着陈仪，陈仪则默默拿出手帕，低头擦了擦额角的冷汗。

大局已定，蒋介石吩咐在总统府摆了一桌丰盛的酒席，请立法院、监察院、考试院、司法院、行政院五位院长前来赴宴。蒋介石走进餐厅，五人起身迎接。

"大家都请坐。"蒋介石说完坐了下来，五位院长跟着落座。

蒋介石拿起酒壶，给五位院长斟酒，然后自己从服务生手里接过一杯水："诸位，这些年你们都辛苦了。年还没过完，这里，我算给大家拜个晚年吧。来，干杯，新年快乐！"

"新年快乐！"众人举杯。

蒋介石将杯子举到嘴边，并没有喝，又放了下来，接着说道："今天中正宴请诸公，是要宣布一件事，我已决定引退下野，不再是总统了。"蒋介石看看大家，努力保持着平静。

众人面面相觑，一时竟无人答话。见气氛凄凉，蒋介石再也坐不住了，起身说道："我还有些事，先走一步，大家慢用。"

于右任鼓足勇气，追上蒋介石："总统！总统！为和谈起见，请总统在离京前释放张学良和杨虎城……"

"我已经不是总统了！"蒋介石气恼地打断他的话，怒冲冲离去。于右任看着蒋介石的背影，只能叹息。

北平和平解放和蒋介石下台的消息迅速传遍了大江南北，极大地鼓舞了全国人民的士气。这天，但靖邦翻看着报纸，颇为感慨："人民的力量真是难以想象，谁能想到老蒋就这样被赶下台了。"

苏琼也感叹道："大伯，幸亏我遇到了你们。不然，我也会跟着蒋家王朝一道走向灭亡。"

但靖邦笑笑："主要是你自身觉悟高。我现在心里仍有些后怕，如果不是世平和世忠坚持让我们北上，后果简直不堪设想。还好，我们都选择了正确的道路。"

苏琼冲但靖邦笑了笑："您说得对。"

但靖邦慈祥地说道："听说我们马上就要去北平了。等武汉解放了，我就让世忠去把你母亲接到北平来，大家一起迎接新的生活。"

"大伯，我，我有一个想法。不知道……"苏琼望着但靖邦，欲言又止。

"什么想法，说吧。"但靖邦鼓励道。

苏琼犹豫了一下："听说辽西也要开始搞土改了，我想，我想去参加土改工作组，到农村去帮助翻身农民搞土改。但是，我担心他们不要我。"

但靖邦笑道："你这个想法很好，我坚决支持。这事我先找你表叔商量一下，你也可以跟世忠说说。他现在是共产党的干部，也可以跟上级反映。"

不久，苏琼如愿来到辽西野猪沟村，真正开始融入人民革命的洪流之中。因为表现优异，很快苏琼加入了当地的干部培训班，进一步深造学习。

南京总统府内，新上任的李宗仁带着一群幕僚走进了总统办公室。李宗仁四下打量着，慢慢走到办公桌前，沉思良久。

随后，李宗仁拍拍椅子上的扶手："有人说，我觊觎这宝座已经很久了。其实，我早就知道，这是一块针毡，坐下就会被刺得皮破血流。"

程思远点点头："谁都知道，老蒋此刻丢给代总统的，是一块烫手的山芋。德公，我们当前的首要任务，就是马上建立自己的阵营。"

"针毡也好，山芋也罢，既然走到了这一步，就得硬着头皮顶上去。"

说到这儿，李宗仁对甘介侯吩咐道："甘博士，你立即为我草拟电报，致电孙夫人宋庆龄，民革李济深，民盟张澜、章伯钧、张东荪等人。请他们出面斡旋，促成政府与中共和谈事宜。"

刘仲容提醒道："李济深、章伯钧、张东荪等人，都已去了共区。"

李宗仁说道："他们这些人，都是被老蒋逼到中共那边去的。是老蒋把他们要走的第三条道路给堵死了。他们应该知道，我跟老蒋不同，我不搞独裁，我要民主。我给他们第三条道路足够的空间，他们会离开中共的。"

程思远想了想说道："李济深去了东北，张澜和罗隆基还在上海，就住在虹桥疗养院。只要先抓住他们，就能稳住国统区的社会贤达。"

刘仲容接着说道："张澜和罗隆基在上海被蒋介石软禁后，张澜泰然处之，继续指导民盟地方组织，还公开宣布支持香港民盟新总部的活动，并时常接见外国记者纵论国内外大事。"

李宗仁思索了一下，接着说道："对，重点在上海。一定要抓牢张澜、罗隆基、黄炎培等人。"

为了尽快促成和谈，李宗仁亲自致电宋庆龄、李济深等人后，又找来邵力子、张治中，想请两人去上海与黄炎培面谈，希望能争取他的支持。

张治中随即表态："和平，乃全国人民之祈盼。代总统致力于和平，我等当效犬马之劳。"

邵力子想了想问道："蒋先生曾对和谈提出'五条'，毛润之又对此提出'八条'，不知代总统和谈的条件是？"

李宗仁思索着："我才上任两天，来不及提出具体条件。当务之急，是立即就地停火，让人民生命财产免受战火涂炭。其他条件，可以慢慢谈。"

"代总统是希望第三方面人士出面斡旋，先让双方停火，再坐下来提条件？"张治中问道。

"是。我们现在必须迅速把第三方面力量发展壮大起来，外有盟邦支持，内有独立势力，就能够引导国民党、共产党走到谈判桌上，阻止共军继续南下。"李宗仁说出了自己的想法。

"既然政府要求和谈，总得在一些方面做出姿态才是。"张治中说道。

李宗仁沉吟了一下，无奈地说道："明天，我将以代总统的名义下令行政院，把全国各地的'剿匪总司令部'改名为'军政长官公署'，释放政治犯，停止特务活动。"

对于南京的一系列动作，西柏坡很快得到了消息。这天，在毛泽东办公室里，李维汉愤愤地说道："蒋介石辞职后，李宗仁粉墨登场，他上任后做的第一件事，就是给孙夫人、李济深等人发电报，并派张治中和邵力子去上海活动，目的是拉拢组织一个强大的第三势力，打着和平的旗号，迫使我们坐在谈判桌上。"

"李宗仁这是秉承了他美国主子的阴谋，想利用和谈来阻止我人民解放军的进攻，得到苟延残喘的机会，以等待时机，东山再起。从这一点上看，李宗仁跟蒋介石是没有区别的。"毛泽东已然看透一切。

为了粉碎敌人的阴谋，几人商量准备请华北解放区的民主人士联名致电上海的张澜等人，提醒他们千万不要上敌人的当；并且还要电告上海的吴克坚，请他说服张澜等人，坚持李济深等人声明的立场。

随后，周恩来又说道："主席写给孙夫人的信，小开已经让华克之顺利送到了上海。孙夫人反复思考几日，表示此刻一动不如一静。"

"那就尊重她的意思，暂时不接她过来。"毛泽东叹息一声，"接下来，又是一场不见硝烟的战斗啊！"

30

解放北平

　　蒋介石的下野让孙越崎长舒了一口气。此前蒋介石一再催促要尽快将南京的五大工厂整体搬迁到台湾，他虽找各种借口尽力拖延，但在蒋介石的催促下，又不得不做出点样子。所以孙越崎让工人们把一些机器、设备和贵重材料先装箱搬运到下关码头，再趁人不注意，又偷偷运回工厂，并组织了一批工人巡逻护厂。

　　作为被蒋介石钦点的负责具体迁移事项的五厂迁台委员会主任沈良骅，是南京电照厂厂长。该厂虽然刚刚建成不久，但在技术和生产上蒸蒸日上。他自然不愿意搬到台湾，也不愿意工厂落到蒋介石手里。

　　一拖再拖，总算等到了蒋介石下野，李宗仁成了代总统。孙越崎和沈良骅都以为搬迁一事就此了结，然而他们却想错了，回到老家的蒋介石仍时刻关注着搬迁事宜。他授意翁文灏和俞济时尽快处理此事，并强调孙越崎是著名的矿业专家，对他们很有价值，绝不能放走。

　　孙越崎听了翁文灏的话不禁大吃一惊："他都下野了，还惦记着这事？"

　　"他怎么会忘得了？"翁文灏看着孙越崎说道，"还好，他只说你是糊涂了，上了共产党的当，并没有说你是共产党。"

孙越崎擦擦冷汗慢慢坐下来，想了想说道："蒋介石现在最看重的是军队，像我这种秀才是造不成反的，他应该不会那么重视，所以我也不怎么害怕了。"

翁文灏点点头："好，话我已带到，你好自为之。"

这时秘书走进来报告汤伯恩从上海发来电报，并念道："奉层峰电令，南京五厂速迁台湾，盼复电。"

孙越崎愣了一下："这层峰，是什么意思？"

翁文灏思索着："大概是指蒋介石吧？因为他已经下野，不能再称总统了，故以'层峰'代之。"

"层峰？真是一个莫名其妙的称呼。"孙越崎苦笑着摇了摇头。

"你看，你刚才还说他不会那么重视，这不，电报就来了。"翁文灏意味深长地笑道。

翁文灏走后，孙越崎马上召集五位厂长在资源委员会小会议室开会。

孙越崎开门见山地说道："蒋介石下野了，也不肯出国，还躲在溪口操纵政局和指挥军队，连我们的资源也不肯放过。大家说说，该怎么办？"

众人面面相觑。过了一会儿，一个厂长说道："我的家在大陆，我是不会去台湾的。"

另一个厂长也说道："我们厂的技术人员没有一个愿意去台湾，就是工厂迁走了，他们也不会跟着去的。"

沈良骅接着提出："拒迁是我们所有人的心愿，大家应该分担这个风险，我认为我们应该商量出一个具体办法，以应付局面。"

其他人纷纷点头。一个厂长表态说："沈厂长说得对，现在与以往不同了，既然躲不过去，我们就要研究出对策。孙先生，你是资源委员会的委员长，到底该怎么办，你说句话！"

孙越崎想了想，似乎是下定了决心："我只有八个字，工厂不迁，电报不复。大家看怎么样？"

"同意！"众人异口同声。

"好，马上签发停迁令。"孙越崎斩钉截铁地说道。

华北解放区的民主人士接受中共的嘱托，很快联名给黄炎培发来了电报："近闻敌方派人在沪活动，企图分裂民主阵线，搅乱社会视听，以自保全。诸公久居沪上，所闻所见，必更真切，当能对反动派之阴谋彻底揭发，严予指斥，并请号召国民党统治区人民坚持依中共所提'八条'，实现真正和平，彻底消灭中国人民之敌人。"

接到中共转发过来的电报，黄炎培特地去参加了一个工商界人士的集会。会场上，人们七嘴八舌地讨论着生意人终归是不希望打仗的，还有人觉得李宗仁比蒋介石好一些，对工商界比较关心，又主张和平，国共如果真能划江而治，大家就有生意可做了。很多人支持这个观点，认为如果战火再次扩大，美国人再扔颗原子弹，就会玉石俱焚、万劫不复。

听着众人的议论，黄炎培突然说道："美国人为什么要为一个行将就木的反动政府扔原子弹？他们如果真要挽救这个反动政府，早在东北战场就扔了，还会等到现在？"

众人一愣。一个商人看着一脸淡漠的黄炎培，急忙补充道："大家别忘了，就是这个反动政府，在几个月前的币制改革中，搜刮了我们多少财物？这样的政府不垮台，天地不容！"

另一个商人不服气地辩解道："那是老蒋搞的，现在是李宗仁了。"

黄炎培冷冷地说道："李宗仁如果真想要和平，就该老老实实地接受中共提出的'八条'！"众人若有所思地看着黄炎培，会场内顿时安静下来。

此时，李宗仁打着和平的旗帜，正在马不停蹄地四处奔走。中国工程师学会首先致电国共双方，要求迅速达成全面和平之使命。这是李宗仁计划中的良好开端，接下来就等上海那边的消息了。

张治中和邵力子奉命来到黄炎培家中做说客。寒暄一番之后，张治中说到正题："你们民建是以工商业者为主体的党派。商人谁都不愿意打仗。所以代总统希望你们能够站出来大声疾呼，促使国共两党重新坐下来谈判。"

邵力子补充道："如果说原来蒋介石和谈是假的，这一次，李代总统却是一片真诚，希望大家能够理解李代总统的一片苦心。"

黄炎培早已看穿他们的目的，冷冷地说道："我的朋友，被你们杀的杀，关的关，所剩无几了。而且，我也上了你们的黑名单，还有幸名列第一。现在，我的住所被你们监视，出门有你们的人跟踪，我连人身自由都没有，还能做什么？"

张治中连忙解释："那都是过去的事了。现在是李代总统主政，他一贯都是支持第三势力的。"

"代总统已下令，释放所有的在押政治犯，解散特务组织。"邵力子补充道。

黄炎培思索了一下："那好，请你们先把监视我的特务赶走，等我的朋友们从监狱里出来后，我再跟他们好好商量商量，怎样响应代总统的号召。"

张治中和邵力子对视一眼，只得先告辞离开。

回到南京，张治中和邵力子如实禀报。李宗仁随即下令撤掉监视的特务，满足黄炎培的要求。程思远下去传令，毛人凤却回复，说监视黄炎培、张澜等人是蒋介石安排的，要撤，必须要蒋介石的手谕。

办公室里，听到程思远的汇报，李宗仁气愤不已："我是代总统，我的话也不管用？！"

正在这时，甘介侯走进来说道："德公，我打听到，杨虎城已经被秘密押解到了重庆。"

李宗仁顾不上生气，连忙说道："马上给重庆的杨森打电话。"

电话很快接通，李宗仁拿起话筒："喂，是杨森市长吗？我是李德邻。"

电话那头的杨森礼貌地说道："李代总统，您好！"

"听说杨虎城现在关押在重庆？"李宗仁直入主题。

杨森一头雾水："没听说啊。"

李宗仁再次追问："你真的不知道？"

杨森拍着胸脯保证道："我绝对不知道。这事，您可以问问毛人凤。杨虎城一直是保密局在看管。"

"哦，你不知道，那就算了。"李宗仁失望地放下话筒。

程思远看看李宗仁，叹了口气："自从我们释放了第一批政治犯后，蒋介石马上就给毛人凤下达命令，不准再释放任何政治犯。"

甘介侯无奈地说道："这老蒋真绝，下野后不去台湾，不去广州，偏偏跑回溪口架设电台、电话，遥控指挥，掌控国是。"

"溪口处于南京、上海、杭州的三角地带，他想去哪里都方便。再说只要不出国，他留在国内哪个地方，都可以遥控指挥。"程思远说道。

李宗仁抚着额头，想了想说道："搞不定黄炎培，还有张澜和罗隆基，甘介侯，你去一趟上海，这次要礼贤下士。"

甘介侯奉命来到上海虹桥疗养院，在会客厅与张澜、罗隆基会面，并表示李宗仁已经给二人结清了这里的全部费用，以后产生的费用，也全部由政府支付。

张澜郑重地说道："我们并非政府公职人员，由政府支付治疗费用，不太合适吧？"

甘介侯笑道："代总统想请二位出面，居中调停，促成政府与中共的和谈。这就算是给二位的劳务费吧。"

罗隆基立刻一脸严肃地说道："让我们当调停人，就不能拿任何一方的钱。不然，人家就会认为我们有偏袒。"

甘介侯有些尴尬，笑了笑："如果二位认为此举不妥，就算是代总统私人出资帮助二位吧。朋友之间的帮助总是可以的。"

罗隆基哈哈大笑："如此说来，我们也就却之不恭了。"

"罗先生，在下记得，当年先生说过一段十分精辟的话。"见气氛缓和，甘介侯继续说道，"先生说过，一统天下没有中间力量的位置，对立双方相持不下，才是中间力量扩张的好时机，如果国共两党划江而治，岂不给第三方面留下更大的活动空间？"

"李代总统想划江而治？"张澜问道。

甘介侯点点头，满怀信心地说道："代总统还决定迅速壮大第三势力，使之成为一股可以跟国民党和共产党分庭抗礼的政治力量，在中国形成三足鼎立的局面，相互掣肘，在中国政坛形成一个铁三角，以达到永久之和平。"

张澜态度冷淡："从前国共两党之争，我们是第三者。但局势已经完全改变，现在是革命与反革命之争，而我们站在革命的一边，所以不能参加调停。至少，也得先与我们已在解放区及在香港的代表洽商后，才能发表意见。"

甘介侯一愣，一时沉默下来，不知该说些什么。

南京五厂搬迁始终没有动静，而孙越崎连回电都没有。等得不耐烦的蒋介石命俞济时再次给汤恩伯发电，让他再次催促孙越崎。

俞济时想了想，轻声说道："总裁，我以为同时拆迁五厂恐有困难，不如我们先将电照厂迁往台湾。"

蒋介石一愣："你的意思是？"

俞济时解释道："我的女婿周天翔去南京电照厂摸过底，厂里的制造设备都是从美国进口的，属于世界领先水平。如果能把这个工厂迁往台湾，对我们将大为有利。"

蒋介石用手杖敲着地上的石板："怎么个先进法？"

"电照厂的主要任务是生产白炽灯。虽然上海也有一些生产灯泡的工厂，但是那些都是外国的。只有南京电照厂是我们目前唯一的国有灯泡厂。并且，各种功率的灯泡都能生产。"俞济时说得很详细。

"一般人家用的都是十几瓦的灯泡，单位和工矿企业才需要上百瓦的。这么说，电照厂的灯泡岂不是行销全国？"蒋介石问道。

俞济时点了点头："确实如此，我们政府的各个部门都要在这家工厂采购灯泡，所有客户也都是上门提货。"

蒋介石重重地戳了戳石板："好，那这个工厂我们要定了！沈良骅是电照厂的厂长，此人跟孙越崎一样，不太靠得住。搬迁电照厂的任务就交给你的女婿督促吧，你转告他，一定要将电照厂迁往台湾。"

俞济时赶忙领命："是，多谢总裁委以重任！"

接到汤恩伯的第二封电报，孙越崎与沈良骅找来中共南京地下党负责人商量此事。这次不仅催促搬迁的事，还派了周天翔专门负责南京电照厂的搬迁。

他们知道这个周天翔是蒋介石侍卫长俞济时的女婿，毕业于美国哈佛大学的高才生，工厂刚刚建立时他就是这里的员工。

孙越崎与沈良骅疲于应付，不知如何才能阻止蒋介石迁走工厂，他们自然不愿意任何一座工厂被搬迁到台湾。中共地下党负责人听完两人的讲述，沉思良久，建议他们马上去找李宗仁。两人恍然大悟，立刻前往总统府。

总统府办公室里，孙越崎见到李宗仁后首先讲了大致情况，然后说道："李代总统，您正致力于与共产党和谈，如果首都南京此时拆迁工厂去台湾，这很明显就是没有诚意，对和谈十分不利啊。虽然搬迁五厂是蒋总裁的意思，但是外人不明真相，还以为是您授意的呢，到时候这可都是您的责任！"

李宗仁不由得怒火中烧："好！我支持你，不要拆迁了！有人问起，就说是我的命令！"

孙越崎见事情十分顺利，心中暗喜。

蒋介石听到消息，顿时气得破口大骂："这个李德邻真是成事不足，败事有余，整天跟我唱反调。搬迁的事他来凑什么热闹？"

俞济时面露难色："总裁，其他四厂就算了，电照厂我们不能放弃啊。"

"谁说我要放弃？我一个都不放！"蒋介石说着狠狠一敲手杖，想了想说道，"让南京卫戍司令部出面，找沈良骅好好谈一谈。另外，叫文灏过来一趟。"

俞济时迟疑了一下，轻声说道："翁院长上次回去后，人就消失了。"

蒋介石顿时脸色铁青："消失了是什么意思？"

俞济时小心翼翼地回答："总裁上次不是怀疑我们身边有中共的人吗？我怀疑，他可能就是。"

蒋介石怒气冲冲地说道："给毛人凤打电报，让他立刻来一趟，我有重要的任务要当面布置给他。"

俞济时立刻领命去办。

作为行政院院长的翁文灏确实已决定离开蒋介石，和五大工厂的工人一样，他也不愿背井离乡，远赴台湾。

听到这个消息，毛泽东非常高兴："好啊！翁文灏是蒋介石的同乡，是我国有名的地质专家。他能跟蒋介石决裂，不仅会影响很大一批人，而且对我们新中国的建设，也会起到非常重要的作用。"

周恩来微笑着说道："是啊，他已让翁心源和其他几个儿子留在上海，把他的父亲和妻子也从台湾接了回来，转道香港，回了上海。他本人则为了躲避国民党的纠缠，准备先去法国避一段日子，等国内战事结束后再回来。"

"翁文灏精心研究并为之献身的地质资源，大都在大陆，他怎么能背离这片富饶的土地呢？命令南京地下党组织，一定要把他安全护送出国。"毛泽东特意嘱咐道。

接到南京卫戍司令部的命令，沈良骓立刻来到南京资源委员会办公室。

听完沈良骓带来的消息，孙越崎沉默了一会儿："此去凶多吉少啊。要不，跟组织上联系一下？"

沈良骓摇了摇头："我知道此去危险重重，但还是不要麻烦他们了，免得他们受到牵连。"

"这样吧，说好了要共担风险，我陪你一起去。"孙越崎态度坚定。

"不行，我们要是都去了，可能都活不成了。总要留下一个人来阻止工厂被蒋介石迁走。他们现在是盯死了电照厂，就让我来对付他们吧。"沈良骓说道。

孙越崎皱紧眉头思索了片刻："好，那我就送你到门口，然后在外面等你。如果你两个小时后还不出来，我就带人过去设法救你。"

沈良骓拱拱手："多谢！"

沈良骓已进去多时，孙越崎坐在卫戍司令部门外不远处的一辆汽车上，不停地看表，并不时探出头看看司令部的大门。

"不行，两个小时了。"孙越崎正要下车，就见沈良骓从里面走了出来。

孙越崎快步迎上去："怎么样？"

"上车再说。"沈良骓拉着孙越崎上了车。

"我一进去就看到张耀明和周天翔坐在里面。他们问我为什么还不搬迁，我就找了个借口说厂里的道路狭窄，设备没办法运出来。张耀明相信了，还决定亲自修路安排交通。但是，周天翔似乎对我的话还有怀疑。"沈良骅说道。

"那怎么办？"孙越崎一脸担忧。

"为了向他证明我们拆迁的决心，我对周天翔说可以给他一笔经费，让他先去台湾为新厂做准备。之前，蒋介石不是拨给我们一笔拆迁款吗？我们可以拿出一小部分给他。"沈良骅说出了自己的对策。

"他同意了？"孙越崎问道。

沈良骅一笑："由不得他不同意，并且我还告诉他，过两天我会亲自陪他去上海，送他去台湾。这么一来，他彻底打消了疑虑。"

孙越崎长舒了一口气："真希望这次可以再为我们拖延一段时间。"

沈良骅信心十足地说道："北平已经和平解放，我相信很快就会轮到南京和上海。在解放军到来之前，我们一定要保护好这五大工厂。"

从上海回来的甘介侯向李宗仁汇报了与张澜、罗隆基的会谈结果。李宗仁听后又气又急，恨不得亲自赶到上海去做工作。

这时程思远忽然说道："德公，我认为还有一个人，可能会帮我们说话。你的广西同乡，梁漱溟。1946年，梁漱溟调停国共谈判失败，从此隐居重庆著书。今年，《大公报》登门索稿，梁漱溟突然行动起来，连续发表了《内战的责任在谁》《敬告中国国民党》《敬告中国共产党》等文章。"

甘介侯笑着说道："看来这位隐居的梁先生，还是耐不住寂寞。"

刘仲容补充道："梁漱溟认为，挑起内战责任主要在国民党，国民党在代总统以下，统统应该辞职谢罪。"

李宗仁思索了一会儿："好！如果他能出面，对我们会有很大的帮助。"

程思远点点头："是啊，他在民盟中是很有影响力的人物，他能出面，一定会有很多人附和。"

　　"我马上给重庆市市长打电话，让他买机票，催梁先生尽快赶往南京斡旋。"李宗仁重新燃起希望，马上着手安排。

　　没过多久，程思远向李宗仁汇报重庆传来的消息，飞机票已经买好，梁漱溟却突然不肯行动了。

　　李宗仁生气地质问："已经说好的，他为什么又不行动了？总得有个理由。"

　　程思远小心翼翼地说道："听重庆的人说，可能是民盟的人跟他打了招呼。"

　　"他是民盟中央常委、前秘书长，还听重庆支部的指挥？"李宗仁满腹疑惑。

　　"到底什么情况，现在谁也说不清楚。"程思远也很无奈。

　　李宗仁想了想，重重地叹了口气："这些社会贤达，个个都清高得很。我们得摆出姿态才行。这样，你辛苦一趟，带上我的亲笔信去重庆，当面邀请。另外，再带上一笔钱，就说……是给他的安家费。"

　　程思远愣了一下，只好领命而去。

　　此时，苏联大使米高扬奉斯大林之命来到了西柏坡，毛泽东亲自迎接。两人坐在毛泽东的办公室里，师哲在旁边担任翻译。

　　毛泽东拿着烟，向米高扬介绍中国新政权的性质是以工农联盟为基础的人民民主专政，其实质是无产阶级专政。但在中国，称为人民民主专政更为合适。其组成，也有各民主党派与社会知名人士。

　　米高扬愣了一下，然后说道："这显然同苏联的苏维埃制度有所区别。"

　　毛泽东笑道："国家的领导权是在共产党手里的。"

米高扬笑了起来，又谈起青年问题。毛泽东吸了一口烟说道："关于青年问题，我们的考虑是，除了青年团那种组织形式外，恐怕还得建立其他类型的组织，如学生联合会或其他青年组织。"

"成立几个不同的青年组织是否过于分散，会引起矛盾和摩擦？是否只要一个青年团就行了？"米高扬问道。

毛泽东顿时严肃起来："中国的青年人口共有两亿多，怎么可以用一个组织把他们圈起来呢？"

米高扬意识到自己的话似乎有些不妥，又说道："毛，别误会，我这次只是带耳朵来的，没有权力发表意见。"

毛泽东沉默片刻后说道："中国革命胜利后，中共与各民主党派还需要长期合作，民主党派还需要存在。这一点，我们与苏联只有苏共一个党的情况是有所区别的。"

米高扬有些忐忑不安起来，但什么也没有说。毛泽东看了看他，继续说道："在外交上，我们坚持独立的外交政策，我们需要更多的朋友。当然，朋友是有真朋友和假朋友之分的。真朋友出好主意、帮好忙，假朋友出坏主意、帮倒忙。在我们的人民解放战争中，国内外许多人都给我们提出了很多建议。至于这些建议是好是坏，是对我们有利还是对反动派有利，我们是分得清的。"

溪口山中的石板路上，蒋介石和蒋经国正在散步，毛人凤匆匆赶到，汇报说北平和平解放后，中共安排了一些重要干部及李家庄的民主人士一起进城接收，共军入城仪式将于明日一早举行。

蒋介石听完，不屑地说道："南京那边的情况呢？"

毛人凤接着汇报："前天，李宗仁派程思远去重庆请梁漱溟，还带了一大笔钱给梁漱溟做安家费，谁知道梁漱溟把钱收了，说正好用于办学，人还是没动。"

蒋经国听不下去了，讥讽道："这些社会贤达也要流氓了，钱要收，活儿不干。"

毛人凤接着说道："李宗仁派了邵力子、张治中和甘介侯去上海请社会名流出面推动和谈，四处碰壁后，他又亲自跑到上海去了。"

"让他瞎忙去吧，不会有结果的。"蒋介石望着远处的山峦，十分笃定。

夜晚，毛人凤来到蒋介石的书房里，恭敬地说道："校长，听说您有秘密任务要当面布置？"

蒋介石思索着说道："这段时间，我左思右想，觉得我对共匪和内部反对我的人还是太仁慈了，杀的人太少，所以这些人一到关键时刻都投降了。"

毛人凤有些疑惑："学生愚昧，不知校长有何指示？"

蒋介石将桌上的一份名单推给毛人凤："这上面一共有八十七人，对我非常不利。你马上组织一批精干人员，对名单上的人实施暗杀，至于完成期限不做规定，主要目的是必须阻止住这股国民党内部起义的风潮。"

毛人凤接过名单，只见上面赫然印着李宗仁、白崇禧、黄绍竑、李济深等人的名字。

"是，学生谨遵校长之命，保证完成任务。"毛人凤看罢领命离开。

就在蒋介石准备疯狂报复之时，北平终于迎来了和平。清晨，毛泽东和周恩来踏着火红的朝霞来到一处高地上，望着北平方向心潮起伏。

毛泽东面色凝重："进驻北平，收编傅作义部的事，不能出一点差错。"

"我知道主席对此事非常重视，已经在给林彪等人的电报中反复强调过了。一定要格外重视，容不得半点马虎。"周恩来郑重地说道。

毛泽东点点头，看了看手表："现在，北平的解放军应该开始进城了。"

周恩来十分感慨："是啊，中国的历史会记住这个日子的！"

北平前门箭楼上，林彪、叶剑英等中共领导人和符定一、周建人等民主人士并肩站在一起，望着整齐有序开进城内的解放军队伍激动不已。

雷洁琼感慨万千："这里曾是我们入室授课的地方，也曾是我们登台讲演的地方，但是在国民党统治时期，我们的讲演多次被国民党军警冲散，许多人被殴打，许多人被逮捕。那时候，我们多么盼望有这么一天啊！"

严景耀点点头："去年，我们从北海出来，看见军警开枪镇压学生的那一幕惨剧，还历历在目。"

"几年来，在国民党统治下忍气吞声，学生上街游行就会遭到军警的镇压。今天，人们可以大声呼喊，放声歌唱。因为，人民自己的军队入城了！"雷洁琼越发激动。

这时，周建人指着前方说道："你们看，进城的解放军部队特地绕道东交民巷使馆区，要让外国人看看中国军队的威风！"

符定一看着这番盛况，不禁满怀豪情高声赞叹道："这是一种解放的感受，一种站起来的感受，一种主人翁的感受！"

与此同时，上海人民团体联合会理事马叙伦、沙千里等人联合发表了《告上海同胞书》。他们希望上海同胞团结起来，为全面实现中共的八项条件而奋斗，万勿中了南京政府假和平的圈套。

中共也对民主人士明确表示，共产党热烈欢迎北平式的和平解放，对于不肯接受北平方式实现和平的任何反动势力，就只好用天津方式来解决。同时欢迎社会各界帮助在长江以南实现北平方式的和平。

这些消息不断传到李宗仁的耳朵里，他沉思良久，对程思远说道："中共的这番话也是说给我们听的。"

程思远十分担忧:"中共的立场,已经得到民主人士的坚决拥护和支持。"

李宗仁叹了口气:"因为共产党的胜利已成定局,民主人士都不愿回到国民党冷冷清清的屋里来了。"

程思远尽力宽慰道:"不久前,德公派黄启汉和刘仲容飞往北平,把德公、健公的信当面交给了叶剑英。叶剑英表示,中共愿与国民党任何高级官员或军事将领进行和谈,不咎既往,实现真正的团结统一,共建新中国。"

李宗仁打起精神说道:"黄启汉回南京了,我和健公、绍竑得尽快商量一个赴北平谈判的计划,交给邵力子执行。"

夜幕笼罩下的北平,家家户户张灯结彩,一派喜庆气氛。突然一阵密集的枪声传来,将这祥和的氛围瞬间打破,街上的行人顿时被吓得四散奔逃。

清脆的枪声响彻夜空。正独自躲在屋内的傅作义猛地推门出来,命副官立刻派人去查看情况。副官急忙领命而去。

解放军指挥部里,听到枪声的林彪也火速命令守城部队严加戒备,同时命令城外部队加强警戒,没有命令不准轻举妄动。

枪声仍在持续,傅作义急得在屋里踱着步。

不一会儿,副官和王克俊匆匆走进来。

傅作义急忙问道:"是什么人在开枪?"

"报告总司令,是下面的一些士兵在开枪,一些高级军官已经赶去阻止。可是,枪声此起彼伏,军官们疲于奔命,也未能完全阻止。"副官如实汇报。

王克俊补充道:"官兵们心中不满,在发泄怨气。"

傅作义心中焦急，为避免事态进一步扩大，他马上传令："命令各级军官严加管束部队，绝不许与解放军发生摩擦。"

　　"是。"副官转身出去传达命令。

　　不久，傅作义接到了北平军管会的电话，要他召集师以上军官开会，北平市市长叶剑英要亲自到场讲话。

　　"共产党领导这是要来训示啊。"傅作义心里嘀咕着，不过还是按要求组织军官们来到了西苑会场。

　　王克俊首先说道："大家静一静，大会现在开始。首先，请北平军管会主任、北平市市长叶剑英训示，大家欢迎！"说完带头鼓掌。台下响起稀稀落落的掌声。

　　叶剑英平静地走上台，望着大家，不疾不徐地说道："我知道在座的各位一定很好奇，我为何投共？今天，我就直言不讳地告诉大家。我过去也是一名旧军官，我参加革命，曾经犹豫过半年时间。"

　　坐在下面的军官们没想到叶剑英会主动提起这些旧事，不由得静下心来侧耳倾听。

　　叶剑英开诚布公地说道："是要钱还是要革命，这个问题一直在我头脑里打架。那时我已经位高禄厚，过上了锦衣玉食的生活，再要参加革命，过艰苦的穷日子，我能适应吗？"顿了一下，叶剑英微笑着继续说道，"最后，革命战胜了金钱，我选择了革命。参加革命之后，立场变了，经过学习，思想感情也会改变，我也很快就适应了革命部队的作风。穿着草鞋翻雪山、过草地，吃草根、啃树皮，我也没觉得苦。因为我心中有了理想，有了信仰。我知道，现在所做的一切，都是为了给千千万万的穷苦百姓谋幸福，我愿意把我的一生献给革命事业。"

　　军官们的情绪渐渐高涨起来，目不转睛地盯着叶剑英。一旁的王克俊也被吸引住了，越发专注地聆听起来。

"现在，你们也从旧军队过来，参加了革命。大家首先要做的，就是加强学习，转变思想，适应革命部队的作风。当然，大家不会再像我当年一样吃草根、啃树皮，我向大家保证，你们的原职原薪，不会改变。"叶剑英说完，一时间掌声如雷。

初任代总统，李宗仁便立即致信共产党提出和谈。毛泽东却看出国民党方面口是心非，并没有和谈的诚意。所以，中共明确回复李宗仁，和平谈判的准备工作尚未就绪，目前无从谈起。

李宗仁却并不甘心，又派黄启汉、刘仲容来到北平要求和谈。根据毛泽东的指示，周恩来要他们转告李宗仁，应迅速与蒋介石决裂，中间道路是万万走不通的，否则，中共无此余暇与之敷衍。得到回复，李宗仁又亲赴上海，几经努力请出邵力子、颜惠庆等人，以上海人民和平代表团的名义出访北平。

几人皆德高望重，毛泽东等人都很重视。受毛泽东的嘱托，叶剑英在北平六国饭店招待了邵力子、颜惠庆等人。一见面，叶剑英就热情地说道："四老都是深明大义的老前辈，毛主席和周副主席一再关照，一定要照顾好你们的起居生活。你们在生活上有什么要求，尽管提，我们一定会尽量满足。"

"叶市长，我等前来并不是来享受的。我们的任务是撮合国共双方进行和谈。"邵力子开门见山，说明来意。

章士钊接着说道："这一次，李代总统表明了百分之百的诚意，希望贵方尽快派出代表举行和谈并确定和谈的日期和地点。"

叶剑英看看两人，笑了笑："我也明确说过，这次诸位只能以私人身份前来，不能代表李宗仁。"

"叶市长，可否听老朽一言。"江庸说道，"国共议和乃民心所向，要打内战的不是共产党而是蒋介石。如今，蒋介石下了台，李宗仁表示了和平的愿望，尽管他的分量不够，可共产党也不应拒绝。何况，此次我们以民意代表的名义而来，邵力子先生只是作陪。"

叶剑英听罢，沉默了片刻："江老先生的意思我明白了，多谢您的提点。我会将这一意见向毛主席转达。"

江庸点点头："那就静候佳音了。"

接到叶剑英的汇报，毛泽东思索再三："江庸先生的话确实很中肯，他们三人既非国民党员，又不在国民政府任职，以民意代表的身份前来，我们闭门不见是有些不合适。"

周恩来点点头："还有邵力子，他虽是国民党员，却一贯主张国共和谈。之前签订《双十协定》，他也起到了很积极的作用。此次他愿意以私人身份前来，算是很有诚意了。"

毛泽东蹙眉询问道："那依你之见，我们应该重开和平谈判？"

周恩来微笑着说道："我们可以先见见他们，看看他们怎么说，至于能否谈成，李宗仁愿不愿意接受我们的'八条'，这个问题可以丢给他们。"

毛泽东顿时明了："说的也是，人家千里迢迢派人来做我们的工作，我们也可以让他们去做李宗仁的工作。不过，他们既然都来了，也不好就让他们这么回去。"

周恩来笑道："主席这是看中哪一位了？"

毛泽东哈哈一笑："我看那个邵力子就很不错，为人尽心竭力，可以做做他的工作，让他别回南京了，就留在北平吧。"

傅作义将家搬到了钓鱼台，进门一看，见屋内屋外到处都堆放着行李，混乱不堪。正要与副官一起动手收拾，桌上的电话忽然响起来。

副官拿起电话，随后将话筒递给傅作义。傅作义接过话筒，里面传来一个极其生硬的声音："我代表西城区人民政府通知你，立即到人民政府登记！"

傅作义一时有些摸不着头脑，只好说了一句："我是傅作义。"

"通知的就是你傅作义！北平人民政府通告，凡国民党军、警、宪、特人员，必须限期登记，你难道不是国民党军官？"对方态度依然十分强硬。

傅作义愣了一下："我……知道了，我马上就去。"

副官听到了，不禁有些愤愤不平："虎落平阳遭犬欺。当年威震北平的总司令，如今却要听从政府小职员的摆布！"

傅作义摆摆手："别发牢骚。我们跟共军打了几年仗，双方结怨太深。特别是下层官兵，都恨不得把我拉出去枪毙了才解恨。你去备车，送我去登记。"

"起义前都说好的，他们不能这样欺负人。"副官嘀咕着向外走去。

一会儿工夫，副官又回来了："总司令，军管委副主任陶铸来了。"

傅作义连忙站起身来："他来干什么？快请他进来。"

副官退了出去，很快领着陶铸和随从走进屋里。两人互致问候后坐了下来，陶铸打量着屋子："才搬回来，还没收拾？"

傅作义点点头："刚到，还没来得及收拾。"

陶铸说道："刚才听副官说了西城区工作人员的事。我们的人态度不好，请傅将军原谅。"

傅作义摆摆手："不，我应该听从政府的命令去登记。"

"不用了，我们直接通知西城区，给您登记就是。部分基层工作人员的态度恶劣，我一定批评他们。"陶铸态度十分诚恳。

傅作义连忙说道："不，他们也是在执行公务。"

陶铸见傅作义一脸真诚，便不再纠结："今天我到府上来，给您带来了一些文件，您看一下，有些是要收回来的，看完后还请您派人送回军管会。"说着拿过装着文件的袋子，双手递过去，"除了文件，我还奉命给您送来一套《毛泽东选集》，是主席送给您的。"

傅作义双手接过来："我一定好好学习。"

陶铸又说道："目前，北平市内到处流传着关于将军的谣言，说您被软禁起来了，部属也被抓了。"

傅作义淡淡一笑："这都是反动派造的谣。"

"我们的意思是，能否请傅将军向全国发表一个通电，把您和贵部的真实情况，作一个声明。"陶铸提出请求。

"好，我马上组织人，立即动手撰写。"傅作义痛快地答应下来。

31

齐聚北平

傍晚，邓宝珊想要进城看望傅作义，于是与副官坐着黄包车来到复兴门前，站岗的哨兵上前盘问。副官赶紧表明身份，没想到哨兵走到近前睁大眼睛一看，见邓宝珊穿着国民党军服，立刻端起枪大叫起来："你们是反动派！"

几名哨兵听见喊声马上冲了过来，枪口都对准了邓宝珊。见这阵势，邓宝珊哈哈一笑："我过去是反动派，现在想反也反不动喽！"

这时班长跑过来，听说抓住一个国民党的将军，立刻命令将两人关了起来。

陶铸听工作人员报告说复兴门岗哨抓住一个国民党将军，当得知是邓宝珊后，顿时大吃一惊："胡闹！谁叫他们乱抓人的？快叫他们放人！不，我亲自过去一趟，得好好解释一下。"说着匆忙赶去了复兴门。

几经辗转来到傅作义家里，简单说了今天的遭遇，邓宝珊苦笑道："我这次是将军遇到兵，有理说不清，要不是陶铸及时赶来，我们可能就要在那里过夜了。"

傅作义唏嘘不已："堂堂'剿匪'副总司令，竟然被城门岗哨拘留。不过对于共产党干部对我的态度，我还是理解的。我现在在意的是高级干部的态度。聂荣臻一向是我们战场上的对手，林彪又摆出一副拒人千里的面孔。未来究竟如何，实难预料啊。"

邓宝珊宽慰道："总司令，您不是一般的小喽啰，也不是一般的将领。您于辛亥革命时从军，毕业于保定军官学校。林彪还在上黄埔军校时，您就已经是中将了。我认为，您的命运无论是林彪还是聂荣臻都不能决定，只能是中共最高层来决定。"

傅作义仍旧心事重重："可在国民党将领中，得罪毛泽东最深的，就是我傅作义了。他，能够原谅我？"

"国民党所有将领中唯有总司令曾经公开与毛泽东交锋过。"一旁的王克俊说道。

邓宝珊连忙安慰："过去是两军对垒，各为其主。现在我们已经接受了和平改编，他们就不应该再记前仇。"

王克俊心中还是有些担忧："到底会不会记仇，谁能说得清楚？虽然叶剑英、陶铸态度还好，但陶铸毕竟只是林彪手下的一个政治部副主任。他的分量，还不足以证明。"

"这样吧，总司令。俗话说覆水难收，您要是真不放心，就给毛泽东写一封信，要求当面负荆请罪，摸一摸他到底有没有忘记往事。他要是不肯见，就说明可能真的记仇了。"邓宝珊建议。

"如果真的记仇了，我们该如何应对？"王克俊更加担心了。

"和平解决北平问题，举世皆知，毛泽东再怎么说，也不可能再把您给杀了，或者关起来，最多也就是不理不睬，晾在一边。"邓宝珊说得很轻松。

傅作义神色有些黯然："我可以回老家，当一个普通的农民。解甲归田，这本来也是许多军人的最后归宿。"

王克俊提醒道："农村都已经搞了土改，土地都分给农民了，您这时候回老家，也无田可种。"

"那就申请进战犯看守所。陈长捷为我守天津，关键时刻我却不能给他任何帮助，进去陪着他，我和他心里都会好受一些。"傅作义的语气越发凄凉。

不久，国民党绥远省政府主席董其武想到北平来拜望自己的老长官，为此，傅作义特意向陶铸请示。

陶铸向叶剑英汇报了此事，叶剑英当即表示同意。中央已决定要大力推广北平模式，以后解决绥远问题，最好也能采用这种方式。董其武是傅作义的老部下，他应该也愿意和平解决绥远问题。这次来访，很可能就是来看看傅作义现在的真实情况。因此叶剑英表示不但要请他过来，还要保证他的绝对安全，保证来去自由。

接到傅作义的回复，董其武很快便来到傅作义家里。两人详谈了当前的状况，傅作义建议："你不用忙着做决定，我已向叶剑英提出要求想见见毛泽东，等见过之后看看情况再做决定不迟。"

董其武点点头："那我马上赶回绥远，等您的消息。"

"你如果愿意，也可以在北平多待几天，多会会朋友，多听听，多看看。毛泽东已经答应让我去石家庄见他，等我回来你再走。"傅作义挽留道。

"我还是先走吧。我来之前就有人劝我不要来，担心我被拘押。我要是久不回去，恐怕部队生出什么乱子。"董其武解释。

"也好，先回去把部队稳住再说。"傅作义说道。

这天，邵力子一行人来到西柏坡后，毛泽东亲自接见了他们。几人坐在屋子里，相谈甚欢。毛泽东首先问道："前些日子，全国及上海轮船业公会致电中共，提出要与华北通航，四位对此有什么看法？"

章士钊首先表态："这是好事，通航不仅可以繁荣经济、振兴工商业，对普通百姓也有好处。由于战乱，许多骨肉亲人被战火隔绝两地，消息不通，生死不明，老百姓都盼着有个太平日子，好让亲人们团聚。"

听了这番话，颜惠庆十分感慨："当年杜甫有诗曰：烽火连三月，家书抵万金。现在这个仗，都打了快三年了，真的不能再打下去了。"

毛泽东看看四人，笑着说道："我认为，南北通航、通商、通邮应该当作大事去做。四老与上海工商界关系深厚，应当为南北'三通'多呼吁一些。"

邵力子面露难色："现在战事未息，要想'三通'也难啊。"

毛泽东提议："双方可以签个协议，都有义务保证邮路、商路和老百姓出行的安全。"

"签协议，平时还可以执行，但一旦打起来仗，刀枪无情，子弹没长眼睛，要是遇到打了败仗的散兵游勇，管你什么协议不协议，该抢的就抢，该杀的就杀，绝不手软。"江庸道出实际困难。

章士钊说明来意："润之，这一次，我们受李宗仁之托前来，就是希望国共双方能坐下来好好谈谈，这些年战火不断，中国的老百姓，实在承受不起了！"

邵力子接着说道："李宗仁跟蒋介石还是有区别的。蒋介石一辈子玩阴谋，阳奉阴违，出尔反尔的事干得太多了。李宗仁不同，他还是比较正直的，而且，一辈子都在跟老蒋对着干。"

颜惠庆也附和道："这一次，他之所以要接替蒋介石当这个代总统，就是要争取和平。不然，他也会跟蒋介石一样，屁股一拍，溜之大吉，管他天垮不垮、地陷不陷，跟他都没有任何关系。"

江庸接着说道："如果他不接手这个烂摊子，让一个跟老蒋一样坏的人来干，不知还要把国家糟蹋成什么样子。"

毛泽东耐心地听几人讲完，才不紧不慢地说道："我们是不想打仗的，我们也希望和平。这场内战，是蒋介石挑起的，我们是被迫应战。现在蒋介石表面上是下台了，但实际上还遥控着军队，遥控着国民党政府。李宗仁虽然上台了，但他这个代总统的命令没有一项得到部下执行。军队中的将领，只听命于他们的蒋校长，行政院自行决定从南京迁往上海，又转到广州。保密局只认蒋总裁，对于李宗仁释放张学良、杨虎城的命令置之不理。你们说，这样一个没有任何权力的代总统，我们能跟他谈些什么？"

四人一时面面相觑，不知该说些什么。过了一会儿，章士钊说道："润之啊，我们抛开蒋介石，抛开国民党政府不谈，眼下全国人民都希望停止战争，实现和平。李宗仁虽然没有什么权力，但他代表着民意。如果贵党拒之门外，恐怕会引起不必要的误会。"

邵力子也劝道："贵党在解放区搞土改，争得了解放区广大人民的拥护；如果能跟李代总统和谈，一定会争取到国统区广大人民的拥戴。有道是得人心者得天下，润之应当三思啊！"

毛泽东诚恳地说道："我们和谈的条件是摆在那里的，李宗仁如果愿意接受这'八条'，就可以派代表团到北平来谈。"

"好，只要能坐下来谈，就有谈成的希望。"章士钊似乎看到了和平的希望。

中共中央招待所里，傅作义正不安地走来走去。一旁的邓宝珊笑着劝道："总司令，您先坐一会儿。他们说了，毛主席正在接见上海来的和平代表团，结束后就能见我们。"

傅作义十分焦急："我实在坐不住啊！想起我的那封通电，想起林彪登在报纸上给我的那封信，我心里越想越没底。"

邓宝珊提议："我们本就是负荆请罪来的，等会儿见到毛主席，索性

584

把事情挑明，主动提起那份通电。"

傅作义猛地停下脚步，站在原地思索着。

正在这时，工作人员走了进来："毛主席来了。"毛泽东紧跟着走进屋子："傅将军，邓将军，二位好啊！"

邓宝珊赶紧站起来，与傅作义一起向毛泽东敬礼。毛泽东则是笑着跟二人握手，彼此落座。毛泽东摸出烟和火柴放在桌子上，抽出一支给傅作义。

"谢谢主席，我们两个都不会。"傅作义连忙摆手。

毛泽东拿起一支烟，傅作义连忙拿起火柴点燃，帮忙点上。毛泽东吸了两口，微笑着道谢："谢谢！傅将军，过去我们在战场上见面，清清楚楚。现在我们是姑舅亲戚，难舍难分啊！"

傅作义有些尴尬："主席，我有罪。"

毛泽东摆摆手："不，你有功。抗日战争你是立了大功的！"

傅作义愣了一下，接着说道："还是主席了解我，如果说我这辈子做了什么好事，那就是抗日战争了。"

毛泽东微笑着说道："现在，保留北平古都，你又为人民立了大功啊！"

傅作义赶忙低下头："惭愧，惭愧！"

邓宝珊说道："报告主席，傅总司令现在最后悔、最痛心的就是，当初不该发表那封通电。"

毛泽东笑笑："这件事，你们不主动提起，我也要说。"傅作义和邓宝珊听了，一下子紧张起来。

"你们还不知道，我们共产党人比蒋介石更重视你们的通电，朱总司令专门将该电文分发华北野战军全体将士人手一份。"毛泽东说道。

傅作义听得直冒冷汗："狂犬吠日，满口胡言，还请主席原谅。"

毛泽东哈哈一笑："那可是一篇好文章啊！堪与陈琳、骆宾王相媲美。

当初曹操被一篇文章骂得狗血淋头，头痛病当时就不治而愈了。武则天阅读了檄文后非但不恼，反而批评宰相没有发现写文章的人才。我们共产党人，也要拿这份电报当教材用呢！"

傅作义和邓宝珊一时面面相觑。

"傅将军，你知道你的女儿傅冬菊和你的智囊潘纪文是共产党员吗？"毛泽东话锋一转。

"知道。"傅作义点了点头。

"不过还有一个人也是共产党员，你们还不知道，就是为你起草这份通电的阎又文。"毛泽东说道。

两人顿时大吃一惊。邓宝珊难以置信地问道："他也是贵党成员？"

毛泽东点点头："接到你交办的任务后，他立即请示延安。周恩来副主席回电明确指示，通电要骂得狠一些，要能够激起解放区军民的义愤，要能够突显贵部的狂妄自大。"

"真想不到，真想不到啊！"傅作义还是不敢相信。

邓宝珊恍然大悟："我突然明白毛主席刚才说的，战场上见面清清楚楚是什么意思了。"

毛泽东笑笑："是啊，你们偷袭石家庄的作战会议才开完，我们就已经把你们的作战计划了解得清清楚楚了。"

傅作义感叹道："贵党、贵军的情报工作，令人望尘莫及！"

毛泽东看看傅作义："中国有句老话，'得道多助，失道寡助'。由于我们是站在真理一边、站在人民一边的，所以大多数人都愿意帮助我们，加入我们的队伍。你的女儿是共产党员，陈布雷的女儿也是共产党员。"

傅作义深深地点了点头："蒋介石这些年倒行逆施，把人心都搞得凉透了。所以，大家都愿意帮助你们，参加你们的队伍。"

毛泽东哈哈一笑："蒋介石一辈子甩码头，最后还是你把他甩掉了。你还是调整立场，站在了人民一边。"

"这立场调整得太晚了。"傅作义自责道。

"不晚不晚，正合适。你要是调整早了，蒋介石另外派人守北平，能不能和平解决，就说不定喽！"毛泽东说完，三人都笑起来。

过了一会儿，毛泽东又说道："现在，你的战犯罪行我们已经公开宣布赦免了，断不会再有不利于你的行为。但你也不应该搞什么中间路线，应该向我们靠拢，应发表站在人民方面，即我们方面的通电。如果你暂时不愿发表这样的通电，也可以等一等，想一想再讲。"

傅作义赶紧回答："陶铸副主任向我传达了主席的指示，我已经组织人开始撰写，不日就可完稿。"

毛泽东进一步解释："我们对从国民党阵营中分化出来的人执行的政策是团结、批评、团结。批评，也是为了更好地团结。你别急，你的人被俘虏的，都会给你放回去。"

傅作义一愣，连忙点点头："谢谢主席！"

毛泽东笑笑："我听说，一些基层官兵，开始找你傅总要饭碗了？"傅作义愣了一下，不知该如何回答。

毛泽东继续问道："我看，有一些人，可以把他们送到绥远去。"

"可绥远还没解放。"傅作义有些不明所以。

"董其武前两天不是还飞到北平，向你询问绥远的解决办法吗？"毛泽东问道。

傅作义如实回答："我当时不知该怎样回答他，只能说，等见到主席后再说。"

毛泽东点点头："绥远的问题可以先放一下，让他们学习学习，这些人，我们以后还要用。对于你们来说，走革命的道路，要过好几关，但最主要的是过军事关，这一关过好了，以后的土改关、民主改革关，将来还有社会主义关等就好过了。"

傅作义说道："愿在主席的领导下，过好这些关。"

"以后你想干些什么工作？"毛泽东忽然问道。

"我想回河套一带做些水利工作。"傅作义想了想说道。

"你对水利感兴趣？"毛泽东问道。

一旁的邓宝珊说道："傅总司令当年在河套就修建过水利工程。"

毛泽东兴致勃勃地说道："一个河套的工作面太小了，以后，全国的水利你都可以做，你可以当水利部部长啊。军队工作你还可以管，我看你还是很有才干的。"

傅作义连连点头。

这天，北平前门火车站站台上，符定一、胡愈之等人正翘首以待。不一会，一列火车缓缓停靠在站台上。车门打开，林伯渠、李济深等几十位民主人士依次走下火车。前来接站的人们一拥而上，热情地彼此握手致意。

转天，李济深专门来拜访颜惠庆。寒暄之后，李济深进入正题："针对李宗仁对于民主人士的拉拢和争取，中共亦对民主人士明确表示，我们热烈欢迎北平式的和平解决，对于不肯接受北平方式实现和平的任何反动势力，我们只好采用天津方式解决了。"

颜惠庆满怀希望地说道："这次在西柏坡拜见了毛泽东、周恩来等中共领袖，他们对和谈的诚意和态度实在令人佩服，让我们对和谈的前景很有信心。"

李济深微笑着说道："如果他们能够接受毛主席的八项条件，和谈成功，李宗仁可以到新的政府当个副主席。白崇禧会带兵，毛主席说过，以后还可以让他带兵。"

颜惠庆十分感慨："我想，李宗仁与其当一个毫无实权的代总统，真不如到新政府来当个副主席。"

李济深叮嘱道："你们回去后，一定要说服李德邻，趁他现在还在台上，应迅速跟中共签订和平条约，不要给老蒋留下反扑的时间。"

颜惠庆听了频频点头。

同时，朱学范也找到了邵力子。谈到李宗仁对民主人士的争取，朱学范说道："共产党的胜利已成定局，中国的民主人士自然不愿意再回到国民党冷冷清清的屋子里了。"

邵力子表示赞同："良禽择木而栖，良臣择主而事。君不正，臣不保；父不正，子远走他乡。"

朱学范见两人意见相同，便继续说道："毛主席和周副主席，非常关心邵老，希望邵老认清形势，做出正确的选择。他们都希望你能留下来，参加新政协的筹备工作。"

邵力子顿觉不妥："我是李宗仁派来的代表，我不回去复命就留下，有些不合适吧？"

"你们的使命已经完成了。"朱学范说道。

"这不是我个人的去留问题。我回去后，是要多发动一些人来参加新政协的。"邵力子解释道。

朱学范皱着眉头说道："如果能这样，当然最好。但我们担心，万一你回去后被缠着行动不了……"

邵力子坚定地说道："不会的，只要和谈，我就有机会回来。"

趁上海代表团还未启程回去，李维汉特地来拜访章士钊。一见面，李维汉便开门见山地说道："毛主席想请章老给李宗仁捎句话，南京要真正和谈，希望派一个比较恰当的人来，这个人姓刘，叫刘仲容。他不是共产党员，却是我们的朋友，又是你们的亲信，他来比较合适。"

刘仲容是李宗仁的谋臣之一，早在抗战之前便奉李宗仁之命到延安充当联络员。在李宗仁身边，程思远负责跟右派联络，而刘仲容负责跟左派联络。他早年在苏联留学时，与国共两党都有良好的关系，曾长期在李宗仁、白崇禧身边任参议，并与中国共产党有较深的交往。此前，刘仲容还为"西安事变"的和平解决、第二次的国共合作做了大量的工作。抗战时期，他在武汉、桂林、重庆等地积极从事团结抗战的民主活动，并参与了"小民革"的成立工作。

想到刘仲容的种种过往，章士钊微笑着点点头："难怪润之会这样看重他，他确实是个极好的人选。"

这天，李克农来向毛泽东汇报迎接东北民主人士的情况："李家庄过去的民主人士和东北过来的民主人士，还有从其他渠道来到北平的民主人士，加上傅作义等起义将领、上海和平代表团成员，共计一百多人参加。欢迎会开得很成功。"

毛泽东听了非常高兴："现在的北平，堪称群贤毕至啊！"

李克农顿了一下，接着说道："不过，现在也出现了一些不同的声音。有人问，民主力量大会师，傅作义、邵力子这些人算什么身份？"

坐在旁边的周恩来和毛泽东对视了一眼，问道："问这些的都是哪些人？"

"主要是民革的谭平山等人。但李济深主张要让傅作义等人参加，有利于争取国民党军政人员投身革命。"李克农回答道。

"谭平山等人有什么不同看法？"周恩来耐心询问。

"他们认为，这些人起义可以，参加民革不行，参加新政协更不行。"李克农转述了谭平山等人的意见。

毛泽东不由得笑起来："这是个新的问题。我们要推广北平方式，争取更多的国民党将领起义，站到人民一边来。"

这时李维汉进来汇报工作，李克农起身告辞。

李维汉先找了个凳子坐下，接着说道："潘汉年他们来电称，李济深等第三批民主人士北上后，香港的气氛更加紧张，港英当局加紧了对进出香港的水陆交通的控制。国民党也增派特务盯梢，恐吓手段无所不用其极。但这并没有阻止香港民主人士北上的脚步，第四批民主人士柳亚子、陈叔通等人在潘汉年的安排下，将于明天启程。顺利的话，3月5日左右就能抵达烟台。这批北上的人士中多为文化界的精英，都是满腹经纶、文达四海的饱学鸿儒，所以他们自称北上过程为'知北游'。"

毛泽东一听，顿时笑了："'知北游'，这个名字起得好！"

来到北平后，关于傅作义的种种传闻被彻底打破。北平街头，李济深边走边对但靖邦说道："开始跟你说你还不相信，今天亲眼见了傅作义，该放心了吧？"

"我相信了。不过……我想从饭店搬出去，在外面租房子住。"但靖邦说着停下了脚步。

李济深连忙问道："为什么要搬出去住？"

但靖邦回答："我不想被别人看成是个跑来混吃混喝的主儿。"

李济深接着询问："是不是又听见谭平山他们在议论傅作义和邵力子他们。"

但靖邦叹了口气："他们好歹还算个第四方面，我呢？什么都不算。"

李济深劝慰道："别这么说，你的儿子、女儿，未来的儿媳、女婿，都成了共产党的干部，你怎么还是外人？"

但靖邦还是摇了摇头："那是孩子们的事，跟我没什么关系。总不能因为孩子们立了功，我就该坐享其成。"

李宗仁思虑再三，正式对外发表了文告，表示愿意接受毛泽东提出的八项条件并进行和谈。恰好邵力子等人也已从北平返回，李宗仁立即召见了他们。在他们带回来的信中，毛泽东表示，中共愿意与南京政府合作，但有两个先决条件：一是南京政府与美国完全断绝关系；二是解决蒋介石反动政府的残军余党。

这让李宗仁着实犯难。蒋介石虽然已经下野，但是他还牢牢地控制着国民政府的各个要害部门，让李宗仁根本无法行使权力，处处受制。思来想去，李宗仁找到张治中，恳切地说道："文白，我将国共谈判首席代表的重任交给你，就是希望能够早日促成和谈之事。只是如今这种状况，我考虑良久，希望你能去一趟宁波，劝蒋介石出国，这么一来，我才能放手跟共产党和谈，对和平也会有利。"

"代总统有如此决心，是百姓之福。我定当竭尽全力。"张治中慨然应允。

随后，李宗仁马上请白崇禧、程思远到官邸一叙。听完李宗仁的简略叙述，白崇禧质疑道："这么多年来，仲容一直暗中跟中共保持着某种联系。这次毛泽东在信中亲点他为和谈代表，会不会有别的意图？"

李宗仁似乎早有打算："仲容这次不是代表政府，不是政府代表团成员，而是我们桂系的代表。他到了北平后，也不跟政府代表团见面。"

白崇禧恍然大悟："德公是想用一明一暗两条线，跟中共和谈？"

李宗仁微笑着点点头："我认为，这样妥当一些。"

白崇禧想了想说道："这样也可以。我们正愁没人能跟中共搭上关系。有了仲容这条线，我们私下跟中共的联系也就畅通多了。"

接受任务后，刘仲容首先来到上海拜见了吴克坚。吴克坚干脆地说道："民革的同志转达了你的要求，希望我们见上一面。有什么事，就请直说吧。"

刘仲容开门见山地说道："李宗仁和白崇禧派我秘密赶赴北平，代表桂系跟中共和谈。据说这是毛主席的意思，我们不知道是真是假，所以想请你们落实一下情况。"

吴克坚立刻答应下来："好，我们争取在两天之内给你答复。"

刘仲容道谢之后又说道："十几年了，一直是周公和王炳南跟我联系。现在他们都在北边，和我联系不上。这一次，我是通过南京'小民革'的同志几经周折才找到你们。我希望，你们能给我留一个联络的地址。"

"好，等我们请示了中央后，一并答复。"见吴克坚满口答应，刘仲容自然不胜感谢。

很快，张治中乘坐飞机赶到了宁波面见蒋介石。

清晨，蒋经国带着张治中、吴忠信和屈武去见蒋介石。到了慈庵蒋母墓前，三人郑重地鞠躬致礼。蒋经国表示感谢后带着三人前往慈庵会客室。

进了会客室，几人刚刚坐下，蒋介石拄着手杖走出来。

"总裁早上好！"几人连忙起身问候。

蒋介石看看他们，语气十分温和："都用过早餐了？"

"用过了。"张治中回答，其余两人也跟着点点头。

蒋介石盯着张治中，笑着问道："你们此行是要劝我出国吧？"

三人一时面面相觑，不知该说些什么。

蒋介石拿起桌上的报纸："你们看，报上都登出来了。"几人默默扫了一眼报纸，一声不吭。

"哼！他们逼我下野尚可，逼我亡命，这是不行的！我如今是个普通国民，到哪里都可以自由居住，何况是在我的家乡。"蒋介石愤愤不平。

张治中想了想，平静地说道："总裁，南京方面对中共所提八项和谈中的第一项，都认为不能接受，大家的意见是统一的。"

蒋介石听后脸色有所缓和："啊，站着做什么，都坐吧。"

众人先后落座。蒋介石接着说道："当然啦，李德邻现在负的责任也就是我的责任，德邻的成败也是我的成败。文白，你可以告诉德邻，我一定竭尽全力支持他，我愿终老回乡，绝不再执政。"

张治中低着头说道："是，总裁英明。"

"如果和谈成功，国共两党的管辖范围该怎么划分？"蒋介石询问。

"南京方面希望保持长江以南若干省份的完整性，由国民党来领导。东北、华北则由共产党领导。必要时，可让鄂、赣、苏、皖四省和宁、汉、沪三市联合共管。"张治中回答。

蒋介石冷笑一声："我看这事不必由我们提出了吧？恐怕毛泽东不是这样的看法。依我看，我们现在还是要备战求和，仍然要以整饬军事为重，不宜分心。至于德邻呀，上半局棋子我很明白，也是和我一致的，希望划江而治。至于下半局棋子，太不高明了，逼人太甚！"

张治中不明所以："总裁有何见教？我不明白。"

蒋介石气愤地用手杖戳了戳地面："还不明白吗？德邻一方面通过傅泾波、司徒雷登向美国要军火，用来武装桂系军队；另一方面又派人拉拢苏联武官罗申，他们想联美、联俄、联共来压我，好取而代之。哼！这能瞒得过我吗？所以我说，文白，你给德邻带个信，请他尽管放心好了，我是不会再出山了，我这一生不愿再执政了。"

张治中摸出手帕擦了擦额头上的汗："我一定转告李代总统。"

蒋介石不置可否，接着说道："至于去谈判的人选，张群和吴忠信得参加。"

话音未落，吴忠信急忙推辞："不！我坚决不参加！我是不会跟中共谈判的。"

蒋介石满意地点点头："你不干也好。"

张治中低声说道："我也不想参加。"

"这……倒值得考虑，恐怕也由不得你吧！"蒋介石说着站起身来，"我们今天暂时就谈到这里，我陪你们去看看雪窦寺、妙高台怎么样？"

"谢谢总裁！"三人说着站起身来。

众人来到妙高台，蒋介石望着远处说道："我现在是无官一身轻，每天游山玩水，饭也吃得下，觉也睡得好，体重都重了好几斤。"

张治中笑道："总裁，我看短期到国外休养一段时间，对您的身体会更有好处。"

蒋介石转头看看他："又来了，为什么老要劝我出国呢？"

张治中恳切地说道："大家都是为了您好，您为党国太辛苦了……"

蒋介石立刻打断了张治中的话："文白，我不会出国，也不想亡命！我可以不做总统，做个老百姓总可以吧？"

张治中连连点头："是，是。"

"他们要我出国，也要好好地说啊。他们太不明白我的个性了，竟想利用中外报纸舆论来对我施加压力，这是万万办不到的！"蒋介石说着猛地用手杖往地上重重一戳，"我可以自由地住在国内任何地方，就是到国外也可以，但是绝对不能出于强迫！"

刘仲容临行前受邀来到白崇禧家里。说到和谈，白崇禧提出自己的期望："德公当政后，已有了和平的气氛，下一步要看中共方面的实际行动，希望早日谈判，今后可以有一个'划江而治'的政治局面，希望中共军队不要渡过长江。"

"可是中共一再强调，和谈的条件是以毛泽东提出的八项条件为基础。"刘仲容提醒道。

"既然是谈判，就要谈。他们提什么就是什么，还叫谈判？他们有他们的基础，我们也有我们的底线。"白崇禧辩驳道。

刘仲容若有所思："我们的底线就是划江而治，解放军不过江？"

白崇禧点点头："你告诉毛泽东，国军的主力虽被歼灭，但还有强大的空军和数十艘军舰，他们强行过江会吃亏的。说不定这次的长江之战又是重演一次火烧赤壁。"

刘仲容直言相告："现在不比三国，长江的防线太长，咱们守住了下游，不一定能守住中游；守住了中游，不一定能守住上游。"

白崇禧赶紧叮嘱："他们过了江，掀了摊子，就不好谈了。你见到毛泽东一定要把这层意思讲清楚。"

刘仲容答道："我一定把健公的话转达给毛泽东。"

白崇禧起身从抽屉里拿出一封信："我这里有一封致毛泽东、周恩来的亲笔信，你们见面时一并转交。"刘仲容接过来，放进包里。

"还有一些事情，不知仲容见到毛泽东时能不能开个口？"白崇禧似乎有些为难。

"有什么为难之事，健公请讲，我一定尽力而为。"刘仲容说道。

白崇禧仍旧有些迟疑："我们桂系的一部分军队在安庆被解放军包围，还有一个团在武汉附近的下花园被陈赓的部队缴了械。仲容能不能向中共方面请求谅解，以示和平诚意？"

刘仲容满口答应："好，我一定向毛泽东和周恩来提出。"

白崇禧的脸上露出了笑容："仲容啊，你跟了我们十几年，是我们办外交的能手，相信你这次一定能够不辱使命。"

刘仲容谦虚地一笑，随后起身告辞。

张治中等人在溪口停留了几日，见事情没有丝毫进展，只得回去复命。几人走后，蒋经国来到蒋介石的房间，抱怨道："他们可算走了，在这里住了五天，尽说一些屁话！"

蒋介石冷笑道："这李德邻也太天真了，派个张文白来，就想把我逼出国。"

蒋经国连忙劝道："父亲不要跟这些人生气。"

蒋介石思索着："看来，上海不易守住，我得命令他们先把上海的物资抢运出来。"

蒋经国说道："父亲的意见甚对，这些物资不能留给中共。我看，共产党在政治上、军事上还行，在经济上不行，上海这副烂摊子怕他们也不好收拾吧。"

蒋介石忽然眼前一亮："对，他们缺少管理人才，万一上海失守，这副烂摊子也够他们收拾了，我们还可以派飞机轰炸，派特工破坏……"

正在这时，孔令侃一身西装革履，提着小皮箱兴冲冲地走进来。见了蒋介石父子礼貌地鞠了一躬："姨父好，经国兄好！"然后，随手把小皮箱放到了桌子上。

蒋介石问道："京沪一带情况怎样？"

孔令侃无奈地说道："完啦！这些带枪的、吃政界饭的都是饭桶！枪声还没听到，便飞的飞，跑的跑。国防部那些人逃到上海去了。这些家伙死到临头，还想到中央银行去抢钱！从南京到吴兴，听说一路上翻了不少汽车。共产党还没打来，自己倒先乱了套，真是兵败如山倒……"

蒋介石越听越气："算了！你到这里来干什么？"

"我爸叫我来的。他恐怕姨父要出远门。"孔令侃说着打开小皮箱，"叫我送来十万美金。"

蒋介石突然起身喝道："滚！给我滚回去！"

孔令侃被骂得莫名其妙，一脸懵懂地看着蒋经国。蒋经国则根本不理他。孔令侃不敢再多说什么，只得鞠了个躬，转身跑了出去。

走出慈庵大门，孔令侃迎面遇见俞济时。"孔大公子！"俞济时连忙笑着打招呼。

正无处撒气的孔令侃不由得问道："我姨父脾气这么暴躁，你们是怎么忍下来的？"

俞济时叹了口气："局势如此，总裁哪会有什么好心情。"

孔令侃委屈地说道："我可是好心来给他送钱的啊！"

俞济时听了顿时一愣："送钱？"

"是啊，听说他要出国，我专门来给他送些美元。"孔令侃一脸认真地说道。

"他没用手杖打你？"听到这话，俞济时替他捏了一把冷汗。

孔令侃却还是摸不着头脑，愣愣地说道："没有。"

"他的心情今天很好，你的运气今天也很好。"俞济时说完不再理他，转身向里面走去。

望着俞济时的背影，孔令侃愣了愣，一脸的莫名其妙。

在人民解放战争即将取得最终胜利的关键时刻，中国共产党第七届中央委员会第二次全体会议，于1949年3月5日至13日在河北省平山县西柏坡村举行。出席会议的有中央委员三十四人、候补中央委员十九人。

毛泽东在这次会议上作了重要报告。报告指出：

"辽沈、淮海、平津三大战役后，国民党军队的主力已被消灭。国民党的作战部队仅仅剩下一百多万人，分布在从新疆到台湾的广大地区和漫长的战线上。今后解决这一百多万国民党军队的方式，不外乎天津、北平、绥远三种。"

"我们必须全心全意地依靠工人阶级，团结其他劳动群众，争取知识分子，争取尽可能多的能够同我们合作的民族资产阶级分子及其代表人物站在人民一边，或者使他们保持中立，以便同帝国主义者、国民党、官僚资产阶级进行坚决的斗争。"

"召集政治协商会议和成立民主联合政府的一切条件，均已成熟。一切民主党派、人民团体和无党派民主人士都已经站在人民一边……"

32

斗智斗勇

经过数日航行，"知北游"队伍即将顺利抵达烟台。徐中夫、贾若瑜带领着欢迎的人群等候在码头上。晴空万里，碧海蓝天，一望无垠，煞是壮观。"华中"号货轮远远地鸣响了汽笛，随后稳稳地驶进码头。

轮船靠岸后，众人沿着扶梯依次走下轮船。徐中夫和贾若瑜迎上前去，与民主人士一一握手致意。

贾若瑜热情地招呼大家："诸位一路辛苦，请先到招待所休息。"

柳亚子兴奋地提议："到家了，疲劳也就消失了，不妨先带我们去看看解放军的英姿，和他们好好谈谈心。"

旁边的曹禺接着说道："这是我们迫切希望的，先睹为快啊。"众人纷纷附和。

贾若瑜与徐中夫交换了一下眼神，微笑着点头同意。

很快，车队在一处营房大门前停下，贾若瑜首先从车上跳下来。两名站岗的士兵连忙立正行礼。稍后连长从院内跑出来，立正敬礼说道："报告首长，警备师二团一营三连连长周正兴向您报到，请首长指示。"

贾若瑜回礼问道："你们这里是一个连？"

"报告首长，是一个连。"周正兴答道。

"我现在命令你，全连立即到院子里集合，有贵宾要来参观，与战士们交谈。"贾若瑜命令道。

"是！"周正兴敬礼后转身跑进院子。

这时民主人士们纷纷下了车，贾若瑜对走在最前面的柳亚子说道："柳老先生，刚才从这里路过，看见门口有卫兵站岗，知道有部队驻扎此地。这里面驻扎着我们一个连的队伍，大家请进吧。"说着带领众人走进院子。

院子里，士兵们已经迅速集合完毕。"全体立正，敬礼！"在周正兴的口令下，战士们齐刷刷同时敬礼。

"礼毕。"周正兴喊完口令，跑到贾若瑜跟前："报告首长，二团一营三连集合完毕，请首长指示！"

贾若瑜点点头："都坐下吧。"

周正兴转身命令："全体都有，坐下！"

训练有素的战士们立即放下背后的背包，抱着枪坐在上面。

贾若瑜跟众人解释："武器不离身是我们的规定，也是习惯，诸位也可以直观地了解我军步兵连的装备情况。"

陈叔通问道："你们这些枪械怎么都是美式和日式的？"

周正兴骄傲地说道："日本侵略者和蒋介石先后将这些日械和美械运输到战场上，我们胶东部队不断打大仗，不断有缴获，这些都是我们的战利品。"

贾若瑜笑道："蒋介石这个运输大队长给我们送来了不少美械装备，从这个角度说，对他还要给予嘉奖呢！"

众人听了都大笑起来。

包达三迟疑了一下，接着说道："在国统区听人说，解放军打仗是用'人海战术'。把民兵放在第一线，先向敌人冲击，用来消耗敌人的子弹，又用一种'迷魂药'给战士吃，战士吃了这种药后就失去理智，两眼发直，耳朵也听不见枪炮声，迷迷糊糊就只知道往前冲，这样就把敌人给打败了。我们根本不相信这种说法，请问你们到底是怎么打仗的？"

战士们被逗得哈哈大笑，气氛顿时热闹起来。

一个战士猛地站起来，大声说道："打仗是一场你死我活的斗争。作战必须依靠勇敢和智慧。我军指战员作战目标非常明确，那就是'杀敌保家，安邦定国'。怎么能吃了'迷魂药'糊里糊涂地上阵，那不是稀里糊涂地去送死吗？那还能打胜仗吗？"

另一个战士也跟着站起来，接着说道："我们军队打仗时，是主力军、地方军和民兵三种武装力量相结合进行运动战、阵地战和游击战的人民战争。从来没有听说过把民兵摆在第一线去消耗敌人子弹的事情，我们连里许多同志都是先当民兵后参军的，我们这些人在参军前都配合主力部队参加过多次战斗，从来没有被放到第一线当炮灰。"

众人听了战士们的讲解，终于明白了那些传闻都是谣言，也不禁笑起来。徐铸成想了想又问道："解放军没有军衔，打起仗来，你们是怎么指挥的？"

一位老班长听了，不禁大笑起来。

"原来解放军里还有老头兵呀！"柳亚子很是稀奇。

一个战士连忙介绍："他是老抗日了，是我们指导员的父亲，我们连的炊事班班长。"

柳亚子有些疑惑："儿子是指导员，父亲是炊事班班长，工作中怎么处理呢？"

老班长嘿嘿一笑："那好办！我们军队不管官还是兵都是为人民服务的，军队有'三大纪律、八项注意'，规定下级服从上级，一切行动听指挥。在公事上我自觉地听从他的指挥，服从他的领导，如果他工作中有问题，我也会坦率地提出批评。在连队里我们既是上下级关系，又是革命同志的关系，他很尊重我的。"

这时叶圣陶趁机问周正兴："连长同志，你们连里的生活怎么样？比如伙食标准、物资供应和每月的薪金情况，请你也介绍一下。"

周正兴认真地讲解："我们每人每天的伙食费是四角钱的北海币。可以买一斤半苞米面或面粉、一斤蔬菜、花生油五钱、食盐五钱、猪肉五钱。每逢节日，上面发给每人一斤猪肉作为会餐用。"

指导员补充道："另外，我们各个连队都有生产基地，有三亩菜地，在这里可以种菜、养猪、养鸡。由于我们的驻地靠近大海，上级也会把捕捞的鱼虾分发给我们一些。"

"所以，我们所有连队每日三餐都是两菜一汤，菜是一荤一素，每星期还可以吃一次饺子和包子。你们看战士们个个身强体壮呀！"周正兴笑着总结道。

马寅初又问道："你们部队的薪饷是怎么规定的？"

贾若瑜回答："我军当前实行的是供给制。"

马寅初追问道："供给制有什么标准？"

贾若瑜耐心地介绍："我们的供给制如服装是按季节发放的，官兵服装一个样，你们看我这个军区司令员穿的服装和连队指战员们穿的不是一样的吗？薪金按劳分配，战士和连职干部每人每月三元，营职四元，团职五元，师职八元，我和政委在本区是最高的，为十元。"

马寅初回过头问战士们："连队每人每月三元钱够花吗？"

一个战士抢着说道："够花，我们许多同志还花不了，像我每月还能节省一两元，因为我不吸烟，学习用品和卫生用品都是部队发的，不用自己买。"

了解了诸多细节，马寅初、柳亚子等人的脸上都露出了满意的笑容。

毛泽东在七届二中全会上作的报告很快在报纸上全文发表。报告一针见血地揭露了南京政府和蒋介石的阴谋。在报告最后，毛泽东叮嘱大家："夺取全国胜利，这只是万里长征走完了第一步。如果这一步也值得骄傲，那是比较渺小的，更值得骄傲的还在后头。在过了几十年之后来看中国人民民主革命的胜利，就会使人们感觉那好像只是一出长剧的一个短小的序幕。剧是必须从序幕开始的，但序幕还不是高潮。中国的革命是伟大的，但革命以后的路程更长，工作更伟大，更艰苦。这一点现在就必须向党内讲明白，务必使同志们继续地保持谦虚、谨慎、不骄、不躁的作风，务必使同志们继续地保持艰苦奋斗的作风。我们有批评和自我批评这个马克思列宁主义的武器。我们能够去掉不良作风，保持优良作风。我们能够学会我们原来不懂的东西。我们不但善于破坏一个旧世界，我们还将善于建设一个新世界。中国人民不但可以不要向帝国主义者讨乞也能活下去，而且还将活得比帝国主义国家要好些。"

　　李宗仁、黄绍竑等人和躲在溪口的蒋介石、蒋经国，以及李济深、但靖邦、沈钧儒等众多民主人士都在关注着这份报告，并第一时间找来了报纸仔细阅读。

　　在但靖邦家里，小小的四合院内，李济深、但靖邦、但世忠等人围坐在桌旁边喝茶边谈论着局势的最新变化。但靖邦感慨不已："从二十八年前的共产党早期组织，发展到今天遍布全国的一个大党，共产党成熟了，在进城之前是做了充分准备的。"

　　但世平提出自己的看法："我认为，毛主席在会上给大家出了一个题目，就是进城以后到底该怎么办？"

　　李济深接着说道："毛主席特别强调，共产党进城以后，要保持政治上的清醒，要经得起胜利的考验，千万不能当李自成。"

　　但世忠点点头："这一点，毛主席及中共领导人早就有所警惕。早在抗日战争时期，郭沫若先生就写了《甲申三百年祭》，总结李自成进城后因骄傲而失败的教训，毛主席就立即号召全党认真学习。"

但靖邦说道："中共中央领导人共同商定：一不做寿，二不送礼，三少敬酒，四少拍掌，五不以个人名字作地名，六不把中国同志和马恩列斯平列。我认为，这就是中共领导人谦虚谨慎、戒骄戒躁的优良作风。"

但世忠补充道："会议还决定了几项重大转变。在胜利完成三大战役之后，解放军的主要任务从战斗队转向工作队，开展新解放区的工作。党的工作重心从乡村转到城市，围绕生产建设这个中心展开工作。这个转变提得好，非常及时。"

李济深总结道："我非常赞同毛主席报告中提出的搞好城市工作、发展生产、支援前线、改善人民生活等指示，这应该成为今后一段时间的工作重点。"

但世忠又说道："会上，毛主席提出召集政治协商会议和成立民主联合政府的一切条件均已成熟。现在一切民主党派、人民团体和无党派人士都已经站在人民一边的结论非常准确，我完全赞同。"

李济深点点头："这是中共中央正式决定通过开好政协会议履行建国程序。"

大家正聊得高兴，苏琼推门走进来："大伯，哦，表叔也在。"

但世忠连忙站起来："你怎么回来了？"

苏琼摘下书包："赶上周末，不上课，休息。"

但靖邦拉了把椅子："快坐下歇一会儿，跟我们谈谈你们干训班学习的情况。"

苏琼坐下来："大伯，世忠，我们干训班好多人都写了申请，要求参加南下工作团，到新的解放区参加土改工作。我……我回来就是想征求一下你们的意见。"

但靖邦高兴地说道："我支持。最好申请去广西老家，帮助家乡搞土改，闹翻身。你在那边安定下来后，我也回去。咱们一道回老家搞革命、搞建设。"

李济深摆摆手："先等等。你和苏琼回广西，世忠怎么办？他现在是有组织的人，他的工作必须由组织决定。"

"他也可以写申请回广西啊。"但靖邦立刻说道。

"他是学法律的，他要参加新中国第一部宪法的制定工作。"李济深说到重点。

但靖邦笑道："他忙完了就可以回去啊。"

李济深反问道："要是组织不同意他回去呢？"

但世忠见他们争论不休，连忙说道："大家都别争了。我看，苏琼这次就是写了申请，也不一定会被批准。中央已经决定成立公安部，北平也要组建公安局，需要大批的公安干警。除了一部分旧政府留下的警员，主要人员由部队转业人员来充实。但士兵跟警察是两种完全不同的工作。这中间就需要业务培训。市公安局准备办个公安干部培训班，有计划地分批培训公安干部。市局有一位同志向我透了个风，准备让苏琼过去工作。"

苏琼有些迟疑："让我去参加公安干部培训？"

但世忠笑道："但不是当学员，而是当教员。"

苏琼顿时吃了一惊："让我去当教官？"

但世忠点点头："你的业务水平，完全可以胜任。"

苏琼垂下了眼帘："可我是国民党员。当年我们在特训班集体加入了国民党。"

李济深笑道："这有什么？现在解放军里面，就好多国民党投诚或俘虏的将领在担任教官或参谋顾问。"

中共七届二中全会的胜利召开，让蒋介石无比愤懑。他挂着手杖来到母亲的墓前，失落地望着墓碑出神。

应召前来的毛人凤匆匆赶来，蒋介石慢慢转过身，冷冷地说道："毛泽东在河北召开了会议，正式提出开好政协会议，履行建国程序。毛泽东要在北平建国了。他想召开新政协会议，就必须要拉拢那些民主党派首脑参加，而你，却在这个时候，让黄炎培给跑了。"

毛人凤胆战心惊地说道："学生失职，请校长责罚。"

"罚你有什么用？黄炎培跑了，可张澜、罗隆基、史良，还有我们那个孙夫人，他们都还在上海。这些都是毛泽东召开政协会议必须要请的人。"蒋介石喝道。

"这些人都已在学生的严密监控之下，学生敢以人头担保，绝对不会再发生失误。"毛人凤赶紧做出保证。

蒋介石转回身，语气仍旧无比严厉："我交代你的事你最好给我用点心，再放跑一个，我饶不了你！"

"是，是。"毛人凤满头冷汗连忙退了下去。

黄炎培被国民党列入暗杀黑名单后，上海地下党组织担心他的安全，决定让他们夫妇秘密离开上海，转道香港，最后北上到达解放区。为此，地下党组织设计了一个金蝉脱壳的计划。黄炎培以做寿为名，在家中大摆宴席，大宴宾客三天。就在宾客盈门的时候，黄炎培夫妇佯称要到南京路永安公司购物。跟踪的特务信以为真，在门前等候。哪知黄炎培夫妇已从后门离开，直奔女儿黄学潮家。随后，连夜辗转到达了香港，然后在潘汉年的安排下，秘密地离港北上。

毛泽东得知消息后很是高兴，同时询问了第四批民主人士的行程。另外，毛泽东还特意叮嘱，务必要派人暗中保护好孙夫人、张澜、罗隆基等人，防止他们被国民党特务绑架和暗杀。

与此同时，南京地下党得到中央要求加强推动"北平方式"的通知后，加大了对国民党将领的策反工作力度，并将重点放在了四十五军九十七师师长王晏清的身上。

原本双方商定：一旦和谈不成，九十七师便里应外合配合解放军渡江。然而计划赶不上变化。这天傍晚，王晏清匆忙找到史永，焦急地说道："我们的事情暴露了。南京卫戍司令张耀明获悉了我们的计划，幸亏副司令覃异之出面相救，我才逃出来。现在该怎么办？"

史永眉头紧皱："时间紧迫，来不及向上面请示了。你立即集合部队连夜过江，到了江北马上宣布起义。"

王宴清点点头，连忙去安排。

夜色深沉，长江南京段的江边停靠着几十艘帆船，王晏清和史永站在江堤上，正在指挥部队上船。

王晏清颇为惋惜："二九一团驻在铜井，来不及通知他们了。"

史永拍了拍他的肩膀："咱们先把这两个团带过去，二九一团以后再想办法联系。"

"好，差不多了，我们上船。"王宴清说着，两人一起上了船。

天还没亮，蒋介石突然被俞济时叫醒。听说是南京急电，蒋介石立刻披衣下床。俞济时拿着电报急匆匆走进卧室："总裁，南京卫戍司令部发来急电，王晏清带着部队渡江投向共军了！"

"什么？"蒋介石顿时惊呆了。

蒋介石之所以难以置信，是因为这是一支地道的"御林军"，它的前身是首都的警卫师，师长由原蒋介石的侍卫队队长石祖德兼任。相比其他部队，这支部队素以装备精良、待遇优厚而著称。蒋介石无论如何也想不通，这样一支精锐之师为什么要倒戈？尤其该师师长王晏清还是蒋经国推荐、自己亲自任命的！蒋介石怒火中烧，却又无可奈何。

过了好一会儿，蒋介石对俞济时吩咐道："问问张耀明，为什么没有及早发觉，没有把这个王晏清扣押起来？"

俞济时说道："张耀明已经来电解释，他得知王晏清发表'现在虽有长江天险，也无必胜把握'的通共言论后，就将王晏明扣押了。可是，副司令覃异之却把王晏清放了回去。"

蒋介石气得大骂："这个覃异之胆大包天，敢随便放人，一定要严惩不贷！"

俞济时小心翼翼地回答："覃异之说他没有放掉王晏清，而张耀明也并没有命他把王晏清关起来。他见王晏清没有通共的实据，就叫王晏清在家里等候通知，随传随到。何况他是总裁亲自任命的……"

蒋介石顿时怒火冲天，打断俞济时的话："把四十五军军长赵霞撤职！他是干什么吃的？另外，立刻赶印传单，悬赏缉拿王晏清，官兵返回均有重赏！天一亮就派飞机跟踪散发传单，我就不相信我精心培养的这支部队会被王晏清全部拉走！"

经过彻查，俞济时向蒋介石汇报："王晏清率所部直属队，二八九团、二九〇团于昨夜渡过长江。今日上午，王晏清率所部到达新店庙，跟踪的飞机在那里散发传单后，二九〇团已经返回。"

听完报告，蒋介石稍感安慰。随后打电话给汤恩伯，命他尽快填补九十七师留下的防线漏洞。

其实二九〇团只返回了一小部分，大部队还是跟着王晏清过江北上了。另外，当晚王晏清渡江北上时，林遵的第二舰队虽然已经发觉，但只是对天鸣枪，敷衍蒋介石而已。究其原因，原来林遵的第二舰队也是共产党这次策反的重点对象，林遵已表示等到时机成熟，就会率领舰队起义。如果蒋介石知晓了全部真相，恐怕又会被气得暴跳如雷了。

按原定计划，毛泽东及中共中央即将开赴北平。这天一早，毛泽东屋里就传出小女儿李讷清亮的声音："进北京喽——"随后，江青牵着李讷的小手走出了院子，后面跟着李银桥等人。

"李讷，我们要去的是北平，不是北京。"李银桥笑着纠正。

"是北京，叔叔阿姨他们都说是北京。"李讷仍旧坚持。

江青笑着解释："过去叫北京，现在叫北平，都是一个城市。"

李讷噘起小嘴问道："为什么要叫北平？北平没有北京好听。"

李银桥哈哈笑道："不管叫什么，都一样好玩，那里有很多好玩的地方。"

李讷立刻兴奋起来："我可想去玩了！"

几人说笑着走到村外。清晨，一支长长的车队整齐地停在路边。李讷欢呼着向车队跑过去。

毛泽东和周恩来并肩走在后面，两人边走边聊。

"1915 年，我刚在长沙张贴二十八画生征友启事，就曾写信给北京的黎锦熙，说'北京如冶炉，所过者化，弟闻人言，辄用心悸。来信言速归讲学，并言北京臭腐不可久居，至今不见纪绍之返，又闻将有所为，于此久居不去，窃大惑不可解，故不敢不言，望察焉。急归无恋也'。"毛泽东触景生情，回忆起往事，"1919 年底，我又为驱逐湖南督军张敬尧到达北京，得以与李大钊频繁接触，有机会阅读中文版马克思主义书籍。北京这段生活，是我一生中的关键时期，我的共产主义信念，就是在北京建立的。"

周恩来十分感慨："那时的主席，就已经看到城市的腐蚀作用，而那个时候的北京堪称革命的冶炉！"

毛泽东幽默地一笑："同样是进京，三十年前一书生，三十年后率大军。"

周恩来感叹道："1949 年进京的毛泽东，已不再是云游书生。革命成功的主席将坐镇古都，号令全国！"

毛泽东收起笑容，语气也变得严肃起来："我心里非常清楚，恩来，我们是进京赶考啊！现在对于我们这些共产党人，进城执政，将是更为严峻的考验。"

周恩来一脸认真地说道："我们备课了，应该都能考试及格，不要退回来。"

毛泽东停住脚步："你还记得吗？黄任老在访问延安时曾提醒过我，'其兴也勃焉，其亡也忽焉'，是历来新政权的周期律。"

"当时主席就对他说，共产党跳出这个周期律的武器就是民主。"周恩来说道。

"我说过，枪杆子里面出政权。曾被党内反对派称为枪杆子主义，国民党也攻击我武器万能。在一些人眼中，似乎枪杆子就是暴政，选票才是民主。可是共产党之所以选择枪杆子，那是因为在蒋介石统治的旧中国，只有枪杆子的阵地，没有选票的席位。共产党发动起义的时候，手里的枪比蒋介石少；在夺取政权的过程中，我们的枪越来越多，蒋介石的枪反而越来越少。很多人都不明白，这是为什么？其实，这个过程，就是中国老百姓在用枪杆子选举共产党执政。我们要牢牢记住，是人民选择了共产党。任何时候，我们都不能忘了甚至背叛人民。"毛泽东由衷地说道。

周恩来点点头："用枪杆子当选票，堪称中国改换政权的特殊民主形式。但是，我们共产党执政之后，选举就必须用选票了。"

车队浩浩荡荡地出发了。路边，满是前来送行的百姓。毛泽东通过车窗向外望去，却发现负责警卫的士兵正端着枪对着老百姓。

"停车！停车！"毛泽东大喊道。

李银桥急忙让司机停车，整个车队都随之停了下来。

周恩来从后面匆匆赶上来，俯下身子问道："主席，怎么回事？"

毛泽东下了车，指着那些卫兵说道："你看看，我还没走，他们就拿枪对着老百姓了！不走了！我不走了！回去，都回去！"

周恩来环顾四周，不由得板起脸，大声喊道："汪东兴！命令所有的卫兵，全体向后转。"

汪东兴大吃一惊："全体向后转？"

周恩来解释："向后转同样可以观察到对面的情况，这样，枪口就不会对着老百姓了。"

周恩来低声对毛泽东说道："主席，您看这样可以吗？"

毛泽东的气消了一些，口气也不再那么严厉："这还差不多。恩来，你发明的这个警卫方式，以后要一直沿用下去。"

周恩来不由得笑起来："主席，我依了您一件事，您也要依我一件事。"

毛泽东皱着眉头说道："跟我还做生意，讲价钱？"

周恩来一笑："同志之间，有时候也需要妥协呀！"

毛泽东想了想，大度地点点头："好，今天是个好日子，我们就妥协一次，只要不违反大的原则，你说。"

周恩来笑道："主席说得对，进京是一个历史性的时刻，但不准举行群众欢迎仪式，即使是欢迎民主人士的那种规格也不准搞。"

毛泽东眉毛一挑："怎么，有问题？"

周恩来笑笑："没有问题，我认为主席不搞扰民的欢迎仪式是对的。但也不能无声无息地就去了。主席和党中央进北平本身就是一次团结人民、鼓舞斗志、打击反动派、震慑敌人的行动，我们应该让它发挥作用。我觉得可以在西苑举行一次盛大的阅兵活动，邀请民主党派主要负责人和一些著名的无党派人士一道来参加。"

毛泽东点头同意："跟民主人士一道举行进京阅兵，这个主意好，这可以让外界知道，我们共产党跟民主党派、民主人士是一家人。"

北平西苑，受到邀请的李济深等人聚集在机场大厅。

匆匆赶来的黄炎培见了众人不禁笑道："我逃出上海，绕道香港，今天刚从天津赶过来。听到阅兵的消息，顾不上休息，就马上赶过来了。"

但靖邦笑道："来得早不如来得巧，没赶上入城式，却赶上了阅兵式。"

马叙伦颇为感慨："毛主席进京，是一件多么重大的事情，可中共方面不搞任何欢迎仪式，连我们这些民主人士进京都比不上。"

郭沫若由衷地感叹道："但是，他却邀请我们跟他一道阅兵，如此看来，他是非常重视我们这些民主人士的。"

众人纷纷点头。李济深微笑着说道："大家都是民主人士，都是新政协成员，都是一家人。"

毛人凤很快将毛泽东带领中央机关进驻北平的消息报告了蒋介石。

蒋介石听后沉默片刻，忽然叹了口气："没想到短短三年，毛泽东就进了北平。"

蒋经国提醒道："父亲，他住进北平，失去了太行山这道屏障，正好成为我空军的打击目标。"

蒋介石点点头，指示毛人凤："你迅速查清楚毛泽东的住所。北平不比太行山，上次让他逃掉了，这一次，不能再让他逃掉。"

"学生马上去办。"毛人凤领命而去。

毛泽东却并未住进北平城内，而是安顿在了西山的双清别墅。听了汇报，蒋介石很是意外。

"我估计，他是担心遭到空袭，到了北平也不敢进城，就躲在西山。"蒋经国猜测道。

蒋介石思索了一下说道："西山更好，以免在北平轰炸伤及无辜，老百姓又会骂我们。通知毛人凤，迅速查清毛泽东的具体藏身之处。"

"我马上发电。"蒋经国又说道,"中共已正式通知李宗仁,提出以毛泽东八项条件为基础,定于 4 月 1 日在北平举行和谈。"

蒋介石顿时火冒三丈:"又是'八条'!毛泽东的'八条'不是和谈的条件,是让我们投降。接受'八条',就是无条件投降!"

蒋经国摇了摇头:"现在的李宗仁,除了跟中共和谈外,还能做什么?他肯定要派代表团去北平。"

蒋介石想了想说道:"李宗仁要派代表去北平,一定少不了张文白。"

蒋经国点点头:"张治中是跟中共纠葛最深的高级将领,特别是跟周恩来的关系,尤为深厚。因此有人说张治中通共。"

蒋介石思索了一下,吩咐道:"我待文白不薄,他不会背叛我的。给他传话,去北平之前,到溪口来一趟。"

现在,北平已无人再谈第三方面。因为大家都是民主力量,大家都是新政协成员,都是一家人。但是,越来越多的人在谈论起义的国民党高级将领的地位问题。

北海公园里,李济深、但靖邦边走边聊。但靖邦分析道:"现在民主人士中出现了两种不同的观点。一种以你为首,主张积极分化国民党阵营,认为应该在新政协中给这些起义将领留一些位置;另一种以谭平山为首,认为这些人起义可以,要进入政协坚决不行。"

李济深点点头:"其实,蒋介石最恨最怕的就是这些起义人员。出了个傅作义,已经让他恼恨不已,老是担心再出第二个张作义,第三个王作义。"

但靖邦笑道:"如果中共能接受你的建议,我相信,随着局势的发展,一定会出现第二个、第三个傅作义的。"

李济深充满信心地说道:"我们一定要大力争取,肯定有不少人不理解,甚至反对。我们一定要把道理给大家讲清楚。蒋介石的一个师到我们这边来，他就少了一个师，我们就多了一个师，它的绝对值其实是两个师。"

但靖邦接着说道："中共许多干部战士都是身经百战的英雄，眼看革命就要胜利了，如果在最后的战斗中牺牲，实在太可惜了。这样算，就不只是两个师，而是三个师、四个师了。"

李济深点点头："账就应该这样算。这样吧，我找个机会跟李维汉单独谈谈。你也把你的想法跟世忠谈谈，让他也跟上级反映一下。"

但靖邦又说道："任公，我还有个想法。你看我来北平，总觉得有些名不副实……"

"你又来了！你不是都搬出去住了吗？"李济深有些生气地打断他的话。

"但我还是作为民革的一员，参加各种活动。现在仅一个谭平山的白眼就够我受了，如果柳亚子再来了北平……"但靖邦烦恼不已。

李济深严肃地问道："你想怎么样？连活动都不想参加了？你搬出饭店还说得过去。如果连活动都不参加，会让不知情的人产生怀疑，如果被反动派拿去造谣，将会造成多大的政治影响！"

但靖邦摆摆手："我不是这个意思。我是想，能不能在策反的事情上，也做出一点贡献。"

李济深一愣："策反……有合适的对象了？"

但靖邦说出自己的想法："我可以暗中到武汉去见白崇禧，跟他谈谈。还有，我跟他手下的几个将领也相熟，可以跟他们接触一下，做做工作。哪怕能做通一个，也算做了一点小小的贡献。另外，我还可以趁机打听一下苏琼母亲的下落。"

李济深思索了好一会儿，这才说道："如果是在香港，我还可以决定。但到了北平，这么大的事情，得请示中共才行。"

听到汇报后，毛泽东称赞道："但靖邦这个账算得好啊！看来，不少民主人士也跟我们想到一块儿来了。革命不容易，要尽量避免牺牲。以后建设新中国，还需要大量的、久经考验的革命战士。"

周恩来点点头："我也是基于这种考虑，才让李济深转告但靖邦。首先肯定了他的积极性，并转告他现在和谈刚刚开始，以后视具体情况，一定会委派他工作。"

毛泽东思索了一会儿，又说道："现在第三方面的思想问题基本上已经解决。摆在我们面前有一个新的问题，就是把第四方面做大，而且，许多人必须进入政协。"

周恩来十分赞同："现在的形势对我们非常有利，国民党内许多高级官员和高级将领都想跟我们接触。我认为，我们应该加大这方面的工作，能够在国民党将领中掀起一个起义的新高潮。"

毛泽东提出自己的看法："但靖邦这一点提醒了我们，我们的眼睛不能只盯在李宗仁和白崇禧等大员身上，也不能只盯在程潜、张轸这些封疆大吏身上。像国民党军队内部的普通将领，我们也要争取，而且越多越好。"

周恩来问道："民主人士有李济深、张澜、黄炎培等领军人物。第四方面的领军人物该是哪几个？"

毛泽东哈哈一笑："我认为，眼前就有一个人可以成为一员大将。"

"主席是指……"周恩来迟疑了一下，然后两人异口同声地说道，"张治中！"

连同旁边的李维汉，三人都笑起来。接着毛泽东讲了自己的看法："这一次，不管谈判能否成功，张治中、邵力子这些人，都不能再回去了，一定要说服他们留在北平，作为代表参加新政协会议。"

李维汉笑道："主席、周副主席，人家是南京政府的首席谈判代表，还在南京没动身，你们就在这儿安排他们以后的工作了！"

毛泽东哈哈笑道："这就叫未雨绸缪。"

　　周恩来也笑道："傅作义的通电已经发表，有了他和张治中为武将的领袖，再加上于右任、邵力子为文官的领袖。这面大旗，就高高地树起来了。"

　　这时李维汉忽然又想到一个问题："这次李宗仁的代表中，还有一位特殊人物，就是黄绍竑。黄绍竑上次在香港秘密会见潘汉年的时候就提出要北上解放区参加新政协。我方考虑到他暂时留在南京做桂系的工作更为有利，他听从了我们的建议。这一次，李宗仁让他参加和谈代表团，他通过南京地下党组织向我们请示他是否参加。"

　　毛泽东斩钉截铁地说道："当然要参加。这样对我们的谈判，对以后争取桂系，都是有利的。"

　　周恩来笑道："如果能通过这次和谈，把李宗仁和白崇禧也逼上梁山，那蒋介石就真的成了孤家寡人了。"

　　这时李克农匆匆走进来汇报："主席、周副主席、李部长，刚刚得到南京方面的消息，张治中在出发前到溪口去面见蒋介石了。"

　　三人听了，都顿时愣住了。

　　张治中来到溪口慈庵拜见蒋介石。两人并未多谈，张治中将拟定的和谈文稿交给蒋介石后，便来到会客厅休息。

　　屈武见张治中出来，起身低声问道："怎么样？"

　　张治中也压低声音："接过去了，在看。"

　　屈武说道："我现在最担心的是他对这份和谈计划不满意，一旦通不过就难办了。"

　　张治中有些沉重地说道："他本来对和谈就不赞成，一直认为是李宗仁同中共勾结的阴谋。上次我们来，他就已当面表示不满。"

　　屈武愈加担心："现在，如果他对具体条款提出一些异议，从中阻挠，那这次苦心经营的和谈计划就泡汤了。"

张治中叹了口气："是啊，如果他提出一些原则上的问题，要我们回南京找李宗仁商量，时间就来不及了。"

两人沉默下来。忽然，蒋介石在里屋喊道："文白！"

张治中起身快步走了进去："总裁！"

蒋介石将文稿放下，淡淡一笑："文稿我已经看过了，我没什么意见。文白，你这次担当的是一件最艰巨的任务，一切要当心啊！"

张治中松了口气："谢谢总裁提醒！"

蒋介石站起身，和颜悦色地说道："陪我出去走走吧。"

两人沿着山间小路一直向山上走去。蒋介石边走边叮嘱道："你这次去北平，是要为党国争取更多的利益，不能让中共牵着鼻子走。毛泽东的'八条'，第一条惩治战犯，就坚决不能接受！"

张治中说道："上次邵老他们的和平代表团就提出，惩治战犯这一条应该由以后成立的联合政府来决定。"

蒋介石反问道："都成立联合政府了，还追究谁的战争责任？"

张治中解释道："邵老他们认为，直接拒绝怕中共不能接受，所以想把这个问题先放在一边，拖下去，以后就不了了之了。"

蒋介石点点头，又嘱咐道："还有，在谈判中一定要坚持共军不能渡江。"

听说李宗仁，特别是白崇禧也极为看重这一条，蒋介石很满意："很好，你回去告诉白健生，他坐镇的武汉旁边就是赤壁。他白健生既然号称'小诸葛'，手里的兵比当年孙刘联军多十倍，我希望他能再现当年火烧赤壁的壮举。"

"我一定把总裁的话带给白健生。"张治中点点头。

蒋介石又说道："文白，这一次，中共提出要以毛泽东的八项条件为基础进行和谈。那你们就根据那'八条'谈吧。但每一条都不能完全同意，都要针锋相对，争取达到我们的目的。"

张治中说道："我一定竭尽全力，鞠躬尽瘁，死而后已。"

屈武与蒋经国的谈话却很不顺利。说到和谈，蒋经国直言不讳："文白先生太天真了，现在还讲什么和平。这样下去将来是没有什么好结果的，我看他会死无葬身之地。"

回到南京后屈武才将这番话如实相告，张治中顿时惊呆了，继而气愤地说道："什么？这话是蒋经国说的？你为什么不早点告诉我？我要当面质问他！他父亲让我一切要当心，他却说我要死无葬身之地，这像什么话！"

屈武迟疑了一下，接着说道："我认为在溪口，老蒋对你说的那些话，只是敷衍。而小蒋说的话，才是真的。蒋介石对和谈根本就没有一点诚意，他当然不会对和谈的方案表示任何意见。到时候他会全盘推翻，全都不认账。"

张治中想了想说道："不管他！只要他没有反对，我们就可以去北平了。"

33

《国内和平协定》

为了迎接和平谈判，李济深组织了十余名民革成员在北平六国饭店召开会议，由李济深主持，谭平山、蔡廷锴做补充。

李济深首先发言："现在南京政府还有百余万军队，但长江防线太长，他们根本就守不住，所以请邵力子他们到石家庄求和。中共本着和为贵的原则，同意和谈。和谈成功，自然甚好。那时，国民党分子必有一部分人要求加入本会，我们应有所准备。若和谈失败，亦可证明国民党并无和平的诚意。另外，为了在北平营造和平气氛，配合中共与南京政府谈判，我们应该做些配合工作……"

谭平山愤然站起："什么和谈，我看就是蒋介石在幕后操纵的一场大阴谋！我提议，张治中他们来了之后，我们谁都不要去找他们。如果他们来找我们，则本着毛泽东、周恩来讲话的精神与之交谈，正式谈话由李济深出面。"

见大家议论纷纷，李济深说道："今天这个会议达成统一意见后，要形成一个决议，抄送中共方面。"

傍晚，谭平山和林伯渠来到李济深的房间。林伯渠说道："你们今天

619

会议的决议我们已经向中央汇报了。"

谭平山询问："中央对我们的决议怎么看？"

林伯渠说道："从蒋介石的'元旦文告'开始，到李宗仁求和。毛主席就曾明确指出，这又是一场我们跟国民党反动派的没有硝烟的战斗。既然是战斗，就需要各个方面的配合。所以，中央认为，你们这种不跟南京政府和谈代表接触的决定是不对的。相反，你们还要主动跟他们接触，宣传我们的方针政策，向他们揭露蒋介石假和谈的阴谋，先争取他们在和谈协议上签字，再通过他们争取南京政府签字，让蒋介石的阴谋彻底落空。"

谭平山一拍脑门："这么一说我就明白了！"

李济深也恍然大悟："好，我们一定尽快将中共中央的精神传达下去，让大家一起做工作，打好这一仗。"

谭平山补充道："另外，我们民主人士内部也要做一些分工，谁去做谁的工作，要视情况而定。"

这天，刘仲容终于抵达北平。傍晚，刘仲容来到毛泽东的办公室。刘仲容首先将白崇禧的信转交给毛泽东。毛泽东看完信，笑着问道："现在南京方面有什么新的动向？"

刘仲容答道："眼下，南京政府里有三种人。一种是见国民党败局已定，只好求和罢战，这是主和派；一种是主张谋和备战，他们认为美国一定会出面干涉，只要赢得了喘息的时间，国民党就还能东山再起，这是顽固派；还有一种人，既不敢得罪蒋介石，又不相信共产党，动摇徘徊，可以称为苦闷派吧。"

毛泽东笑道："李宗仁、白崇禧算是哪一派？"

刘仲容思索了一下，说道："从历史上看，蒋、桂多次兵戎相见，纠葛甚深。现在两家又翻了脸，彼此忌恨。李、白二人知道蒋介石不会善罢甘休，他们既要防范蒋介石下黑手，又怕共产党把桂系的军队吃掉。在这种情况下，他们被迫主张和谈，以求划江而治。因此，白崇禧极力坚持解放军不能过江。可以说，划江而治，解放军不要过江，是白崇禧唯一的幻想。"

毛泽东斩钉截铁地说道："白崇禧的愿望是办不到的。如果让他们的幻想变成现实，中国就会处于一种长期分裂的状态，我们都将成为民族的罪人。"

顿了一下，刘仲容试探着问道："白崇禧估计解放军能够参加渡江作战的只有六十万人。"

毛泽东不紧不慢地吸了一口烟："他的估计是错的，我们不是六十万而是一百万，另外还有一百万民兵。我们的民兵可不像国民党的民团，是很有战斗力的。等我们过了江，江南的广大人民更是拥护我们的，那时候共产党的力量就会更强大了，这是白崇禧想不到的。"

"白崇禧说，既然在抗战时期，国民党都容许陕甘宁边区政府存在，容许解放区的各级政府存在，现在，共产党为什么就不能承认长江以南的南京政府？"刘仲容再次替白崇禧发问。

"那是为了抗日的需要，抗日还没有完全胜利，我们就提出了成立联合政府的构想。是蒋介石不干，一定要消灭我们。中国必须统一，绝不能再分裂。我们的这个立场，你要明确地告诉白崇禧。"毛泽东态度坚定。

刘仲容用力点了点头："我个人完全同意贵党和毛主席的看法。中国，绝不能再分裂。我临走的时候，白崇禧让我向主席提出，桂系的一部分军队在安庆被解放军包围，同时另一支部队的一个团在武汉附近的下花园被陈赓的部队缴了械。白崇禧让我向中共方面请求谅解，以示和平诚意。"

毛泽东想了想，笑着说道："可以放松对安庆的围困，下花园缴获的武器也可以还给他们。你尽快通知白崇禧派出参谋人员，双方在前线联系。"

刘仲容点头致谢。

4月1日，按照既定行程，张治中等人乘坐飞机前往北平。飞机在北平西苑机场缓缓降落。舱门打开，张治中慢慢地走下飞机，后面跟着邵力子、章士钊等人。随后，一行人乘车来到北平六国饭店。张治中等人陆续下车，抬头便看见门口悬挂着一幅大标语：欢迎真和平，反对假和平。众人看了看标语，默默地走进大门。

众人走进大厅，周恩来出来迎接。张治中不满地说道："恩来，我们即使打了败仗，你们也不该如此怠慢吧？"

"请问文白先生，你出发前去溪口干什么？"周恩来反问道。

张治中一时语塞。周恩来接着问道："文白先生此次前来，到底是代表南京的李宗仁，还是溪口的蒋介石？"

张治中颇为尴尬："我这次出发前，的确去溪口请示了蒋介石。因为我和李宗仁都知道，没有他的同意，国民党什么事也做不成。"

"可是，众所周知，只要蒋介石干预，和平肯定没有希望。所以我们曾在信中向李宗仁提出，要他必须跟蒋介石彻底划清界限，你这个时候去请示蒋介石，是不是另有目的？"周恩来步步紧逼。

"没有，我只是想争取蒋介石对和谈的支持。"张治中连忙解释。

周恩来看看几位代表："诸位还记得吗？你们出发时，南京各大院校的数千名学生游行欢送，喊出的口号是'拥护真和平，反对假和平'。"

张治中竭力辩白："我们都是为了和平而来的，若想搞假和平，我们跑来干什么？"

周恩来愤慨地说道："那蒋介石呢？他也是拥护真和平的？他也支持你们来北平和谈？让我来告诉你们，他到底是怎样支持的！南京游行的学生到了总统府递交了请愿书，回到国立中央大学，正要解散，大批军警突然出现了。蒋介石直接授意南京卫戍司令张耀明开枪镇压学生，当场打死学生两名，打伤一百多名！"

张治中等人顿时目瞪口呆，再也说不出话来。

此时，蒋介石正得意地给蒋经国传授经验："他们抗议也好，谴责也罢，该出手时，一定要果断出手。过去我们就是心太软、手太软，杀的人太少，才让共产党成了气候。"

蒋经国频频点头："我相信和谈时共产党一定会把这件事拿出来。"

蒋介石冷笑道："我就是要让那些一心想跟共产党和谈的人谈不下去！"

"父亲，毛人凤刚刚报告，说这次除了李宗仁派出的政府和谈代表团外，他们还派了一位密使到北平。"蒋经国说道。

"他们想干什么？明一手、暗一手？"蒋介石一愣。

"据报告，这位密使就是长期在李宗仁身边当参议的刘仲容。当年戴笠就跟您汇报过，说刘仲容是共党分子。由于是李宗仁的亲信，所以没有动他。这次，李、白二人用一位有共党嫌疑的人当密使，他们肯定与共产党有什么见不得人的私下交易。"蒋经国分析道。

蒋介石站起身，拄着手杖在屋里踱着步："白健生跟李德邻不一样。白健生刚愎自用、恃才自傲，是个不肯轻易服输的人。如果能让他们之间互生猜疑，咱们再拉白健生一把，就可以让这次和谈泡汤！"

"父亲准备如何行动？"蒋经国问道。

"只要让白健生坚持划江而治的底线不松口，他们的和谈就一定谈不下去。你去给汤恩伯发电，让他把运往台湾的黄金拨二百万两给白健生。"蒋介石说道。

蒋经国顿时吃了一惊："二百万两？"

蒋介石冷笑道："重赏之下必有勇夫。另外，让毛人凤找两个美国人，最好是美国记者，冒充美国政府的密使去游说白健生，就说美国政府坚决支持划江而治，如果共军非要过江，美国政府将出面干预。还有，让人在南京放话，说美国人发现李宗仁是个扶不起的阿斗，准备再次换马，全力支持白崇禧。"

"孩儿明白了。"蒋经国信心满满，立刻转身而去。

4月4日傍晚，北平六国饭店会议室里，毛泽东、周恩来、林伯渠、李维汉和各民主党派主要负责人李济深、何香凝等人齐聚一堂紧急召开了一次讨论会。

对于美国人的新动作，毛泽东义正词严地表示："什么独立外交，就是新形势下的烟幕弹。既然美国人不希望我们与苏联接近，那我们的外交政策就要'一边倒'，就要与苏联紧密合作。帝国主义不可怕，战争不可怕，我们今天必须真正站起来！"

郭沫若说道："美国人支持蒋介石打内战，打压民主党派，我们跟他们还如何搞外交？我坚决支持中共'一边倒'的政策。"

雷洁琼气愤地说道："美国人还在日本大肆扶植右翼势力，企图复活日本军国主义以对付苏联。如果他们把日本军国主义的亡灵重新召了回去，让日本法西斯分子重掌政权，到时候，日军再次进攻的对象绝不会只是苏联，而首先受害的又会是我们中国。"

李济深分析道："美国人在西欧纠集一些帝国主义国家组建了北大西洋公约组织，全力围堵苏联及东欧的社会主义国家。在东亚，美国人也想组建一个类似的军事集团从东面围堵苏联。"

沈钧儒接着说道："在这种情况下，我们不可能有独立的外交路线，我们必须'一边倒'，不是倒向苏联，就是倒向美国，跟我们的敌人日本成为盟友。我们到底该倒向哪边，我相信大家都非常清楚。"

蔡廷锴站起来高声说道："当然是倒向苏联！谁要是敢倒向日本，我高佬蔡第一个不答应！"

周恩来总结道："所以主席刚才说，独立外交只是美国人施放的烟幕弹。"

李济深思索良久，起身说道："我提议，为了配合北平和谈，营造政治气氛，各民主党派要联合发表一份声明，旗帜鲜明地反对北大西洋公约组织。"

郭沫若补充道："而且还必须说明，如果帝国主义侵略集团胆敢挑起危害全世界人民的反动战争，那么我们将团结全国人民遵守孙中山先生的不朽遗嘱，采取必要的方法，与各国和平民主势力携手前进，与侵略战争的始作俑者斗争到底。"

毛泽东接着说道："邵力子等四老，曾带来南京政府的和谈意愿，我们表示愿意和谈。他们提出战犯问题暂时不谈，将来由联合政府去办。联合政府由中共与南京政府共同决定。我们说，战犯问题要谈，联合政府由中共和民主党派决定。谈判的事是不能拖的，必须迅速决定。"

为了进一步争取李宗仁、白崇禧，毛泽东将刘仲容叫到办公室，微笑着问道："仲容啊，可否回南京一趟？对李、白再做做工作，争取他们在此重要历史时刻能为人民做点有益的事。放心，我可以跟你打包票，保证你平安回来。"

刘仲容毫不犹豫地说道："当然可以！"

毛泽东高兴地笑道："回去后告诉他们，第一，关于李宗仁的政治地位，可以暂时不动，还是当他的代总统，照样在南京发号施令。第二，关于桂系部队，只要他们不出击，解放军也不动它，等到将来再商谈。至于蒋的嫡系部队，也是这样，如果他们不出击，就由李先生做主，可以暂时保留他们的番号，听候协商处理。第三，关于国家统一问题，国共双方正式商谈时，如果李宗仁出席，我也会出席；如果李宗仁不愿意来，由何应钦或白崇禧作为代表也可以，中共方面则派我、叶剑英、董必武参加。但谈判地点要在北平，不能在南京。双方协商取得一致意见以后，成立中央人民政府，南京政府的牌子就不要挂了。第四，现在双方已经开始和平谈判，美国人和蒋介石是不甘心的，他们一定会插手破坏，希望李宗仁和白崇禧尽快拿定主意，不要上了美帝国主义和蒋介石的当。"

刘仲容拿起纸笔一一记下。

毛泽东又补充道："我在多个场合说过，白崇禧喜欢带兵，他的广西部队只有十几万人，数量不多。将来和谈成功，一旦成立中央人民政府，建立国防军时，我们可以请他继续带兵，请他指挥三十万军队，人尽其才，这对国家也有好处。"

周恩来话锋一转："但白先生要求我们的军队不能过江，这办不到。"随后周恩来又说道："不如我们订一个君子协定，只要他不出击，我们三年内不进广西，好不好？"

毛泽东笑着对刘仲容说道："你看，我们是不是煞费苦心啊？之所以这样做，并不是我们没有力量打赢他们，而是想让人民少受些损失。"

刘仲容十分感动："我一定将主席和周副主席的良苦用心转告他们，积极劝说他们放弃那些不切实际的想法。"

毛泽东对周恩来说道："恩来，他们去南京的事，你安排一下。"

周恩来点点头，又提出："主席，我想这次仲容去南京，可否想办法将于右任接到北平来。"

毛泽东非常高兴："好啊，右任老德高望重。他能来北平，一定要留下来参加新政协。仲容，这件事，就拜托你了。"

刘仲容点点头："我一定尽力而为。"

此时，两个冒牌的美国记者汤姆逊和高斯，也来到了武汉白崇禧公馆。

他们首先提出如果投降，李宗仁还可以到新政府里面当个副主席，而白崇禧最多只能当个光杆司令，他手下的十万广西子弟兵将会化整为零，编入其他的部队。在蒋介石手下，他还可以起兵反抗；一旦到了毛泽东手下，就只能任人宰割。

见两人不断地泼冷水，白崇禧眯着眼睛问道："那二位有何高见？"

高斯立刻说道："现在，西方自由世界已经组建了北大西洋公约组织，对抗以苏联为首的东欧社会主义国家，阻止共产主义的泛滥。在东亚，美国政府正在积极筹建一个类似的军事集团，以防止共产主义向东方扩张。"

汤姆逊说道："在美国政府的计划里，中国是这个军事集团中极为重要的国家，美国政府绝对不会允许中国落入共产主义之手。美国政府希望白将军现在能够勇敢地站出来承担责任。只要白将军坚持划江而治，不准中共过江，美国政府就从各个方面对白将军进行大力支持。等美国政府把西欧的事情处理完毕后，就立刻返回亚洲支持您重新统一中国。"顿了一下，汤姆逊接着说道："如果白将军执意要投降中共，美国政府也已做了最坏的打算。到时候美国政府将直接进行干预。"

高斯说道："我们美国士兵的生命是宝贵的，我们不会让士兵在战场上跟中共拼刺刀、扔手榴弹。我们有原子弹，我们只需要扔下几颗，什么问题都解决了。"

一旁的莫未人大吃一惊："扔原子弹？那中国不就成了寸草不生、万里无人的荒漠了？"

高斯恐吓道："就算整个中国都变成一片荒漠，也不能交给共产党，这就是美国政府坚定不移的决心。"

白崇禧和莫未人对视一眼，谁都没有说话。

为了显示和平诚意，中共特意组织了赴南京和谈代表团。临行前，周恩来在中南海与众人话别。周恩来说道："你们四人中，仲容主要同李宗仁、白崇禧联系；朱蕴山代表民主人士；李民欣代表李济深；刘子毅呢，主要跟顾祝同联系。但靖邦不是代表团公开成员，他的任务是代表李济深秘密跟李、白二人接触。"

刘仲容点点头："我们这一次既有侧重，又要合作，一定要共同努力完成任务。"

周恩来再次叮嘱道："总的原则是，他们同意我们过江，什么都好谈。

要抵抗，那是不行的。要跟他们讲清楚，不要以为我们过了江就无依无靠，广大人民是站在我们这一边的，群众是拥护我们的。"

"请周公放心，我们一定不辱使命。"朱蕴山做出保证。

周恩来拿出一沓名片递给朱蕴山："到了南京后，把我的这些名片分发给南京的朋友们。解放军进入南京后，他们可以执我的名片得到安全保证。"随后又特别嘱咐刘仲容，"仲容，另外再交给你两个任务。一是照料朱蕴山和李民欣的生活，二是把邵力子的夫人傅学文从南京接到北平来。"

"明白。"刘仲容点头应允。

刘仲容一回到南京就赶到李宗仁官邸，介绍了在北平的大致情况后，又从随身包里摸出来一张报纸递给李宗仁："情况就是这些，我还从北平带来了4月5日的《人民日报》，上面刊登了一篇社论《南京政府向何处去？》，表明了共产党的方针政策。"

李宗仁看过之后未作任何表示。

刘仲容等了片刻，忍不住问道："代总统？"

李宗仁看了他一眼，客气地说道："你辛苦了，先回去休息，明天我们再谈。"

刘仲容说道："德公，还有一件事。这次，任公专门让他的表弟但靖邦跟我一道过来了。他是任公的私人代表，不代表中共和民革，有一些不好说的话，他可以代表任公跟您和健公谈。还有，任公一再叮嘱，但靖邦的安全，我们一定要负责。"

李宗仁点点头："好，我一定尽快跟他见面。安全方面尽管放心，没有问题。"

刘仲容起身告辞。"我送送你。"坐在一旁的程思远起身送刘仲容出去。

两人离开后，李宗仁吩咐秘书："马上给何应钦院长打电话，请他过来一趟。"

刘仲容和程思远走到院子里，程思远低声说道："最近南京传出了一股谣言。说美国人认为德公是扶不起的阿斗，要抛弃德公，另扶健公上台。"

"有这种事？"刘仲容愣了一下。

"是真是假无从得知，不过两天前，确实有两个美国记者去武汉找过健公。"程思远说道。

刘仲容立刻追问："他们都说了些什么？"

程思远摇了摇头："德公打电话问过，健公说就是一次普通的采访，问了一些对时局的看法。"

刘仲容十分鄙夷："什么普通采访，鬼都不信。"

程思远点点头："我也认为，健公没说真话。"

刘仲容叹了口气："美国人可以抛弃老蒋，同样也可以抛弃德公。"

程思远十分忧虑："德公心里也很着急，就让甘介侯去见司徒雷登，请求司徒雷登出面为德公举办一次茶话会，并邀请了英、法大使出席。德公表示，不再要求物资援助，只是敦促三国大使发表联合声明，在道义上支持我们。他希望这个联合声明能推动北平的和谈。没想到，司徒雷登连话都不肯讲，只是推出英国大使说了一番冠冕堂皇的空话。联合声明的事，更是无人提及。"

刘仲容无可奈何地说道："把自己的命运押在外国人身上，靠谱吗？三个月前，美国人还积极支持德公上台，现在突然变了脸，将橄榄枝抛向了健公。我们难道还不该清醒吗？"

程思远苦着脸说道："老蒋下了台，但他还掌握着军队。德公下台，可就什么都没有了。"

"所以，德公必须尽快与中共签订和平协定，以后到新政府可以任个副主席。如果被赶下台，没有了实权，就没有人再买他的账了。"刘仲容说道。

"可是兵权全掌握在健公手里，德公在许多问题上，不得不迁就健公。"程思远也很为难。

刘仲容想了想，宽慰道："不急，我把这件事向周公汇报一下，听听他们的意见。"

程思远点点头："只好如此了。"

很快，李宗仁与但靖邦在总统官邸会面。

但靖邦首先表明来意："我不会参加他们的政协，也没有资格参加，以后更不会参加政府。我是被老蒋从重庆追杀到南京，从南京追杀到香港，最后被追杀得走投无路了，才跟着任公跑到北平去的。国共之间是战是和，我实际上就是个旁观者。这次任公派我前来，也只是传达他对时局的看法，了解你们的意见。"

李宗仁点点头，问道："肃公，都说当局者迷，旁观者清。你既然是旁观者，据你看，共产党有诚意吗？"

但靖邦诚恳地说道："毛泽东说，国共两家打了这么多年的仗，该歇歇了，和总比打好。这并不是因为共产党没有力量，而是为了早日结束内战，使国家和人民少受些损失，这才愿意通过谈判解决。毛泽东还谈到，解放军一定要过江，谁也阻挡不了。毛泽东欢迎德公和健公直接到北平去商谈，协商解决一切问题。"

李宗仁问道："为什么要我直接去北平谈？"

但靖邦说道："恕我直言，德公与其守在这里当一个有职无权、两头受气的代总统，不如过去参加政协，成为新中国的建国功臣，当一个中央人民政府的副主席。"

李宗仁十分惊讶："他们能容我？"

"当然能，这是周恩来当着我和任公的面说的。"但靖邦说道。见李宗仁沉默不语，但靖邦又劝道，"当初我和任公对于北上也心存种种顾虑，但到了解放区后，中共的所作所为，很快就打消了我们的担忧。要说得罪共产党，您远远赶不上我和任公，赶不上傅作义；要说以前跟共产党的关系，您并不比任公差。政治威望也不亚于任公和傅作义。现在不仅是任公和傅作义，连我这样一个微不足道的小人物，都能受到中共的如此礼遇，您还犹豫什么？"

听说刘仲容回来了，白崇禧立刻从武汉飞回南京。听说解放军坚持一定要过江，白崇禧顿时怒了："他们一定要过江，那仗就非打下去不可了，还谈什么？"

刘仲容连忙从包里拿出笔记本，递给白崇禧："这是我临走时，毛泽东和周恩来让我转述的四条意见。"

白崇禧接过来，匆匆看罢，又还给刘仲容。

刘仲容又补充道："毛泽东希望您以后继续带兵。"

白崇禧说道："我个人的去留并不重要，要紧的是中共若有和平诚意，就应立即停止军事行动，不要过江。我们绝不能让步，过江问题上中共若不让步，和谈决裂不可避免。"

"健公……"刘仲容还想再劝，白崇禧有些暴躁地打断了他的话："你马上和北平通话，把我的意思转告他们！"

刘仲容马上转移话题："这次，跟我一同回南京的还有朱蕴山和李民欣，他们是代表民主党派来促成和谈的。"

白崇禧冷笑道："他们恐怕是共产党派来的说客吧？"

刘仲容耐心地说道："目前国民党处于下风，共产党是胜利者，在此危局下，进行和谈本就不易。现在好不容易有了开端，和平还有一线希望，希望健公和德公千万要把握住这个机会。"

白崇禧不耐烦地说道："不是我们不想谈，而是中共没有诚意。他们要是有诚意，就不会坚持一定要过江。"

刘仲容提醒道："不谈，共产党也是要过江的。"

白崇禧恶狠狠地说道："我手中还有军队，有美国和整个西方世界的支持，我就等着共军的木船渡过长江！"

蒋介石听说白崇禧已然上当，态度强硬地向解放军公开叫嚣，不禁扬扬得意："好，只要白健生强硬起来，李德邻想投降也无关大局。"

毛人凤汇报："从北平传来消息，中共正说服南京派去谈判的部分人员不要再返回南京，而是留在北平参加他们的新政协。"

蒋介石皱着眉头说道："这又是毛泽东的统战伎俩。"

蒋经国有些担心："父亲，如果代表政府去谈判的代表都不回来，政治影响就太大了。"

毛人凤分析："校长，学生以为，最有可能留在北平的有两个人，一是张治中，二是邵力子。"

"我待文白不薄，他不会负我。邵子力就难说了。"蒋介石思索片刻，又对毛人凤说道，"毛局长，你上次说过，要对但靖邦采取行动。"

毛人凤立刻答道："只要校长下令，学生马上安排。"

蒋介石摆摆手："不用你动手，找个人去说服白健生，让他扣留但靖邦作为人质，等中共把去北平和谈的代表全部放回来，再送但靖邦回去。另外，派人严密监视邵力子的夫人，不能让她跑了。"

毛人凤领命而去。

对于白崇禧提出要扣留但靖邦作为人质一事，李宗仁犹豫不决，于是找来程思远、刘仲容商量此事。

刘仲容一听，马上表示反对："德公，这事万万做不得。"

李宗仁满面愁容："我也觉得不妥，但健公说，如果我们派去和谈的代表都不回来，都公开背叛我们，我们在政治上就彻底失败了。"

刘仲容劝道："可是，如果扣留了但靖邦，我们在政治上会输得更惨。"

程思远思索了一会儿，严肃地说道："德公，我估计背后是老蒋在捣鬼。自从他给健公暗中送了黄金后,健公的态度就发生了明显的变化。他要扣押但靖邦,就是要向老蒋和美国人做出某种姿态。"

刘仲容继续劝说:"德公,您一定要向健公表明态度,必须坚决反对。"

李宗仁思虑再三,说道:"仲容,但靖邦现在在哪里?你请他立即搬到我这里来。"

随后,刘仲容又求助于右任,希望他能帮忙保护傅学文。于右任二话不说,立刻将其接到了自己家里。

听说了司徒雷登在茶话会上的表现,毛泽东等人觉得美国人不是想换马,而是对整个国民政府彻底失望了。李维汉说道:"在此期间,刘仲容、但靖邦同李宗仁、白崇禧先后谈了几次。李、白二人仍旧顽固坚持在中共不过江的前提下才能达成和平协定。但靖邦还从白崇禧的参谋人员那里了解到,蒋介石曾从台湾用飞机运了二百万两黄金给白崇禧,企图破坏和谈。"

毛泽东思索着:"白崇禧如此强硬,主要是上了蒋介石和美国人的当。他以为有了美国人和蒋介石的支持,就可以阻止我们渡江。"

"李宗仁则是对和谈抱着死马当活马医的态度,他的智囊甘介侯最近同司徒雷登来往密切。"李维汉又说道。

"不管怎样,李、白二人我们还是要努力争取。特别是李宗仁,我们要下大力气争取。"毛泽东嘱咐道。

周恩来提出:"刘仲容和但靖邦的使命已经完成,我准备让王炳南打电话告诉他们,黄绍竑不日将返回南京,让他们搭乘黄绍竑的专机飞回北平。"

毛泽东点头同意。

接到电话,刘仲容来到李宗仁官邸辞行:"德公,我想乘 12 日南京派往北平接黄绍竑的专机飞回北平。把您和健公的意见转述给毛泽东和周恩来。希望大家能想出一个折中的办法。"

李宗仁沉默了一会儿，开口说道："好，希望你能为和谈再做努力。"

"我一定竭尽全力。"刘仲容点点头。

这时但靖邦对李宗仁说道："德公，我有个想法。于右任是毛泽东和周恩来很敬重的人，如果能让他充当大使，前往北平，对我们可能更加有利。"

"这当然好。问题是，他愿不愿意去北平。"李宗仁说道。

"他应该愿意。要不，我先去找他谈谈。"刘仲容征求李宗仁的意见。

"好，那就拜托你了。肃公，你不和仲容一道走？"李宗仁点了点头，又看看但靖邦。

"我还想去趟武汉，寻找苏琼的母亲。"但靖邦说道。

李宗仁立刻表示反对："不行，现在健公的态度变化很大，你去武汉非常危险。现在就住在这里哪儿都不要去，我再想办法送你走。"

刘仲容也劝道："是啊，肃公，我们没有料到健公会突然生变，你现在只能一切听从德公的安排了。"

毛泽东听说刘仲容、但靖邦已有惊无险地回到了北平，同时摆脱特务监视顺利接来了邵力子的夫人傅学文以及朱蕴山的儿子，高兴地立刻请他们到办公室面谈。

傍晚，周恩来和刘仲容、但靖邦一起来到双清别墅。毛泽东热情地与刘仲容握手："我跟你打过包票，现在你平安归来了吧。"

刘仲容笑道："托主席的福，我平安回来了。只是肃公差点被白崇禧扣作人质。"

毛泽东又握住但靖邦的手说道："这是我们估计不足。真是无情最是黄白物，买尽天下儿女心啊！"

但靖邦有些不好意思地说道："主席，我，我没有完成任务。"

毛泽东笑道："这不怪你，这不怪你。"

"坐下来谈吧！"周恩来招呼着。

三人先后落座，刘仲容继续说道："白崇禧坚持反对解放军过江，已经没有什么希望了，但李宗仁似乎还有争取的可能性。"

毛泽东思索了一下，说道："中央已经决定，解放军不日就要渡江。你给李宗仁打个电话，说我们希望他在解放军渡江以后不要离开南京，如果认为南京不安全，可以飞到北平来。"

刘仲容点点头："我马上打电话。"

"主席，那我以后的任务……"但靖邦欲言又止。

毛泽东笑道："白崇禧依仗手里的几十万人马，背后又有美国人的支持，想跟我们讨价还价。没关系，等我们过了江，狠狠地敲打他几下，他会服软的。到时候，还是少不了但将军再次出马，最后拉他一把。"

与此同时，张治中和黄绍竑也在商议和平协定签字问题。经过艰苦的谈判，南京代表团与中共方面商定了协议的全部文件，只等李宗仁签字了。为了达成和平协定，张治中请黄绍竑回南京想办法说服李宗仁。

黄绍竑义不容辞。此外，李宗仁曾打来电话，准备派于右任来北平充当大使，协助和谈，但张治中认为目前说服李宗仁签字最为重要，于是拦下了于右任。所以黄绍竑回到南京后，于右任可以从旁协助。

临行前，毛泽东会见了黄绍竑和刘斐。三人坐在石桌旁，毛泽东诚挚地说道："桂系的核心人物是李、白、黄。南京签字的事，就拜托季宽兄了。"

黄绍竑点点头："我是坚决主张签字的，白崇禧主战的决心也不小……"

毛泽东说道："至于李宗仁是中间派。"三人都笑起来。

笑过之后，毛泽东正色道："请替我转告你们的李代总统，可调桂系部队到南京保驾，或是随时准备转移，他到哪里我们都同他签字。不但如此，我们还请他来北平参加新政协，担任中央人民政府副主席。"

刘斐吃惊地说道："战犯名单上的第二位您都要了？"

毛泽东微微一笑："刘先生是李代总统亲点的谈判代表，可见李代总统对刘先生是十分信任的。你刚才问我为什么连战犯名单上的第二名都要。你看，我们现在不是三缺一吗？"

刘斐一下子笑了："您打麻将？是喜欢平和呢，还是喜欢清一色？"

毛泽东愣了一下，立即会意："先生之意，清一色是指新政权全由共产党和民主党派等长期反对国民党的力量组成。而平和，是指各种政治力量包括国民党官员，只要转向革命也一概容纳？"

刘斐含笑点头。

毛泽东笑道："平和，当然是平和。"

黄绍竑宽慰道："大势已去，国民党阵营的军政要员也在寻找出路，但都担心中共不肯接纳。现在好了，有了您的当面承诺，这就意味着我们以及国民党阵营的其他朋友，只要投向革命阵营，就有出路。"

"下次来的时候，尽量多邀些朋友，我们和傅作义将军一起吃饭。"毛泽东热情地邀请，进一步表明了共产党的态度。

黄绍竑和刘斐回到六国饭店，来到张治中的房间。彼此打过招呼，黄绍竑说道："文白先生，这一次，您和毛泽东都把签字的重任交给我，使我深感责任重大，因此想请文白先生增派援兵，让屈武跟我一同回去。"

刘斐补充道："屈武是监察院院长于右任的女婿，由他委托于右任督促李宗仁签字应该会更好。这次由他出面劝说，成功的可能性会更大一些。"

张治中本就寄希望于右任，便痛快地答应："好，我去找屈武说说。"

"谢谢！"黄绍竑礼貌地致谢。

"季宽兄，您这次与屈武之行关乎大局。如果南京签字，将出现第三次国共合作局面，大江南北不战而统一。"张治中的心中充满了希望。

"如果南京拒绝签字，解放军必将渡江作战，那么，国民党必败不说，连代表团诸位的安全都成了问题，老蒋肯定会拿我们泄愤。"刘斐提醒道。

黄绍竑皱起了眉头，急切地说道："时不我待，我们今夜就出发。"

34

渡江战役

夜色深沉，周恩来还坐在办公室里忙碌。电话铃声忽然响起，周恩来拿起电话："我是周恩来。连夜出发？好，好，临时增加了屈武？好，知道了。"

放下电话，周恩来重新拿起笔，突然想起了什么，立即放下笔，拿起另一部电话："给我接北平六国饭店南京代表团。线路忙？好，好。"周恩来放下话筒大声喊道，"元功，元功！"

警卫成元功连忙进来，周恩来吩咐道："用外面的电话打给北平六国饭店的南京代表团，打通了叫我。"

成元功答应着转身出去。

周恩来坐下，重新拿起笔却写不下去了。他放下笔，起身在屋里踱着步。

不一会儿，成元功跑进来："周副主席，电话接通了。"

周恩来快步走过去，拿起电话："是南京代表团吗？我是周恩来，请问黄绍竑他们出发没有？刚离开，去了机场，知道了。"放下话筒周恩来马上命成元功立刻备车。

漆黑的夜色中，一辆吉普车载着周恩来冲出新华门，直奔西苑机场。

坐在副驾驶位置上的成元功再次回头确认："周副主席，我们直接去西苑机场吗？中南海到西苑有二十千米，远离市区，我们又没带警卫部队。"

周恩来点头确认，并不断催促。成元功发现周恩来面色凝重，不敢多问，只好拔出枪，警惕地观察着前方。

吉普车驶上了郊外公路，四周一片漆黑。加之路面坑洼不平，吉普车颠簸得厉害。成元功吓得脸色铁青，不由得惊叫起来："这样不行，会翻车的！"

"不要减速，再快些！"周恩来仿佛没有听到成元功的话，继续催促。

司机只好将油门踩到底。成元功瞅了一眼里程表，时速已经达到一百二十千米。成元功没有办法，只好摘下帽子，手里提着枪尽量向车外探出身子，以便更好地观察路况。

吉普车一路狂奔来到西苑机场。此时飞机已经发动，黄绍竑和屈武向送行的人们挥手告别后，正准备上飞机。突然，一辆吉普车飞一般地冲过来，随着一阵刺耳的刹车声，猛地停在两人前面。黄绍竑和屈武都被吓了一跳。

车门打开，周恩来从车上走下来。"周公？"黄绍竑满是疑惑。

周恩来强忍一路颠簸造成的不适，认真地嘱咐道："请你们转告南京方面，和议签字应该自行决断，不要请示蒋介石。"

"明白。"黄绍竑点点头。

"屈武先生，借一步说话。"周恩来说着向一旁走去。屈武立刻跟了上去。

这时成元功走到黄绍竑面前低声抱怨："你们这一走，可把我坑惨了。"

黄绍竑有些纳闷："周公这时候赶来，有什么事吗？"

成元功摇了摇头："我也不知道，听说你们走了，立刻上车就追，连警卫都没带一个。"

黄绍竑紧张地说道："北平刚解放，特务活动十分猖獗，连警卫都不带，太危险了！"

成元功叹了口气："更危险的还是在郊区的路上，一百二十千米这样的速度，好几次车子都被颠到了半空中，我以为肯定要翻车了！"

黄绍竑有些感慨："当年萧何月下追韩信，今晚周公月下追屈武。"

一旁，周恩来面色凝重："听说南京决定派于右任先生为大使来北平协助谈判，这很好。我们欢迎他来，请他尽快动身，越早越好。我估计，南京政府批准这个和平协定的可能性很小，将来一旦决裂了，我们就请他留在这里，参加新政协。"

"岳父一直感念周副主席对他的关怀。可是，张治中将军坚持要他留在南京，督促李宗仁批准和平协定。"屈武说道。

"什么，不来了？"周恩来一愣，沉吟片刻，又说道，"太遗憾了。文白不该在这个时候做出这样一个决定。现在他既然来不了，请你到了南京务必转告他，如果南京政府拒绝批准这个《国内和平协定》，我军决定在本月下旬渡江，希望于先生留在南京不要动，届时我们会派专机接他来北平。将来同李济深等人一起参加新政协，我们一起合作。"

谈完之后，几人互道珍重。借着月色，成元功看看手表，已经凌晨四点了。

蒋介石也同样辗转难眠，这时俞济时走进来："总裁，屈武从北平返回南京，带回了文白先生给您的一封信。"

蒋介石接过信，看了没有几行，惊讶不已。

张治中在信中写道："……默察大局前途，审慎判断，深觉吾人自身之政治经济腐败至于此极，尤其军队本身之内腐外溃，军心不固，士气不振，纪律不严，可谓已濒临于总崩溃之前夕。在平10日以来所闻所见，共方蓬勃气象之盛，新兴力量之厚，莫不异口同声，无可否认。假如共方别无顾虑之因素，则殊无与我谈和之必要，而具有充分力量以彻底消灭我方。凡欲重振旗鼓为作最后之挣扎者，皆为缺乏自知不合现实之一种幻想……"

看到这儿，蒋介石重重地一拍桌子，怒喝道："文白着了共产党的魔了！"

稍稍平静之后，蒋介石继续看信。"前与吴忠信先生到溪口时，曾就两个月来大局演变情形加以研究判断结果，认为无论和战，大局恐难免相当时期之混乱。而钧座虽引退故乡，仍难避免造成混乱之责任，此最大吃亏处，亦最大失策处。惟有断然暂时出国，摆脱一切牵挂为最有利。当时亦曾面陈钧座，未蒙示可，谨再将其利害列数如下……"

蒋介石忍无可忍，将信狠狠地摔在桌子上，大骂道："文白无能！丧权辱国！"随后气呼呼地对俞济时吩咐道，"你马上打电话把经国叫过来。"

"总裁，夜都这么深了，还是明天再说吧。而且您也该休息了，最近几天您睡得很少……"俞济时劝道。

蒋介石大怒："休息休息，你也想让我去休息？立刻打电话叫他过来！"

俞济时只得转身出去打电话。

很快，蒋经国匆匆赶到慈庵会客室。守在门口的俞济时报告："总裁，经国兄到了。"

蒋介石拄着手杖，沉着脸走出来，见到蒋经国就是一通怒吼："张治中在北平同意签订《国内和平协定》，还写信来催我出国。我就是不出国！"

蒋经国被父亲的怒气吓坏了，一时不知说什么才好。蒋介石愤怒地举着手杖在屋子里转来转去："我就是要亲自指挥一切，与共产党打到底！打到底！快，传我的命令，发电给广州的中常会和中央政府，发表声明，绝不能接受共产党的条件。叫中宣部程天放向报界发表声明！"

"是。"俞济时不敢怠慢，连忙转身出去。

李宗仁官邸里，同样气氛凝重。黄绍竑看了李宗仁一眼，李宗仁皱着眉头沉默不语。再看白崇禧，白崇禧脸色铁青地读着协议。至于程思远，则纹丝不动。

黄绍竑感叹道："看来，我带回的协议不受欢迎。"

甘介侯打破了沉闷的气氛，有些不满地说道："咱们桂系的谈判意图，是共产党不要过江，桂系可以划江而治。"

黄绍竑立刻反问道："但是，侯博士，已稳操胜券的共产党哪里会那么好哄？"

甘介侯仍旧不服气："既然是谈判，总要讨价还价，总不能人家说什么，你们就答应什么。"

黄绍竑颇感为难："我何尝不想划江而治。可是中共说了，搞南北朝就是分裂民族的千古罪人！"

这时，白崇禧丢下协议，恼怒地拍着桌子："谈不成就打！我们还有半壁江山，还有军队！"

黄绍竑反唇相讥："能打得过共产党，我们还用得着谈？"

白崇禧继续强词夺理："我回广西打游击去！"

"打游击？人家共产党才是游击战的祖宗。你'小诸葛'就出这种主意？"黄绍竑眼里满是不屑。

"你还替共产党说话，当年你投靠老蒋，现在你又背叛桂系！"白崇禧口不择言。

"你不背叛？就因为得了老蒋几两黄金，你就拒绝和谈，想去给老蒋当国防部部长。"黄绍竑毫不示弱。

白崇禧被戳到痛处，恼羞成怒地站起来就要拔枪："黄绍竑，老子毙了你！"

黄绍竑一脚踢开茶几，起身拍了拍胸膛："动手！"

程思远和甘介侯急忙站起来，连连劝着有话好说，千万不要伤了和气，然后将两人按在椅子上。

李宗仁叹息道："和不成，战不胜，这个代总统真没办法当下去了！"

两人仍旧互不服气，黄绍竑指着白崇禧怒骂："你是统兵大将，可你连德公的号令都不听，可见你压根儿就没想和谈！"

"谈不成就打！只有断头将军，没有投降将军！德公，我这就回武汉跟共军决一死战！"白崇禧摔门而去。

"德公，中共说了，白健生不签字，你一个人签了，只要盖上国民政府的大印，中共也承认。"黄绍竑赶忙跟李宗仁解释。

李宗仁有气无力地说道："我签了又能怎样？离开白健生的支持，我就是一个光杆司令，能去哪儿？两个卫兵就可以把我扣起来。"

"跟我一道去北平。"黄绍竑立刻说道。

"算了。"李宗仁摆了摆手，痛苦地闭上眼睛。

黄绍竑见状，站起来就要走。李宗仁连忙问道："季宽，你要去哪儿？"

"李、白、黄，如今只有分道扬镳了，我暂时去香港。德邻，我最后劝你一句，千万不能去台湾。"黄绍竑说着掉下了眼泪。旁边的程思远也摘下眼镜拭泪。

李宗仁咬牙切齿地说道："哪个王八蛋再上当！"

黄绍竑看看众人，不由得长叹一声："诸位，保重。"随后转身离去。

李宗仁呆呆地坐在那里，内心无比悲凉："我的下场，也许还不如傅作义……"

转天早晨，俞济时拿着一份电文硬着头皮去见蒋介石。看到俞济时脸色不对，蒋介石心中已经有了一丝不祥的预感："不要紧，念吧。"

俞济时小心翼翼地念道："空军总部伞兵三团宣布起义。"

"什么？"蒋介石拄着手杖猛地站起来，气急败坏地骂道，"浑蛋！都是浑蛋！一群浑蛋！乱世出奸臣！"

俞济时惴惴不安地说道："还有一份电讯稿，是伞兵三团发给毛泽东和朱德的。"

蒋介石顿感心力交瘁，闭上眼躺在椅子上，过了好一会儿，才轻声吩咐："念吧。"

俞济时轻声读道："中共中央毛主席、朱总司令：我们的国家和人民，遭受到国民党四大家族统治阶级的压榨而颠沛流离。我们眼见人民处在水深火热之中，而深深地感到苦闷。我们为使反人民的残酷战争早日结束，永久的和平早日来临，正当我们调防福州的时候，全体官兵认为这是我们脱离腐化集团统治的大好时机，在热血沸腾的情绪下，毅然起义，于4月15日安全进入解放区。今后我们愿竭尽我们全体官兵的职能，在人民政府的领导下，树立国防新生力量的人民的伞兵，建设民主繁荣幸福的新中国……"

蒋介石忍无可忍，一把抢过电讯稿狠狠地扔在地上。这时蒋经国从屋外进来，看到父亲气得浑身颤抖，急忙安慰道："父亲，不必为此事气愤。我看这倒是一件好事。"说着把蒋介石扶到椅子上，"这些人迟早要叛变，把他们留在身边对我们来说反而更危险，现在他们走了，对我们有好处。"

俞济时也赶紧劝道："经国兄说得对。他们都是我们身边的定时炸弹，现在他们自己炸开了，有什么不好呢？"

蒋介石脸色涨得通红，猛地喷出一口鲜血。

"父亲！"

"总裁！"

蒋经国扑上去扶住蒋介石，同时对俞济时大喊："快，去叫医生！"

不一会儿，俞济时领着医生赶来。

医生摸了摸蒋介石的脉搏，又翻开眼皮看看，轻声说道："先生，切忌肝火太旺，宜安心静养。我马上给您打一针，再服些药，就没事了。"

蒋介石一边虚弱地喘着气一边吩咐道："通知国防部，把伞兵司令张绪滋撤职……另外，把'太康'号全舰服役人员再仔细审查一遍……"这个时候，蒋介石对所有人都失去了信任。

不久，李宗仁、白崇禧联名给张治中等人发来电报拒绝在和平协定上签字。至此，北平和谈宣告破裂。这次和谈是一场没有硝烟的战争，虽然没有取得成功，但蔡廷锴、李济深、沈钧儒等民主人士一致认为这一仗意义重大。

在中共和各民主党派、人民团体和民主人士的共同努力下，通过北平和谈，揭露了美帝国主义和国民党反动派假和谈的阴谋，深刻地教育了人民，包括一部分曾经幻想走中间道路的同盟者，进一步巩固了统一战线，对于分化瓦解敌人，争取局部和平解放，推动全国解放战争的胜利发挥了重要作用。

国民党政府明确拒绝在和谈协议上签字，因此毛泽东决定，按照原计划，于 1949 年 4 月 20 日，正式发出了向全国进军的命令，我解放军部队在西起九江东北的湖口，东至江阴长达五百余千米的战线上，发起战役。

顿时，长江两岸，炮声隆隆。在解放军猛烈的火力打击下，国民党军阵地瞬间被密集的炮火覆盖，敌人苦心经营的长江防线迅速土崩瓦解。我军渡江部队在炮火的掩护下，万船齐发，顺利抵达了长江南岸。

清晨，收音机里播放着最新消息："4 月 21 日，毛泽东主席、朱德总司令向人民解放军发出《向全国进军的命令》。命令指出，《国内和平协定（最后修正案）》已被南京政府拒绝。拒绝这个协定，就是表示国民党反动派决心将他们发动的反革命战争打到底；拒绝这个协定，就是表示国民党反动派在今年 1 月 1 日所提议的和平谈判，不过是企图阻止人民解放军向前推进，以使反动派获得喘息时间，然后卷土重来扑灭革命势力；拒绝这个协定，就是表示李宗仁政府所谓承认以中共八项和平条件为基础的谈判完全是虚伪的……"

坐在办公桌后面的李宗仁静静地听着，呆若木鸡……

急火攻心卧病在床的蒋介石正在喝药。这时，俞济时进来汇报："总裁，刚刚接到消息，张治中、邵力子的家属已不在南京。"

蒋介石板起脸，将药碗重重地推开："什么？还不快去追查！"

俞济时轻声说道："报告总裁，他们去向不明，无从查起。"

蒋介石冷笑道："呵，好个去向不明。经儿，你都听见了？"

蒋经国放下药碗沉默不语。蒋介石咬牙切齿地说道："通知毛人凤，把于右任监禁起来，带到台湾去！莫让屈武把他也弄走了！"

但世忠拿着最新的报纸兴冲冲回到家里，兴奋地对但靖邦说道："爸，从昨天午夜，中国人民解放军百万雄师在东起江阴、西至九江东北的湖口，长达五百多千米的战线上，强渡长江天堑，国民党的长江防线彻底崩溃了。"

"真的？"但靖邦一脸惊喜，赶忙接过报纸，认真地看起来。

但世忠跟着坐下："这一则消息肯定是毛主席亲自写的，您看'长江风平浪静，我军万船齐发'，这么简短的消息都忘不了抒情。"

但靖邦点点头："是毛泽东的一贯文风。"

"忠哥哥，你回来了！"这时苏琼手里端着一杯水，快步走过来。

但世忠接过杯子，喝了一口水，高兴地说道："苏琼，好消息，解放军渡过长江了，武汉解放指日可待！等武汉一解放，我立刻请假把你妈妈接到北平来。"

苏琼微微一愣："可是，大伯昨天还说，解放了打算回广西。"

但世忠顿时愣住了。但靖邦见状，连忙解释道："回广西的是我。你们现在是共产党的干部，你们去哪里，得由组织决定。要是让你们留在北平，那你们就留下吧。"

但世忠苦口婆心地劝道："爸，好端端的为什么要回广西？再说，您一个人回去做什么？"

"我在北平又能干什么？每天跟着你表叔去开会，又不发言，整个一混吃混喝的主儿。这次去南京，本想立个功，挡一挡一些人的白眼，没想到无功而返。"但靖邦一脸丧气。

但世忠还想说什么，苏琼朝他使了个眼色，但世忠只好闭上了嘴。

战事吃紧，蒋介石坐卧不宁，在他一再坚持下，一行人离开溪口火速赶往杭州。

刚到杭州，蒋介石便急切地询问："快问问他们，前方战况如何？"

俞济时报告："刚刚得到消息，江阴要塞丢了。"

蒋介石一听，顿时坐不住了："什么？江阴要塞山顶有炮群、山腰有堑壕、山脚有地堡群，江面还有军舰巡逻，固若金汤。怎么会这么快就被共军占领了？"

俞济时小心翼翼地回答："刚才汤恩伯发来急电，江阴要塞守军临阵倒戈，控制了江阴炮台，调转炮口猛轰我军阵地……"

蒋介石气急败坏："一帮饭桶，我要撤他们的职！"过了好一会儿，蒋介石冷静下来，又命令道，"马上叫吴忠信飞到南京，把李宗仁和何应钦接到杭州来开紧急会议。另外，通知汤恩伯他们也立刻到杭州来！"

此时，在中共地下党的周密安排下，张治中的夫人洪希厚带着三个孩子已辗转到达上海，并顺利登上了飞往北平的飞机。

接到消息，周恩来马上来找张治中。进门一看，见张治中正在收拾行李，周恩来笑道："怎么，文白兄这是要上哪儿去？"

张治中连忙放下手中的行李："是恩来啊，何应钦派了飞机到北平来接谈判代表，下午就该到了。"

"你要走？"周恩来问道。

"代表团谁都可能留下，唯独我不能，我是首席代表，必须回南京复命。"张治中抬头看了周恩来一眼，又低下头继续收拾行李。

周恩来提醒道："你想过没有，你这次回去很可能会被蒋介石当成替罪羊。"

张治中语气坚定："我早就想过了，我们和你们签订的这份协定，蒋介石绝对不会同意，而且还会迁怒于我。但我毕竟是国民政府的首席谈判代表，蒋先生待我不薄，这个时候，我没有其他的选择。"

周恩来正色道："你这是愚忠！当年张学良就是因为愚忠，害了自己，也害了整个东北军。过去，我们已经对不起一个姓张的朋友了，今天不能再对不起你这位姓张的朋友。"

张治中叹了口气："恩来，你别说了。"

周恩来严肃地说道："我必须要说清楚。到了现在，你为什么还对某些人心存幻想，而不为中国革命和人民多想一想？你留下来，对国统区的和平解放，特别是新疆有很大作用。"

张治中把脸转向一旁："对不起，南京有我的妻子和孩子，我不得不回去。如果这次我能劫后余生，兴许我们还有见面的机会。"

周恩来见他心中痛苦，不好再逼他，便安抚道："文白兄，你来去自由，我不会逼你。我这次过来，是想请你跟我一道去机场接几位贵客。"

张治中心中疑惑："什么人啊？我认识吗？"

周恩来笑道："去了就知道了，走吧，文白兄。"

张治中只好点头答应。

很快，周恩来和张治中乘车来到北平西苑机场。不一会儿，空中传来飞机的轰鸣声。

随着飞机缓缓地降落在跑道上，周恩来和张治中已来到舷梯旁。

舱门打开，只见夫人洪希厚带着自己的三个孩子慢慢走下来。张治中一下子惊呆了，愣愣地站在原地。

张一纯张开双臂扑过来："爸爸！"

张治中回过神来，连忙蹲下身子，紧紧地搂住张一纯。两个女儿也跑过来，连声喊着"爸爸"！张治中热泪盈眶，又张开手臂搂住两个女儿："素瑞，素我……"

洪希厚眼中闪着激动的泪光，站在不远处望着丈夫和孩子们。片刻之后，张治中站起身来，抬头看着洪希厚说道："希厚，你辛苦了……"洪希厚强忍泪水，摇了摇头。

这时张一纯走到周恩来身旁，高兴地喊道："周叔叔！"

周恩来微笑着摸了摸他的头："一纯，你长高了。"

张一纯像个小大人似的说道："我一直记着周叔叔给我写的那句话：'光明在望，前程万里，新中国是属于你们青年一代的'。所以，我每天都在努力地长高，尽快长大，那样我就能为新中国出一分力了。"

周恩来高兴地竖起大拇指："好！咱们一言为定！一会儿我还要检查你的功课。"

张治中望着周恩来，一时竟不知该说些什么："恩来，我……"

周恩来微笑着："文白兄，你的家人也是我的亲人，我知道你有后顾之忧，所以才出了一招先斩后奏，你不会怪我吧？"

张治中深受感动："当然不会，其实我早就被你说服了，只是因为放心不下孩子们，所以我才想回南京……你放心，我愿意留在北平。"

"那就好啊，在国民党众多的高官中，很少有人像文白兄这样一生只忠实于一个妻子。这样的模范好夫妻，我们是不会让你们成为牛郎织女的。"周恩来诚挚幽默的话语逗得夫妻俩都笑了起来。

李宗仁、何应钦、汤恩伯几人先后抵达杭州。会议室里，蒋介石首先对汤恩伯说道："你先说说，长江防线的情况吧。"

汤恩伯清清嗓子，大声说道："整个长江防线，除上海外，已被共军全线突破。江阴要塞、荻港全部失守。第七绥靖司令张世希向我告急……"

蒋介石气愤地打断他的话："我问你江阴要塞夺回来没有？江阴要塞！"

汤恩伯满头大汗，结结巴巴地说道："我已命所部星夜反击，正在激战中，现在战况不明。"

蒋介石狠狠地一拍桌子，骂道："混账！全是一帮蠢货！"

正在这时，一个军官跑进来递上战报。

汤恩伯接过来，马上汇报："我军反击部队激战至今天中午，人员损失惨重，一个副师长阵亡，后卫部队正掩护主力部队撤退……"

蒋介石霍然站起，扫了李宗仁、何应钦等人一眼，恶狠狠地说道："现在，南京处在共军钳形包围之中，只有两个字：炸！撤！懂吗？所有部队分别撤至上海和杭州。立即撤退！"

蒋介石说完，众人一言不发。蒋介石转而盯着李宗仁问道："德邻，你呢？"

李宗仁面无表情地说道："我当然是飞广州。"

蒋介石按下心中怒火，平静地说道："小心为上。德邻，一切全由你来担当了。和，由你去和；战，也由你去战。"

李宗仁沉默无言。

蒋介石再次吼道："把南京下关火车站、码头、水电厂都炸掉，不能给共军留下一点东西！尤其是那五个工厂，他们不是不肯搬迁吗？一并炸了！"

很快，迈皋桥国民党空军仓库发出通知，为了避免遗留下来的军火落入共产党手中，准备炸掉仓库，命令附近的居民和工厂紧急疏散。

沈良骅接到通知后，马上来到资源委员会办公室与孙越崎商量对策。孙越崎气得大骂："老蒋也太无耻了，搬迁不成就要炸掉！"

"这是他一贯的作风。我们拖了这么久，估计汤恩伯已经等不及了，再三打电话来催促。这一次恐怕是最后通牒。"沈良骅说道。

"我们坚持了这么久，总算盼来了解放军。我相信南京解放在即了，我们一定要把这五个工厂完好无损地交到人民的手中。"孙越崎说道。

沈良骅宽慰道："我来之前，已经跟他们都通过气了，一定要互相照应，以防不测。另外，我组织了一批工厂护卫队，绝不让国民党的人炸掉工厂。"

孙越崎想了想，接着说道："只好先这样了，我再想办法多找一些人过去帮忙。让他们埋伏在工厂的周围，绝不让敌人轻易靠近。"

"好，希望我们这次能够顺利渡过难关！"沈良骅说着，两人相视一笑。

何应钦接到张治中留在北平的消息大吃一惊，这意味着整个和谈代表团没有一个人愿意返回南京。何应钦没办法，只好硬着头皮把消息汇报给蒋介石。蒋介石顿时怒道："不！不可能！谁都可能背叛我，唯独张文白不会！这是毛泽东的阴谋，他们扣留了张文白，故意制造出一个投敌的假象。他们是想利用张文白打政治战，打心理战！马上给毛人凤打电话，让他立刻派人找到文白的夫人洪希厚，让她发表声明，提出严正抗议！"

站在一旁的蒋经国小声说道："毛局长刚才报告，张治中的夫人和孩子，已经到达北平。"

"什么？这个毛人凤是干什么吃的！我要撤他的职！"蒋介石暴跳如雷。

李宗仁回到南京后，让副官亲自将朱蕴山、李民欣送到机场。临行前，朱蕴山与副官握手告别："请替我向李代总统、何应钦院长表示感谢，谢谢他们在这个时候还派飞机送我们回北平。"

副官点点头："我一定转告。"

朱蕴山又嘱咐道："请再次提醒李代总统，只要他把政府大印带上，无论他走到哪里，中共都愿意与他签订协定。"

"谢谢，我一定提醒代总统。"副官点头答应。

随后，朱蕴山和李民欣登上飞机，返回了北平。

经过一番调查，毛人凤来到休息室向蒋介石汇报："校长，我已查明，我海军最大的巡洋舰'重庆'号在共军渡江前擅离职守，在舰长邓兆祥的指挥下，悄悄驶出吴淞口，大大地削弱了长江的防御力量。"

蒋介石阴沉着脸说道："南京那边是怎么回事？"

毛人凤继续汇报："今年3月，农工党党员邓昊明、李君素夫妇在中共的领导下，对我首都师师长王宴清等人进行策反，王宴清向共军提供了国军江防部队的兵力部署、武器装备等大量资料，并在共军渡江前率部投降。民盟芜湖分部派人秘密绘制了我军江防工事图，交给了中共地下人员。现已查明，在芜湖我军后勤部门担任高级职务的朱静涛就是民盟盟员。"

蒋介石恼恨不已："我早就说过，我们过去太心慈手软，特别是对这些所谓的民主党派过于宽大，才造成现在这种被动的局面。"

"校长说得对，济南的吴化文投敌，就与李济深、章伯钧等人的蛊惑密切相关。徐蚌会战何基沣叛逃，也是李济深一手策划的。北平的傅作义变节，是张东荪和邓宝珊等人不断挑拨的结果。"毛人凤说道。

蒋介石敲了敲手杖："这都是马后炮！邓宝珊作为华北'剿总'的副总司令，竟然是民革的秘密党员，这么重要的情报，你事先竟一无所知？"

毛人凤赶紧低下头："学生失职。"

蒋介石恶狠狠地说道："不能再让这些人闹下去了，必须采取铁腕手段，把他们彻底镇压下去！要加强情报工作，防患于未然！"

毛人凤连连点头："学生得到大量情报，河南的张轸，湖南的程潜，云南的龙云、卢汉，四川的刘文辉、杨森、邓锡侯，广东的余汉谋等人，身边都有民盟的人在活动。"

蒋介石问道："杨杰现在还在云南吗？"

毛人凤回答："还在。"

"那就先从龙云和杨杰这两个人动手，杀鸡儆猴，杀一只镇不住，就杀两只，两只镇不住，就杀四只，一直杀到没人再敢轻举妄动为止！"蒋介石想了想，又说道，"对于上海的那些民主人士，也该收网了。黄炎培跑得快，可他的儿子不还在上海吗？就先拿他开刀。"

"是，学生告辞。"毛人凤转身退出房间。

35

攻占总统府

别墅二楼的阳台上，心绪不宁的蒋介石拄着手杖站在窗前，久久地凝望着窗外朦胧的烟雨。

俞济时匆匆进来汇报："溪口急电，绥靖总队副总队长项充如已投降中共。"

蒋介石听了顿时大怒："浑蛋！叫经国来见我！"

很快，蒋经国跑进来。蒋介石劈头盖脸地怒斥道："看看你训练出来的人！什么青年军预备干部训练总队，几天前在嘉兴不是被姓贾的带走了一部分吗？嗯，这回居然轮到溪口的绥靖总队了。好，好，这都是你的好弟子！"

蒋经国低着头，一言不发。

"你还有什么话说？"蒋介石质问道。蒋经国仍然不吭声。

蒋介石越发愤怒："你是死人哟！还不快去把溪口的内卫工作布置好！"

蒋经国这才轻声说道："是，我想调交警第十总队到溪口担任内卫警戒。"

蒋介石不耐烦地挥挥手："就这样吧，杭州我已经布置好了，实在守不住，就把钱塘江大桥炸掉。你回宁波去，我想到上海去一趟，上海非守住六个月不可。"

蒋经国答应着退出去。这时俞济时再次拿着一份电报走进来："总裁，又有一份紧急战报。"

"知道了。"蒋介石烦躁地一把抓过电报，直接扔在了桌子上。

蒋介石到达上海后，紧急召见了毛人凤。

毛人凤汇报他已命令特务们密切监视李宗仁的一举一动，发现任何异常情况，随时汇报。蒋介石听了点点头，又接着问道："近来他有什么不满言论吗？"

"他经常发牢骚，说自己这个代总统有名无实。还说主要原因是退而不肯休的人在幕后操纵，半点权力也不肯放手。"毛人凤如实汇报。

蒋介石冷笑道："李德邻不是想到两广去吗？南京陷落后，他想回老家广西，好东山再起？"

"这还不清楚，他的行踪我会随时向校长报告。"毛人凤说道。

"嗯，一切按原计划进行。如果他敢擅自行动，乘飞机出逃，你就安排战斗机将它击落，我们绝不能让他落到共产党手里。"蒋介石想了想，又叮嘱道，"还有，绝不能让他回到西南，纠集桂系残部，将来和我们争夺在大陆最后的反共基地。"

"您的意思是，只要他一起飞，不管他飞到哪里，都要击落？"毛人凤小心翼翼地询问。

"这话还需要我说第二遍？"蒋介石板着脸反问道。

"是！"毛人凤毕恭毕敬地回道。

"于右任呢？这老家伙肯不肯去台湾？"蒋介石接着问道。

"报告校长，4月21日，我们派人去请他，他死也不肯走，我们只好把他绑到了上海。"毛人凤回答。

蒋介石说道："马上把他送到台湾去。你们要接受教训，当机立断。还有竺可桢，此人也不能留给共产党，把他也弄到台湾去。"

毛人凤赶紧报告："竺可桢不在杭州了，听说他已经去了美国。"

蒋介石皱着眉头说道："去了美国？消息可靠吗？"

毛人凤有些心虚，连忙说道："我马上去查。"

不久，毛人凤接到消息说李宗仁去了机场。他一边命人继续监视，一边火速向蒋介石汇报情况。

很快，李宗仁乘车赶到了机场，随后匆匆登上一架飞机。不远处，两个特务坐在另一架飞机的机舱内密切监视着。见李宗仁乘坐的飞机已经启动，缓缓滑向跑道，两个特务正要驾机追赶。这时，一个特务匆匆赶来，带来了蒋介石取消行动的命令。

毛人凤急忙来到蒋介石的办公室，一脸不解地问道："校长，学生不明白，您为何要取消行动。"

蒋介石训斥道："你懂什么？桂系的那些人，诸如白崇禧、黄绍竑、程思远之流，我早晚都要将他们连根拔起。只是，现在除掉李宗仁还为时过早。弄不好，打蛇不成反要被蛇咬。他们桂系的几十万人马可不是吃素的，我还需要他们替我固守中南和华南。"

毛人凤似有所悟："您的意思是，要在军事上拉拢白崇禧，在政治上除掉李宗仁。"

蒋介石点点头："不错，这是目前最稳妥的办法。"

这天一早，前线就传来人民解放军胜利进入南京的消息。正在吃早饭的毛泽东激动地放下筷子："太好了，南京终于解放了！"

一旁的周恩来笑道："那今天的早饭，主席可得多吃一碗。"

"吃，必须吃！"毛泽东说着冲里屋喊道，"江青！江青！"话音未落，江青就端着一碗粥走出来。毛泽东接过来，喃喃自语："好啊！大家都知道这一打胜仗，我的胃口就好。这打得好，才能吃得下啊！"

北平的民主人士们听说南京迎来解放，一个个欢欣鼓舞，激动不已。不过，不知从何时起，开始流传一种说法：在解放军渡江之前，斯大林曾给毛主席发过一份电报。斯大林认为，解放军南下之后，英美军队在解放军后方登陆的危险性明显增加了。所以他向中共中央建议，解放军不要匆忙南下并进军边境地区。

但靖邦与李济深谈起此事，但李济深并不认同："这可能是谣言吧？我从来没听说过。"

"一开始，我也以为是谣言，但仔细想想，也有可能是真的。"但靖邦认真分析道，"这些天，外面还流传着毛主席在解放军占领南京后写了一首七律诗。诗中有这样两句：宜将剩勇追穷寇，不可沽名学霸王。如果没有人向毛主席提出穷寇勿追的劝言，毛主席怎么会在诗中凭空写出这样两句话？"

李济深说道："如果谣言是真的，斯大林的意见也只限于建议中共从策略上考虑争夺和平旗帜，防止急躁冒进。这不是反对过江，而是主张暂缓过江。"

"但显而易见，斯大林的建议被毛主席拒绝了。"但靖邦说道。

"毛主席、朱总司令在发出《向全国进军的命令》之前，不需要征求任何一个外国人的意见。"李济深强调。

但靖邦分析："可斯大林显然是生了毛主席的气。国民党行政院搬到广州后，一向支持国民党的美国大使留在了南京，而一向支持共产党的苏联大使却跑去了广州。"

李济深想了想，接着说道："如果谣言属实，斯大林不是生气，而是害怕了。他怕解放军过了江，直接威胁西方在中国的利益，会引起以美国为首的帝国主义的直接干涉，最后把苏联拖入新的大战。"

但靖邦猜测："美国人不走，说明他们有底气。他们知道只要出兵干涉，国民党就会重回南京。"

李济深摇了摇头："这些不过是我们的猜想，到底是怎么回事，官方不说，我们谁也不知道。"

但靖邦说道："这事你能不能私下问问周公？只要武汉一解放，我们马上就要去接苏琼的母亲，我担心万一战局有变，会陷在战火之中。"

李济深有些为难："这种事官方不说，是不好问的。这样吧，我可以把这个情况先向周公汇报一下。"

周恩来听了李济深的汇报，特意在北京饭店会议厅举行了一个说明会，邀请了沈钧儒、马叙伦等一大批民主人士参加。

郭沫若首先表示："这些谣言不仅任公、肃公他们听说过，我们在座的不少人也都听说了。还有人说，这次解放军渡江打了英国军舰，英军要报复解放军。大家都对这些传言半信半疑，我认为有必要澄清一下，以正视听。"大家纷纷表示赞同。

周恩来看看大家，然后认真地解释道："这纯属谣言，是美帝国主义和蒋介石的又一阴谋。他们的目的是要在革命群众中造成中共与苏共有了矛盾，美英要出兵干涉我们的解放战争的假象。企图让我们受到谣言的迷惑，产生畏难情绪，阻挡解放军向全国进军的步伐。"

李维汉进一步举例说明："26 日，中共新华社香港分社在香港大酒店举办盛大酒会，庆祝人民解放军解放南京。香港各界名流、工商业巨子、文化名人共一百多人出席，港英当局非但不加以干扰，反而允许一些'太平绅士'前来出席酒会。"

周恩来接着说道："这两天，新华社香港分社社长乔冠华凭借丰富的国际知识和熟练的英语，吸引了很多外国记者和友人的关注。西方的一些报纸都说他未来一定是新中国最杰出的外交家，对乔冠华礼貌有加。"

"听了中共领导人的解释，我们心中的疑云一扫而光。通过这件事，使得我们进一步看清了当前的形势，美帝国主义和国民党反动派是不会甘心失败的，他们还会采取种种阴谋诡计来破坏我们的建国大业。我们一定要擦亮眼睛，提高警惕，紧密团结在中国共产党的周围，把我们的新政协办好，办成功！"李济深大声说道。

南京顺利解放，国民党政府已经垮台，毛泽东提出中共中央的主要精力要转向新政治协商会议。

周恩来正色道："和谈破裂，大军过江，北平也变得不安全起来。和谈期间，蒋介石不得不有所顾忌，现在撕破脸了，狗急跳墙的事一定会发生。而且北平是和平解放的，留下了大量国民党特务。现在，青岛还被美军占领，从那里起飞的敌机随时可能轰炸北平市区。这也是我们中央机关暂不进城，驻扎在香山的原因。"

毛泽东思索了一下，马上提出："我们跟美蒋特务的斗争将会是一个长期的过程，我们必须尽快组建自己的公安部队。我想把罗长子调回来担任公安部部长，大家认为如何？"

"罗瑞卿？我们这个小老乡，我认为可以。"朱德首先投了赞成票。

刘少奇也点点头："我同意。他在红军时期就负责保卫工作，这方面有经验。"

周恩来、任弼时也表示同意。

见大家都赞成，毛泽东又提起另一件事："这段时间的工作，除了指挥打仗，我们五大书记的工作也应该有个大致的分工。我想了想，这样行不行？我呢，主要跟各民主党派的头面人物个别交流；老总负责出席人民团体会议；少奇同志指导城市接管工作；新政协筹备一直是恩来负责的，还是交给他；至于弼时，身体不好，在分管土改工作的同时，也出席一些群众会议。大家看这样行不行？"

几人均没有异议。任弼时真诚地向大家致谢："谢谢大家对我的照顾，我一定努力把工作做好！"

双清别墅的凉亭里，毛泽东、周恩来等人正坐在石桌旁讨论新政协的筹备事宜。

毛泽东笑着问道："维汉，听说我们那位老朋友柳亚子又在闹情绪了？"

"早些时候，我们与到达解放区的各党派领导人商定：新政协代表，每个党推举六人参加。在柳亚子到达解放区之前，民革中央举行了联席会议，推选李济深、朱蕴山、李德全、陈劭先、梅龚彬、朱学范六人为代表。柳亚子满怀希望来到北平，连个代表的资格都没有，所以火气极大。他看谁都不顺眼，天天跟人吵架，结果把自己的血压都吵高了，躺在了医院里。"李维汉解释道。

"我进城的第三天，他就给我写信，还附了一首《感事呈毛主席一首》。诗曰，'开天辟地君真健，说项依刘我大难。夺席谈经非五鹿，无车弹铗怨冯驩。头颅早悔平生贱，肝胆宁忘一寸丹。安得南征驰捷报，分湖便是子陵滩'。"毛泽东找到了缘由。

叶剑英调侃道："他这是要学严子陵回老家当诗人去了。"

柳亚子的满腹不忿也让但靖邦苦恼不已。这天他回到家，闷坐在椅子上，不断地唉声叹气。

苏琼见了连忙问道："大伯，谁惹您生气了？"

但靖邦十分气恼："还会有谁？还不是那个柳疯子！今天，他又在会上发牢骚，说他从1927年反对蒋介石屠杀共产党，被蒋介石开除党籍至今，这么多年一直为民主奔走，到头来还不及在战场上被打得落花流水，走投无路才投降的残兵败将。"

苏琼心中纳闷："您又不是投降过来的。"

但靖邦满脸无奈："但他每次都忘不了提当年屠杀共产党的事。你表叔和世忠都搞过策反工作，你也是从那边过来的。他这些话，就是冲着我和你表叔来的。"

苏琼听了，低头不语。但靖邦叹了口气："现在，中共内部一些人开始发牢骚，说什么'早革命不如晚革命，晚革命不如不革命，不革命不如反革命'，柳亚子也跟着四处宣扬，目的就是挤对我们这些人。"

毛泽东觉得不能再让柳亚子这么闹下去了。于是让李维汉去做柳亚子的工作，请他搬到颐和园去住几天。

不出所料，柳亚子一见李维汉又开始抱怨起来："这都是李任潮他故意排挤我。第一批民主人士北上时瞒着我，不让我知道，第二、第三批也不安排我，等他们先到了北平，把代表的名额都瓜分完了，才让我来。"

李维汉耐心解释："当时情况复杂，不管哪一批，没到达解放区之前，都没有定数。您到达后，任公也曾多次表示要把自己的名额让给您。"

柳亚子鄙夷道："他这是故意糠我，他故意要在毛主席面前表现他的高尚、我的渺小。"

李维汉笑道："没这么严重吧？您想多了。"

柳亚子继续诉苦："民革组建时我柳亚子就是核心人物，被公推为秘书长，目前也是中央监察委员会主席，可如今连个民革代表都当不上！"

李维汉连忙安抚："我们对先生非常敬重，去年我们邀请各党派领导人参加政协会议的名单上，先生名列第五。"

"可我出席新政协筹备的代表资格却被李任潮给剥夺了！"柳亚子依旧愤愤不平。

"可是筹委会代表是各民主党派内部推选，我们也不好干涉。"李维汉十分为难。

柳亚子无奈，只好退了一步："我也不是非要当这个代表，民革秘书长当得不顺心，还可以辞职组织诗社。新政协筹备代表落选，还可以参加文艺工作。可是，北平的文代会筹委会没有我柳亚子的位置，全国文联领导机构也没有我的位置，我一个名满天下的大诗人，现在连文人的资格都成了问题吗？"

李维汉连忙做出保证："请先生放心，您以后的工作，一定会得到合适的安排。"

柳亚子仍旧不满："当初召开旧政协，蒋介石排挤我，不准我参加。现在的新政协，李任潮又排挤我。而他李任潮却成了不可或缺的重要人物。还有那些人，昨天他们还是蒋介石的亲信，不仅反共，还欺压我们这些民主党派。今天，这些见风使舵的政客又投机革命，成了共产党的座上宾。"

"您说的这些毛主席和周副主席都知道。他们现在最关心的是您的身体，说您这血压不控制好，以后还怎样工作？所以，他们有个建议。"李维汉说话很有技巧，让柳亚子觉得备受关注，他连忙问道："什么建议？"

李维汉趁机道出此行的目的："他们建议您先搬到颐和园去休养一段时间，等血压稳定后，再安排您的工作。"

柳亚子有些意外："颐和园？"

李维汉说道："颐和园风景好，空气也好，又清静，最适合休养。毛主席请您去颐和园，还说要专门为您写一首诗，说算是您上次给他寄诗的回复吧。"

听到这里，柳亚子脸上露出了笑容，爽快地接受了这个建议。

这天，毛泽东抽出时间特意来看望柳亚子。二人在客厅落座之后，毛泽东问道："我前些天给您寄来的诗，柳老可浏览过了？"

"拜读了，拜读了。我还连夜和了两首。"柳亚子说着拿出诗抄，递给毛泽东，"请主席指教。"

毛泽东接过来，随口念道："倘遣名园长属我，躬耕原不恋吴江。柳老，又考虑定居北平了？"

柳亚子点点头："主席说得对。钓鱼，应在富春江；观鱼，还是昆明湖。"

毛泽东笑着说道："把您请到这里来，是让您养病的。病好了，还得回城去工作。这座名园不能长期属于您啊，它是属于人民的！"

柳亚子满心欢喜，点头笑道："那是，那是。"

毛泽东看完了诗，称赞道："您既是政治家，又是诗人，我非常喜欢您的诗。"

柳亚子谦虚地说道："我的诗写的还是老一套，还是毛主席的诗词既通俗易懂，又寓意深远。"

毛泽东哈哈一笑："我所写的也都是些旧体的格律诗，对于新诗，我也是一窍不通啊。"

两人走出长廊，来到小火轮旁。柳亚子不由得批判道："慈禧太后腐败无能，用人民的血汗搞这些没用的东西。"

毛泽东意味深长地说道："她就是建设了海军，还不是送给帝国主义？无论是这个小火轮还是那个石舫都不是废物，都可以变废为宝。"

柳亚子有所触动："变废为宝……"

这时管理人员过来询问："主席，围观的人越来越多，您看是不是乘船在湖里游一游？"

"好啊，我们上船游湖。"毛泽东征询了柳亚子的意见后，一行人登上了画舫。

画舫离岸，慢慢向湖心划去。几人坐在船内，望着眼前的湖光山色，顿觉心旷神怡。

柳亚子忽然问道:"润之,你是个诗人,有什么妙计能够这么快就打败了蒋介石?"

毛泽东笑笑:"最大的妙计是人民的支持。几万只木船同时渡江,国民党的军舰也挡不住啊。"

柳亚子豁然顿悟:"人民的支持。说得好啊,水能载舟,亦能覆舟。是人民这股大潮把百万雄师送过了长江,也是人民这股大潮把蒋介石的军舰掀翻在了长江里。"

毛泽东微笑着说道:"在国民党统治下,我总是提醒您不要赤膊上阵。现在是人民的天下,您尽管赤膊上阵,讲话、发表文章都可以,只要人身安全有保障,我们就会尊重您的意见。"

柳亚子心头的疙瘩终于慢慢解开了。

解放军攻势迅猛,捷报频传,蒋介石却是焦头烂额、疲惫不堪。俞济时匆匆走进来,再次送来最新战报。蒋介石却毫无表情,端坐不动。俞济时念道:"5月1日,共军三野七兵团一部攻占孝夹,然后以日行一百二十里的速度,攻占作杭;3日拂晓分兵三路向杭州包抄,其中一股经南高峰、九溪抢占钱塘江大桥,我部两个军正向南撤退……"

蒋介石突然睁开眼睛问道:"等等,钱塘江大桥没有炸掉?"

俞济时小心翼翼地解释:"共军突然出现在大桥上,守桥部队仓促引爆,只炸毁了大桥一段护栏……"

蒋介石顿时气得大骂:"一千多公斤炸药,还炸不掉一座大桥?这里面一定有文章!"

俞济时顿了一下,继续汇报:"5月3日杭州失陷,现在萧山已落入共军手中,但目前尚未向浙东进发。"

蒋介石长叹一声:"唉!准备一下,我要到宁波天一阁去看看。你问问秘书,天一阁的藏书宁波哪几个文人知道得最详细?"

俞济时答应一声转身离开。过了一会儿，秘书进来汇报："总裁，据了解，宁波的冯孟颛、马涯民、杨菊庭、朱赞卿四位老先生对天一阁的藏书了解得比较详细。"

"好。那请他们陪我一道看看，你先去约他们。"蒋介石吩咐道。

宁波天一阁大门外，几辆汽车驶过来，蒋介石和蒋经国先后下车。

这时秘书匆匆赶来，见只有他一个人，蒋介石皱着眉头问道："怎么，他们都没来？"

秘书结结巴巴地说道："四位老先生都得了病，有的感冒，有的痢疾……"

蒋介石苦笑一声："好了，我们进去吧。"

走进院子，范鹿其赶忙迎出来，给大家介绍道："藏书楼历经劫难，特别是鸦片战争时期英军入侵宁波，藏书多被盗窃，散失不少。抗日战争时期，藏书搬运到宁海山区存放，幸喜这些书的价值鲜为人知，因而得以幸存。"

蒋介石点点头："上去看看。"

"这边请。"范鹿其引领着蒋介石上楼。

来到二楼窗前，蒋介石说道："我想一个人待一会儿。"

范鹿其悄悄退下。

蒋介石倚窗眺望，低声叹息道："今日古阁一别，何日得再重登？"心中虽无限悲凉，却也无力回天。

南京已被解放军占领，上海也岌岌可危。虽然命令汤恩伯全力保卫上海，至少要守六个月，但蒋介石自知大局已定，这天他召来毛人凤吩咐道："我已命汤恩伯会同上海市代市长陈良和行政院物资局局长江杓将上海储存的黄金、白银和其他物资统统运到台湾，以免资敌。你们保密局要尽力协助汤、陈两位抢运物资。"

"是，校长英明，学生一定照办。"毛人凤立刻点头领命。

"还有，除了协助抢运物资，还要注意控制上海的大小船舶。集中沪、杭一带的交警部队，以六个总队加入战斗序列，保卫上海，归汤恩伯指挥，以两个总队执行物资的押运工作。另外，监视上海的资本家，勿让他们私自将物资藏匿起来。"蒋介石继续交代。

"报告校长，招商局和民生公司的船只已全部被我们控制，除留下一部分军用外，其余都可以运送物资。帆船和各种木船共有三千多艘，其中有一千五百艘不能驶往外海。还有，工厂的机器设备、车辆、纸张、棉纱、布匹是全部运往台湾，还是另做处理？"毛人凤请示。

蒋介石想了想，命令道："机器、车辆、纸张统统运往台湾。棉纱、布匹大部分运往台湾，也可以运一部分到香港。"

毛人凤点点头，接着汇报："还有，上海的很多商人已逃往香港。王晓籁是去年12月跑到香港的，荣德生也走了，杜月笙这几天也要动身去香港……"

蒋介石怒冲冲地打断他的话："你们抓了多少人？上海目前一共关了多少人？"

"报告校长，大概有三千人。"毛人凤答道。

"我看上海这么大，共产党的地下组织绝不止这些人，你告诉上海警察局和警备司令部，凡有嫌疑者一律逮捕。特别是张澜、罗隆基这些人，把他们都带去台湾，不去台湾的，就地正法。"顿了一下，蒋介石又特意叮嘱道，"黄炎培的儿子，要尽快处理。"

"是，学生马上去办。"毛人凤领命而去。

李克农得知蒋介石准备大规模转移物资的计划后，匆匆来到毛泽东的办公室汇报："蒋介石到上海后住在了黄浦江边的复兴岛上。他这次亲临上海指挥，就是希望多争取一些时间，以便把剩余的物资全部运往台湾。他在岛上连续三次召集团以上军官开会，给国民党军打气。"

正说着，李维汉带着黄炎培走进办公室。黄炎培一进门就放声大哭起来："主席，快救救我们上海吧！"

毛泽东急忙站起来，扶着黄炎培坐下："任之老，到底出什么事了？您坐下，慢慢说。"

李维汉解释道："蒋介石下令，不仅要将上海银行的黄金、白银运走，而且每个资本家、工商业主的黄金、白银连同机器设备全部都要运走，谁敢私藏，就是资共，就要被枪毙。"

黄炎培激动地说道："主席，咱们上海工商业者先是被'劫收大员'抢劫了一次，随后又被币制改革抢劫了一次，现在连机器都要抢了！他们简直就是明火执仗的土匪啊！"

毛泽东安慰道："任之老，您不要急，我们马上采取措施阻止他们这种疯狂的抢劫行为。"

黄炎培痛心疾首："中国的工商业一半在上海，一旦上海的工商业完了，那中国的工商业就丢了一半。主席，您一定要命令解放军尽快解放上海，给中国的工商业保留一点血脉呀！"

毛泽东安抚道："您说的这个情况非常重要，我立即召开书记处会议，争取尽快进军上海。"

正在这时，李克农突然闯进来："主席！刚接到华东局的电报，昨天任之先生的公子黄竞武先生，被保密局的特务抓走了。"

黄炎培一下子愣住了，呆呆地坐在椅子上，脸色煞白。

毛泽东的脸色顿时严肃起来："立刻电告华东局，马上采取营救行动，一定要把黄竞武先生救出来！"

李克农答应一声转身出去。

黄炎培悲愤地喃喃自语："覆巢之下安有完卵？"

毛泽东连忙好言安慰："任之老，我们一定会想尽办法，把令公子救出来。"

黄炎培不禁老泪纵横："进军上海，解放上海，保护上海，才是最重要的啊，主席！"

为了给国民党军打气，蒋介石在黄浦江复兴岛再次召集了几百名军官训话。

一身长袍马褂的蒋介石看了看台下的众人，清了清嗓子，大声说道："你们要明白，共产党的问题是国际问题，不是我们一国所能解决的，要解决这个问题就必须依靠整个国际社会的力量。目前，我们的盟国美国要求我们给他们一些准备的时间。这个时间不会太长，只要求我们在远东战场上再扛上一年。因此，我要求你们在上海扛上六个月，就圆满完成任务了。那时，我们的二线兵团已组建完毕，就可以把你们换下去休息啦。"

会场内，立刻响起了议论声。

"为什么要打六个月，怎样打才能坚持六个月？"

"你听他说？都是打气的。到底怎样打，他也说不清楚……"

台上，蒋介石激动地大骂："戴戎光这个浑蛋！一炮未放就把江阴要塞丢了，让共军轻易地渡过长江，丧师失地，打乱了我原来的计划……"

台下有人小声嘀咕："戴戎光还不是他自己委任的，还亲自召见过，这怨得了谁？"

蒋介石平复了一下心绪，继续打气："现在，我们在战略上虽然遭遇了一些挫折，但这只是暂时的。我们应当闻胜不骄、闻败不馁。你们应当相信我，北伐是我排除万难才获得成功的。'西安事变'是我生平最险恶的一关，也是党国存亡的关键，这一关我也渡过了。抗日战争，我们没有来得及充分准备，之后外援又被截断，当时的处境极为困难，最后我们还是取得了胜利。大家应当满怀信心，我与你们患难与共，在上海一起坚守。"

台下，议论声四起。

"还提这些事有什么用？"

"过去的所谓胜利是怎么得来的？现在的局面为何一发不可收拾？谁不清楚……"

听着众人的议论，蒋介石皱了皱眉头，但在这个时候也只能视而不见。按照计划，安排汤恩伯等人分别讲话，继续画饼充饥。

汤恩伯说道："1月间，总裁决定在淞沪地区构筑坚固的防御工事，我们派了工兵指挥官柳际明到太原实地考察。钢筋水泥工程是由陆根记建筑公司承包的，现在已经基本完工。为了在外围扫清射界，阵地前三华里以内的庄稼全部铲光，坟墓夷平，房屋拆光。为国所需，一切合法；为战所用，一切合理。市内核心工事，包括国际饭店、汇丰银行、海关大楼、十六铺德国饭店、百乐门舞厅、百老汇大厦、北站大楼等共三十二处。我们的大上海，要成为攻不破、摧不毁的第二个斯大林格勒！"

接着海军司令桂永清上台发言："我们海军第一舰队与吴淞要塞炮兵配合，负责吴淞高桥两岸地区之炮战及对地面部队进行火力支援，并且保证吴淞口外海上运输的畅通。"

最后轮到空军司令周至柔自吹自擂："我们的空军共四个大队，一百四十架飞机，每日将分三批，昼夜不停，协同地面部队作战，并已准备了大量照明弹，防备敌人夜袭。空军基地除上海机场外，还可以利用闽浙一带的机场和'海上基地'。这'海上基地'就是我们的盟国美军的航空母舰。"

几人讲完，蒋介石再次发言："我知道你们当中还有些人觉得是我临时任命的，国防部还没有正式通过审核，就认为自己是黑官，不安心。我现在宣布，你们谁也不是黑官，今后也绝不会让你们当黑官。等这次的仗打完一律晋升，打得好的有功的，还要越级提拔。你们尽可以安心工作，无须再有顾虑，大家看怎么样？"

汤恩伯站在台下高声附和："总裁英明，感谢总裁恩泽！我们政工处已经会同上海市政府设立了'英雄馆'，地址在国际饭店，凡各部队作战有功的官兵，都送入'英雄馆'享受荣誉……"

会场上一片混乱。

蒋介石在复兴岛召开战前动员大会的消息很快传到了北平。李克农向大家介绍了会议的主要内容，朱德说道："看来，蒋介石这一次是要全力以赴守卫上海了。他是打算把上海作为以后反攻的桥头堡。"

周恩来点点头："他是想凭借上海有利的地理位置、上海的工业和经济实力，死守上海，守上三个月或六个月。"

毛泽东摇了摇头，笑着说道："但是，他的算盘打错了，把情况估计得太乐观了。在解放军强大的攻势面前，他的那套作战计划注定要全部落空，成为泡影！"

朱德豪情万丈地说道："命令陈毅和刘伯承，分两路直插长江三角洲，插进浦东和吴淞口，像铁钳一样把上海紧紧地围住！让汤恩伯的几十万大军马上成为瓮中之鳖，再也逃不掉覆灭的命运。"

毛泽东大笑道："这就叫'机关算尽太聪明，反误了卿卿性命'！"

36

黎明的曙光

经过多方打探，毛人凤终于查清了竺可桢的下落。原来他并没有去美国，而是在上海的教会医院治病。

蒋介石得到消息后，吩咐与竺可桢相熟的蒋经国亲自去规劝。蒋经国来到医院，见到病床上的竺可桢，连忙关切地询问："竺校长，您的身体怎么样了？"

竺可桢一脸冷淡："还好。"

蒋经国有些不悦，不过并未发作，继续说道："父亲派我来转达他的问候，想请您到台湾去办学。"

竺可桢直接闭上了眼睛："谢谢领袖的好意，我看还是不必了。大势已去，在台湾能维持多久呢？我看国家总要统一的吧？自古亦然。"

蒋经国强压怒火："竺校长，时局绝非如此，您还是到台湾去吧，当教育部部长也行。我们是至交，我是不会亏待您的。"

竺可桢睁开眼睛，看了看蒋经国，诚挚地说道："经国，我看你也不必到台湾去，留下来吧。大家都是中国人，有什么话不能讲呢？"

蒋经国脸色一沉："人各有志，您不愿走，也不必劝我。"

两人不欢而散。

回到办公室，蒋经国向蒋介石汇报了与竺可桢见面的经过，蒋介石怒道："他不肯走？哼，这可由不得他！给毛人凤打电话，让他马上派人把这老家伙弄走！"

这时，电话铃声忽然响起，蒋经国马上拿起电话："喂，哦，是毛局长……什么？马上追查，一定要找到他！"

蒋介石皱着眉头问道："什么事？"

蒋经国答道："我离开医院没一会儿，竺可桢就不见了。"

蒋介石顿时震怒："命令毛人凤，一定要把人给我追回来！"

随后，蒋经国又给毛人凤发去密电。命令将所有在押的共产党员、民主人士、嫌疑犯，包括已经释放的政治犯，一律处决，绝不能让他们落入共产党的手中。

接到密电后，毛人凤立刻给上海警察局局长毛森布置任务。

毛森问道："那张澜、罗隆基、史良等人呢？"

毛人凤想了想，嘱咐道："这些人对老头子还有用，尽量先转移。"

"我马上制订一套行动方案，报送局座审批。"毛森领命离开。

得到上海传来的消息，周恩来匆匆赶到毛泽东的办公室。简单介绍了情况之后，周恩来说道："要想救出张澜和罗隆基二人，有一个人值得考虑，就是国民政府监察委员杨虎。"

毛泽东想了想，连忙问道："就是曾担任过中山先生的贴身卫士兼秘书，跟随中山先生立下赫赫战功，被授予陆军中将的那位杨虎？"

周恩来回答："正是。他早年混迹于帮会，在上海黑白两道有一大批徒子徒孙，遍布警察、宪兵以及中统、军统特务组织，还曾与蒋介石是把兄弟。后来因不满蒋介石所作所为，在重庆通过杨杰跟我相识，成为密友。返回上海后，他一直与吴克坚保持联系。"

"看来要救出张、罗二人，非杨虎莫属。"毛泽东表示赞同。

通过吴克坚，杨虎得知周恩来委托他营救张澜和罗隆基二人。杨虎一口答应下来，随后，打电话叫来了徒弟阎锦文。

杨虎毫不迟疑，马上开始布置任务："锦文，你需要完成两个任务。第一，调查上海警备司令部稽查处逮捕了多少名共产党员，并注明姓名、职业、关押在何处，将详细情况写成书面报告，以便设法营救。第二，今天从中共方面获悉，张澜、罗隆基等人有可能被捕。一旦他们被捕，由你负责营救。时间紧迫，刻不容缓。"随后，杨虎回头看看身旁的张寄一，继续吩咐，"寄一，你负责跟中共地下党负责人吴克坚保持联系。"

任务布置完毕，大家各司其职，马上开始了行动。

另一边，上海警备司令部已开始了抓捕行动。三队队长聂琮带着一帮特务已赶到了上海虹桥疗养院。到了疗养院，聂琮粗鲁地对护士喊道："把院长给我叫过来！"

郑定竹正好路过，循声走过来，问道："请问诸位是……"

聂琮瞟了郑定竹一眼，傲慢地问道："你们院长在哪儿？"

郑定竹镇定地回答："院长今天有事不在，我是副院长，有什么事可以跟我说。"

聂琮直接问道："张澜和罗隆基住在什么地方？"

郑定竹答道："205和206号病房。"

聂琮立刻对身边的特务吩咐："去几个人，把这两个房间给我看住！"

郑定竹有些不知所措："先生……"

聂琮吼道："少废话！我们这是奉命执行公务，滚！"郑定竹无奈，只得默默离开。

这时一个特务问道："队长，这么大的行动，要不要通知阎副队一声？"

聂琮满不在乎地说道："这是上面布置的任务，不用跟他商量。"

这名特务提醒道："阎副队的师父杨虎，跟咱们的周副司令可是密友。再说，人家毕竟是副队长。"

聂琮想了想说道："好吧，我去办公室打个电话。"

一会儿工夫，阎锦文便乘车赶过来。

聂琮说道："来了？刚才开会没见到你，黄处长亲自下的命令，我就先过来了。"

"我临时有事出去了一趟，一回来就听说有任务。"阎锦文说着将聂琮拉到一旁低声说道，"我听老王他们说，最近从天津、沈阳来了不少舞女，百乐门容不下，在别的地方又开了几个舞厅。"

聂琮顿时来了兴趣："在哪儿？"

"别急，舞女嘛，不足为奇。"阎锦文颇为不屑。

"听你的口气，还有什么更稀奇的？"聂琮好奇地追问。

"当然有。想不想知道？"阎锦文故意卖了个关子，顿了一下，接着说道，"听说有些国军将领战死或被俘后，他们的夫人、小姐失去了靠山，为了生活也秘密组织了几个俱乐部，做一些娱乐生意。"

聂琮大吃一惊："竟有这事？"

阎锦文嘿嘿一笑："老王他们都去过了。"

聂琮有些心痒难耐："这些家伙，都不跟我说一声！"

阎锦文哈哈大笑："队长，其实你不必亲自守在这里。不就是两个垂死的老家伙嘛，杀鸡焉用宰牛刀，这里交给兄弟们就是了。"

谈到正事，聂琮连忙说道："黄处长的意思，得把这两个老东西转移出去。"

"怎么转移？转移到哪儿？"阎锦文问道。

"上头没说，我也是开完会就匆匆赶过来的。"聂琮摇了摇头。

"要不我们先进去看看？"阎锦文提议。聂琮点点头，两人一起走进大楼。

205 号病房内，张澜正躺在病床上看报，阎锦文和聂琮推门而入。张澜抬起头，冷冷地打量着二人，没有作声。

阎锦文笑嘻嘻地说道："张老乡，我们是上海警备司令部的，奉命来接你们。这里不太安全，我们给您准备了一个更安全的地方。"

张澜慢条斯理地收起报纸，不屑地说道："是逮捕吧？哼，要杀，你们就开枪，我哪里都不去，就死在这里。"

聂琮厉声喝道："张澜，你放明白点，我们是在执行公务！"

张澜冷笑一声："执行公务？这么说你们是政府行为？请问你们代表的是哪家政府？蒋介石的政府？他早已下台了。李宗仁的政府？他自己都不知道逃到哪里去了。你们的反动政府已经垮台了，还厚颜无耻地说什么执行公务！"

聂琮恼羞成怒："老家伙，死到临头了还嘴硬！"

张澜无所畏惧地说道："你们才是死到临头了！解放军马上就会打进上海，蒋介石没那么多的飞机、轮船把你们这些阿猫阿狗统统带到台湾去，你们马上就会成为解放军的俘虏，你们的命运将是接受人民的审判！"

"来人！把这老家伙给我带走！"聂琮怒吼道。

这时郑定竹冲进来："不得胡来！这里是医院！"

阎锦文伸手拦住他："请不要妨碍我们执行公务！"

郑定竹又急又气："我是负责给张先生和罗先生治病的医生，两位的病情很严重，都需要住院治疗，现在是绝对不能离院的。我们医院必须对病人负责！监牢里的犯人尚且可以保外就医，你们为什么还要到医院来抓病人？如果病人的生命出了危险，谁来负责？"

阎锦文和聂琮对视一眼，都皱起了眉头。

郑定竹尽量用平缓的语气说道："请允许我们再会诊检查一下，一旦病人的病情稍有好转，立即通知你们，到那时再把人带走，你们看行不行？"

阎锦文沉吟片刻，接着说道："你如果担保他们不会逃脱的话，我们可以考虑在院监守。不过，我得请示上司后才能决定。"

郑定竹急忙说道："我完全可以担保。"

阎锦文点点头，转身去打电话。

不一会儿，阎锦文又转身回来："黄处长不在，我跟周副司令请示，周副司令同意了。"

聂琮笑道："好，既然如此，这里的事就交给你了。"

阎锦文拍着胸脯保证："这点小事何须队长亲自动手，由我负责处理，保证他俩插翅难飞。"

随后，阎锦文跟着郑定竹来到院长办公室。他装出一副公事公办的样子："郑院长，你愿意给张、罗二人担保？"

郑定竹点点头："当然愿意。"

"保人需要有一定的社会地位，我想先了解一下你个人的情况。"阎锦文继续说道。

"我是这里的副院长、肺科主任，家里有住宅和汽车，这可以了吧？"郑定竹没好气地说道。

阎锦文点点头："嗯，倒是符合当保人的要求。不过，要担保，还得答应我们三个条件。第一，用身家性命担保，并出具保证书；第二，把205号病房的张澜搬进206号病房与罗隆基寄押在一起；第三，派武装军警在206号病房内日夜驻守看管。"

郑定竹皱了皱眉头，一一答应下来。

674

阎锦文很高兴："好吧，马上写保证书，签名盖章后交我保存。"

事情办妥了，阎锦文回来向聂琮汇报："郑院长出面担保，他的条件都符合，我就让他出具了保证书。"说着摸出保证书，递给聂琮。

聂琮看了看，又还给阎锦文："你揣好。这件事就由你全权负责，出了事也是你自己兜着。"

阎锦文嘿嘿一笑："放心，不会出事的。你向黄处长请示了吗？"

聂琮抱怨道："哪儿来的时间？我一回来就接到新的命令，说是汤恩伯亲自下令，让我们不惜一切手段，一定要抓住史良。"

"史良？就是当年'七君子'之一的史良？"阎锦文问道。

"不是她还能是谁？"聂琮很是烦躁。

当天晚上，趁着朦胧的夜色，聂琮带着一帮特务直奔史良家。几辆吉普车刚刚在大门前停下，聂琮便跳下车："快，去几个人把后门堵住！"

特务们纷纷下车。很快，大门被砸开，一群人蜂拥而入。可是搜遍了每一个角落，都不见史良的踪影，只找到一个在她家做工的老佣人宋阿福。

见一无所获，聂琮恼怒地吼道："不管是厨子还是女佣，全都给我抓起来！一个一个地审问，一定要从他们嘴里找到线索！"

一个静谧的夜晚，阎锦文来到杨虎家里，汇报自那日之后，聂琮又加派了几个特务，每日在虹桥疗养院轮流看守。

杨虎听了，不由得紧皱眉头："营救张、罗二人，是周先生的指示。周先生来电，要求我们一定要营救他们脱险。"

阎锦文立刻说道："既然是周先生的指示，我就是豁出性命也要完成任务。"

杨虎想了想，叮嘱道："必须防备特务在医院对他们下毒手。同时，对民盟其他领导人和一般盟员的安全也必须设法保护。比如这次抓捕史良，你提前报信，做得很好。"

阎锦文将一份报告交给杨虎："这是上海警司稽查处逮捕的共产党员名单，共有三千多人，但是人没有关押在我们这里，我也不知道他们到底在什么地方。"

杨虎接过名单，拍了拍阎锦文的肩膀："干得好，只要有名单在，我们找起来也就容易一些。"

阎锦文点点头："对了，就在近期，警察局和警司要对上海的民主人士进行一次大搜捕。"

杨虎的脸色凝重起来："要尽快想办法将这个消息传递出去。"

"明白。"阎锦文用力地点了点头。

深夜，整个上海阴云密布、山雨欲来。黑暗中，上海保密局监狱里关押的政治犯和革命者已沉沉睡去。

忽然，一个人睁开眼睛："听，你们快听！"

众人陆续睁开眼睛，挤到铁窗前，静静地聆听。

"我听到了，是炮声。解放军要来救我们了！"

"快，让我们一起用歌声欢迎他们。'解放区的天是明朗的天……'"

众人纷纷歌唱起来，歌声中满是对自由的渴望。

负责看守的特务走过来喝道："不准唱！不准唱！"

众人仿佛听不见看守的呵斥，也看不见他们手里的棍棒，歌声仍然铿锵有力："团结就是力量，团结就是力量……"

特务们害怕了，匆忙跑出去汇报。

毛森匆匆赶来向毛人凤报告："这几天牢里的情况很不妙，这些不怕死的共产党，听到外面有一点响动，就一个个蠢蠢欲动，侄儿恐怕……"

毛人凤不耐烦地挥挥手："行了，这些人早晚要杀掉，既然他们急着送死，那就挑几个有用的给我送到台湾去，剩下的都杀了吧。"

毛森有些迟疑："都杀了？这三千多人，怎么个杀法？"

毛人凤轻描淡写地说道："枪毙、活埋，实在不行拿麻袋装了扔进黄浦江，只要不落在共产党手里就行。"

枪声响起，一批又一批的革命者就这样在黎明前牺牲了。而此时的黄竞武也已经被折磨得没了人形。

聂琮吩咐人在黄竞武所在的囚室里挖了一个坑，然后让特务架着奄奄一息的黄竞武来到坑边。聂琮说道："黄竞武，你都听见了，许多重要的罪犯都已经被我们处决了。我再给你最后一次机会，只要你交出名册，我立刻就放你走。"

黄竞武用仅有的一点力气挣开身旁的特务，虚弱地说道："放开我！"他的身子晃了晃，终于站稳了。他嘲讽地冲聂琮笑了笑："你们这群恶棍，都不敢公开处决我，还逞什么威风！解放军已经打到上海城郊，你们的末日就要到了！"

聂琮恼羞成怒："推下去！"

黄竞武厉声喝道："滚开！"特务们被他的气势震慑，吓得纷纷后退。黄竞武拼尽最后一丝力气，纵身跃入坑中，平静地闭上了眼睛。

已经几天联系不上杨虎了，阎锦文心中忐忑不安，这天阎锦文终于打听到了师父的下落。夜深人静，阎锦文悄悄来到一个偏僻的小院，轻轻地敲了敲门，不一会儿王寄一从里面走了出来。

走上小阁楼，阎锦文一眼看见站在屋里的杨虎，不禁兴奋地喊道："师父，可算找到您了！"

杨虎无奈地说道："蒋介石要挟持我去台湾，我不得不躲起来，所以没来得及通知你。"

阎锦文说道:"师父,您可把我急坏了!特务们刚刚定下除掉张、罗二人的计划,由我来执行。"

杨虎思索着:"他们从医院转移的时候,就是我们营救的最佳时机。"

阎锦文点点头:"现在的问题是,虽然医院都已经换成了我的手下,但是他们毕竟不是自己人,我需要两个信得过的助手。"

杨虎想了想,低声说道:"让潘云龙、庄儒伶做你的助手吧。"

阎锦文点头同意。

这天,阎锦文走进206号病房,转身锁上房门,然后低声说道:"二位,我奉杨虎将军的命令来营救你们,此后一切行动,必须听我的指挥。"

张澜冷哼一声,把脸转到一旁。阎锦文有些着急:"表老,请您相信我。"张澜仍然一声不吭。

阎锦文无奈,只好对罗隆基说道:"罗先生,现在已经到了关键时刻,请你们一定要相信我。"

罗隆基瞪了阎锦文一眼:"我们凭什么相信你?"

阎锦文想了想,压低声音说道:"您可以打电话给杨虎将军或者田淑君询问。"

张澜冷笑一声:"谁知道电话那头是什么人。"

这时,罗隆基说道:"我的通讯录上有田淑君的电话,我自己打。"

阎锦文马上答应:"好,我陪您去院长办公室。"

罗隆基起身就走。

"小心点。"阎锦文伸手要去搀扶。

罗隆基一把甩开他:"别碰我,我自己能走!"阎锦文尴尬地缩回手,乖乖地跟在后面。

一会儿工夫,张澜便看到一脸笑容的罗隆基回到了病房。罗隆基微笑着冲张澜竖起大拇指。张澜轻声问道："自己人？"罗隆基点点头。

张澜赶紧对阎锦文说道："对不起，小老乡，我们的态度不好。"

阎锦文笑着摇了摇头："没关系，为了不引起怀疑，我的态度更糟糕。"

罗隆基笑道："可以理解，可以理解！"

见误会解除，阎锦文嘱咐道："外面已经换成了我们的人，你们就待在病房里。不管外面发生什么情况，千万不要出去，等我的消息。"

二人点头同意。

夜幕降临，阎锦文驾驶着一辆汽车驶进了医院大门，汽车上漆着警察总部的标记，众人见了纷纷躲避。阎锦文手里提着枪，径直走进了大楼。

来到 206 号病房门口，阎锦文大声喊道："张澜、罗隆基，你们快出来上车，我们是奉命移解，不得延误。"

张澜和罗隆基会意，立刻起身向外走。

郑定竹听到动静连忙赶过来，急切地问道："你们这是要干什么？"

阎锦文一把将郑定竹拉进病房，掏出那份保证书塞到他手里，低声叮嘱："拿去烧了，不要落到特务手里。"

郑定竹接过保证书，木然地呆立半晌。等他回过神来，阎锦文等人已经匆匆离去。

阎锦文驾驶着汽车，顺利地通过层层盘查，终于来到田淑君家里。田淑君热情相迎："大家辛苦啦，快进来，快进来！"

众人走进客厅，穿着便衣的仲曦东迎上来。田淑君连忙介绍："仲主任，这就是张先生、罗先生。"

仲曦东热情地和二人握手："两位老先生，我是中国人民解放军第二十七军政治部主任仲曦东。我们接到三野和九兵团转来的中共中央的一份急电，要求我们全力以赴，迅速寻找和保护在沪的民主党派领导人和知名的爱国人士。"

两人听了异常激动，连连道谢："谢谢解放军！谢谢共产党！"

象山港内，"太康"号静静地停在海面上。船舱内，蒋介石正看着墙上的地图出神。

这时，蒋经国进来汇报："父亲，上海战报。我浦东守军已退至浦江以西，高桥守军已被共军包围，高桥失守。"

蒋介石气冲冲地说道："命令'太康'号驶往上海，我要亲自到上海去督战。上海再守半个月也好，半个月，一定要坚持半个月！"

很快，"太康"号驶入吴淞江。吴淞口两岸硝烟弥漫，火光冲天。江面上，只见一艘接一艘的客船、货轮、木帆船不断地从密集的炮火中仓皇地逃到海上。

蒋介石哀叹一声："完了，完了，不要说再守半个月，就是半天也守不住了。马上给汤恩伯发电报，把部队赶快撤出来！"

俞济时转身刚要走，蒋介石又说道："慢！告诉他，如果船只不够，尽量撤走战斗人员和指挥人员，各级运输部队和勤杂人员全部留下。重武器、车辆、马匹要彻底破坏，投入黄浦江，绝不能留给共军！"

1949 年 5 月 15 日，河南省政府主席张轸宣布起义，这大大加速了武汉三镇的解放进程，迫使白崇禧退守长沙。

中南海周恩来的办公室里，大家谈到现在的形势，毛泽东感叹道："这个'小诸葛'太缺乏政治智慧，始终抱着不切实际的幻想死不放手。"

周恩来点点头："他到了长沙后，还给刘仲容发电，邀他去长沙。刘仲容询问我的意见，我说你还去干什么？留在北平，以后还有很多事情要你来做。"

毛泽东惋惜地说道："'小诸葛'是上了蒋介石和美国人的当。如果这时有个人去提醒他一下，也许他还可以回头。"

朱德笑道："主席，您是不是太爱惜这个白崇禧了，舍不得放手。"

毛泽东笑着解释："如果我们能把白崇禧拉过来，李宗仁肯定就会跟过来，这样不仅彻底孤立了蒋介石，也打破了美国人插手中国的阴谋。"

朱德十分佩服："主席就是看得远。美国人抛弃老蒋后，一直在寻找新的代理人。现在合适的就只有李、白二人。如果我们能把他们拉过来，美国在中国就彻底没戏唱了。这对我们的'一边倒'政策也是大有好处啊。"

"说到这里，我想起一件事。就是上次我们派但靖邦作为李济深的私人代表秘密去见李、白二人，不料白崇禧收了蒋介石的黄金，想扣留他，幸亏李宗仁的保护，才让他虎口脱险。"周恩来说道。

毛泽东笑道："说起他我又想起柳亚子。柳亚子到北平之后，总觉得自己受到了冷落，天天喝酒写诗发牢骚。他跟但靖邦两个人，一个太自傲，一个太自卑，都是要不得的。"

"我想，上次无功而返，他的心理压力并没有减轻。现在，白崇禧已经穷途末路。干脆再让但靖邦当李济深的密使去长沙见见白崇禧。"周恩来提议。

"我看可以。他毕竟做过一段时间白崇禧的部下，他们的私人关系还是不错的。上次是蒋介石从中挑拨。现在蒋介石已自顾不暇。现在让他过去，可以让白崇禧感受到我们的诚意。"毛泽东说道。

周恩来又补充道："也可以让但靖邦做些事，以后端碗吃饭也就心安理得。"

正说着，李克农匆匆走进来汇报："主席、周副主席，上海来电，张澜和罗隆基已成功获救，脱离危险。"

"史良呢？"

"还有黄竞武？"

毛泽东、周恩来几乎异口同声地问道。李克农回答："上海来电称，史良的家属在被特务拉出去活埋的途中被解放军救出，史良和黄竞武还是下落不明。"

"马上给上海回电，一定要找到史良和黄竞武。"毛泽东命令道。

上海街头，几名解放军战士拿着史良和黄竞武的照片在街上四处询问。这时，一个车夫拉着一辆空三轮车走过来，班长上前说道："同志，请停一下。"

车夫停下车，笑着问道："解放军同志要坐车？"

"不是，请问你见过这两个人吗？"班长递过两人的照片。

车夫睁大眼睛端详了一会儿，指着史良的照片说道："这个人，我好像见过。"

班长连忙问道："在什么地方？什么时候？你把她送到了什么地方？"

"三四天前吧，晚上，她坐过我的车。在……说了你们也找不到，我带你们去。"车夫十分热情，"来，你们上车吧，不收钱！"

"谢谢！"班长连忙道谢，"但我们不坐车，你不收钱我们就更不能坐了。放心，我们步行能跟得上。"

"好，我走慢些。"车夫听了只好作罢，随后带着几名解放军战士匆匆离去。

到了一处偏僻破败的院落大门外，车夫向里面指了指："就是这里。"

"我们进去找找，兴许她藏在里面。"班长想了想，谢过车夫，带着几名战士走进去。

经过反复搜索，他们来到一间偏僻的地下室门外，发现门没有上锁，门却推不开。

班长十分高兴，立刻向里面大声喊道："里面有没有人，快把门打开！"屋里没有任何动静。"史良先生在里面吗？我们是解放军，奉上级命令寻找史良先生和黄竞武先生。如果史良先生在里面，请把门打开。"班长再次喊道。屋里还是没有任何动静。

"里面是不是真的没人？"一个战士说道。

另一个战士肯定地说道："没人外面就会上锁，没锁就应该推得开。推不开，就证明里面有人。"

班长觉得有道理，继续喊道："史良先生，我们真的是解放军。部队派出了很多人，在上海四处寻找您，您要是在里面，就请把门打开。"

屋里终于传出一丝声响，门缓缓地打开了，史良静静地站在门口。

班长拿出照片对比了一下，激动地说道："您就是史良先生！我们终于找到您了！"

史良仍旧有些犹豫："是，我就是史良，你们是解放军？"

班长指指自己的胸章："您看，我们真是解放军！"

史良松了一口气，无限感慨："总算把你们盼来了！"

为紧急解救被关押的同志，熟悉情况的阎锦文带人赶到了上海保密局的监狱，却发现里面早已经人去楼空。阎锦文大为震惊，连忙招呼人逐个房间寻找。

几名战士迅速散开，一间间屋子排查。忽然，一名小战士惊叫起来："班长，这边有情况！"

阎锦文和班长连忙跑过去，发现角落里有一具尸体半埋在泥土中。阎锦文倒吸了一口凉气："活埋！他们把人都给活埋了，难怪我们找不到！"

班长的脸色凝重起来："快！每个牢房都挖一挖，小心点，不要损坏了这些烈士的遗骸！"

战士们分头行动。很快，黄竞武的尸骸被找到了。所有人都不约而同地摘下帽子，向牺牲的英雄们致敬默哀。

　　护送民主人士北上的任务已经圆满完成，车孟凡也被调到了北平。刚到北平，他就约了但世忠见面，转交但世平托他带的信。随后，车孟凡说道："小开让世平和晓军担任了此次北上护送的任务，之后将留下来工作。他们已抵达塘沽港，过几天就能到北平。"

　　"太好了，多谢你带来这个好消息！"但世忠十分高兴。

　　"不过还有个坏消息。悦悦死后，叶君伟生死不明。我一直在寻找他的下落，据可靠情报，叶君伟并没有死。前一段时间，他逃到广州后被毛人凤重新启用，被派往了北平。所以，李克农同志也特地将我调到北平来对付叶君伟。在这里，没几个人认识他，只有我对他最熟悉。"车孟凡说着皱起了眉头。

　　这个坏消息很可能关系到苏琼的安危，但世忠的笑容渐渐消失，心中颇为不安。

　　这天，结束一天的课程之后，苏琼像往常一样，提着菜篮子到街上去买菜。忽然，一个陌生的男子走到她身旁，轻声说道："小姐。"

　　"你在叫我？"苏琼有些诧异。

　　男子并没有理会苏琼的问题，仿佛自言自语地说道："'猫头鹰'要见'百灵鸟'。"

　　苏琼顿时大惊失色："你是……"

　　男子立即打断她的话："明天上午，月坛东门。"说完便匆匆离开。苏琼手足无措，整个人呆立在原地。过了好一会儿，她才回过神来，忐忑不安地往家里走去。

37

肝胆相照

但世忠回到家里，把妹妹的信交给了父亲。但靖邦看完信，将信轻轻放在桌子上："世平和晓军能来北平，一定也是周公他们特意安排的。没想到，对于我这个闲人，他们也能考虑得这么周到。"

"爸，您怎么是闲人。我来之前已经听表叔说了，他希望您能去一趟长沙，再最后争取一下白崇禧。顺便去一趟武汉，把苏琼的妈妈接到北平来。"但世忠笑着说道。

但靖邦笑得很勉强："是啊，这么一来我就有了事做，心里也能好过些。"

但世忠没有注意到父亲情绪的变化，继续高兴地说道："最重要的是，我们一家人终于能够团聚了。我、苏琼、世平、晓军，还有您和苏琼的母亲，我们一家人都在北平生活，这多好啊！"

但靖邦张了张嘴，却没有说话，似乎不想破坏这温馨的气氛。

"不过，车孟凡还带来一个坏消息。香港特务头子叶君伟已潜入北平，很可能会来找苏琼联系，让我们多加注意。"但世忠又说道。

正在这时，苏琼提着菜篮子回来了，看起来情绪十分低落。但世忠连忙起身迎上去，接过菜篮子，柔声说道："回来了？坐下歇一会儿。"

苏琼心事重重地坐在椅子上。但靖邦有些担心地问道:"苏琼,出什么事了?"

"叶君伟没有死,他到北平来了。"迟疑了一下,苏琼颤声说道。

但世忠连忙问道:"你们见过面了?"

苏琼摇了摇头:"他这个人很谨慎,不会轻易露面。"

但世忠握着苏琼有些颤抖的手,轻声安慰:"琼,别害怕。我们已经了解情况了,车孟凡也追到北平来了。"

但靖邦也说道:"别怕,我们刚才还说到他可能会来找你,正等着你回来一起商量对策呢。"

第二天上午,苏琼虽然有些胆战心惊,但还是如约来到月坛东门。月坛东门外是个旧货市场,整日熙熙攘攘。苏琼在市场外面下了车,静静地等候。

不一会儿,一个陌生的男人走过来轻声问道:"是'百灵鸟'吗?跟我走。"说完转身往市场里走去,苏琼微微一愣,随即快步跟了上去。

市场里行人如织,苏琼跟着兜兜转转,在人群中穿梭。最后,苏琼走出市场,坐上了一辆黄包车。车夫并不答话,拉着苏琼绕了一大圈,随后进入一个胡同,在一座四合院门前停了下来。"到了,下车。"车夫冷冷地说道。

苏琼下了车。车夫上前轻轻地叩门,门很快打开了。苏琼刚刚走进大门,大门立刻又关上了,随后车夫带着苏琼向正中央的南屋走去。

苏琼走进屋子,里面却空无一人。她紧张地站在门口,环顾着四周。不一会儿,叶君伟从外面走进来:"'百灵鸟'。"

苏琼连忙恭敬地说道:"站长。"

叶君伟笑着说道:"你突然不翼而飞,让我找得好苦啊!"

苏琼急忙解释:"他们突然要带我走,我根本来不及跟您汇报。"

叶君伟又追问道:"你的窃听器为什么扔在路上了?"

苏琼早已经准备好了说辞:"我在车上听他们说,家里可能有窃听器,要拿仪器来检测，我担心暴露目标，就匆忙扔掉了。"

叶君伟接着盘问："你们离开家后去了哪里？"

苏琼不慌不忙地说道："他们把我带到了一个完全陌生的地方，让我待在屋子里不许出去，门口还有人全天把守。我只能一直待在那里，直到一天晚上有人把我带上船，我才知道但靖邦要把我带到北平来。"

"他们没有怀疑你？"叶君伟问道。

苏琼摇了摇头："没有，要是他们怀疑我，就不会带我来北平了。"

叶君伟似乎相信了苏琼的话，叹了口气说道："你这一走，生死不明，但我不能丢下你母亲不管啊。所以，这次我奉命北上，就顺便把伯母也接了过来，带在身边。"

苏琼大吃一惊："我妈妈？她现在在哪儿？我要见她！"

叶君伟笑道："现在还不行，这里太危险了。不过你放心，她现在很安全。等这次任务完成后，我们一道去广州。"

苏琼只好说道："好吧，有站长亲自照顾，我就放心了。"

"说的哪里话，我已经认老人家作干娘了，我们现在可是干兄妹。"叶君伟说着从口袋里摸出一张照片，笑着递给苏琼，"你看，这是我们前两天在火车站拍的照片。"

苏琼接过照片，强装笑颜："谢谢站长！"然后不动声色地把照片递了回去。

见目的已经达到，叶君伟揣好照片，接着说道："好了，我们说正事吧。上面让你想办法，将一枚定时炸弹带入他们的会场。"

苏琼顿时吃了一惊："可是我根本进不了他们的会场！"

叶君伟笑着说道："你进不去，但靖邦进得去，但世忠也进得去啊。"

苏琼连忙解释："警卫对进入会场的人检查得非常严格，根本带不进去。"

见这个办法行不通，叶君伟想了想又说道："会场带不进去，那李济深家你总该进得去吧。"

苏琼又是一惊："您想炸死李济深？"

叶君伟冷笑道："不仅是李济深。这一次，傅作义、张治中，还有那些投共的人都得死！不过，我们暗杀的主要对象还是李济深。"

苏琼心里盘算了一下，接着说道："东西我可以送进去，但能不能炸死李济深却不敢保证。因为他经常不在家，总是去饭店开会和见客。"

叶君伟皱起了眉头："你说得有道理，还是选在会场吧，开会的时间是固定的。可会场又带不进去……不管怎样，任务必须完成。毕竟我干娘也在这里，多留一天，就多一分危险。"

苏琼无可奈何，只好说道："我先摸摸情况，再想个万全之策。"

叶君伟笑道："这就对了嘛！"

辗转回到家里，苏琼向但靖邦等人详细讲述了事情的经过。

但世忠问道："那照片会不会是假的？"

"不会。叶君伟的目的并不完全是威胁苏琼，还有一个目的，就是要拿苏伯母当人质，让我们投鼠忌器，不敢轻易动手。"车孟凡分析道。

"那我们必须想办法先把人救出来。"但靖邦十分焦急。

但世忠满面愁容："人藏在哪里都不知道，怎么救呢？"

车孟凡却有不同意见："我看，咱们还是别只想着救人。既然是人质，就不会有生命危险。咱们应该想办法先把叶君伟引出来，抓住他，苏伯母自然就有救了。"

大家都觉得这个提议可行，于是开始商议如何抓捕叶君伟。

不久，叶君伟得到苏琼传来的消息：三天后，李济深会到西郊道观打醮，给他母亲百岁冥寿做道场，但靖邦父子也会一同前往。

叶君伟有些怀疑，为什么要跑那么远去打醮？苏琼解释说是因为共产党认为那是封建迷信，为了避免不必要的麻烦，李济深特意将地点选在了城外。叶君伟仍旧半信半疑，但还是决定去看一看。

他们提前一天装扮成贫苦的农民来到道观外查看情况。一个特务跟着叶君伟在道观外转了一大圈，苦着脸说道："站长，不好埋伏啊。"

叶君伟想了想，轻声说道："外面不能埋伏，就埋伏在里面。"

这时，另一个特务从观里跑出来汇报："站长，问清楚了，明天确实有人在这里做道场，钱都提前交了。"

"里面大概有多少道士？"叶君伟询问。

"大概十来个。"特务回答。

叶君伟吩咐："今天晚上后半夜，把里面的道士全抓起来换成我们的人。明天李济深他们一进门，立刻开枪，不留一个活口！"

第二天清晨，李济深等人焦急地坐在屋里等待消息。

车孟凡匆匆赶来，喘了口气，这才说道："二十三个特务全部落网，只是……里面没有叶君伟。"

众人都很失望。苏琼紧张地站起来又慢慢地坐下，在一旁呆呆地发愣。车孟凡继续说道："根据特务的口供，我们立刻赶到了叶君伟的藏身地点，但他已经转移了。"

但世忠担忧地说道："这下，叶君伟一定会恼羞成怒，对苏伯母下毒手。"

车孟凡摇了摇头："不一定，苏伯母是他手里的人质，他不会轻易丢掉的。"

苏琼的泪水夺眶而出。但世忠连忙安慰："琼，别哭！孟凡大哥说的有道理，你妈妈不会有事的。"

李济深皱着眉头说道："现在我们该怎么办？"

"我马上去找李克农同志，商量一个对策。这几天，苏琼一定要待在屋里，哪儿都不要去。"车孟凡说道。

"好，那就先这样，我还要和肃公去参加一个重要的会议。"李济深随即起身。

但世忠看看苏琼："琼，要不你先去表叔家，我们忙完工作就去接你？"

苏琼抹了抹泪水，强打起精神："你们去吧，我就待在家里，我没事。"

车孟凡想了想，从身上摸出一把手枪，放在桌子上："这把枪留给你，万一有事，也可以应付一下。"

但世平和宋晓军完成护送任务后，终于顺利来到了北平。两人根据车孟凡提供的地址，手挽着手往家里走去。此时但世忠正要出门，却实在不放心苏琼一个人在家里，走到门口又折回来，叮嘱道："我最多一个钟头就回来，你把门关好，不认识的人，绝不能开门。你妈妈的事，我们一定会想办法。"

苏琼听话地点了点头。

送走了但世忠，苏琼关上门，默默地走回院中，坐在椅子上出神。

突然，外面传来敲门声。苏琼警惕地拔出枪，慢慢地走到门边。这时，敲门声又一次响起来。

"谁？"苏琼问道。

没有人回答。苏琼正在纳闷，只见一封信从门缝里塞了进来。

苏琼贴着门细听外面的动静，确定门外的人已经离开了，这才打开信封。只见上面赫然写着：要想你妈妈活命，一个人到门头沟龙潭寺来。

苏琼一把将信抓在手中。片刻后，她咬了咬牙，起身离去。

但世忠走在路上，忽然想起一份文件落在了家里，连忙转身往回走去。

但世忠匆匆赶回家中，却发现门已经上了锁，心里顿时一惊，急忙掏出钥匙开门。

"苏琼！"但世忠大喊，却没有人回应。他刚要进屋，忽然发现角落里扔着一团揉皱的信纸。但世忠连忙捡起来展开查看，眉头紧锁。

这时但世平和宋晓军推门走进来，见但世忠脸色苍白，急忙问道："大哥，家里出什么事了？"

"苏琼出事了。"但世忠的语气十分沉重。

接到叶君伟的信后，苏琼不顾一切，匆匆赶往龙潭寺。

见苏琼果然来了，叶君伟大声斥责："'百灵鸟'，真是不出我所料，你背叛了党国，投降了共匪！"

苏琼面沉似水："我没有！"

叶君伟拔出枪指着苏琼，狠狠地说道："都这个时候了，你还想狡辩？"

苏琼异常冷静："信不信由你。李济深本来是要去的，就因为你们这么一闹，他才取消了计划。"

叶君伟怒火冲天："那共军是怎么知道我们要在那里下手的？"

苏琼冷笑一声："当然是有人告密。"

"是谁？"

"我怎么会知道？"

叶君伟见苏琼神情自若，心里有些犹豫："我的那些手下，个个都是忠于党国的斗士。"

苏琼瞥了叶君伟一眼，反问道："那他们为什么一枪不发就乖乖做了俘虏？"

叶君伟一时语塞，只好收起枪："好，只要你能干掉李济深，我就相信你。"

苏琼摇了摇头："李济深身边警卫众多，这次又打草惊蛇，根本没有机会下手。"

叶君伟冷笑道："好，对付李济深我再另想办法，你就去把但靖邦父子俩干掉吧。"

苏琼捏紧了拳头："我妈妈在哪里？我要先见见她。"

"可以。"叶君伟说着冲里面大声喊道，"把我干娘请出来！"

不一会儿，两个特务押着苏母来到大殿门口。

"妈妈！"苏琼哭着喊道。

"琼儿！"苏母也是满脸泪水。

苏琼又急又气："我要跟我妈妈说几句话。"

叶君伟摇了摇头："现在不行。你身上的嫌疑还没有洗清。等你杀了但氏父子后，你们母女俩自然就可以团聚了。"随后转身对特务吩咐，"把干娘带下去休息。"

两个特务拉着苏母就要走，苏母奋力挣扎："放开我！我要跟琼儿说话……"

苏琼眼含热泪望着母亲："妈妈，您放心，您不会有事的！"

"'百灵鸟'，你虽然没加入军统，但是保密局是从军统演变过来的，戴老板的家规，毛老板仍旧沿用。所以，你最好不要耍花招。"叶君伟继续恐吓。

"明白。"苏琼无奈地点点头。

得知苏琼一个人去找叶君伟，但世忠和宋晓军放心不下，商议之后决定让但世平先去搬救兵，两人则立刻赶往龙潭寺。

他们刚从后门摸进龙潭寺，就见两个特务押着苏母走过来。彼此使了个眼色，两人猛地扑过去，迅速将两个特务打晕了。一番解释之后，苏母终于认出了但世忠。随后，两人将苏母暂时安置在了后院的一间杂物间。

但世忠和宋晓军刚走出杂物间，就听到一声枪响，两人顿时一惊。随后，听到有人喊道："人质跑了！快追！"

宋晓军连忙从腰间摸出一把手枪，递给但世忠："拿着！"

但世忠担心地问道："那你呢？"

宋晓军又摸出一把刀："我不太会用枪，还是用刀更方便。"

但世忠点点头："你要小心！"

"好，分头行动。"宋晓军使劲捏了捏拳头。

罗汉堂外，叶君伟听到特务的喊声顿时怒不可遏，以为又上了苏琼的当，而苏琼则是又惊又喜。叶君伟拔出手枪射击，苏琼无奈，只好开枪还击。这时，但世忠从后面摸过来。特务们腹背受敌，一时乱了阵脚。苏琼则在但世忠的掩护下迅速跑出了寺院，没跑多远，迎面遇到了但世平带着但靖邦和大批解放军赶来。

来到龙潭寺山门前，车孟凡命令立刻包围寺庙。

此时，叶君伟带着几十个特务还在妄图负隅顽抗。而但世忠为了掩护苏琼不幸被俘。

双方一时相持不下。

叶君伟阴冷地一笑："车兄，别来无恙？"

车孟凡怒道："叶君伟，你今天逃不掉了。放下武器，不要做无谓的抵抗。"

叶君伟狂笑一声："你们要是不打算要但世忠的命，只管开枪就是。对了，还有一条命，就是这个党国叛徒的母亲！"

但世忠连忙安慰苏琼："琼，不要担心。你妈妈不在他们的手上，她现在很安全。"

叶君伟立刻打断他的话："'百灵鸟'，不要听他胡说！你妈妈还在我们的手上，要不要我带她出来让你们见一见？"

苏琼正要答话，忽然发现宋晓军拿着刀从后面悄悄摸了过来。叶君伟似乎也觉察到有些不对劲，刚要回头，但靖邦急忙开口说道："叶君伟，只要你放了他们，我可以放你们走。"

叶君伟顿时来了兴趣："但将军，你拿什么保证？除非，你来做人质！"

但世平和但世忠异口同声地喊道："不行！"

但靖邦却欣然应允："好，一个换两个，我们赚了。"

叶君伟得意扬扬地说道："那你过来，我就放了他，之后再放另一个。"

但靖邦昂首挺胸，大步向叶君伟走去。这时，宋晓军已经摸到叶君伟的身后。

一个特务忽然大喊道："站长，注意后面！"

叶君伟大惊失色，急忙拔枪向后射击。宋晓军见势不妙，立刻挥刀砍向眼前的一个特务。但靖邦也已冲到近前，顺势一拳砸向叶君伟，叶君伟身子一晃，子弹全部打空。两个人顿时纠缠在一起，但靖邦死死扣住了叶君伟手中的枪。

车孟凡立刻带人冲了上来，双方一片混战。但靖邦终于制服了叶君伟，一把夺过了他的枪。正在这时，一个特务端起一把冲锋枪，对着但靖邦的后背猛地扣动了扳机。

宋晓军不顾一切，猛扑过去，挡在了但靖邦的身前。"晓军！"但世平惊叫一声，晕了过去。

"晓军！"但靖邦悲愤地大喊一声，眼泪模糊了双眼。

此时，周恩来在毛泽东办公室汇报黄竞武遇难和叶君伟被捕的消息。

周恩来叹息一声："先说上海。黄竞武的噩耗传到北平后，我亲自去看望了任之老，本以为他深受打击，会一蹶不振。没想到他非常坚强，还反复声明他的儿子是为民主惨遭杀害的，倘若他知道自己死后不久，上海就解放了，一定会心安的。"

"任之老一家为我们付出了太多，实在是令人动容。电令陈毅，一定要追认黄竞武为革命烈士，将他安葬于烈士公墓。除此之外，还要为他举行追悼会，派出我们的代表为他致辞，也不枉他为我们做出的牺牲。"毛泽东马上做出安排，接着又问道，"但靖邦情况如何？他还愿意去长沙吗？"

694

周恩来由衷地说道："这位但将军也非同凡响。他连夜安置好准女婿的丧事，今天一早就飞往了长沙，去游说白崇禧。"

毛泽东唏嘘不已。

周恩来面色沉重："主席，叶君伟被捕后，向我们提供了一个重要情报。毛人凤在试图暗杀李济深的同时，另外还派出了许多特务准备暗杀其他民主人士，包括上海的孙夫人。"

毛泽东听了，顿时大吃一惊。

随后，毛泽东安排地下党组织将特务企图暗杀宋庆龄的消息透露给了宋美龄。宋美龄大为震惊，立刻找蒋介石对质。蒋介石自然矢口否认，保证绝无此事。蒋介石虽然恼恨不已，但是刺杀之事也只好作罢了。

谈及此事，周恩来笑道："主席这一招可真是高明啊！"

毛泽东也笑了："我跟蒋介石打了那么多年的交道，他的性格我还是很熟悉的。虽然他为人没什么廉耻之心，但对蒋夫人，他还是会给几分薄面的。"

周恩来思索着："这面子是给了，但孙夫人留在那边始终很危险。再加上新政协召开在即，各民主党派人士都希望孙夫人能够出席，我认为还是应该尽快将孙夫人接来北平。"

毛泽东点点头："李济深昨天给孙夫人打了电话，邀请她出席新政协会议。而沈老、任之老都已致电孙夫人，力邀她来参会。只是孙夫人一律回复，病躯急需疗养，暂缓北上。"

周恩来猜测："看来，她还是有什么放不下的。"

"或者说，她是不知道以何种身份来参加新政协会议。"毛泽东的话意味深长。

"这样吧，过几天小超回来，让她去一趟上海，当面劝劝孙夫人。还有，陈嘉庚先生明天就要到了，主席打算在哪里与他会面？"周恩来说道。

毛泽东想了想说道："就来香山吧。另外，恩来，关于政协纲领草案得抓紧了。"

周恩来点点头："草案初稿经多次征求各方和民主党派意见讨论后，一直由我在修改，主席提出的意见，也已融入其中。"

毛泽东颇为感慨："家有家规，国有国法，这个纲领，眼下就是国法。秦为什么能由弱到强，统一中国，最根本的是商鞅变法建立了以法治国的基础。"

周恩来说道："是啊，以规管家，家族才能兴旺；以法治国，国家才能强盛。"

但靖邦一到长沙，就马不停蹄地拜访了白崇禧。客厅里，莫未人坐在一旁，气氛有些压抑。

白崇禧说道："肃公此次再来长沙，还是替中共当说客的吧？我看就不必麻烦了。"

但靖邦有些气恼："您以为真的能守住广西？我曾是您的旧部，也算是兄弟一场，不想看着你们往火坑里跳。"

白崇禧自信满满地说道："我还有三十万子弟兵，长江守不住，一个广西还是守得住的。"

但靖邦叹了口气："何必呢？到这时您还在梦中。"

白崇禧不肯服气："老蒋待我不薄，现在虽有些困难，但是西南数省主力尚存，只要我们再度合作，国家仍大有希望！"

但靖邦立刻说道："老蒋还说，以后可以让您当个国防部部长或行政院院长，把西南各省的军队也交给您指挥吧？"

白崇禧顿时愣住了："你怎么知道？"

但靖邦苦口婆心地劝道："健公啊，您跟他打了这么久的交道，怎么还看不明白，这是蒋介石的诱饵。要是没了这三十万大军，您早已经命丧黄泉了！"

白崇禧脸色铁青："你不要故意挑拨，我是不会上当的。倒是你，当年你和任公杀了那么多共产党人，你以为，你现在是座上宾，新政协召开后他们就不会来跟你算这笔旧账了吗？"

但靖邦长叹一声："是啊，当年我和任公最怕提起的就是这件事。我对共产党抱有偏见，后来迟迟不敢北上，北上以后又是胆战心惊，怕他们找我算账。可是，直到晓军为我挡了子弹，我才明白，我是枉做了小人。"

白崇禧不解地望着但靖邦。

但靖邦苦笑道："杀死自己亲属的仇人就在眼前，却不能报仇，我无论如何也是做不到的。可是共产党做到了，不只是一个人，他们所有的人都有这个觉悟，对于我们犯下的过错更是既往不咎。不仅如此，还予以重任。有这样博大的胸襟，这样无条件的信任，他们又怎么会不打胜仗，不得天下？得民心者得天下。健公，我已经做出了自己的选择，我奉劝您一句，回头吧。"

白崇禧沉默不语。

白崇禧仍旧执迷不悟，但靖邦见苦劝无果，只好告辞离开。

见但靖邦等人再次肩负重任，而自己屡次请求皆被驳回，柳亚子牢骚日盛。这天，毛泽东特意请他来双清别墅，希望能解开他的心结。

一见面，柳亚子便单刀直入："我柳亚子坐冷板凳没什么，可我就是想不通，你们为什么重用李任潮这些人？难道你们忘了1927年了？"

毛泽东耐心地解释："我们早就说过，过去的事既往不咎。关键看现在。这些年，他做了很多对人民有益的事。"

柳亚子接着抱怨道："就算你们重用李任潮，我也无话可说，他毕竟反对蒋介石几十年了。可像傅作义、张治中、邵力子这些人，见蒋介石要垮台了就摇身一变，投降过来立刻就受到重用。这事不仅是我，许多人都想不通。我知道，这些人过来对于加快解放进程、减少牺牲会起到很大的作用。可我们都认为，他们起义可以，投降也可以，为什么还要让他们参加新政协？他们这些后来的都参加了，老革命者反而被排除在外，这是不是太不公平了？"

"所以就有了那句'早革命不如晚革命，晚革命不如不革命，不革命不如反革命'？"毛泽东看看柳亚子，又耐心地说道，"革命不分先后。我多次说过，我们不搞山头主义，我们要搞五湖四海，这些人就是一个方面的代表。既然是政协代表，各方面都要有人代表才是，对不对？"

柳亚子不满地反问道："如果这个时候蒋介石投降过来，也要安排他进政协？"

毛泽东说道："如果蒋介石愿意放弃反动立场，放下武器，交出军队，向人民投降，我们当然可以考虑在新政府中给他安排一个位置，甚至还可以让他当个副主席。"

柳亚子十分震惊："历朝历代，新君主对投降的旧君主都是封个公呀侯呀什么的虚名，远远地打发到偏远的不毛之地，您还想把他留在身边？"

毛泽东宽厚地一笑："我们共产党人不是封建君主。共产党人的先贤说过，无产阶级只有解放全人类，才能最后解放无产阶级自己。我们就是要敢于团结、善于团结所有的人，有容乃大，所以我们的队伍才能不断地发展壮大。"

毛泽东一席话让柳亚子彻底折服了。

随后，毛泽东又分别与李济深、沈钧儒等人进行了座谈，进一步统一了大家的思想和目标。

这天，毛泽东一家三口正坐在一起吃饭。江青提出李讷想到紫禁城去看看。

毛泽东说道："紫禁城虽然气势恢宏，但封建闭塞，还是不去为好。"

江青马上反驳："紫禁城荟萃了中国文化的精华,创造了世界建筑的奇观。凡是来到北平的人,无不想去游览一番。"

毛泽东放下筷子,严肃地说道："封建皇帝是欺负老百姓、压迫老百姓的坏人。爸爸是老百姓的仆人,是人民的儿子。"

紫禁城的大门敞开着,毛泽东却恪守着自己的原则,绝不踏进一步。即使在听故宫博物院负责人介绍情况时,毛泽东也一直站在门外。

"虽然其他许多地方还在清理,但中轴线上的三大殿,另外还有几个展馆已经开放,可以供广大人民群众参观。"负责人讲了大概情况,然后做了个请的手势,"主席,您请进,我负责给您讲解。"

陪同前来的罗瑞卿也说道："主席,进去吧。"

毛泽东却坚决拒绝："不进去,不进去。我说过要进去吗?"

罗瑞卿很奇怪："都到大门口了,为什么不进去?"

毛泽东不回答,而是抬头看看城墙:"这紫禁城的城墙,可以上去吗?"

负责人连忙答道："可以上去,而且可以围着故宫转一圈。"

毛泽东点点头:"我们上去看看。"

罗瑞卿笑道:"这样最好,先在上面看看,有个整体印象后,再进去具体参观。"

几人走上城墙。负责人边走边讲解:"主席,您请看,那就是紫禁城前半部分,以太和殿、中和殿、保和殿三大殿为中心,东西辅以文华殿和武英殿,是明、清两代皇帝办理政务、举行朝会及其他重要庆典的场所。"

毛泽东没有说话,仍旧默默地看着。

负责人接着介绍:"太和殿是紫禁城中的至尊金殿,即民间所谓皇宫中的'金銮宝殿',这里是皇帝举行重大朝典的地方。初建于明永乐年间,后经数次灾毁和重建。明嘉靖朝改名皇极殿。清建都北京后改为今名,蕴含天下和谐的宏旨。现在的太和殿是清康熙年间重建的。"

毛泽东依然没有说话。

工作人员拿过一把藤椅，让毛泽东先休息一会儿。毛泽东坐下，静静地看着偌大的皇城。

负责人继续说道："主席，三大殿后面是后寝区，又称内廷，为紫禁城北部皇室生活区域的统称。这里以皇帝、皇后的正寝宫殿乾清、坤宁二宫为中央，东、西分布皇帝的便殿，和后妃们居住的东六宫、西六宫，以及皇子们生活的乾东五所、乾西五所等院落。再向东为乾隆皇帝兴建起的太上皇宫殿院落宁寿宫区，外西路则是供太后、太妃们养老的慈宁宫、寿康宫、寿安宫等区域。"

罗瑞卿好奇地问道："那太和殿里面，是不是放着皇帝坐的龙椅宝座？"

"是的。"负责人回答。

毛泽东忽然站起来说道："看完了，我们回去吧。"

罗瑞卿一脸诧异："还没下去看呢！"

毛泽东头也不回地往前走去，一头雾水的罗瑞卿等人赶紧追上去。

下了城墙，毛泽东坐上汽车，直接离开了故宫。

毛泽东坚守着初心，从1949年进入北平后，一直到1976年逝世，始终没有踏进紫禁城一步。

随着新政协筹备工作的推进，这天，周恩来、叶剑英等中央领导人和各民主党派领导人，齐聚中南海勤政殿会议厅讨论新政协命名问题。

考虑政治协商会议不会只召开一届，以后还会一届接一届地办下去。所以，周恩来准备在6月15日新政协筹备会议开幕当天，正式向大会建议，在"政治协商会议"前面加上"中国人民"四个字。全称为"中国人民政治协商会议"，既与旧政协有了明显的区别，也把新政协的政治意义涵盖了进去。

这个想法一经提出，与会的众人都纷纷表示赞同，一致通过。

随后，毛泽东、周恩来、刘少奇、朱德又在周恩来的办公室召开会议。大家首先讨论了天津的经济恢复问题。此前，刘少奇一到天津，就深入中纺一厂、东亚毛纺厂等十几个工厂，迅速摸清情况，提出对策，取得了显著成效。才一个月的时间，天津的外贸进出口总额已达到历史最高年份的44%，财政出现盈余。一度经济困难的天津，竟然能拿出6.4亿元支援河北灾区，简直不可思议。

毛泽东笑道："虽然'剥削越多越好'这句话不太妥当，但少奇同志在天津的工作经验，对全国新接管城市的恢复工作很有指导意义。"

接着又说到政协会议。刘少奇首先表示："政治协商会议本来就很重要，首届中国人民政治协商会议更有一项极其重要的历史使命，就是代行全国人民代表大会职权。这次大会必须开好、开成功。"

朱德笑道："现在，有人把中国的政协委员与美国的议员、苏联的苏维埃代表相提并论了。政协代表在人们眼里，原来如此金贵啊！"

"是啊，现在天下英雄尽来北平，形形色色的党派团体纷纷要求参加新政协。"周恩来十分感慨。

朱德接着说道："去年秋天，我们与到达解放区的民主党派商定，新政协由三十个单位一百八十人组成。后来，新政协增加了代行全国人大职能，就需要扩大规模，以广泛代表全国各民族、各阶级、各民主党派、各人民团体和一切爱国民主力量。可是，这一扩大，就引来了诸多申请。"

刘少奇提出："民国以来，中国各地党派丛生，许多组织成员复杂，政治立场模糊，我们制定了一项党派政策：对于在1948年5月1日之前成立的，并在反对帝国主义、封建主义、官僚资本主义和国民党反动派的斗争中做出贡献的各民主党派、地方组织，一律承认其合法地位，加以保护，允许其发展，与之协商。各民主党派也赞成以'五一'口号画线划界。"

毛泽东点点头："新政协筹备会关于代表资格的政治标准是严肃的。有些党派，有些个人虽然提出了申请，但政治上不符合标准，也不能接受。相反，有些党派、团体、个人虽没有申请，但符合标准，我们也要主动邀请。"

"根据这一指示，许多社会贤达、文化名流都是无党派人士，而他们个人也没有提出参加新政协的申请，我们准备把这些人作为特邀代表。主要人物有孙夫人、陶孟和、钱昌照、萨镇冰等著名人士。这些人在社会上有很大的影响力，他们代表着一个很大的群体。"周恩来说道。

毛泽东补充道："还有护厂有功的工人、劳动模范、拥军模范刘英源、阎存林、戎冠英等人。"

李维汉想了想也提出："吴奇伟、曾泽生、张轸等起义将领，可作为解放军代表出席。"

周恩来总结道："这样，新政协代表共分五类，有党派代表、区域代表、军队代表、团体代表、特邀代表，尽量照顾到各个方面。"

毛泽东强调："要特别重视那些有代表性的人物，对于江庸等人，我要亲自写信邀请。"

38

迎接光明

政协筹委会第一小组为尽快确定各参会单位和成员名单，李维汉、章伯钧、李济深等人多次召开会议展开讨论。这天，周恩来参加了他们的会议，听取讨论结果。

李济深、马叙伦、蔡畅分别介绍了九三学社、台湾民主同盟和新民主主义青年团的情况，小组一致认为这三个党派符合参加新政协的条件，同意他们参会。

周恩来首先肯定了政协筹委会第一小组的工作成绩，随后问道："党派组织就增加这三个吗？"

李维汉说道："其他组织鱼龙混杂。孙文主义革命同盟是从国民党中分化出来的一个主张联共反蒋的政治派别，但组织不纯、成分复杂，第一小组认为不宜将其作为一个党派参加新政协，但可个别邀请其代表人物。我把小组的意见转告给他们后，他们已宣布解散，部分成员加入民革，其领导人许闻天、邓昊明将以个人身份参加新政协。"

周恩来点点头："这样处理很好。"

李济深接着说道："民社党革新派成分更复杂。这些人中，既有民主派，也有主张第三条道路的，还有的是国民党特务。我们认为，不宜作为一个组织参加，可以考虑邀请个别民主人士。经过说服，民社党革新派已自行解散，部分成员加入民盟。"

此外，中国少年劳动党、中国农民党以及被国民党操纵利用的中国民治党、中华平民教育促进会、人民民主自由联盟、民主进步党等所谓党派，新政协拒绝其参加，并要求他们自行解散。

随后，李维汉又提出："汉留跟洪门、袍哥组织一样，都属于帮会性质。新中国是不允许有独立于政府之外的黑社会组织的，所以应该解散。由于其中有些人曾在抗日战争和解放战争中做过一定贡献，新政权可以考虑给其出路。"

黄炎培则提出："有些仁人志士，虽然没有参加党派组织，却领导和组织了很大一批民主人士从事民主运动。"

周恩来接着说道："他们实际上是没有党派组织而有党派性的民主人士。我们把他们称为无党派民主人士，像郭沫若、马寅初等人，都以这个身份参加新政协。"

此时，国民政府已经名存实亡。但蒋介石仍不死心，他躲在台湾遥控指挥，不断派飞机轰炸沿海城市，制造恐怖气氛。其中，上海因空袭遭受的损失最为惨重。

蒋经国向父亲汇报："自从我们对上海进行大规模轰炸以来，上海人心惶惶，缺米、缺煤、缺水、缺电，市民纷纷外逃。"

蒋介石非常满意："我看到了，连英国报纸都登载了这个消息，说我们在吴淞口布下了大量水雷。"

蒋经国补充道："共产党控制区的渔船、货轮一出海，立刻就会遭到我军舰艇的炮击。现在已经没有一艘外国商船敢进出上海港了。"

蒋介石得意地说道："上海这样的大城市，几天运转不灵，满城的垃圾就可以把中共政权搞臭掉！经儿，你督促他们抓紧时间修建舟山定海机场，以后我们的飞机要从那里起飞，轰炸整个大陆！"

国民党的封锁和轰炸，迫使上海居民大量外逃，公职人员纷纷辞职，普通百姓则干脆回乡务农，整个上海濒临瘫痪。但这对于上海来说，却并非全是坏事。

上海是旧中国的超大型城市，政府机构臃肿，消费畸形，闲散人口众多。上海解放前，邓小平就向中央提出了两条方针，一是精简，二是疏散。但党中央考虑精简机关工作人员、疏散闲散人员，容易导致政府瘫痪，引起社会动荡，一直犹豫不决。没想到这个时候，蒋介石却跳了出来。

中南海小会议室里，谈到国民党的空袭，朱德笑道："这可不是我们共产党赶他们走的，都是老蒋逼的！"

众人大笑起来，接着毛泽东又问起宋庆龄的情况。

周恩来回答："小超到了上海后，遵照中央的既定方针，每天陪着宋庆龄参加一些社会活动，工作在稳步推进中。"

毛泽东笑道："现在借蒋介石轰炸上海的东风，正好可以以保护她的安全为由，请她尽快北上啊。"

周恩来点点头："我一会儿就给上海打电话。"

毛泽东又嘱咐道："我们一定要提醒沿海各城市，帝国主义和国民党对我们的封锁和扰乱，有对我们不利的一面，也有对我们有利的一面。我们可以利用这个机会，动员广大群众，克服困难，巩固阵地，把坏事变成好事。"

周恩来信心百倍："不少民主人士曾有过担心，山沟里出来的共产党会不会管理城市。我们就是要用实际行动告诉他们，我们共产党有对付各种难以想象的困难的能力！"

毛泽东点点头："我们一向认为，发动群众就可以克服一切困难。"

朱德满怀信心："基层稳固，上层归心，新政权上下贯通、左右援手，还怕管理不了大城市！"

毛泽东又说道："在莫斯科，少奇与斯大林同志的会谈也十分顺利。双方商定，开办大学为中方培训管理人才，修建乌兰巴托到张家口的铁路、在大连建立海军学校等，都确定了下来。"

朱德建议："我们还应该派人去苏联学习飞行技术，同时购买飞机，连同现有的飞机组成一支空军部队，掩护渡海部队，准备明年夏季解放台湾。"

毛泽东接着说道："恩来，尽快召集有关方面商议，组建空军领导机关，派刘亚楼去苏联会同少奇同苏联方面商议，计划训练一千名飞行员，购买一百至两百架战斗机、四十架轰炸机和大量的高射炮。"

"有了这些东西，我看谁还能封锁新中国！"朱德意气风发。

除了不断派飞机轰炸沿海各大城市，蒋介石为了拉拢董其武，特意派出国民党高官，直接乘飞机来到绥远鼓舞士气。为此，毛泽东特意请傅作义来到菊香书屋，商议解决绥远问题。

毛泽东表示，中共重视绥远问题的妥善解决，并希望能在新政协开幕之前和平解放绥远。

傅作义说道："近期，国民党特务活动猖獗，特别是进驻绥远的中共联络人被暗杀后，不少军官都心存疑虑。要不我再给董其武写一封信，或发一封电报？"

毛泽东郑重地说道："这次，我们想请你亲自去一趟绥远，如何？"

傅作义惊讶道："让我去？"

毛泽东笑道："刚才还有人劝我不能放虎归山。我说，我毛泽东是相信傅作义的，对他没有丝毫怀疑。"

傅作义立刻站起来："主席，我这次去绥远，不管成功与否，一定会回来。活着回不来，就是死了，尸首也要运回北平！"

毛泽东摆摆手："没那么恐怖。我相信，你一定会平安地回来。"

"什么时候出发？"傅作义问道。

"越快越好。中央已经决定，绥远起义后，成立军政委员会，由你任主席。我已命人民银行拨款十五万元。同时电令彭德怀配合你工作，随时准备应付突发情况。"毛泽东说道。

傅作义十分感动，即刻回去准备出发。

与此同时，蒋介石得知宋庆龄已平安抵达北平，顿时大发雷霆，展开了疯狂的报复。但无奈大势已去，任何人都阻挡不了历史前进的脚步。

蒋介石得知傅作义去了绥远，并且所带警卫人员也都是他原来的部下，并没有解放军随行后，马上给傅作义发报："宜生吾弟：你这次回绥远，如同我当年'西安事变'后回南京一样。一念之差，铸成今日危亡之大错。你要接受历史的教训，不要自误、误国、误部下。希接电后，即来重庆，我当派飞机迎接，并委以重任，共谋党国之复兴。"

已到包头的傅作义正和董其武坐在沙发上谈话，阎又文收到电报后立即向傅作义汇报，傅作义没好气地说道："蒋介石总是从反面总结教训。'西安事变'后国共合作抗日，中国政局进入了良性循环，我至今惭愧的反倒是追随蒋介石打内战。那才是自误、误国、误部下。"

董其武提醒道："代总统李宗仁、行政院院长阎锡山也从广州来电'祝贺脱险'。"

傅作义顿时被气乐了："他们还想拉我去广州？解放军再追下去，他们就该下海了！"

董其武也笑起来。

随后，傅作义严肃地说道："当今中国，还是共产党有前途，还是毛泽东胸怀宽广。我们必须加快行动步伐，赶在新政协开幕之前宣布起义。"

董其武郑重地点点头。

蒋介石见傅作义对自己的电报置若罔闻，只好再次派徐永昌前往包头游说，并密令毛人凤一旦徐永昌任务失败，立刻刺杀傅作义。

很快，徐永昌来到包头，见了傅作义百般劝说，自然是毫无结果。见成功无望，他便使出了拖延政策，始终赖在包头不肯走，让傅作义和董其武头疼不已。

邓宝珊却看出了其中的端倪，对二人说道："我怀疑他是故意在延误我们起义的时间，让我们赶不上新政协会议。"

傅作义顿时恍然大悟，沉思片刻后说道："这样吧，老邓，你去见见他。"于是三人商量好了对策，派邓宝珊去见徐永昌。

来到包头饭店徐永昌的房间，邓宝珊开门见山向徐永昌说了打算起义的事。

徐永昌惊道："你们真要起义？"

邓宝珊一脸严肃地说道："老傅说了，这次绥远起义，由你领衔。"

徐永昌一下子站起来："我是国民政府的军令部部长，你们开什么玩笑？"

"老徐，你放心，我们已经计划好了，并且联系了中共方面，请广州的地下党把你的家人转移到香港。"邓宝珊极力安抚。

"谁叫你们这么干的？"徐永昌厉声说道。

"我们可都是为了你好啊！大家都是老乡、老朋友，怎么能眼睁睁地看着你跟着蒋介石集体跳海。张文白、邵力子他们都过来了，你还担心什么？"邓宝珊好言相劝。

徐永昌呆呆地坐在椅子上，一言不发。邓宝珊接着说道："好了，你就别推辞了，安心住下。我们把起义通电拟好后，你签名就是了。你第一，宜生第二，然后一道去北平参加新政协。"

徐永昌仍旧不吭声。

"老徐，那就这么说定了。我先走了，签名的时候我再过来。"邓宝珊说着起身离开。

徐永昌呆呆地坐了好一会儿，突然站起来，大声吼道："副官！副官！收拾东西，马上回重庆，快！"

徐永昌被吓跑了，起义的时机也已经成熟了。随着所有军政要员在起义通电上签下自己的名字，绥远正式宣布起义。随后，全军列队，等待检阅。

这时，阎又文突然接到报告，称特务企图在阅兵式上进行暗杀活动。他不敢耽搁立刻带领一队士兵前往抓捕，却扑了个空。士兵们在房间里发现了一挺机枪，枪口正指向检阅台的方向，而特务却早已不见了踪影。

此时，傅作义、董其武等人已顺利登上了检阅台。

李克农一接到绥远起义的电报，立刻向周恩来汇报："周副主席，绥远宣布起义，通电全国。"

正在看文件的周恩来激动地站起来："好啊！立即通知政协代表傅作义、董其武、孙兰峰赶往北平参加政协会议。"

这时，但世忠走进来："周副主席，刚刚接到消息，杨杰将军今天被国民党特务暗杀于香港……"

周恩来的笑容顿时凝固了，他缓缓地低下头，捏紧拳头狠狠地砸在桌子上。

但世忠和李克农手足无措地看着周恩来，一时不知该说些什么。

周恩来松开了拳头，慢慢坐下。他拿起最后审定的新政协代表名单，找到杨杰的名字。凝视了很久，最后沉重地提起笔想要将名字画掉，却又停住，握笔的手微微颤抖着。过了好一会儿，周恩来放下笔，轻声说道："特许杨杰将军为列名缺席代表，以此形式参加新政协……"几人的眼睛都湿润了。

傍晚，周恩来拿着一沓厚厚的名单走进菊香书屋。正伏案忙碌的毛泽东放下笔，摘下眼镜，轻声问道："恩来，出席中国人民政治协商会议第一届全体会议代表的名单定下来了？"

　　"拟好了，请主席最后审定。"周恩来将名单放在桌子上，"最后确定的名单中加上了最近起义的程潜、陈明仁。另外，一旦云南宣布起义，龙云和卢汉也是代表。"

　　"邀请赛福鼎等替换飞机失事遇难的原新疆代表的事情也落实了？"毛泽东又问道。

　　"邓立群同志回电，赛福鼎等人已经出发。"周恩来顿了一下，又说道，"主席，我没有在代表中画去杨杰的名字，我想让他成为第一个带上黑圈的政协代表。"

　　毛泽东感慨地点点头："如果冯玉祥先生还活着，一定也是政协代表。"

　　第二天，北京饭店小会议室里，周恩来、刘少奇和赛福鼎正在探讨民族问题。

　　赛福鼎表示，以前许多少数民族干部想加入中国共产党，但在新疆却找不到党组织。这一次，他一定要抓住机会，向毛主席提出入党申请。

　　民族问题无小事。与赛福鼎会谈后，周恩来、李维汉、但世忠又和一些少数民族代表坐在一起讨论了这个问题。

　　但世忠认为："苏联实行的是联邦制，民族国家有脱离联邦的自由。而国民党则把少数民族看作汉族的'宗支'，不给予少数民族地方自治的权力。在这次政协筹委会代表的讨论会上，许多人都认为中国是一个多民族国家，但少数民族人口还不到全国总人口的百分之十，除几个少数民族居住区外，一般都与汉族杂居，没有实行联邦制的基础，因此，还是实行民族区域自治为好。"

　　回族代表杨静仁也提出："《共同纲领（草案）》中有'思想上扫除大

汉族主义'的提法。我个人认为，个别地区，如西北各地，同样也存在少数民族之间的压迫，如西北军阀马步芳、马鸿逵对青海的撒拉族、藏族的压迫。所以我建议将这一句修改为'废除民族间，首先是汉族对其他民族的一切压迫'。"

代表们纷纷表示赞同。

代表们虽然殚精竭虑、建言献策，但词严义密的民族政策还是出现了疏漏。傍晚，周恩来匆匆来到菊香书屋。正坐在灯下阅读代表名单的毛泽东抬起头问道："恩来，有事？"

周恩来语气有些沉重："我今天得到报告，北京城里许多满族人在家里抱头痛哭。原来民国推翻了清朝统治后，不少满族人隐瞒了民族身份。直到新政协召开，满族人才看到了希望。可是，他们却没有在政协少数民族代表名单中找到满族代表。他们不知道齐燕铭就是满族人。他们也不敢提意见，只能悄悄地哭……"

毛泽东站起来，在屋里踱着步："这是一个重大的失误！我们怎么都没想到呢？的确，这些年满族人基本与汉族同化了。他们自己不说，别人很难知道他们是满族人，但他们毕竟是一个民族啊！"

周恩来叹了口气："可是现在满族不像其他少数民族有代表人物，可以直接邀请。现在要把分散在各地的满族人召集起来开会、推选、增补，已经来不及了。"

毛泽东想了想说道："这样吧，我们要寻找一切机会，通过各种会议和交谈把这件事通报出去，我们要做深刻的检讨，并且保证下一届政协会议，一定要有满族的代表。"

周恩来自责道："主要是我的工作没做好，我应该深刻检讨。"

毛泽东摇了摇头："我们都应该检讨！"

历经坎坷与磨难，中国人民政治协商会议第一届全体会议终于开幕了。

连续几天的会议后，毛泽东、周恩来、郭沫若等人齐聚丰泽园。周恩来说道："明天大会将休会一天，现在离开国大典只有五天了。今天晚上大家加个班，把大家最为关心的国旗、国歌的事情定下来。在座的都是各个领域的专家，希望大家踊跃发言。"

毛泽东首先说道："听说在讨论会上，关于国歌，大家都赞成《义勇军进行曲》，那就定下来吧。"

黄炎培提出："个别人还是要求修改歌词。"

周恩来说道："法国用《马赛曲》作国歌，'把敌人的血浇灌我们的田'是旧歌词，也没有改。我建议我们也用旧歌词，修改了唱起来就没有那种感情了。"

田汉提出："但是大家为难，'中华民族到了最危险的时候'怎么办呢？"

毛泽东说道："虽然我国人民经过艰苦斗争，全国快解放了。但是，中国还被帝国主义包围，还不能忘记帝国主义对我们的压迫。我们要争取中国的完全独立解放，还要进行艰苦卓绝的斗争。所以，还是保留原歌词为好。"

"居安思危？好！这个提法好，我举双手赞成！"黄炎培十分认同。

大家也纷纷表示赞同。

周恩来又说道："关于国旗的问题，起初，大家倾向于复字三十二号五星红旗方案。这是一个名叫陈联松的普通职员设计的。设计方案的寓意是大星代表共产党，小星分别代表工人、农民、小资产阶级和民族资产阶级。可是，大家认为四个阶级的提法不妥。于是，注意力转向复字一、四、三号方案。这几个方案都是左上角一颗大五角星，中间加一条横杠代表黄河，或加两条横杠代表黄河、长江。"

黄炎培接着说道："可是，这些方案也有人反对，一条横杠是否意味着分裂中国？听说张治中为此事还专门找主席反映过。"

毛泽东说道："过去我们总要求在国旗上体现中国特征，其实许多国家的国旗都没有国家特征。苏联、美国的国旗都没有什么国家特征。国家特征也可以放在国徽上体现啊。"

郭沫若问道："主席对国旗的方案有什么看法？"

毛泽东拿起五星红旗方案说道："许多人都认为这个方案好。中国革命的胜利就是在共产党领导下，以工农联盟为基础，团结小资产阶级、民族资产阶级共同奋斗取得的。这个设计符合中国革命的历史事实。至于有人觉得四个阶级的提法今后是否适用的问题，其实四颗小星可以表示全国人民大团结，也能反映中国革命的实际。"

陈嘉庚表示赞成："我完全同意主席的意见。四颗小星既可以代表全国人民，也可以代表全国各民族团结在共产党周围。"

梁思成也称赞道："我认为这四颗小星设计得很好，整体布局上很协调，很好看。多一颗显得太挤，少一颗又显得太松，就四颗，不多不少正合适。"

郭沫若附和道："我赞同主席的意见，就定五星红旗为国旗。"

众人纷纷表示赞同，接下来开始讨论国徽的设计方案。但是关于国徽，大家对现有的方案都不太满意。因此，毛泽东提出："我建议，国旗定了，国徽可以慢一点决定，原小组继续设计，将来交给政府决定。"

大家点头同意。黄炎培又说道："关于国都，建都北平，改名北京，大家一致赞同。关于纪年，大家都同意公元纪年。但也有人说，民间会有其他纪年。"

毛泽东提出自己的看法："老百姓乐意采用其他纪年，包括采用天干地支纪年，我们也不能用法律处罚。但是，政府还是要有个决定。"

"我完全赞同主席的意见。有些人说，公元纪年以耶稣诞生开始，是基督教国家的年号。据我们调查，其实许多非基督教国家也采用公元纪年。现在，公元纪年已经成为国际通用的年号。"黄炎培说道。

"就是耶稣也不坏！耶稣和今天某些国家借助基督教进行帝国主义侵略，并不一样。"毛泽东笑道。

第二天，周恩来邀请黄炎培、何香凝、司徒美堂等人来到北京六国饭店。

周恩来谦虚地对大家说道："昨天晚上讨论了国歌、国旗问题之后，今天才发请柬把各位请到这里来赴宴。《共同纲领》中的中华人民共和国简称'中华民国'，对此，有两种不同意见。有的说好，有的说不必要。各位都是辛亥革命时期的老前辈，政协常委会特地让我来请教各位。"

车向忱首先说道："老百姓知识匮乏，感情上习惯用'中华民国'，一旦更改，会引起不必要的麻烦。留个简称，一年后再去掉，并非不可。"

何香凝提出："'中华民国'是孙中山先生革命的成果，是用众多先烈的鲜血换来的。关于改国号的问题，我个人认为如能照旧，自然是好的。如果大家不赞成，我也不会坚持己见。"

周致祥态度比较激烈："我是前清进士，辛亥革命后归隐了三十八年，从来都不写'中华民国'国号。目前我拥护共产党，反对仍称'中华民国'，这是一个群众毫无好感的名称！我主张就用'中华人民共和国'，表示两次革命的性质各不相同。"

司徒美堂也明确表示："我参加过辛亥革命，尊敬孙中山先生，但对'中华民国'四个字，则绝无好感！我的理由是那是'中华官国'，与民无涉！试问，毛主席领导的这次革命，是不是跟辛亥革命不同？如果大家认为不同，那么我们的国号应该就叫'中华人民共和国'。国号是个庄严的东西，既然要改就应该改好，为什么要一年后再改？语云'名不正则言不顺，言不顺则令不行'。你看看，仍然叫'中华民国'，何以昭告天下百姓？我们好像偷偷摸摸似的。革命胜利了，连国号也不敢改？我坚决反对简称'中华民国'，坚决主张光明正大地用'中华人民共和国'！"

两人的发言，得到了马寅初、张澜、陈叔通等人的赞同。

"加个简称，简直不伦不类，不像话！"

"我同意，就用'中华人民共和国'！"

"我也同意。"

听了大家的发言，黄炎培说道："关于人民群众一时不能接受，这只是宣传教育问题。慢慢教育，可以使人民认识到这次革命的性质。万万不能因噎废食！老百姓反对用新国号，我看不见得！"

沈钧儒也表示："有些群众还在写'中华民国'，那是他们的一时之便，我们也不必明令禁止。遍观世界各国国号，只有字母上的缩写，而没有其他简称。"

大家热烈讨论，周恩来十分高兴："国有事，问三老。今天发言十八人，有十六人不主张用这个'中华民国'的简称，我要把大家的意见综合起来，送给主席团常委参考，并由主席团常委做出最后决定。"

开国大典一切准备就绪，那些为了人民付出生命的革命先烈们，必将被人民永远铭记。天安门广场上，奠基石已安放好，人民英雄纪念碑立碑仪式隆重举行。全体政协代表在两旁肃立，毛泽东庄严地宣读纪念碑碑文："三年以来，在人民解放战争和人民革命中牺牲的人民英雄们永垂不朽！三十年以来，在人民解放战争和人民革命中牺牲的人民英雄们永垂不朽！由此上溯到一千八百四十年，从那时起，为了反对内外敌人，争取民族独立和人民自由幸福，在历次斗争中牺牲的人民英雄们永垂不朽！"

大典前夜，周恩来依然在为第二天的阅兵问题操劳。当天，天安门广场上将会有三十万人参加开国大典，安全问题尤其重要。他反复与聂荣臻、罗瑞卿、刘亚楼等人沟通注意事项及应变方案，以确保大典顺利进行。

刘亚楼高声说道："请周副主席放心，明天我们年轻的空军，将驾驶战机通过天安门广场上空。战士们都表示，如果敌机敢来轰炸，我们就是撞也要把它撞下去！"

这话反倒提醒了周恩来，他立刻命令："还是要把敌机打下去，明天空军带弹参加检阅！"

"是！"刘亚楼立正敬礼，意气风发。

不出所料，此时，蒋介石父子正在策划在开国大典当天轰炸北平。空军部队已经准备就绪，但由于韩国当局拒绝开放机场，轰炸机受载油量限制，只能勉强从台湾飞到北平，投弹之后，绝不能耽搁。

蒋介石拄着手杖在屋里踱着步，一边走一边思索。

蒋经国见父亲犹豫不决，催促道："父亲您放心，空军说飞机飞抵北平后，不作盘旋，直接投完弹就返航，还是可以的。而且许多人都认为，只要我们的炸弹落在了北平，即使炸不死毛泽东，政治影响也是巨大的。"

蒋介石又走了几步，忽然停下来，长叹一声："算了，取消明天的轰炸行动。"

蒋经国诧异地看着父亲，过了良久，只好点了点头。

1949年10月1日，万众瞩目的时刻终于到了。毛泽东、朱德、周恩来、刘少奇、宋庆龄、李济深、张澜、高岗等人登上高高的天安门城楼。北京三十万军民齐聚天安门广场。

"我宣布，中华人民共和国中央人民政府今天成立了！"毛泽东雄浑有力的声音传遍了中华大地。

广场上顿时欢声雷动，群情激昂。但世忠和苏琼站在人群中，载歌载舞，庆祝这个历史性的时刻。一旁的但靖邦望着这欢腾的场面也不由得心潮澎湃，激动地擦了擦眼角。

在《义勇军进行曲》激昂的旋律中，一面鲜艳的五星红旗冉冉升起，全场肃立，庄严地向国旗行注目礼。

随后，广场上礼炮齐鸣。

毛泽东微笑着向广场上的人们挥手致意。人民群众高举着鲜花彩旗，欢呼着向天安门城楼，向着领袖涌来……